서정시학 신서 1

완 역

삼국유사

박성규

역자 약력

고려대학교에서 박사학위를 받고 계명대학교 한문 교육과 교수를 거쳐 현재 고려대학교 한문학과 교수로 재직중이며, 한자한문연구소 소장이다. 주로 우리나라 중세 한문학과 동시대의 역사에 관심을 가지고 연구하고 있으며, 저서로는 『이규보 연구』, 『고려 후기 사대부 문학연구』 등이 있고, 번역서로는 『동인시화』, 『보한집』, 『김극기 한시선』 등이 있다.

서정시학 신서 1
삼국유사

2009년 9월 25일 초판 1쇄 발행

역 자 • 박성규
펴낸이 • 김구슬
펴낸곳 • 서정시학
편 집 • 최진자
인 쇄 • 서정인쇄

주 소 • 서울시 성북구 동선동 1가 48 백옥빌딩 6층
전 화 • 02-928-7016
팩 스 • 02-922-7017
이메일 • poemq@dreamwiz.com
출판등록 • 209-07-99337

ISBN 978-89-92362-69-6 03810

값 25,000원

※ 자료제공: 경주신문사, 문화제청

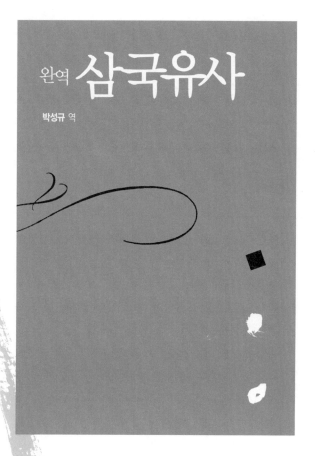

완역 **삼국유사**

박성규 역

서정시학

　　역자가 우리 역사에 관심을 가지기 시작한 20대에 『삼국유사』를 처음 읽으면서 이 책이 우리 삼국시대의 역사를 기술해 놓은 거룩한 책이라는 느낌을 받지 못했다. 그냥 옛날부터 전해 오던 재미있는 설화들을 일연이라는 스님이 흥미있게 구성하여 독자들에게 공감을 불러일으키기 위해서 편찬한 얘기책 정도로 이해했다. 지금에 와서 생각하면 그때의 내 생각이 그렇게 틀렸다고는 보지 않는다. 왜냐하면 역사서의 존재의의가 읽는 사람에게 역사 주체들이 남긴 갖가지 애환에 감동하고 그러한 가운데서 우리가 살아가는 진정한 의미를 찾을 수 있게 하는 데에 있기 때문이다.

　　그러나 이후로 여러 번에 걸쳐 『삼국유사』를 읽어가면서 재미의 경계를 넘어선 보다 장엄한 세계를 만나게 되었다. 이 책에 나오는 고구려, 신라, 백제의 건국신화들에서 우리가 세계 역사의 변방이 아니라 주체로서 세계에 당당히 나설 수 있는 민족임을 알 수 있었다. 또한 『삼국유사』에 등장하고 있는, 제왕에서부터 민초에 이르기까지 다양한 계층의 사람들이 신으로 떠바쳐질 정도로 존중되고 있고, 그들을 결국 화해와 해탈의 세계에서 조우시키고 있어 『삼국유사』 속에 인본주의 정신이 도도하게 흐르고 있다는 사실에 크게 감명받았다.

　　이와 함께 『삼국유사』에 실려 있는 14편의 향가를 대하고는 오늘의 우리와 똑같은 모습과 목소리를 가진 신라인들의 사랑과 굴곡진 삶을 생생하게 전달받을 수 있어 놀랍기도 했다. 이러한 놀라움은 향가가 오늘을 살아가고 있는 우리의 사랑과 열정을 담고 있는 유행가와 비슷하지만 향가의 창작, 향유 계층이 폭넓은 데다가 그 울림이 절절하고 굽이져서 우리 민족 정서의 원초적인 '결'과 '색깔'을 드러내고 있는 데서 더욱 증폭되었다고 하겠다.

『삼국유사』가 가지는 민족사적, 인문학적 가치에 감동하여 일찍부터 이를 우리말로 쉽게 번역하고자 하는 생각을 가지고 있었다. 그러나 막상 번역에 착수하려고 하니 그러한 시도가 얼마나 힘겨운 일인가를 절실하게 느꼈다. 이 책의 번역이 단순히 원문해독에 능하다고 해서 해결될 문제가 아니고 인문학에 대한 깊은 성찰과 인생에 대한 통찰력을 갖추어야만이 가능하다는 사실을 깨우쳤다. 그러므로 『삼국유사』 번역이 힘겹고, 두려워서 오랫동안 망설이고 있다가 그래도 번역 과정을 통해서 이 책에 보다 더 가까이 다가가고자 하여 만용을 부려 보기로 했다. 누구나 이 책을 읽고 내용을 파악할 수 있도록 쉽게 번역하려고 했지만 의도한 대로 적절하게 이루어졌다고 장담하기는 어렵다. 또한 번역과정에서 사실(史實) 파악이나 용어 해석에 있어 오류가 있다면 독자 여러분들의 따가운 질책을 달게 받아들이도록 하겠다.

이 책은 일연스님 탄생 8백주년이 되는 2006년에 출간하기로 하고 그 원(願)을 세웠으나 지금에야 간행되게 되었으니 때늦은 감이 없지 않다. 이 책의 출판을 위하여 많은 분들이 노고를 아끼지 않았지만 무엇보다도 섬세한 교정과 편집에 노심초사한 서정시학의 편집진에게 감사드린다.

2009년 5월

옥산와려(玉山蝸廬)에서 역자 씀

차 ❖❖ 례

제1권

제2권

제3권

제3 흥법편(興法篇)

순도가 고구려에 처음으로

제4 탑상편(塔像篇)

제5권

제4권

제5 의해편(義解篇)

제6 신주편(神呪篇)

제7 감통편(感通篇)

일러두기

1. 이 번역에서는 목판본 『삼국유사(三國遺事)』(규장각 소장본, 1512刊行)을 원본으로 삼았다.

2. 한글로 번역하는 것을 원칙으로 하고 평이한 문장으로 직역에 충실하고자 했으나 경우에 따라서는 의역하기도 했다.

3. 이 책을 번역함에 있어 지금까지 역간(譯刊)된 수십 종의 번역서를 참고하여 전문(全文)의 번역에 완벽을 기하고자 했다.

4. 원문에서 잘못된 것은 각주에서 그 이유를 밝히고 바로잡았으나 일반적인 내용인 경우에는 번역문에 그대로 반영했다.

5. 원문에 부기(附記)된 주(註)의 번역문은 글자체를 작게 하여 해당 원문 번역문에 병기(倂記)했다.

6. 원문에 나오는 내용 가운데 각주가 필요한 것만 처리하고 그 외의 것은 번역문 속에 풀어서 기술했다.

7. 서기 연대와 왕명(王名)은 필요한 경우 독자의 편의를 위해 역자가 임의로 첨가했다.

8. 『삼국사기』와 연대 등에서 차이가 있을 경우는 『삼국사기』의 내용을 비교 자료로 제시했다.

9. 부호의 쓰임

[　] : 번역한 내용과 원문의 한자가 다를 경우에 묶는다.

『　』: 책이름을 표기한다.

「　」: 편명이나 작품명을 표기한다.

"　" : 대화체나 인용문을 묶는다.

{　} : 원저자의 설명문을 표기한다.

'　' : 인용된 글에서 다시 인용된 것을 표시하거나 단어와 문구의 강
　　　조를 위해 사용한다.

『삼국유사(三國遺事)』는 어떤 책인가

　우리나라는 오랜 역사를 가지고 있다. 역사가 오래다는 것은 유명, 무명의 역사 주체자(主體者)들이 전하는 얘기와 남긴 사건들이 많다는 것을 의미하기도 한다.

　인간이 살아오면서 의식주를 해결하고 언어활동을 하고 신진 대사를 거듭하면서 어쩔 수 없이 수많은 얘기들을 분비하게 된다. 역사는 바로 이러한 얘기들에 의해서 만들어질 수밖에 없다. 우리의 역사서에서도 인간적인 삶을 가감없이 담고 있으면서 오늘의 우리들에게 왜, 어떻게 세상을 살아가야 하는가를 직설적이거나 암묵적인 방법으로 말하고 있다. 그러나 우리는 오랜 역사의 연륜에 비해서 우리의 역사기록이 제대로 이루어지지 못한 것을 확인할 수 있다. 특히 우리의 고대사라고 할 수 있는 고조선 이후부터 신라 말기까지의 기록이 너무 소략한 것에 당황하게 된다. 고구려, 백제, 신라 삼국의 등장은 우리가 비로소 우리의 역사를 주체적으로 경영한 것을 의미하므로 이때부터 우리의 진정한 유사(有史)시대가 시작되었다고 하겠다. 유사시대로 진입하였지만 실제 삼국시대의 역사는 그에 걸맞게 기록되지 못했다. 삼국시대의 역사에 대한 기술로는 고려 초에 나왔으리라고 추측되는

『구삼국사(舊三國史)』가 있고, 신라가 망한 지 109년 뒤에 처음으로 왕명에 의해 편찬된 『삼국사기(三國史記)』가 있다. 그리고 『삼국사기』가 편찬된 지 거의 140년 뒤에 일연이 『삼국유사』를 편찬하였다. 『구삼국사』는 정사(正史)로 보기 어려운 역사서로 지금에 그 내용을 전혀 짐작할 수 없다. 『삼국사기』는 김부식이 인종의 명에 의해 편찬한 것으로 천년 이상 이어져온 삼국시대와 통일신라시대의 장구한 역사를 제대로 구색을 갖추어 기술하고 있지 못하다. 일연의 『삼국유사』도 신라가 망한 뒤 250년 만에 편찬된 것이기 때문에 직접적인 자료 수집이 어렵고, 시간의 간격이 너무 커서 제대로 된 삼국시대사를 기술하기에는 역부족이었을 것이다. 그러나 『삼국유사』에서는 정사로서 춘추대의(春秋大義)에 근거하여 시대를 기술하기보다 그 이름에서 시사하듯이 삼국과 통일신라시대의 역사 형성의 동력이 된 정신적 세계를 살피기 위해서 이루어진 것이다. 이런 정신적 세계의 탐구로 인해 『삼국유사』가 우리나라 고대사의 최고 원천으로 인식되게 된 것이다. 육당 최남선은 『삼국유사』를 우리나라 상대사를 혼자 담당하는 문헌이라고 하면서 우리나라의 생활과 문화의 원두(元頭)와 고형(古形)을 보여주는 유일한 책이라고 하였다. 그러므로 『삼국유사』에 근거하지 않고는 우리나라의 신학(神學) · 고어학(古語學) · 씨족학(氏族學) · 문화사 · 사상사 · 종교사를 말할 수 없다는 것이다. 최남선의 이러한 언급은 『삼국유사』가 역사서로서의 가치만을 가진 것이 아니라 우리나라 상고시대를 알 수 있는 문화백과사전에 가깝다는 것이다. 따라서 우리 민족문화의 시원과 원형을 담고 있는 『삼국유사』는 우리나라 문화사를 말하고 있는 최초의 텍스트임을 알 수 있다. 만약에 지금 우리에게 『삼국유사』가 전해지지 않는다고 가정한다면 우리는 우리의 상고사와 민족문화에 대해 청맹과니가 되었을 것이다. 이는 상상만 해도 끔찍

한 일이다. 『삼국유사』의 체제와 내용을 제대로 알고 읽어 나간다면 우리는 우리 문화에 대한 애착심과 긍지를 저절로 가지게 되리라고 본다.

일연의 생애

일연(1206-1289)은 고려 후기 최충헌이 집권했던 무인집권기에 장산군(章山郡), 곧 지금의 경북 경산군에서 출생했다. 일연이 아홉 살의 어린 나이에 해양(海陽) 곧 지금의 광주(光州)에 있던 무량사에 가서 몸을 의탁한 것을 보면 그의 집안이 넉넉하지는 않았던 것으로 추측된다. 그가 정식으로 불가에 입문한 것은 14살로 설악산 진전사(陳田寺)에서 대웅장로(大雄長老)에게서 구족계(具足戒)를 받은 뒤부터이다. 진전사는 신라 말기 구산선문(九山禪門)의 하나인 가지산파(迦智山派)에 속해 있었는데 일연이 왜 가지산하 보각국사(迦智山下 普覺國師)라는 호칭을 가지게 되었는가를 알 수 있을 것이다. 그는 어려서부터 침착하고 사물을 보는 눈이 예리하여 우행호시(牛行虎視)라는 평을 받을 정도였다. 이러한 비범한 자질을 가지고 그가 불가에 입문하여 용맹정진하였으므로 22세에 승과에 응시하여 장원에 올랐다. 그 뒤에 현풍에 있던 비슬산 보당암(寶幢庵)으로 옮겨 수행에 정진하였다. 그가 비슬산 보당암에 들어와 22년 머무는 동안 고려는 풍전등화의 위기 국면을 맞이하였다. 그가 비슬산으로 들어온 지 4년이 되던 해인 1231년에 몽고군이 고려를 침입하여 막강한 군대를 앞세워 전국토를 유린하였다. 그 다음해에 최우가 이끌던 무인정권이 몽고군에 쫓겨 개경을 버리고 강화도로 서울을 옮겼다. 이러한 극한의 혼란 속에서 불문에서 수행하던 일연의 마음은 편안하지 못했을 것이다. 그런 와중에서도 그는 정진하여 비슬산 무주암에서 생계불감 불계부증(生界不減 佛界不增)이라는 화두로 깨달음을 얻었는데, 그때 삼중대사라는 승계(僧階)를 받았고, 선사에 제수되기도 했다. 그는 이후 지눌에서 혜심으로 이어지는 고려 불교계의 혁신세력인 조계산의 수선사(修禪寺) 계통에 가담하여 용맹·정진하였다.

그는 46세에 남해의 정리사로 수도처를 옮겼다. 몽고군의 침탈이 전국에 걸쳐 이루어졌지만 그래도 남해안은 무사했기 때문이었다. 그는 여기에서 10년의 세월을 보내며 불교계의 지도자로 성장해 갔다. 그러나 당시 고려에는 몽고군의 노략질이 더욱 심해져 『고려사』에 의하면 한해에 몽고에 포로로 붙잡힌 고려인이 20만 6천 800여 명이나 되고, 살육을 당한 사람은 부지기수였다. 고려의 상하계층이 불교를 호국신앙으로 삼아 팔만대장경을 간행하는 등 불교에 크게 의지하고 있었으므로 당시 많은 사람들에게 주목받고 있던 승려로서 일연이 느낀 책임감은 적지 않았을 것이다. 그는 54세(1259)에 대선사에 제수되었고, 원종이 강화도에서 새로 왕위에 오르자 일연을 강화로 불러 선월사에서 주석하게 했다. 그는 이 해에 입적한 수선사의 일세종주(一世宗主) 보조국사 지눌의 법맥을 이어받아 불교계의 최고 지도자로 자리하게 된다. 이로써 그는 수선사의 종지를 내세워 불교계를 혁신하고자 했고, 아울러 피폐할 대로 피폐해진 고려의 정신적 지도자로 부상하게 되었다고 하겠다. 그 후로 그는 72세에 충렬왕의 명을 받아 운문사에 주석하며 선풍(禪風)을 크게 일으켰다. 운문사에 들어온 다음해에 『역대연표』를 간행하게 되는데 여기에서 그가 역사 저술에 부단한 관심을 가지고 일찍부터 준비하고 있었다는 사실을 짐작하게 된다. 『삼국유사』 편찬의 기본자료가 되는 『역대연표』를 간행함으로써 그가 『삼국유사』 편찬을 이때부터 시작하게 되었으리라는 추측을 가능케 한다. 그는 혼란한 정세 속에서 충렬왕에게 조언을 아끼지 않아 극진한 대우를 받았으며, 78세에는 왕사 국존(國尊)으로 추봉하고, 원경충조(圓經沖照)라는 호를 하사받았다. 그 해에 그의 어머니가 95세의 나이로 세상을 떠난다. 그는 속계를 떠나 불문에 들어갔지만 9살의 어린 아들을 절로 보내고 70년이 넘게 그 아들을 생각하며 혼자 수절하며 지내온 어머니를 잊지 못하였다. 그는 왕에게 허락을 받아 개경에서 고향 가까이 내려와 어머니를 봉양하는 인간적인 모습을 보였기 때문에 승속을 떠난 모자간의 애정이 남달랐다고 하겠다. 어머니가 돌아가자 나라에서 군위(軍威)에 있던 인각사(麟角寺)에 머물게 하였으므로 그곳에서 두 차례의 구산문도회(九山門都會)를 주제하며 마지막까지 불교의 중흥을 위해 힘쓰다가 84세에 입적하였다. 나라에서 보각(普覺)이라는 시호를 내렸다.

일연은 혼란한 시대를 살아갔으나 승려로서의 한결같은 삶을 살았다. 그는 선종과 교종을 아울러 불교의 중흥을 꾀하기도 했으나 불교의 타락상을 극복하는 데에는 이르지 못했고, 당시의 부조리한 현실에 비판적 행동을 보이지는 않았다. 그러나 어려운 시점에 상하계층의 사람들이 그의 가르침을 따랐고, 선승이자 학승으로서 고려 불교계에 남긴 업적은 적지 않다. 그가 평생 힘을 기울여 이루어 놓은 저술로는 『어록(語錄)』 2권, 『조도(祖圖)』 2권, 『대장수지록(大藏須知錄)』 3권, 『제승법수(諸僧法數)』 7권, 『조정사원(祖庭事苑)』 30권, 『중편조동오위(重編曹洞五位)』 2권, 『삼국유사』 5권 등 100여 권이 넘는다고 하지만, 지금 남아 전하고 있는 것은 『중편조동오위』와 『삼국유사』뿐이다. 그가 남겨 놓은 저서를 통해 볼 때 그는 평생에 깊이 침잠하여 불교의 오의(奧義)를 발명하는 데 평생을 바쳤다고 할 수 있다. 이러한 학자적 태도는 『삼국유사』를 편찬하는 데 지대한 영향을 미쳤다고 하겠다.

『삼국유사』의 편찬의도

위에서 살펴본 것처럼 일연은 많은 저서를 남기고 있다. 그러나 민지가 쓴 「고려국 화산 조계종 인각사 가지산하 보각국존 비명(高麗國華山曹溪宗麟覺寺迦智山下普覺國尊碑銘)」에는 일연이 편찬한 책들을 소개하고 있는데 거기에는 『삼국유사』가 빠져 있다. 민지가 일연의 생애를 자세하게 살핀 뒤에 비문을 썼을 것인데 그의 중요한 업적 가운데 하나인 『삼국유사』를 소개하지 않은 이유가 궁금하다. 고려 후기 불교계를 주도하던 대덕이고 선승이자 학승으로 널리 인정받고 있었던 일연이므로 영역 밖의 편찬서인 『삼국유사』를 그의 업적으로 인정할 수 없었기 때문일까? 그러면 왜 당시의 지식인들이 그렇게 중요하다고 여기지 않았던 『삼국유사』를 일연은 노년에 필생의 작품으로 편찬해 냈을까? 7백여 년의 세월이 흐른 오늘에 그 이유를 명쾌하게 밝히기는 쉽지 않다. 그러나 일연이 위기국면에 놓여 있던 고려와 그 백성들을 교화하기 위해 동분서주하면서도 평생의 역작으로 『삼국유사』를 편찬하게 된 이유는 심상치 않을 것이다. 여기에서 보면 그가 어려움에 처해 있던 고려를 지키고 구하기 위해 고행했던 것처럼 『삼국유사』를 통하여 고려가 살아남아야 할 이유를 말하려고 했을 것이다. 그는 『삼국유사』에서 고려가 역사가 오래된 문화국으로서 중국과 대등한 관계에 있음을 강조하였다. 책의 첫머리에서 우리의 시조가 단군이며, 단군이 중국 요임금과 같은 시기에 치세했다는 것이다. 중국이 스스로 세계의 종주국임을 자처하며 자기 이외의 다른 나라를 오랑캐라고 주장했기 때문에 고려는 야만국으로 대접받을 수밖에 없었다. 중국의 이 같은 화이론(華夷論)이 문화적 우월성에서 나온 것이기도 하지만 다분히 힘의 우위에서 나온 것임을 부정하기는 어렵다. 당시에 고려는 몽고의 무력 앞에 여지없이 무너져 가고 있었다. 고려 정부가 무신권력을 유지하기 위해 아무런 대안 없이 강화도로 옮겨감으로써 백성들은 몽고군의 칼날 앞에 이슬처럼 스러져 갔다. 이러한 현실을 목격한 일연은 참선과 구도로서 그 문제를 해결하기 어렵다고 생각하여 우리 민족의 주체에 대해 고뇌하였다. 이것은 곧 우리 민족을 영원히 살 수 있게 하는 것이 무엇인가를 참구한 결과에서 나온 것이라고 할 수 있다. 일연은 『삼국유사』를 통하여 우리 민족의 역사와 문화가 얼마나 유구하고 정채로운가를 얘기함으로써 몽고의 침탈에 대응하고자 했다. 이러한 우리의 역사와 문화에 대한 우월성을 강조하면서 그 시대를 고달프게 살아가고 있던 민중에게 부단한 애정을 나타내고 있다. 그는 『삼국유사』속에서 불교의 구현담을 줄기차게 소개하고 있다. 이는 백성들을 가르치고 일깨우는데 은밀하면서도 비유적인 설법보다는 현실에서 일어날 수 있는 감동적인 얘기들을 소개하는 것이 훨씬 효과적임을 알고 있었던 것이다. 『삼국유사』에서 분황사 천수관음이 이름 없는 아이의 눈을 뜨게 한 것이나, 이양공(伊亮公)의 노비 지통과 아간(阿干) 귀진(貴珍)의 하녀인 욱면(郁面)이 주인인 이양공이나 귀진보다 먼저 성불한다는 얘기는 역사의 주체인 일반 민중들에 대한 일연의 시각을 짐작케 하는 대목이다. 이것은 곧 그의 불교사상이 민중에 근거하고 있음을 시사하는 것이기도 하다.

일연은 당대의 시대 현실과 민중이 겪고 있던 문제를 심각하게 고민하고 이를 해결하기 위하여 『삼국유사』를 편찬하였다고 하겠지만, 또 다른 이유는 삼국시대 역사서를 새로운 시각으로 완성해보자는 데 있다. 『삼국사기』는 유가적 사유와 화이론에 충실한 관료들이 모여 편찬한 정사이다. 반면에 『삼국유사』는 일연이 개인적 신념을 가지고 자유분방하게 편찬한 역사서이다. 또한 앞의 책은 고려국에 묘청의 난으로 혼란에 빠진 고려정부를 일으켜 왕권을 강화시키기 위한 목적에서 이루어진 것이고 뒤의 책은 외세의 침입으로 누란의 위기에 놓인 민족을 구제하기 위해 편찬되었다. 『삼국유사』에서 일연은 형식과 명분에 치우쳐 왕조사 정리에 주력한 『삼국사기』가 수습하지 못한 민족의 정신유산과 이적(異蹟)들에 관심을 보이고 있다. 그래서 『삼국사기』와 마찬가지로 삼국시대의 역사를 기술한 것이면서도 '사기' 대신 '유사'라는 이름을 붙인 것이다. 이는 『삼국사기』에서 빠진 내용이지만 우리의 고유문화와 생각을 담고 있어 도저히 묻어버릴 수 없는 사실들을 실었다는 뜻이다. 그러므로 일연은 오랜 기간에 걸쳐 『삼국유사』에 담을 자료 등을 찾아다녔고, 그러한 자료들의 사실성을 확보하기 위하여 현장을 쉬임없이 답사하였다. 『삼국유사』에 담긴 내용들이 『삼국사기』의 그것에 비하여 상식적이지 못하고 비합리적이며 쉽게 설명하기 어려운 것이라고 할 수 있으나 실제 삼국시대를 살아갔던 사람들의 정신과 영혼이 스며 있는 얘기들이다. 이런 얘기들은 전통적인 역사주의자의 눈으로 보면 다분히 주변적이고 불분명한 것들이지만 인간과 역사에 대해 애정과 따뜻한 시각으로 보면 더없이 크고 소중한 것이다. 일연은 우리 역사를 관류하는 정신세계와 거기에 숨어 있는 진실에 혜안을 가지고 있었으므로 사장되고 몰가치화된 사상(事象)들을 새롭게 불러 모으고 거기에 생명을 불어넣은 것이다. 따라서 『삼국유사』의 내용들이 일연에 의해 창작된 것이 아니라 철저한 고증과 답사에 의한 전술(傳述)이라고 할 수 있다. 따라서 『삼국유사』는 우리 민족이 존재하는 한 잊어버릴 수 없는 소중한 기록임에 틀림없다. 일연이 『삼국유사』를 편찬하게 된 이유가 여러 가지겠지만, 무엇보다도 우리 민족의 존재가치인 민족정서와 정신세계를 전하고 지키는 데 있다고 하겠다.

『삼국유사』의 체제와 구성

앞에서 언급한 것처럼 『삼국유사』는 정사로서의 체계를 갖추고 있지 못한 역사서이다. 그러나 불교문화사적 관점에서 본다면 일연 나름대로의 관점과 체계 하에서 자신이 뜻하는 바를 정밀하면서도 뚜렷하게 기술하고 있다.

『삼국유사』를 기이편과 불교설화편으로 크게 둘로 나누어 본다면 기이편을 역사편으로, 불교설화편을 불교편으로 이름할 수 있다. 『삼국유사』는 전체 5권으로 구성되어 있고, 5권 안에는 9개의 편목으로 나누어져 기술되고 있다. 그러나 서술내용에 비추어 볼 때 5권으로 나누기보다는 9편으로 나누는 것이 합리적이다. 이들 9개의 편목은 각기 독자성을 유지하면서 『삼국유사』의 주제를 유기적이고도 논리적으로 설명하고 있기 때문이다. 제1편의 왕력에서는 신라가 건국된 B.C. 57

년부터 고려가 건국된 936년까지의 천년에 걸친 왕대(王代)와 연표(年表)를 도표 형식으로 제시하고 있다. 신라, 고구려, 백제, 가락국, 후고구려, 후백제의 왕력 위에 중국 역대왕조와 그 연표를 제시하여 시대적인 기준이 되게 한 것이 특이하다.

제2편인 기이(紀異)에는 고조선에서 고려건국 이전까지 등장했던 여러 국가의 건국설화와 신이한 일을 59개의 조목으로 나누어 기술하고 있다. 이 편에 수록되어 있는 가락국기(駕洛國記)에서 『삼국유사』가 사국유사(四國遺事)라고도 할 수 있다. 또한 단군조선과 가락국기에 대한 기술은 『삼국유사』 이전에는 언급되지 않은 것으로 크게 주목될 만한 내용들이다.

제3편인 흥법부터 이후의 6개 편목은 총론에 이은 본론 부분에 해당된다. 제4편부터 5편까지는 삼국시대의 불교사를 기술한 것이라고 할 수 있다. 제4편의 탑상편은 불법과 탑상으로 나타나는 영험세계를 기술하고 있는데, 불국토를 지향하는 『삼국유사』의 주제를 제시하고 있다. 제5편인 의해(義解)에서는 고승대덕들의 신이한 행적을 소개함으로써 불법의 위대성을 강조하고 있다.

제6편인 신주(神呪)에서는 불교 경전에서 주술적·신비적 신앙으로 전이되어 가는 현상을 나타내고 있다. 여기에서는 우리나라에 불교가 들어오기 전부터 밀교형식의 신앙이 존재했음을 암시하고 있다. 이러한 불교의 밀교화 현상을 통하여 불교가 기존의 신앙과 어떻게 교섭해 갔는가를 불교의 사회화 현상에 주목하고 있다.

제7편인 감통(感通)에서는 불교신봉으로 인해 나타나는 기적을 흥미롭게 소개하고 있다. 여기에서는 불제자인 스님들의 신앙 기적이 아니라 일반인들의 신비체험과 종교적 실천에 관한 내용들이 주류를 이룬다.

제8편인 피은(避隱)에서는 세속을 떠나 숨어지내는 은자들의 정신 능력을 중점적으로 싣고 있다. 이들이 발휘하는 신이로움은 결국 중생의 감화로 이어지고 있다.

제9편인 효선(孝善)에서는 3편에서 8편까지 기술된 불교문화와는 달리 세속적 윤리인 '효'와 종교적 신앙인 '선'과의 관계를 설명하고 있다. 당대 현실에서 당면하고 있던 효와 선의 갈등문제를 해결하기 위한 의도가 엿보인다.

일반적으로 흥법편 아래의 내용들이 중국의 고승전의 형식을 모방한 것으로 볼 수 있다. 중국의 대표적인 승전인 『고승전(高僧傳)』, 『속고승전(續高僧傳)』, 『송고승전(宋高僧傳)』을 일연이 주로 참고하였으므로 자연스럽게 서로 영향관계에 있었다고 하겠다. 이들 고승전의 체제편목 가운데 일연이 따온 것은 '의해,' '감통,' '신이' 세 가지로, 이는 일연이 『삼국유사』 편찬에 많은 참고자료로 활용했음을 알 수 있게 한다.

신화집으로서의 『삼국유사』

일연은 『삼국유사』 1권의 서문에서 자신이 왜 신이한 건국신화를 역사서에 싣게 되었는가를 말하고 있다.

대체로 옛 성인들은 예악으로 나라를 일으키고 인의(仁義)를 가지고 백성들을 가르쳤다. 그러므로 성인들은 괴이한 힘이나 심사를 홀리는 귀신에 관한 이야기를 입에 올리지 않았다. 그러나 제왕이 일어나려 할 때에는 하늘이 내려준 부명(符命)에 맞는다든지 제왕의 출현을 예언하는 도록(圖錄)을 받는다든지, 반드시 보통 사람들과는 다른 징조가 나타난 다음 큰 변화를 타고 큰 틀을 잡아 나라를 일으킨다.

여기에서 일연은 자신이 왜 『삼국유사』의 첫머리에 신화를 싣게 되었는가를 해명하고 있다. 일연 자신이 유교에 대한 조예와 식견을 가지고 있었기 때문에 예악으로 일컬어지는 현실적인 상궤(常軌)에서 벗어나는 얘기가 있을 수 없다고 하였다. 이는 공자가 괴력난신(怪力亂神)을 얘기하지 말라고 한 경고를 무시할 수 없다는 것이다. 그러나 그는 예악이나 상식에서 벗어난 초월적 세계의 장대함을 생각하고 있다. 일연이 이러한 생각을 가지게 된 데에는 시공을 초월하는 불교의 상상력에 기댄 탓이 크겠지만, 백년 전에 서사시 「동명왕편(東明王篇)」을 창출했던 이규보에게서 근원하고 있음을 알 수 있다.

이규보는 28세의 젊은 나이에 고구려 시조인 동명성왕의 건국에 관심을 가지고 그 신화적 건국담을 장편고시로 형상화하면서 역사에 대해 새로운 시각을 가지게 된다. 그가 지금까지 보아왔던 삼국시대의 역사는 공자의 춘추필법에 근거하여 이루어진 『삼국사기』에 실린 내용이 전부였다. 그러나 『구삼국사(舊三國史)』에 실린 고구려 동명성왕의 기록을 만나게 되면서부터 그의 역사에 대한 관점이 달라지게 된 것이다. 그는 「동명왕편」의 서문에서 『구삼국사』에 기록되어 있는 동명성왕의 신이한 건국신화를 만나고 난 뒤로 그 신화에 등장하는 동명왕의 얘기가 환상이 아니라 신성한 것이며, 귀신의 얘기가 아니라 신비한 것이니 거짓없이 올곧게 써야 할 국사서에 어찌 환상이고 귀신의 얘기라고 하며 그 일을 잘못 전할 수 있겠는가 라고 하여 건국신화의 위대함과 진실성을 강조하였다. 여기에서 보면 일연의 신화에 대한 초월적 상상력이 이규보에서 벗어나 『구삼국사』에서 근원하고 있음을 알 수 있다.

지금 우리가 『구삼국사』를 얻어볼 수 없기 때문에 거기에 기술된 삼국사의 내용을 파악하지 못하지만, 일연의 『삼국유사』를 편찬할 때는 『구삼국사』가 존재했을 것이며, 거기에 실려 있는 신화들을 참고자료로 활용했을 것이다. 그러므로 일연의 『삼국유사』 첫머리에 기술하고 있는 신화에 대한 얘기는 일연 개인의 독창적인 생각이라기보다는 오랜 내력을 지닌 것임에 틀림없다. 이런 면에서 『삼국유사』가 지니고 있는 가장 큰 특징이 신화로 점철되어 있어 삼국시대에 등장한 신화적인 내용을 집대성한 것이라고 할 수 있다. 그렇다면 『삼국유사』를 단순히 신화집이라고 할 수 있을까? 『삼국유사』에 실려 있는 가락국을 포함한 고대의 네 나라 건국에 얽힌 신화와 제3편 흥법 이하 제9편 효선에 이르기까지 소개되고 있는 민담·전설 그리고 불교설화 등은 서로 이질적이다. 그러나 『삼국유사』에 실려 있는 건국신화와 여러 얘기들은 이질적인 요소를 지니고 있으면서도 신성(神聖)을 드러내어 역사를 이해하려는 면에서는 같은 범주로 묶을 수 있다. 이처럼 『삼국유사』에는 우리가 범상한 생각으로는 상상할 수 없는 기문일사(奇聞逸事)로 점철되어 있다. 이러한 기문일사는 현실에서는 있을 수 없는 일이지만 세속적인 발상과 안목에서 벗어나 신불(神佛)의 비범한 세계에서 본다면 극히 평범하고 있을 수 있는 일이다. 동명성왕과 박혁거세의 탄생설화나 선덕여왕이 제왕으로서 보인 이적과 조신(調信)의 꿈 이야기에서 그러한 정황을 충분히 살필 수 있다. 이것은 유교적 합리주의와 실증주의의 관점에서 본다면 허탄한 일에 지나지 않지만 우리는 그러한 얘기들을 통하여 숨길 수 없는 삶의 아름다움이나 신비함을 체험하게 된다.

　박혁거세가 알을 깨고 나와 6촌의 촌장들을 통합하여 하나의 통일된 국가로서 신라를 세웠다는 신화는 비범성을 가진 인물이 어떻게 시대를 변화시키고 다스려 나가는지 그 거룩한 모습을 펼쳐 보인 것이다. 조신의 설화에서는 현실이 아닌 꿈속에서 전개되는 비현실적인 인생담을 들려줌으로써 인간이 현실에서 겪을 수 있는 삶의 다양성이 끝이 없다는 것을 강조하고 있다. 박혁거세의 건국신화나 조신의 설화는 우리가 세상을 살아가면서 체험할 수 있는 일들의 원형이라고 할 수 있다. 하나는 일반 사람들이 경험하기 어려운 제왕이 새롭게 탄생하여 나라를 다스려 나가는 사실의 한 전형이고 조신의 얘기는 평범한 인간이 복잡한 인간세상에서 부대끼며 살아가는 모습을 극적으로 보여준 것이다. 이들 얘기를 통하여 초월적이고 비범한 세계는 있을 수 없는 세계가 아니라 더 진지하고 적극적인 세계의 상징적 표현에 지나지 않는 것이라고 할 수 있다.

　일연은 『삼국유사』를 통하여 삼국시대에 일어난 일들을 신화적으로 구성하여 소개하고 있기 때문에 그러한 신화들은 단순히 삼국시대의 신화로 인식되기보다는 오히려 고려시대의 신화세계를 보여주는 것이기도 하다. 일연이 자신이 체험했던 불교의 진리를 이념으로 하여 당대적 시각으로 삼국시대의 신화들을 보여준 것은 결국 당대의 사람들이 지향해야 할 세계를 제시하고 있는 것이기 때문에 『삼국유사』 속의 신화는 꺼지지 않는 생명을 가지게 된 것이다.

　오늘의 우리가 고전으로서 『삼국유사』를 읽고, 그 내용에 깊이 침잠하는 것은 그 속에 살아 숨쉬는 신화들에 감응하여 삶의 신비에 빠져들기 때문이다. 일연이 자신이 소개하고 있는 삼국시대의 얘기를 직접 목격하고 체험한 것은 아니지만 그것을 육화(肉化)하고 거기에 상상력을 불어넣음으로써 시공을 초월하여 크게 감흥을 주게 되었다고 하겠다.

신라의 노래

『삼국유사』에는 14수의 향가(鄕歌)가 실려 있다. 향가는 향찰이라는 신라 고유의 표기법으로 표기되어 있으므로, 향찰 표기법에 대한 정확한 지식을 가지지 못한 우리로서는 향가를 제대로 해독하기는 쉽지 않다. 향찰은 신라 사람들의 말을 한자를 차용하여 나타낸 것이기 때문에 지금의 『삼국유사』에 실려 있는 향가를 제대로 해독한다는 것은 영원히 불가능할지 모른다. 이 향가가 단순히 어떤 객관적인 사실의 서술이 아니라 신라인의 정서와 애환이 묻어 있는 문학작품이므로 문자에 대한 정확한 이해가 전제되지 않은 채 그 내용이나 오의(奧義)를 해명하기가 만만치 않기 때문이다. 그러므로 일연이 『삼국유사』 편찬 과정에서 다양한 계층의 사람들이 남긴 일화나 기담을 소개하면서 자연스럽게 문학적 함축미를 갖춘 향가를 삽입함으로써 지금에 와서 『삼국유사』는 고대 문학의 원형을 알 수 있게 하는 귀중한 국문학 자료집이 되었다.

『삼국유사』에 실려 있는 향가 14수는 그 책의 곳곳에 산재되어 실려 있다. 기이편에 6수, 탑상편에 1수, 의해편에 1수, 감통편에 4수, 피은편에 2수가 실려 있다. 여기에서 보면 기이편과 감통편에 모두 10수의 향가가 실려 있는데, 이는 향가가 노래로서의 가창적 기능을 지니고

〈『삼국유사』에 실려 있는 창작 연대표〉

편 목	제 목	작 가	창작연대	형 식
기이편	서동요(薯童謠)	민 요		4구체
감통편	혜성가(彗星歌)	융천사 작	진평왕대(579~631)	10구체
의해편	풍요(風謠)	민 요	선덕왕대(632~647)	4구체
감통편	원왕생가(願往生歌)	광덕 작	문무왕대(661~681)	10구체
기이편	모죽지랑가(慕竹旨郎歌)	득오(화랑) 작	효소왕대(692~702)	8구체
기이편	헌화가(獻花歌)	견우노인 작	성덕왕대(702~737)	4구체
피은편	원가(怨歌)	신충(화랑) 작	효성왕 원년(737)	10구체(현존8구체)
감통편	도솔가(兜率歌)	월명사 작	경덕왕 9년(760)	4구체
감통편	제망매가(祭亡妹歌)	월명사 작	경덕왕대(742~765)	10구체
기이편	찬기파랑가(讚耆婆郎歌)	충담사 작	경덕왕대	10구체
기이편	안민가(安民歌)	충담사 작	경덕왕대	10구체
탑상편	도천수대비가(禱千手大悲歌)	희명(부녀자)작	경덕왕대	10구체
피은편	우적가(遇賊歌)	영재(승려) 작	원성왕대(785~798)	10구체
기이편	처용가(處容歌)	처용랑(화랑) 작	헌강왕 5년(879)	8구체

있으면서도 천지와 귀신을 감동시킬 수 있는 주술적 성격을 지닌 노래
였음을 알 수 있게 하는 것이다. 『삼국유사』에 실려 있는 향가를 창작
연대에 따라 소개하면 위의 표와 같다.

위의 표에 의하면 형식에 있어서는 10구체, 내용에 있어서는 불교적
인 것, 작가에 있어서는 승려가 주를 이루고 있었음을 알 수 있다. 10
구체가 형식의 주류를 이룬다는 것은 향가가 4구체에서 8구체로 다시
10구체로 발전되어 갔다는 사실을 추측케 하는 것이다. 그러므로 향가
는 10구체에서 완성되었고, 10구체의 향가가 담고 있는 내용도 절제된
서정과 심미성을 지닌 탁월한 문학작품임에 틀림없다.

위의 표에서 보면 작가층이 다양하게 분포되어 있다. 신라를 지키
는 간성으로 선택된 화랑에서부터 불교를 신봉하고 전파하는 승려,
이름 모를 서민 등에서 당시 향가를 창작하고 향유한 계층이 어떠했는
가를 알 수 있다. 화랑을 노래한 작품으로는 「모죽지랑가」, 「원가」,

「찬기파랑가」 등을 들 수 있다. 이 가운데 「찬기파랑가」는 사뇌가(詞腦歌)라는 형식의 명칭을 가진 유일한 작품이다. 이 작품은 충담사라는 승려가 기파랑이라는 화랑을 찬양한 것이다. 당시에 널리 이름이 알려졌고 향가를 즐겨 창작했던 충담사가 직접 경덕왕 앞에서 기파랑의 고매한 인격을 높이 칭찬한 내용을 담고 있다.

경덕왕대는 신라의 문화가 성숙되어 안정적인 정치기반을 가졌던 시대였으므로 정신적 지주였던 승려 충담이 화랑 기파랑을 찬양했다는 것은 상당히 의미심장한 일이다. 충담사는 기파랑이 화랑으로서 표상이 될 만한 인물이고 고매한 인품을 지녀 국가의 전면에 나서서 시대를 주도할 만한 사람임을 강조하고 있다. 여기에서 보면 향가는 당시 문화계의 주류를 이루던 지식인들이 시대를 관조하며 현실에 참여하는 고도의 문학적 수단으로 사용되었음을 알 수 있다. 충담사가 국가를 지키고 왕권을 수호하는 데 앞장선 화랑의 얘기를 왕 앞에서 향가로 노래했다는 것은 왕의 치세에 대한 은유적 표현에 지나지 않는다고 하겠다. 그러므로 「찬기파랑가」는 화랑 기파랑을 기리고 찬양하면서 국가현실을 긍정적으로 바라보는 내용의 노래로서 향가가 단순히 음풍농월의 서정적 범주에만 한정될 수 없는 장르임을 알 수 있다.

승려와 관련된 것으로는 「안민가」, 「제망매가」, 「도천수대비가」, 「우적가」 등을 들 수 있다. 「안민가」에는 그 제목이 시사하듯이 왕에게 안정적으로 나라를 이끌어가라는 충언을 담고 있다. 「찬기파랑가」에서 보았듯이 이는 당시 승려들이 나라의 정신적 지도자로 추앙되고 있었기 때문에 왕에게 왕도정치에 충실하도록 권면할 의무가 있었다는 것을 알 수 있게 한다. 그러나 「도천수대비가」를 통하여 승려들이 지향하던 세계가 어떠한가를 확인하게 된다. 「도천수대비가」에서는 우리나라에 관음사상이 전파되어 크게 꽃을 피운 사실이 간접적으로 시사되어 있다. 이 노래에 등장하는 천수관음은 사람들의 기원에 감응하여 현실에 몸을 두어 중생들을 근심 · 질병 · 환난 · 가난 등에서 벗어나게 하는 대자비자(大慈悲者)이기 때문에 서민들에게 신앙의 주된 대상이었다. 이것은 관음이 온갖 고통과 재난에 시달리는 서민들의 귀의처(歸依處)였음을 보여주는 것이다. 「도천수관음가」를 통하여 당시 불교가 서민들에게 정신적 위안처가 되고, 힘없고 가난한 백성들을 구제하는 구원자로 인식되었음을 알 수 있다. 이처럼 신라 향가는 파한(破閑)의 노래로서 불려지기도 했겠지만, 당시의 상하 계층의 발원(發願)을 담고 있는 것으로 신라 문화의 정화가 아닐 수 없다.

신라 향가를 집대성해 놓은 『삼대목』에 많은 수의 신라 향가가 실려 있었겠지만, 『삼국유사』에 실려 있는 14수라는 극히 적은 양의 향가가 전하지 않았다면, 우리는 우리문화의 뿌리를 상실하게 되었을 것이다. 『삼국유사』가 역사서로서 중요한 가치를 지니고 있지만 문학서로서의 가치도 거기에 크게 뒤지지 않는다고 하겠다.

지금까지 『삼국유사』의 형식과 내용에 대해 개괄적으로 살펴봄으로써 『삼국유사』는 우리의 전통적 사유와 문화의 근원을 기록한 것임을 확인할 수 있었다. 이러한 측면에서 본다면 아무리 시대가 급변하고 외래문화가 침투해 들어와도 우리가 이 땅에 발을 딛고 우리말을 사용하는 한 『삼국유사』에 함축되어 있는 문화적 뿌리를 부정하지 못할 것이다. 앞에서 살펴본 것처럼 『삼국유사』는 고려가 내외에 걸쳐 더없이 어려운 국면에 놓여 있을 때 80세에 가까운 노납자(老衲子)가 마지막 회심의 역작으로 저술한 것으로 그 편찬 의미는 자못 크다고 할 수 있다. 지금의 우리가 그 당대의 현실을 제대로 직시하고 이해할 수 없기 때문에 일연이 어떤 고뇌와 의분 속에서 『삼국유사』를 편찬했는지 그 속뜻을 제대로 헤아려 내기는 쉽지 않다. 그가 위난에 처해 있는 고려를 불국토로 만들기 위해서 자신을 불사르며 간구(懇求)했지만 고려의 현실은 뜻하는 방향으로 진전되지 못했다. 그러므로 일연은 어쩔 수 없이 당대보다 후대의 사람들에게 우리의 자주적이며 유장하고 장엄한 문화를 전함으로써 그가 겪었던 통렬한 아픔을 다시는 겪지 않도록 하기 위해 마지막 작업으로 『삼국유사』를 편찬했으리라고 본다. 그러므로 그가 『삼국유사』를 편찬하면서 삼국역사와 관련된 기록이나 자료 너머에 있는 더 깊은 의미를 천착하여 후인들에게 우리 역사의 정화를 전달하기 위해 얼마나 고심했는가를 헤아릴 수 있다. 그러한 고심의 결실로 역사 전면에 나서지 못하는 일반 민중들을 보듬고 그들이 간직하고 있던 비원(悲願)을 풀어보려고 한 처절한 미학을 높이 평가해야 할 것이다. 그런 면에서 앞으로 여러 분야의 학자들이 참가하여 『삼국유사』에 담겨 있는 다양한 내용들을 올바로 풀어보기 위한 해석학적 노력이 절실히 요구된다.

제1권

제1 기이편(紀異篇) 상

서문으로 말한다.

대체로 옛 성인들이 예악(禮樂)으로[1] 나라를 일으키고, 인의(仁義)로 백성을 가르쳤으므로, 상상을 초월하는 용력(勇力)을 부리는 일이나 인륜(人倫)을 어지럽히는 귀신에 관한 일은 말하지 않았다. 그러나 제왕이 일어나려 할 때에는 하늘의 상서로운 명령[符命]에 따르고 예언을 받는 등 반드시 보통 사람과는 다른 점이 있었다. 그러한 후에 시대의 큰 변화를 맞아 제왕이라는 높은 지위를 얻어서는 위대한 업적을 이룬다. 그러므로 황하(黃河)에서 그림이 나오고, 낙수(洛水)에서 글이 나오자 때마침 성인이 나타났던 것이다.[2]

무지개가 신모(神母)의 몸을 휘감자 복희(伏羲)[3]를 낳았고, 용이 여등(女登)과 교감하여 염제(炎帝)[4]를 낳았다. 황아(皇娥)가 궁상(窮桑)[5]의 들판에서 노는데 스스로 백제(白帝)의 아들이라 일컫는 어떤 신동(神童)과 사귀어 소호(少昊)[6]를 낳았다. 간적(簡狄)이 알을 삼켜 설(契)[7]을 낳았고, 강원(姜嫄)은 어떤 발자국을 밟고 나서 기(棄)[8]를 낳았다. 잉태한 지 열네 달 만에 요(堯)가 태어났고, 용이 큰 못에서 교접하여 패공(沛公)[9]을 낳았다. 이러니 그 이후의 일을 어찌 다 기록할 수 있겠는가?

그러므로 삼국의 시조들이 모두 신이한 데서 태어난 일을 어찌 괴이하다고 하겠는가? 이 「기이」편이 모든 편의 앞에 실려 있는 이유가 바로 여기에 있다.

---

1) 예(禮)와 악(樂)으로 정치, 사회, 문화 등을 통틀어 일컫는 개념이다.
2) 중국 복희(伏羲) 때 황하에서 용마(龍馬)가 나왔는데, 그 등에 그려진 그림을 하도(河圖)라 한다. 우(禹) 임금이 홍수를 다스릴 때 낙수(洛水)에서 나온 신령한 거북의 등에 쓰여진 글을 낙서(洛書)라 한다.
3) 중국 상고시대 전설로 전해지고 있는 삼황(三皇) 중 하나이다.
4) 신농씨(神農氏)로 삼황 중의 하나이다.
5) 중국 산동성 곡부(曲埠) 북쪽에 있는 지명. 소호가 살던 곳이라 한다.
6) 중국 상고시대 전설로 전해지고 있는 오제(五帝) 중 하나인 황제(皇帝)의 아들이다.
7) 은(殷)의 시조이다.
8) 순제(舜帝)의 신하였다가 뒤에 주(周)의 시조가 된 후직(后稷)이다. 그를 잉태한 것이 상서롭지 못하다고 하여 버리려고 왔으므로 '기'라고 이름했다.
9) 중국 한나라 유방(劉邦)을 가리킨다. 그가 중국 패(沛) 땅에서 일어나 황제가 되었으므로 붙여진 명칭이다.

고조선 단군왕검

『위서(魏書)』[1]에 말하였다.

"이천 년 전에 단군왕검(檀君王儉)이 있었는데 그가 아사달(阿斯達)에[경(經)[2]에는 '무엽산(無葉山)'이라 했고 또 '백악(白岳)은 백주(白州) 땅에 있다'고 했다. 혹은 '개성(開城) 동쪽에 있다'고 했다. 지금의 백악궁(白岳宮)이 바로 그 곳이다] 도읍하여 나라를 세우고 조선(朝鮮)이라 이름하였다. 중국의 요(堯) 임금과 같은 시기이다."

『고기(古記)』에 말하였다.

"옛날에 하늘 나라를 다스리는 환인(桓因)이 있었는데 그의 서자(庶子)[3]인 환웅(桓雄)이 하늘 아래 땅을 자주 엿보며 인간 세상을 다스리고 싶어 했다. 아버지가 아들의 뜻을 알아차리고 삼위태백(三危太白)[4]을 내려다보니 널리 인간을 이롭게 할 만한 곳이어서 이에 천부인(天符印)[5] 세 개를 주어 그곳으로 가서 다스리게 하였다.

환웅이 3천 명의 무리를 거느리고 태백산[태백(太白)은 지금의 묘향산(妙香山)이다] 꼭대기 신단수(神檀樹) 아래로 내려왔다. 그곳을 신시(神市)라 하고, 이 사람을 환웅천왕(桓雄天王)이라 했다. 바람의 신과 비의 신과 구름의 신을 거느리고 곡식·생명·질병·형벌·선악 등 인간세상의 360여 가지 일을 관장하며 세상을 다스렸다.

이때에 곰 한 마리와 범 한 마리가 같은 굴에 살고 있었는데 신통한 환웅에게 늘 사람이 되고 싶다고 소원했다. 이에 환웅이 영험스러운 쑥 한 줌과 마늘 스무 개를 주며 말했다.

'너희들이 그것을 먹고 백일 동안 햇빛을 쐬지 않으면 곧 사람의 모습을 갖게 될 것이다.'

곰과 범이 그것을 받아먹었는데 곰은 가르친 대로 스무하루 동안 금기(禁忌)한 끝에 여자의 몸이 되었으나 범은 금기하지 못하여 사람의 몸을 얻지 못하였다. 웅녀는 혼인할 사람이 없어서 매번 신단수 아래에서 아이를 잉태하게 해 달라고 소원을 빌었다. 환웅이 그 소원을 듣고는 잠시 사람으로 변하여 그녀와 혼인하여 아들을 낳으니 그 아이의 이름을 단군왕검(檀君王儉)이라 했다.

요임금 즉위 50년인 경인년(庚寅年)에{요임금 즉위 원년(元年)은 무진(戊辰, B.C. 2333)이므로 오십년은 정사(丁巳)이니 경인(庚寅)이 아니다. 사실인지 의심스럽다}평양성(平壤城)에{지금의 서경(西京)이다} 도읍하고, 비로소 나라 이름을 조선(朝鮮)이라 했다. 뒤에 또 백악산(白岳山) 아사달(阿斯達)로 도읍을 옮겼는데, 그곳을 궁홀산(弓忽山){방홀산(方忽山)이라 고도 한다} 또는 금미달(今彌達)이라고도 했다. 단군왕검은 1천 500년간 나라를 다스렸다.

주 무왕(周 武王)이 즉위한 기묘년(己卯年, B.C. 1122)에 기자(箕子)를 조선에 봉하니 단군이 이에 장당경(藏唐京)으로 옮겨 갔다. 후에 다시 아사달로 돌아와 은거하다 산신이 되었는데 1천 908년을 살았다."

『당서(唐書)』「배구전(裵矩傳)」[6]에 말하였다.

"고려(高麗)는 본래 고죽국(孤竹國){지금의 해주(海州)이다}으로 주(周)나라가 기자를 봉해서 조선이 되었다. 한(漢)나라 때 그곳을 나누어 3군을 두고 현도(玄菟), 낙랑(樂浪), 대방(帶方)이라{북대방(北帶方)이다} 불렀다."

『통전(通典)』[7]에도 이와 같다.{한서(漢書)에는 진번(眞番)·임둔·낙랑·현도의 네 군으로 되어 있다. 지금은 세 군이라고 하고 이름도 같지 않으니 무엇 때문일까?}

---

1) 중국 북제(北齊) 위수(魏收)가 편찬한 북위(北魏, 386~556)의 역사서이다.
2) 『산해경(山海經)』이라고 하나 정확하지는 않다.

3) 큰아들이 아닌 둘째 아들을 가리킨다. 서자가 지상의 통치자로 내려왔다는 것은 모계사
   회의 반영으로 유추할 수 있다.
4) 삼위태백에 대해서는 여러 가지 설이 있으나 확실하지 않고, 태백은 뒤에 나오듯이 우
   리나라의 태백산을 가리키는 듯하다.
5) 천제(天帝)가 내려준 세 가지 신표(信表)로 제사장이 사용하는 칼·거울·방울이라는
   설이 있다.
6) 『구당서(舊唐書)』 열전 13권에 나오는 「배구전」에 3군을 설치했다고 했을 뿐 세 곳의 이
   름은 밝히지 않았다.
7) 당(唐)의 두우(杜佑)가 총 300권에 걸쳐 당나라 때까지의 중국의 문화제도를 저술한 책이다.

위만조선

『전한서(前漢書)』「조선전(朝鮮傳)」에 이렇게 말했다.

"연(燕)나라 때부터 일찍이 진번조선(眞番朝鮮)을{안사고(顏師古)[1]가 말
하기를 '전국 시대 연나라가 처음 공략하여 이 땅을 차지했다'고 했다} 공략하여 그
땅을 차지하고는 관리를 두어 요새를 쌓았다. 뒤에 진(秦)나라가 연나
라를 멸망시키고는 이 땅을 요동(遼東) 밖의 변방에 속하게 하였다. 한
(漢)나라가 일어나자 그 땅이 멀어서 지키기가 어려우므로 요동의 옛
요새를 다시 수리하고, 패수(浿水)까지를{안사고는 패수는 낙랑군에 있다고 했
다} 경계로 삼아 연나라에 소속시켰다. 연의 왕 노관(盧綰)[2]이 반란하
여 흉노에게로 들어갔는데, 연나라 사람 위만(衛滿)이 망명하고자 무
리 1천여 명을 모아 이끌고 동쪽으로 갔다. 요새를 지나 패수를 건너
진나라의 옛 빈터에 자리잡고 살았다. 점차 진번 조선의 오랑캐들과
그리고 옛날에 연 땅과 제(齊) 땅에서 망명해 온 사람들을 모아 왕으로
자처하고는 왕검(王儉)에{이기(李奇)[3]는 지명이라 했고, 신찬(臣瓚)[4]은 왕검성은

낙랑군에 있으니 패수의 동쪽이라 했다) 도읍했다. 군사를 몰아 주변의 작은 읍을 침략해 항복시키니 진번과 임둔이 모두 항복해 와 나라 땅이 사방 수천 리가 되었다. 아들에게 나라를 전하고 손자 우거(右渠)(안사고가 손자의 이름을 우거라고 했다)에게로 이어졌다.

진번과 진국(辰國)이(안사고는 진(辰)은 진한(辰韓)을 말한다고 했다) 한(漢)나라에 글을 올려 천자를 알현하고자 하였으나 우거가 길을 내주지 않아 갈 수 없었다.

원봉 2년(元封 2年, B.C. 109년)에 한나라에서 섭하(涉何)를 보내어 우거를 설득하였으나 끝내 천자에게 올리는 조서(詔書)가 통과하는 것을 허락하지 않았다. 섭하가 그곳을 떠나 국경에 이르러 패수 가에서 수레 모는 자를 시켜 자기를 마중하러 왔던 조선의 비왕 장(裨王 長)[5]을(안사고는 섭하를 전송하던 사람의 이름이라 했다) 찔러 살해하게 하고는 곧바로 패수를 건너 말을 달려 국경의 요새를 넘어 자기 나라로 들어가 천자에게 사정을 아뢰었다. 한나라 천자가 섭하를 요동 동부도위(遼東 東部都尉)로 삼았는데 조선이 섭하에게 원한을 품고 있었으므로 몰래 습격하여 그를 죽였다. 천자가 누선장군 양복(樓船將軍 楊僕)으로 하여금 제(齊) 땅에서 출발하여 발해(渤海)를 건너가게 하니 그가 거느린 병사가 5만 명이나 되었다. 좌장군 순체(左將軍 荀彘)가 요동으로 출병하여 우거를 치니 우거는 병사를 일으켜 험로(險路)에서 적군을 막았다.

누선장군이 제(齊) 땅의 군사 7천 명을 거느리고 먼저 왕검성에 도착하였다. 우거가 성을 지키며 누선의 군사가 수적으로 얼마 되지 않는다는 사실을 알아차리고는 곧바로 나와 누선을 공격했다. 누선장군이 패하여 많은 군사를 잃고 산중으로 숨어들어 겨우 죽음을 면할 수 있었다. 좌장군은 조선의 패수 서쪽 군대를 공격했으나 깨뜨리지 못했다.

천자가 두 장군의 전세가 불리하다고 생각하여 위산(衛山)으로 하여금 군사의 위세로 우거를 달래게 하였다. 우거가 항복을 청하고자 태자를 보내 말을 바치게 하였다. 태자가 1만여 명의 무기를 든 군사를 이끌고 막 패수를 건너려 하는데 위산과 좌장군이 그들이 변란을 일으킬까 의심해서 태자에게 말하였다. '이미 항복했으니 무기를 갖지 않는 것이 좋겠소.' 태자도 사신이 속임수를 쓰고 있지 않는가 의심해서 결국은 패수를 건너지 않고 무리를 이끌고 되돌아갔다. 사신 위산이 돌아가 이 사실을 보고 하니 천자가 그의 목을 베었다.

좌장군이 패수 가의 조선 군사를 격파하고 앞으로 나아가 왕검성 아래 이르러서는 그 서북쪽을 에워쌌다. 누선장군도 성 남쪽으로 와서 합세했다. 우거가 굳게 수비하고 있어 여러 달이 되어도 항복시킬 수 없었다.

천자는 시일이 지체되면 결판을 내기 어렵다고 생각하여, 전 제남태수(濟南太守)인 공손수(公孫遂)로 하여금 가서 그들을 정벌하게 하고는 편리한 대로 일을 처리할 수 있게 하였다. 드디어 공손수가 그곳에 도착하여 누선장군을 결박하고 그 군사를 병합해서 좌장군과 함께 급히 조선을 공격했다.

조선의 재상인 노인(路人)과 한도(韓陶), 이계(尼溪)의 재상인 삼(參)과 장군 왕협(王唊) 등이{안사고는 이계는 지명이므로 모두 네 사람이라고 했다} 서로 함께 의논해 항복하고자 했으나 우거가 허락하지 않았다. 한도, 왕협, 노인 등이 함께 한(漢)나라에 투항하여 망명하려 했는데, 노인은 가는 도중에 죽었다. 원봉 3년(B.C. 108년) 여름에 이계의 재상인 삼이 사람을 시켜 왕 우거를 시해하고 한나라에 항복했다. 왕검성은 아직 함락되지 않았으므로 우거의 대신인 성기(成己)가 또 한나라에 대항했

다. 좌장군이 우거의 아들 장(長)과 노인의 아들 최(最)에게 백성들을
타일러 성기를 죽이도록 했다. 그리하여 드디어 조선을 평정하고 진
번, 임둔, 낙랑, 현도의 네 군을 두었다."

1) 당나라 훈고학자(訓詁學者)로 『한서』 100권에 주(註)를 달았다.
2) 한나라를 세운 한고조 유방과 같은 마을 출신으로 생년월일이 같았으므로 서로 절친했
   다. 뒤에 한고조에게 의심을 받자, B.C. 195년에 흉노에게 망명했다.
3) 『한서』 「조선전」에 주를 달았다.
4) 중국 진(晉)나라 사람으로 『사기(史記)』 「조선열전」에 주를 달았다.
5) 비왕 장에 대해서는 여러 가지 설이 있다. 무관이나 왕을 대신하는 부왕(副王) 또는 족장
   으로 보고 있으나 어느 것도 정확하지 않다.

마한

『위지(魏志)』에는 이렇게 말하고 있다.

"위만이 조선을 공격하니, 조선의 왕 준(準)이 궁인(宮人)과 여러 신
하들을 거느리고 바다를 건너 남쪽으로 갔다. 한(韓) 땅에 이르러 나라
를 열고 마한(馬韓)이라고 하였다."

견훤(甄萱)이 고려 태조에게 올린 글에는 이렇게 말했다.

"옛날 마한이 먼저 일어나고, 이어서 혁거세가 일어났다. 이때에 백
제가 금마산(金馬山)에서 나라를 열었다."

최치원이 말했다.

"마한은 고구려이며, 진한은 신라이다." (『삼국사기』 「신라본기」에 의하면
신라가 갑자년에 먼저 일어났고, 고구려가 뒤이어 갑신년에 일어났다. 여기에서 말한 것

은 왕 준(準)을 가리킨 것일 뿐이다. 이로써 동명왕이 일어난 것이 이미 마한을 병합했기 때문임을 알 수 있다. 그러므로 고구려를 마한이라고 하였다. 지금 사람들이 혹 금마산 때문에 마한을 백제라고 하지만 이것은 잘못된 말이다. 고구려 땅에도 본래 금마읍과 금마산이 있었으므로 마한이라 했다) 사이(四夷), 구이(九夷), 구한(九韓), 예맥(穢貊)이 있는데, 『주례(周禮)』에 '직방씨가 사이·구맥을 관장했다' 고 하였으니 동이(東夷)의 종족이 바로 구이이다.

『삼국사(三國史)』에는 이렇게 말했다.

"명주(溟洲)는 옛날의 예국(穢國)이다. 들에서 일하던 사람이 밭을 갈다가 예왕의 인장을 얻어서 바쳤다. 또 춘주(春州)는 옛날 고구려 때의 우수주(牛首州)로 곧 옛날의 맥국(貊國)이다." 또 혹 말하기를, '지금의 삭주(朔州)가 바로 맥국이다' 라고 했고, 혹은 '평양성(平壤城)이 맥국이다' 라고 했다."

『회남자(准南子)』 주(注)[1]에 말했다.

"동방의 오랑캐는 아홉 종족이다."

『논어 정의(論語 正義)』[2]에 말했다.

"구이는 현도(玄菟), 낙랑(樂浪), 고려(高麗), 만식(滿飾), 부유(鳧臾), 소가(素家), 동도(東屠), 왜인(倭人), 천비(天鄙)이다."

「해동안홍기(海東安弘記)」[3]에 말했다.

"구한(九韓)은 일본(日本), 중화(中華), 오월(吳越), 탁라(乇羅), 응유(鷹遊), 말갈(靺鞨), 단국(丹國), 여진(女眞), 예맥(穢貊)이다."

---

1) 한나라 때 회남왕 유안이 노장(老莊)의 도를 논해 놓은 21권의 책으로 후한(後漢)의 고유(高誘)가 주를 달았다.
2) 위(魏)나라 사람 하안이 『논어』에 주를 단 책이다.
3) 신라의 스님인 안홍이 신라의 건국을 기술해 놓은 책이다..

이부(二府)

『전한서(前漢書)』에 보면 소제(昭帝) 시원(始元) 5년(B.C. 82년) 기해년에 두 외부(外府)를 설치했다고 했다. 이는 조선의 옛 땅인 평나(平那)와 현도군(玄菟郡) 등을 평주도독부(平州都督府)로 삼고, 임둔(臨屯)과 낙랑(樂浪) 등 두 군의 땅에 동부도위부(東部都尉府)를 둔 것을 말한다.[내 생각에는 『조선전(朝鮮傳)』에 진번·현도·임둔·낙랑 등 네 군으로 되어 있는데, 지금 이 글에는 평나가 있고 진번이 없으니 아마 한 곳을 두 이름으로 불렀던 것 같다]

칠십팔국(七十八國)

『통전』에 이렇게 말했다.

"조선의 유민은 칠십여 국으로 나뉘어 있는데, 모두 땅이 사방 백리이다."

『후한서』에 이렇게 말했다.

"서한(西漢)이 조선의 옛 땅에 처음에 사군을 설치하였다가, 뒤에 이부를 설치했다. 법령이 점점 번잡해져서 칠십팔 국으로 나누어졌는데, 각국은 일만 호(一萬戶)를[마한은 서쪽에 있었다. 54개의 소읍(小邑)으로 이루어져 있었는데 모두 나라國라고 했다. 진한은 동쪽에 있었다. 12개 소읍으로 이루어져 있었고 나라라고 했다. 변한은 남쪽에 있었다. 12개 소읍으로 이루어져 있었고 각기 나라라고 했다] 두고 있었다."

낙랑국

전한(前漢) 때 처음으로 낙랑군(樂浪郡)을 두었다.

응소(應劭)[1]는 이를 고조선국(古朝鮮國)이라 하였고, 『신당서(新唐書)』 주(注)에는 평양성은 옛 한(漢)나라의 낙랑군이라고 했다.

『국사(國史)』에 이렇게 말했다.

"혁거세 30년에 낙랑인이 투항해 왔다. 또 신라 제3대 노례왕(弩禮王) 4년에[2] 고구려 제3대 무휼왕(無恤王)[3]이 낙랑을 쳐서 멸망시키니, 그 나라 사람들이 대방(帶方){북대방이다} 사람들과 함께 신라에 투항했다. 또 무휼왕 27년에 후한(後漢)의 광무제[光虎帝][4]가 사신을 보내 낙랑을 쳐 그 땅을 차지하여 군현으로 삼으니 살수(薩水) 이남의 땅은 한나라에 속했다."{위의 여러 글에 의하면 낙랑은 바로 평양성이라고 해야 옳다. 혹은 낙랑의 중두산(中頭山) 아래쪽이 말갈의 경계가 되고 살수는 지금의 대동강이라고 하니 어느 것이 옳은지 자세하지 않다}

또 백제 온조가 '동쪽에 낙랑이 있고, 북쪽에 말갈이 있다' 고 말했으니, 이는 아마도 옛날 한나라 때 낙랑군에 속했던 현(縣)의 땅을 가리켰을 것이다. 신라인들도 낙랑이라고 불렀으므로 본조(고려)에서도 그로 인해 '낙랑군 부인' 이라 불렀다. 또 태조가 김부(金傅)[5]에게 딸을 시집보내고는 '낙랑공주' 라 불렀다.

---

1) 중국 후한시대의 학자로 『한서』에 주를 달았다.
2) '노례왕' 은 신라 제3대 왕인 유리왕(儒理王, A.D. 24~56)을 가리키고, 4년은 14년의 오기이다.
3) 고구려 제3대 태무신왕(太武神王, A.D. 18~43)을 가리킨다.
4) 고려 혜종(惠宗)의 이름이 무(武)였으므로 이를 꺼려 호(虎)로 하였다.
5) 신라 제56대 경순왕의 이름이다.

북대방

북대방(北帶方)은 본래 죽담성(竹覃城)이다. 신라 노례왕 4년(27)에 대방 사람들이 낙랑 사람들과 함께 신라에 투항했다.(이것(대방과 낙랑)은 모두 전한(前漢) 때에 설치됐던 두 군(郡)의 이름이다. 그 후에 참람되게 나라라고 불러오다가, 지금에 와서 항복했다)

남대방

조위(曹魏)[1] 때 처음 남대방군(지금의 남원부(南原府)이다)을 설치했으므로 그렇게 불렀다. 대방의 남쪽으로 바닷물이 천 리를 이어 있으니 한해(瀚海)[2]라 부른다.(후한(後漢) 건안(建安) 연간에 마한의 남쪽 황무지를 대방군으로 삼았다. 왜(倭)와 한(韓)이 드디어 이에 속했다는 것이 바로 이것이다)

1) 중국 삼국시대 조조의 아들 조비(曹丕)가 세운 위나라로 남북조 시대의 후위(後魏)와 혼동하지 않기 위해 부른 이름이다.
2) 일본 대마도 남쪽의 바다를 가리킨다.

말갈(물길이라고도 한다)과 발해

『통전』에 이렇게 말했다.

"발해(渤海)는 본래 속말말갈(粟末靺鞨)[1]이다. 그 추장 조영(祚榮)이 나라를 세우고는 스스로 진단(震旦)이라 불렀다. 선천(先天) 연간에(당나라 현종 때인 임자년(壬子年, 712)이다) 비로소 말갈이라는 칭호를 버리고 오로지 발해라고만 불렀다. 개원(開元) 7년에(기미년(己未年, 719)이다) 조영이 죽자 시호를 고왕(高王)이라 했다. 세자가 이어서 왕위에 오르니, 당나라 현종이 책봉하여 왕위를 계승하게 했다. 왕이 사사로이 연호(年號)를 고쳐 불러 독립하였는데, 드디어 해동의 큰 나라[海東盛國]가 되었다. 발해에는 5경(京) 12부(府) 62주(州)가 있었다. 후당(後唐) 천성(天成) 초(926)에 거란이 발해를 공격하여 무너뜨렸다. 그 후에는 거란의 지배를 받았다."(『삼국사(三國史)』에 말했다. "의봉(儀鳳) 3년 고종(高宗) 무인년(戊寅年, 678)에 고구려의 남은 왕자들이 무리들과 모여 북쪽의 태백산(太白山) 아래에 의지하여 나라 이름을 발해라 했다. 개원(開元) 20년(732)에 당나라 현종이 장수를 보내 발해를 토벌했다. 또 성덕왕(聖德王) 32년(733)[2] 현종 갑술년(甲戌年, 734)에 발해와 말갈이 바다를 건너 당(唐)의 등주(登州)[3]를 침입하니, 현종이 토벌했다." 또 『신라고기(新羅古記)』에 이렇게 말했다. "고구려 옛장수 조영(祚榮)은 성이 대씨(大氏)로, 남은 병사를 모아 태백산 남쪽에 나라를 세우고 국호를 발해라 했다." 위의 여러 글을 살펴보건대 발해는 말갈과 다른 종족인데, 다만 갈라서고 합한 것이 같지 않을 뿐이다. 지장도(指掌圖)[4]를 살펴보건대 발해는 만리장성 동북쪽 외곽에 있었다)

가탐(賈眈)[5]의 『군국지(郡國志)』에 이렇게 말했다.

"발해국의 압록(鴨淥)[6], 남해(南海)[7], 부여(夫餘)[8], 추성(橻城)[9] 4부(府)는 모두 고구려의 옛 땅이다. 신라의 천정군(泉井郡)[10]에서부터(『지리지(地理志)』에 삭주(朔州)에 소속된 고을 가운데 천정군이 있다고 하니, 지금의 용주(湧州)이다 추성부에 이르기까지 모두 39군데의 역(驛)이 있다."

또 『삼국사』에 이렇게 말했다.

"백제 말년에 발해·말갈·신라가 백제 땅을 나누어 가졌다."{이 말에 의하면 말갈과 발해가 또 나뉘어져 두 나라로 된 것이다}

신라 사람들이 말했다.

"북쪽에 말갈이 있고, 남쪽에 왜인이 있으며, 서쪽에 백제가 있으니 이들이 나라에 해악을 끼친다. 또 말갈의 땅이 아슬라주(阿瑟羅州)[11]에 접해 있다."

또 『동명기(東明記)』에 이렇게 말했다.

"졸본성의 땅은 말갈과{혹은 지금의 동진(東眞)이라 한다} 이어져 있었다. 신라 제6대 지마왕(祗麻王) 14년(乙丑年, 125)에 말갈 병사가 대거 북쪽 국경으로 몰려와 대령(大嶺)의 성채를 습격하고 이하(泥河)를 지나갔다."

『후위서(後魏書)』에 말갈은 물길(勿吉)이라 하였고, 『지장도(指掌圖)』에 읍루(挹屢)와 물길은 모두 숙신(肅愼)이라고 했다.

흑수(黑水)와 옥저(沃沮)에 대해서는 동파(東坡)의 『지장도(指掌圖)』를 살펴보면 '진한의 북쪽에 남흑수와 북흑수가 있다'라고 했다.

살펴보건대, 동명제가 왕위에 오른 지 10년(B.C. 28)이 되던 해에 북옥저를 멸망시켰고, 온조왕 42년(23)에 남옥저의 20여 가호가 신라[12]에 투항했다. 또 혁거세 52년에 동옥저 사람이 신라에 와서 좋은 말을 바쳤다고 하니 그렇다면 동옥저도 있었다는 것이다. 『지장도』에 "흑수는 만리장성 북쪽에 있고 옥저는 장성 남쪽에 있다"고 했다.

1) 말갈은 우리나라 북쪽에 살았던 종족의 이름이다. 금나라를 세운 흑수말갈과 대조영과
   함께 발해를 세운 속 말수말갈로 나뉜다.
2) 신라 선덕왕 32년과 현종 갑술년과는 1년의 차이가 있다.
3) 지금의 중국 산동성을 가리킨다.
4) 중국 송나라 학자이자 문인으로 호가 동파(東坡)인 소식(蘇軾, 1036~1101)이 지은 책이다.
5) 당나라 사람(730~805)으로 지리와 음양에 정통했다.
6) 지금의 중국 길림성 임강진(臨江鎭) 지역의 땅 이름이다.
7) 지금의 함경남도 북청 부근의 땅 이름이다.
8) 지금의 길림성 농안(農安) 부근의 땅 이름이다.
9) 지금의 길림성 훈춘(琿春)의 옛 이름이다.
10) 지금의 함경남도 덕원군의 옛 이름이다.
11) 지금의 강원도 강릉의 옛 이름이다.
12) 『삼국사기』의 해당 내용을 보면, '신라'가 아니라 '백제'로 되어 있다.

이서국

노례왕 14년에 이서국 사람들이 신라의 금성(金城)을 공격했다. 운문사(雲門寺)에 옛날부터 전해 오는 『제사납전기(諸寺納田記)』에 의하면 "정관(貞觀) 6년 임진년(壬辰年, 632)에 이서군(伊西郡) 금오촌(今郚村)의 영미사(零味寺)에서 밭을 바쳤다"라고 하였다. 그렇다면 금오촌은 청도(淸道) 땅이니, 곧 청도군이 옛날 이서군이다.

오가야(五伽倻)(『가락국기(駕洛國記)』의 찬(贊)을 살펴보면 이렇게 말하고 있다. "자줏빛 끈 하나가 드리워지고 여섯 개의 둥근 알을 내려주었다. 그 중

다섯 개의 알은 각 읍으로 보내지고, 나머지 하나는 이 성에 두었다." 그렇다면 하나는 수로왕(首露王)이 되고, 나머지 다섯은 각기 오가야의 왕이 됐다는 것이니, 금관국(金官國)이 다섯이라는 수에 들지 않는 것은 마땅한 처사이다. 그런데 『본조사략(本朝史略)』은 금관을 합해 헤아리고, 창녕(昌寧)까지 넣어서 함부로 기록한 것은 잘못이다〕

아라가야(阿羅〔아〔耶〕라고도 한다〕伽倻),〔지금의 함안(咸安)이다〕 고령가야(高寧伽倻),〔지금의 함녕(咸寧)이다〕 대가야(大伽倻),〔지금의 고령(高靈)이다〕 성산가야(星山伽倻),〔지금의 경산(京山)이니 벽진(碧珍)이라고도 한다〕 소가야(小伽倻)〔지금의 고성(固城)이다〕이다.

또 본조(本朝, 고려) 『사략(史略)』에 이렇게 말했다.

"태조 천복(天福) 5년(940)[1] 경자(庚子)에 오가야의 명칭을 바꾸었으니, 첫째는 금관,〔김해부(金海府)이다〕 둘째는 고령(古寧),〔가리현(加利縣)이다〕 셋째는 비화(非火)〔지금의 창녕이니 고령의 잘못인 듯하다〕이고, 나머지 둘은 아라와 성산이다."〔앞의 주와 같이 벽진가야라고도 한다〕

1) 중국 후진(後晉) 고조의 연호(936~942)이다.

북부여

『고기(古記)』에 이렇게 말했다.

"전한(前漢)의 선제(宣帝) 신작(神爵) 3년(선제 15년, B.C. 58) 임술년

4월 8일[1]에 천제(天帝)[2]가 흘승골성(訖升骨城)에{대요(大遼)의 의주(醫州) 경계에 있다} 오룡거(五龍車)를 타고 내려왔다. 도읍을 정하고 왕이라 칭하고는 나라 이름을 북부여라 했으며, 스스로 해모수(解慕漱)라 불렀다. 아들이 태어나자 부루(扶婁)라 이름하고, 해(解)로써 성씨를 삼았다. 왕은 후에 상제(上帝)의 명을 받아 도읍을 동부여로 옮겼다. 동명제(東明帝)가 북부여를 계승하여 일어나 졸본주(卒本州)에 도읍을 정하고, 졸본부여(卒本夫餘)라 하였다. 이는 곧 고구려의 시조이다.'"{아래 고구려조에 보인다}

1) 석가탄신일인 사월 초파일에 맞춘 것으로 추정된다.
2) 하늘에서 내려온 사람은 해모수를 가리킨다. 따라서 이는 곧 천제(天帝)의 아들이 된다. 천제자(天帝子)의 오기로 보인다.

동부여

북부여 왕 해부루의 재상이던 아난불(阿蘭弗)의 꿈에, 천제(天帝)가 내려와 그에게 말했다.

"장차 나의 자손으로 하여금 이곳에 나라를 세우게 하려고 하니, 너희들은 이곳에 가까이 오지 마라.{동명(東明)이 일어날 조짐을 말한 것이다} 동해의 바닷가에 가섭원(迦葉原)이라고 하는 땅이 있는데 기름진 땅이라 왕도(王都)를 세울 만한 곳이다."

아난불이 왕에게 도읍을 그곳으로 옮기기를 권하고 나라 이름을 동부여라 했다. 해부루왕이 늙도록 아들이 없자, 하루는 산천에 제사를 지내고 뒤를 이을 아들을 구했다. 이때 타고 가던 말이 곤연(鯤淵)[1]에 이르러 그곳에 있는 큰 돌을 보고는 눈물을 흘렸다. 왕이 이상하게 여겨 사람들을 시켜 그 돌을 굴리게 하니 그 속에 어린 아이가 있었는데 금빛의 개구리 모양을 하고 있었다. 왕이 기뻐하며 말했다.

"이는 바로 하늘이 나에게 뒤를 이을 아들을 내려 주심이로다."

이에 그 아이를 거두어 기르며, 이름을 금와(金蛙)라 하였다. 그 아이가 성장하자 태자로 삼았다. 부루가 세상을 떠나자 금와가 왕위를 이어받았다. 다음으로 태자 대소(帶素)에게 왕위가 전해졌으나 지황(地皇) 3년[2] 임오(壬午)에 고구려 무휼왕(無恤王)[3]이 쳐들어와 대소를 죽이니, 이로써 동부여국은 사라졌다.

1) 곤연은 큰 못을 가리킨다.
2) 지황은 한나라 왕망(王莽)의 연호로 3년은 A.D. 22년이다.
3) 고구려 유리명왕의 셋째 아들인 제3대 대무신왕(大武神王)을 가리킨다.

고구려

고구려(高句麗)는 곧 졸본부여이다. 혹은 지금의 화주(和州)[1]라 하고, 또는 성주(成州)[2]라고도 하나 모두 잘못이다. 졸본주는 요동의 경계에 있다.

『국사(國史)』,[3] 「고구려본기[高麗本紀]」에 이렇게 말했다.

"시조(始祖) 동명성제(東明聖帝)의 성은 고씨(高氏)이고 이름은 주몽(朱蒙)이다. 이보다 앞서 북부여의 왕 해부루가 동부여로 옮겨 왔다.

부루가 죽고 금와가 왕위를 이었다. 이때 금와가 태백산 남쪽 우발수(優渤水)에서 한 여자를 만났다. 그녀에게 누구냐고 물으니 그녀가 말했다.

'저는 하백(河伯)의 딸이온데 이름은 유화(柳花)입니다. 여러 동생들과 나와 놀고 있었는데 때마침 한 남자가 자신을 천제(天帝)의 아들 해모수라 하면서 저를 유혹하여 웅신산(熊神山)[4] 아래 압록강(鴨綠江)가에 있는 집 안으로 데리고 들어가 정을 통하고 떠나서는 돌아오지 않았습니다.(『단군기(檀君記)』에는 "임금이 서하(西河) 하백의 딸인 여자와 친하게 지내다 아들을 낳았으니 이름을 부루라 했다"고 했다. 지금 이 기록에 의하면 해모수가 하백의 딸과 정를 통한 후 주몽을 낳은 것이 된다. 『단군기』에 "아들을 낳아 이름을 부루라 했다"라고 했으니 부루와 주몽은 어머니가 다른 형제가 된다) 부모님께서는 제가 중매도 없이 남자를 따른 것을 책망하시고, 드디어 이곳으로 귀양을 보내셨습니다.'

금와가 이상하게 여겨 그녀를 방안 깊숙한 곳에 가두었더니, 햇빛이 그녀를 비추었다. 햇빛을 피하여 몸을 숨기면, 햇빛이 또 따라와 유화를 비추는 것이었다. 그로 인해 그녀가 잉태하여 알 하나를 낳았는데 닷 되들이 정도의 큰 알이었다. 왕이 그것을 내다버려 개와 돼지에게 주었으나 모두 먹지 않았다. 또 길에 버렸더니 소와 말이 그것을 피해 갔다. 들에다 버렸더니 새와 짐승들이 그것을 덮어 주며 보호했다. 왕이 깨뜨리려고 했으나 끝내 깨뜨릴 수가 없었다. 어쩔 수 없어서 그 어미에게 돌려주었다. 어미가 그것을 싸서 따스한 곳에 두었더니 한 어린 아이가 껍질을 깨고 나왔는데, 그 아이의 골격과 외모가 영특하고 기이했다. 나이 겨우 일곱 살인데도 재주가 뛰어나고 숙성하였다. 스스로 활과 화살을 만들어 백 번을 쏘면 백 번 다 맞혔다. 동부여의 풍속에 활을 잘 쏘는 사람을 주몽(朱蒙)이라 했으므로 주몽이라 이름했다. 금와왕은 일곱 아들을 두었는데, 항상 주몽과 함께 놀았으나 재주가 주몽에 미치지 못했다. 큰아들인 대소가 왕에게 말했다.

"주몽은 사람이 낳은 자식이 아닙니다. 일찍 그를 없애지 않으면 후환이 있을 것입니다."

금와왕이 태자의 말을 듣지 않고 주몽에게 말을 기르도록 했다. 주몽은 준마를 알아볼 줄 알아 준마에게 먹이를 적게 주어 비쩍 마르게 하고, 노둔한 말은 잘 먹여 살찌게 했다. 왕은 살진 말을 자신이 타고 여윈 말은 주몽에게 주었다. 왕의 아들들과 여러 신하들이 주몽을 해칠 것을 모의했다. 주몽의 어머니가 그 사실을 알아차리고는 말했다.

"나라 사람들이 너를 해치려 하니 너의 재주와 지략으로 어디를 간들 무슨 일을 못하겠느냐? 속히 이곳에서 벗어나는 것이 좋겠다."

이에 주몽이 오이(烏伊) 등 세 사람을 벗으로 삼아 길을 떠나 엄수(淹水)에[지금은 어딘지 알 수 없다] 이르렀다. 강물에게 말했다.

"나는 천제의 아들이고 하백의 손자이다. 죽이려는 음모를 알고 오늘 도망나왔는데 추격하는 자들이 가까이 다가왔으니 어찌 하면 좋을꼬?"

이에 고기와 자라들이 다리를 만들어 주어 건널 수 있었다. 건너자마자 다리가 사라져 추격하던 기마병들은 물을 건널 수 없었다. 주몽이 졸본주[현도군의 경계이다]에 이르러 드디어 도읍하였다. 궁실을 지을 겨를이 없어서 다만 비류수(沸流水) 가에 초가집을 지어 거처하였다. 나라 이름을 고구려라고 하였으므로 고(高)를 성씨로 하였다.[본래 성씨는 해(解)이다. 지금 스스로 천제(天帝)의 아들로, 햇빛을 받아 태어났다고 하여 스스로 고(高)를 성씨로 삼았다] 이때 주몽의 나이가 12세로[5] 한(漢)나라 효원제(孝元帝) 건소(建昭) 2년 갑신년(甲申年, B.C. 37)에 즉위하여 왕이라 칭했다.

고구려가 번성하던 때는 21만 508호(戶)나 되었다.

상. 중국 지린성 지안현에 있는 고구려 고분 삼실총 벽화에 나타난 중장기병의 모습. 이번에 출토된 신라 장수의 갑옷도 이와 유사한 형태를 지닌 것으로 보인다.

하. 고대 비늘갑옷의 원형을 보여주는 고구려 쌍영총 벽화 속 무사(사진제공 문화제청)

『주림전(珠琳傳)』[6] 제 21권에 실려 있는 글이다.

"옛날 영품리왕(寧稟離王)의 시비(侍婢)가 임신하였는데 관상을 보는 사람이 점을 쳐보고 말했다. '이 아이가 태어나면 고귀하여 왕이 될 것이다.' 그 말을 듣고 왕이 말했다. '나의 아들이 아니니 마땅히 죽여야 한다.' 이에 그 시비가 말했다. '하늘로부터 정기를 받아 제가 임신한 것입니다.' 시비가 아들을 낳자 왕이 상서롭지 못하다고 하여 아이를 우리에 버리니 돼지들이 입김을 불어 따뜻하게 해주었고, 마굿간에 버리니 말들이 젖을 먹여 굶어죽지 않게 하더니, 마침내 부여의 왕이 되었다."[바로 동명제가 졸본 부여의 왕이 된 것을 말함이다. 이 졸본 부여는 또한 북부여의 다른 도읍지이므로 부여왕이라 말하였다. 영품리(寧稟離)는 바로 부루왕(夫婁王)의 다른 명칭이다.]

1) 지금의 함경도 영흥 땅이다.
2) 지금의 평안남도 성천군이다.
3) 김부식이 편찬한 『삼국사기』를 가리킨다.
4) 지금의 백두산으로 추측된다.
5) 『삼국사기』 13권 「고구려본기」에는 22세라고 했다.
6) 당나라의 스님인 도세(道世)가 지은 책이다.

변한과 백제[또한 남부여라고도 하니 곧 사비(泗沘)성이다]

신라 시조인 혁거세가 즉위한 지 19년이 되는 임오년(壬午年, B.C. 39)에 변한(弁韓) 사람들이 나라를 바치며 항복했다. 『신당서(新唐書)』와 『구당서(舊唐書)』에 "변한의 자손들이 낙랑 땅에 있었다"라고 했다. 『후한서』에는 "변한은 남쪽에 있고 마한은 서쪽에 있으며 진한은 동쪽에 있다"라고 했으며, 최치원은 "변한은 백제(百濟)다"라고 하였다.

『본기(本紀)』를 살펴보면 온조(溫祚)가 일어난 것은 홍가(鴻嘉)[1] 4년(B.C. 17) 갑진년(甲辰年)이니 혁거세와 동명왕의 시대보다 40여 년 뒤진다. 그리고 『당서』에 "변한의 자손들이 낙랑 땅에 있었다"라고 한 것은 온조왕의 계통이 동명왕으로부터 나왔으므로 그렇게 말한 것일 뿐이다. 어떤 사람이 낙랑 땅에서 태어나 변한에 나라를 세워 마한 등과 맞선 것은 온조왕 이전 일일 뿐이니 도읍한 곳이 낙랑 북쪽에 있었다는 것은 아니다. 어떤 사람이 함부로 '구룡산(九龍山)[2]을 변나산(卞那山)이라고' 불렀다 하여 고구려를 변한이라고 하는데 이것은 잘못인 듯하다. 마땅히 옛 현자의 말이 옳다고 해야 할 것이다. 백제의 땅에 변산(卞山)이 있었기 때문에 변한이라고 한 것이다. 백제의 전성기에는 가호 수가 15만 2천 300호(戶)나 되었다.

1) 한나라 성제(成帝)의 연호이다.
2) 평양 동북쪽에 있는 대성산(大成山)으로 추정된다.

진한 {진한(秦韓)이라고도 한다}

『후한서』에 이렇게 말했다.

"진한(辰韓)의 원로들이 스스로 말하기를 '진(秦)나라 사람들이 한

국(韓國)으로 망명해 오니, 마한이 동쪽 국경의 땅을 떼어 그들에게 주고 서로 무리라 불렀다. 말이 진(秦)나라 말과 비슷하므로 혹 진한(秦韓)이라고도 했다.' 12개의 작은 나라가 있는데 각기 만 호(萬戶)를 이루고 있었으며 각각 나라라고 불렀다."

또 최치원은 말했다.

"진한 사람은 본래 연(燕)나라에서 피난 온 사람들이므로 탁수(涿水)[1]의 이름을 따서 그들이 사는 마을을 사도(沙涿), 점도(漸涿) 등으로 불렀다."{신라 사람의 방언에 탁(涿)을 읽을 때 도(道)라고 발음한다. 그러므로 지금도 혹 사량(沙梁)이라고 하니 양(梁)자도 도(道)라 읽는다}

신라 전성기에 서울은 7만 8천 936호(戶), 1천 360방(坊), 55리(里), 35개의 금입택(金入宅)[2]{부유하고 윤택한 대저택이다}이 있었다. 이는 남택(南宅), 북택(北宅), 우비소택(亐比所宅), 본피택(本彼宅), 양택(梁宅), 지상택(池上宅),{본피부(本彼部)에 있다} 재매정택(財買井宅),{유신공(庾信公)의 선조 종가이다} 북유택(北維宅), 남유택(南維宅),{반향사(反香寺) 아래 마을에 있다} 대택(隊宅), 빈지택(賓支宅),{반향사 북쪽에 있다} 장사택(長沙宅), 상앵택(上櫻宅), 하앵택(下櫻宅), 수망택(水望宅), 천택(泉宅), 양상택(楊上宅),{양부(梁部) 남쪽에 있다} 한기택(漢岐宅),{법류사(法流寺) 남쪽에 있다} 비혈택(鼻穴宅),{위와 같다} 판적택(板積宅),{분황사(芬皇寺) 윗마을에 있다} 별교택(別教宅),{내의 북쪽에 있다} 아남택(衙南宅), 금양종택(金楊宗宅),{양관사(梁官寺) 남쪽에 있다} 곡수택(曲水宅),{내의 북쪽에 있다} 유야택(柳也宅), 사하택(寺下宅), 사량택(沙梁宅), 정상택(井上宅), 이남택(里南宅),{우소택(亐所宅)이다} 사내곡택(思內曲宅), 지택(池宅), 사상택(寺上宅),{대숙택(大宿宅)이다} 임상택(林上宅),{청룡사(靑龍寺) 동쪽으로 못이 있다} 교남택(橋南宅), 항질택(巷叱宅),{본피부에 있다} 누상택(樓上宅), 이상택(里上宅), 명남택(榆南宅), 정하택(井下宅) 등이다.

1) 옛날 중국 연(燕)나라 땅이었던 하북성 탁록현의 탁론산에서 발원하는 강이다.
2) 신라통일시대 진골 귀족들이 국가의 부를 독점하여 호사한 생활을 누리던 대저택이다.

우1) 사절유택(又四節遊宅)

봄철에는 동야택(東野宅), 여름에는 곡혈택(谷穴宅), 가을에는 구지택(仇知宅), 겨울에는 가이택(加伊宅)에서 놀았다. 제49대 헌강대왕(憲康大王) 대에는 성 안에 초가집이 한 채도 없었고, 집들의 추녀가 맞붙고 담장이 이어져 있었다. 노래와 피리 소리가 길에 가득 넘쳐나고 밤낮으로 끊이지 않고 들렸다.

1) '우'는 또의 의미로 앞의 '진한' 조에 연결된다는 뜻이다. .

신라시조 혁거세왕

진한 땅에는 옛날에 6촌(六村)이 있었다. 첫째는 알천(閼川) 양산촌(楊山村)이니, 그 남쪽에는 지금의 담엄사(曇嚴寺)1)가 있었다. 우두머리는 알평(謁平)으로 그가 처음에 하늘로부터 표암봉(瓢嵓峯)에 내려왔으니 급량부(及梁部)(노례왕(弩禮王) 9년(32)에 설치하고 급량부라 이름하였다. 고려 태조 천복(天福) 5년 경자(940)에 이름을 중흥부(中興部)로 바꾸었다. 파잠(波潛), 동산(東山), 피상(彼上), 동촌(東村)이 여기에 속한다 이씨의 시조가 되었다. 둘째는 돌산(突山) 고허촌(高墟村)이니 우두머리는 소벌도리(蘇伐都利)라 했다. 처음에 하늘로부터 형산(兄山)에 내려왔으니 그가 사량부(沙梁部)[양(梁)은 도(道)라고도 읽는다. 혹은 탁(涿)이라고 하지만 역시 음은 도(道)이다] 정씨의 시조가 되었다. 사량부를 지금은 남산부(南山部)라 하며, 구량벌(仇良伐), 마등오(麻等烏), 도북(道北) 회덕(廻德) 등 남쪽에 있는 마을들이 여기에 속한다.[지금이라고 한 것은 고려 태조가 설치한 것을 말한다. 아래 예도 같다] 셋째는 무산(茂山) 대수촌(大樹村)이니 그 우두머리는 구(俱)[구(仇)라고도 한다]례마(禮馬)이다. 그가 처음에 하늘에서 이산(伊山)에[개비산(皆比山)이라고도 한다] 내려왔는데 점량부(漸梁部)[양(梁)은 탁(涿)이라고도 한다] 또는 모량부(牟梁部) 손씨의 시조이다. 지금은 장복부(長福部)라고 하니 박곡촌(朴谷村) 등 서쪽의 마을이 여기에 속한다. 넷째는 취산(觜山) 진지촌(珍支村)으로[빈지(賓之), 빈자(賓子) 또는 빙지(氷之)라고도 한다] 우두머리는 지백호(智伯虎)로 처음에 하늘에서 화산(花山)으로 내려왔으니 본피부(本彼部) 최씨의 시조이다. 지금은 통선부(通仙部)라 하는데, 시사(柴巳) 등 동남쪽의 마을이 여기에 속한다. 최치원은 바로 본피부 사람이니 지금 황룡사(皇龍寺) 남쪽에 있는 미탄사(味呑寺) 앞쪽에 오래된 집터가 있는데 이곳이 최치원[崔候]의 고택(古宅) 자리가 분명한 듯하다. 다섯째는 금산(金山) 가리촌(加利村)이니[지금 금강산(金剛山) 백률사(栢栗寺) 북쪽의 산이다] 우두머리는 지타(祇沱)[지타(只他)라고도 한다]이다. 처음에 명활산(明活山)으로 내려왔는데 한기부(漢岐部)[또는 한기부(韓岐部)라고도 한다] 배씨의 시조이다. 지금은 가덕부(加德部)라 하니, 상서지(上西知), 하서지(下西知), 내아(乃兒) 등 동쪽 마을이 여기에 속한다. 여섯째는 명활산 고야촌(高耶村)이니 그 우두머리를 호진(虎珍)이라 한다. 처음에 하늘에서 금강산(金剛山)으로 내려왔는데 습비부(習比部) 설씨(薛氏)의 시조이다. 지금은 임천부(臨川部)로 물이촌(勿伊村), 잉구진촌(仍仇旀村), 궐곡(闕谷)〔혹은 갈곡(葛谷)이라고도 한다〕 등의 동북쪽 마을이 여기에 속한다.

윗글을 살펴보면 이 6부의 시조는 모두 하늘에서 내려온 듯하다.

노례왕 9년(32)에 처음 6부의 이름을 고치고 여섯 가지의 성(姓)을 하사하였다. 지금 풍속에 중흥부를 어미라 하고, 장복부를 아비라 하며, 이천부를 아들이라 하고, 가덕부를 딸이라고 하는데 그렇게 부르게 된 이유는 자세히 알 수 없다.

전한(前漢) 지절(地節) 원년(元年) 임자년(B.C. 69)〔『고본(古本)』에 건무(建武) 원년이라 했고, 또 건원(建元) 3년이라 하였으나 이는 모두 틀린 것이다〕 3월 초하룻날에 6부의 시조들이 각각 자제들을 거느리고 알천(閼川) 언덕에 모여 의논했다.

"우리들에게 위로 백성들을 다스릴 군주가 없으니 백성이 모두 방종하고 안일하여 제 마음대로 하고 있다. 그러니 어찌 덕 있는 사람을 찾아 군주로 삼아 나라를 세우고 도읍을 정하지 않으랴!"

그리고는 높은 곳에 올라 남쪽을 바라보니, 양산(楊山) 기슭의 나정(蘿井) 곁에 번갯불 같은 이상한 기운이 드리워 있는데, 거기에 흰 말한 마리가 무릎을 꿇고 절하는 형상을 하고 있었다. 그곳을 찾아가서 살펴보니 자줏빛 알〔청색 큰 알이라고도 한다〕 한 개가 놓여 있었다. 말이 사람을 보자 길게 울고는 하늘로 올라갔다. 알을 깨니 그 속에서 어린 남자 아이가 나왔는데, 모양이 단정하고 아름다웠다. 모두 놀라고 신기해 하며 동천(東泉)에〔동천사(東泉寺)는 사뇌(詞腦) 들판 북쪽에 있다〕 가 아이를 목욕시키니 몸에서 광채가 났다. 새와 짐승들이 모두 춤을 추고 천지가 진동하며 해와 달이 맑고 환해졌다. 그 일로 인해 혁거세왕(赫居世

王)이라고{아마도 우리말인 듯하다. 혹은 불구내왕(弗矩內王)이라고도 하니 광명으로 세상을 다스림을 말한다. 사실을 들어서 말하는 사람이 말하기를 "이는 서술성모(西述聖母)가 낳은 것이다. 그러므로 중국 사람들이 선도성모(仙桃聖母)를 찬양하여 '어진 사람을 임신하여 나라를 세웠다'고 하는 말이 이것이다"라고 했다. 계룡(鷄龍)이 상서를 드러내자 알영(閼英)이 탄생했다는 것은 또 어찌 서술성모가 몸을 나타낸 것이 아니겠는가?} 이름하였다. 위호(位號)를 거슬한(居瑟邯)이라{혹은 거서간(居西干)이라고 한다. 그가 처음 입을 열 때 스스로 말하기를 '알지거서간(閼智居西干)이 한 번 일어나다'라고 한 말로 인해 그렇게 불렀다. 그 이후로 왕의 존칭(尊稱)이 되었다} 했다.

당시 사람들이 다투어 축하하며 말했다. "이제 하늘의 자손[天子]이 이미 하늘에서 내려왔으니 덕 있는 여인을 찾아 배필을 정해야 하지 않겠는가."

이날 사량리(沙梁里) 알영정(閼英井){아리영정(娥利英井)이라고도 쓴다} 가에 계룡(鷄龍)이 나타나서 왼쪽 옆구리로 여자 아이를 낳았는데{용이 나타나서 죽었는데 그 배를 갈라서 여자 아이를 얻었다고도 했다} 그 외모는 매우 아름다웠으나 입술이 닭의 부리와 같았다. 그 아이를 월성(月城) 북쪽 시내로 데리고 가 목욕시키니 부리가 떨어져 나갔다. 거기에서 부리가 떨어져 나갔다고 하여 시내 이름을 발천(撥川)이라 하였다. 남산 서쪽 기슭에{지금의 창림사(昌林寺)가 있는 곳이다} 궁실을 짓고 신성한 두 아이(聖兒)를 받들어 길렀다. 남자 아이는 알에서 태어났는데 알이 박(瓠)과 같았다. 나라 사람들이 박을 박(朴)이라 하므로 성(姓)으로 삼았다. 여자 아이는 그가 나온 우물 이름을 따서 알영이라 하였다.

두 성인의 나이가 13세가 되는 오봉(五鳳)[1] 원년 갑자년(B.C. 57)에 남아는 왕이 되고 여아는 왕비가 되었다. 국호를 서라벌(徐羅伐) 또는 서벌(徐伐){지금 풍속에 경(京)자를 풀이하여 서벌(徐伐)이라 하는 것은 이 때문이다}이라고 하였다. 혹은 사라(斯羅) 또는 사로(斯盧)라고도 하였다. 처음에 왕이 계정(鷄井)에서 탄생했으므로 계림(鷄林)이라고 했는데 이것은 계룡이 상서(祥瑞)로움을 나타냈기 때문이었다. 일설에는 탈해왕(脫解王) 시대에 김알지(金閼知)를 얻었을 때 숲속에서 닭이 울었다고 하여 국호를 계림으로 바꾸었다고도 한다. 후세에 와서야 국호를 신라로 정했다.

혁거세왕은 나라를 61년간 다스린 뒤에 하늘로 올라갔다. 그 7일 뒤에 유체(遺體)가 땅으로 흩어져 떨어지니 왕비도 세상을 떠났다고 한다. 나라 사람들이 흩어진 시체를 한군데에 모아서 땅에 장례를 지내려 했는데, 큰 뱀이 쫓아다니며 못하게 하여 다섯 곳으로 떨어진 유체를 따로이 장사지내 오릉(五陵)을 썼다. 또 사릉(蛇陵)이라고도 했는데 담엄사(曇嚴寺) 북쪽 능이 이것이다. 태자 남해왕(南解王)이 왕위를 계승했다.

1) 중국 전한(前漢) 효선제(孝宣帝)의 연호(B.C. 57~54)이다.

제2대 남해왕

남해(南解) 거서간(居西干)은 차차웅(次次雄)이라고도 하는데, 이것은 존장(尊長)을 일컫는 말로써 오직 이 왕만을 이렇게 불렀다. 아버지는 혁거세(赫居世)이고, 어머니는 알영부인(閼英夫人)이며, 왕비(王妃)는 운제부인(雲帝夫人)이다.{운제(雲梯)라고도 한다. 지금 영일현(迎日縣) 서쪽 운제산(雲梯山)에 성모(聖母)가 있는데, 가물 때 여기에서 기도하면 영검이 있다} 전한(前

漢의 평제(平帝) 원시(元始) 4년 갑자년(甲子年, 4)에 왕위에 올라 21년 동안 다스리고, 지황(地皇) 4년 갑신년(甲申年, 24)에 세상을 떠났다. 이 왕을 삼황(三皇)[1]의 첫째라고 한다.

『삼국사(三國史)』에 이렇게 말했다.

"신라에서 왕을 거서간이라 하였으니, 진한(辰韓) 말로 왕이란 뜻이고, 혹은 귀한 사람을 부르는 칭호이기도 하다. 혹은 차차웅(次次雄), 자충(慈充)이라고도 했다."

김대문(金大問)이 말했다.

"차차웅은 우리말로 무당[巫]을 말한다. 세상 사람들은 무당이 귀신을 섬기고 제사를 숭상하였기 때문에 그를 두려워하고 공경하였다. 그러므로 존장자를 자충(慈充)이라 한다."

혹은 니사금(尼師今)이라 하는데 이는 연장자를 뜻하는 잇금[齒理]을 말한다.

처음에 남해왕이 승하하자 아들 노례왕이 탈해왕에게 왕위를 양보하려고 하자 탈해가 "내가 들으니 성스럽고 지혜로운 사람은 치아가 많다고 했습니다"라 하여, 떡을 깨물어 시험하였다. 옛날부터 이 말이 전해오고 있다.

혹은 마립간(麻立干)[립은 수(袖)라고도 쓴다]이라고 한다.

김대문이 말했다.

"마립이라는 것은 우리말로 말뚝[橛]을 말한다. 말뚝은 지위의 높낮이에 따라서 설치되므로 왕의 말뚝이 주가 되고, 신하의 말뚝은 그 아래에 늘어선다. 이로 인해 마립이라 불려지게 된 것이다."

『사론(史論)』[2]에 이렇게 말했다.

"신라에서 거서간, 차차웅이라 불린 왕은 한 분이고, 니사금이라고 불린 왕은 열여섯 분이며, 마립간이라고 불린 왕은 네 분이다. 신라 말엽의 이름난 학자인 최치원이 편찬한 『제왕연대력(帝王年代曆)』에 모두 어느 왕[某王]이라고 칭하였지, 거서간 등으로는 말하지 않았다. 이것은 왕을 일컫는 말로서 비속하다고 생각했기 때문이었을까? 지금 신라의 일을 기록하면서 우리말을 그대로 두는 것이 옳다.”

신라인들은 나중에 왕으로 봉해진 사람을 모두 갈문왕(葛文王)이라 칭했는데 왜 그랬는지 그 이유를 알 수 없다.

남해왕 때에 낙랑국 사람들이 금성(金城)을 침입했으나 이기지 못하고 돌아갔다. 또 천봉(天鳳) 5년 무인년(戊寅年, 18)에 고구려에 속해 있던 일곱 나라가 투항하였다.

---

1) 남해왕, 유리왕, 탈해왕을 가리키는 듯하다.
2) 김부식이 『삼국사기』에서 해당 부분의 역사를 논한 것을 말한다.

제3대 노례왕

박노례닛금(朴弩禮尼叱今)이다.{또는 유례왕(儒禮王)이라고도 한다} 처음에 매부(妹夫)인 탈해(脫解)에게 왕위를 넘겨 주려했다.

탈해가 말했다.

“무릇 덕이 있는 사람은 치아의 수가 많다고 하니 이것으로 시험해 보는 것이 좋겠습니다.”

이에 떡을 물어 시험했는데 왕의 치아 수가 많아서 먼저 왕이 되었다. 이로 인해 잇금(尼叱今)이라 불렀는데, 잇금의 명칭이 이 왕 때부터 시작되었다.

후한의 유성공(劉聖公) 갱시(更始) 원년(元年) 계미년(癸未年, A.D. 23)에 즉위하였다. 6부(部)의 이름을 고치고, 여섯 가지의 성(姓)을 하사하였다. 처음으로 도솔가(兜率歌)를 지으니, 슬픔을 나타내는 말[嗟辭]과 사뇌격(詞腦格)을 갖추게 되었다. 처음으로 쟁기와 보습[黎耜]을 만들었고 얼음 저장 창고와 수레도 만들었다. 건무(建武) 16년(42) 이서국(伊西國)을 정벌하여 멸망시켰다. 이 해에 고구려 군사들이 쳐들어왔다.

제4대 탈해왕

탈해닛금[脫解齒叱今]이다. {토해닛금[吐解尼師今]이라고도 쓴다} 남해왕 때 {고본(古本)에 임인년(壬寅年)에 왔다고 한 것은 잘못이다. 가까운 때의 임인년(42)은 노례왕 즉위 초년보다 뒤의 일일 것이니, 양위(讓位)를 다투는 일이 없었을 것이다. 이전의 임인년(B.C. 19)이라면 혁거세왕 재위 기간 중일 것이니 임인년이 아님을 알 수 있다} 가락국(駕洛國)의 바다 가운데 배 한 척이 와 닿았다. 그 나라 수로왕(首露王)이 백성들과 함께 북을 두드리며 떠들썩하게 그 배를 맞이하여 머물도록 하였으나 배는 곧 나는 듯이 달아나 계림 동쪽 하서지촌(下西知村)의 아진포(阿珍浦)에 {지금도 상서지촌(上西知村)과 하서지촌(下西知村)이라는 이름이 있다} 이르렀다. 그때 갯가에 아진의선(阿珍義先)이라는 한 노파가 있었는데 혁거세왕에게 해산물을 바치는 어멈이었다. 그 노파가 배를 바라보며 말하기를 "이 바다 가운데는 원래 바위가 없는데 어째서 까치들이 모여서 우는 걸까?" 하고는 배를 저어 가까이 가서 보니 까치들이 한 척의 배 위에 모여 있었다. 그런데 배 안에는 길이가 12자, 너비가 13자 크기의 궤짝 하나가 놓여 있었다. 그 배를 끌어다 나무숲 아래에 두고는 그것이 흉한 일인지 길한 일인지 궁금하여 하늘을 향해 물었다. 조금 있다가 그 궤짝을 열어 보았더니 단정하게 생긴 남자아이가 있었다. 또한 7가지 보물과 노비가 그 안에 가득하였다. 노파가 7일 동안 숙식을 제공하여 대접하니 그제서야 그 아이가 입을 열었다.

"나는 본래 용성국(龍城國)[또는 정명국(正明國)이라고도 하고, 혹은 완하국(玩夏國)이라고도 하는데 완하(玩夏)는 화하국(花夏國)이라고도 한다. 용성(龍城)은 왜국 동북쪽 일천 리 거리에 있다] 사람입니다. 우리나라에는 일찍이 28용왕이 있었습니다. 이들은 모두 사람의 몸에서 태어나 5~6세에 왕위에 올라, 백성들을 가르쳐 그들의 천성[性命]을 바르게 닦도록 했습니다. 그리고 우리나라에는 8품(品)의 성골(姓骨)이 있는데 모두 차례대로 왕위에 오릅니다. 당시 나의 아버지 함달파왕(含達婆王)께서 적녀국(積女國)의 왕녀를 맞이하여 왕비로 삼으셨습니다. 오랫동안 저희 부모님께서는 자식을 얻지 못하시어 자식을 구하기 위해 7년을 기도드린 끝에 커다란 알 하나를 낳으셨습니다. 이때에 저희 아버지 함달파왕께서 여러 신하들을 모아 이 일을 물었는데, 사람이 알을 낳는 것은 예로부터 없었던 일로 좋은 징조가 아니라고 하고는 곧바로 궤(櫃)를 만들어 그 속에 저를 넣고, 보배와 노비들을 함께 배 안에 실었습니다. 부모님이 배를 바다 가운데 띄워 보내며 빌기를 '네 인연이 닿는 곳에 가서 나라를 세우고 가정을 이루라'고 하셨습니다. 그러자 갑자기 붉은 용이 나타나 배를 호위해 이곳까지 오게 된 것입니다."

말을 마치자 그 아이는 지팡이를 끌고 두 명의 종을 데리고 토함산 위에 올라가 무덤 모양의 돌집을 지어 7일 간을 머물면서 성 안에 정착할 만한 땅이 있는지 살펴보았다. 초사흘 저녁의 초생달 같은 봉우리 하나를 찾았는데 그 지세(地勢)를 보니 오래 머물만한 곳이어서 산에서 내려가 그곳을 찾아가니 바로 호공(瓠公)의 집이었다. 그 집 주인을 속일 계책을 생각해 내고는 몰래 집 주위에 숫돌과 숯을 묻었다. 다음날 아침에 그 집을 찾아가 "이 집은 우리 조상들이 대대로 사시던 집이요." 라고 하니 호공이 그렇지 않다고 펄쩍 뛰었다. 결국 두 사람 간에 다툼이 해결되지 않아 관청에 알렸다. 송사를 맡은 관리가 그 아이에게 물었다.

"무엇으로써 이 집이 너의 집인 것을 증명할 수 있겠느냐?"

"우리 집안은 본래 대장장이로 살아왔습니다. 잠시 이웃 마을로 나가 살고 있는 사이에 저 사람이 우리 집을 차지하였습니다. 땅을 파서 조사해 보시면 아실 것입니다."

그 아이의 말대로 땅을 파보니 과연 숫돌과 숯이 나왔으므로 그 집을 차지해 살았다.

이때 남해왕이 궤짝 속에서 나온 이 아이, 곧 탈해가 지혜로운 사람임을 알고서는 자신의 맏공주를 그에게 시집보내니 곧 아니부인(阿尼夫人)이다.

하루는 토해(吐解)가 동악(東岳)[1]에 올랐다가 돌아오는 길에 하인에게 마실 물을 구해 오라 하였다. 하인이 물을 길어 오면서 먼저 물맛을 보고 나서 바치려 했더니 뿔로 만든 물잔이 입에 붙어서는 떨어지질 않았다. 탈해가 그 해괴한 모습을 보고 꾸짖자, 하인이 "이후로는 거리가 가깝건 멀건 간에 감히 먼저 맛을 보는 일은 없을 것입니다" 라고 맹세하니 그제서야 술잔이 떨어졌다. 이로부터 하인은 탈해를 두려워하여 감히 속이지 못하였다. 지금 동악 가운데 우물이 하나 있는데, 세상에서 '요내정(遙乃井)'이라고 하니 바로 그 우물이다.

노례왕(弩禮王)이 세상을 떠나 광무제(光武帝) 중원(中元) 6년[2] 정사년(丁巳年, A.D. 57)[3] 6월에 탈해가 왕위에 올랐다. 남의 집을 옛날 우리집이라고 억지를 써 차지하였기 때문에 성을 '석씨(昔氏)'로 하였다. 혹은 까치로 인해 궤짝을 열어 어린 탈해를 얻었으므로 작(鵲)자에서 조(鳥)자를 떼어버리고 성을 '석씨(昔氏)'라 하였다고도 한다. 어린 아이 적에 궤짝을 열고 알을 깨고 나왔으므로 '탈해'라고 이름하였다.

왕위에 오른 지 23년이 되는 건초(建初) 4년 기묘년(己卯年, 79)에 세상을 떠났다. 소천(疏川) 구릉에 장사지냈는데, 뒤에 그의 신령이 나타나 "조심해서 나의 뼈를 땅에 묻어라"라고 했다. 무덤에서 파낸 해골을 보니 둘레가 3자 2치이고, 몸체 뼈의 길이가 9자 7치였으며, 이[齒]는 엉겨서 한덩어리로 되어 있었고, 뼈마디가 원형 그대로 연결되어 있어 이른바 천하에 대적할 자가 없는 역사(力士)의 골격을 이루고 있었다. 그 뼈를 부수어 소상(塑像)을 만들어 궐내에 안치하였더니 신령이 또 나타나 "나의 뼈를 동악에 안치하라"라고 하여, 그 말대로 뼈를 동악에 봉안케 하였다.[달리 전하는 말에는, 탈해가 승하한 뒤 30대 문무왕(文武王) 때인 조로(調露) 2년[4] 경진년(庚辰年) 3월 15일 신유일(辛酉日) 밤, 문무왕의 꿈에 위엄 있고 무섭게 생긴 노인이 나타나 "나는 탈해왕이다, 나의 뼈를 소천 구릉에서 파내어 소상을 만들어 토함산에 안치하라"고 하였다. 왕이 그 말을 따른 까닭에 지금까지 나라에서 제사를 끊이지 않고 지내고 있다. 이를 바로 동악신(東岳神)이라고 한다]

1) 지금의 경주 토함산을 가리킨다.
2) 중원(中元) 6년이라는 것은 잘못된 것이다. 중원은 2년뿐이다.
3) 중국 한나라 광무제 재위 33년으로 A.D. 57년이다.
4) 조로(調露)는 당 고종(唐 高宗)의 연호(年號)로 2년은 680년이다.

탈해왕 대의 김알지

영평(永平)[1] 3년 경신년(庚申年, 60){혹은 중원 6년이라고 하나 이것은 틀린 말이다. 중원은 모두 2년으로 끝났을 뿐이다} 8월 초나흗날 밤에 호공(瓠公)이 월성(月城) 서쪽 마을을 지나가고 있었다. 그때 시림(始林){구림(鳩林)이라고도 한다} 숲속에서 크고 밝은 빛이 환하게 비추고 있는 것이 보였다. 자줏빛 구름이 하늘로부터 내려와 땅 위에 드리워져 있었는데 구름 속으로 황금빛의 궤짝이 나뭇가지에 걸려 있었다. 밝은 빛은 그 궤짝에서 나오는 것이었다. 또한 흰 닭이 나무 아래에서 울고 있었다. 호공이 놀라 이 사실을 왕에게 아뢰자, 왕이 그 숲으로 가서 궤짝을 열어보니 궤짝 안에 남자 아이가 누워 있다가 벌떡 일어났다. 혁거세가 옛날에 태어났던 경우와 같았으므로 그것에[2] 따라서 알지(閼智)라고 이름하였다. 알지란 우리나라 말로 아기를 일컫는 것이다. 왕이 아기를 안고 수레를 타고 대궐로 돌아오니 새와 짐승들이 뒤를 따라오면서 기뻐 날뛰듯 춤을 추었다.

왕이 좋은 날을 택하여 태자로 책봉하였으나 뒷날 파사(婆娑)에게 왕위를 양보하였으므로 왕위에 오르지는 않았다. 금궤에서 나왔기에 성을 김(金)씨라 하였다.

알지는 열한(熱漢)을 낳고, 열한은 아도(阿都)를 낳았다. 아도는 수류(首留)를 낳고, 수류는 욱부(郁部)를 낳았다. 욱부는 구도(俱道){구도(仇刀)라고도 한다}를 낳고, 구도는 미추(未鄒)를 낳으니 미추가 왕위에 올랐다. 신라 김씨는 알지로부터 시작되었다.

1) 후한(後漢) 명제(明帝)의 연호(58~75)이다.

2) 혁거세가 처음으로 알을 깨고 나오면서 "알지거서간(閼智居西干)이 단번에 일어나다"
라고 한 말을 가리킨다.

연오랑과 세오녀

제8대 아달라왕(阿達羅王)이 왕위에 오른 지 4년이 되는 정유년(丁
酉年, 157)[1]에 동쪽 바닷가에 연오랑(延烏郎)과 세오녀(細烏女)라는 부
부가 살고 있었다.

하루는 연오가 바다로 가 수초를 뜯고 있었는데 난데없이 바위 하
나가(혹은 한 마리의 물고기라고도 한다) 나타나서 연오를 싣고서 일본으로
가버렸다. 그 나라 사람들이 연오를 범상한 사람이 아니라고 여겨 왕
으로 삼았다.(『일본제기(日本帝記)』를 살펴보면 이 일이 있기 전후에 신라인으로서 왕
이 된 자가 없다. 이것은 변방 고을의 조그만 왕이지 일본 전체를 다스리는 진정한 왕은 아
닐 것이다)

세오는 남편이 돌아오지 않자 궁금하여 바닷가로 그를 찾으러 나갔
다. 남편이 벗어놓은 신발을 보고서는 그 바위에 올라타니 연오랑을
데려갔듯이 바위는 또 그녀를 싣고서 일본으로 가 버렸다. 그 나라 사
람들이 그녀가 온 것을 보고 놀라서 왕에게 알리며 세오녀를 바치니
이로써 부부가 서로 만나게 되었고 세오녀를 귀비로 삼았다.

이때 신라에서는 해와 달이 빛을 잃어 뒤숭숭하였는데 일관(日官)[2]
이 왕에게 아뢰었다.

"우리나라에 내려와 있던 해와 달의 정기(精氣)가 지금은 일본으로

가 버렸습니다. 그래서 이처럼 괴이한 일이 생긴 것이옵니다."

왕이 사신을 보내 두 사람을 찾게 했다. 자기를 찾으러온 사신을 만난 연오가 말했다.

"내가 이 나라에 온 것은 하늘이 시킨 일이니, 지금 어떻게 신라로 돌아갈 수 있겠소? 짐의 왕비가 짠 고운 비단이 있으니 이것을 하늘에 바쳐 제사를 지낸다면 해와 달이 빛을 되찾을 것이오."

그 비단을 사신에게 주었다. 신라로 돌아간 사신이 사실대로 왕에게 말했다. 연오랑의 말대로 비단을 바쳐 제사를 지내고 나니 해와 달이 이전처럼 빛을 되찾았다. 그 비단을 대궐 창고에 간직하고 국보로 삼았다. 그 창고의 이름을 귀비고(貴妃庫)라고 하였으며, 하늘에 제사 지낸 곳을 영일현(迎日縣) 또는 도기야(都祈野)[3]라고 했다.

---

1) 후한(後漢) 환제(桓帝) 12년이다.
2) 변괴 · 길흉 따위를 점치는 관원. 점성관을 말한다.
3) 지금의 포항시 동해면 도구동(都邱洞)과 일월동(日月洞) 일대이다. 일월동에 귀비의 터로 추정되는 일월지(日月池)가 있다.

미추왕과 죽엽군

제13대 미추(未鄒) 임금은[미조(未祖) 또는 미고(未古)라고도 한다] 김알지의 7세손이다. 집안이 대대로 빛나는 업적을 세워 높은 벼슬을 하였고, 성스러운 덕성을 지녔었다. 첨해왕(沾解王)에게서 왕위를 물려받았다.[지금 세상에서 왕의 능을 시조당(始祖堂)이라고 부르는 것은 대개 김씨로서 처음 왕위에 올랐기 때문이다. 그러므로 후대 김씨의 여러 왕들이 모두 미추왕으로 시조(始祖)를 삼는 것은 당연하다) 왕위에 있은 지 23년 만에 세상을 떠나니, 능을 흥륜사(興輪寺)[1] 동쪽에 썼다.

제14대 유리왕(儒理王) 때 이서국(伊西國) 사람이 금성(金城)을 공격해 왔다. 신라가 크게 병사를 일으켜 방어하였으나, 시간이 오래되자 더 이상 버티기 어려웠다. 그런 중에 갑자기 이상한 군사들이 와서 신라를 도왔는데 그들은 모두 댓잎[竹葉]을 귀에 꽂고 있었다. 그들이 신라 군사와 힘을 합해 적을 쳐서 무찌르고 나자 흔적도 없이 사라져 버렸다. 다만 댓잎만이 미추왕릉 앞에 쌓여 있는 것을 볼 수 있었으므로 선왕(先王)의 혼령이 몰래 도왔다는 것을 알았다. 이로 인해 그 능을 죽현릉(竹現陵)이라 불렀다.

그 후 37대 혜공왕(惠恭王) 대력(大曆) 14년 기미년(己未年, 779) 4월에 홀연히 회오리바람이 김유신 장군의 무덤에서 일어났다. 그 회오리바람 속에 준마(駿馬)를 탄 사람이 있었는데 그 당당함이 장군의 모습과 같았다. 그는 갑옷을 입고 무기를 든 40여 명과 함께 빨려들 듯이 죽현릉으로 들어갔다. 잠시 후 능 안에서 크게 목놓아 우는 듯한 소리가 들리고, 간간히 호소하는 듯한 소리가 들리기도 했다.

그 말은 이러했다.

"신(臣)이 평생 동안 어려운 나라를 구하기 위해 몸을 다 바쳤고 삼국을 통일하는 데에도 공을 세웠습니다. 지금은 혼백이 되었지만 나라를 지키고 재앙을 물리치고 환란을 구하려는 마음은 조금도 가시지 않았사온데 저번 경술년(庚戌年)에 신의 자손이 죄도 없이 죽임을 당했습니다.[2] 이는 지금의 임금과 그 신하들이 제가 나라를 위해 이룬 공적을 생각지 않았기 때문입니다. 신은 멀리 다른 곳으로 옮겨가서 다시는 나라를 위해 힘쓰지 않으려 하오니 허락해 주시옵소서."

왕이 대답했다.

"오직 나와 공이 이 나라를 지켜주지 않는다면 저 백성들이 어찌하겠소? 공은 다시 이전같이 나라를 위해 노력을 아끼지 마시오."

세 번 청했으나 세 번 다 허락하지 않자 회오리바람은 능에서 나와 김유신의 무덤으로 되돌아갔다. 혜공왕이 그 사실을 전해 듣고는 두려워하여 대신(大臣) 김경신(金敬臣)을 김유신 장군의 능에 보내어 그 일을 사과하고 공을 위해서 공덕보전(功德寶田) 30결(結)을 취선사(鷲仙寺)에 내려 명복을 빌게 했다. 이 절은 바로 김유신 장군이 평양을 토벌한 후 그의 복을 빌기 위해 세웠던 절이기 때문이었다. 미추왕의 혼령이 아니라면 김공의 노여움을 막을 수 없었을 것이니 왕이 나라를 지키는 힘이 크다고 아니 할 수 없다. 이런 까닭으로 신라 사람들이 왕의 덕을 높이 사서 삼산(三山)에 제사 지내는 마음으로 왕에게 제사를 올렸고, 왕의 능을 오릉(五陵)보다 위계를 높여 태묘(太廟)라 불렀다.

1) 진흥왕 5년(544)에 신라 최초로 세운 사찰이다.
2) 신라 제36대 혜공왕 6년인 경술년(770)에 김유신의 후손인 김융(金融)이 모반을 일으켜 그 일족이 죽임을 당한 사건을 말한다.

내물왕(나밀왕(那密王)이라고도 쓴다)과 김제상[1)]

제17대 나밀왕(那密王)이 왕위에 오른 지 36년이 되는 경인년(庚寅年, 390)에 왜왕이 사신을 보냈다. 그 사신이 왕을 뵙고 말했다.

"우리 임금께서 대왕의 신성(神聖)하심을 들으시고 신 등으로 하여

금 백제가 저지른 죄과를 대왕에게 고하라고 하셨습니다. 원컨대 대왕께서는 왕자 한 분을 보내시어 저희 임금에게 성심(誠心)을 표하여 주시옵소서."

이에 왕은 셋째 아들 미해(美海)로 하여금 왜국의 초빙에 응하게 하였다. 그때 왕자가 열 살 어린 나이였기 때문에 말과 행동에 있어 아직 제대로 예를 갖출 줄 몰랐으므로, 내신(內臣) 박사람(朴娑覽)을 부사(副使)로 삼아 딸려 보냈더니 왜왕이 그들을 억류하여 30년 동안이나 돌려보내지 않았다.

눌지왕(訥祇王) 3년 기미년(己未年, 419)에 고구려 장수왕(長壽王)이 보낸 사신이 왕을 뵙고 말했다.

"저희 임금이 대왕의 아우이신 보해(寶海)께서 지혜롭고 재주가 있다고 들으시고 서로 만나 친하게 지내고자 하여 특별히 소신(小臣)을 보내 간절히 청하도록 하셨습니다."

왕이 듣고는 이 일을 계기로 두 나라가 평화롭게 지내면 매우 다행스러운 일이라고 여겨, 동생 보해를 고구려에 가게 하고 내신 김정알(金正謁)로 하여금 보필(輔弼)케 했다. 장수왕도 보해를 억류하여 보내주지 않았다.

눌지왕 10년 을축년(乙丑年, 425)에 왕이 신하들과 나라 안의 여러 호걸ㆍ협객들을 불러모아 친히 잔치를 베풀었다. 술이 세 순배나 돌고 음악이 연주되자 왕이 눈물을 흘리며 여러 신하들에게 말했다.

"전에 나의 아버님께서 성심(誠心)으로 백성을 위하시는 마음에, 사랑하는 아들을 동쪽의 왜 땅으로 보내시고는 생전에 그 아들을 만나보지 못하고 돌아가셨소. 또 내가 즉위한 후에도 이웃 나라 군대가 매우 강성하여 전쟁이 그칠 날이 없었소. 그러던 중에 고구려가 유독 화친(和親)하고자 하였으므로 내가 그 말을 진정이라고 믿고 동생을 고구려로 보냈으나 고구려 또한 내 동생을 억류하고 보내주지 않았소. 내가 비록 제왕의 자리에 있어 부귀를 누린다고는 하나, 잠시도 그들을 잊지 못하여 눈물로 나날을 보내고 있다오. 두 동생을 만나 같이 선왕의 묘당(廟堂)에 나아가 사죄할 수 있다면 백성들에게 그 은혜에 보답하겠소. 누가 이 일을 도모하여 나의 소원을 이루어 줄 수 있겠소?"

이때 그 자리에 참석했던 많은 신하들이 모두 한결같이 왕에게 아뢰었다.

"이 일은 참으로 쉬운 일이 아닙니다. 반드시 지략과 용기를 갖춘 사람이라야 합니다. 저희들의 소견으로는 삽라군(歃羅郡)[2] 태수 제상(堤上)이 그 일을 맡을 만하다고 생각되옵니다."

곧바로 왕이 그를 불러 의향을 물어보았다. 제상이 두 번 절하고 대답했다.

"신이 듣자옵기는 임금에게 근심이 있으면 신하는 욕을 당하게 마련이고, 임금이 욕을 당하면 신하는 죽어야 마땅합니다.[3] 만일 일의 어렵고 쉬움을 따진 뒤에 그 일을 행한다면 충성스럽지 못한 것이며, 죽고 사는 것을 헤아려 본 뒤에 행동하면 용기없는 짓이라고 하겠습니다. 신이 비록 어리석고 못났지만 명을 받들어 행하겠사옵니다."

왕이 제상의 충성심을 가상하게 여겨 술잔을 나누어 마시고 손을 잡고 작별했다. 제상이 왕의 명을 받자마자 급히 배에 몸을 실어 북쪽 바닷길을 따라 나아갔다. 변장을 하고 고구려 땅에 몰래 잠입하여서는 보해가 거처하는 곳으로 가 탈출할 날짜를 모의하였다. 5월 보름날에 탈출하기로 하고 제상이 먼저 그곳을 떠나 고성(高城)의 해안에 배를 대고 기다리기로 했다. 탈출하기로 마음먹은 뒤로 보해는 병이라고 핑계하여 여러 날을 왕에게 조회하지 않다가 약속한 날 밤중에 그곳을 몰래 빠져나와 고성의 바닷가에 도착했다. 고구려왕이 그 사실을 알고는 군사 수십 명으로 그를 추격하게 했다. 고성에 이르러서 그들이 보해를 따라잡았으나 보해가 고구려에 있으면서 항상 주위의 사람들에게 은혜를 베풀었기 때문에, 군사들이 그를 불쌍히 여겨 모두 화살촉을 뽑아낸 화살로 활을 쏘았다. 드디어 고구려에서 탈출하여 신라로 돌아왔다.

왕이 보해를 만나 보자 동생 미해(美海) 생각이 더욱 간절해져 한편으로는 기쁘면서도 한편으로는 슬펐다. 눈물을 흘리며 좌우 신하들에게 말했다.

"몸에 팔 하나만 있는 듯하고, 얼굴에 눈이 하나만 있는 듯하오. 비록 한 동생을 얻었으나 또 한 동생은 구해내지 못했으니 어찌 비통하지 않겠소?"

이때 제상이 왕의 말을 듣고 두 번 절하여 하직하고는 말을 타고 떠나 집에도 들르지 않고 곧바로 가서 율포(栗浦) 바닷가에 도착했다. 제상의 아내가 그 소문을 듣고는 말을 달려 율포에 이르니 남편은 이미 배 위에 올라 있었다. 아내가 간절하게 남편을 불렀으나 제상은 손을 흔들기만 할 뿐 배를 멈추지 않고 떠났다.

제상이 왜국에 도착해서 왜왕에게 거짓으로 말했다.

"계림왕(鷄林王)이 아무 죄도 없는 저의 부친과 형제들을 죽였습니다. 그래서 이리로 도망쳐 온 것입니다."

왜왕이 제상의 말을 곧이곧대로 믿고는 그에게 집을 주어 편히 살게 했다. 이때 제상이 늘 미해를 모시고 바닷가에서 노닐며 물고기와 새를 잡아 왜왕에게 바쳤으므로 왜왕이 기뻐하며 그를 의심하지 않았다. 때마침 새벽 안개가 자욱하게 끼어 사방을 분별하기 어렵게 되자 제상이 말했다.

"지금이 떠나실 수 있는 좋은 기회입니다."

"그렇다면 같이 탈출합시다."

"신이 만일 떠난다면 아마도 왜인들이 알고 추격해 올 것입니다. 신은 남아서 저들의 추격을 따돌리도록 하겠습니다."

"지금 나는 그대를 아버지나 형처럼 여기는데 어찌 그대를 홀로 두고 도망갈 수 있겠소?"

"신이 공의 생명을 구하여 대왕의 마음을 위로할 수 있다면 그것으로 족합니다. 어찌 살기를 바라겠습니까?"

그리고는 술을 따라 작별의 잔을 미해에게 올렸다. 그때 계림 사람 강구려(康仇麗)가 왜국에 와 있었는데 미해에게 그를 딸려 보내고, 제상 자신은 미해의 방에 들어가 있었다. 다음날 아침에 평소에 미해를 가까이에서 모시던 사람들이 들어와 미해를 만나기를 청하자 제상이 나와서 그들을 말리며 말했다.

"공께서 어제 사냥하느라 지나치게 돌아다녔으므로 몹시 피곤하여 일어나지도 못하시오."

해가 저물 무렵에 미해를 가까이서 시중들던 사람들이 이상하게 여겨 다시 와서 물었다. 제상이 대답했다.

"공께서 이곳을 떠난 지 이미 오래 되었소."

그 사람들이 이 말을 듣고 급히 달려가 왜왕에게 알리자, 왜왕이 기마병을 내어 미해를 추격하게 했으나 따라잡지 못했다.

왜왕이 제상을 가두고 물었다.

"너는 어찌 멋대로 너희 나라 왕자를 도망가게 했느냐?"

"나는 계림의 신하이지 왜국의 신하가 아니다. 지금 우리 임금의 뜻이 이루어지게 했을 뿐이니, 무엇을 그대에게 말하겠는가?"

왜왕이 노하여 말했다.

"지금 너는 이미 나의 신하인데도 계림의 신하라 말하였으니 너에게 다섯 가지 형벌[4]을 모두 가할 것이다. 만일 왜국의 신하라고 말하면 반드시 후한 벼슬을 상으로 내리겠다."

"차라리 계림의 개, 돼지가 될지언정 왜국의 신하가 될 수는 없으며, 차라리 계림의 매를 맞을지언정 왜국의 벼슬과 녹을 받을 수는 없다."

왜왕이 노하여 제상의 발바닥 가죽을 벗기게 하고, 칼로 벤 갈대의 날카로운 끄트머리 위를 걷게 했다.(지금 갈대 위에 핏자국 무늬가 있는 것을 세상에서는 제상의 피라고 한다) 그리고는 다시 물었다.

"너는 어느 나라의 신하인가?"

"계림의 신하이다."

또 뜨겁게 달군 철판 위에 세우고 물었다.

"어느 나라의 신하인가?"

"계림의 신하이다."

왜왕이 제상을 굴복시킬 수 없음을 알고는 목도(木島)에서 불태워 죽였다.

미해는 바다를 건너 신라에 도착하여 강구려로 하여금 먼저 나라에 알리게 했다. 미해가 도착했다는 소식을 들은 왕이 놀라고 기뻐하며 조정의 모든 관리들에게 굴헐역(屈歇驛)으로 나가 미해를 영접하게 했다. 미해가 서울로 오니 왕은 동생 보해와 함께 남쪽 교외에 나와 그를 맞이해 대궐로 들어가 잔치를 베풀고, 나라 안에 대사면령을 내렸다. 제상의 처를 국대부인(國大夫人)으로 책봉하고, 딸은 미해공의 부인이 되었다.

이 일을 두고 논하는 사람들은 다음과 같이 말한다.

"전에 한(漢)나라 신하 주가(周苛)가 영양(滎陽)에서 초(楚)나라 군대의 포로가 되었을 때 항우(項羽)가 주가에게 말했다. "네가 나의 신하가 된다면 만록후(万祿侯)에 봉하겠다." 주가는 이 말을 듣고 오히려 꾸짖으며 굴복하지 않다가 결국 초왕(楚王)에게 죽임을 당했다. 제상의 충렬(忠烈)이 주가에게 뒤지지 않는다."

처음에 부인이 제상이 떠나간다는 소식을 듣고 뒤쫓아갔으나 남편을 만나지 못하여 망덕사(望德寺) 절 문 남쪽 모래밭 위에 엎어져 길게 울부짖었으므로 그 모래밭을 '장사(長沙)'라고 불렀다. 친척 두 사람이 부축하여 돌아가려 하자 부인은 다리를 뻗고 앉아 일어나지 않았으므로 그 땅을 '벌지지(伐知旨)'라고 불렀다. 오랜 시간이 흘렀지만 부인이 남편에 대한 그리움을 이기지 못하여 세 딸을 데리고 치술령(鵄述嶺)에 올라가 왜국을 바라보며 통곡하다가 죽었다. 그로 인해 부인은 치술령 신모(神母)가 되었는데 지금도 그곳에 사당(祠堂)이 있다.

1) 『삼국사기』에는 박제상(朴堤上)으로 되어 있다.
2) 지금의 경상남도 양산의 옛이름이다.
3) 사마천의 『사기』 「월세가(越世家)」에서 범려가 월왕 구천에게서 떠나며 한 말이다.
4) 중국에서 중죄인에게 행하던 형벌로 코를 베고, 먹물로 피부에 글자를 새기고, 발굼치를 베고, 불알을 까고, 목베어 죽이는 것을 말한다.

제18대 실성왕(實聖王)

의희(義熙)[1] 9년 계축년(癸丑年, 413)에 평양주(平壤州)에 큰 다리가 완성되었다.{아마도 남평양인 듯하니 지금의 양주(楊州)이다} 왕이 전왕(前王)의 태자 눌지(訥祇)가 백성들에게 덕망이 높은 것을 꺼려하여 그를 죽일 목적으로 고구려 병사를 불러들여 거짓으로 눌지를 맞이하게 하였다. 고구려 사람들이 눌지가 어질다는 것을 알고 창을 거꾸로 하여 실성왕을 살해하고, 눌지를 왕으로 세우고 돌아갔다.

1) 중국 동진(東晉) 안제(安帝)의 연호(405~418)이다.

거문고 갑을 쏘다

제21대 비처왕(毗處王)이[소지왕(炤智王)이라고도 한다] 왕위에 오른 지 10년이 되는 무진년(戊辰年, 488)에 천천정(天泉亭)에 행차하였다. 그때 까마귀와 쥐가 와서 울어대더니 쥐가 사람 말로 말했다.

"이 까마귀가 가는 곳을 찾아가 보시오."[혹 말하기를 '신덕왕(神德王)[1]이 향을 바치려고 흥륜사(興輪寺)에 행차했는데, 길에서 수많은 쥐가 서로의 꼬리를 물고 있는 것을 보았다. 그것을 괴이하게 여겨 돌아와 점을 치니 '날이 밝는 대로 먼저 우는 까마귀를 찾아보시오' 라고 말했다지만 이 설은 틀린 것이다]

왕이 기사(騎士)에게 따라가게 하였더니 남쪽 피촌(避村)에[지금의 양피사촌(壤避寺村)이니 남산의 동쪽 기슭에 있다] 이르렀다. 거기에서 두 마리 돼지가 싸우는 것을 한참 서서 보다가 그만 까마귀가 간 곳을 잃어버렸다. 길가를 배회하는데 그때 한 노인이 못 가운데서 나와 편지를 바쳤다. 편지 겉봉에 '열어 보면 두 사람이 죽을 것이고, 열지 않으면 한 사람이 죽을 것이다' 라고 쓰여 있었다.

기사가 돌아와 왕에게 그 편지를 바치니, 왕이 말했다.

"두 사람이 죽는 것보다는 열어 보지 않아 한 사람이 죽는 것이 낫지 않겠는가."

일관(日官)이 왕에게 아뢰었다.

"두 사람은 일반 백성을 가리키고, 한 사람은 임금님이시옵니다."

왕도 그 말이 옳다고 여겨 편지를 열어보니 '거문고 갑을 쏘라[射琴匣]'고 쓰여 있었다.

왕이 궁으로 들어가 거문고 갑을 보고 쏘았는데, 그 안에서 내전(內殿) 분수승(焚修僧)[2]과 궁주(宮主)가 몰래 사통하고 있었다. 두 사람은 죽임을 당했다.

이로부터 나라 풍속에 매년 정월 첫 해일(亥日, 돼지날)과 첫 자일(子日, 쥐날)과 첫 오일(午日, 말날)에는 모든 일에 조심하고 함부로 행동하지 않았다. 정월 보름날을 까마귀를 꺼리는 날[烏忌日]로 삼아 찰밥으로 제사를 지냈는데, 지금도 그대로 행해지고 있다. 우리 말로 이것을 달도(怛忉)라고 하니 슬퍼하고 근심하여 모든 일을 꺼려 금한다는 뜻이다. 편지가 나온 그 못을 서출지(書出池)라 이름했다.

1) 신덕왕은 신라 제35대 왕(재위기간, 912~917)으로 박씨 성을 가진 왕이었다.
2) 분수(焚修)는 분향수도(焚香修道)의 뜻으로 궁중의 불사(佛事)를 맡은 스님을 가리킨다.

지철로왕[1]

제22대 지철로왕의 성은 김씨고, 이름은 지대로(智大路) 또는 지도로(智度路)이다. 시호는 지증(智證)으로 시호 사용이 이때 처음으로 시작됐다. 또 우리말로 왕을 마립간(麻立干)이라 부른 것도 이 왕 때부터 시작되었다. 왕은 영원(永元)[2] 2년 경진년(庚辰年, 500)에 왕위에 올랐다.〔혹은 신사(辛巳)라 하니 그렇다면 영원 3년이 된다〕

왕의 음경(陰莖)은 길이가 한 자 다섯 치여서 좋은 짝을 얻기 어려워 관리를 삼 도에 보내어 짝을 찾게 했다. 한 사자가 모량부(牟梁部) 동노수(冬老樹) 아래에 이르렀는데, 두 마리 개가 북만큼이나 큰 똥덩어리의 양쪽 끝을 물고 으르렁 거리며 다투고 있는 것을 보았다. 마을 사람에게 그 똥덩어리의 임자를 물으니, 어떤 소녀가 말했다.

"이것은 모량부 상공(相公)의 딸이 이곳에서 빨래를 하다가 숲속에 들어가 몰래 누고 간 것입니다."

상공의 집을 찾아 그 여인을 살펴보니 신장이 7자 5치였다. 돌아가 왕에게 그 사실을 자세하게 아뢰니 왕이 수레를 보내 그녀를 궁중으로 맞아들여 황후[3]로 책봉하니 조정의 신하들이 모두 축하하였다.

또 아슬라주(阿瑟羅州)〔지금의 명주(溟州)이다〕 동해 가운데에 순풍을 타고 가면 이틀이 걸릴 거리에 우릉도(亐陵島)가〔지금은 우릉(羽陵)이라 한다〕 있는데[4] 둘레가 2만 6천 730보(步)이다. 섬 오랑캐들이 수심이 깊음을 믿고 교만해져 신라의 지배를 받으려 하지 않았다. 왕이 이찬(伊飡) 박이종(朴伊宗)[5]에게 병사를 거느리고 가서 토벌하게 했다. 박이종이 나무로 깎은 사자를 만들어 큰 배 위에 싣고 그들을 위협하며 항복하지 않으면 이 짐승을 풀어 놓겠다고 하자 이 섬의 오랑캐들이 두려워 항복했다. 왕이 박이종에게 상을 내리고 그 섬을 다스리게 했다.

1) 신라 제22대 왕 지증왕(智證王, 재위 500~513)이다.
2) 중국 남조(南朝) 제(齊)나라 폐제의 연호이다.
3) 박씨 성의 연제부인(延帝夫人)을 가리킨다.

4) 『삼국사기』에는 울릉도(鬱陵島)라 하였다.
5) 『삼국사기』「신라본기」에는 이사부(異斯夫) 혹은 태종(苔宗)으로 쓰여 있고, 성은 김씨라 했다.

진흥왕

제24대 진흥왕(眞興王)은 15세 어린 나이에 왕위에 올랐으므로 태후(太后)[1]가 섭정하였다. 태후는 법흥왕(法興王)의 딸이며, 입종(立宗) 갈문왕의 비였다. 진흥왕은 죽을 때 머리를 깎고 법의(法衣)를 입었다.

승성(承聖)[2] 3년(554) 9월에 백제 군사가 진성(珍城)을 침략해 남녀 3만 9천 명을 볼모로 잡고 말 8천 필을 약탈해 갔다. 이보다 앞서 백제가 신라와 연합하여 고구려를 치려 했으나 진흥왕이 말했다.

"나라의 흥망은 하늘에 달려 있다. 만일 하늘이 고구려를 싫어하지 않는다면 내가 어찌 감히 고구려를 치기를 바라겠는가?"

이 말이 고구려에 전달되니 고구려가 그 말에 감동하여 신라와 우호 관계를 맺었다. 그래서 백제가 이를 원망하여 신라에 쳐들어온 것이다.

1) 진흥왕의 어머니인 지소부인(只召夫人)을 가리킨다.
2) 중국 양(梁)나라 원제(元帝)의 연호(552~555)이다.

도화녀와 비형랑

제25대 사륜왕(舍輪王)의 시호(諡號)는 진지대왕(眞智大王)이고 성은 김씨이며, 왕비는 기오공(起烏公)의 딸인 지도부인(知刀夫人)이다. 대건(大建)[1] 8년 병신년(丙申年, 576)에 왕위에 올랐다.〔고본에 11년 기해(己亥)라고 한 것은 잘못이다〕나라를 다스린 지 4년 만에 정치가 문란해지고 왕이 음란한 짓을 일삼았으므로 나라 사람들이 그를 폐위시켰다.

이보다 전에 사량부(沙梁部)에 사는 한 여자가 있었는데 자태가 곱고 용모가 아리따워 사람들이 그녀를 도화랑(桃花娘)이라 불렀다. 왕이 소문을 듣고는 그녀를 궁중에 불러들여 사통하려 하자, 그 여인이 말했다.

"여자가 지켜야 할 일은 두 지아비를 섬기지 않는 것이옵니다. 지아비를 둔 몸이온데 어찌 다른 남자에게 몸을 허락할 수 있겠사옵니까? 임금의 위세로도 제 뜻을 빼앗지는 못할 것이옵니다."

왕이 말했다.

"죽인다면 어떠하겠는가?"

"차라리 저잣거리에서 목을 베일지라도 다른 남자에게 마음을 빼앗길 수 없사옵니다."

왕이 희롱하여 말했다.

"만약 지아비가 없다면 괜찮으냐?"

"그렇다면 괜찮사옵니다."

왕이 그 여인을 놓아 보내 주었다.

이 해에 왕이 폐위당하고는 죽었다. 2년 후 그 여인의 남편도 죽었다. 남편이 죽은 지 열흘째가 되는 밤중에 왕이 평시처럼 그 여인의 방에 와서 말했다.

"네가 전에 말했듯이 지금 네 남편이 없으니 내 요구를 받아 줄 수 있겠느냐?"

도화녀가 가벼이 허락하지 못하고 부모에게 물으니 부모가 대답했다.

"군왕의 명이니 어찌 피할 수 있겠느냐?"

부모가 도화녀를 왕이 기다리고 있는 방에 들어가게 하였다. 왕이 이레를 머무는 동안 항상 오색 구름이 집을 덮고 향기가 방안에 가득 찼다. 7일이 지나자 홀연히 왕이 자취를 감추었는데, 도화녀는 왕과의 관계로 인해 임신하였다. 달이 차서 아이를 낳으려는데 천지가 진동하였다. 남자 아이를 낳아 비형(鼻荊)이라 이름 지었다.

진평대왕(眞平大王)이 그 아이의 신기한 내력을 듣고 아이를 거두어 궁중에서 길렀다. 비형이 15세가 되자 왕이 그에게 집사 벼슬을 주었더니 매일 밤 궁중을 빠져나가 먼 곳으로 가 놀다 돌아왔다. 왕이 50명의 용사를 시켜 그가 못 나가도록 지키게 했지만 매번 반월성(半月城) 서쪽을 날아 넘어 황천(荒川) 언덕 위에서(서울 서쪽에 있다) 귀신들을 모아 놓고 놀았다. 용사들이 숲에 숨어 엿보니 귀신들이 사방의 절에서 울리는 새벽 종소리를 들으면 각기 흩어지고 비형랑도 대궐로 돌아갔다. 군사들이 사실대로 왕에게 아뢰니 왕이 비형을 불러 말했다.

"네가 귀신들을 데리고 논다는데 그것이 사실이냐?"

"그러하옵니다."

"그렇다면 네가 귀신들을 부려서 신원사(神元寺)[2] 북쪽 시내에(신중사(神衆寺)라고도 하는데 이는 틀린 말이다. 황천 동쪽 깊은 개울이라고도 한다) 다리를 놓아 보도록 해라."

비형이 임금의 명을 받들어 귀신들을 부려 돌을 다듬어 하룻밤 사이에 큰 다리를 놓았다. 그래서 그 다리 이름을 귀교(鬼橋)라고 하였다.

왕이 또 물었다.

"귀신들 중에 인간 세상에 몸을 드러내어 나라의 정치를 도울 만한 자가 있느냐?"

"길달(吉達)이란 자가 그럴 만하옵니다."

"그럼 그와 같이 오도록 해라."

다음 날 비형이 길달과 같이 왕을 뵈니 길달에게 집사 벼슬을 내렸다. 말 그대로 길달은 충직하기가 비할 데가 없었다.

이때 각간(角干) 임종(林宗)에게 아들이 없어 왕이 길달을 후사로 삼게 했다. 임종이 길달에게 흥륜사 남쪽에 다락문[樓門]을 세우게 하였더니, 길달이 매일 밤 그 문 위에서 잤다. 그래서 그 문 이름을 길달문이라 했다.

하루는 길달이 여우로 변신하여 도망가자 비형이 귀신을 시켜 붙잡아 죽이게 했다. 그러므로 귀신들이 비형의 이름만 들어도 두려워하며 달아났다. 당시 사람들이 비형의 얘기로 노래를 지었다.

　　성스런 제왕의 혼이 낳은 아들
　　비형랑의 집이로다.
　　달리고 날아다니는 여러 귀신들아
　　이곳에 머물지 마라.

신라 풍속에 이 노래 말을 써 붙여 귀신을 물리쳤다.

1) 중국 진(陳)나라 선제(宣帝)의 연호(569~582)이다.
2) 경주 월남리에 있었던 절이다.

하늘이 내려준 옥대{청태(淸泰)[1] 4년 정유년(丁酉年, 937) 5월에 정승 김 부(金傅)가 금으로 새기고 옥으로 장식한 허리 띠 하나를 바쳤다. 길이가 열 아름으로 새겨 붙인 장식이 62개나 되었다. 이것을 진평왕의 하늘이 내려준 옥대 라고 하였다. 고려 태조가 이것을 받아서 대궐 창고에 비장하였다}

제26대 백정왕(白淨王)의 시호는 진평대왕(眞平大王)이고, 성이 김 씨이다. 대건(大建)[2] 11년 기해년(己亥年, 579) 8월에 왕위에 올랐는데 키가 11자나 되었다. 왕의 수레가 내제석궁(內帝釋宮)에{또 천주사(天柱寺) 라고도 한다. 이 왕이 창건하였다} 도착하여 왕이 수레에서 내려 돌계단을 밟 았는데 계단석 세 개가 한꺼번에 부러졌다. 왕이 좌우 신하에게 말했 다.

"이 돌을 옮기지 말고 후세 사람들이 보도록 해라."

이 돌이 바로 성 안에 있는 옮기지 못하는 다섯 개의 돌 가운데 하 나이다.

왕위에 오르던 그해에 하늘의 사자가 궁전 뜰에 내려와 왕에게 말 했다.

"상황(上皇)[3]께서 저에게 명하여 옥대를 왕에게 전해 주라고 하셨 습니다."

왕이 무릎 꿇고 옥대(玉帶)를 받자마자 그 사자는 하늘로 올라갔다. 교외에서 지내는 제사[郊社]와 종묘의 큰 제사 때는 왕이 그 옥대를 허 리에 차고 예를 올렸다.

후에 고구려 왕이 신라를 치려고 계획하면서 말했다.

"신라에는 세 가지 보물이 있어 침범할 수 없다고 하는데 무엇을 두 고 하는 말인가?"

"첫째는 황룡사(皇龍寺) 장륙존상(丈六尊像)이고, 둘째는 그 절의 구층탑이며, 셋째는 진평왕 때 하늘이 내려준 옥대를 말합니다."

이에 신라를 치려고 한 계획을 멈추었다.

이를 기려 노래한다.

구름 밖 하늘이 내린 옥대 두르시니
임금의 곤룡포와 잘 어울리네.
우리 임금이 이로부터 몸이 더욱 무거우니
내일 아침에는 섬돌을 쇠로 만들까 하네.

1) 중국 후당(後唐) 말제(末帝)의 연호(934~936)이다.
2) 중국 진(陳)나라 선제(宣帝)의 연호(569~582)이다.
3) 제석천제(帝釋天帝)를 가리킨다.

선덕여왕이 미리 알아챈 세 가지 일

제17대왕 덕만(德曼)의〔(만(万)이라고도 한다〕 시호는 선덕여대왕(善德女大王)이다. 성은 김씨이고, 진평왕(眞平王)이 그의 아버지이다. 정관(貞觀)[1] 6년 임신년(壬申年, 632)에 왕위에 올라 16년간 나라를 다스렸다.

그가 나라를 다스리는 동안에 미래의 일을 안 것이 세 가지가 있었다.

첫째는 이렇다. 당나라 초 태종(太宗)이 홍색·자색·백색 등 세 가

지 색으로 그린 모란과 그 꽃씨 석 되를 함께 보내 왔다. 선덕여왕이
그려진 꽃을 보고는 말했다.

"이 꽃은 반드시 향기가 없을 것이다."

사람을 시켜 뜰에 그 꽃씨를 심어 보게 했다. 뒤에 그 꽃이 피고 질
때를 지켜보았더니 과연 왕이 말한 그대로였다.

둘째는 이렇다. 영묘사(靈廟寺) 옥문지(玉門池)에 겨울에 난데없이
개구리 떼가 모여들어 사나흘 동안을 울었다. 나라 사람들이 괴이하
게 여겨 왕에게 물었다. 왕이 급히 각간(角干) 알천(閼川)²⁾ · 필탄(弼
呑) 등에게 명령하였다.

"뛰어난 병사 2천 명을 뽑아 속히 서쪽 교외로 가라. 거기에서 여근
곡(女根谷)을 물어 찾아가면 반드시 그곳에 적이 있을 테니 몰래 쳐들
어가 그들을 죽여라."

두 사람의 각간이 왕명을 받고 각각 1천 명을 이끌고 서쪽 교외에
가서 물으니 부산(富山) 아래에 말 그대로 여근곡이 있고 거기에 백제
군사 500명이 쳐들어와 숨어 있었으므로 그들을 모두 잡아서 죽였다.
백제 장군 우소(亐召)가 남산(南山) 고개의 바위가에 숨어 있었는데 신
라군이 그를 포위하여 쏘아 죽였다. 백제에서 후원병 1천 200명을 보
내 왔으나 다시 공격하여 한 명도 남기지 않고 다 죽였다.

셋째는 이렇다. 왕이 아무런 병이 없이 건강했는데 신하들을 불러
말했다.

"짐이 아무 해, 아무 달, 아무 날에 죽을 것이니 나를 도리천(忉利天)
안에 장사 지내도록 하시오."

신하들이 그 장소를 알 수가 없어 왕에게 물었다.

"그곳이 어디입니까?"

"낭산(狼山)의 남쪽이오."

예고한 그날에 왕이 과연 죽었으므로 신하들이 낭산의 남쪽에 장사 지냈다. 죽은 지 십여 년 후 문무대왕(文武大王)이 왕의 무덤(墳) 아래에 사천왕사(四天王寺)를 세웠다.

불경(佛經)에 '사천왕사(四天王寺) 위에 도리천(忉利天)이 있다'라고 하였으니 이에 대왕의 신령스럽고 성스러움을 알게 되었다.

왕이 살아 있을 때에 신하들이 왕에게 물었다.

"모란과 개구리의 일을 어찌 그렇게 아셨습니까?"

"꽃을 그려 놓고 나비를 그리지 않았으니 그 꽃에 향기가 없는 걸 알았소. 이것은 당나라 황제가 내게 짝이 없는 것을 알고 놀린 것이지요. 개구리의 성난 모습은 병사의 모습이고, 옥문(玉門)은 여근(女根)에 해당됩니다. 여자는 음(陰)이니 색으로는 백(白)이고 백은 서쪽 방위를 가리킵니다. 그래서 병사가 서쪽에 있다는 걸 알게 됐지요. 남근(男根)이 여근(女根)에 들어가면 반드시 죽게 되므로 백제군을 쉽게 잡을 수 있을 줄 알았지요."

이에 신하들이 모두 왕의 지혜로움에 탄복했다.

당 태종이 삼색의 꽃을 보내 온 것은 대개 신라에 세 명의 여왕이 있으리라는 것을 예측했던 것일까? 선덕, 진덕(眞德), 진성(眞聖)이 바로 세 명의 여왕이다. 이것을 보면 당 태종도 앞을 내다보는 혜안이 있었던 것이다. 여왕이 영묘사를 창건한 일은 양지스님[3]의 전기에 상세하게 실려 있다. 『별기(別記)』에 선덕여왕 때에 돌을 다듬어 첨성대를 세웠다고 기록되어 있다.

---

1) 중국 당나라 태종의 연호(627~649)이다.
2) 각간은 신라 최고의 관직인 이벌찬의 다른 이름이다. 알천은 신라의 명신(名臣)으로 자기에게 돌아온 왕위를 김춘추에게 사양하였다.
3) 신라 선덕여왕 때의 스님으로 이적을 많이 남겼고, 회화와 조각에 능했다.

진덕왕

제28대 진덕여왕(眞德女王)이 왕위에 오르자 스스로 「태평가(太平歌)」를 짓고 그것을 비단에 짜 넣어 사신을 시켜 당나라에 갖다 바쳤다. {다른 책에 '춘추공(春秋公)을 사신으로 가게 해서 군대를 청하니, 당태종이 가상하게 여겨 소정방을 보내기로 허락했다' 라고 한 것은 모두 잘못이다. 현경(現慶)[1] 전에 이미 춘추는 왕위에 올랐고, 현경 경신년(庚申年, 660)은 당 태종이 아니라 바로 고종(高宗)의 시대이다. 소정방이 온 것도 현경 경신 때이므로 비단을 짜서 태평가로 무늬를 놓은 때는 군대 파견을 청할 때가 아니다, 이는 진덕여왕의 시대여야 마땅하다. 이는 아마도 김흠순(金欽純)[2]의 석방을 요청하던 때인 듯하다} 당나라 황제가 그것을 가상하게 여겨 상을 내리고 계림국왕(鷄林國王)으로 고쳐서 봉하였다.

「태평가」의 가사는 다음과 같다.

위대한 당나라 왕업을 열었으니
높디높은 황제의 계획 창성하도다.
싸움을 끝내니 천하가 진정되고
문치(文治)를 닦으니 세상의 모든 왕들이 따르네.
하늘의 뜻 받드니 단비가 내리고
만물을 다스려 아름다운 덕 간직했네.
크게 인자하심은 일월과 조화를 이루고
시운(時運)을 어루만짐은 요·순보다 뛰어나도다.
화려한 깃발은 어찌 그리 찬란하며
징과 북소리는 어찌 그리 웅장한가.

변방의 오랑캐 중 황제의 명 어기는 자는

베이고 뒤집히는 하늘의 재앙 받으리라.

순후(淳厚)한 덕풍(德風)은 온세상에 미치고

멀고 가까운 데서 다투어 상서(祥瑞) 드러내네.

사시(四時) 내내 제덕(帝德)에 응해 조화되고

일월과 다섯 별은 만방을 돌고 있네.

산악의 정기는 보필할 재상 내리고

황제는 어진 신하에게 일을 맡기네.

삼황오제와 덕이 하나로 이루어져

우리 당나라 황실 밝게 비추리.

이 왕의 시대에 알천공(閼川公), 임종공(林宗公), 술종공(述宗公), 호림공(虎林公), {자장(慈藏)의 아버지이다} 염장공(廉長公), 유신공(庾信公) 등이 있었는데 그들이 남산 우지암(亏知岩)에 모여서 국사(國事)를 의논하고 있었다. 이때 큰 호랑이가 나타나 그 자리를 덮쳤다. 자리에 있던 사람들이 모두 놀라서 일어났으나, 알천공만은 미동도 하지 않고 태연자약하게 담소하면서 호랑이 꼬리를 붙잡아 땅바닥에 메쳐 죽였다. 알천공의 완력이 이와 같으니 좌중의 우두머리를 차지할 만하였다. 그러나 거기에 모인 사람들은 모두 유신공의 위엄에 복종했다.

신라에는 네 곳의 영지(靈地)가 있어 중대한 일을 의논할 때 대신들이 그곳에 모여서 도모하면 그 일은 꼭 이루어졌다. 첫째는 동쪽의 청송산(靑松山)이고, 둘째는 남쪽의 우지산(亏知山)이며, 셋째는 서쪽의 피전(皮田)이고, 넷은 북쪽의 금강산(金剛山)이다.

진성왕대에 이르러 비로소 정월 초하룻날 아침에 조회를 행하기 시작했고, 시랑(侍郎)이라는 호칭을 처음으로 사용했다.

김유신

무력(武力) 이간(伊干)의 아들인 서현(舒玄) 각간(角干) 김씨의 맏아들이 유신(庾信)이고, 그 아우는 흠순(欽純)이다. 누이는 보희(寶姬)인데 어릴 때 이름이 아해(阿海)이며, 누이동생의 이름은 문희(文姬)로 어릴 때 이름이 아지(阿之)이다.

유신공은 진평왕 7년 을묘년(乙卯年, 595)에 태어났는데 칠요(七曜)[1]의 정기를 받아서 태어났기 때문에 등에 칠성(七星)의 문양이 있었고 그 외에도 그에게 신이한 일이 많았다.

18세가 되던 임신년(壬申年)에 검술을 연마하여 국선(國仙)이 되었다. 이때에 백석(白石)이라는 자가 있었는데 어디 출신인지 알 수 없으나 여러 해 동안 화랑의 무리에 속해 있었다. 유신이 고구려와 백제를 치는 일을 두고 밤낮으로 깊이 생각에 잠겨 있었는데 백석이 그 낌새를 알아차리고 그에게 말했다.

"제가 공(公)과 함께 비밀리에 두 나라에 들어가 먼저 저들을 정탐한 후에 일을 도모하심이 어떻겠습니까?"

유신이 기뻐하며 친히 백석을 데리고 밤중에 길을 떠났다. 길을 가다가 고개 위에서 막 쉬려고 하는데 어떤 두 여인이 유신의 뒤를 따라왔다. 골화천(骨火川)에 이르러 묵어 가려 하는데 또다른 한 여인이 갑

자기 나타났다. 유신과 세 여인이 함께 즐겁
게 얘기를 나누는데 여인들이 향기로운 과
실을 주었다. 유신이 그 과일을 먹으며 얘기
하다 보니 서로 마음이 통하여 속사정을 말
하게 되었다. 여인들이 말했다.

"공께서 말씀하신 것은 이미 알고 있습니
다. 공께서 백석을 물리치고 저희와 함께 숲
속으로 들어가시면 숨은 사정을 말씀드리겠
습니다."

이에 함께 숲으로 들어가니 여인들이 곧
신의 모습으로 현신하여 말했다.

토용 여인상(통일신라 8세기, 경주
용강동 돌방무덤)

"저희들은 나림(奈林), 혈례(穴禮), 골화
(骨火) 등 세 곳에서 나라를 지키는 신입니
다. 지금 적국의 사람이 공을 유인해 가는
데도 공께서는 그것을 알지 못하고 죽음의
길을 가고 있어 우리가 공을 만류하고자 이
곳까지 왔습니다."

말을 마치자마자 사라졌다. 공이 그 말을
듣고는 깜짝 놀라 엎드려 두 번 절하고는 숲
에서 나왔다. 골화관(骨火館)에 들어 묵으면
서 유신이 백석에게 말했다.

"지금 타국에 가면서 준비해야 할 중요한
문서를 잊고 왔구려. 그대와 함께 집으로 돌
아가 가져와야겠소."

집에 돌아와 곧바로 백석을 포박하고는

토용 남자상(통일신라 8세기, 경주
용강동 돌방무덤)

좌, 토용 남자상 화랑 (통일신라 8세기, 경주 용강동 돌방무덤) 우, 무덤(구정동 고분 전경)

그렇게 자신을 속인 까닭을 물으니 그가 대답하였다.

"나는 본래 고구려 사람입니다.{고본(古本)에 백제 사람이라고 했으나 이는 잘 못이다. 추남은 바로 고구려의 술사(術士)로 음양(陰陽)을 역행한 것도 보장왕(寶藏王) 때 의 일이다} 우리나라 여러 신하들이 '신라의 유신은 바로 우리나라에서 점을 치던 추남(楸南)이다' 라고 했습니다.{고본에는 춘남(春南)이라고 하였으 나 잘못이다} 언젠가 국경 지역에 강물이 거꾸로 흘러가는{혹은 웅자(雄雌)라 고도 하니 이는 자웅(雌雄)을 웅자라고 한 것처럼 거꾸로 뒤집힌 것을 말한다} 변괴가 있어서 왕이 추남에게 점을 치게 하니 그가 점괘를 말했습니다.

'왕후께서 음양의 도를 잘못 행하셨기 때문에 이 같은 현상이 나타 나게 된 것입니다.'

대왕이 놀라며 괴이하게 여기니 왕후가 성을 내어 말했습니다.

'이는 요망한 여우의 말을 대왕께 고한 것입니다.'

왕이 왕비의 말을 받아들여 다시 다른 일을 가지고 시험해 봐서 틀 린 대답을 한다면 중형을 내리기로 했습니다.

그를 시험하기 위해서 상자 속에 쥐 한 마리를 넣고 물었습니다.

'이것이 무엇이냐?'

'이 속에 있는 것은 쥐가 분명하오나 쥐가 여덟 마리입니다.'

왕이 틀린 대답을 했다고 해서 그를 죽이려 하자 그가 맹세하듯 말 했습니다.

'내가 죽게 되면 사후에 대장이 되어서 반드시 고구려를 멸망시킬 것입니다.'

그를 목 베어 죽인 뒤 쥐의 배를 갈라 보니 일곱 마리의 새끼가 나왔으므로 왕은 추남이 했던 말이 틀리지 않다는 것을 알았습니다.

그날 밤 왕이 꿈 속에서 추남이 신라의 서현공 부인의 가슴으로 들어가는 것을 보았습니다. 그 사실을 여러 신하들에게 말하니 모두 말하기를

'추남이 마음으로 맹세하고 죽더니 일이 그렇게 된 것 같사옵니다' 라고 했습니다. 그런 까닭으로 왕께서는 나를 이곳으로 보내어 이런 일을 도모하게 하였습니다."

공은 백석을 죽이고 온갖 음식을 갖추어서 삼신(三神)에게 제사를 드렸다. 삼신이 모두 모습을 드러내어 제사를 흠향했다.

김씨 집안의 재매부인(財買夫人)이 죽자 청연(靑淵) 위 골짜기에 장사지냈다. 그로 인해 그 골짜기 이름을 재매곡(財買谷)이라 했는데, 매년 봄에 온 집안의 남녀들이 골짜기의 남쪽 시냇가에 모여 잔치를 벌였다. 이때가 되면 온갖 꽃이 만발하고 송홧가루가 날려 골짜기 숲에 자욱했으므로 재매곡 어귀에 암자를 지어 송화방(松花房)이라고 이름하였다. 이 절이 전해져 오다가 소원을 비는 원찰(願刹)이 되었다.

제54대 경명왕(景明王)이 공을 추봉(追封)하여 흥무대왕(興武大王)이라 했다. 능은 서산(西山) 모지사(毛只寺) 북쪽으로, 동쪽을 향해 뻗은 봉우리에 있다.

---

1) 칠요(七曜) : 해(日) · 달(月)과 수(水) · 화(火) · 금(金) · 목(木) · 토(土)의 5성(五星)을 가리킨다.

태종 김춘추

제29대 태종대왕(太宗大王)의 이름은 춘추(春秋)이고 성은 김씨로 문흥대왕(文興大王)으로 추봉(追封)된 용수(龍樹)(용춘(龍春)이라고도 한다) 각간(角干)의 아들이다. 어머니는 진평대왕(眞平大王)의 딸인 천명부인(天明夫人)이고, 왕비는 문명왕후(文明王后) 문희(文姬)로 바로 김유신의 막내 누이이다.

처음 문희의 언니 보희(寶姬)가 꿈에 서악(西岳)[1]에 올라가 소변을 보았는데 서울이 오줌으로 가득 찼다. 다음날 아침에 동생에게 꿈을 이야기하자, 문희가 듣고는 말했다.

"내가 이 꿈을 사겠어요."

"어떤 물건을 줄래?"

"비단 치마로 사면 되겠어요?"

"그래라."

동생이 옷섶을 열어 젖혀 꿈을 받으려고 하니, 언니가 말했다.

"어젯밤에 내가 꾼 꿈을 너에게 준다."

동생은 비단 치마로 값을 치렀다.

십여 일 후에 유신이 춘추공과 정월 오기일(午忌日)에(위의 「사금갑(射琴匣)」의 일에 보이는데, 이는 최치원(崔致遠)의 설이다) 자신의 집앞에서 축국(蹴鞠)을(신라인들은 공을 차는 것을 구슬을 가지고 노는 놀이(弄珠之戱)라고 한다) 하다가 일부러 춘추의 옷을 밟아서 옷고름을 떨어뜨렸다. 유신이 "우리 집에 들어가셔서 꿰맵시다." 라고 하니, 공이 따라 들어왔다. 유신이 아해(阿海)에게 꿰매도록 시키자, 아해가 "어찌 하찮은 일로 경망스럽게 귀공자(貴公子)를 가까이 할 수 있겠습니까?" 라고 하며 거절하자(『고본(古本)』에는 병으로 나오지 못했다고 했다) 다시 아지(阿之, 문희)에게 그 일을 시켰다. 춘추공은 유신의 뜻을 알아차리고는 그녀와 정을 통하였는데 그 후로 두 사람이 자주 만났다. 유신은 그의 누이가 아이를 밴 사실을 알고는 꾸짖었다.

"너는 처녀의 몸으로 부모님 몰래 임신을 하였으니 어찌하면 좋으냐?"

그리고는 온나라 안에 그 누이를 불태워 죽일 것이라는 소문을 퍼뜨렸다. 어느 하루 선덕여왕이 남산에 행차하기를 기다렸다가 마당에 땔나무를 쌓아 놓고 불을 지르니 연기가 피어올랐다. 왕이 남산 위에서 연기가 이는 것을 목격하고는 무슨 연기인가 묻자, 좌우의 신하들이 아뢰었다.

"아마 유신이 그의 누이를 불태워 죽이려는가 봅니다."

왕이 그 까닭을 묻자 신하들이 말했다.

"그의 누이가 남편도 없는데 부모 몰래 임신을 했기 때문입니다."

"누가 그녀에게 아이를 배게 했단 말이오?"

그때 가까이서 왕을 모시고 있던 춘추공의 얼굴빛이 갑자기 변했다. 왕이 그를 보고 말했다.

"공이 저지른 일이구나. 빨리 가서 그녀를 구하도록 하라."

춘추공이 말을 달려가 왕의 말을 전하고 불태워 죽이지 못하게 하였다. 이 일이 있은 후에 두 사람은 떳떳하게 드러내 놓고 혼례를 올렸다.

진덕왕(眞德王)이 죽자 영휘(永徽)[2] 5년 갑인년(甲寅年, 654)에 춘추공이 왕위에 올랐다. 8년 동안 나라를 다스리다 용삭(龍朔) 원년(元年) 신유년(辛酉年, 661)에 세상을 떠나니 그때 공의 나이 59세였다. 애공사(哀公寺) 동쪽에 장사지냈는데 비석이 있다.

왕은 유신과 함께 신묘한 계책을 내고 힘을 다해 삼국을 통일하는 데 큰 공을 세웠기 때문에 묘호(廟號)를 태종(太宗)이라고 하였다.

태자 법민(法敏), 각간 인문(仁問)[3], 각간 문왕(文王), 각간 노차(老且), 각간 지경(智鏡), 각간 개원(愷元) 등이 모두 문희의 소생이므로 전에 꿈을 샀던 좋은 조짐이 여기에 나타났다. 왕의 서자(庶子)로는 급간(級干) 개지문(皆知文), 영공(令公) 차득(車得), 아간(阿干) 마득(馬得) 그리고 한 명의 딸 등을 포함하여 모두 다섯이다. 왕은 매일[4] 쌀 서 말과 꿩 아홉 마리를 먹었는데 경신년(庚申年, 660)에 백제를 멸망시킨 후부터 점심을 거르고 아침과 저녁만 먹었다. 그래도 하루에 먹는 양을 따져보면 쌀 여섯 말, 술 여섯 말, 꿩 열 마리였다. 그때 도성 안 시장의 물가는 베 한 필 값이 벼 30섬 내지 50섬에 상당했으니 백성들이 모두 태평성대(太平聖代)라 했다.

왕이 태자로 있을 때 고구려를 정벌하고자 하여 당나라에 원군을 요청하려 들어갔다. 당 황제가 그의 풍채를 보고는 신이하고 성스러운 인물이라고 칭찬하며 시위(侍衛)로 남아 있게 하였으나 간청하여 돌아왔다.

이때 백제의 마지막 왕인 의자왕(義慈王)은 무왕(武王)의 맏아들이었는데 용맹스럽고 담력이 있었다. 부모에게 효도하고 형제와 사이좋게 지냈으므로 당시 사람들이 그를 해동증자(海東曾子)라 불렀다. 정관(貞觀) 15년 신축년(辛丑年, 641)에 왕위에 올랐는데, 지나치게 주색을 탐하여 정치가 황폐해지고 나라가 위태로운 지경에 이르렀다. 좌평(佐平){백제의 작명(爵名)이다} 성충(成忠)이 극력 간(諫)하였으나 왕이 그 말을 받아들이지 않고 옥에 가두었다. 그가 옥중에서 여위고 지쳐 거의 죽게 되자 왕에게 글을 올렸다.

"충신은 죽어도 임금을 잊지 않는다고 하니 한 말씀 드리고 죽을까 하옵니다. 신이 일찍이 시세의 변화를 살폈사온데 머잖아 반드시 전쟁이 일어날 것 같사옵니다. 무릇 군사를 부림에 있어 무엇보다도 지세를 잘 살펴서 택해야 하니, 상류(上流)에 군사를 주둔시켜 적을 맞이하면 이길 수 있을 것이옵니다. 만일 적국의 군대가 육로로 오면 탄현(炭峴)을(침현(沈峴)이라고도 하니, 백제의 요새이다) 넘어오지 못하게 해야 하며, 수군은 기벌포(技伐浦)에(곧 장암(長巖) 또는 손량(孫梁)이다. 지화포(只火浦) 또는 백강(白江)이라고도 한다) 들어오지 못하게 해야 합니다. 이같이 험준하고 좁은 곳에 의지하여 그들을 막아야만 나라를 보전할 수 있을 것이옵니다." 왕이 성충의 말을 귀담아 듣지 않았다.

현경(現慶) 4년 기미년(己未年, 659)에 백제 오회사(烏會寺)에(또는 오합사(烏合寺)라고도 한다) 크고 붉은 말 한 마리가 나타나 하루 동안 절 주위를 돌았다. 2월에 여러 마리의 여우가 의자왕의 궁중에 들어왔는데, 흰 여우 한 마리가 좌평의 책상 위에 올라앉았다. 4월에는 태자궁의 암탉이 작은 참새와 교미하였다. 5월에는 사비(泗沘)의(부여의 강 이름이다) 언덕에 큰 고기가 나와서 죽었는데, 그 길이가 세 길이나 되고 그 고기를 먹은 사람들은 모두 죽었다. 9월에 궁중의 홰나무가 사람이 목놓아 우는 것처럼 소리 내어 울었고, 밤에는 귀신이 대궐의 남쪽 길위에서 울었다. 현경 5년 경신년(庚申年, 660) 봄 1월에 도성의 우물물이 핏빛으로 물들었다. 서해 바닷가에 작은 고기들이 나와서 죽었는데 백성들이 그것을 다 먹을 수 없을 정도로 많았다. 사비수(泗沘水)가 핏빛을 이루었다. 4월에는 개구리 수만 마리가 나무 위에 모여들었고, 서울의 저잣거리에 나온 사람들이 까닭 없이 놀라 달아나니, 마치 잡으러 온 사람에게 쫓기듯 하여 놀라 자빠져 죽은 사람이 100여 명에 달했고, 재물을 잃은 사람은 수도 없이 많았다. 6월에 왕흥사(王興寺)의 스님들 모두가 마치 큰 강을 따라 배가 절 문으로 들어오는 듯한 광경을 목격했다. 사슴같이 생긴 큰 개 한마리가 서쪽으로부터 사비수 강가에 와서 왕궁을 향해 짖다가 홀연히 사라져 버렸다. 성 안의 많은 개들이 길위에 모여 짖어대기도 하고 울기도 하다가 얼마 있다가 흩어졌다.

한 귀신이 대궐에 들어와 "백제는 망한다. 백제는 망한다"라고 크게 부르짖고는 곧바로 땅 속으로 들어가 버렸다. 왕이 이 일을 괴이하게 여겨 사람을 시켜 땅을 파게 하니, 세 자쯤 깊이에 거북이 한 마리가 있었는데 그 등에 '백제는 둥근 보름달이고, 신라는 초승달과 같다'라는 글귀가 있었다. 왕이 무당을 불러 그 까닭을 물었더니 말했다.

"보름달은 가득 찬 것이니 차면 기울기 마련입니다. 초승달은 아직 차지 않은 것입니다. 아직 차지 않았다는 것은 점차 차게 된다는 것이옵니다."

왕이 노하여 무당을 죽였다. 어떤 사람이 말했다.

"보름달은 성한 것이고 초승달은 미약한 것입니다. 이것은 우리나라가 번성하게 되고 신라는 쇠미해진다는 뜻이옵니다."

왕이 기뻐했다.

태종이 백제에서 일어나는 여러 가지 괴이한 변고를 듣고, 현경 5년 경신년(庚申年, 660)에 김인문(金仁問)을 당나라에 보내어 군사를 보내줄 것을 요청했다. 당 고종(高宗)이 좌무위대장군 형국공(左武衛大將軍荊國公) 소정방(蘇定方)을 신구도 행책총관(神丘道行策摠管)을 삼아 좌위장군(左衛將軍)으로 자(字)가 인원(仁遠)인 유백영(劉伯英)과 좌무위장군(左武衛將軍) 풍사귀(馮士貴), 좌효위장군(左驍衛將軍) 방효공(龐孝公) 등을 거느리고 가 13만 병력으로써 백제를 치게 하였다.{우리나라 기록에 군대 12만 2천 711명이고, 배 1천 900척이라고 했는데, 『당서(唐書)』에는 자세하게 말하지 않았다} 또 신라왕 춘추를 우이도 행군총관(嵎夷道行軍摠管)

으로 삼아 신라 군사를 거느리고 그들과 합세하게 하였다. 소정방이 군대를 이끌고 성산(城山)[5]에서 출발하여 바다를 건너 신라의 서쪽 덕물도(德勿島)[6]에 이르렀다. 신라왕이 장군 김유신에게 정예병 5만을 거느리고 그곳으로 가게 했다.

의자왕이 그 사실을 듣고 조정의 신하들을 모아 방어할 계책을 물으니 좌평 의직(義直)이 나와 말했다.

"당나라 군사는 멀리 큰 바다를 건너왔지만 수전(水戰)에 익숙하지 않사옵니다. 신라인들은 큰 나라의 원조를 믿고 적을 얕보는 마음을 가지고 있사옵니다. 만일 당나라 군대가 우리와의 싸움에서 패하는 것을 보면 반드시 의심하고 두려워하여 감히 사납게 달려들지 못할 것이옵니다. 그러므로 먼저 당나라 군대와 승패를 겨루는 것이 상책인 줄 아옵니다."

달솔(達率)·상구(常求) 등이 말했다.

"그렇지 않습니다. 당나라 군사들은 멀리서 왔으므로 속히 전쟁을 치르고자 잘 무장되어 있을 것이니 그들의 날카로움을 당할 수 없을 것이옵니다. 신라 군사들은 우리와 싸워 여러 번 패하였으니 지금 우리 군사들의 기세를 바라보고 두려워하지 않을 수 없을 것입니다. 그러니 지금 우리가 취할 계책은 당나라 군사들이 들어오는 길을 막아 군사들이 피로해지기를 기다리면서, 먼저 우리의 일부 군사들로 하여금 신라군을 치게 하여 그 날카로운 기세를 꺾어야 하옵니다. 그런 후에 추이를 지켜보며 적절하게 싸워 나가면 우리 군사를 온전하게 보전하고 나라를 지켜낼 수 있을 것이옵니다."

왕이 선뜻 결정하지 못하고 망설였다. 이때 좌평 흥수(興首)가 죄를 얻어 고마미지현(古馬彌知縣)[7]에 유배되어 있었다. 사람을 보내 그에게 물었다.

"나라의 사태가 심각하니 어찌하면 좋겠소?"

"대체로 좌평 성충의 말대로 하십옵소서."

대신들이 그의 말을 믿지 못하고 말했다.

"흥수는 나라에 죄를 지은 몸이라 임금을 원망하고 나라를 아끼는 마음이 없을 것이옵니다. 그러니 그의 말을 받아들일 수 없사옵니다. 당나라 군사를 백강(白江)으로[곧 기벌포(技伐浦)이다] 들어오게 하여 물결을 따라 내려가게 하되 배 두 척이 나란히 나아갈 수 없게 하고, 신라군이 탄현(炭峴)에 올라 지름길을 따라 오게 하되 말을 나란히 하여 떼를 지어 오지 못하게 하면 될 것이옵니다. 이때에 군대를 풀어 그들을 격파하면 저들은 마치 조롱 속에 든 닭이나 그물에 걸린 고기와 같은 신세가 될 것이옵니다."

왕이 대신들의 말을 그럴듯하게 여겼다. 또 당과 신라 군대가 이미 백강과 탄현을 지났다는 소식을 듣고, 장군 계백(階伯)으로 하여금 결사대 5천 명을 거느리고 황산(黃山)에 나아가 신라군과 싸우게 하였다. 네 번을 싸워 모두 이겼으나 군사 수가 워낙 적고 힘이 다해 마침내 패배하고 말았다. 계백도 그 싸움에서 전사했다.

신라와 당나라 군대가 합류하여 나루 어귀의 강가에 주둔하였다. 이때 갑자기 새 한 마리가 소정방의 군영 위를 선회했다. 소정방이 그 일을 두고 점을 쳐보게 하니, 원수(元帥) 소정방이 부상을 입을 점괘라고 했다.

이 말을 듣고 소정방이 두려워하여 군대의 행진을 멈추려 하자 김유신이 소정방에게 말했다.

"어찌 나는 새가 괴이한 짓을 한다고 하여 하늘이 주신 때[天時]를 놓칠 수 있겠습니까? 하늘의 뜻에 응하고 민심을 따르며, 참으로 어질지 못한 사람을 응징하는 데 무슨 상서롭지 못한 일이 있겠습니까?"

그리고는 김유신이 신검(神劍)을 뽑아 그 새를 겨누니 갈기갈기 찢어진 새의 몸체가 자리 앞에 떨어졌다. 소정방이 백강의 왼쪽 기슭에 나와 산을 등진 채 진을 치고 백제군과 싸워 크게 이겼다. 당나라 군대가 조류를 타고 뱃머리를 나란히 하여 꼬리를 물고 시끄럽게 북을 치며 나아갔다. 소정방이 보병과 기병을 거느리고 곧바로 도성으로 진군하다가 30리 밖에서 멈추었다. 성 안에서 백제의 군사들이 총동원되어 싸웠지만 패배하여 1만여 명의 군사가 죽었다. 당나라 군대가 승리의 기세를 타고 성에 들이닥치자, 의자왕은 최후를 맞이하게 된 것을 알아차리고 탄식하며 말했다.

　"성충의 말을 듣지 않아 이 지경에 이르렀구나. 후회막급이로다."

　마침내 의자왕이 태자 융(隆)과(혹은 효(孝)라고 하는데 이는 틀린 말이다) 함께 북쪽 변방으로 도주했다. 소정방이 성을 포위하자 의자왕의 둘째 아들 태(泰)가 스스로 왕이 되어 남은 무리를 거느리고 성을 굳게 지켰다. 이때 태자의 아들인 문사(文思)가 왕 노릇을 하던 태에게 말했다.

　"왕과 태자께서 도성을 빠져나가자 숙부께서 마음대로 왕으로 군림하셨으니, 만약 당나라 군대가 포위를 풀고 떠나가도 반역을 도모한 우리들이 어찌 온전할 수 있겠습니까?"

　문사가 그를 따르는 신하들을 거느리고 성을 나가니 백성들도 모두 그를 따랐지만 태는 어찌할 수가 없었다.

　소정방이 군사를 시켜 성 위에 올라가 당나라 깃발을 세우게 하니 태가 사태의 위급함을 알고 성문을 열어 살기를 도모했다. 이에 왕과 태자 융, 왕자 태, 대신 정복(貞福)이 백제의 여러 성들과 함께 모두 항복하였다. 소정방이 의자왕과 태자 융, 왕자 태, 왕자 연(演)과 대신, 장사(將士) 등 모두 88명을 당나라 서울인 장안으로 보냈다.

　백제는 본래 5부(部) 37군(郡) 200성(城) 76만 호(戶)를 두었는데 이때에 당나라가 웅진(熊津), 마한(馬韓), 동명(東明), 금연(金漣), 덕안(德安) 등 다섯 도독부(都督府)를 나누어 설치하였고, 그 우두머리를 뽑아 각각 도독(都督)과 자사(刺史)로 삼아 그곳을 다스리게 하였다. 낭장(郎將) 유인원(劉仁願)에게 도성을 수비하게 하고, 좌위랑장(左衛郎將) 왕문도(王文度)를 웅진 도독으로 삼아 백제의 남은 백성들을 위로하게 하였다.

소정방이 포로를 데리고 당나라 황제를 뵈니, 황제는 그들을 꾸짖고 남은 죄를 용서했다. 의자왕이 당나라에서 병으로 세상을 떠나니 금자광록대부 위위경(金紫光祿大夫衛尉卿)으로 추증하고 옛 신하들이 조문하는 것을 허락했다. 손호(孫晧)와 진숙보(陳叔寶)의 묘 옆에 장사지내게 하고 비석도 세우게 하였다.

현경 7년 임술년(壬戌年, 662)에 소정방을 요동도 행군대총관(遼東道行軍大摠管)으로 삼았다가 바로 평양도 행군대총관(平壤道行軍大摠管)으로 바꾸었다. 고구려의 군사들을 패강(浿江)에서 격파하고 마읍산(馬邑山)을 빼앗아 진영으로 삼았다. 마침내 평양성을 포위하였으나 마침 큰 눈이 내려 포위를 풀고 당나라로 돌아갔다.

소정방이 양주 안집대사(凉州安集大使)로 임명되어 토번(吐藩)을 평정했다. 그가 건봉(乾封) 2년(667)에 죽으니 당나라 황제가 애도하여 좌효기대장군 유주도독(左驍騎大將軍幽州鍍督)으로 추증(追贈)하고 시호(諡號)를 장(莊)이라 했다.(이상은 『당서(唐書)』에 나오는 글이다)

『신라별기(新羅別記)』에 이렇게 기록되어 있다.

"문무왕 즉위 5년 을축년(乙丑年, 665) 가을 8월 경자(庚子)에 왕이 친히 대군을 거느리고 웅진성(熊津城)에 행차하였다. 그곳에서 임시로 왕에 임명된[假王] 부여 융(夫餘隆)[8]과 제단(祭壇)을 쌓고 백마의 목을 베어 맹약식을 거행했는데, 먼저 천신(天神)과 산천의 신령에게 제사를 드리고 난 후 말의 피를 입가에 바르고 맹세하는 글을 지었다.

'전에 백제의 선왕(先王)이 역리와 순리에 어두워 이웃 나라와 가까이 지내지 않고 혈육과도 화목하지 못했다. 고구려와 결탁하고 왜국과 내통하여 그들과 함께 잔인하고 포악한 짓을 저질렀다. 신라에 쳐들어와 도성과 마을을 파괴하고 노략질하여 편안히 지낼 날이 없을 정도였다. 중국 천자께서 한 물건이라도 제자리를 잃는 것을 안타깝게 여기시고 백성들이 폐해를 입는 것을 불쌍하게 여기셔서 자주 사신을 보내어 서로 가까이 지낼 것을 타일렀다. 그러나 백제는 지세가 험하고 중국과 멀리 떨어져 있는 것을 믿고 지켜야 할 법도를 업신여겼다. 황제가 이에 노하시어 죄 지은 사람을 응징하시니 깃발이 가리키는 곳에서 한번 싸워 크게 평정하였다. 진실로 죄 지은 자의 궁을 허물어 연못으로 만들어 앞으로 오는 사람들에게 경계를 삼게 하고, 재앙의 근원을 막고 뿌리를 뽑아 후손에게 교훈을 보이셨다. 귀순하는 자를 맞아들이고 반역하는 자를 정벌함은 선왕께서 베풀었던 아름다운 전범이고, 망한 자를 일으켜 주고 끊어진 것을 이어주는 것은 옛날 어진 사람들의 한결같은 법도이니, 일을 도모함에 반드시 옛날의 경서와 역사서에 전해오는 가르침을 따라야 할 것이다. 그러므로 전 백제왕 사가정경(司稼正卿) 부여 융을 웅진도독으로 삼아 조상의 제사를 지내게 하고 그 옛 땅을 보전케 하니 신라에 기대어 길이 우방이 되어 각기 묵은 감정을 없애고 우의를 맺어 서로 평화롭게 지내며 삼가 천자가 내리신 명령을 받들어 영원히 중국 변방의 나라로 복종해야 할 것이다. 이에 천자께서 사신 우위위장군 노성현공(右威衛將軍魯城縣公) 유인원(劉仁願)을 보내시어 친히 깨우쳐 가르치시며 자세히 그 뜻을 알리도록 했다. 그대들은 서로 혼인으로써 약속하고 맹서로 다짐하였으며 희생을 잡아 피를 입가에 발랐으니 언제나 서로 돈독한 관계를 가지고 재난의 고통을 함께 나누며 환난을 맞으면 서로 도와 형제처럼 사랑해야 할 것이다. 삼가 천자의 가르침을 받들어 감히 어기지 말아야 할 것이니 이미 맹약한 후에는 함께 절의를 지켜야 할 것이다. 만일 이를 어기고 다른 마음을 가져 군사를 일으켜 변방을 침범하면 천지신명이 살피시어 온갖 재앙을 내릴 것이니 자손이 번성하지 못하고 사직을 지키지 못하며 제사조차 끊어져 남는 것이라곤 아무 것도 없을 것이다. 그러므로 굳게 맹세하는 금서(金書)와 철계(鐵契)를 종묘에 간직해 두니 자손 만대에 이 맹세를 어기는 일이 없어야 할 것이다. 신이시여 이를 들으시고 흠향하시고 복을 내리소서.'

맹세하는 의식이 끝나자 폐백을 제단의 북쪽에 묻고 그 맹세문을 신라의 대묘(大廟)에 간직했다. 이 맹세문은 대방도독(帶方都督) 유인궤(劉仁軌)가 지었다."{위의 내용에 관한 『당서(唐書)』의 글을 살펴보면, 소정방은 의자왕과 태자 융 등을 중국 서울로 보냈다고 하는데 지금 여기서는 부여왕 융과 회맹하였다고 하였다. 이를 보면 당 황제가 융을 용서하고 돌려보내 웅진도독으로 세웠음을 알 수 있다. 맹약문에서 명백하게 말했으니 이것으로 증거가 된다}

또 『고기(古記)』에는 이렇게 기록되어 있다.

"총장(總章)" 원년(元年) 무진년(戊辰年, 668){여기에서 말한 총장 무진년은 이적(李勣)의 일과 관련된 해인데, 아래 글에서 소정방의 일을 말한 것은 잘못이다. 만약 소정방의 일이라면 연도가 용삭(龍朔) 2년 임술년(662)에 해당되니, 이때는 소정방이 평양을 포위하고 있을 때이다}에 나라 사람들이 청한 당나라 군대가 평양 교외에 주둔하고 있었는데 급히 군수물자를 보내달라는 글을 보내왔다.

왕이 여러 신하를 모아놓고 물었다.

'적국의 땅을 거쳐 당나라 군대가 주둔한 곳까지 간다는 것은 매우 위험하기 짝이 없는 일이나 황제국의 군대가 먹을 식량이 떨어져 보내달라고 요청하는데 그에 응하지 않는 것도 또한 옳은 일이 아니니 어

떻게 하면 좋겠소?'

김유신이 아뢰었다.

'신 등이 군수물자를 싣고 갈 것이오니 대왕께서는 심히 염려하지 마옵소서.'

김유신과 김인문 등이 수만 명의 군사를 거느리고 고구려 국경으로 들어가 군량 2만 곡(斛)을 실어다 주고 돌아오니 왕이 매우 기뻐했다. 또 군사를 일으켜 당나라 군대와 연합하기로 하고 먼저 김유신이 연기(然起)와 병천(兵川) 등 두 사람을 당나라 진영으로 보내어 두 나라 군대가 회동할 시기를 묻게 했다. 당나라 장수 소정방이 종이에 난새와 송아지 두 동물을 그려 회답했으나 나라 사람들이 그 뜻을 풀지 못해 원효법사(元曉法師)에게 물어보았다. 원효가 해석하여 말했다.

'속히 군대를 돌리라는 뜻이오. 송아지[犢]와 난새[鸞]를 그린 것은 화독(畵犢)과 화란(畵鸞)의 두 반절인 속환(速還)을 뜻하는 것으로 빨리 돌아가라는 것을 암시하고 있지요.'

이 말을 듣고 김유신이 군대를 돌려 패강을 건너기로 하고 늦게 강을 건너는 자의 목을 베겠다는 엄한 명령을 내렸다.

군사들이 앞을 다투어 건넜으나 절반도 건너지 않았는데 고구려 군대가 달려들어 아직 건너지 못한 자들을 죽였다. 다음날 김유신이 반격하여 고구려 군사 수만 명을 죽였다."

『백제고기(百濟古記)』에 이렇게 말했다.

"부여성 북쪽 모퉁이에 큰 바위가 있고 그 아래쪽은 강물과 맞닿아 있다. 전해 오는 말에 의하면 의자왕과 여러 후궁들이 죽음을 면치 못할 것을 알고는 '남의 손에 죽기보다는 차라리 스스로 목숨을 끊는 것이 낫겠다'라고 하고는 이곳에 이르러 강물에 뛰어들어 죽었다. 그래서 세상에서 이 바위를 타사암(墮死岩)[10]이라고 한다."

이것은 잘못 전해진 속설(俗說)이다. 다만 궁녀들만이 떨어져 죽었고 의자왕은 당나라에서 죽었다. 의자왕이 당나라에서 죽었다는 것은 『당사(唐史)』에 명백하게 기록되어 있다.

『신라고전(新羅古傳)』에 이렇게 말했다.

"소정방이 이미 고구려와 백제 두 나라를 쳐서 평정하고 또 신라를 칠 생각으로 돌아가지 않고 계속 머물러 있었다. 이에 김유신이 그들의 속셈을 알아차리고는 당나라 군사들에게 짐(鴆)[11]이라는 독약을 먹여 모두 죽여 구덩이에 묻었다."

지금의 상주(尙州) 경계에 당교(唐橋)가 있는데 이곳이 그들을 묻은 땅이다."(『당사』를 살펴보면 그 죽은 이유는 말하지 않고 다만 사망했다고 기록한 것은 무엇 때문인가? 후세에 알려지기를 꺼려해서인가? 아니면 우리나라의 속설이 근거가 없는 것인가? 만일 임술년(662)에 고구려와의 전쟁에서 신라인이 소정방의 군대를 죽였다면 후에 총장(總章) 무진년(668)에 어찌 당나라 군대를 청해서 고구려를 멸망시킬 수 있겠는가? 이것으로 볼 때 우리나라에 전하는 말은 근거가 없으니, 다만 무진년에 고구려를 멸한 후에 신라가 신하국으로서 당나라를 섬기지 않고 그 땅을 차지했을 뿐이지, 소정방과 이적(李勣) 두 사람을 살해하는 데까지 이르지는 않았을 것이다)

당나라의 군대가 백제를 평정하고 본국으로 돌아간 후에 신라왕이 여러 장수에게 명령하여 백제의 살아남은 군사들을 추격하여 체포하라고 했다. 이때 신라군이 한산성에 주둔했는데 고구려와 말갈 두 나라 군대가 와서 포위하여 공격하였다. 5월 11일에 시작된 싸움이 6월 22일에 이르도록 끝나지 않아 우리 군사들이 매우 위험한 지경에 놓이게 되었다. 왕이 그 사실을 듣고는 여러 신하들과 계책을 논의했으나 결말이 나지 않아 망설이고 있었는데 김유신이 말을 달려와 아뢰었다.

"일이 급하게 되어 사람의 힘으로는 미칠 수가 없사옵니다. 오직 신이한 술법으로만 그들을 위기에서 구할 수 있을 것이옵니다."

이에 성부산(星浮山)[12)에 제단(祭壇)을 쌓고 신이한 술법을 썼다. 그러자 갑자기 큰 독만한 광채가 제단 위에서 솟아나 유성처럼 날아서 북쪽으로 갔다.{이로 인해 산 이름을 성부산이라고 하나 산 이름에 대해서는 다른 설이 있다. 도림(都林)의 남쪽에 우뚝 솟은 한 봉우리가 이 산이다. 서울의 어떤 사람이 관직을 구하려고 아들에게 큰 횃불을 만들어 밤에 이 산에 올라가 들어올리게 했다. 그날 밤 서울 사람들이 횃불을 바라보고는 모두 이상한 별이 그곳에 나타났다고 말했다. 왕이 그 사실을 듣고는 근심하고 두려워해서 사람들을 모아서 재앙을 물리치려 하니 그 아버지가 그 일에 응하려 했다. 점치는 일관이 아뢰기를 "이 일은 큰 괴변이 아니오라 다만 한 집에 아들이 죽어 아비가 흐느낄 조짐일 뿐이옵니다." 라고 하니 드디어 재앙을 물리치는 일을 그만두었다. 이날 밤 아들이 산을 내려오다가 범에게 물려 죽었다} 한산성 안에 포위된 군사들은 구원병이 오지 않는 것을 원망하며 서로 마주보며 소리내어 울 뿐이었다. 적들이 신라 군사를 급히 공격하고자 하는데 갑자기 한 광채가 남쪽 하늘로부터 날아와 벼락이 되어 돌을 쏘아올리는 포대 30여 곳을 부수었다. 또한 적군의 활이며 화살, 창들이 남김없이 부숴지고 병사들은 모두 땅에 쓰려졌다. 한참 후에 정신을 차린 적병들은 뿔뿔이 흩어져 달아났다. 그제야 우리 군대가 무사히 돌아올 수 있었다.

태종이 처음 왕위에 올랐을 때 어떤 사람이 머리가 둘에 몸도 둘이고 발이 여덟인 돼지를 바쳤다. 이를 풀이하는 사람이 말했다.

"이것은 반드시 천하를 통일할 상스러운 조짐입니다" 라고 했다.

이 왕 때 처음으로 중국의 의관과 상아로 만든 홀(笏)을 착용했는데, 이것은 자장법사(慈藏法師)가 당나라 황제에게 요청하여 얻어 가지고 와서 전한 것이다.

신문왕(神文王) 때 당나라 고종이 신라에 사신을 보내 말했다.

"나의 성스러운 아버님께서 현명한 신하 위징(魏徵), 이순풍(李淳

風) 등을 얻어 마음을 합하고 덕을 같이하여 천하를 통일하셨으므로 태종황제가 되셨다. 너희 신라는 바다 밖의 작은 나라인 데도 분수에 맞지 않게 천자의 명칭인 태종의 칭호를 사용하여 천자의 이름을 더럽히고 있으니 이는 불충(不忠)한 짓이다. 빨리 그 칭호를 바꾸도록 하라."

신라왕이 표문(表文)을 올려 말했다.

"신라가 비록 작은 나라이나 김유신과 같은 훌륭한 신하를 얻어 세 나라를 하나로 통일하였으므로 그런 까닭에 태종으로 봉한 것입니다."

당 황제가 표문을 보고는 자신이 태자로 있을 때 어느 날 하늘에서 "33천의 한 사람이 신라에 태어나 유신이 되었다" 라고 외치는 소리를 들었는데 그 사실을 책에 기록해 두었던 것이 생각났다. 책을 꺼내서 살펴보고는 놀라 두려움에 떨었다. 다시 사신을 보내서 태종의 칭호를 고치지 않아도 좋다고 했다.

1) 서악은 경주 서쪽에 있는 선도산(仙桃山)이다.
2) 당나라 고종의 연호(650~655)이다.
3) 무열왕의 둘째 아들이자 문무왕의 아우인 김인문(629~694)을 가리킨다.
4) 다른 본에는 월(月)로 되어 있다.
5) 지금의 중국 산동성 문등현(文登縣)이다.
6) 지금의 옹진군 덕적도이다.
7) 지금의 전라남도 장흥의 옛 이름이다.
8) 당나라가 장안에서 의자왕의 태자인 융을 웅진도독으로 삼아 옛 백제 땅으로 보내 중국을 대신하여 그곳을 다스리게 했기 때문이다.
9) 중국 당나라 고종의 연호(668~669)이다.
10) 부여 부소산 북쪽에 있는 낙화암의 다른 이름이다.
11) 짐이라는 새의 깃털을 술에 담가 우려낸 독약이다.
12) 경주시 화곡리에 있는 산이다.

장춘랑과 파랑{비(羆)라고도 한다}

처음에 신라 군사가 백제 군사와 황산 전투에서 싸울 때 장춘랑(長春郎)과 파랑(罷郎)이 진중(陣中)에서 죽었다. 그 후 백제를 칠 때 그들이 태종의 꿈에 나타나서 말했다.

"신들은 예전에 나라를 위해 몸을 바쳐사온대 죽어 백골이 되어서도 나라를 지키기 위해 부지런히 군사들을 따라다니고 있사옵니다. 그러나 당나라 장수 소정방의 위세에 눌려 사람들의 뒤꽁무니만을 쫓아다닙니다. 대왕께서 저희에게 작은 힘을 더해 주시기를 원하옵니다."

대왕이 놀라고 괴이하게 여겨 두 혼백을 위해서 반산정(半山亭)에서 하루 동안 불경을 읽어 주었다. 그리고 그들을 위해 한산주에 장의사(壯義寺)[1]를 세우고 명복을 빌게 했다.

---

1) 서울시 종로구 창의문(彰義門) 밖에 있던 절이다.

제2권

제2 기이편(奇異篇) 하

문무왕[文虎王][1] 법민(法敏)

왕은 용삭(龍朔) 신유년(辛酉年, 661년)에 왕위에 올랐다. 어느날 사비수(泗泚水) 남쪽 바다 가운데 한 죽은 여인의 시신이 발견되었는데 키가 73자에, 발 길이가 6자이고 음부 길이가 3자이었다. 혹은 키가 18자라고도 하였다. 건봉(乾封) 2년 정묘년(丁卯年, 667년)에 생긴 일이라고도 한다.

총장(總章) 무진년(戊辰年, 668년)에 왕이 군대를 거느리고 김인문

(金仁問), 김흠순(金欽純) 등과 함께 평양에 이르러 당나라 군대와 연합하여 고구려를 멸망시켰다. 당나라 장수 이적(李勣)이 고장왕(高藏王)[2]을 사로잡아 본국으로 돌아갔다.[왕의 성이 고(高)씨여서 고장(高藏)이라고 했다. 『당서(唐書)』「고종기[高記]」를 살펴보면 현경 5년 경신(660)에 소정방 등이 백제를 정벌한 후, 12월에 대장군 설여하(薛如何)를 패강도 행군도총관(浿江道行軍道總管)으로, 소정방을 요동도대총관(遼東道大總管)으로, 유백영(劉伯英)을 평양도 대총관(平壤道大總管)을 삼아서 고구려를 쳤다. 또 다음해 신유년(辛酉年, 661년) 정월에 소사업(蕭嗣業)을 부여도총관(夫餘道總管)으로 임아상(任雅相)을 패강도총관(浿江道總管)으로 삼아, 35만 군대를 거느리고 고구려를 쳤다. 8월 갑술에 소정방 등이 고구려와 패강에서의 전투에서 크게 패했다. 건봉(乾封) 원년(元年) 병인년(丙寅年, 666년) 6월 방동선(龐同善), 고간(高侃), 설인귀(薛仁貴), 이근행(李謹行) 등을 후원군으로 삼았다. 9월에 방동선이 고구려와 싸워 이겼다. 12월 기유일에 이적(李勣)을 요동도 행대대총관(遼東道行臺大總管)으로 삼아 6총관의 군대를 모두 거느리고 고구려를 치게 했다. 총장(總章) 원년 무진년(戊辰年, 668년) 9월 계사일에 이적이 고장왕을 사로잡아 12월 정사일에 당나라 황제에게 포로로 바쳤다. 상원(上元) 원년 갑술년(甲戌年, 674년) 1월 유인궤(劉仁軌)를 계림도총관(鷄林道總管)으로 삼아 신라를 치게 했다. 우리나라 옛 기록에 '당나라가 육로장군(陸路將軍) 공공(孔恭)과 수로장군(水路將軍) 유상(有相)을 보내 신라 김유신 등과 함께 고구려를 멸망시켰다.' 라고 했으나 여기서에는 김인문과 김흠순 등은 말하고 있으나 김유신은 말하지 않았으니 자세히 알 수 없다]

이때 당나라 유격병과 여러 장병들이 주둔지에 머물러 있으면서 머잖아 우리나라를 습격할 것을 모의하고 있었으므로 왕이 그 사실을 알아차리고는 군사를 일으켰다. 이듬해 당나라 고종이 사람을 시켜 김인문 등을 불러 그 일을 꾸짖었다.

"너희가 우리나라 군사를 청해서 고구려를 멸망시키고는 도리어 우리를 해치려 하는 것은 무슨 까닭인가?"

김인문 등을 즉시 감옥에 가두고 군사 50만을 훈련시켜 설방(薛邦)을 장수로 내세워 신라를 치려고 했다. 이때 의상법사(義相法師)가 불교를 공부하려고 당에 유학하고 있었으므로 김인문을 찾아가 만나 보니 김인문이 그간의 사정을 알려 주었다. 의상이 즉시 신라로 돌아와 왕에게 알려 주니 왕이 크게 근심하여 여러 신하들을 모아 방어책을 물었다.

각간(角干) 김천존(金天尊)이 아뢰었다.

"근래 명랑법사(明朗法師)가 용궁에 들어가 비법(秘法)을 전수받아 왔다고 하옵니다. 불러 물어보심이 어떠하시온지요?"

명랑이 아뢰었다.

"낭산(狼山) 남쪽에 신유림(神遊林)이 있사오니 그곳에 사천왕사(四天王寺)를 세우시어 도량(道場)을 여시면 될 것이옵니다."

이때 정주(貞州)에서 사자가 달려와 알렸다.

"수많은 당나라 군대가 우리나라에 들어와 우리 바다 위를 맴돌고 있습니다."

왕이 명랑법사를 불러 물었다.

"일이 이같이 급박한 지경에 이르렀으니 어찌하면 좋겠소?"

"채색 비단으로 임시로 절을 지으셔도 되시옵니다."

이에 채색 비단으로 절 모양을 만들고, 풀더미로 다섯 방위의 신상(神像)을 만들었다. 그리고 유가(瑜伽)의 명승(明僧) 12명에 명랑을 우두머리[上首]로 삼아 문두루(文豆婁)[3]의 비법을 썼다. 이때 당나라와 신라 군사가 아직 싸우기 전이었는데, 갑자기 바람이 불고 파도가 거세게 일어 당나라 배가 모두 침몰했다. 그 일이 있은 뒤에 다시 절을 짓고 사천왕사(四天王寺)라 이름하였는데, 지금까지 야단법석(野壇法席)이 끊어지지 않고 있다.〔『국사(國史)』에는 조로(調露) 원년인 기묘년(679)에 이

절을 다시 창건했다고 했다)

그 후 신미년(辛未年, 671)에 당나라가 다시 조헌(趙憲)을 장수로 삼아 5만의 군사로 쳐들어왔으나 또 같은 비법을 쓰니 당나라 배가 그전처럼 침몰하였다. 이때 한림랑(翰林郎) 박문준(朴文俊)이 김인문을 따라 옥중에 있었는데 당 고종이 박문준을 불러 물었다.

"너희 나라에서는 어떤 비법을 쓰기에 두 번이나 대군을 보냈는데도 한 사람도 살아 돌아오지 못하는가?"

"제후국의 신하인 저희들이 천자의 나라에 온 지 10여 년이 되었으므로 본국의 일은 알지 못하오나 다만 멀리서 한 가지 사실을 전해 들었을 뿐입니다. 저의 나라가 천자의 은혜를 크게 입어 삼국을 통일하게 되었으므로, 그 은혜에 보답하고자 다만 새로 천왕사를 낭산 남쪽에 짓고, 황제께서 만수무강하시기를 축원하는 설법의 자리를 일찍부터 열고 있을 뿐이옵니다."

고종이 그 말을 듣고는 매우 기뻐하여 예부시랑(禮部侍郎) 낙붕구(樂鵬龜)를 신라에 보내 그 절을 살펴보게 하였다. 왕이 당나라 사신이 온다는 소식을 듣고는 이 절을 보여주는 것이 신라에게 불리하다고 여겨 따로 천왕사 남쪽에 새 절을 창건하고 사신이 오기를 기다렸다. 사신이 와서 말했다.

"무엇보다도 먼저 황제를 축원하는 천왕사에 가서 향(香)을 바쳐야합니다."

이에 새 절로 인도하여 보여주자, 사신이 문앞에 서서 "이 절은 사천왕사가 아니다. 망덕요산(望德遙山)의 절이다." 라고 하고는 끝내그 절에 들어가지 않았다. 신라의 관리들이 금 1천 냥을 그에게 주었더니 그 사신이 돌아와 황제에게 아뢰었다.

"신라는 천왕사를 창건하였사온데, 그 옆에 따로 지은 절에서 황제를 축수하고 있을 뿐이옵니다."

당나라 사신의 말에 따라 그 절을 망덕사(望德寺)라고 불렀다.[혹은 이것을 효소왕(孝昭王) 대의 일이라고 하나 잘못이다] 왕은 박문준이 잘 아뢰어 황제가 그를 너그럽게 용서해 줄 뜻이 있다는 소식을 듣고는, 강수선생(强首先生)[4]에게 김인문의 석방을 요청하는 글을 짓게 하여 사인(舍人) 원우(遠禹)를 보내 당나라에 그 글을 바쳤다. 황제가 표문을 보고는 눈물을 흘리며 김인문을 풀어주며 위로하여 보냈다. 김인문이 당나라에서 옥살이를 하고 있을 때 신라 사람들이 그를 위해 인용사(仁容寺)라는 절을 짓고 관음도량(觀音道場)을 열었더니, 김인문이 귀국 길에 바다 위에서 죽었으므로 미타도량(彌陀道場)으로 고쳐 불렀는데 지금까지도 그 절이 남아 있다.

대왕이 나라를 다스린 지 21년이 되는 영융(永隆) 2년 신사년(辛巳年, 681)에 죽었다. 유언에 따라 동해 가운데 큰 바위 위에 장사지냈다. 왕이 평상시에 늘 지의법사(智義法師)에게 말했다.

"나는 죽은 뒤에도 나라를 보호하는 큰 용이 되어 불법(佛法)을 높이 받들고 나라를 지킬 것이오."

"용은 짐승의 업보로 태어난 것인데 어째서입니까?"

"내가 세속의 영화(榮華)를 싫어한 지 오래 되었소. 만일 나쁜 업보로 짐승으로 환생한다면 이는 내가 바라는 바이외다."

왕이 처음 왕위에 올랐을 때 남산에다 장창(長倉)을 설치했는데 길이가 50보(步)에 너비는 15보였다. 거기에 곡식과 병기를 쌓아 두었으니 이것이 우창(右倉)이고, 천은사(天恩寺) 서북쪽 산 위에 있는 것이 좌창(左倉)이다. 다른 책에 말하기를 "건복(建福)[5] 8년 신해년(辛亥年, 591)에 남산성을 쌓았는데 둘레가 2,850보(步)이다"라 하였으니, 남산성은 진평왕대에 처음 축조되었고 문수왕대에 이르러 중수(重修)하였음을 알 수 있다. 또 부산성(富山城)을 쌓기 시작한 지 3년 만에 마쳤고, 안북하(安北河) 가에 철성(鐵城)을 쌓았다.

또 서울에 성곽을 쌓으려고 이미 해당 관리에게 만반의 준비를 갖추도록 명령을 내렸는데 의상법사(義相法師)가 이 사실을 듣고는 글을 올려 아뢰었다.

"왕의 정치와 교화가 밝게 이루어지면 비록 풀이 우거진 언덕에 금을 그어 성을 삼아도 백성이 감히 넘지 못할 것이오며 재앙을 멀리 하고 복을 맞을 수 있을 것이오나 정치와 교화가 만일 밝게 이루어지지 못한다면 비록 만리장성을 쌓아도 재해가 사라지지 않을 것이옵니다."

왕이 이에 즉각 성 쌓는 일을 그만두었다.

인덕(麟德)5) 3년 병인년(丙寅年, 666) 3월 10일에 어떤 집의 여종인 길이(吉伊)가 아들 세 쌍둥이를 낳았다. 총장(總長) 3년 경오년(庚午年, 672) 정월 7일 한기부(漢岐部)의 급간(級干)인 일산(一山)의[혹은 아간(阿干)인 성산(成山)이라고도 한다] 여종이 한번에 네 아이를 낳았는데 딸 하나와 아들 셋이었다. 나라에서 곡식 200섬을 그녀에게 상으로 내렸다.

또 고구려를 쳐서 그 나라 왕손(王孫)을 데리고 와 진골(眞骨)의 지위를 주었다.

왕이 하루는 서제(庶弟)인 거득공(車得公)을 불러 말했다.

"네가 재상이 되어 모든 관리들을 잘 다스리고 나라를 태평하게 하라."

"폐하께서 소신(小臣)을 재상으로 삼으신다면 신은 먼저 나라 안을 몰래 다니며 백성들이 겪는 부역의 괴로움과 편안함, 조세의 형평성 여부와 관리들의 청렴과 부패 여하를 살펴본 뒤에 직책을 맡았으면 합니다."

왕이 그의 제안을 받아들였다. 공이 승복을 입고 비파를 든 거사(居士)의 차림을 하고는 서울을 나섰다. 아슬라주(阿瑟羅州),[지금의 명주(溟

州)이다) 우수주(牛首州),(지금의 춘주(春州)이다) 북원경(北原京)(지금 충주(忠州)이다)을 지나 무진주(武珍州)(지금 해양(海陽)이다) 등을 살피며 여러 고을을 돌아다녔다. 무진주의 관리 안길(安吉)이 그를 보고는 범상한 사람이 아니라고 생각하여 그를 집으로 맞이하여 정성껏 대접했다. 밤이 되자 안길이 처첩 세 사람을 불러 말했다.

"오늘 밤에 우리 집에서 자는 저 거사손님을 모시는 사람은 나와 종신토록 해로하게 될 것이오."

두 아내가 말했다.

"차라리 공과 해로하지 못할지언정 어찌 다른 사람과 잠자리를 같이할 수 있겠습니까?"

한 아내가 말했다.

"공께서 저와 종신토록 같이 살기를 약조하신다면 명을 받들겠습니다."

그녀는 안길의 말대로 거사와 하룻밤을 보냈다.

다음날 아침에 거사가 떠나면서 말했다.

"나는 서울 사람이오. 내 집은 황룡사(黃龍寺)와 황성사(皇聖寺) 두 절 사이에 있으며, 내 이름은 단오(端午)라고 하오.(세상에서는 단오를 거의 (車衣)라 한다) 주인장께서 혹시 서울에 오시는 길이 있거든 내 집을 찾아주시면 고맙겠구려."

그리고는 거득공이 그 길로 서울에 가 재상의 자리에 올랐다.

당시 나라의 제도에 매년 외방에 있는 관리 한 사람을 추천하여 서울에 올라오게 하여 중앙의 여러 관청을 두루 다니며 근무하도록 하였다.(지금의 기인(其人)제도와 같다) 그때 마침 안길이 상수(上守)7)의 차례가 되어 서울에 와 황룡사와 황성사 두 절 사이에 있다는 단오거사 집을 찾았으나 아무도 아는 사람이 없었다. 안길이 오랫동안 길가에 서서

수소문했는데 마침 한 노인이 그곳을 지나가다 그의 말을 듣고는 한참 생각하더니 말했다.

"찾는 집이 아마 두 절 사이에 있는 대궐일 것이오. 단오라는 사람은 바로 거득 영공(令公)이오. 지방의 고을을 몰래 다닐 때 아마 그대와 무슨 인연이 있었던 모양이구려."

안길이 두 사람 사이에 있었던 일을 말하자 노인이 말했다.

"그대는 궁성의 서쪽 귀정문(歸正門)으로 가시오. 그곳을 드나드는 궁녀를 붙잡고 사정을 말해보시오."

안길이 노인이 말한 그대로 무진주에 사는 안길이 왔다고 알렸다. 거득공이 듣고 달려나와 손을 잡고 대궐로 들어갔다. 공이 부인을 불러내어 안길과 함께 잔치를 벌였는데 차린 음식이 50가지나 되었다. 이 사실을 임금에게 알리니 성부산(星浮山)(혹은 성손호산(星損乎山)이라고도 한대 아래를 무진주 상수리의 소목전(燒木田)[8]으로 삼고 사람들을 가까이 접근하지 못하게 하니, 나라 안의 사람들이 모두 그를 부러워하였다. 성부산 아래에 30무(畝) 넓이의 땅이 있어 거기에 씨 3섬을 뿌릴 수 있었다. 이 밭에 풍년이 들면 무진주도 풍년이 들고, 그렇지 못하면 무진주도 흉년이 든다고 할 정도였다.

---

1) 신라 30대 왕인 문무왕(文武王)을 문호왕(文虎王)이라 한 것은 고려 혜종의 이름에 들어 있는 '무(武)' 자를 피하기 위하여 '호(虎)' 자를 사용한 것이다. 법민은 문무왕의 이름이다.
2) 고구려 마지막 왕인 28대 보장왕(寶藏王, 재위기간 642~668)을 가리킨다.
3) 신라의 명랑법사가 신라 선덕왕 원년(632)에 세운 불교 종파로 신인종(神印宗)을 가리킨다.
4) 신라의 유학자이자 문장가로 삼국통일에 큰 공을 세웠다.
5) 신라 진평왕의 연호이다. 신해년은 건복 13년(591)이므로 건복 8년은 잘못 표기된 것이다.
6) 당나라 고종의 연호(664~666)이다.
7) 신라 때에 중앙에서 지방세력을 통제하기 위해 지방의 관료가 해마다 교대로 서울 중앙 관청에 근무하던 제도이다.
8) 궁중이나 관청에 땔감을 공급하는 땅을 말한다.

거센 파도를 잠재우는-만파식적

제31대 신문대왕(神文大王)의 이름은 정명(政明)이고, 성은 김씨이다. 개요(開耀)[1] 원년 신사년(辛巳年, 681) 7월 7일에 왕위에 올랐다. 부왕(父王)인 문무대왕(文武大王)을 위해 동해 가에 감은사(感恩寺)를 창건하였다.{절에 있는 기록은 이러하다. 문무왕이 왜병을 진압하고자 처음에 이 절을 짓다가 미처 마치지 못하고 세상을 떠나 바다의 용이 되었다. 그 아들인 신문왕이 왕위에 올라 개요(開耀) 2년(682년)에 공사를 마쳤다. 금당(金堂) 문지방 아래에 동쪽을 향해 구멍 하나를 열어 두었는데 이는 바로 용이 절에 들어와 마음대로 돌아다니게 하려고 만든 것이다. 아마도 문무대왕의 유언에 따라 뼈를 묻는 곳을 대왕암(大王岩)이라 하였을 것이다. 절을 감은사라 이름 하였는데, 뒤에 용이 드러낸 모습을 본 곳을 이견대(利見臺)라 하였다} 다음해 임오년(壬午年, 682){어떤 본에는 천수(天授)[2] 원년(元年, 690년) 이라고 했으나 이는 잘못이다} 5월 초하룻날 해관(海官) 파진찬(波珍飡)[3] 박숙청(朴夙淸)이 와서 "동해 가운데 작은 산이 떠서 감은사를 향해 오는데 파도에 이리저리 떠밀려 다닌다" 고 아뢰었다.

왕이 이를 괴이하게 여겨 일관(日官) 김춘질(金春質)에게{또는 춘일(春日)이라고도 한다} 그 일을 점치게 하니 그가 점괘를 말했다.

피리부는 사람(만파식적관련, 손곡동 물천리유적)

성교하는 남녀(토우, 손곡동 물천리 유적)

금을 연주하는 사람(토우, 손곡동 물천리 유적)

남근석(왕경유적)

토용 여인상(경주 용강동 돌방무덤)　　　호랑이 모양(손곡동 물천리유적)

"성스러운 부왕께서 지금 바다의 용이 되셔서 삼한(三韓)을 보호하고 계시옵고, 또 김유신 공도 바로 33천(天)의 한 아들로 지금 인간세상에 내려와 대신(大臣)이 되었사옵니다. 두 성인이 덕(德)을 같이하여 나라를 지키는 보물을 내려주려고 하시니 만일 폐하께서 바닷가에 행차하시면 반드시 값으로 따질 수 없는 귀한 보물을 얻으실 것이옵니다."

왕이 기뻐하여 그달 초이렛날에 수레를 타고 이견대(利見臺)에 행차해서 바다 위에 떠 있는 산을 바라보고, 사신(使臣)을 보내 그것을 살피게 했다. 사신이 돌아와 산세(山勢)는 거북의 머리 같고 머리 위에 대나무[竿竹] 한 그루가 서 있는데 낮에는 둘이 되었다가 밤에는 하나로 합해진다고{일설에는 산도 밤낮으로 대나무처럼 낮에 나뉘고 밤에 합해진다고 한다} 사실대로 아뢰었다. 왕이 감은사에 행차하여 묵었는데 다음날 오시(午時)에 대나무가 합해져 하나가 되자 천지가 진동하고 7일 동안 비바람이 몰아치고 천지가 캄캄했다. 그달 16일에야 바람이 잠잠해지고 파도가 가라앉아 왕이 배를 타고 그 산에 들어가니 용 한 마리가 검은 옥대(玉帶)를 바쳐들고 와서 바쳤다. 왕이 그를 맞이하여 앉게 하고는 물었다.

"이 산과 대나무가 나누어지기도 하고 합쳐지기도 하는 것은 무슨 까닭이오?"

"비유해서 말씀드리자면 한 손으로 치면 소리가 없고 두 손으로 치면 소리가 나는 것과 같습니다. 이 대나무는 두 개가 합쳐져야만 소리를 내게 되어 있습니다. 이는 성스러우신 대왕께서 소리로 천하를 다스릴 상스러운 조짐입니다. 대왕께서 이 대나무를 가져다 피리를 만들어 불면 천하가 화평해질 것입니다. 지금 대왕의 아버님께서는 바다 속 큰 용이 되셨고 김유신 또한 천신(天神)이 되었는데 두 성인이 마음을 같이하여 값으로 따질 수 없는 귀한 보물을 내리시어 저로 하여금 바치게 하셨습니다."

왕이 놀랍고도 기뻐할 일이라 오색 비단과 보물로 그에게 보답하고, 사람을 시켜 대나무를 베어 바다 밖으로 가지고 나오는데 갑자기 산과 용이 사라져 보이지 않았다. 왕이 그날 감은사에서 묵고, 17일에 기림사(祇林寺) 서쪽 시냇가에 수레를 멈추고 점심을 먹었다. 태자 이공(理恭)이[효소대왕(孝昭大王)이다] 대궐을 지키고 있다가 이 소식을 듣고는 말을 달려와 축하하였다. 태자가 천천히 옥대를 살펴보고는 말했다.

"이 옥대에 달린 모든 장식들이 진짜 용이옵니다."

왕이 그것을 어떻게 아느냐고 물으니, 태자가 말했다.

"옥대의 장식 여러 개 가운데 하나를 떼어 물에 넣어 보여드리겠습니다."

태자의 말대로 옥대의 왼쪽 둘째 장식을 떼어 시냇물에 담가 보니 곧바로 용이 되어 하늘로 올라가고 그 땅에 못이 생겼다. 그 못을 용연(龍淵)이라 불렀다. 왕의 수레가 대궐로 돌아와 그 대나무로 피리를 만들어 월성(月城) 천존고(天尊庫)에 간직했다. 이후로 이 피리를 불면 적군이 물러가고 병이 나았으며, 가뭄에는 비가 내리고 장맛비는 그쳤으며, 바람은 자고 파도가 잠잠해졌으므로 이 피리를 만파식적(万波息笛)이라 부르고 나라의 보물로 삼았다.

효소대왕대인 천수(天授) 4년 계사년(癸巳年, 693)에 부례랑(夫禮郎)

이 살아 돌아온 신기한 일이 일어나자 다시 만만파파식적(万万波波息笛)이라 이름을 고쳐 불렀다. 자세한 것은 부례랑의[4] 전기(傳記)에 보인다.

1) 당나라 고종의 연호(681~682)이다.
2) 당나라 측천무후의 연호(690~692)이다.
3) 『삼국유사』 탑상편 백률사(栢栗寺) 조에 보인다.
4) 신라 17관등 가운데 제4관등으로 해관(海官)·해간(海干)이라고도 한다.

효소왕대의 죽지랑 {죽만(竹曼) 또는, 지관(智官)이라고도 한다}

제32대 효소왕(孝昭王) 대에 죽만랑(竹曼郞)이 거느리는 낭도 가운데 벼슬이 급간(級干)인 득오(得烏){곡(谷)ㅁ이라고도 한다}가 있었는데 풍류도를 닦던 낭도들의 명부에 이름이 올라 있었다. 그는 날마다 부지런히 출근했는데 언젠가 열흘 동안이나 나타나지 않았다. 죽만랑이 그의 어머니를 불러 아들이 있는 곳을 물으니 어머니가 대답했다.

"당전(幢典)인 모량부(牟梁部)의 아간(阿干) 익선(益宣)이 제 아들을 부산성(富山城)[1] 창고지기로 보냈습니다. 급히 말을 달려 떠나느라 죽만랑께 하직을 고할 겨를이 없었습니다."

"부인의 아들이 사적인 일로 거기에 갔다면 찾아갈 필요가 없겠지만, 지금 공적인 일로 그곳에 갔으니 반드시 찾아가서 축하의 자리를 마련해야겠군요."

곧 떡 한 상자와 술 한 항아리를 시중 드는 사람에게 들려서 찾아갔다.{우리말로 개질지(皆叱知)라고 하니 이는 노복(奴僕)을 말한다} 이때 낭의 무리 137명도 의장(儀仗)을 갖추고 따라갔다.

부산성에 이르러 문지기에게 득오실(得烏失)이 있는 곳을 물으니, 지금 득오가 일과표대로 익선의 밭에서 부역하고 있다고 알려주었다. 죽만랑이 밭으로 가서 가지고 온 술과 떡을 득오에게 먹였다. 익선에게 휴가를 청하여 함께 돌아가려고 했으나, 익선이 끝내 허락하지 않았다. 이때 나라에서 파견한 관리 간진(侃珍)이 추화군(推火郡)[2] 능절(能節)의 벼 30석을 거두어서 성 안으로 실어 보내고 있었다. 간진은 죽만랑이 선비를 중시하는 풍도를 아름답게 여기고 이와는 달리 익선이 사리에 어둡고 꽉 막혀 있는 것을 비루하게 여겼다. 자기가 가지고 있던 벼 30섬을 익선에게 주고 죽만랑의 청을 들어주라고 했으나 그래도 허락하지 않았다. 간지가 다시 사지(舍知) 벼슬을 하고 있는 진절(珍節)의 기마(騎馬)와 안장 등을 주니 그제야 허락하였다.

조정의 화주(花主)[3]가 그 일을 듣고는 사람을 보내 익선을 잡아다 그의 더러움을 씻어 주려 하였으나 익선이 도망하여 숨어버렸으므로 그의 큰아들을 잡아갔다. 때가 동짓달 추운 날이라 성 안의 못에서 몸을 씻기니 얼어 죽었다. 대왕이 그 일을 듣고 명을 내려 모량리(牟梁里) 사람 가운데 관직에 종사하는 자는 모두 내쫓아 다시는 관공서에 발붙이지 못하게 하고, 승려도 되지 못하게 하였다. 만일 스님이 된 사람이라도 종과 북을 갖춘 큰 절 안에는 들어가지 못하게 하였다. 또 임금이 명을 내려 간진의 자손에게 품계를 높여 주어 평정호손(枰定戶孫)으로 삼고 특별히 표창하였다. 이때 원측법사(圓測法師)는 우리나라의 고승대덕(高僧大德)이었지만 모량리 사람이었기 때문에 그에게 승직(僧職)을 주지 않았다.

예전에 죽지랑의 아버지 술종공(述宗公)이 삭주도독(朔州都督)이 되어 임지로 갈 채비를 하는데, 이때는 삼국이 전쟁 중이어서 기병 3,000을 내어 호위하게 했다. 행차가 죽지령(竹旨嶺)⁴⁾에 이르렀을 때 한 거사가 고갯길을 닦고 있었다. 공이 그 모습을 보고 크게 감탄하였고, 거사도 또한 공의 위세가 당당한 것에 이끌려 두 사람은 서로 마음으로 통하였다. 공이 부임하고 한 달이 지난 어느 날밤 꿈에 임지로 오는 길에 만났던 그 거사가 방안으로 들어오는 것을 보았다. 부인도 그날 밤에 같은 꿈을 꾸어 매우 놀라고 괴이하게 여겼다. 다음날 사람을 보내 그 거사의 안부를 알아보게 하였더니, 그곳 사람들이 거사가 며칠 전에 죽었다고 했다. 심부름 갔던 사람이 돌아와 사실대로 아뢰니, 그가 죽은 날이 꿈에서 보았던 그날이었다.

공이 말했다.

"아마도 거사가 우리 집에 태어날 것 같구려."

다시 하인을 보내어 죽지령 위 북쪽 봉우리에 장사 지내주고, 돌미륵 하나를 만들어 무덤 앞에 두었다. 부인이 꿈을 꾼 날에 회임하여 달이 차 아이를 낳으니 거사를 만났던 죽지령의 이름을 따 아이의 이름을 죽지(竹旨)라고 하였다. 죽지가 자라 벼슬길로 나아가 부원수(副元帥)가 되어 김유신과 함께 삼국을 통일하고, 진덕·태종·문무·신문왕 등 4대에 걸쳐 재상이 되어 이 나라를 안정시켰다.

처음에 득오곡(得烏谷)이 죽지랑을 사모하여 노래를 지었으니 이러하다.

> 지나간 봄을 그리워하매
> 아니 계셔 슬퍼 근심하는데
> 아름답게 보이시던
> 모습은 해가 갈수록 시들어가니

눈을 돌려 되돌아봐도

어찌 만나볼 수 있으리

낭(郞)이시여 그리워하는 마음에 다니는 길

다북쑥 우거진 마을에 잘 밤이 있으리까

1) 경주 서쪽의 건천읍 서남쪽에 있는 부산에 쌓았던 성이다.
2) 지금의 경남 밀양시의 옛 이름이다.
3) 화랑도를 주관하던 우두머리를 가리킨다.
4) 지금의 경북 영주와 충북 단양 사이에 있던 죽령(竹嶺)으로 추정된다.

성덕왕

제33대 성덕왕(聖德王) 신룡(神龍) 2년 병오년(丙午年, 706)에 벼가 익지 않아 백성들이 몹시 굶주렸다. 이듬해 정월 초하루에서 칠월 그믐날까지 백성을 구제하기 위하여 곡식을 나누어 주었는데 한 사람에게 하루 석 되가 배급되었다. 배급된 곡식을 계산해 보니 모두 30만 500섬이나 되었다.

왕이 태종대왕을 위해 봉덕사(奉德寺)를 세우고 이레 동안 인왕도량(仁王道場)을 열고 죄지은 사람을 대거 사면했다. 이때 처음으로 시중(侍中)의 관직을 두었다.{어떤 책에는 효성왕 때의 일이라고 했다}

수로부인

성덕왕 대에 순정공(純貞公)이 강릉태수(江陵太守)로[지금의 명주(冥州)이다] 부임하러 가는 길에 바닷가에서 점심을 먹었다. 그 옆에는 병풍처럼 둘러 있는 바위 벼랑이 천길 높이로 솟아 있었는데 그 위에 철쭉꽃이 소담스럽게 피어 있었다. 공의 부인인 수로(水路)가 보고는 주위 사람들에게 말했다.

"누가 저 꽃을 꺾어다 주겠소?"

시종하던 사람들이 사람의 발길이 닿기 어려운 곳이라고 하여 모두 사양했다. 한 노인이 소를 끌고 옆을 지나가다가 부인이 하는 말을 듣고는 벼랑에 올라가 철쭉꽃을 꺾어 주고 또 노래를 지어 바쳤다. 그 노인이 어떤 사람인지 알 수 없었다.

다시 임지를 향해 이틀을 갔는데 바닷가 정자에서 점심을 먹던 중에 바다에서 용이 나타나 부인을 끌고 바다로 들어가 버렸다. 공이 너무 놀라 발을 동동 굴렀으나 구해낼 방법이 없었다. 이때 또 어떤 노인이 나타나 말했다.

"옛 사람의 말에 많은 사람의 입은 쇠도 녹인다고 하였습니다. 지금 바다 속의 미물이 어찌 여러 사람의 입을 두려워하지 않겠습니까? 이곳의 백성들을 모아 노래를 지어 부르면서 막대기로 언덕을 치면 부인을 볼 수 있을 것입니다."

공이 그 노인의 말이 옳다고 여겨 시키는 대로 따랐더니 용이 부인을 데리고 나와 공에게 바쳤다. 공이 부인에게 바다 속의 일을 물으니 대답하기를 "칠보(七寶) 궁전에 차린 음식은 모두 맛있고 부드러우며 향기롭고 정결하여 인간 세상의 음식이 아니었습니다" 라고 했다.

이때 부인의 옷에 이상한 향기가 배어 있었는데 세상 사람들이 맡아 보지 못한 것이었다. 수로부인의 자태와 용모가 워낙 빼어나 깊은 산이나 큰 못을 지날 때마다 여러 번 신물(神物)에게 붙들려 갔다.

여러 사람이 불렀던 바다노래[海歌詞]는 이러하다.

거북아 거북아 수로부인 내놓아라.
남의 부인 앗아간 죄 얼마나 큰가
네가 만약 거슬러 내놓지 않으면
그물로 너를 잡아 구워 먹으리라.

노인의 헌화가(獻花歌)는 이러하다.

붉은 바윗가에
몰고 가던 암소 놓게 하시고
나를 부끄러워하지 않으신다면
꽃을 꺾어 바치오리다.

효성왕

개원(開元) 10년 임술년(壬戌年, 722) 10월에 처음으로 모화군(毛火郡)[1]에 관문(關門)을 쌓기 시작했다. 그곳은 지금의 모화촌(毛火村)으로 경주 동남쪽에 속했는데 일본의 침입을 방어하는 요새지였다. 그

관문의 둘레가 6천 792보(步) 5자이고, 이 일에 부역한 사람이 3만 9천 212명이었으며, 감독관은 각간(角干) 원진(元眞)이었다. 개원 21년 계유년(癸酉年, 733)에 당나라가 북쪽 오랑캐를 치려고 신라에게 군대 파견을 요청하기 위해 사신 일행 604명이 신라에 왔다가 돌아갔다.

1) 지금의 경주시 외동읍 지역이다.

경덕왕과 충담사와 표훈대덕

당나라에서 보낸 『도덕경(道德經)』 등을 왕이 예를 갖추고 받았다. 경덕왕(景德王)이 나라를 다스린 지 24년에, 오악(五岳)과 삼산(三山)의 신령들이 때때로 궁전 마당에 나타나 왕을 모셨다.

삼월 삼짇날에 왕이 귀정문(歸正門)의 누각 위에 행차하여 주위의 신하들에게 말했다.

"누가 길에 가서 잘 차려 입은 스님 한 분을 모시고 오겠는가?"

이때 마침 위엄을 갖춘 말쑥한 차림의 한 대덕(大德)이 길에서 배회하고 있었다. 좌우 신하들이 그를 목격하고 왕에게 데려가 뵙게 하니 왕이 말하기를 "내가 말한 그런 스님이 아니다." 하고는 물리쳤다.

다시 승복을 입은 한 스님이 벚나무로 만든 통을 메고[혹은 삼태기를 걸머졌다고도 한다] 남쪽에서 오고 있었다. 왕이 멀리서 그를 보고 기뻐하며 누각 위로 맞아들였다. 그가 걸머지고 있는 통 속을 열어 보니 차(茶) 달이는 도구만 가득 들어 있었다. 이윽고 왕이 말했다.

"그대는 누구시오?"

"충담(忠談)입니다."

"어디 가시는 길이시오?"

"소승은 3월 3일과 9월 9일이 되면 늘 남산 삼화령(三花嶺)의 미륵세존께 차를 바쳐 왔습니다. 지금 차를 바치고 돌아오는 길이옵니다."

"과인에게도 차 한 잔 나누어 주실 수 있을는지요?"

충담이 차를 달여 바쳤는데, 차 맛이 범상치 않았고 찻잔 안에는 특이한 향기가 가득 배여 있었다. 왕이 말했다.

"짐이 전에 스님이 기파랑(耆婆郎)을 찬양하여 지은 사뇌가의 뜻이 매우 고상하다고 들었는데 과연 그런가요?"

"그러하옵니다."

"그렇다면 짐을 위해 백성을 다스려 편히 살게 하는 노래를 지어줄 수 있겠소?"

충담이 곧바로 왕의 명을 받들어 노래를 지어 바쳤다. 왕이 가상히 여겨 충담을 왕사(王師)로 봉했으나, 그는 두 번 절하고 굳이 거절하며 받지 않았다.

「안민가(安民歌)」는 이러하다.

임금은 아버지요
신하는 자애로운 어머니요
백성은 어리석은 자이라고
하신다면 백성이 그 사랑을 알리라.
대중을 살리기에 익숙해져 있어
이를 먹여 다스린다.
이 땅을 버리고 어디로 가겠는가

나라 보전됨을 알리라.
아! 임금답고 신하답고 백성답게
한다면 나라가 태평하리다.

「찬기파랑가(讚耆婆郎歌)」는 이러하다.

흐느끼며 바라봄에
나타난 달이
흰 구름을 쫓아 떠가는 것 아닌가
파란 시냇물 속에
기파랑의 모습이 있도다
일오천(逸烏川) 조약돌에서
낭이 지니신
마음을 쫓으려 하노라
아! 잣나무 가지 높아
눈서리도 이겨낼 화랑이시여

왕의 음경은 길이가 여덟 치나 되었다. 왕비에게 아들이 없었으므로 폐하여 사량부인(沙梁夫人)으로 봉했다. 후비(後妃)인 만월부인(滿月夫人)은 시호(諡號)가 경수태후(景垂太后)로 각간 의충(依忠)의 딸이다.
왕이 하루는 표훈(表訓) 큰스님을 불러 말했다.
"짐이 복이 없어 후사를 두지 못하였으니, 스님께서는 상제(上帝)에게 청하여 후사를 얻을 수 있게 해 주시오."
표훈이 천제(天帝)에게 올라가 고하고 돌아와 왕에게 아뢰었다.

"상제께서 딸이라면 가능하나 아들을 원한다면 어렵다고 하였사옵니다."

"딸을 아들로 바꾸어 주었으면 하오."

표훈이 다시 하늘에 올라가 천제에게 왕의 부탁을 말했다. 천제가 말했다.

"그렇게 원한다면 할 수는 있다. 그러나 아들을 두게 되면 나라가 위태로울 것이다."

표훈이 지상으로 내려오려 할 때 천제가 다시 불러 말했다.

"하늘과 인간의 관계는 엄연히 구별이 있는데 지금 그대가 이웃 마을 드나들 듯하며 천기(天機)를 누설하였다. 지금 이후로 다시는 왕래해서는 안 될 것이다."

표훈이 내려와서 천제가 했던 말로 타일렀으나 왕이 말했다.

"비록 나라가 위태로워진다 해도 아들을 얻어 뒤를 잇는다면 만족하겠소."

얼마 뒤에 만월왕후가 아들을 낳으니 왕이 크게 기뻐했다. 태자가 여덟 살이 되던 해에 왕이 죽자 왕위를 바로 이어받았다. 그가 곧 혜공대왕(惠恭大王)이다. 왕이 어리므로 태후가 섭정하였으나 나라가 제대로 다스려지지 않아 벌 떼처럼 일어나는 도적을 막을 길이 없었다. 결국 표훈의 말이 맞은 것이다.

어린 왕은 이미 여자로 점지되었다가 억지로 남자로 태어났으므로 돌이 되면서부터 왕위에 오르기까지 항상 여자들이 하는 놀이를 하고 비단 주머니 차는 것을 좋아하였으며, 도사(道士)들과 어울려 노닐었다. 그러나 나라에 큰 혼란이 일어나게 되고 마침내 선덕왕(宣德王)과 김양상(金良相)에게 시해되었다.

표훈 이후로는 신라에 성인(聖人)이 나지 않았다고 한다.

혜공왕(惠恭王)[1]

대력(大曆) 첫해(766)에 강주(康州, 지금의 진주) 관청의 본관 동쪽 땅이 점점 가라앉아 세로 13자, 가로 7자 크기의 못이 생겼다.(어떤 책에는 큰 절 동쪽의 작은 못이라 하였다) 갑자기 잉어 대여섯 마리가 생겨 고기들이 점점 커지자 못의 넓이도 따라서 커졌다.

대력 2년 정미년(丁未年, 767)에 또 천구성(天狗星)[2]이 동루(東樓) 남쪽에 떨어졌다. 머리는 항아리만 하고 꼬리 길이는 3자나 되었으며 색은 타는 불빛 같았는데 떨어지는 소리에 천지가 진동하였다. 또 이 해 금포현(今浦縣)에서 5경(頃) 넓이의 논에서 모두 벼 낱알이 아닌 쌀 낱알 이삭이 피었다. 이해 7월에 북궁(北宮) 뜰 가운데 먼저 두 개의 별이 떨어지고 또 하나가 떨어졌는데 모두 땅 속으로 들어갔다. 이보다 앞서 대궐 북쪽의 뒷간 안에서 두 줄기의 연꽃이 자라나더니, 또 봉성사(奉聖寺) 밭 가운데서도 연꽃이 자랐다. 호랑이가 대궐 안에 들어와 뒤쫓았으나 행방을 알 수 없었다. 각간 태공(太恭)의 집 배나무 위에 참새가 무수히 모여들었다. 『안국병법(安國兵法)』 하권을 살펴보면 "이런 변고가 있으면 천하의 군대가 매우 어지러워진다" 라 하였다. 이런 일이 일어나자 왕이 대사면령을 내리고, 몸을 닦고 반성했다.

7월 3일에 각간 대공이 반란을 일으켜 서울과 5도(道) 주군(州郡)에 속해 있는 96명의 각간들이 서로 싸워 나라가 크게 어지러웠다. 각간 대공의 집이 망하자 그 집에 쌓여 있던 보물과 비단을 왕궁으로 옮겨왔다. 신성(新城)에 있던 장창(長倉)이 불타자 사량(沙梁)과 모량(牟梁) 등의 마을 안에 있던 반역자들의 보물과 곡식도 왕궁으로 실어 날랐다. 난리가 3개월 만에 그치니, 난리로 인해 상을 받은 사람이 많기는 했지만, 죽임을 당한 자는 그 수를 헤아릴 수 없을 정도였다. 표훈대사가 '나라가 위태로울 것이다'라고 한 것이 바로 이것이었다.

1) 신라 제36대 왕으로 재위기간은 765~780년간이다.
2) 악한 기운을 띠고 밤하늘에서 떨어지는 유성을 뜻한다.

원성대왕(元聖大王)1)

이찬(伊飡) 김주원(金周元)이 전에 시중이 되었을 때, 왕은 각간으로 그 다음의 자리에 있었다. 이때 왕이 자신이 두건을 벗고 흰 갓을 쓴 채로 12줄의 거문고를 가지고 천관사(天官寺)의 우물 속으로 들어가는 꿈을 꾸었다. 꿈에서 깨어나자마자 사람을 불러 점치게 하니 점쟁이가 말했다.

"두건을 벗은 것은 관직을 잃어버릴 조짐이고, 거문고를 가진 것은 목에 칼[枷]을 쓸 조짐이며, 우물에 들어가는 것은 옥에 갇힐 조짐입니다."

왕이 이 말을 듣고는 크게 근심하여 두문불출하였다. 이때 아찬 여삼(餘三)이[어떤 책에는 여산(餘山)이라고도 한다] 찾아와 만나기를 청했으나 왕은 병을 빙자하여 만나지 않았다.

여삼이 다시 만나기를 청하니 왕이 허락하였다. 아찬이 왕을 만나 무슨 일로 그렇게 만나기를 꺼려하느냐고 물었다.

왕이 꿈을 점치게 하여 들었던 말을 자세히 전하자 아찬이 일어나 절하고서 말했다.

"이것은 아주 좋은 꿈입니다. 공께서 만일 왕위에 오르시어 저를 버리지 않으시겠다면 공을 위해 꿈을 풀이해 드리겠습니다."

왕이 이에 좌우의 사람들을 모두 물리치고 해몽을 청하니 이찬이 말했다.

"모자를 벗었다는 것은 윗자리에 더는 사람이 없다는 것이며, 흰 갓을 쓴 것은 면류관을 쓰실 조짐입니다. 12줄의 거문고를 잡은 것은 12대의 자손에게까지 왕위가 이어질 조짐이며, 천관사²⁾ 우물에 들어가신 것은 궁궐로 들어가실 상서로운 조짐입니다."

"위로 시중 김주원이 있는데 어찌 윗자리에 있을 수 있겠소?"

"남모르게 북천(北川)의 신령에게 제사를 올리시면 뜻대로 되실 것입니다."

왕이 그대로 따랐다. 얼마 되지 않아 선덕왕(宣德王)이 세상을 떠나자 나라 사람들이 김주원을 왕으로 삼으려고 궁궐에 맞이하려 하였다. 그러나 그의 집이 시내 북쪽에 있었으므로 갑자기 냇물이 불어나는 바람에 건너올 수가 없었다. 그 사이에 왕이 먼저 궁에 들어가 왕위에 올랐다. 시중을 따르던 무리들도 모두 와서 충성을 맹세하며 새로 등극한 왕에게 하례하니, 이가 바로 원성대왕이다. 왕의 이름은 경신(敬信)이고 성은 김씨로 길몽이 그대로 들어맞았다고 하겠다.

김주원은 명주(溟州)로 물러나 살았다. 왕이 왕위에 오른 뒤에 여산은 이미 이 세상 사람이 아니었으므로 그의 자손을 불러 벼슬을 내렸다.

왕은 혜충(惠忠) 태자, 헌평(憲平) 태자, 예영(禮英) 잡간(匝干), 대룡부인(大龍夫人), 소룡부인(小龍夫人) 등 다섯 명의 자녀를 두었다. 왕은 진실로 길흉화복의 변화무쌍한 이치를 알았으므로 「신공사뇌가(身空詞腦歌)」를 남겼다.[노래는 없어져 알 수 없다] 왕의 돌아가신 아버지 태각간(太角干) 효양(孝讓)이 조상 대대로 전해온 만파식적(万波息笛)을 왕에게 전해 주었다. 왕이 그것을 얻게 되어 하늘의 은혜를 두텁게 입었고 그 덕이 멀리 빛났었다.

정원(貞元)[3] 2년 병인년(丙寅年, 786) 시월 열하룻날에 일본왕 문경(文慶)[4]이{『일본제기(日本帝記)』를 살펴보면 제55대 군주인 문덕왕(文德王)[5]이 이 왕인 듯한데 그 외에는 문경이 없다. 다른 책에서는 이 왕의 태자라고 하였다} 군사를 일으켜 신라를 치려다가 신라에 만파식적이 있다는 말을 듣고는 군사를 퇴각시키고 나서 사신에게 금 50냥(兩)을 보내며 그 피리를 보여 달라고 했다. 왕이 사신에게 말했다.

"짐(朕)도 윗대 진평왕(眞平王) 대에 그것이 있었다고 들었을 뿐이오. 지금 어디에 있는지도 모르오."

이듬해 칠월 초이렛날에 일본 왕이 다시 사신을 보내 금 1천 냥을 바치며 신물(神物)을 가져다 한 번 보고 돌려주겠다고 했다.

왕이 또한 지난해와 마찬가지로 거절하고는 도리어 은 3천 냥을 일본 사신에게 하사하고, 금 천 냥도 그대로 돌려보냈다. 8월에 일본 사신이 돌아가자 그 피리를 내황전(內皇殿)에 간직하였다.

왕이 즉위한 지 11년째인 을해년(乙亥年, 795)에 당나라 사신이 서울에 와서 한 달을 머물고 돌아갔다. 그 다음날에 어떤 두 여자가 대궐 안에 들어와 왕에게 아뢰었다.

"저희들은 바로 동지(東池)와 청지(靑池)에{청지는 곧 동천사(東泉寺)의 샘이다. 절의 기록에 '동해의 용이 왕래하면서 불법을 듣던 곳'이라 하였다. 절은 진평왕이 지은 것인데 오백의 성중(聖衆), 오충탑과 함께 전답과 일하는 사람을 바쳤다} 있는 두 용(龍)의 아내이옵니다. 당나라 사신이 하서국(河西國)[6] 사람 둘을 데리고 와서 우리 남편들인 두 용과 분황사(芬皇寺) 우물에 있는 용 등 세 용에게 술법을 부려 작은 물고기로 변하게 하여 그들을 통에 넣어 돌아갔습니다. 폐하께서 명령을 내려 두 사람에게 저희 남편 등 나라를 수호하는 용을 두고 가게 하시옵소서."

왕이 하양관(河陽館)⁷⁾까지 뒤쫓아가 친히 잔치를 베풀고는 하서국 사람들에게 명령했다.

"그대들은 어찌 우리나라의 세 용을 잡아 여기까지 왔단 말인가? 만일 사실대로 고하지 않으면 극형으로 다스리겠도다."

말이 끝나자 하서국 사람들이 세 마리 고기를 꺼내어 바쳤다. 세 곳에 놓아주자 물고기들이 각각 물속에서 한 길이나 치솟아오르며 기뻐 날뛰다가 가버렸다. 당나라 사람들이 왕의 현명함과 훌륭한 처사에 탄복하였다.

왕이 하루는 분황사의(어떤 책에는 화엄사(華嚴寺) 또는 금강사(金剛寺)라고 한다. 이것은 아마도 절과 불경의 이름을 혼돈한 것 같다) 지해(智海)스님을 대궐로 불러들여 오십 일 동안 화엄경(華嚴經)을 강론하게 하였다. 사미(沙彌)인 묘정(妙正)이 매번 금광정(金光井)가에서(대현법사(大賢法師)로 인해 얻은 이름이다) 바리때를 씻었는데, 그때마다 자라 한 마리가 우물 속에서 떴다 가라앉았다를 반복했다. 사미가 매번 남은 음식을 자라에게 먹이며 놀았다. 법석(法席)이 끝나려 할 때 사미가 자라에게 말했다.

"내가 너에게 오랫동안 은덕을 베풀었는데 무엇으로 보답하겠느냐?"

며칠 후에 자라가 한 작은 구슬을 토하였는데 마치 사미에게 주려고 하는 눈치였다. 사미가 그 구슬을 받아 허리띠 끝에 매달고 다녔더니 그 후로부터 대왕이 사미를 매우 사랑하여 내전(內殿)에 불러들이고 곁에서 떠나지 못하게 했다. 이때 한 잡간(匝干)이 당나라에 사신으로 가게 되었는데 그도 사미를 좋아하여 데리고 가기를 왕에게 청하니 허락하였다. 두 사람이 같이 당나라에 들어가자, 당나라 황제가 사미를 보고 총애하였고 승상과 좌우 신하 중에도 그를 존경하고 신뢰하지 않는 사람이 없었다. 사람의 상(相)을 보는 어떤 사람이 황제에게 아뢰었다.

"이 사미를 살펴보니 한군데도 길한 상이 없는데 사람들의 신뢰와 존경을 받고 있으니 반드시 기이한 물건을 지니고 있을 것이옵니다."

황제가 사미의 몸을 뒤져보게 하니 허리띠 끝에 작은 구슬이 매달려 있는 것을 발견했다. 황제가 말했다.

"짐(朕)에게 여의주(如意珠) 네 개가 있었는데 작년에 한 개를 잃어버렸다. 지금 이 구슬을 보니 바로 내가 잃어버린 그것이구나."

황제가 사미에게 그 구슬을 가지게 된 내력을 묻자 그 구슬을 가지게 된 사연을 자세하게 말했는데 희한하게도 황제가 구슬을 잃어버린 날과 사미가 구슬을 얻은 날이 일치했다. 황제가 구슬을 빼앗고는 그를 돌려보냈다. 그 뒤로는 이 사미를 사랑하고 신뢰하는 사람이 없었다.

왕의 능은 토함산(吐含山) 서쪽 골짜기에 있는 곡사(鵠寺)(지금의 숭복사(崇福寺)이다)에 있으며, 거기에 최치원(崔致遠)이 지은 비문이 있다. 왕은 또 보은사(報恩寺)와 망덕루(望德樓)를 창건하였다. 조부인 훈입(訓入) 잡간을 흥평대왕(興平大王)으로 추봉(追封)하고, 증조부인 의관(義官) 잡간을 신영대왕(神英大王)으로, 고조부인 법선(法宣) 대아간(大阿干)을 현성대왕(玄聖大王)으로 하였다. 현성대왕의 아버지는 바로 마질차(摩叱次) 잡간이다.

1) 신라 제38대 왕으로 재위기간은 785~798년간이다.
2) 경주 오릉 동쪽에 있었던 절이다.
3) 당나라 덕종의 연호(785~804)이다.
4) 정원 2년인 786년에는 환무(781~806)가 일본 왕이었으므로 문경과는 관계없다.
5) 일본천황(재위기간, 850~858)으로 정원 2년과 시대가 맞지 않다.
6) 중국 황하 서쪽에 있는 나라를 말하는 것으로 추측된다.
7) 지금에 경북 경산시 하양면에 있었던 숙소로 추정된다.

일찍 내린 눈

제40대 애장왕(哀莊王) 말년인 무자년(戊子年, 808) 팔월 보름날에 눈이 내렸다.

제41대 헌덕왕(憲德王) 원화(元和)[1] 13년 무술년(戊戌年, 818) 삼월 열나흗날에 큰 눈이 내렸다.(한 책에 병인(丙寅)이라 한 것은 잘못이다. 원화(元和) 15년 동안이라면 병인년이 없다)

제46대 문성왕(文聖王) 기미년(己未年, 839) 오월 열아흐렛날에 큰 눈이 내렸고, 팔월 초하루에는 천지가 깜깜해졌다.

1) 당나라 현종의 연호(806~820)이다.

흥덕왕과 앵무(鸚鵡)

제42대 흥덕대왕(興德大王)은 보력(寶曆)[1] 2년 병오년(丙午年, 826)에 왕위에 올랐다. 왕위에 오른 지 얼마 안 되어 어떤 사람이 당나라에 사신으로 갔다가 앵무새 한 쌍을 가지고 돌아왔다. 가져온 지 얼마 되지 않아 암컷이 죽자 홀로 된 수컷이 슬피 울기를 그치지 않았다. 왕이 사람을 시켜 거울을 앞에 걸어두게 하자 새가 거울 속의 그림자를 보고 제짝을 얻은 줄 알고 그 거울을 쪼았지만 그것이 자신의 그림자인 것을 알고 슬피 울다가 죽었다. 왕이 노래를 지었다고 하나 그 내용을 알 수 없다.

1) 당나라 경종의 연호(825~826)이다.

신무대왕과 염장과 궁파[1]

제45대 신무대왕(神武大王)이 왕위에 오르기 전에 의협심이 강한 책사 궁파(弓巴)에게 말했다.

"나에게는 하늘을 같이할 수 없는 원수가 있소. 그대가 나를 위해 그를 없애 준다면 내가 왕위에 오른 뒤에 그대의 딸을 왕비로 삼겠소."

궁파가 그 청을 받아들여 마음과 힘을 다해 군사를 일으켜 서울로 쳐들어가 맡은 일을 완수하였다. 왕이 왕위를 빼앗고 궁파의 딸로 왕비를 삼으려 하자, 여러 신하들이 궁파의 신분이 미천하여 임금이 그의 딸을 왕비로 삼는 것이 옳지 않다고 적극적으로 말리니 왕이 신하들의 의견을 따랐다. 이때 궁파는 청해진(淸海鎭)에서 군진을 지키고 있었는데 왕이 약속을 어긴 것을 원망하며 반란을 도모하려 했다. 이때 장군 염장(閻長)이 그 일을 듣고는 왕에게 아뢰었다.

"궁파가 불충한 일을 하려고 하니 소신(小臣)이 그를 제거하였으면 합니다."

왕이 기뻐하며 허락하였다. 염장이 임금의 뜻을 받들어 청해진으로 가서, 안내하는 사람을 통해 궁파에게 말을 넣었다.

"제가 임금에게 작은 원한이 있어 현명하신 공(公)에게 몸을 맡겨 목숨을 보전하고자 합니다."

궁파가 그 말을 듣고는 크게 화를 내며 말했다.

"너희들이 왕에게 모함하여 나의 딸을 왕비가 되지 못하게 하더니 이제 어찌 나를 보려고 하느냐?"

염장이 다시 안내자를 통해서 말했다.

"이 일은 많은 신하들이 왕에게 모함한 것일 뿐 저는 그러한 모의에 참여하지 않았습니다. 현명하신 공께서는 저에게 혐의를 두지 마십시오."

궁파가 그 말을 듣고는 염장을 청사에 불러들여 물었다.

"경(卿)은 무슨 일로 여기에 왔소?"

"왕에게 거스른 일이 있어 공의 휘하에 들어가 해를 면하고자 할 뿐입니다."

"다행스런 일이오."

술을 차려 놓고 크게 환대했는데 염장이 궁파의 긴 칼을 빼어 목 베니 휘하의 군사들이 놀라 두려워하며 모두 땅에 엎드렸다. 염장이 그들을 이끌고 서울로 돌아와 왕에게 궁파의 목을 베었다고 아뢰니 왕이 기뻐하며 상을 주고 아간(阿干) 벼슬을 내렸다.

1) 장보고(張保皐)의 다른 이름이다.

제48대 경문대왕(景文大王)

왕의 이름은 응렴(膺廉)으로 나이 열여덟에 국선(國仙)이 되었다. 그가 스무 살이 되자 헌안대왕(憲安大王)이 불러 대궐에서 잔치를 베풀고 물었다.

"그대가 국선이 되어 전국을 돌아다니면서 무슨 별난 일을 보았는가?"

"신(臣)은 행실이 아름다운 세 사람을 보았사옵니다."

"무슨 이야긴지 듣고 싶도다."

"첫째 사람은 사람들의 윗자리에 있으면서 겸손하여서 남의 앞에 나서지 않는 사람이고, 다음 사람은 부자이면서도 옷을 검소하게 입고 있는 사람이며, 나머지 사람은 본래 신분이 높고 세력이 있는 데도 그 위세를 부리지 않는 사람이었습니다."

왕이 그 말을 듣고는 그의 현명함에 자신도 모르게 눈물을 흘리며 말했다.

"나에게 두 딸이 있는데 그대의 아내로 맞아주었으면 한다."

응렴이 절하고는 머리를 조아리며 물러났다. 부모에게 이 사실을 말씀드리니 부모가 놀라고 기뻐하여 자식들을 불러모아 이 일을 의논하였다.

"왕의 맏공주는 매우 못 생겼고 둘째공주는 매우 아름다우니 두 번째를 맞이하면 좋겠다."

화랑의 무리 중에 우두머리인 범교사(範敎師)란(『삼국사기』에는 흥륜사(興輪寺)의 스님이라고 기록하고 있다) 사람이 그 소문을 듣고는 집에 찾아와 그에게 물었다.

"대왕께서 공주를 공의 아내로 삼게 하셨다는데 그 말이 사실인지요?"

"그렇습니다."

"그럼 두 공주 가운데 누구를 택하려 하시오?"

"부모님께서 둘째를 맞이하라고 하셨습니다."

"그대가 만일 둘째 공주를 아내로 삼는다면 나는 반드시 그대의 면전에서 죽을 것이고, 그 언니를 아내로 삼는다면 반드시 세 가지 좋은 일이 있을 것이오. 그러니 그대는 내 말을 새겨들어야 할 것이오."

"공의 의견을 따르겠습니다."

얼마 후 왕이 날을 택하여 그에게 사람을 보내 말했다.

"두 딸 중에 공이 마음대로 선택하라."

사신이 돌아와 낭의 뜻을 아뢰었다.

"맏 공주님을 받들겠다고 하옵니다."

그 일이 있은 지 석 달 만에 왕이 병으로 위독해지자 여러 신하들을 불러 말했다.

"짐은 아들이 없으니 죽은 뒤의 일은 맏딸의 지아비인 응렴이 이어받아야 할 것이다."

다음날 왕이 죽으니 그가 유언을 받들어 왕위에 올랐다. 범교사가 왕에게 나아가 말했다.

"제가 말씀드렸던 세 가지 좋은 일이 이제 모두 드러났사옵니다. 맏 공주를 아내로 삼았기에 지금 왕위에 오르신 것이 그 첫째이옵고, 전에 흠모하시던 아름다운 동생을 이제 쉽게 아내로 맞이하실 수 있는 것이 둘째이옵고, 맏공주를 아내로 삼으셨으므로 돌아가신 대왕과 왕비께서 매우 기뻐하신 것이 셋째이옵니다."

왕이 그의 말을 고맙게 여겨 대덕(大德)이란 직위를 내리고 금 130

냥을 하사하였다. 왕이 죽자 시호를 경문(景文)이라 했다.

왕의 침전에는 매일 해질 무렵이면 수많은 뱀들이 모여들었다. 궁인(宮人)들이 놀라고 두려워해서 쫓아내려 하자 왕이 말했다.

"과인은 뱀이 없으면 편안히 잘 수가 없으니 물리치지 말아라."

왕이 잘 때는 뱀들이 혀를 내밀어 온 가슴을 덮어 주었다.

왕위에 오르자 왕의 귀가 갑자기 길어져 당나귀 귀처럼 되었다. 왕후와 신하들은 아무도 그 사실을 몰랐으나 오직 두건을 만드는 장인 한 사람만이 알고 있었다. 그러나 평생 남에게 발설하지 못하였다. 그 사람이 죽을 때가 되어서 도림사(道林寺) 대숲 속 아무도 없는 곳에 들어가서 대나무를 향해 '우리 임금 귀는 당나귀 귀다'라고 외쳤다. 그 뒤로 바람이 불 때면 대숲 속에서 '우리 임금님 귀는 당나귀 귀다'는 소리가 났다. 왕이 그 소리를 싫어해서 대나무를 베고 그 자리에 산수유를 심었더니, 바람이 불면 다만 '우리 임금님 귀는 길다'는 소리만 났다.{도림사는 옛날에 서울로 들어가는 곳의 숲가에 있었다}

국선(國仙)인 요원랑(邀元郎), 예흔랑(譽昕郎), 계원(桂元), 숙종랑(叔宗郎) 등이 금란(金蘭, 강원도 통천)을 유람했다. 이때에 은근히 임금을 위하고 나라를 염려하는 생각이 일어 노래 세 수를 지어 사지(舍知)인 심필(心弼)로 하여금 대구화상(大矩和尙)[1]에게 보내어 곡을 붙이게 하였다. 첫째는 현금포곡(玄琴抱曲)이고, 둘째는 대도곡(大道曲)이고, 셋째는 문군곡(問群曲)이었다. 대궐에 들어가 이 사실을 왕에게 아뢰자 왕이 기뻐하며 칭찬하고 상을 내렸다. 노래는 전하지 않아 알 수 없다.

---

1) 신라의 스님으로 진성여왕 2년(888)에 왕명을 받아 위홍(魏弘)과 함께 향가집 『삼대목(三代目)』을 편찬했다.

처용랑과 망해사

  제49대 헌강대왕(憲康大王) 대에는 서울로부터 지방에 이르기까지 집들이 즐비하게 늘어서고 담장이 이어 있었으며 초가는 한 채도 없었다. 온 나라에 노랫소리가 끊이지 않았고, 비와 바람도 사시사철 순조로웠다. 이때 대왕이 개운포(開雲浦)를(학성(鶴城) 서남쪽에 있으니 지금의 울주(蔚州)이다) 유람하였다. 왕이 돌아오는 길에 바닷가에서 멈추었더니 낮인데도 갑자기 구름과 안개가 자욱이 끼어 길을 잃었다. 괴상하게 여겨 좌우 신하에게 묻자 일관(日官)이 아뢰었다.

  "이것은 동해 용이 조화를 부린 것이옵니다. 좋은 일을 베푸시어 용의 심술을 풀어 주시옵소서."

  왕이 담당 관리에게 명령을 내려 그 근처에 용을 위한 절을 짓게 하였다. 왕의 명이 내려지자 구름이 걷히고 안개가 흩어졌다. 이 일로 인해 그곳을 개운포라고 부르게 되었다.

  동해 용왕이 기뻐하여 일곱 아들을 거느리고 수레 앞에 나타나서 왕의 덕을 찬양하고 춤을 추며 음악을 연주했다. 용왕의 아들 중 한 아들이 왕의 수레를 따라 서울에 들어와 왕의 정치를 도왔는데 이름을 처용(處容)이라 하였다. 왕이 그에게 미인으로 아내를 삼게 하였는데, 이는 그를 대궐에 머물러 있게 하려는 뜻이었다. 또 그에게 급간(級干)의 벼슬을 하사하였다.

  그 아내가 너무 아름다웠으므로 역신(疫神)이 그녀를 흠모하였다. 역신이 사람의 모습으로 변하여 밤에 그 집에 몰래 들어가 그녀와 잤다. 처용이 밖에서 들어와 두 사람이 자고 있는 장면을 목격하고는 이에 노래를 부르고 춤을 추면서 물러 나왔다.

노래는 이렇다.

동경 밝은 달밤에 밤들도록 노닐다가
들어와 자리 보니 다리 가랑이 넷이로다
둘은 내해이건마는 둘은 뉘해인고
본디 내해이다만 빼앗긴 것 어찌할고

처용탈 그림, 악학궤범

이때 역신이 모습을 드러내어 처용 앞에 꿇어앉아 말했다.

"제가 공의 부인을 사모하여 범했는 데도 공이 화를 내지 않으시니 감동하고 찬미합니다. 맹세하건대 지금 이후로 공을 그린 모습만 보아도 그 문에는 들어가지 않겠습니다."

이로 인해 나라 사람들이 처용의 모습을 문에 붙여 나쁜 귀신을 물리치고 경사(慶事)를 맞이하였다.

왕이 서울로 돌아와서 곧 영취산(靈鷲山)[1] 동쪽 기슭의 경치 좋은 곳을 찾아 거기에 절을 짓고 망해사(望海寺)라 하였다. 또 신방사(新房寺)라고도 하였는데 이 절은 바로 용을 위해 지은 것이다.

또 왕이 포석정(鮑石亭)에 행차하였을 때 남산(南山)의 신이 나타나 그 앞에서 춤을 추었다. 좌우 신하들에게는 그 광경이 보이지 않고 왕의 눈에만 보였다. 어떤 신이 왕 앞에 나타나 춤을 추자 왕이 스스로 춤을 추어서 그 모습을 흉내내 보였다. 왕의 앞에 나타나 춤추던 신을 상심(祥審)이라 하였으므로 지금까지 나라 사람들이 이 춤을 전하며 '어무상심(御舞祥審)', 또는 '어무산신(御舞山神)'이라 한다. 혹은 신이 나와 춤을 추자 장인에게 그 모습을 본떠 새기게 하여 후세 사람들에게 볼 수 있게 했기 때문에 '상심(象審)'이라고 했다. 혹은 그 춤을 '상염무(霜髥舞)[2]'라고도 하는데 이것은 바로 그 춤추는 모습을 일컬은 것이다.

또 왕이 금강령(金剛嶺)[3]에 행차했을 때 북악의 신이 나와 춤을 추었는데, 그 춤을 옥도검(玉刀鈐)이라 했다. 또 동례전(同禮殿)에서 잔치할 때 지신(地神)이 나와서 춤을 추었으므로 지백급간(地伯級干)이라 했다.

『어법집(語法集)』에 이렇게 말했다.

"이때 산신이 춤을 추며 부른 노래에 '지리다도파도파(智理多都波都波)' 같은 것들의 말은 대개 지혜[智]로 나라를 다스리는[理] 사람들이 미리 나라의 형세를 알고 많이[多] 도망[都→逃]하였으므로 서울[都]이 머잖아 무너지리라[波→破]는 뜻을 나타낸 것이다."

이처럼 지신과 산신이 머잖아 나라가 망할 줄 알고 미리 춤을 추어서 경고하였으나 나라 사람들이 깨닫지 못하고는 오히려 좋은 조짐이 나타난 것이라고 착각하여 환락에 더욱 빠졌다. 그러므로 나라가 끝내 망하고 말았다.

1) 울산시 문수산 동쪽에 있는 산 이름이다.
2) 백발의 귀신이 춤추는 모습을 묘사해서 만든 말이다.
3) 경주시 동북쪽에 있는 금강산을 가리킨다.

진성여왕과 거타지

제51대 진성여왕(眞聖女王)이 왕위에 오른 지 몇 년이 지나자 유모인 부호부인(鳧好夫人)과 그의 남편 위홍(魏弘) 잡간 등 서너 명의 총애받는 신하들이 권력을 휘둘러 정치를 어지럽히니 도적들이 벌 떼처럼 일어났다. 나라 사람들이 근심하여 은밀할 뜻을 담고 있는 다라니(陀羅尼)를 만들어 길에 던졌다. 왕과 권신(權臣) 등이 그것을 얻어 보고는 말했다.

"왕거인(王居仁)이 아니면 누가 이런 글을 짓겠는가?"

이에 왕거인을 옥에 가두었다. 왕거인이 시를 지어 하늘에 호소하니 하늘이 그 감옥에 벼락을 때려 감옥에서 나오게 했다.

시는 이렇다.

> 연단[1]이 피눈물 흘리니 무지개가 해를 꿰뚫었고
> 추연[2]이 슬픔을 머금으니 여름에도 서리 내렸네
> 지금 나의 처지가 그들과 같은데
> 하늘은 무슨 일로 상서로움 내리지 않는가

다라니(陀羅尼)는 이러했다.

> 나무망국 찰니나제 판니판니소판니 우우삼아간 부이사바하
> (南無亡國 刹尼那帝 判尼判尼蘇判尼 于于三阿干 鳧伊娑婆訶)

해설하는 사람이 말했다.

"'찰니나제'라는 것은 여왕을 말하고, '판니판니소판니'라는 것은 두 소판(蘇判)을 말한다.〔소판은 벼슬 이름이다〕'우우삼아간'은 서너 명의 총애하는 신하를 말하며, '부이'는 여왕의 유모 부호부인을 말한다."

이 임금 때에 아찬 양패(良貝)는 왕의 막내아들이었다. 당나라에 사신으로 가게 되었는데 백제의 해적이 진도(津島)에서 길을 막는다는

소식을 듣고는 활 잘 쏘는 병사 50명을 뽑아 따르게 했다. 배가 곡도(鵠島)3)에[우리말로는 골대도(骨大島)라 한다] 머물게 되었는데 마침 바람과 파도가 크게 일어 그곳에서 열흘 동안을 묵었다. 공이 걱정이 되어 점을 치게 하니,

"섬에 신령한 못이 있는데 거기에 제사를 지내면 좋을 듯합니다."

이에 못가에 제물을 차려 놓으니 못의 물이 한 길 넘게 높이 치솟아 올랐다. 그날밤 꿈에 노인이 나타나 공에게 말했다.

"활 잘 쏘는 사람 하나를 이 섬에 남겨두면 순풍(順風)을 탈 수 있을 것입니다."

공이 꿈에서 깨어 좌우의 신하들에게 이 일을 물었다.

"누구를 남기면 되겠소?"

여러 사람들이 말했다.

"나뭇조각 50개에 우리들 이름을 써서 그것을 물에 띄워 가라앉는 나뭇조각의 주인이 남기로 하는 것이 좋을 듯합니다."

공이 그대로 하였는데 군사 중 거타지(居陀知)라는 사람의 이름을 쓴 나뭇조각이 물속에 가라앉았다. 그래서 그를 혼자 남겨 두었더니 문득 순풍이 불어와 배가 막힘이 없이 나아갔다.

거타지가 수심에 잠겨 섬에 서 있는데 갑자기 어떤 노인이 못에서 나와 말했다.

"나는 서해 바다의 신이다. 한 어린 중이 매일 해가 뜰 때 하늘에서 내려와 주문[陀羅尼]를 외우면서 이 못을 세 번 돌면 우리 부부와 자손들이 모두 물 위에 떠오른다오. 그 어린 중이 내 자손들을 잡아 간장(肝腸)을 다 빼먹어 이젠 오직 우리 부부와 딸 하나만 남았을 뿐이오. 내일 아침에 또 반드시 어린 중이 올 것이니 그대가 기다렸다가 활로 그를 쏘아 주시오."

거타지가 말했다.

"활 쏘는 것은 저의 장기입니다. 말씀대로 하겠습니다."

노인이 고맙다는 말을 남기고 물 속으로 들어갔다. 거타지는 숨어서 그 어린 중이 나타나기를 기다렸다. 해가 떠올라 주위가 밝아오자 과연 그 중이 나타나 전처럼 주문을 외우며 늙은 용의 간을 빼먹으려 하였다. 이때 거타지가 활을 쏘아 맞추자 그 어린 중은 늙은 여우로 변해 땅에 쓰러져 죽었다. 이에 노인이 물 속에서 나타나 고마워하며 말했다.

"공의 덕택으로 내 목숨을 지킬 수 있게 되었소. 내 딸을 아내로 맞아주길 바라오."

"따님을 저에게 주신다면 어찌 마다하겠습니까. 참으로 제가 원하던 일입니다."

노인이 그 딸을 한가지 꽃으로 만들어 품속에 넣어 주었다. 그리고 두 용에게 거타지를 받들어 사신의 배를 따라가서는 그 배를 호위하게 하였다.

당나라에 들어가자 당나라 사람들이 두 마리 용이 신라 배를 호위하고 오는 것을 보고는 황제에게 알렸다. 황제가 말했다.

"신라의 사신은 반드시 비상(非常)한 사람일 것이다."

사신의 일행에게 잔치를 베풀고는 그를 여러 신하들의 윗자리에 앉게 하고, 금과 비단을 후하게 내렸다.

신라로 돌아오자 거타지가 꽃가지를 꺼내어 여자로 변하게 하여 그녀와 함께 살았다.

---

1) 연단(燕丹) : 중국 전국시대 연나라 태자였던 단을 말한다. 단이 진(秦)나라 왕을 죽이기 위해 형가(荊軻)를 자객으로 보냈다가 오히려 죽임을 당했다.

2) 추연(鄒衍) : 전국시대 제(齊)나라 사람. 연(燕)나라 소왕(昭王)이 스승으로 삼았으나 아들 혜왕(惠王)이 왕위에 올라 옥에 가두었더니 여름에 서리가 내려 만물이 시들자 그를 방면했다고 한다.

3) 서해안 백령도의 다른 이름이다.

효공왕

제52대 효공왕(孝恭王) 때인 광화(光化)[1] 5년 임신년(壬申年, 912)에
{실은 후량(後梁) 건화(乾化) 2년이다} 봉성사(奉聖寺) 외문(外門)의 동서 21간
(間)에 까치가 둥지를 지었다.

또 신덕왕(神德王)이 왕위에 오른 지 4년이 되는 을해년(乙亥年,
915){옛 책에는 천우(天佑)[2] 12년이라 했는데, 정명(貞明)[3] 원년이라 해야 맞다}에 영묘
사(靈廟寺) 안에 있는 행랑(行廊)에 까치 둥지가 34개, 까마귀 둥지가
40개나 되었다. 또 3월에 서리가 내렸고, 6월에는 참포(斬浦)[4]의 물과
바닷물의 물결이 사흘 동안 서로 싸웠다.

1) 당나라 소종의 연호(898~901)이다.
2) 당나라 마지막 황제인 애제의 연호(904~907)이다.
3) 중국 후량(後梁) 말제의 연호(915~920)이다.
4) 신라의 4곳의 큰 하천 가운데 하나로 포항과 흥해 일대를 흐르는 곡천강(曲川江)이다.

경명왕

제54대 경명왕(景明王) 때인 정명(貞明) 5년 무인년(戊寅年, 918)에
사천왕사(四天王寺) 벽에 그려진 개가 울었다. 사흘 동안 불경을 외워
물리쳤으나, 반나절이 되지 않아 다시 울었다.

7년 경진년(庚辰年, 920) 2월에 황룡사(皇龍寺)의 탑 그림자가 사지

(舍知) 금모(今毛)의 집 뜰에 한 달이나 거꾸로 서 있었다. 또 10월에는 사천왕사의 오방신(五方神)[1]의 활줄이 모두 끊어지고, 벽화에 그려진 개가 뜰로 튀어나왔다가 다시 벽 속으로 들어갔다.

1) 동서남북과 중앙의 다섯 방위를 지키는 신을 말한다.

경애왕

제 55대 경애왕(景哀王)이 왕위에 오른 동광(同光) 2년 갑신년(甲申年, 924) 2월 19일에 황룡사에 백좌(百座)[1]를 열어 불경을 강설(講說)하였다. 선승(禪僧) 3백 명에게 음식을 대접하고, 왕이 친히 향을 피워 불공을 드렸다. 이것이 선종과 교종에서 백좌를 베푼 시초가 된다.

1) 백고좌회(百高座會)로 법회 이름이다. 사자좌 백 자리를 만들고, 대덕스님을 모셔다 설법하는 큰 법회이다.

김부대왕

제56대 김부대왕(金傅大王)의 시호(諡號)는 경순(敬順)이다. 천성(天

成) 2년 정해년(丁亥年, 927) 9월에 후백제 견훤(甄萱)이 신라에 쳐들어와 고울부(高鬱府)에 이르자 경애왕이 우리 태조(太祖, 왕건)에게 구원을 요청하였다. 태조가 장수에게 정예 군사 1만을 거느리고 가서 구원하게 하였는데, 구원병이 채 도착하기도 전에 견훤이 그해 겨울 11월에 신라의 서울을 습격했다. 이때 왕은 비빈(妃嬪)·종실(宗室)·외척(外戚) 등과 포석정(鮑石亭)에서 잔치를 열어 즐기느라 백제군이 온 것을 모르고 있었으므로 갑자기 일어난 일에 어찌 할 바를 몰라 했다. 왕과 왕비는 후궁으로 달려 들어가고, 종실과 공경대부(公卿大夫)와 사녀(士女)들은 사방으로 흩어져 달아났다. 그러나 그들은 모두 적의 포로가 되어 귀천을 막론하고 땅을 기며 노비가 되고자 했다. 견훤이 병사를 풀어 공사(公私)의 재물을 약탈하게 하고, 자신은 왕궁으로 들어가 거처하였다. 좌우 신하들에게 왕을 찾도록 하였는데 이때 왕과 비첩(妃妾) 몇 명이 후궁에 숨어 있다가 사로잡혀 군중(軍中)으로 끌려나왔다. 견훤은 왕에게 스스로 목숨을 끊도록 하고, 왕비를 강제로 욕보였다. 부하들을 풀어놓아 왕의 비빈과 첩들을 욕보였다. 경애왕의 친척 동생인 김부(金傅)를 세워 왕으로 삼으니, 견훤에 의해 왕위에 오르게 된 것이다. 전왕(前王, 경애왕)의 시신을 서당(西堂)에 안치[殯]하고 신하들과 함께 통곡하였다. 우리 태조가 사신을 보내 조문하고 제사를 지내게 했다.

이듬해인 무자년(戊子年, 928) 봄 3월에 태조가 50여 기병을 거느리고 순행(巡行)하는 길에 경주에 이르자 왕이 모든 관리들과 함께 교외에서 맞이하였다. 서로 마주하고 예(禮)와 정(情)을 곡진하게 나누고 임해전(臨海殿)에서 잔치를 벌였다. 왕이 취하자 말했다.

"제가 하늘의 뜻을 얻지 못해 재앙을 불러들여 나라가 어지러워지고 견훤이 불의한 짓을 마구 행하여 우리 나라를 망쳐 놓았으니, 어찌

하면 좋겠습니까?"

그리고는 눈물을 뚝뚝 흘리며 우니 좌우의 신하들도 모두 흐느꼈다. 태조도 눈물을 흘렸다.

태조의 일행이 수십 일을 머물다 돌아갔는데 휘하의 사병들이 모두 엄숙하고 조용하여 조금도 잘못을 저지르지 않았다. 도성의 백성들이 모두 기뻐하며 말했다.

"전에 견훤이 왔을 때는 늑대와 범을 만난 것 같더니, 지금 왕공이 왔다가니 부모를 만난 것 같구나."

8월에 태조가 사신을 보내 왕에게 비단옷과 안장을 갖춘 말을 주고, 여러 신하와 장수들에게도 차등을 두어 선물을 내렸다.

청태(淸泰) 2년 을미년(乙未年, 935) 10월에 신라의 전 국토가 모두 다른 나라에 넘어갈 처지라, 나라는 힘을 잃고 고립되어 스스로 지킬 수 없게 되었다. 그러므로 왕이 여러 신하들과 함께 나라를 들어 태조에게 항복할 것을 의논하자, 신하들의 의견이 찬반으로 엇갈려 논란이 그치지 않았다. 태자가 말했다.

"나라의 존망은 반드시 천명(天命)에 달려 있는 것이니, 충신(忠臣), 의사(義士)들과 힘을 모아 민심을 수습하여 최선을 다해 본 뒤에도 뜻대로 되지 않으면 그때 가서 그 일을 의논하는 것이 마땅한 줄 아옵니다. 어찌 천년의 사직을 남에게 가벼이 내어 줄 수 있겠습니까?"

왕이 말했다.

"나라의 형세가 이같이 외롭고 위태로워 지켜낼 수가 없다. 이미 강해질 수 없고 이 이상 더 약해질 수도 없으니 무고한 백성을 참혹한 죽음으로 내모는 일을 내가 차마 할 수 없다."

이에 시랑(侍郞) 김봉휴(金封休)를 보내 국서(國書)를 가지고 태조에게 항복을 청하게 했다.

태자가 울면서 왕을 하직하고 바로 개골산(皆骨山)에 들어가 삼베옷을 입고 풀뿌리로 연명하며 살다가 죽었다. 막내아들은 머리를 깎고 화엄종(華嚴宗)에 들어가 승려가 되니 이름을 범공(梵空)이라 했다. 후에 법수사(法水寺)[1]와 해인사(海印寺)에 있었다고 한다.

태조가 신라에서 보낸 국서를 받고 태상(太相)인 왕철(王鐵)을 보내 왕의 행차를 맞이하게 하였다. 경순왕이 백관을 거느리고 우리 태조에게 항복하러 오는데 향거(香車)와 보마(寶馬)가 30여 리에 늘어섰고 이를 구경하는 사람들이 길가에 담을 에워싸듯이 모여들었다. 태조가 교외에 나가 맞이하여 위로하고 대궐 동쪽 한 구역을[지금의 정승원(正承院)이다] 하사하였다. 경순왕에게 그의 맏딸인 낙랑공주(樂浪公主)를 아내로 삼게 하였다. 왕이 자기 나라를 떠나 남의 나라에 살고 있기 때문에 난(鸞)새에 비유하여 공주의 이름을 신란공주(神鸞公主)로 바꾸고 시호를 효목(孝穆)이라 했다. 왕을 정승(正承)으로 삼았으니 지위는 태자의 윗자리이고 1천 섬의 녹봉을 주었으며, 경순왕을 모시고 따라온 관원들과 장수들에게도 모두 그대로 관직을 주었다. 신라를 경주로 고쳐 경순왕[公]의 식읍(食邑)으로 삼았다.

처음에 왕이 나라를 바치며 항복하니 태조가 매우 기뻐하여 후한 예로 대우하고, 사람을 보내 말했다.

"이제 왕께서 나라를 나에게 넘겨주시니 더할 수 없이 큰 은혜입니다. 종실과 혼인을 맺어 장인과 사위의 좋은 관계를 길이 유지하고 싶습니다."

왕이 말했다.

"저의 백부(伯父)인 억렴(億廉)에게[왕의 아버지인 각간 효종(孝宗)은 곧 추봉(追封)된 신흥대왕(神興大王)의 아우이다] 딸이 있는데, 심덕과 용모가 모두 아름답습니다. 이 사람이 아니면 내정(內政)을 다스릴 수 없을 것입니다."

태조가 그녀에게 장가드니 이 사람이 신성왕후(神成王后) 김씨이다.(본조(本朝, 고려)의 등사랑(登仕郎) 김관의(金寬毅)가 지은 『왕대종록(王代宗錄)』에 의하면 이렇다. '신성왕후 이씨는 본래 경주대위(慶州大尉) 이정언(李正言)이 협주(俠州, 지금의 경남 합천군)의 원으로 있을 때 우리 태조가 그 고을에 갔다가 그녀를 왕비로 맞았기 때문에 그를 협주군(俠州君)이라고 한다. 왕후의 원당(願堂)은 현화사(玄化寺)이며, 3월 25일이 기일이고, 정릉(貞陵)에 장사지냈다. 아들 하나를 낳았으니 안종(安宗)이다.' 이 외에 25명의 왕비 가운데 김씨의 일은 기록되어 있지 않으니 자세히 알 수 없다. 그러나 사신(史臣, 김부식)의 의론도 안종을 신라의 외손이라 하였으니 마땅히 사전(史傳)을 옳다고 해야 할 것이다. 태조의 손자인 경종(景宗) 주(伷)가 정승공(正承公, 경순왕)의 딸을 맞이하여 왕비로 삼으니 바로 헌승황후(憲承皇后)이다. 이에 정승공을 상보(尙父)로 삼았다. 태평흥국(太平興國) 3년 무인년(戊寅年, 978년)에 왕이 죽자 시호를 경순(敬順)이라 했다.

상보로 책봉(冊封)하는 고명(誥命)의 내용은 이렇다.

"칙명을 내린다. 희(姬)씨의 주(周)나라가 처음 세워졌을 때 여상(呂尙)[2]을 먼저 봉했고, 유(劉)씨가 한(漢)나라를 세웠을 때에 소하(蕭何)를 먼저 책봉하였다. 이로부터 천하가 크게 평정되었고 나라의 기틀을 닦아 주나라의 왕실은 30대[3]로 이어졌고, 한나라는 400년을 지탱했으니 일월이 더욱 밝아지고 천하가 태평성세를 이루었다. 비록 군주가 스스로 나라를 다스리지 않아도 신하로 말미암아 태평성세를 이루게 된 것이었다.

관광순화 위국공신 상주국 낙랑왕 정승(觀光順化 衛國功臣 上柱國 樂浪王 正承)이며 식읍(食邑) 8천 호(戶)인 김부(金傅)는 대대로 계림(鷄林)에 살았으며 벼슬은 왕위에 있었고 영렬(英烈)한 기세는 하늘을 찌를 듯하였고 문장은 세상을 진동할 만하였다. 부유함은 평생토록 누렸고 신분은 귀하여 신라 땅을 봉토로 받은 제후였다. 『육도삼략(六韜三略)』[4]의 뛰어난 병법(兵法)을 가슴에 품고 칠종(七縱)과 오신(五申)[5]을 손바닥에 쥐고 있었다. 우리 태조께서 비로소 이웃 나라와 우호 관계를 닦으시니, 일찍이 신라의 순후한 풍속을 아시고 그대를 사위로 맞아 인척의 관계를 맺으니 안으로 큰 절의에 보답하셨다. 집안과 나라가 이미 통일되고, 임금과 신하가 완연히 삼한에 어우러져 그대의 아름다운 명성은 널리 퍼지고 그대의 아름다운 법도는 더없이 빛나 상보도성령(尙父都省令)의 칭호를 더해 주고, 추충신의숭덕수절공신(推忠愼義崇德守節功臣)의 칭호를 내리노라. 훈봉(勳封)은 전과 같고 식읍은 이전의 것과 합해서 1만 호(戶)이다. 유사(有司)는 날을 택해 예를 갖추어 책명해야 할 것이니 주관하는 자는 시행하라.

개보(開寶) 8년(975) 10월 일.

대광내의령(大匡內議令) 겸 총한림(摠翰林) 신(臣) 핵선(翮宣)이 받들어 시행하니, 받들게 된 칙명은 위와 같고 직첩이 도착하여 받들어 시행했다.

개보 8년 10월 일.

시중(侍中) 서명(署名), 시중 서명, 내봉령(內奉令) 서명, 군부령(軍部令) 서명, 군부령 서명, 군부령 서명 없음, 병부령(兵部令) 서명 없음, 병부령 서명, 광평시랑(廣評侍郞) 서명, 광평시랑 서명 없음, 내봉시랑(內奉侍郞) 서명 없음, 내봉시랑 서명, 군부경(軍部卿) 서명 없음, 군부경 서명, 병부경(兵部卿) 서명 없음, 병부경 서명.

추충신의 숭덕수절공신 상보도성령 상주국 낙랑도왕(推忠愼義崇德守節功臣 尙父都省令 上柱國 樂浪都王)이며 식읍 1만 호(戶) 김부(金

傳)에게 고하노니 위와 같이 칙명을 받들고 부신(符信)이 도착하는 대로 받들어 시행하라.

주사(主事) 서명 없음, 낭중(郎中) 서명 없음, 서령사(書令史) 서명 없음, 공목(孔目) 서명 없음.

개보 8년 10월 일에 내림.

『사론(史論)』[6]에 이렇게 말했다.

"신라는 박씨, 석씨가 모두 알에서 태어났고, 김씨도 황금 궤짝 속에 담겨 하늘에서 내려왔다. 혹 황금 수레를 타고 왔다고도 하나 이 말은 너무 괴이하여 믿을 수 없다. 그러나 세상에서는 이 말이 사실이라고 전해지고 있다. 지금 다만 그 왕조의 시작을 살펴보면, 윗자리에 있는 자신을 위해서는 검소했고 남을 위해서는 너그러웠으며 관직의 설치는 간략했고 행사는 간소하게 치렀다. 지극한 정성으로 중국을 섬겨 육지나 바다를 통해서 조문(朝問)하는 사신의 행차가 끊이지 않았다. 항상 왕실의 자제(子弟)를 중국에 보내어 황제를 호위하게 하고, 국학(國學)에 들어가 공부하게 하여 성현의 교화를 받아 오랑캐의 풍속을 개혁하여 예의를 아는 나라가 되었다. 또한 당나라 군대의 위엄에 의지하여 백제와 고구려를 평정하고 그 땅을 취해 군현으로 삼았으니 태평성세를 이루었다고 할 만하다. 그러나 불법을 지나치게 숭상하여 그에 따른 폐해를 알지 못해 마을마다 탑이 즐비하게 늘어섰다. 백성들이 집을 떠나 중이 되려고 하자 나라를 지킬 병사와 농사를 지을 농민이 점점 줄어서 국가가 날로 쇠퇴해 갔으니 어찌 나라가 어지러워져 망하지 않을 수 있겠는가. 이때에 경애왕이 음란한 짓을 일삼고 노는 데 빠져 궁녀, 측근들과 함께 포석정에 나가 술자리를 베풀어 노닐다가 견훤의 군사들이 쳐들어오는 것을 알지 못했으니, 이는 문

밖의 한금호(韓擒虎)[7]와 누각 위의 장려화(張麗華)[8]와 다를 것이 없었다. 경순왕이 태조에게 귀순한 것은 비록 어쩔 수 없어 한 것이지만 또한 아름다운 일이라 할 수 있다. 그때에 신라를 지키고자 힘을 다해 고려 군사에 대항했다면 힘이 다하고 기세가 꺾여 반드시 그 가족을 멸망시키고 그 해독이 죄 없는 백성에게까지 미쳤을 것이다. 그런데 명령을 기다리지도 않고 창고를 봉하고 군현(郡縣)의 호적을 가지고 귀순하였으니, 조정에 공을 세우고 백성에게 베푼 덕이 매우 컸다. 옛날에 전씨(錢氏)[9]가 오나라와 월나라의 땅을 송(宋)나라에 바치며 귀순한 일을 두고 소동파(蘇東坡)가 충신(忠臣)이라 하였는데, 지금 신라의 공덕은 그보다 훨씬 더 훌륭하다. 우리 태조는 왕비와 후궁들을 많이 두어 그 자손들도 번성하였다. 현종(顯宗)은 신라의 외손으로 왕위에 올랐으니, 그 이후로 왕통을 계승한 자들이 모두 그의 자손이었다. 이것이 어찌 경순왕이 끼친 음덕이 아니겠는가.

신라가 이미 땅을 바쳐 나라가 없어지자 아간(阿干)인 신회(神會)가 외직(外職)을 그만두고 돌아가는 길에 도성이 황폐해진 것을 보고 탄식하며 '기장만 무성하구나[黍離離]'라는 노래를 지었다. 노래는 없어져 자세히 알 수 없다.

---

1) 경상북도 성주군 동쪽 가야산의 남쪽에 있던 절이다.
2) 태공망(太公望). 주(周)의 무왕(武王)을 도와 은(殷) 왕조를 타도하는 데 공을 세웠다. 성은 강(姜). 이름은 여(呂)라고 한다.
3) 주나라의 왕실은 37대였으므로 대강 이렇게 말했다.
4) 「육도(六韜)」와 「삼략(三略)」은 병법서. 전자는 태공망이, 후자는 황석공(黃石公)이 지은 것으로 알려져 있다.
5) 병가(兵家) 술법(術法)의 일종. 칠종은 제갈량의 고사. 오신은 삼령오신(三令五申)으로 거듭 일러서 군기를 철저히 한다는 뜻이다.
6) 『삼국사기』에서 김부식이 역사적 사실을 논평한 것이다.
7) 중국 수(隋)나라 사람. 수나라 문제 때 500명의 군사를 이끌고 가 진(陳)나라를 함락하고

왕인 후주(後主)를 생포했다.

8) 진나라 마지막 왕인 후주의 왕비로 한금호가 금릉(金陵)으로 쳐들어오자 후주와 함께 대궐 안의 우물 속에 숨었다가 발각되어 죽었다.

9) 중국 오대(五代) 때 오월(吳越)의 왕 전숙(錢俶)을 가리킨다. 송나라에 13주(州)를 바쳤다.

남부여 · 전백제 · 북부여 이미 앞에서 본 것이다

부여군(扶餘郡)은 전(前) 백제(百濟)의 서울이다. 혹은 소부리군(所夫里郡)이라고도 부른다. 『삼국사기』에 의하면 백제 성왕(聖王) 16년 무오년(戊午年, 538) 봄에 사비(泗沘)로 도읍을 옮기고 나라 이름을 남부여(南扶餘)라(그 지명이 소부리이고, 사비는 지금의 고성진(古省津)이다. 소부리는 부여의 딴 이름이다) 했다.

또 『양전장적(量田帳籍)』[1]에 의하면 "소부리군(所夫里郡) 전정주첩(田丁柱貼)"이라고 하였으니 지금의 부여군은 상고(上古)의 이름을 회복한 것으로 백제왕의 성이 부(扶)씨여서 그렇게 부른 것이다. 혹 여주(餘州)라고 부르는 것은 군의 서쪽 자복사(資福寺)의 높은 좌대 위에 수를 놓아 만든 휘장을 쳐놓았는데, 그 수를 놓아 새긴 글에 '통화(統和)[2] 15년 정유년(丁酉年, 997) 5월 일 여주(餘珠) 공덕대사(功德大師)의 수장(繡帳)이다'라고 했기 때문이다. 또 옛날 하남(河南)에 임주자사(林州刺史)를 두었는데 그때 그림과 서적 안에 여주(餘州)라는 두 글자가 있었다. 임주는 지금의 가림군(佳林郡)이고, 여주는 지금의 부여군이다.

백제 『지리지(地理誌)』에는 『후한서(後漢書)』를 인용하여 다음과 같이 말했다.

"삼한(三韓)은 무릇 78개의 나라로 되어 있는데 백제는 그 중 한 나라이다."

『북사(北史)』[3]에는 이렇게 말했다.

"백제의 동쪽 끝은 신라에 닿아 있고, 서남쪽은 큰 바다에 접해 있으며, 북쪽은 한강(漢江)에 맞닿아 있다. 서울은 거발성(居拔城) 혹은 고마성(固麻城)이라 한다. 그 외에 또 오방성(五方城)이 있다."

『통전(通典)』에는 이렇게 말했다.

"백제는 남쪽으로 신라에 닿아 있고, 북쪽으로는 고구려와 이웃하였으며 서쪽 끝은 큰 바다이다."

『구당서(舊唐書)』에는 이렇게 말했다.

"백제는 부여의 별종(別種)으로, 동북쪽은 신라이다. 서쪽 바다를 건너면 중국의 월주(越州)에 이르고 남쪽으로 바다를 건너면 왜(倭)에 이르며, 북쪽은 고구려이다. 그 왕의 거처하는 곳에 동서의 두 성이 있다."

『신당서(新唐書)』에는 이렇게 말했다.

"백제는 서쪽으로 월주를 경계하고 있고 남쪽은 왜이니 모두 바다 건너에 있다. 북쪽은 고구려이다."

『삼국사기(三國史記)』「본기(本紀)」에 이렇게 말했다.

"백제의 시조(始祖)는 온조(溫祚)인데 그의 아버지는 추모왕(雛牟王) 혹은 주몽(朱蒙)이라고 했다. 주몽이 북부여에서 난리를 피해 졸본부여(卒本扶餘)에 이르렀다. 부여의 왕에게는 아들이 없고 딸만 셋이 있었는데 주몽을 보고 비범한 사람인 것을 알아 둘째딸을 아내로 주었다. 얼마 후 부여왕이 죽자, 주몽이 왕위를 이어 받았다. 두 아들을 낳았으니 맏이는 비류(沸流)이고, 둘째는 온조였다. 이들은 후에 태자[4]

에게 해를 입을까 두려워하여 드디어 오간(烏干), 마려(馬黎) 등의 신하들과 함께 남쪽으로 떠나니 따르는 백성이 많았다. 드디어 한산(漢山)에 이르러 부아악(負兒岳)에 올라가 살만한 땅을 찾아보았다. 비류는 바닷가에 살고자 하였는데, 열 명의 신하가 이치를 따져 말했다.

'이곳 하남(河南)의 땅은 북으로 한수(漢水)가 둘러 흐르고 동으로 높은 산이 있으며, 남으로 비옥한 들판이 펼쳐져 있고 서쪽은 큰 바다로 막혔습니다. 이같이 험한 요새이면서도 이로운 지세를 얻기 어려운 곳이니 여기에 도읍을 정하는 것이 마땅한 듯하옵니다.'

비류는 신하들의 말을 듣지 않고 백성을 나누어서 미추홀(彌雛忽)로[지금의 인천 부근이다] 가서 살았다. 온조는 하남 위례성(慰禮城)[5]에 도읍을 정하고 열 명의 신하로 하여금 정치를 돕게 했다. 나라 이름을 십제(十濟)라 하니 이때가 한(漢)나라 성제(成帝) 홍가(鴻嘉) 3년(B.C. 18)이었다. 비류는 미추홀의 땅이 습하고 물이 나빠서 편안히 살 수 없자 위례성을 살펴보니 도읍지가 이미 안정되고 백성이 편안하고 태평스럽게 살고 있었다. 드디어 자신이 잘못한 것을 부끄러워하고 후회하다 죽으니 그의 백성들이 모두 위례성으로 돌아갔다. 그 후에 백성들이 돌아올 때 기뻐했다고 해서 나라 이름을 백제(百濟)로 고쳤다. 백제의 세계(世系)는 고구려와 마찬가지로 부여에서 나왔으므로 '해(解)'를 성씨(性氏)로 삼았다. 후에 성왕(聖王) 때 이르러 사비로 도읍을 옮기니 지금의 부여군이다."[미추홀은 인주(仁州)이고 위례는 지금의 직산(稷山)이다]

『고전기(古典記)』에 이렇게 말했다.

"동명왕(東明王)의 셋째아들 온조가 한(漢)나라 홍가(鴻嘉) 3년 계묘년(癸卯年, B.C. 18) 이전에 졸본부여로부터 위례성으로 옮겨와 도읍을 정하고 왕이라 일컬었다. 온조왕 14년 병진년(丙辰年, B.C. 5)에 한산(漢山)으로[지금의 광주(廣州)이다] 도읍을 옮겨 389년을 지냈다.

13대 근초고왕(近肖古王) 함안(咸安) 원년(371)에 이르러 고구려의 남평양(南平壤)을 빼앗고, 북한성(北漢城)으로[지금의 양주(楊州)이다] 도읍을 옮겨 105년을 지냈다. 22대 문주왕(文周王)이 왕위에 오른 원휘(元徽) 3년 을묘년(乙卯年, 475)에 웅천(熊川)으로[지금의 공주(公州)이다] 도읍을 옮겨 63년을 지냈다. 26대 성왕(聖王)이 소부리(所夫里)로 도읍을 옮기고 국호를 남부여(南扶餘)로 하여 31대 의자왕(義慈王)까지 120년을 지냈다.

당나라 현경(顯慶) 5년(660), 의자왕 재위 20년에 신라 김유신과 소정방이 함께 쳐들어와 백제 땅을 평정하였다.

백제에는 전에 5부(部)가 있어 37군(郡) 200성(城) 76만 호(戶)를 나누어 다스렸는데, 당나라가 그 땅에 웅진(熊津), 마한(馬韓), 동명(東明), 금연(金連), 덕안(德安) 등의 다섯 도독부(都督府)를 나누어 설치하고 지방의 우두머리를 도독부의 자사(刺史)로 삼았으나 얼마 후 신라가 백제 땅을 차지하여 웅주(熊州), 전주(全州), 무주(武州)의 세 주와 여러 군현(郡縣)을 두었다."

또 호암사(虎嵓寺)에는 정사암(政事嵓)이라는 바위가 있다. 국가에서 재상을 뽑으려 할 때에 대상자 서너 명의 이름을 쓴 종이를 상자에 담아 봉해서 바위 위에 둔다. 얼마 후에 그 상자를 가지고 와 열어 보고 이름 위에 도장이 찍혀 있는 사람을 재상으로 삼았으므로 이런 이름이 붙여졌다.

또 사비하(泗沘河) 강변에 바위 하나가 있는데, 소정방이 일찍이 이 바위 위에 앉아 어룡(魚龍)을 낚아 올렸다. 그래서 바위 위에는 용이 꿇어앉은 흔적이 있으므로 용암(龍嵓)이라 불렀다.

또 부여군 안에 세 산이 있는데 이는 일산(日山), 오산(吳山), 부산

(浮山)이다. 나라가 번성하던 때에는 그 산 위에 각기 신인(神人)이 살면서 아침 저녁으로 끊임없이 날아다니며 왕래하였다.

사비하 언덕에 바위가 있는데 10여 명이 앉을 만했다. 백제왕이 왕흥사(王興寺)에 행차하여 부처에게 예를 드리려 할 때면, 먼저 이 바위에서 부처를 바라보며 절을 하게 되는데, 그럴 때면 바위가 절로 따뜻해졌다. 그래서 그 바위를 돌석(突石)이라 불렀다

또 사비수 양쪽 벼랑 아래로 그림 병풍같이 아름다운 곳이 있는데 백제왕이 매번 그곳에서 잔치를 베풀며 가무를 즐겼다. 그래서 지금도 그곳을 대왕포(大王浦)라 한다.

또 시조인 온조는 동명왕의 셋째아들로 몸집이 건장하고 성품이 효성스럽고 우애가 있었으며 말 타기와 활쏘기를 잘했다.

또 다루왕(多樓王)은 너그럽고 위엄과 덕망이 있었다.

또 사비왕(沙沸王)[6]은[사이왕(沙伊王)이라고도 한다] 구수왕(九首王)이 죽은 뒤에 왕위를 이어받았으나 나이가 어려 정사를 돌볼 수 없었으므로 즉시 폐위되고 고이왕(古爾王)을 세웠다. 혹은 낙초(樂初) 2년[7] 기미년(己未年, 239)에 사반왕이 죽자 고이왕이 왕위에 올랐다고도 한다.

---

1) 토지를 구획하고 소유자를 명기한 토지대장이다.
2) 중국 요나라 성종의 연호(983~1011)이다.
3) 당나라 이연수가 편찬한 사서로 북조(北朝)의 242년간의 역사서이다.
4) 『삼국사기』 백제 본기에 보면, 주몽이 북부여에 있을 때 아들 유리(類利)를 두었는데 주몽이 졸본부여로 도망 와서 다시 장가들어 왕이 되자, 유리도 그곳으로 도망해 왔으므로 주몽이 그를 태자로 삼았다고 한다.
5) 지금의 경기도 하남시 부근이다.
6) 백제 제7대 왕(재위기간, 234)이다.
7) 경초(景初) 3년이 맞는다. 낙초(樂初)란 연호는 출처 불명이다.

무왕(고본(古本)에는 무강왕(武康王)이라 했는데 잘못이다. 백제에는 무강왕이 없었다)

제30대 무왕(武王)의 이름은 장(璋)이다. 어머니가 과부가 되어 서울 남쪽 못가에 집을 짓고 살았는데 못의 용과 사통하여 장을 낳았다. 어려서 이름은 서동(薯童)이며 재주와 도량이 헤아릴 수 없을 만큼 컸다. 늘 마를 캐다가 팔아서 생업을 삼았으므로 나라 사람들이 그를 서동이라 불렀다.

신라 진평왕의 셋째공주 선화(善花)가 세상에 둘도 없는 미인이라는 소문을 듣고는 머리를 깎고 경주로 갔다. 동네 여러 아이들에게 마를 먹이니 아이들이 그와 친해져 따랐다. 이에 동요를 지어 아이들을 꾀어 부르게 하였다. 그 노래는 이러하다.

> 선화 공주님은 남몰래 사귀어두고
> 서동을 밤에 몰래 안고 간다.

동요가 서울에 널리 퍼져서 궁궐에까지 알려지자 조정의 모든 신하들이 공주를 먼 곳으로 유배 보낼 것을 강하게 주장하였다. 귀양지로 떠나게 되었을 때 왕후가 순금 한 말을 주어 보냈다. 공주가 유배지에 다 와 가는데 갑자기 서동이 길 가운데로 나서서 절을 올리고는 공주를 모시고 같이 가겠다고 했다. 공주는 그가 어디서 왔는지 알 수 없었지만 우연히 만나 서로를 믿고 좋아하게 되니 이로 인해 서동이 그녀와 몰래 사통하였다. 그런 일이 있은 후에 서동의 이름을 알고는 동요의 영험을 믿게 되었다. 같이 백제 땅에 이르러 왕후가 준 금을 꺼내

생계를 꾸려갈 궁리를 하는데 서동이 크게 웃으며 말했다.

"이것이 무슨 물건입니까?"

"이것은 황금이온데, 이만하면 우리가 평생 넉넉하게 지낼 수 있습니다."

"내가 어려서부터 마를 캐던 곳에 이것을 진흙덩이처럼 많이 쌓아 놓았소."

공주가 듣고 매우 놀라며 말했다.

"이것은 세상에서 가장 귀한 보물입니다. 당신이 이 보물이 있는 곳을 안다면 그것을 우리 부모님이 계시는 궁전으로 실어 보내는 것이 어떻겠습니까?"

"좋습니다."

이에 금을 모아 언덕처럼 높이 쌓아 놓고 두 사람은 용화산(龍華山) 사자사(師子寺)[1]의 지명법사(知命法師)에게 나아가 금을 보낼 방법을 물었다. 법사가 말했다.

"내가 신통력을 발휘하여 그곳으로 실어 보낼 수 있으니 금을 가지고 오시오."

공주가 편지를 써서 금과 함께 사자사 앞에 놓아 두자 법사가 신통력(神通力)으로 하룻밤 사이에 신라 궁중으로 실어 보냈다. 진평왕이 그 신통한 조화를 이상하게 여겨 서동을 더욱 높이 평가하였고 항상 편지를 보내 안부를 물었다. 서동이 이 일로 인해 인심을 얻어 왕위에 올랐다.

하루는 무왕이 부인과 함께 사자사에 가는 길에 용화산 아래 큰 못 가에 이르렀는데, 못 속에서 미륵삼존(彌勒三尊)이 출현하였다. 두 사람이 수레를 멈추고 정성을 다하여 예를 표했다. 부인이 왕에게 '이곳에 큰 절을 짓는 것이 소원'이라고 하니, 왕이 그 자리에서 허락하였다. 지명법사에게 가서 못을 메우는 일을 물으니 법사가 신통력을 발휘하여 하룻밤 사이에 산을 허문 흙으로 못을 메워 평지로 만들었다. 이에 미륵이 3회에 걸쳐 설법하던 형상[2]을 세우고 건물과 탑과 회랑을 각각 세 곳에 세워 미륵사(彌勒寺)라[『국사(國史)』에는 왕흥사(王興寺)라 했다] 이름하였다. 진평왕이 기술자를 보내 그 일을 도왔다. 지금에도 그 절이 남아 있다.[『삼국사(三國史)』에는 이 사람을 법왕(法王)의 아들이라고 했는데, 여기에서는 과부의 아들이라 했으니 자세히 알 수 없다]

1) 전북 익산시 용화산에 있던 절로 지금의 미륵산 사자암이다.
2) 미륵 석가세존이 입적한 뒤 56억 7천만 년이 되는 해에 인간세상에 내려와 용화수 아래에서 3번에 걸쳐 설법하여 중생을 구원한다고 한다.

후백제의 견훤

『삼국사기(三國史記)』 본전(本傳)에 이렇게 말했다.

"견훤(甄萱)은 상주(尙州) 가은현(加恩縣) 사람이다. 함통(咸通) 8년 정해년(丁亥年, 867)에 태어났는데 본래 성은 이(李)씨였으나 후에 견(甄)이라 하였다. 아버지 아자개(阿慈个)는 농사를 지으며 살았는데 광계(光啓) 연간(885-888)에 사불성(沙佛城)에[지금의 상주(尙州)이다] 웅거하여 스스로 장군이라 불렀다. 그에게 네 아들이 있어 모두 세상에 이름이 알려졌는데 그 중에 견훤의 지략이 뛰어나고 걸출하였다."

『이제가기(李磾家記)』[1]에 이렇게 말했다.

"진흥대왕의 왕비 사도(思刀)의 시호가 백승부인(白䰄夫人)이다. 그 셋째 아들 구륜공(九輪公)의 아들이 파진간(波珍干) 선품(善品)이고, 그의 아들인 각간 작진(酌珍)이 왕교파리(王咬巴里)를 아내로 삼아 각간(角干) 원선(元善)을 낳으니, 이 아이가 바로 아자개이다. 아자개의 첫째 아내는 상원부인(上院夫人)이고, 둘째 아내는 남원부인(南院夫人)이다. 그는 아들 다섯과 딸 하나를 두었는데 맏아들이 상보(尙父) 훤(萱)이고, 둘째는 장군 능애(能哀), 셋째는 장군 용개(龍盖), 넷째는 보개(寶盖), 다섯째는 장군 소개(小盖)이고, 한 명의 딸은 대주도금(大主刀金)이다."

『고기(古記)』에 이렇게 말했다.

"옛날에 광주(光州) 북촌(北村)에 사는 한 부자에게 딸이 하나 있었는데 외모가 아름답고 품행이 단정했다. 딸이 아버지에게 말했다.

'자줏빛 옷을 입은 남자가 밤마다 침실에 찾아와서 저와 관계를 갖습니다.'

'너는 긴 실을 바늘에 꿰어 그 사내의 옷에 꽂아두어라.'

딸이 그 말을 따랐다. 날이 밝자 실을 따라가니 북쪽 담 아래에 허리에 바늘이 꽂혀 있는 큰 지렁이를 찾았다. 이로 인해 임신하여 아들을 낳았다. 그 아이의 나이 열다섯이 되자 스스로 견훤이라 일컬었다. 경복(景福) 원년 임자년(壬子年, 892)에 이르러 스스로 왕이라 부르고 완산군(完山郡)[2]에 도읍을 정하여 43년 동안 다스렸다.

청태(淸泰) 원년 갑오년(甲午年, 934)에 견훤의 세 아들[3]이 반역하므로 견훤은 고려 태조에게 투항하고 아들 금강(金剛)[4]이 왕위에 올랐다. 천복(天福) 원년 병신년(丙申年, 936)에 고려 군사와 일선군(一善郡)[5]에서 싸웠는데 후백제가 크게 패하여 멸망했다.

옛날에 견훤이 강보에 싸인 어린아이 적에 어머니가 들에서 밭을 갈고 있는 아버지에게 들밥을 가져다주느라 아이를 숲 아래 놓아 두었는데 호랑이가 와서 젖을 먹였다. 그 소식을 들은 마을 사람들이 이상하게 여겼다. 그 아이가 장성하니 외모가 웅장하고 기이하며 뜻이 크고 기개가 범상하지 않았다. 군에 입대하여 서울에서 근무하다가 서남 해안으로 옮겨가 수자리를 지킬 때는 창을 베고 자며 적을 기다렸다. 그의 기개가 항상 다른 병사들보다 뛰어나 그 공로로 비장(裨將)이 되었다.

당나라 소종(昭宗) 경복(景福) 원년(892)은 신라 진성왕이 왕위에 있은 지 6년째가 되는 해인데, 총애하는 신료들이 왕의 곁에 있으면서 국권(國權)을 제 마음대로 하니 기강이 문란하고 해이해졌다. 게다가 나라에 기근(飢饉)이 더하자 백성은 정처없이 떠돌아다니고 도적이 벌떼처럼 일어났다. 이때 견훤이 은근히 반역의 마음을 품고 무리를 불러모아 서울의 서남쪽 고을들을 공격했다. 이르는 곳마다 백성들이 메아리처럼 빨리 호응하여 한 달 동안에 따르는 무리가 5천이나 되었다. 마침내 무진주(武珍州)[6]를 습격하여 스스로 왕으로 군림했으나, 감히 공공연히 왕이라 칭하지 못하고, 제 스스로 신라서남도총 행전주자사 겸 어사중승 상주국 한남국 개국공(新羅西南都統 行全州刺史 兼 御史中承上柱國漢南國開國公)이라고 했으니, 이때가 용기(龍紀) 원년 기유년(己酉年, 889)이었다. 또는 경복(景福) 원년 임자년(壬子年, 892)이라고도 한다.

이때 북원(北原)[7]의 도적 양길(良吉)의 세력이 가장 강했는데, 궁예(弓裔)가 스스로 그의 부하가 되었다. 견훤이 이 소식을 듣고는 멀리서 양길에게 관직을 주어 비장으로 삼았다. 견훤이 서쪽으로 순행(巡行)하여 완산주에 이르니 고을 백성들이 그를 맞이하며 위로하였다. 이 일로 견훤은 자신이 백성의 인심을 얻었다고 기뻐하며 좌우의 따르는 사람들에게 말했다.

"백제가 개국한 지 6백여 년에 당 고종이 신라의 청으로 장군 소정방을 보내 수군 13만으로 바다를 건너게 했고, 신라 김유신은 휘몰아치며 황산(黃山)을 지나 당나라 군대와 합세하여 백제를 쳐서 멸망시켰다. 내가 지금 어찌 감히 여기에 도읍을 세워 묵은 원한을 씻지 않을 수 있겠는가?"

드디어 스스로 후백제왕(後百濟王)이라 일컫고 나라로서의 문물제도를 마련했다. 이에 관직을 나누어 설치하니 이때가 당나라 광화(光化) 3년(900)으로 신라 효공왕 4년이었다.

정명(貞明) 4년 무인년(戊寅年, 918)에 철원경(鐵原京)의 민심이 갑자기 변하여 우리 태조를 추대하여 왕위에 오르게 하였다. 견훤이 이소식을 듣고는 사신을 보내어 축하하고 공작 깃털로 만든 부채와 지리산에서 나오는 대나무 화살 등을 바쳤다. 견훤은 우리 태조와 겉으로는 화친하면서 다른 마음을 품고 있었다. 태조에게 준마인 청총마(靑驄馬)를 바치더니 동광(同光) 3년(925) 겨울 10월에 3천의 기병을 거느리고 조물성(曹物城)[지금은 그 위치를 자세히 알 수 없다]에까지 이르렀다. 태조도 정예병을 거느리고 가서 그와 겨루었으나 견훤의 군대도 강하여 결판이 나지 않았다. 태조가 적군의 예봉을 피하기 위해 편지를 보내 거짓으로 화친을 청하고, 종제(從弟) 왕신(王信)을 인질로 보내자 견훤도 사위 진호(眞虎)를 인질로 보내 교환하였다. 견훤은 12월에 거서(居西)[지금은 그 위치를 자세히 알 수 없다] 등 20여 성을 공격하여 차지하였다. 사신을 후당(後唐)에 보내어 스스로를 번국(蕃國)[8]이라 칭하니 당나라에서는 검교태위 겸 시중판백제군사(檢校太尉 兼 侍中判百濟軍事)로 책봉하고 전처럼 도독행전주자사 해동사면도통지휘병마판치등사 백제왕(都督行全州刺史 海東四面都統指揮兵馬判置等事 百濟王)에 봉하고 식읍은 2천 5백 호(戶)로 하였다.

동광 4년(926) 진호가 갑자기 죽자 고의로 살해한 것인가 의심하여 즉시 왕신을 가두었다.

견훤이 사신을 보내 지난해에 보냈던 청총마를 돌려 보내라고 하니 태조가 웃으며 돌려보냈다.

천성(天成) 2년 정해년(丁亥年, 927) 9월 견훤이 근품성(勤品城)⁹⁾을 {지금의 산양현(山陽縣)이다} 공격해 빼앗고 그 성을 불태우자 신라왕이 태조에게 구원을 청했다. 태조가 군대를 출동시키려 하는데 견훤이 고울부(高鬱府)¹⁰⁾를{지금의 울주(蔚州)이다} 습격하여 차지하고 시림(始林)으로{또는 계림 서쪽 교외라고도 한다} 진군하여 갑자기 신라 서울로 들어갔다. 신라왕은 왕비와 함께 포석정에 나가 놀고 있었으므로 싸움에 크게 패했다. 견훤이 왕비를 강제로 끌어다 욕보이고, 왕의 친척 아우인 김부(金傅)로 왕위를 잇게 하였다. 그런 후에 왕의 동생 효렴(孝廉)과 재상 영경(英景)을 포로로 잡고, 나라의 진귀한 보물과 무기를 빼앗았으며, 왕실의 자녀들과 기술이 뛰어난 장인들을 데리고 갔다. 태조가 정예 기병 5천으로 공산(公山)¹¹⁾ 아래에서 견훤을 맞이하여 크게 싸웠는데, 태조의 장수인 김락(金樂)과 신숭겸(申崇謙)이 이 전투에서 전사하고 크게 패했다. 태조도 간신히 몸만 빠져나와 대적할 수 없었으므로 견훤의 못된 짓거리를 그대로 내버려 둘 수밖에 없었다. 견훤은 승세를 타고 대목성(代木城),¹²⁾{지금의 약목현(若木縣)이다} 경산부(京山府),¹³⁾ 강주(康州)¹⁴⁾를 차례로 노략질하고 부곡성(缶谷城)을 공격하니 의성부(義成府) 태수 홍술(洪述)이 대항하여 싸우다가 죽었다. 태조가 이 소문을 듣고는 "내 오른팔을 잃었도다"라 했다.

견훤이 후백제를 세운 지 42년인 경인년(庚寅年, 930)에 고창군(古昌郡)을{지금의 안동부(安東府)이다} 공격하려고 군사를 크게 일으키고 석산(石山)에 병영를 설치하니, 태조도 1백 보 떨어진 이 고을의 북쪽 병산

(甁山)에 진을 치고 여러 번 싸운 끝에 견훤을 물리치고 시랑 김악(金渥)을 사로잡았다. 다음날 견훤이 군사를 수습하여 순주성(順州城)을 습격하니 성주 원봉(元逢)이 막아 낼 수 없어 성을 버리고 밤에 도망하였다. 태조가 크게 노하여 순주성을 하지현(下枝縣)으로[지금의 풍산현(豊山縣)이다. 원봉이 본래 순주성 사람이었기 때문이다] 강등시켰다.

신라의 왕과 신하들이 나라가 쇠미하여 다시 일어나기가 어렵다고 생각해서 우리 태조를 끌어들여 우호관계를 맺어 의지하고자 했다. 견훤이 이 소식을 듣고는 또 신라의 서울에 들어가 못된 짓을 자행하려는 계획을 세우고는 태조가 먼저 들어갈까 두려워하여 태조에게 글을 보냈다.

"저번에 신라의 재상인 김웅렴(金雄廉) 등이 그대[足下]를 불러 서울에 들어오게 하려 하였으니 작은 자라가 큰 자라의 소리에 응한 것[15]과 같았소. 이는 종달새가 매의 날개를 찢으려 한 것[16]과 같으니, 이리 되었다면 반드시 백성을 도탄에 빠뜨리고 종묘사직을 폐허로 만들었을 것이오. 그래서 내가 먼저 조적(祖狄)의 채찍을 잡고[17] 홀로 한금호(韓擒虎)의 도끼를 휘둘러[18] 백관들과 군신의 관계를 굳게 맹세하였고 6부의 백성에게는 올바른 가르침으로 깨우치려 했으나 뜻하지 않게도 간사한 신하들이 달아나고 군주(경애왕)가 죽는 일이 일어났소. 드디어 경명왕(景明王)의 외사촌인 헌강왕(憲康王)의 외손을 받들어 왕위에 오르게 하여 위태로운 나라를 다시 일으키니 임금이 없던 나라에 임금이 있게 되었소. 이때 그대는 나의 충고를 자세히 살피지 않고 한갓 흘러다니는 유언비어만 듣고 분수에 넘치는 욕망을 품고 여러 가지 구실로 침략해 왔으나 오히려 내 말의 머리도 보지 못했고 내 소의 털 하나도 뽑지 못했잖소. 금년 초겨울에는 도두(都頭) 색상(索湘)이 성산(星山)의 군진(軍陣) 아래서 속수무책으로 당했고, 이달 들어서는 그대의 좌장(左將)인 김락(金樂)이 미리사(美利寺)[19] 앞에서 해골을 드러내고 말았소. 그 외에도 많은 사람을 죽였고 사로잡은 자도 적지 않소. 양쪽 군대의 강하고 약함이 이와 같으니 그 승패는 쉽게 판가름 할 수 있겠지요. 내가 바라는 것은 평양성 누각에 활을 걸어두고 대동강 물을 말에게 먹이는 것이오.

그러나 지난 7일에 오월국(吳越國)의 사신 반상서(班尙書)가 중국 왕의 조서를 전해왔는데, 그 글에 '경은 고려와 오랫동안 우호 관계를 맺어 서로 왕래하고 두 나라가 동맹을 맺은 걸 알고 있소. 그러나 근래에 양쪽의 인질이 다 죽은 일로 인하여 드디어 가까이 지내던 우의를 잃고 서로 국경을 침입하여 전쟁을 멈추지 않고 있소. 이제 사신을 경(卿)의 본도(本道)에 보내고 또 고려에도 문서를 보내니, 마땅히 서로 친목하여 길이 평화를 누리도록 하시오' 라고 했소. 나는 의리로 중국 왕을 받들고 진심으로 큰 나라를 섬겨 왔으므로 조서의 깨우침을 듣고 즉시 받들고자 하오. 나는 다만 그대가 당장 전쟁을 그만두려고 해도 그만둘 수 없는 어려움에 처해 있어 어쩔 수 없이 싸움에 말려드는 현실을 염려하고 있소. 이제 조서를 베껴 보내니 마음에 두고 자세히 살피기를 바라오. 토끼와 사냥개가 다 함께 지치면 결국 놀림을 받으며, 조개와 황새가 서로 버티면 또한 웃음거리가 되기 마련이오. 마땅히 어리석게도 잘못을 반복하여 스스로 후회하는 일이 없도록 하시오."

천성(天成) 2년(927) 정월에 태조가 이렇게 답했다.

"삼가 오월국의 통화사(通和使) 반상서가 전한 조서 한 통과 함께 그대가 길게 보낸 편지도 잘 받았소. 오월국의 사신이 조서를 가져왔고, 그대가 보낸 좋은 글을 보고 가르침을 받았소. 조서를 받아보고 감격을 더하였으나, 그대의 편지를 열어보고는 혐의를 없애기 어려웠소. 이제 돌아가는 사신에게 부쳐 내 생각을 말해 보겠소.

나는 우러러 하늘의 천명(天命)을 받들고 아래로 백성들의 추대에 힘입어 과분하게도 장수의 권한을 맡아서 나라를 다스릴 기회를 얻었소. 저번에 삼한이 액운을 만나 9주20)의 땅이 흉년으로 황폐해져 백성들이 도적의 무리가 되고 농토는 곡식을 거둘 수 없는 땅이 되어 버렸소. 세상의 소란함을 그치게 하고 나라를 재앙에서 건져 내고자 이에 스스로 이웃 나라와 우호 관계를 맺었더니 과연 온 나라 사람들이 농사와 누에치기를 즐기고, 병사들은 7·8년 동안 전쟁을 잊고 한가하게 쉬게 되었소.

　을유년(乙酉年, 925) 10월에 이르러 갑자기 일이 생겨 전쟁을 하기에 이르렀소. 그대는 처음에 적을 가벼이 여겨 마치 사마귀가 수레바퀴에 대항하듯21) 날뛰었으나, 마침내 사태가 어려움을 알고 급히 물러가니 이는 마치 모기가 산을 짊어진 듯22) 하였소. 이에 그대가 두 손을 모아 인사하고 공손한 말로 하늘에 맹세하기를 '오늘 이후로 길이 화친할 것이니 만일 맹세를 어기면 귀신이 나를 죽일 것이다' 라 하였소. 나도 또한 전쟁을 그치게 하는 뜻의 글자인 '무(武)'를 숭상하며 측은한 마음의 '인(仁)'을 기려 마침내 겹겹의 포위망을 풀어 지친 병사를 쉬게 하고 인질을 보내는 것도 거절하지 않았으니, 이는 다만 백성을 편안케 하기 위한 것이었고 아울러 내가 남쪽 사람들에게 큰 덕을 베푼 것이었소. 어찌 맹서한 피가 마르기도 전에 흉악한 세력이 다시 일어나 벌과 전갈의 위험한 독으로 백성들을 침해하고, 이리와 호랑이 같은 포학함으로 서울 부근의 땅을 가로막아 서울이 위급한 지경에 놓이자 신라 왕실이 크게 놀랐으나 누가 패권을 차지한 제(齊)나라 환공(桓公)과 진(晉)나라 문공(文公)처럼 의리를 세워 주(周)나라를 떠받들어 높이는 듯한 자가 있으리오? 오히려 어려운 틈을 타서 한(漢)나라를 도모한 왕망(王莽)과 동탁(董卓)23)의 간교함을 볼 뿐이었소. 지극히 존귀한 신라왕으로 하여금 스스로 굽혀 그대의 신자(臣子)라고 부르게 하였으므로 이로 인해 위계질서를 잃게 되어 상하(上下)가 모두 근심 하였소. 그러니 임금을 크게 보필하려는 순수한 충정이 없었다면 어찌 나라가 평안을 되찾을 수 있었겠소. 나는 속에 아무런 악한 마음을 품지 않고 간절히 왕실을 높이 받들고 신라 조정을 구원하여 나라를 위태로움에서 건져내려고 하였소. 그대는 터럭 같은 작은 이익을 위하여 천지와 같이 두터운 은혜를 저버리고 군왕을 목베어 죽이고 궁궐을 불태웠으며 대신(大臣)과 백성들을 무참하게 죽였소. 또한 대궐의 궁녀들을 붙잡아 같은 수레에 싣고 보물을 빼앗아 실어 갔으니 그 흉악함은 걸(桀) 임금이나 주(紂) 임금보다 더하고, 잔인함은 사람을 잡아먹는 경(獍)이나 올빼미보다 심했소.[24] 나는 그대가 임금을 죽인 일을 한탄하고, 해를 되돌리게 할 정성과 매가 참새를 쫓는 맹렬한 기세를 본받아 견마지로(犬馬之勞)의 충성을 다 바치려 하였소. 그래서 다시 군대를 일으켜 2년이 지나는 동안 육전(陸戰)에선 번개가 달리는 듯하였고, 수전(水戰)에선 호랑이가 치고 용이 뛰어오르듯 해서 군대를 움직이면 반드시 공을 이루어 도모하는 일마다 헛되이 끝나는 적이 없었소. 윤경(尹卿)을 해안에서 추적했을 때는 죽은 자의 갑옷이 산처럼 쌓였고, 추조(雛造)를 성 부근에서 사로잡을 때는 죽어 널브러진 시체가 들판을 덮었소. 연산군(燕山郡) 부근에서 길환(吉奐)을 군대 앞에서 베었고, 마리성(馬利城)〔이산군(伊山郡)인 듯하다〕 옆에서는 수오(隨晤)를 깃발 아래서 죽였소. 임존성(任存城)을〔지금의 대흥군(大興郡)이다〕 빼앗던 날은 형적(邢積) 등 수백 명이 목숨을 버렸고, 청천현(淸川縣)을〔상주(尙州) 영내(領內)의 현 이름이다〕 격파하던 때는 직심(直心) 등 네댓 명이 머리를 바쳤소. 동수(桐藪)에서는〔지금의 동화사(桐華寺)이다〕 깃발만 바라보고도 적의 군사들이 산산이 흩어졌고, 경산(京山)에서는 구슬을 입에 물고 항복했소. 강주(康州)는 남쪽에서 귀순해 왔고, 서쪽의 나부(羅府)가 항복해 와서 우리 땅에 소속되었소. 전세가 이와 같았으니 나라가 수복(收復)될 날이 어찌 멀다고 하겠소? 반드시 저수(泜水) 가의 군영(軍營)에서 장이(張耳)가 쌓인 한을 씻고, 오강(烏江) 언덕 위에서 한왕(漢王)이 한 번 승리하기를 다짐한 마음을 새겨 마침내 풍파를 그치게 하여 길이 세상을 맑게 할 것이오. 이는 하늘이 돕는 것이니 천명(天命)이 어디로 돌아가겠소? 하물며 오월왕 전하의 덕이 먼 나라에까지 적시고 인자함이 작은 나라도 사랑하리만치 커 특별히 대궐에 조서를 내려 우리나라에서 난리를 그치라고 회유하셨소. 이미 가르침을 받기로 한 이상 감히 그 뜻을 높이 받들지 않겠소? 만일 그대가 조서의 뜻을 받들어 싸우기를 그만둔다면 상국(上國)의 인자한 은혜에 보답할 뿐 아니라 우리나라의 끊어진 대도 잇게 할 수 있을 것이오. 만일 잘못이 있는 데도 고치지 않는다면 후회해도 소용없을 것이오."[이 글은 최치원이 지었다]

장흥(長興) 3년(932, 고려 태조 15년)에 견훤의 신하로 용맹하고 지략이 뛰어난 공직(龔直)이 태조에게 항복해 왔다. 견훤은 그의 두 아들과 딸 하나를 붙잡아 다리 힘줄을 불로 지져 끊어 버렸다.

그해 가을 9월에 견훤은 부하 일길(一吉)에게 수군(水軍)을 이끌고 고려 예성강으로 침입하게 하니 그곳에서 사흘 동안을 머물면서 염주(鹽州), 백주(白州), 진주(眞州) 등에서 배 100척을 빼앗아 불사르고 돌아왔다.

청태(淸泰) 원년 갑오년(甲午年, 934)에 견훤은 태조가 운주(運州)에 [자세히 알 수 없다] 주둔하고 있다는 소식을 듣고 정예병을 뽑아 새벽밥을 먹여 그곳에 가게 했으나 그들이 채 도착하기 전에 장군 유검필(劉黔弼)이 날랜 기병을 거느리고 먼저 가서 군사 3천여 급(級)을 베었다. 웅진(熊津) 이북의 30여 개의 성이 그 소식을 듣고 스스로 항복했다. 견 훤 휘하에 있던 술사(術士) 종훈(宗訓)과 의자(醫者) 지겸(之謙), 용맹 한 장수인 상달(尙達)·최필(崔弼) 등이 태조에게 항복했다.

병신년(丙申年, 936년) 정월에 견훤이 아들들에게 말했다.

"늙은 아비가 신라 말기에 후백제를 세우고 다스려 온 지 이미 여러 해가 되었다. 병사의 수가 북쪽 고려군의 갑절이 되는데도 오히려 불 리하기만 하니 이는 아마도 하늘이 고려 편을 드는 것 같다. 그러니 어 찌 북쪽 고려왕에게 귀순하여 우리의 생명을 보전하지 않겠는가."

그의 아들 신검(神劍), 용검(龍劍), 양검(良劍) 등 세 사람이 모두 그 말에 응하지 않았다.

『이제가기(李磾家記)』에 이렇게 말했다.

"견훤은 9남매를 두었는데 맏이가 신검{또는 경성(甄成)이라고도 한다}이 고, 둘째가 태사(太師) 겸뇌(謙腦), 셋째가 좌승(佐承) 용술(龍述), 넷째 가 태사 총지(聰智), 다섯째가 대아간(大阿干) 종우(宗祐)이고, 여섯째 는 알 수 없다. 일곱째가 좌승 위흥(位興)이고, 여덟째가 태사 청구(靑 丘)이며, 딸을 하나 두었는데 국대부인(國大夫人)이다. 이들은 모두 상 원부인(上院夫人)의 소생이다."

견훤은 아내와 첩을 많이 두어 아들이 10여 명이었는데, 넷째인 금 강(金剛)이 키가 크고 지략이 뛰어나 견훤이 특히 그를 총애하여 왕위 를 전하려 했다. 그 형인 신검, 양검, 용검 등이 그 사실을 알고 마음속 으로 괴로워했다. 이때 양검은 강주도독(康州都督)이었고 용검은 무주 도독(武州都督)으로 있었는데 신검만이 견훤의 곁에 있었다.

이찬(伊飡) 능환(能奐)이 강주와 무주에 사람을 보내 양검 등과 반역 을 모의하였다. 청태(淸泰) 2년 을미년(乙未年, 935) 봄 3월에 영순(英 順) 등과 함께 신검에게 권하여 견훤을 금산(金山)의 절에 유폐시키고,

사람을 보내 금강을 죽였다. 신검은 스스로 대왕이라 일컫고 나라 안의 죄수들에게 사면령을 내렸다.

이에 앞서 견훤이 잠자리에서 아직 일어나지 않았는데 멀리 대궐 뜰에서 부르짖는 소리가 들리자 이것이 무슨 소리인가 물으니, 신검이 아버지에게 말했다.

"왕께서 연로하시어 정치에 어두우시므로 맏아들 신검이 아버지의 왕위를 대신하게 되었다고 여러 장수들이 기뻐하며 축하하는 소리입니다."

그리고 즉시 아버지를 금산의 절로 옮기고, 파달(罷達) 등 장사 30명으로 지키게 했다.

다음과 같은 동요가 있었다.

가련한 완산의 아이,
아비 잃고 눈물 흘리네.

견훤은 후궁과 나이 어린 남녀 두 명, 시중들던 종 고비녀(古比女), 나인(內人) 능예남(能乂男) 등과 함께 갇혀 있었다. 4월에 이르러 술을 빚어서 그곳을 지키는 병사 30명에게 먹여 취하게 하고는 고려로 달아났다. 이에 태조가 소원보(小元甫)인 향예(香乂), 오염(吳琰), 충질(忠質) 등을 바닷길로 보내 그를 맞이하게 하였다.[25] 고려에 도착하니 견훤이 태조보다 나이가 10년이나 많았으므로 그를 높여 상보(尙父)라 하고, 남궁에 머무르게 했으며 양주(楊州)의 식읍(食邑)과 전장(田庄), 노비 40명, 말 9필을 주고 후백제에서 먼저 항복해 온 신강(信康)을 아전(衙前)으로 삼게 했다.

견훤의 사위인 장군 영규(英規)가 아내에게 몰래 말했다.

"대왕께서 40여 년이나 힘써 공업이 거의 이뤄졌는데 하루아침에 부자간의 불화로 나라를 잃고 고려로 망명하셨소. 대체로 정숙한 여인은 두 남편을 섬기지 않고 충신은 두 임금을 섬기지 않는다고 했소. 만일 내가 섬기던 임금을 버리고 반역을 도모한 아들을 섬긴다면 무슨 얼굴로 천하의 의로운 선비들을 보겠소? 더구나 내가 듣기로는 고려의 왕공(王公)은 인자하고 후덕하며 겸손하고 검소하여 민심을 얻었다고 하오. 이는 아마 하늘이 길을 열어 주어 반드시 삼한의 주인이 되게 한 것이오. 어찌 글을 보내 우리 왕의 안부를 묻고 아울러 왕공에게 은근한 뜻을 보여 후일을 도모하지 않겠소?"

"당신의 말씀은 바로 저의 뜻입니다."

이에 천복(天福) 원년 병신년(丙申年, 936) 2월에 사람을 보내 태조에게 자신의 뜻을 전하였다.

"왕께서 의로운 깃발을 드신다면 저는 안에서 고려의 군대를 맞이할까 합니다."

태조가 기뻐하여 그 사신에게 후하게 선물을 주어 보내며 영규에게 감사의 뜻을 전하게 했다.

"만일 장군의 은혜를 입어 한번 합세하여 길이 훤하게 뚫린다면, 곧 먼저 장군을 만나 보고 다음에 당에 올라가 부인에게 절을 올리겠습니다. 이리하여 장군을 형으로 섬기고 부인을 누이로 받들며 반드시 끝까지 후하게 보답하겠습니다. 천하의 귀신이 모두 이 말을 들었을 것입니다."

6월에 견훤이 태조에게 말했다.

'노신(老臣)이 전하에게 투항한 것은 전하의 위엄에 기대어 반역한 자식을 죽이기 위한 것이었습니다. 엎드려 바라옵건대 전하께서 신병(神兵)을 빌려 주시어 적자(賊子)와 난신(亂臣)들을 없앨 수 있게 해 주

신다면 신(臣)은 죽어도 여한이 없겠습니다.'

"그들을 토벌하지 않으려는 것이 아니고 적절한 때를 기다리고 있는 중입니다."

먼저 태자 무(武)와 장군 술희(述希)에게 보병과 기병 10만을 거느리고 천안부(天安府)로 가게 했다.

가을 9월에 태조가 삼군(三軍, 모든 군대)을 거느리고 천안으로 가서 병사를 합하여 일선군(一善郡)에 진군하니 신검이 군사를 내어 대항했다. 갑오일(甲午日)에 일리천(一利川)을 사이에 두고 서로 대치했는데, 태조의 군대는 동북방을 등지고 서남쪽을 향해 진을 쳤다. 태조가 견훤과 함께 군대를 돌아보는데 갑자기 칼과 창 모양같이 생긴 흰 구름이 우리 군대에서 일어나더니 적진 쪽으로 향해 갔다. 이에 북을 울리며 나아가니 백제 장군 효봉(孝奉), 덕술(德述), 애술(哀述), 명길(明吉) 등이 고려 군대의 세력이 크고 질서가 정연한 것을 바라보고는 그만 갑옷을 버리고 군진(軍陣) 앞에 와서 항복했다. 태조가 그들의 노고를 위로하고 장수가 있는 곳을 묻자, 효봉 등이 말했다.

"원수(元帥) 신검은 중군(中軍)에 있습니다."

태조가 장군 공훤(公萱) 등에게 명하여 삼군이 일제히 진군하여 협공하게 하니 백제군은 흩어져 달아났다. 황산(黃山) 탄현(炭峴)에 이르니 신검이 두 아우와 장군 부달(富達), 능환(能奐) 등 40여 명과 함께 와서 항복했다. 태조는 그들의 항복을 받아들이는 한편 나머지 군사들을 모두 위로하고 처자와 함께 서울로 오는 것을 허락했다. 태조가 능환에게 힐난하며 물었다.

"처음에 양검 등과 몰래 모의하여 대왕을 가두고 그 아들을 왕으로 세우고자 한 것은 너의 계책이었다. 신하가 된 도리로서 그같이 할 수 있겠는가?"

능환이 고개를 숙이고 말을 하지 못했다. 드디어 명을 내려 그를 베었다. 신검이 참람되게 왕위에 오른 것은 주위의 위협에 의한 것이지 본심에서 우러난 것이 아니며, 또 귀순하여 죄를 빌었으므로 특별히 용서하여 죽이지 않았다. 견훤이 이 일을 몹시 분하게 여겼는데 등창이 나서 며칠 만에 황산의 절에서 죽었다. 때는 9월 8일로 그의 나이 70이었다.

태조의 군령(軍令)이 엄하고 분명해서 병사들이 조금도 잘못을 저지르지 않아 온 나라 사람들이 편안하게 지낼 수 있어 노인과 아이들조차도 모두 만세를 불렀다. 태조가 영규에게 말했다.

"전왕(前王)이 나라를 잃은 후에 그의 신하로서 왕을 위로해 주는 사람이 한 사람도 없었는데 오직 경의 부부만이 천리 밖에서 소식을 전하여 성의를 보였고 아울러 나에게 지혜롭게 귀순하였으니 그 의로움을 어찌 잊을 수 있겠소."

그에게 좌승(左承)의 직책을 내리고, 밭 1천 경(頃)을 하사하였다. 또한 역마(驛馬) 35필을 빌려주어 가족을 맞이하도록 하고 그의 두 아들에게도 벼슬을 내렸다.

견훤의 후백제가 당나라 경복(景福) 원년(892)에 세워져 진(晉)나라 천복(天福) 원년(936)까지 유지되었으니 건국한 지 45년 만인 병신년(丙申年, 936)에 멸망했다.

사실(史實)을 논하여 말해 본다.

"신라는 천운이 다하고 도리를 잃어 하늘이 돕지 않았으므로 백성이 돌아갈 곳이 없었다. 이에 도적들이 혼란한 틈을 엿보고 고슴도치털처럼 많이 일어났는데 그 가운데 극렬한 자가 궁예와 견훤 두 사람이었다. 궁예는 본래 신라 왕자였는데 제 나라를 원수로 여겨 선조(先

祖)의 화상(畵象)을 칼로 베기까지 하였으니 그의 잔인함이 심하다고 하겠다. 견훤은 신라의 백성으로 태어나 신라의 녹을 먹으면서도 반란을 일으키려는 부정한 마음을 품고 나라의 위기를 행운으로 여겼다. 그가 신라의 서울을 여러 번 침입하여 임금과 신하를 마치 짐승 죽이듯 하였으니 실로 천하의 커다란 악종[元惡]이었다. 그러므로 궁예는 신하에게 버림을 받았고, 견훤은 그의 아들에게서 화근이 생겨났으니 이는 모두 스스로 자초한 것으로 누구를 탓하겠는가? 비록 항우(項羽)와 이밀(李密)같이 탁월한 재주를 가지고도 한나라와 당나라의 일어남을 어쩌지 못했는데, 하물며 궁예와 견훤 같은 흉악한 사람이 어찌 우리 태조에게 맞설 수 있었겠는가?"

1) 이제라는 사람의 개인적인 기록으로 우리나라 고대에 전해 오던 기록물의 하나로 추측된다.
2) 지금의 전북 전주이다.
3) 신검(神劍), 양검(良劍), 용검(勇劍)을 말한다.
4) 신검(神劍)의 잘못이다. 금강은 신검에게 살해되어 왕위에 오르지 못했다.
5) 지금의 경북 선산(善山)이다.
6) 지금의 광주(光州)이다.
7) 지금의 강원도 원주이다.
8) 중국 변두리의 보잘것없는 나라라는 말이다.
9) 지금의 문경시 산양면 지역을 말한다.
10) 고울부는 지금의 경북 영천시의 옛 이름인데 이곳을 지금의 울산인 울주라고 주를 달아 놓은 것은 잘못이다.
11) 지금의 대구 팔공산(八公山)이다.
12) 지금의 경상북도 칠곡군 지역이다.
13) 지금의 경북 성주(星州)이다.
14) 지금의 경남 진주(晉州)이다.
15) 원명별응(鳶鳴鼈應)에서 나온 말. 큰 자라는 신라로, 작은 자라는 고려에 비유한 것으로 두 나라가 서로 감응했음을 뜻한다.
16) 안피준익(鷄披準翼)에서 나온 말로 종달새를 신라와 고려에, 매를 후백제에 비유한 것이다.
17) 중국 진(晋)나라 장군인 조적이 유곤(劉琨)보다 먼저 벼슬에 임명된 것을 말한다.
18) 중국 수나라 장수인 한금호가 진(晋)나라 후주(後主)를 사로잡은 것을 말한다.

19) 대구 팔공산 아래에 있던 절이다.

20) 신라를 전체 9주로 나누었다.

21) 당랑거철(螳螂拒轍)에서 나온 말로 약한 것이 제 역량을 모르고 강한 것에 맞선다는 말이다.

22) 문자부산(蚊子負山)에서 나온 말로 힘이 부치면서도 무거운 짐을 진다는 뜻이다.

23) 왕망은 중국 전한 말기에 황제를 폐위시키고 황제의 자리에 올랐고, 동탁은 후한 말기에 황제를 죽이고 흉포한 짓을 저질렀다.

24) 경이라는 짐승은 태어나면서 그 애비를 잡아먹고, 올빼미는 나면서 그 어미를 잡아먹는다는 불효의 짐승이다.

25) 이 부분에 빠진 글이 있다. 『삼국사기』의 이 부분은 다음과 같다. '6월에 계남(季男), 능예, 여자 애복(哀福), 사랑하는 첩 고비 등과 함께 금성(錦城, 나주)으로 도망해, 사람을 보내 태조를 알현하기를 청했다. 태조가 기뻐하며 장군 검필(黔弼)과 만세(萬歲) 등을 보내 수로(水路)로 가서 위로하고 오게 하였다.' 『고려사』의 이 부분은 다음과 같다. '여름 6월에 견훤이 계남, 능예, 여자 애복(哀福), 폐첩 고비 등과 함께 나주로 도망해서, 고려 조정에 귀순하고자 했다. 장군 유검필(庾黔弼), 대광(大匡)인 만세(萬歲), 원보(元甫)인 향예(香乂), 오담(吳淡), 능선(能宣), 충질(忠質) 등을 보내 군선(軍船) 40여 척을 거느리고 바닷길로 가서 맞이하게 하였다.'

가락국기(駕洛國記)(고려 문종(文宗) 때인 태강(太康) 연간에(1078~1085) 금관(金官)의 지주사(知州事)로 있던 문인(文人)이 지은 것이다. 여기에 간략하게 싣는다)

천지개벽 이후로 이 땅에는 아직 나라의 이름이 없었고 임금과 신하의 칭호도 없었다. 다만 아도간(我刀干), 여도간(汝刀干), 피도간(彼刀干), 오도간(五刀干), 유수간(留水干), 유천간(留天干), 신천간(神天干), 오천간(五天干), 신귀간(神鬼干) 등의 9간이 있을 뿐이었다. 이들은 수장(首長)으로서 휘하에 백성을 거느렸으니 모두 100호(戶)에 7만 5천 명이었다. 그들은 스스로 산과 들에 무리지어 살며 우물을 파서 물을 마시고 밭을 갈아 곡식을 거둬 먹었다.

　후한(後漢)의 세조(世祖) 광무제(光武帝)[1] 건무(建武) 18년 임인년(壬寅年, 42) 3월 계욕일(禊浴日)[2]에 그들이 사는 곳의 북쪽 구지봉(龜旨峯)에서[이것은 산봉우리의 이름으로 열 마리의 거북이 엎드린 모습과 같았기 때문에 이렇게 불렸다] 이상한 소리가 들렸다. 그 소리를 듣고 백성들 2천 300명이 거기에 모여들었으나 소리를 내는 형체는 보이지 않고 소리만 들렸다.

　"여기 사람이 있느냐, 없느냐?"

　구간 등이 말했다.

　"우리들이 있소."

　"내가 있는 곳은 어디냐?"

　"구지봉이오."

　"하늘[皇天]이 나에게 여기에 새로운 나라를 세우고 임금이 되라고 명령하시어 이곳에 내려왔다. 너희들은 저 산꼭대기 위의 흙을 파면서 '거북아 거북아 머리를 내밀어라. 머리를 내밀지 않으면 구워서 먹을래'라고 노래를 부르고 춤을 추어라. 그러면 너희들은 대왕(大王)을 맞이하며 즐겨 뛰놀게 될 것이다."

　구간들은 그 말에 따라 모두 기뻐하며 노래하고 춤추었다. 얼마 안 되어 위를 바라보니 자주색 끈이 하늘에서 드리워져 땅에 닿아 있었다. 끈의 아래를 살펴보니 붉은 보자기에 싸인 금으로 된 상자가 있었다. 그것을 열어 젖히자 해처럼 둥글고 빛나는 여섯 개의 황금알이 나왔다. 사람들이 놀라고 기뻐하며 모두 몸을 굽혀 수없이 절을 올렸다. 얼마 후에 다시 그 알을 싸서 아도간의 집으로 와 그 집 탁자 위에 두고 사람들은 각기 흩어졌다. 만 하루가 지난 그 다음날 아침에 사람들이 다시 모여서 금상자를 열어 보니 여섯 개의 알이 용모가 빼어난 어린아이로 변해 있었다. 그 아이들이 평상에 앉으니 사람들이 하례하는 절을 올리고 극진한 마음으로 공경하였다. 이들은 나날이 자라 10여 일이 지나자 키가 9자로 은(殷)나라의 천을(天乙)[3] 같고, 얼굴은 용의 얼굴로 한나라의 고조(高祖) 같았다. 눈썹이 여덟 가지 색으로 빛났으니 당(唐) 땅의 요(堯)임금 같고, 눈동자가 두 개씩 있는 것은 우(虞)의 순(舜)임금 같았다.

그 달 보름날에 왕위에 올랐다.

처음 세상에 모습을 드러냈으므로 수로(首露) 혹은 수릉(首陵)이라〔수릉은 세상을 떠난 뒤에 얻은 시호(諡號)이다〕 하였다.

나라 이름을 대가락(大駕洛) 혹은 가야국(伽耶國)이라 불렀으니 바로 여섯 가야국 중의 하나이다. 나머지 다섯 사람도 각각 임지로 돌아가 다섯 가야의 군주가 되었다. 동쪽은 황산강(黃山江), 서남쪽은 창해(蒼海), 서북쪽은 지리산(地理山), 동북쪽은 가야산(伽耶山)으로 경계를 삼았고 남쪽이 여섯 가야국의 끝이었다. 임시로 궁궐을 짓게 하고는 거기에 들어가 거처했다. 집이 질박하고 검소하여 지붕에 얹은 이엉을 가지런히 자르지도 않았으며 흙 계단은 세 자 높이에 지나지 않았다.

수로왕 2년 계묘년(癸卯年, 43) 봄 정월에 왕이, "서울을 정하고자 한다"고 하고는 수레를 타고 임시 궁궐의 남쪽 땅인 신답평(新畓坪)[4]으로〔이곳은 옛날부터 묵은 밭〔閑田〕이었는데 새로 경작했기 때문에 이렇게 불렀다. 답(畓)은 우리가 만든 글자이다〕 가 사방의 산을 둘러보고는 주위의 신하들에게 말했다.

"이곳은 땅이 마치 여뀌 잎사귀같이 협소하지만 아름답기 그지없어, 16 나한(羅漢)이 머물만한 곳이오. 하물며 하나에서 셋을 이루고, 셋에서 일곱을 이루었던 일곱 성인[5]이 머물만한 땅이 바로 이곳과 일치하니 말해 무엇 하겠소. 땅을 개척하여 경계를 열면 정말로 좋은 곳이 될 것이오."

이에 둘레 1천 500보(步)의 나성(羅城)과 궁궐 건물과 관청의 청사, 무기고와 곡식 창고를 지을 터를 정해 놓고 궁궐로 돌아왔다. 나라 안의 장정(壯丁)들과 기술자들을 불러모아 그 달 20일에 성곽을 쌓기 시작하여 3월 10일에 공사를 끝마쳤다. 궁궐과 건물짓는 일은 농한기를 이용하느라고 그 해 10월에 공사를 시작하여 갑진년(甲辰年, 44) 2월에 완성하였다. 길일을 택해서 새 궁궐로 옮겨가 국정을 다스리고 여러 사무를 부지런히 살폈다.

갑자기 완하국(玩夏國) 함달왕(含達王)의 부인이 임신하여 달이 차서 알을 낳았는데 그 알이 변하여 사람이 되니 이름을 탈해(脫解)라 했다. 탈해가 바다를 따라 이곳에 왔는데, 키가 석 자이고 머리 둘레가 한 자나 되었다. 대뜸 대궐에 나아가 왕에게 말했다.

"나는 왕의 자리를 빼앗으러 왔소."

"하늘이 나를 왕위에 오르게 하여 나라를 안정시키고 백성을 편안하게 하도록 하였으니 감히 하늘의 명을 어기고 왕위를 아무에게나 넘겨 줄 수 있겠는가? 우리나라 백성을 너에게 맡길 수도 없다."

"그렇다면 술법을 다투어 승부를 결정합시다."

"그렇게 하자."

잠깐 사이에 탈해가 매로 변하자 왕은 독수리로 변하고, 탈해가 참새로 변하자 왕은 새매로 변하였다. 이 일이 눈 깜짝할 사이에 벌어졌다. 탈해가 본래 모습으로 돌아오자 왕도 제 모습으로 돌아왔다. 탈해가 엎드려 항복하여 말했다.

"제가 술법을 다투는 마당에 독수리에 대해 매가 되고 새매에 대해 참새가 되었는 데도 제가 목숨을 부지할 수 있었던 것은 아마도 성인

(聖人)께서 살육을 싫어하는 어지신 마음 때문이 아니겠습니까? 제가 왕과 왕위를 다툰다는 것은 참으로 어려운 일입니다."

탈해가 즉시 하직인사를 하고는 나갔다. 가까운 교외의 나루터에 도달해서 중국 배가 다니는 물길을 따라 떠나려 했다. 왕은 그가 여기서 머물며 반란을 모의할까 걱정하여 급히 수군을 실은 500척의 배를 내어서 추격케 하였으나 탈해가 계림 땅 안으로 도망쳐 들어가자 수군은 모두 돌아왔다. 여기에 실린 기록은 신라의 그것과는 많이 다르다.

건무(建武) 24년 무신년(戊申年, 48) 7월 27일에 구간들이 왕을 알현하고 말하였다.

"대왕께서 신령스럽게도 하늘에서 내려오신 이래로 아직 좋은 짝을 얻지 못하셨습니다. 저희들의 딸들 가운데 가장 아름다운 사람을 뽑아서 궁중으로 들여 배필로 맞이하면 어떨까 하옵니다."

"내가 하늘의 명을 받아 이곳에 내려왔으니, 왕후를 맞아 짝짓는 일에도 하늘의 명령이 있을 것이오. 그대들은 걱정하지 마시오."

그리고는 유천간(留天干)에게 가벼운 배와 준마를 준비하여 망산도(望山島)6)에 가서 기다리게 하고, 신귀간(神鬼干)에게는 승점국(乘岾國)7)으로(망산도는 서울 남쪽 섬이고, 승점은 서울 안에 있다) 가라고 명했다. 문득 바다 서남쪽 모퉁이에서 붉은 비단 돛을 단 배 한 척이 붉은 깃발을 휘날리며 북쪽으로 오고 있었다. 유천간 등이 먼저 명산도 위에서 횃불을 들어올리자 배 안에 탔던 사람들이 다투듯이 땅에 내려 뛰어왔다. 신귀간이 이 광경을 보고는 대궐로 달려가 왕에게 알렸다. 임금이 이 소식을 듣고 기뻐하며 구간들에게 목란(木蘭)으로 만든 키와 계수나무로 만든 노를 갖춘 배를 타고 가서 그들을 맞이하게 하였다. 바로 그들을 데리고 대궐 안으로 들어가려 하자 왕후가 말했다.

"나는 본래 너희를 모르는데 어찌 가벼이 따라갈 수 있겠느냐?"

유천간 등이 돌아와 왕후의 말을 전하였다. 왕도 그 말이 옳다고 여겨 유사(有司)를 거느리고 행차하여 대궐 아래로부터 서남쪽으로 60여 보 가량 되는 거리의 산기슭에 천막 건물의 행궁을 설치하고 기다렸다. 왕후는 산 밖의 별포(別浦) 나루터에 배를 대고 땅에 올라와 높은 언덕에서 쉬면서 입고 있던 비단 바지를 벗어 산신령에게 폐백으로 바쳤다. 왕후가 시종으로 데리고 온 잉신(媵臣)[8] 두 사람의 이름은 신보(申輔)와 조광(趙匡)이었고, 그들의 아내는 각각 모정(慕貞)과 모량(慕良)이었다. 데리고 온 노비들은 모두 20여 명이었다. 가지고 온 비단과 옷감, 금은보화, 귀한 구슬로 만든 장신구 등이 셀 수 없이 많았다. 왕후가 행궁에 가까이 오자 왕이 나가서 맞이하여 같이 천막 궁전 안으로 들어갔다. 잉신 이하 여러 사람들은 섬돌 아래로 내려가 왕을 뵙고 즉시 물러났다. 임금이 유사에게 잉신 부부를 안내하게 하고는, "각자에게 방 하나씩을 주어 편안히 쉬게 하고, 그 이하 노비에게는 한 방에 5·6명씩 들어가 편히 쉬게 하도록 하라"고 했다. 그리고 그들에게 난초로 만든 음료수와 혜초(蕙草)로 빚은 술을 주고 채색 무늬 이부자리에서 자게 했다. 왕후가 가져온 의복·옷감·보물 등은 많은 군사들을 선발하여 지키게 하였다. 이에 왕과 왕후가 함께 침전에 들자 왕후가 조용히 왕에게 말했다.

"저는 아유타국(阿踰陁國)의 공주입니다. 성은 허(許)씨이고 이름은 황옥(黃玉)으로 나이 열여섯이옵니다. 본국에 있을 때인 올해 5월 어느 날 부왕과 황후가 저를 보시면서 말씀하셨습니다.

'우리 둘이 지난 밤 꿈에 똑같이 황천상제(皇天上帝)를 뵈었는데 그때 상제께서 가락국의 임금 수로는 하늘이 내려보내 왕위에 오르게 하였으니 신령하고 성스러운 사람을 말한다면 바로 그분이시다. 그런데 새로 나라를 세워 다스리고 있으나 아직 배필을 정하지 못했으니, 경들은 반드시 공주를 보내 그분과 짝을 짓도록 해야 할 것이다 라고 말씀하시고는 하늘로 올라가셨다. 잠이 깬 후에도 상제의 말이 귀에 쟁쟁하니 너는 빨리 우리 곁을 떠나 그곳을 향해 가도록 해라'

저는 바다에 떠서 멀리 증조(蒸棗)를 찾기도 하고 하늘로 가서 멀리 반도(蟠桃)⁹⁾를 찾아보기도 하다가 지금에야 아름다운 모습으로 감히 용안(龍顔)을 가까이 대하게 되었습니다."

"나는 태어나면서부터 자못 신성한 몸이라서 이미 공주가 먼 곳에서 나를 찾아올 줄 알고 있었으므로 신하들이 왕비를 맞이할 것을 간청하였지만 따르지 않았던 것이요. 이제 현숙한 그대가 스스로 찾아왔으니 나로서는 참으로 다행스러운 일이오."

드디어 결혼하여 이틀 밤과 하루 낮을 함께 지냈다.

이에 드디어 공주가 타고 온 배를 본국으로 돌려보냈는데 뱃사공 15명 모두에게 각각 쌀 10섬과 베 30필씩을 주었다.

8월 초하룻날에 왕은 왕비와 같이 수레를 타고 대궐로 돌아오게 되었다. 잉신 부부도 말머리를 나란히 하였으며 공주가 가져온 많은 패물들을 모두 수레에 싣게 하고는 천천히 대궐로 들어오니 시간은 정오를 가리키고 있었다. 왕후는 중궁(中宮)에 거처하고, 잉신 부부와 그들에게 속한 사람들에게는 비어 있는 두 집에 나누어 살게 하였다. 나머지 따라온 사람들에게는 20여 칸의 빈관(賓館) 한 채를 주어 사람 수에 따라 적당히 나누어 편안히 거처하게 하고, 날마다 음식을 풍부하게 제공했다. 싣고 온 보물은 대궐 안의 창고에 보관하여 왕후의 사계절 쓰는 비용으로 삼게 했다.

어느 날 왕이 신하들에게 말했다.

"구간들은 모든 관료들의 우두머리가 되나, 그 지위와 명칭은 모두 소인배나 농부의 명칭으로 고관의 명칭이라고는 할 수 없소. 만약 나라 밖으로 이 말이 전해지면 웃음거리가 될 수밖에 없을 것이오."

그리고는 아도는 아궁(我躬)으로, 여도는 여해(汝諧)로, 피도는 피장(彼藏)으로, 오방은 오상(五常)으로 바꾸고 유수와 유천의 윗글자는 그대로 두고 아랫글자만 바꾸어 유공(留功)과 유덕(留德)으로 하였다. 신천은 신도(神道)로, 오천은 오룡(五龍)으로, 신귀는 음은 바꾸지 않고 뜻만 고쳐 신귀(臣貴)로 하였다. 신라의 관제(官制)를 취하여 각간(角干), 아질간(阿叱干), 급간(級干)의 품계를 두고, 그 이하 관료들의 명칭은 주(周)나라의 법과 한(漢)나라의 제도에 따라 나누어 정하니 이것은 옛것을 고쳐서 새롭게 하고 관직을 나누어 설치하는 방법이었다. 이로부터 나라를 다스리고 집안을 화평케 하며 백성을 자식처럼 사랑하였다. 그 백성을 가르침에 엄숙하지 않아도 위엄이 있었고 국정을 다스림에 엄하지 않아도 잘 다스려졌다. 더구나 왕이 왕후와 같이 살아가는 것을 비유컨대 하늘에 해가 있고 땅에 달이 있으며, 양에 음이 있음과 같음에랴. 그 공은 도산(塗山)의 딸[10]이 우(禹)임금을 도운 것과 같고, 요임금의 딸[11]들이 순임금을 일으킨 것과 같았다. 해마다 왕후가 곰과 관련된 태몽을 꾸더니 마침내 태자 거등공(居登公)을 낳았다.

후한(後漢) 영제(靈帝) 중평(中平) 6년 기사년(己巳年, 189) 3월 1일에 왕후가 죽으니 나이가 157세였다. 나라 사람들이 땅이 무너진 것처럼 슬퍼하며 구지봉 동북쪽 언덕에 장사지냈다. 백성을 자식처럼 사랑하던 왕후의 은혜를 잊지 않으려고 왕후가 올 때 처음 배를 대고 닻을 내린 나루터 마을을 주포촌(主浦村)으로, 비단 바지를 벗었던 언덕을 능현(綾峴)으로, 배가 붉은 깃발을 휘날리며 들어왔던 바다 해변을 기출변(旗出邊)이라 했다. 잉신 천부경(泉府卿) 신보와 종정감(宗正監) 조광 등은 이 나라에 온 지 30년 만에 각각 두 딸을 낳았는데, 그들 부부가 1, 2년 간격으로 모두 세상을 떠났다. 그 나머지 노비들은 온 지

7, 8년이 되도록 자식을 낳지 못하더니, 고향을 그리는 슬픔에 못 이겨 모두 죽었다. 그래서 그들이 머물던 빈 관에는 머무는 사람이 없어 휑 덩그레했다.

수로왕은 왕후가 죽자 늘 외로워 베개를 의지하여 슬퍼하며 10년을 지내다 헌제(獻帝) 건안(建安) 4년 기묘년(己卯年, 199) 3월 23일에 세상을 떠나니 그때 나이 158세였다. 온 나라 사람들이 부모를 잃은 듯 비통해 하니 왕후가 죽었을 때보다 그 슬픔이 더 심했다. 대궐의 간방(艮方, 동북쪽) 평지에 마련한 빈궁(殯宮)은 높이가 한 길이고 둘레가 300 보였다. 그곳에 장사지내고 수릉왕묘(首陵王廟)라 불렀다.

왕위를 계승했던 아들 거등왕(居登王)부터 9대 손인 구형왕(九衡王)¹²까지 이 묘에 배향(配享)되었는데 매년 1월 3일과 7일, 5월 5일, 8월 5일과 15일에는 반드시 풍성하면서도 정결하게 제사가 올려졌는데, 오래도록 끊임없이 이어졌다.

신라 제33대 문무왕 법민이 용삭(龍朔) 원년 신유년(辛酉年, 661) 3월 어느날에 조서를 내려 말했다.

"가야국 시조왕 9대손 구형왕이 우리 신라에 항복할 때 따라온 아드님이 세종(世宗)이신데 그 아드님이 솔우공(率友公)이시다. 솔우공의 아드님인 잡간 서운(庶云)의 따님은 문명황후(文明皇后)¹³이니 바로 나를 낳으신 분이시다. 그러므로 시조왕은 나에게 있어 15대 조상이 되신다. 다스리던 나라는 이미 망했으나 장사지낸 묘소는 아직 남아 있으니, 종묘에 합설(合設)하여 계속 제사를 지내게 하라."

이에 가락국의 옛 궁전 터에 사람을 보내 묘 가까이에 있는 가장 좋은 밭 30경(頃)을 제사 비용 마련을 위한 위토답(位土畓)으로 삼게 하고 이를 왕위전(王位田)이라 불렀다. 그 땅을 본래에 있던 위토에 귀속시켰다. 왕의 17대 손인 급간 갱세(賡世)가 조정의 명을 받들어 그 위토

탑을 관장하였는데 매년 때에 맞춰 술과 단술을 담그고 떡과 밥, 차와 과일 등의 음식을 진설하여 제사지내기를 한 해도 거르지 않았다. 그 제일(祭日)은 거등왕이 정한 일 년 중의 5일을 어김없이 지켰다. 정성 스럽고 아름다운 이 제사가 지금은 우리 가락국에 맡겨졌다. 거등왕이 즉위한 기묘년(己卯年, 199) 편방(便房)[14]이 설치된 이후 구형왕 말까지 330년 동안 어김없이 묘에 제사를 지냈다. 그러나 구형왕이 왕위를 잃고 나라가 없어진 후 용삭 원년 신유년(辛酉年, 661)까지 60년간 이 묘에 올리던 제사가 간혹 끊기기도 했다.

아름답도다 문무왕(법민왕의 시호이다)이여!

선조를 먼저 받들었으니 효성스럽고 효성스럽도다!

끊어진 제사를 이어 다시 시행하게 했도다!

신라 말에 잡간 충지(忠至)라는 자가 금관(金官)의 높은 성을 공격하여 성주장군(城主將軍)이 되었다. 이때 아간 영규(英規)가 성주장군의 위세를 빌려 수로왕 묘의 제사를 빼앗아 자신의 분수에 맞지 않은 제사를 지냈다. 단오날을 맞아 영규가 사당에 고하는데 대들보가 이유 없이 부러지며 떨어져 깔려 죽고 말았다.

이에 성주장군이 혼잣말했다.

"다행히 전세의 인연으로 외람되이 성스러운 왕이 다스리던 나라의 제사를 지내게 되었으니, 마땅히 그 진영(眞影)을 그려 모시고 향과 등을 바쳐 지하에 계신 망자의 은혜를 갚아야 하겠다."

그리고는 석 자 길이의 비단에 진영을 그려 벽 위에 안치하고, 아침 저녁으로 촛불을 켜서 경건히 받들어 모셨다. 겨우 사흘째 되는 날 진영의 두 눈에서 피가 흘러내려 땅에 고였는데 그 양이 한 말쯤 되었다. 장군은 너무 두려운 나머지 그 진영을 받들고 능묘에 나아가 태우고는 곧장 수로왕의 직계 후손인 규림(圭林)을 불러 말했다.

"어제 상서롭지 못한 일이 있었소. 어찌 이런 일이 거듭 생긴단 말이오. 이것은 반드시 능묘의 위령(威靈)이 내가 불손하게도 진영을 그려 공양하는 것에 진노해서일 것이오. 불손한 죄로 영규가 이미 죽자 내가 두려워하여 진영을 이미 태워버렸으니 반드시 아무도 모르게 죽임을 당할 것 같소. 그대는 왕의 직계 후손이니 옛날처럼 제사를 모시는 것이 마땅할 듯하오."

규림이 대를 이어 제사를 지내더니 나이 여든여덟에 죽었다. 그의 아들 간원경(間元卿)이 이어서 제사를 잘 지냈다. 단오날 능묘에 참배하는 제사를 지내는데, 영규의 아들 준필(俊必)이 발광하여 묘에 와서 간원이 진설해 놓은 제수를 치우고 자기가 준비한 제수를 차리고 제사를 지냈다. 세 번째 술잔을 올리기도 전에 갑자기 병을 얻어 집으로 돌아가 죽었다. 그래서 옛사람들이 '음사(淫祀)[15]에는 복이 없고 도리어 재앙을 받는다'라 했는데, 전에는 영규가 있고 뒤에 준필이 있었으니 이는 이들 부자(父子)를 두고 말하는가 보다.

또 능묘 안에 보물이 많이 있다고 하여 도적들이 도굴하려 했다. 처음 도적 떼가 밀어닥치자 갑옷을 입고 투구를 쓴 용사(勇士) 한 사람이 묘 안에서 화살을 먹인 활을 들고 나와 사방을 향해 비 오듯이 활을 쏘아 일곱 여덟 명을 맞춰 죽이니 나머지 도적들은 도망쳤다. 며칠 후 다시 도적 떼가 왔을 때는 길이가 30여 자나 되고 눈빛이 번개 같은 큰 구렁이가 묘의 곁에서 나와 여덟 아홉 명을 물어 죽이니 겨우 죽음을 면한 자들이 모두 허둥지둥 도망갔다. 그래서 능원(陵園)의 안팎에 신물(神物)이 있어서 능을 지킨다는 사실을 알게 되었다.

건안(建安) 4년 기묘년(己卯年, 199)에 능원을 조성한 때로부터 고려 문종이 나라를 다스린 지 31년째인 태강(太康) 2년 병진년(丙辰年, 1076)까지 모두 878년 동안 왕릉을 봉한 깨끗한 흙이 허물어지지 않았고, 심어 놓은 아름다운 나무들이 마르거나 썩지도 않았다. 더구나 그곳에 늘어놓은 온갖 옥으로 새긴 조각들도 부서진 것이 없었다. 이것으로 본다면 신체부(辛替否)[16]가 '예로부터 지금까지 어찌 망하지 않은 나라, 무너지지 않은 무덤이 있겠는가?' 했는데, 이 가락국이 예전에 일찍 망한 것을 보면 체부의 말이 들어맞지만, 수릉왕릉이 훼손되지 않은 것을 보면 체부의 말이 맞지 않는다.

여기에 더하여 수로왕을 사모해서 펼치는 놀이가 있다. 매년 7월 29일이면 이 지방의 백성과 관원·군졸들이 승점(乘岾)에 올라가 천막을 치고 술과 음식을 먹으며 환화하고 사방을 바라보면서 즐겁게 논다. 장정들은 좌우로 편을 나누어 망산도에서 말을 몰아 육지로 다투어 달려가고, 뱃머리는 북쪽 고포(古浦)를 향해 서로 밀고 당기며 다투듯 나아간다. 아마도 이것은 전에 유천간, 신귀간 등이 왕후가 오는 것을 보고 급히 임금에게 알렸던 일을 그대로 재현한 것이리라.

가락국이 망한 후에 대대로 이곳에 대한 명칭이 일정하지 않았다. 신라 제31대 신문왕이 즉위한 개요(開耀) 원년 신사년(辛巳年, 681)에는 금관경(金官京)이라 부르고 태수(太守)를 두었다. 그 후 259년이 지나 우리 태조께서 후삼국을 통일한 후 대대로 임해현(臨海縣)이라 하고, 거기에 48년 동안 배안사(排岸使)를 두었다. 그 후에는 임해군(臨海郡) 혹은 김해부(金海府)라 하고 27년 간 도호부(都護府)를 두었으며, 또 64년 간 방어사(防禦使)를 두기도 했다.

순화(淳化) 2년(991)[17] 김해부 양전사(量田使)[18]인 중대부(中大夫) 조문선(趙文善)이 묘역을 두루 살펴보고는 "수로왕의 능묘에 속한 땅의 면적이 넓으니 그전처럼 15결로 하고 그 나머지는 김해부의 부역을 맡아 고생하는 역정(役丁)들에게 나누어 주는 것이 마땅하다"고 보고했다. 담당한 관청에서 왕에게 그 보고서를 올리니, 조정에서는 교지(敎

닙)를 내려 말했다.

"하늘이 내려보낸 알에서 성군이 태어났고 그 왕이 왕위에 올라 158년을 살았으니, 저 삼황(三皇) 이후에 그에 비견될 만한 사람이 거의 없을 정도이다. 수로왕이 돌아가시자 선대로부터 능묘에 소속시켰던 토지를 이제 와서 줄인다는 것은 진실로 의아스럽고 두려운 일이다."

나라에서 그 요구를 들어주지 않았다. 양전사가 거듭 아뢰니 조정에서도 그렇다고 여겨 땅의 반은 능묘에 그대로 속하게 하고, 반은 그곳의 역정들에게 나누어 주도록 했다. 양전사가 조정에서 허가한다는 교지를 받고 반은 능묘에 소속시키고 그 나머지는 김해부에 부역하는 호정(戶丁)들에게 나누어 주었다. 양전사가 이 일을 마칠 무렵 몹시 피곤해 했다. 어느날 밤 꿈에 7, 8명의 귀신이 나타났는데 그 귀신들이 밧줄과 칼을 가지고 와서 '네가 큰 죄악을 저질렀으니 너를 베어 죽여야겠다' 라 하였다. 양전사는 형을 받느라고 놀라고 두려움에 떨다가 꿈에서 깨어났다. 이에 몸에 병이 들어 다른 사람에게 알리지도 못하고 밤에 도망쳤으나 그 병이 낫지 않더니 관문(關門)을 벗어나자 죽었다. 이런 까닭에 토지측량대장에는 그의 도장이 찍히지 않았다. 뒤에 양전사로 온 사람이 검사해 보니 그 밭은 겨우 11결(結) 12부(負) 9속(束)으로 3결 87부 1속이 모자랐다. 이에 잘못 편입된 것을 캐내어 중앙과 지방의 관청에 보고하고 왕명을 받들어 넉넉하게 땅을 지급하였다.

또 고금에 탄식할 일이 있었다. 수로왕[元君]의 8대손인 김질왕(金銍王)이 정치에 부지런하고 불교를 독실히 숭상하였다. 시조모(始祖母) 허황후의 명복(冥福)을 빌기 위해 원가(元嘉) 29년 임진년(壬辰年, 452)에 수로왕과 황후가 결혼한 곳에 절을 세우고 왕후사(王后寺)라 했다. 관리를 보내 근처의 평전(平田) 10결을 측량해서 불전(佛田)으로 바쳐 불·법·승 삼보(三寶)를 공양하는 비용을 대도록 했다. 이 절이 창건된 지 500년 뒤에 또 장유사(長遊寺)를 세웠는데 절에 바친 밭과 땔나무를 채취하는 임야가 모두 300결(結)이었다. 이에 이 장유사의 삼강(三綱)[19]들이 왕후사가 자기네 절 임야의 동남쪽 경내에 있다고 해서, 왕후사를 철거하여 농장을 만들고 추수한 곡식을 저장하는 창고와 말과 소를 기르는 마굿간으로 사용했다. 슬픈 일이다.

　세조(世祖) 이하 9대손의 역수(曆數)는 아래에 자세히 기록했다.

　사적에 새긴 명문(銘文)은 다음과 같다.

　　천지가 비로소 열리니 해와 달이 처음으로 밝아지고

　　인륜이 비록 생겨났으나 임금의 자리는 아직 없었다.

　　중국은 대를 이었으나 우리나라는 서울이 나누어져

　　신라가 먼저 정해지고 가락국은 뒤에 생겼네.

　　나라 다스릴 사람이 없으니 누가 백성을 보살피랴.

　　드디어 상제께서 저 백성들을 돌보셨도다.

　　부명(符命)을 주어 특별히 정령(精靈)을 보내니

　　산에 내려온 알이 안개 속에 모습을 감추었네.

　　안이 아득하고 바깥 또한 캄캄하니

　　모습 보이지 않으나 소리는 들려왔다.

　　무리들은 노래하여 아뢰고, 춤추며 좋아하네

　　이레가 지나자 일시에 편안해졌다네.

　　바람 불어 구름 걷히자 하늘이 확 틔었으니

　　여섯 개의 알이 한가닥 붉은 끈에 매여 땅으로 내려왔네.

　　낯선 곳 이상한 땅에 집이 잇달아 세워져

　　보는 사람이 담같이 둘러서고 구경하는 사람 들끓었네.

　　다섯 분은 각 고을로 돌아가고 한 분만이 성에 남았으니 한날 한시에 태어나 아우와 형 같았네.

하늘이 덕 있는 이를 내고 세상을 위해 질서 만들고자

임금이 처음 나타나 세상은 맑아지려 했네.

궁전은 옛 제도에 따라 지었고 흙 계단은 높지 않은데

부지런한 왕이 백성 잘 보살피니

기울거나 치우침 없어 순일(純一)하고 빼어났도다.

사람들은 길을 양보하고 농사꾼은 농토를 서로 양보하니

나라는 편안하고 백성들은 태평세월을 노래했네

풀잎의 이슬이라 대춘(大椿)²⁰⁾같이 긴 수명을 누리지 못했으니

천지의 기운이 변하고 조야가 모두 애통해 했네.

빛나는 발자취, 옥(玉)소리같이 아름다운 목소리 남겼으니

후손 끊어지지 않아 능묘에 올리는 제수(祭需) 향기로웠네

세월은 비록 흘렀으나 그 규범은 허물어지지 않았네.

---

1) 후한을 세운 광무제(재위기간, 25~57)의 묘호(廟號)가 세조(B.C.5~A.D.57)이다.
2) 매년 3월 첫 번째 사일(巳日)에 액운을 좇기 위해 물가에서 목욕하고 술 마시던 날이다.
3) 중국 은나라 탕왕(湯王)을 가리킨다. 키가 9척이고 겹눈동자[重瞳]을 가져 제왕의 신체적 특징을 다 구비했다고 한다.
4) 경남 김해시에 있는 봉황대 부근으로 추정된다.
5) 7가지 정지(正智)로써 진리를 조견(照見)한 성인을 가리킨다. 7가지 정지는 수신행(隨身行), 수법행(隨法行), 신해(信解), 견지(見至), 신증(身證), 해해탈(解解脫), 구해탈(俱解脫)이다.
6) 김해시 풍류동과 명법동 주위에 있는 칠산으로 추정된다.
7) 김해시 봉황동 부근의 왕궁에 닿아 있던 언덕을 가리킨다.
8) 공주가 시집갈 때 따라가는 시신(侍臣)을 뜻한다.
9) 증조는 찐 대추이고, 반도는 선인들이 먹는 복숭아로 여기서는 신선인 수로왕을 찾아다녔다는 뜻으로 쓰인 말이다.
10) 도산은 하(夏)나라 우왕(禹王)이 선정을 베풀 것을 맹세한 곳으로 우왕이 도산의 딸에게 장가들었다고 한다.
11) 순임금의 아내가 된 요임금의 두 딸 아황(娥皇)과 여영(女英)이다.
12) 수로왕의 9대손으로 가락국의 마지막 왕. 신라 법흥왕 19년(532)에 신라에 항복했다.

13) 김유신의 누이동생인 문희(文姬)로 태종 무열왕 김춘추의 왕비이다.
14) 정전(正殿)이 아닌 곳의 제사지내는 방을 가리킨다.
15) 제사를 지낼 수 없는 사람이 억지로 지내는 제사를 가리킨다.
16) 중국 당나라 예종 때의 학자 · 관료이다.
17) 순화는 송나라 태종의 연호. 고려 성종 10년이 된다.
18) 토지의 측량을 맡았던 관원이다.
19) 절에서 대중을 통솔하여 규칙을 유지하는 세 가지 직책. 상좌(上座). 사주(寺主). 도유 나(都維那)를 말한다.
20) 대춘나무는 1만 6천 년의 긴 수명을 누린다고 한다.

거등왕(居登王)

아버지는 수로왕이고 어머니는 허황후이다. 건안 4년 기묘년(己卯年, 199) 3월 13일에 왕위에 올라 55년 간 다스리다가 가평(嘉平)[1] 5년 계유년(癸酉年, 253년) 9월 17일에 세상을 떠났다. 왕비는 천부경(泉府卿) 신보(申輔)의 딸 모정(慕貞)이며, 태자 마품(麻品)을 낳았다. 『개황력(開皇曆)』에 "성은 김씨이니, 대개 나라의 시조가 금알에서 태어난 까닭에 금으로써 성씨를 삼았다" 라고 했다.

1) 중국 위(魏)나라 재왕(齋王)의 연호(240~253)이다.

마품왕(麻品王)

또는 마품(馬品)이라고도 하며 성은 김씨다. 가평 5년 계유년(253)에
왕위에 올라 39년 동안 나라를 다스리다가 영평(永平)[1] 원년 신해년
(辛亥年, 291) 1월 29일에 세상을 떠났다. 왕비는 종정감(宗正監)인 조
광(趙匡)의 손녀 호구(好仇)로 태자 거질미(居叱彌)를 낳았다.

[1] 중국 서진(西晉) 혜제(惠帝)의 연호(290~306)이다.

거질미왕(居叱彌王)

또는 금물(今勿)이라고도 하며, 성은 김씨다. 영평 원년에 왕위에
올라 56년 간 나라를 다스리다가 영화(永和)[1] 2년 병오년(丙午年, 346)
7월 8일에 세상을 떠났다. 왕비는 아간(阿干) 아궁(阿躬)의 손녀 아지
(阿志)로 왕자 이품(伊品)을 낳았다.

[1] 중국 동진(東晉) 목제(穆帝)의 연호(345~361)이다.

이시품왕(伊尸品王)

성은 김씨다. 영화 2년에 왕위에 올라 62년 간 왕위에 있다가 의희(義熙)[1] 3년 정미년(丁未年, 407) 4월 10일에 세상을 떠났다. 왕비는 사농경(司農卿) 극충(克忠)의 딸 정신(貞信)으로 왕자 좌지(坐知)를 낳았다.

좌지왕(坐知王)

또는 김질(金叱)이라고도 한다. 의희 3년에 왕위에 올랐다. 하녀를 아내로 맞아 그녀의 무리를 관리로 임명하니 나라가 어지러워졌다. 신라가 꾀를 부려 가락국을 치려 하니 박원도(朴元道)라는 신하가 왕에게 간하였다. "잘 살펴보면 이름없이 버려진 풀도 작은 곤충을 보듬거늘 하물며 사람에 있어서는 말해 무엇하겠사옵니까? 하늘이 무너지고 땅이 꺼지면 사람이 어디에 기대 살겠습니까? 또 술사(術士)가 점을 쳐서 해괘(解卦)를 얻었는데 그 풀이에 '소인을 멀리하면 군자가 와서 도울 것이다'[2]라 하였는데 임금께서는 주역의 괘를 살피옵소서"라고 했다. 왕이 사과하며 "그대 말이 옳다." 하고는 용녀를 물리쳐 하

---

1) 소인의 엄지발가락(우두머리)을 잘라버리면 멀리서 추종하는 사람들이 찾아온다[解而拇 朋至斯乎].
2) 영초는 송나라 무제의 연호(420~422)이다.

산도(荷山島)로 귀양 보내고 정치를 바르게 행하여 끝까지 나라를 잘 다스려 백성을 편안케 하였다. 15년 간 왕위에 있다가 영초(永初)[2] 2년 신유년(辛酉年, 421) 5월 12일에 세상을 떠났다. 왕비는 대아간 도녕(道寧)의 딸 복수(福壽)로 왕자 취희(吹希)를 낳았다.

취희왕(吹希王)

또는 질가(叱嘉)라고도 하니 성은 김씨다. 영초 2년에 왕위에 올라 31년 간 나라를 다스리다가 원가(元嘉)[1] 28년 신묘년(辛卯年, 451) 2월 3일에 세상을 떠났다. 왕비는 각간 진충(進忠)의 딸 인덕(仁德)으로 왕자 질지(銍知)를 낳았다.

1) 원가는 송나라 문제의 연호(424~452)이다.

질지왕(銍知王)

또는 김질왕(金銍王)이라고도 한다. 원가 28년에 왕위에 올랐다. 이듬해 시조(始祖)인 수로왕과 허황옥(許黃玉) 왕후의 명복을 빌기 위해 예전에 왕후가 시조를 처음 만났던 곳에 절을 세워 왕후사(王后寺)라

하고 밭 10결을 바쳐 제사 비용에 충당하게 했다. 42년 간 나라를 다스리다가 영명(永明)[1] 10년 임신년(壬辰年, 492) 10월 4일에 세상을 떠났다. 왕비는 사간(沙干) 김상(金相)의 딸 방원(邦媛)으로 왕자 겸지(鉗知)를 낳았다.

1) 영명은 제나라 무제의 연호(483~493)이다.

겸지왕(鉗知王)

또는 김겸왕(金鉗王)이라고도 한다. 영명 10년에 왕위에 올라 30년 간 나라를 다스리다가 정광(正光)[1] 2년 신축년(辛丑年, 521) 4월 7일에 세상을 떠났다. 왕비는 각간 출충(出忠)의 딸 숙(淑)으로 왕자 구형(仇衡)을 낳았다.

1) 정광은 양나라 무제의 연호(520~527)이다.

구형왕(仇衡王)

성은 김씨다. 정광 2년에 즉위하여 42년 간 나라를 다스렸다. 보정

(保定)[1] 2년 임오년(壬午年, 562) 9월에 신라 제24대 임금인 진흥왕[2]이 군사를 일으켜 쳐들어오자 왕이 직접 군사를 지휘했으나 저쪽은 군사의 숫자가 많고 이쪽은 적어서 맞서 싸울 수 없었다. 이에 형제인 탈지이질금(脫知爾叱今)을 가락국에 보내 머물러 있게 하고, 왕자와 장손 졸지공(卒支公) 등이 항복하여 신라로 들어갔다. 왕비는 분질수이질(分叱水爾叱)의 딸 계화(桂花)로 세 아들을 두었다. 첫째는 각간 종(宗)이고, 둘째는 각간 무도(茂刀), 셋째는 각간 무득(茂得)이다. 『개황록(開皇錄)』에서는 "양(梁)나라 대통(大通) 4년 임자년(壬子年, 532)에 신라에 항복했다"라고 했다.

사실을 논하여 말해 본다.

『삼국사기(三國史記)』를 살펴보건대 구형왕이 양나라 무제 대통 4년 임자년에 국토를 바치고 신라에 투항했다고 하였다. 그렇다면 수로왕이 처음 즉위한 동한(東漢) 건무(建武) 18년 임인년(壬寅年, 42)부터 구형왕 말년 임자년(壬子年)까지 따져보면 490년이 된다. 만일 이 기록에 의한다면 국토를 바친 것이 원위(元魏)[3] 북주 보정 2년 임오년(壬午年, 562)이 되니 여기에 다시 30년을 더하게 되므로 모두 520년이 된다. 여기에 두 가지 설을 다 써둔다.

1) 보정은 북주(北周) 무제의 연호(561~566)이다.
2) 진흥 때가 아니라 법흥왕 19년 때이다.
3) 중국 위진남북조 시대인 북조의 북위(北魏)를 가리키지만 보정은 북조(北朝) 주(周) 무제의 연호이므로 원위가 아니고 북주(北周)라고 할 수 있다.

제3권

제3 흥법편(興法篇)

순도가 고구려에 처음으로 불법을 전파하다(순도 다음으로 법심(法深), 의연(義淵), 담엄(曇嚴) 등이 서로 이어서 불법을 일으켰다. 그러나 『고전(古傳)』에는 그에 관한 기사가 없으므로, 지금 또한 감히 순서에 넣어 쓸 수 없다. 『승전(僧傳)』[1]에 자세히 나타나 있다)

『고구려본기(高句麗本紀)』[2]에 이렇게 말했다.

"소수림왕(小獸林王)이 왕위에 오른 지 2년이 되는 임신년(壬申年, 372)은 바로 동진(東晋)의 함안(咸安) 2년으로 효무제(孝武帝)가 즉위한 해이다. 전진(前秦)의 왕 부견(符堅)이 사신과 순도(順道)스님 편에 불상과 경문(經文)을 보내왔다. [이때 부견이 관중(關中)에 도읍했으니 이곳은 즉 장안(長安)이다] 또 4년 갑술년(甲戌年, 374)에 아도(阿道)가 동진(東晉)에서 왔다. 다음해인 을해년(乙亥年, 375) 2월에 초문사(肖門寺)를 창건하여 순도를 머물게 했고, 또 이불란사(伊弗蘭寺)[3]를 창건하여 아도를 머물러 있게 했는데, 이것이 고구려 불교의 시작이었다."

『승전(僧傳)』에 순도와 아도가 위(魏)에서 왔다는 것은 잘못이다. 실제로는 전진에서 왔다. 또 초문사를 지금의 흥국사(興國寺)[4]로, 이불란사를 지금의 흥복사(興福寺)[5]라고 한 것도 잘못이다. 살펴보면 고구려가 도읍한 곳이 안시성(安市城)으로 또 다른 이름은 안정홀(安丁忽)이니 요수(遼水)의 북쪽에 있었다. 요수는 일명 압록(鴨綠)이라 하였는데 지금은 안민강(安民江)이라 한다. 그러니 어찌 개성의 흥국사란 이름이 이곳에 있을 수 있겠는가?

이를 기려 노래한다.

압록강 봄날 물가에 풀빛 아름다운데
흰 모래밭에는 물새 한가히 졸고 있네.
먼 곳의 노 소리에 문득 놀라니
어느 곳의 고깃배인지 가까이 다가오네.

1) 각훈(覺訓)의 『해동고승전』을 가리키는 듯하다.
2) 김부식이 편찬한 『삼국사기』 「고구려본기」를 가리킨다.
3) 중국 길림성 집안에 있던 절로 추정된다.
4) 경기도 개성에 있던 절이다.
5) 경기도 개성에 있던 절이다.

마라난타가 백제에 불교를 열다

「백제본기(百濟本紀)」[1]에 이렇게 말했다.

"제15대[『승전』에 14대라고 한 것은 틀린 것이다] 침류왕(枕流王)이 즉위한 갑신년(甲申年, 384)에[동진 효무제 태원(太元) 9년이다] 인도의 스님인 마라난타(摩羅難陀)가 동진(東晉)에서 오니 그를 맞이하여 궁중에 머물게 하고 예로써 공경했다."

이듬해 을유년(乙酉年, 385)에 새로 도읍한 한산주(漢山州)에 절을 창건하고 스님 10명을 두었으니, 이것이 백제 불교의 시초였다.

또 아신왕(阿莘王)[2]이 즉위한 태원(太元) 17년(392) 2월에 명을 내려 불교를 숭배하고 믿어 복을 구하라고 했다. 마라난타는 번역하면 동학(童學)이 된다.[그의 신이한 행적은 『승전』에 자세히 보인다]

이를 기려 노래한다.

> 하늘의 조화는 본래 알기 어려우니
> 재주 부려 흉내내기는 어려운 일
> 늙은이들은 노래하고 춤출 줄 알아
> 옆사람 끌어들여 보게 했네.

1) 『삼국사기』의 「백제본기」를 가리킨다.
2) 백제 제 17대 왕(재위기간, 392~405)이다.

아도가 신라 불교의 기초를 마련하다〔아도(我道)라고 하는데 아두(阿頭)라고도 한다〕

「신라본기(新羅本紀)」 제4권에 이렇게 말했다.

"제19대 눌지왕(訥祗王) 때 고구려의 스님 묵호자(墨胡子)가 고구려로부터 일선군(一善郡)으로 오니 그 고을 사람 모례(毛禮)가〔모록(毛綠)이라고도 한다〕 집[1] 안에 굴을 파 방을 만들고 그를 편안히 머물게 했다.

이때 양(梁)나라에서 사신을 보내[2] 옷과 향을 하사하였다.〔고득상(高得相)의 영사시(詠史詩)에 "양나라가 스님 원표(元表)를 사신으로 보내 명단(溟檀)과 불경, 불상을 전해왔다고 했다"〕 왕과 신하들이 그 향의 이름과 사용하는 방법을 알지 못해 사람을 시켜서 향을 가지고 온 나라 안을 돌아다니면서 두루 묻게 했다. 마침 묵호자가 이것을 보고 말했다.

'이것은 향이라는 물건입니다. 태우면 향기가 진한데 이는 정성을 신성(神聖)에게 전달하기 위한 것입니다. 신성한 것으로는 삼보(三寶, 佛·法·僧)보다 더한 것이 없습니다. 만일 이것을 사르며 소원을 빌면 반드시 영검을 얻게 될 것입니다.'〔눌지왕 때는 진·송(晉·宋) 대인데 양이 사신을 보냈다고 했으니 아마 오류인 듯하다〕

이때 왕의 딸이 병으로 크게 고생하고 있었는데 묵호자를 불러 향을 사르고 소원을 빌게 하자 그녀의 병이 바로 나았다. 왕이 기뻐하여 그에게 예물을 후하게 주었더니 잠시 후에 그가 사라져 행방을 알 수 없었다. 또 21대 비처왕(毗處王) 때 아도화상(阿道和尙)이 시종 세 사람을 데리고 역시 모례(毛禮)의 집에 왔는데 위의(威儀)와 외모가 묵호자와 비슷했다. 몇 년을 머물다가 병치레도 하지 않고 죽었다. 그 시종 세 사람이 남아 머물면서 경률(經律)을 강독하였는데 가끔 믿고 따르는 사람이 있었다.{주에 '본비(本碑)의 내용과 모든 전기(傳紀)의 기록들의 내용이 전혀 같지 않다'라 하였다. 또 『고승전(高僧傳)』에는 '서천축인(西天竺人, 인도인)이라고도 했고, 혹은 '오(吳)나라에서 왔다'라고 하였다.}"

「아도본비(我道本碑)」를 보면 이렇게 말했다.

"아도(我道)는 고구려 사람으로 어머니는 고도녕(高道寧)이다. 정시(正始, 240~248) 연간에 조위(曹魏) 사람 아굴마(我堀摩)가{성(姓)이 아(我)씨이다} 고구려에 사신으로 왔다가 그녀와 사통하고 돌아갔는데, 그로 인해 임신하였다. 아도가 다섯 살이 되었을 때 그의 어머니가 그를 출가시켰다. 16살에 위(魏)나라로 가서 굴마를 뵙고 현창화상(玄彰和尙)에게 나아가 가르침을 받았다. 열아홉 살에 고구려로 돌아와 어머니를 뵈니, 어머니가 말했다.

'이 나라는 지금까지 불법(佛法)을 모르고 있지만 지금으로부터 3천여 개월 후에 신라에 성스런 왕이 나와서 불교를 크게 일으킬 것이다. 신라의 서울 안에 일곱 곳의 절터가 있다. 첫 번째가 금교(金橋) 동쪽 천경림(天鏡林)이고,{지금의 흥륜사(興輪寺)다. 금교는 서천교(西川橋)니 우리말로는 송교(松橋)라 한다. 이 절은 아도가 새로 터를 닦았는데 중간에 흐지부지됐다. 법흥왕(法興王) 정미년(丁未年, 527년)에 이르러 처음 공사를 시작하였다가 을묘년(乙卯年, 535)에 크게 공사를 일으켜 진흥왕(眞興王) 때 완성되었다} 두 번째는 삼천기(三川岐)이고,{지금의 영흥사(永興寺)로 흥륜사와 같은 연대에 세워졌다} 세 번째는 용궁(龍宮) 남쪽이다.{지금의 황룡사(皇龍寺)로 진흥왕 14년 계유년(癸酉年, 553)에 공사가 처음 시작되었다} 네 번째는 용궁 북쪽이고,{지금의 분황사(芬皇寺)이니 선덕여왕(善德女王) 3년 갑오년(甲午年, 634)에 처음 착공되었다} 다섯 번째는 사천미(沙川尾)이고,{지금의 영묘사(靈妙寺)로 선덕여왕 4년 을미년(乙未年, 635)에 공사가 시작되었다} 여섯 번째는 신유림(神有林)이고,{지금의 천왕사(天王寺)로 문무왕(文武王) 19년 기묘년(己

卯年, 679)에 공사가 시작되었다. 일곱 번째는 서청전(婿請田)이다.{지금의 담엄
사(曇嚴寺)이다} 모두가 석가모니 이전에 성도(成道)하고 열반하신 부처
때의 절터였고 불법이 앞으로 영원히 유행할 곳이다. 네가 거기에 가
서 불교를 전파시키면 이 땅에 처음 불교를 전파하는 개조(開祖)가 될
것이다.'

아도가 어머니의 가르침을 받아 신라에 가서 왕성 서쪽 마을에 살
았으니 그곳은 지금의 엄장사(嚴莊寺)이며, 때는 미추왕(未鄒王)이 즉
위한 지 2년이 되는 계미년(癸未年, 263)이었다. 그가 대궐에 들어가 불
법을 행하기를 청하니 세상 사람들이 일찍이 보고 듣지 못한 것이라고
꺼려하며 심지어 그를 죽이려는 사람까지 있었다. 이에 도망하여 속
림(續林){지금의 일선현(一善縣)이다} 모록(毛祿)의 집에 도망해서 숨었다.{록
(祿)은 예(禮)와 글자 모양이 비슷해서 생긴 잘못이다. 『고기(古記)』에 '법사(法師)가 처음
모록의 집에 왔을 때 천지가 진동하였다'라고 했다. 당시 사람들이 스님이라는 명칭을 알
지 못해 아두삼마(阿頭彡麼)라고 했다. 삼마라는 것은 곧 우리말로 스님을 가리키는 것이니
사미(沙彌)라는 말과 같다}

미추왕 3년에 성국공주(成國公主)가 병이 들어 무당의 굿이나 의원
의 치료에도 효과가 없자 사방에 사람을 보내어 용한 의원을 구하게
하였다. 아도가 급히 대궐에 들어가 그 병을 치료하여 고쳤다. 왕이 매
우 기뻐하여 그의 소원을 물었더니 법사가 대답했다.

'빈도(貧道)는 얻고자 하는 것이 없사옵니다. 다만 천경림(天境林)
에 절을 세워 불교를 크게 일으켜서 나라의 복을 빌고자 할 따름입니
다.'

왕이 이를 허락하여 공사를 시작하라고 명했다. 그때 풍속이 질박
하고 검소하여 법사가 띠풀을 엮어 지붕을 덮은 집에 살며 강론했는데
간혹 하늘에서 꽃이 떨어졌다 하여 그 절을 흥륜사(興輪寺)라고 했다.

모록의 누이동생의 이름이 사씨(史氏)였는데 법사에게 귀의하여 비구니가 되었으며, 또한 삼천기(三川岐)에 절을 세우고 거처하니 그 절을 영흥사(永興寺)라 했다.

얼마 안 되어 미추왕이 세상을 떠나자 나라 사람들이 법사를 해치려 하였다. 법사는 모록의 집으로 돌아와 스스로 무덤을 만들고는 문을 닫고 들어앉아 자진하였으므로 끝내 세상에 그 모습을 드러내지 않았다. 이로 인해 불교도 또한 폐해졌다.

23대 법흥대왕이 소량(蕭梁)[3] 천감(天監)[4] 13년 갑오년(甲午年, 514)에 왕위에 올라 불교를 일으키니 미추왕 계미년(癸未年)으로부터 252년이 지난 때로 고도녕이 말한 3백여 개월이 들어맞았다고 하겠다."

여기에서 살펴본 「본기(本紀)」와 「본비(本碑)」의 두 설이 서로 이같이 어긋남으로 내가 이것을 논해 본다.

양(梁)나라와 당(唐)나라의 두 『승전(僧傳)』과 『삼국본사(三國本史)』에는 모두 고구려와 백제 두 나라 불교가 진(晉)나라 말 태원(太元) 연간에 시작되었다고 하니 순도, 아도 두 법사가 소수림왕 갑술년(甲戌年, 374)에 고구려에 도착한 것이 분명하므로 이 전기가 틀린 것은 아니다. 만일 비처왕(毗處王, 479-500) 때 처음으로 신라에 왔다면, 이것은 아도가 고구려에 100여 년이나 있다가 온 것이다. 비록 위대한 성인의 행동거지와 들고나는 것이 범상하지 않다고 하지만 반드시 다 그런 것은 아니다. 그리고 또 신라에서 불교를 신봉한 것이 그처럼 늦지 않았을 것이고, 또 만일 미추왕 때라고 한다면 도리어 고구려에 불교가 들어왔던 갑술년(374)보다 100여 년이나 앞서게 된다. 이때 신라에는 아직 문물(文物)과 예교(禮敎)가 행해지지 않았고 나라 이름도 아직 정해지지 않았는데, 무슨 겨를에 아도가 와서 부처를 받드는 일을 청했겠는가? 또 이때 고구려에도 불교가 채 도입되지 않았는데 이를 뛰어 넘어 신라에 불교가 먼저 이르렀다는 것이 이치에 맞지 않는다. 설사 잠시 (불법이) 일어났다가 곧바로 폐해졌다고 해도, 어찌 그 사이에 적막하여 들리지 않았을 것이며 향 이름도 모를 수 있단 말인가? 「신라본기」는 어찌 그렇게도 시기가 늦고 아도의 「본비」에는 연대가 어찌 그리 앞선단 말인가?

불교가 동쪽으로 점차 전파되던 때의 형세를 헤아려 보면, 반드시 고구려와 백제에서 시작되어 신라에서 마무리됐을 것이다. 눌지왕과 소수림왕의 시대가 서로 이어 있으니, 아도가 고구려를 떠나 신라에 온 것은 눌지왕 때가 분명하다. 또 왕녀의 병을 고친 일은 모두 아도가 한 일이라고 전하고 있으니 묵호자도 본명이 아니고 무엇을 가리킨 말일 것이다. 이것은 양나라 사람이 달마(達摩)를 가리켜 벽안호(碧眼胡, 푸른 눈의 인도스님)라 하고, 진나라에서 도안스님을 가리켜 칠도인 (柒道人, 검은 도인)이라 한 것과 같은 경우이다. 이는 아도가 불교를 전파하는 위험한 일을 했기 때문에 성명을 숨기고 말하지 않으려고 했기 때문일 것이다. 아마도 신라 사람들이 남이 부르는 말만 듣고 묵호로 또는 아도로 다르게 불렀기 때문에 다른 사람으로 전해졌을 것이다. 하물며 아도의 외모가 묵호자와 비슷했다 하니 이것으로도 그들이 한 사람임을 알 수 있다.

고도녕이 일곱 곳을 차례로 든 것은 다만 절이 세워질 시기를 미리 예견해서 말한 것인데 전기에는 이것에 대한 기록이 없어졌기 때문에 여기서는 사천미(沙川尾)를 다섯 번째로 올려놓았으며 3천여 개월이 라고 예언한 것도 꼭 다 믿을 수 없다. 눌지왕 대에서부터 법흥왕 정미년(丁未年)까지는 무려 100여 년이니 만일 1천여 개월이라고 했다면 거의 비슷하게 맞혔을 것이다. 성을 아(我)라 하고 이름을 외자로 한 것이 거짓인 듯하나 확인할 길이 없다.

원위(元魏)[5]의 스님인 담시(曇始)의[또는 혜시(惠始)라고도 한다] 전기에 이렇게 말했다.

"담시는 관중(關中, 장안지역) 사람인데, 출가(出家)한 이후로 신이한 행적이 많았다. 동진(東晉) 효무제(孝武帝) 태원(太元) 9년(384) 말에 담시가 경(經)과 율(律) 수십 부를 가지고 요동에 가서 불교를 전파했다. 그는 그곳에서 삼승(三乘)[6]을 가르쳐 곧장 대중들을 불교에 귀의하게 하였으니, 대개 이때 고구려에 불교가 처음 소개되지 않았나 한다.

의희(義熙) 초(405년)에 담시가 다시 관중으로 돌아가서 삼보(三輔)[7] 지역을 계도하였다. 담시는 발이 얼굴보다 희어서 흙탕물을 건너도 물에 젖지 않았으므로 세상 사람들이 모두 백족화상(白足和尙)이라 했다.

동진 말엽에 북방의 흉노 혁연발발(赫連勃勃)[8]이 관중을 함락시키고 많은 사람을 죽였다. 이때 담시도 해를 당할 지경에 처했으나 칼날이 그를 해치지 못했으므로 이에 발발이 놀라 스님들을 다 놓아주니 한 사람도 죽임을 당하지 않았다. 이로 인해 담시는 몰래 산골에 숨어들어 동냥하며 수행했다. 탁발도(拓拔燾)[9]가 장안을 다시 쳐서 이기고 관중과 낙양에서 위세를 떨쳤다. 이때 박릉(博陵)의 최호(崔皓)가 도교를 조금 익혀 불교를 시기하고 미워하였다. 그의 지위가 이미 위조(僞朝)[10]의 재상이 되어 탁발도의 신임을 받고 있었기 때문에 도교의 교주인 구겸지(寇謙之)와 함께 탁발도에게 불교는 세상에 아무런 도움이 되지 않으며 백성에게 해만 끼친다고 설득하여 불교를 폐하도록 권했다.

양나라 경제(敬帝) 태평(太平) 말년(557년)에 담시는 지금이야말로 탁발도를 불교에 귀의시킬 때가 되었다고 생각하고는 원회일(元會

日)[11]에 홀연히 지팡이를 짚고 대궐문에 이르렀다. 탁발도는 그가 왔다는 소식을 듣고 목을 베게 하였으나 아무리 베어도 상한 데가 없으므로 탁발도가 직접 그의 목을 베려 했으나 또한 죽지 않았다. 북쪽 동산에 기르는 범에게 담시를 던져주었지만 범이 감히 다가가지 못했다. 탁발도가 크게 부끄러워하고 두려워하더니 드디어 역질(疫疾)에 걸렸고 최호와 구겸지 두 사람도 차례로 몹쓸 병에 걸렸다. 탁발도가 죄업이 그들 때문에 생긴 것이라고 여겨 이에 최·구 두 가문의 일족을 다 죽이고 나라 안에 널리 알려 불법을 전파하도록 했다."

그 후 담시(曇始)의 죽은 곳을 알 수 없다.

다음과 같이 논해본다.

담시가 태원(太元, 376~396년) 말에 우리나라에 왔다가 의희(義熙, 405~418년) 초에 관중으로 돌아갔다면, 이곳에 머문 것이 10여 년인데 왜 우리나라 역사에는 그런 기록이 없는가? 담시는 처음부터 이미 괴이하여 알 수 없는 사람이었고, 아도·묵호자·난타와 시대와 사적이 같으니 세 사람 중 한 사람이 그 이름을 바꾼 것이 아닌가 의심스럽다.

이를 기려 노래한다.

　　　금교(金橋)에 눈 쌓이고 얼음 녹지 않으니
　　　신라의 봄빛은 아직 돌아오지 않았네.
　　　아름다운 봄의 신은 재주가 많아
　　　모랑의 집 매화나무에 먼저 꽃 피웠도다.

1) 지금 경북 선산군에 모례가(毛禮家)라고 하는 곳이 전해지고 있다.
 2) 중국의 양나라는 눌지왕 시대(417~458)보다 45년 뒤에 세워졌으므로 이때 양나라에서 사신이 왔다는 것은 맞지않다.

3) 중국 남조의 양나라를 가리킴. 양나라를 세운 사람이 소연(蕭衍)이기 때문에 붙여진 이름이다.

4) 양나라 양왕의 연호(502~519)이다.

5) 중국 위진남북조 시대인 북조(北朝)의 북위(北魏)를 가리킨다. 북위는 탁발(拓拔)씨가 세웠으나 뒤에 성씨를 원(元)으로 고쳤으므로 원위로 불렀다.

6) 불교에서 가르치던 세 가지 교법으로 성문승(聲聞乘), 연각승(緣覺乘), 보살승(菩薩乘)을 가리킨다.

7) 한나라 때 장안(長安) 지역을 일컫던 이름이다.

8) 중국 오호(五胡) 16국(十六國)의 하나인 하(夏, 407~431)의 세조인 무열제(武烈帝)이다.

9) 중국 북조(北朝) 후위(後魏)의 태무제(太武帝)의 이름이다.

10) 중국의 남북조 시대에 남조를 정통국가로 보고, 북조를 위조로 보았다.

11) 정월 초하루에 대궐에서 갖는 조회(朝會)를 가리킨다.

원종이 불법을 일으키고 염촉은 순교하다(눌지왕 대로부터 100여 년이 지난 뒤이다)

「신라본기」에 '법흥대왕이 왕위에 오른 지 14년이 되던 해에 소신(小臣) 이차돈(異次頓)이 불법을 위해 순교했'라고 하였으니 이때는 바로 양(梁)나라 보통(普通) 8년 정미년(丁未年, 527)으로 인도의 달마(達摩)가 중국 남경(南京)에 온 해이다. 이 해에 낭지법사(朗智法師)도 처음 영취산(靈鷲山)에 머물러 법문(法門)을 열었으니 불교의 흥망성쇠가 중국과 신라에서 동시에 이루어졌다는 사실을 여기에서 알 수 있다.

원화(元和, 806-820) 연간에 남간사(南澗寺)[11]의 스님 일념(一念)이 『촉향분례불결사문(觸香墳禮佛結社文)』[2]을 지어 이 일을 매우 자세하게 기술하였다. 그 대략은 다음과 같다.

"옛날에 법흥대왕이 자극전(紫極殿)에서 왕위에 올랐을 때 동쪽 땅을 살펴보고 말했다.

'예전에 한나라 명제(明帝)가 꿈에 감응되어 불법이 동쪽으로 들어와 퍼졌다. 과인이 왕위에 오른 뒤로부터 창생을 위해 복을 닦고 죄를 씻을 곳을 마련하고자 한다.'

이때 조정의 신하들이(우리나라에 전해지기로는 공목(工目)과 알공(謁恭) 등이라 하였다) 왕의 깊은 뜻을 헤아리지 못하고 다만 나라를 다스리는 대의(大義)에 충실히 따를 뿐 절을 세우겠다는 신령스런 생각을 무시했다. 대왕이 탄식하여 말했다.

'아! 덕이 부족한 과인이 왕업을 이어받으니 위로는 음양의 조화가 이루어지지 않고 아래로는 백성들이 즐거움을 잃었다. 이런 까닭으로 정사를 돌보는 여가에 불법에 마음을 두게 되었으나 누가 함께 이 일에 참여할 수 있겠는가?'

이때 대궐에서 왕을 가까이 모시고 있는 신하가 있었는데 성은 박이고 자(字)는 염촉(厭觸)이었다.(혹은 이차(異次)라 하고 혹은 이처(伊處)라 했는데, 이는 방언의 음이 다르기 때문이다. 번역하면 염(厭)이 된다. 촉(觸), 돈(頓), 도(道), 도(都), 독(獨) 등은 모두 기록하는 사람의 편의를 따른 것으로 곧 조사(助辭)이다. 지금 위의 글자는 번역하고 아래 글자는 번역하지 않아서 염촉 또는 염도(厭覩) 등으로 불렀다) 그의 아버지는 알 수 없으며, 조부는 아진(阿珍) 종(宗)이니 바로 갈문왕(葛文王) 습보(習寶)의 아들이다.(신라의 관작(官爵)은 모두 17등급인데 그 네 번째를 파진찬(波珍湌) 또는 아진찬(阿珍湌)이라고 한다. 종은 그의 이름이고, 습보도 이름이다. 신라에서는 죽은 뒤에 왕으로 봉해진 사람을 모두 갈문왕이라고 불렀다. 그렇게 부르게 된 까닭을 역사기록을 맡은 관료들도 모른다고 했다. 또 김용행(金用行)이 지은 「아도비(阿道碑)」를 살펴보면 사인(舍人, 이차돈)은 그때 나이가 서른여섯이었고, 아버지는 길승(吉升), 조부는 공한(功漢), 증조부는 걸해대왕(乞解大王)이라 했다) 그는 송백(松柏)

이차돈의 순교비(異次頓殉敎碑, 817년, 높이 104cm, 경주 백률사, 경주박물관)

과 같은 자질을 가졌고, 뛰어난 통찰력을 지녔었다. 대대로 적선(積善)한 집안의 증손(曾孫)으로서 대궐을 호위하는 용감한 장수가 되기를 바랐고, 성조(聖朝)의 충신으로 임금을 도와 태평성세를 만들 것을 희망했다. 이차돈은 그때 나이 스물두 살로 사인(舍人)의 자리에 있었다.[신라의 관작에 대사(大舍), 소사(小舍) 등이 있었는데 대체로 하급 관리에 속했다] 그가 임금의 얼굴을 쳐다보고는 그 속마음을 알아차리고 아뢰었다.

"신이 듣자옵기로 옛 사람들은 꼴을 베고 땔나무 하는 미천한 사람에게도 계책을 물었다고 하였습니다. 신은 큰 죄를 무릅쓰고 저의 생각을 아뢸까 하옵니다."

"그것은 네가 할 일이 아니다."

"나라를 위해 몸을 던지는 것은 신하된 사람으로 훌륭한 절개이고, 임금을 위해 목숨을 바치는 것은 백성으로서 행해야 할 바른 도리입니다. 거짓의 말을 전한 죄로 신을 벌하여 머리를 베시면 모든 백성들이 복종하고 감히 가르침을 어기지 않을 것이옵니다."

"살을 베어 저울에 달아서 한 마리 새를 살리려 했고,[3] 피를 뿌려 목숨을 끊으면서까지 일곱 마리 짐승을 불쌍히 여기기도 했다. 짐의 뜻은 사람을 이롭게 하는 것인데 어찌 죄 없는 사람을 죽이겠느냐? 그렇게 한다면 너는 비록 공덕을 짓겠지만 이는 죽음을 피하는 것만 못할 것이다."

"버리기 어려운 것이 생명임을 잘 알고 있사옵니다. 그러나 소신이 저녁에 죽어 불교가 아침에 행해진다면 불법(佛法)은 다시 일어날 것이고 성주(聖主)께서도 길이 편안해지실 것입니다."

"난새와 봉황의 새끼는 어려서부터 하늘에 높이 솟구쳐 오르려는 마음이 있고, 큰 기러기와 고니의 새끼는 나면서부터 파도를 거스를 기세를 지녔다고 하더니 네가 이와 같구나. 보살의 행실이라 할 만하구나."

대왕이 위의를 갖추고 무시무시하고 서슬이 퍼런 형구(刑具)를 두루 갖추어 두고는 신하들을 불러들여 물었다.

"경들은 내가 절을 지으려고 하는데 일부러 머뭇거리며 어렵다고 하는가?"{우리나라에 전하는 이야기로는 '이차돈이 왕명이라 하며 절을 지으려는 뜻을 아래에 전했더니 여러 신하들이 와서 그 일을 왕에게 간하니 왕이 노하여 이차돈이 왕명을 거짓으로 전달했다는 죄로 형벌을 내렸다'고 하였다}

이에 신하들이 벌벌 떨며 황망히 그렇지 않다고 맹세하며 손으로 동서쪽을 가리켰다. 왕이 사인을 불러 힐책하자, 사인은 얼굴빛이 변하면서 아무런 대꾸도 하지 못했다. 대왕이 분노하여 목을 베게 하니 유사(有司)가 그를 결박해서 관아로 데려갔다. 사인이 맹세한 뒤에 사형을 집행하는 관리가 목을 베니 흰 빛깔의 젖이 한 길이나 솟아올랐다. 그때{우리나라에 전하는 이야기로는 "사인이 맹서했다. '대성(大聖)인 법왕(法王)께서 불교를 일으키려 하므로 신명(身命)을 돌아보지 않고 속세의 맺은 인연을 버리오니 하늘이시여 부디 상서로운 조짐을 내려 두루 사람들에게 보여주십시오.' 이에 그 머리가 날아가 금강산(金剛山)⁴⁾ 꼭대기에 떨어졌다"고 한다} 사방의 하늘이 어두컴컴해지며 저녁 햇살이 그 빛을 감추고 땅이 진동하면서 하늘에서 꽃비가 내렸다. 이를 본 임금이 애통해 하여 눈물이 곤룡포 자락을 적셨고, 재상들은 상심하여 머리에 쓴 관 사이로 진땀이 흘러내렸다. 감천(甘泉)이 갑자기 말라 고기와 자라가 다투어 튀어오르고, 곧게 섰던 나무가 부러지니 원숭이들이 떼지어 울었다. 동궁(東宮)에서 함께 벼슬살이를 했던 동료들은 피눈물을 흘리면서 서로 바라볼 뿐이었고, 대궐에서 교분을 나누었던 친구들은 애끓는 심정으로 그를 보냈다. 모셔진 관을 바라보며 우는 소리가 마치 부모를 잃은 듯 애절하였다. 모두가 말하기를 "개자추(介子推)⁵⁾가 다릿살을 벤 것도 염촉의 고절(苦節)에는 비할 수 없고, 홍연(弘演)⁶⁾이 배를 갈랐던 일인들 어찌 그의 장렬함에 견주리오. 이는 임금의 신심(信心)을 붙들어 아도(阿道)의 본심(本心)을 이룬 것이니 진실로 성자(聖者)이다' 라 하였다. 북산 서쪽 고개에 장사지냈다.(바로 금강산이다. 전해오는 말로는 '머리가 날아가 떨어진 곳에 장사지냈다'고 했으나 여기서 그 사실을 말하지 않은 것은 무엇 때문일까?) 대궐 사람들이 슬퍼하여 좋은 곳을 가려서 절을 짓고는 '자추사(刺楸寺)' [7]라 이름하였다.

진흥대왕(眞興大王)이 즉위한 지 5년이 되는 갑자년(甲子年, 544)에 대흥륜사(大興輪寺)를 지었다.(『국사』와 전하는 말을 살펴보면 사실은 법흥왕 14년 정미(527)에 처음 터 닦기를 하고, 21년 을묘년에 천경림(天鏡林)을 크게 채벌하여 비로소 공사를 시작하였는데 대들보와 용마루의 제목은 모두 이 숲에서 풍족하게 얻었고, 추춧돌과 석감(石龕)도 모두 갖추었다. 진흥왕 5년 갑자년에 절이 완성되었으므로 갑자년이라고 했다. 『승전』에 7년이라고 한 것은 잘못이다)

태청(太淸) 초(547)에 양(梁)나라 사신 심호(沈湖)가 부처의 사리를 가지고 왔고, 천가(天嘉) 6년(565)에 진(陳)나라 사신 유사(劉思)와 명관(明觀)스님이 함께 불경을 받들어 왔다. 이리하여 절들이 별처럼 무수히 지어졌으며 탑은 기러기 행렬처럼 늘어서게 되었다. 법당을 세우고 범종(梵鍾)을 걸었으며, 훌륭한 스님들은 세상 사람들에게 복을 주는 복전(福田)이 되었고, 대승과 소승의 법은 온나라를 덮은 자비로운 구름이 되었다. 다방(他方)의 보살이 세상에 출현하고,(분황사(芬皇寺)의 진나(陳那), 부석사(浮石寺)의 보개(寶盖), 낙산(洛山)과 오대(五臺) 등의 보살을 말한다) 서역의 명승(名僧)들이 이 땅에 내려오시니 이로 말미암아 삼한이 합쳐져 한나라가 되고 사해(四海)가 뭉쳐져 한집안을 이루었다. 이에 그의 덕명(德名)은 천구(天鎭)의 나무에 씌어지고, 신이한 행적은 은하수에 그림자를 비쳤으니 이는 어찌 세 성인의(아도(阿道), 법흥왕(法興王), 염촉(厭觸)을 말한다) 위엄과 덕망으로 이룬 것이 아니겠는가?

그후 국통(國統) 혜륭(惠隆), 법주(法主) 효원(孝圓)·김상랑(金相

郎), 대통(大統) 녹풍(鹿風), 대서성(大書省) 진노(眞怒), 파진찬 김의(金嶷) 등이 사인(舍人)의 옛 무덤을 수리하고 큰 비석을 세웠다.[8] 원화(元和) 12년 정유년(丁酉年, 817) 8월 5일은 41대 헌덕대왕(憲德大王)이 즉위한 지 9년이 되는 해인데, 흥륜사 영수선사(永秀禪師)가{이때는 유가(瑜伽)의 스님들을 모두 선사(禪師)라고 불렀다} (이차돈의) 무덤에 예불하는 향도(香徒)를 모아 결사(結社)하고 매월 5일에 혼령의 묘원(妙願)을 위하여 제단을 만들고 범회(梵會)를 열었다."

또 우리나라에 전하는 이야기로는 "마을 노인들이 매번 이차돈의 제삿날이 되면 흥륜사에서 모임을 갖는다"라고 했으니 이 달 초닷새는 바로 사인(舍人)이 목숨을 바쳐 불법에 순교한 날이다. 아아, 이런 임금이 없었다면 이런 신하가 없었을 것이요, 이런 신하가 없었다면 이런 공덕이 없었을 것이니, 이는 유비라는 물고기가 제갈량 같은 물을 만나고,[9] 구름과 용이 감응하여 만난 것[10]과도 같은 아름다움이 아닐까!

법흥왕은 폐해졌던 불법을 일으키고 절을 지었다. 절이 완성되자 면류관을 벗고 승복을 입었으며, 궁에 있는 친척들을 절의 노비로 삼게 했다.{이 절의 노비를 지금도 왕손(王孫)이라 부른다. 그 뒤 태종왕(太宗王) 때 이르러 재상 김양도(金良圖)가 불법을 믿어 두 딸 화보(花寶)와 연보(蓮寶)를 바쳐 이 절의 노비로 만들었다. 또 역신(逆臣) 모척(毛尺)의 가족을 적몰하여 절의 노비로 살게 했다. 두 집안의 후손이 지금까지 끊어지지 않고 있다} 왕이 그 절의 주지로 있으면서 몸소 불법으로 중생을 교화하였다. 진흥왕은 법흥왕의 덕을 이어받은 성군(聖君)으로 임금의 자리에 있으면서 왕의 위엄으로 백관들을 통솔하고 왕명이 잘 시행되었으므로 법흥왕이 세운 절에 대왕흥륜사(大王興輪寺)란 이름을 하사했다.

법흥왕의 성은 김씨이고, 출가하여서는 법운(法雲)이라 했으며, 자(字)는 법공(法空)이었다.{『승전』과 여러 설에 보면 왕비도 출가하여 법운이라 이름하였다고 했다. 또 진흥왕도 법운이고, 왕비(妃)도 법운이라고도 했으니, 매우 의심스럽고 혼란스러운 점이 많다.

『책부원구(册府元龜)』11)에는 이렇게 쓰여 있다.

"법흥왕의 성은 모(募)이고 이름은 진(秦)이다. 처음 절짓는 일을 시작한 을묘년(乙卯年, 535)에 왕비도 영흥사(永興寺)를 세우고 사씨(史氏, 모록의 누이 동생)의 유풍을 사모하여 왕과 같이 머리를 깎고 비구니가 되었다. 법명을 묘법(妙法)이라 했는데 영흥사에 머물다 몇 년 뒤에 세상을 떠났다."

『국사(國史)』에는 이렇게 쓰여 있다.

"건복(建福) 31년(614)에 영흥사의 소상(塑像)이 저절로 무너지더니 얼마 안 있어 진흥왕의 왕비인 비구니가 세상을 떠났다."

살펴보건대 진흥왕은 법흥왕의 조카이며, 왕비는 사도부인(思刀夫人) 박씨로 모량리(牟梁里)의 각간 영실(英失)의 딸이다. 또한 출가하여 비구니가 되긴 했으나 영흥사를 세운 주인은 아니다. 이러하니 아마도 진흥왕의 '진(眞)' 자를 법흥왕의 '법(法)' 자로 고쳐야 할 것 같다. 『국사』에서 말한 것은 법흥왕의 왕비인 파도부인(巴刀夫人)이 비구니로 있다가 돌아간 것을 말한 듯하다. 왜냐하면 이 사람이 절을 짓고 불상을 세운 주인이기 때문이다.

법흥왕과 진흥왕이 왕위를 버리고 출가한 것을 역사에 기록하지 않은 것은 이 일이 세상을 다스리는 데 교훈이 되지 않기 때문일 것이다.

또 대통(大通) 원년12) 정미년(丁未年, 527)에 양(梁)나라 황제를 위해 웅천주(熊川州)에 절을 세우고 그 이름을 대통사(大通寺)라 하였다.[웅천은 바로 공주(公州)이니 이때 신라에 속했기 때문에 그렇게 불렀다. 그러나 아마도 정미년은 아닌 듯하니 곧 중대통(中大通)13) 원년 기유년(己酉年, 529)에 세운 것이다. 처음 흥륜사를 세운 정미년에 다른 고을에 절을 세울 겨를이 없었을 것이다]

이를 기려 노래한다.

성스러운 지혜 만세(萬世)를 도모하니

구구한 의론은 추호도 생각 없었네.

법륜(法輪)이 풀려 금륜(金輪)을 따라 구르니

태평시절이 바로 불법으로 이루어지려 하네.

이것은 원종(법흥왕)을 위한 찬이다

의를 위해 삶을 가벼이 버림이 놀랍도다

하늘의 꽃비와 젖빛의 흰 피 더욱 다정해라.

갑자기 한 칼에 목숨 사라진 후

절마다의 종소리가 서울을 울렸도다.

이것은 염촉(이차돈)을 위한 찬이다

1) 경북 월성군 내남면에 있던 절이다.
2) 염촉(이차돈)의 무덤에 예불을 올리는 단체를 결성하며 지은 글이다.
3) 옛날에 시비왕(尸毘王)이 고행할 때의 고사이다. 제석왕(帝釋王)이 매로 변하고, 석제환인(釋帝桓仁)은 메추라기로 둔갑하였는데 메추라기가 매에 쫓겨 시비왕의 품 속으로 숨어들었다. 왕은 메추라기를 살리고 매를 굶게 할 수 없어 자기의 살을 메추라기 고기 양만큼 베어 저울에 달아서 매를 먹였다고 한다.
4) 경주시 동북쪽에 있는 산으로 원래 북산이었으나 이차돈의 순교 후 금강의 지혜를 뜻하는 금강산으로 이름이 바뀌었다.
5) 중국 춘추시대 진(晉)나라의 의인. 진나라 문공(文公)이 공자(公子)일 때 망명했는데 그를 따라가 동고동락했다. 문공이 굶주리니 자추는 자신의 다릿살을 베어서 먹였다고 한다.
6) 춘추시대 위(衛)나라 충신. 의공(懿公)을 죽인 적인(狄人)이 의공의 살을 다 먹고 간만 남겨놓았다. 이를 본 홍연이 자기 배를 갈라 그 간을 자기 배 안에 넣고 죽었다고 한다.
7) 경북 경주시에 있던 절로 지금의 백률사(栢栗寺)이다.
8) 경주시 소금강산에 백률사에 전해오던 이차돈의 순교비로 817년(헌강왕, 9)에 세워졌다.
9) 중국 삼국시대 촉한의 왕 유비와 신하 제갈량을 가리킨다. 왕과 신하의 이상적인 관계를 뜻하는 말이다.
10) 이는 『주역』에 나오는 '구름은 용을 따르고, 바람은 범을 따른다[雲從龍, 風從虎]'를 원

용한 것으로 왕이 어진 신하를 만난다는 뜻이다.
11) 중국 송나라 왕흠약과 양억이 왕명을 받아 1013년에 편찬한 책으로 역대의 왕과 신하에 관한 사적을 기록한 것이다.
12) 대통은 중국 위진 남북조 시대인 남조의 양나라 무제의 연호(527~528)이다. 그 원년은 신라 법흥왕 14년이다.
13) 중대통은 양나라 무제의 연호(529~534)이다.

법왕이 살생을 금하다

백제 제29대 법왕(法王)의 이름은 선(宣)인데, 혹은 효순(孝順)이라고도 했다. 개황(開皇) 19년 기미년(己未年, 599)에 왕위에 올랐다. 이해 겨울에 살생을 금지하는 조서를 내렸다. 민가에서 기르던 매를 놓아주고, 사냥하는 도구를 모두 불태워 살생하는 일을 못하게 했다. 다음해 경신년(庚申年, 600)에 법왕이 30명의 스님을 두고 왕흥사(王興寺)를 서울 사비성(泗沘城)에[지금의 부여이다] 세우기 시작했는데 겨우 터만 닦아놓고 세상을 떠났다. 무왕(武王)이 왕위를 계승하여 아버지가 닦은 터에 아들이 절을 지어 몇십 년 만에 완공하니 그 절 이름을 미륵사(彌勒寺)라 했다. 그 절은 산을 등지고 물을 내려다볼 수 있는 곳에 있었는데 꽃과 나무가 수려하니 사철의 아름다움을 다 갖추었다. 왕은 늘 배를 타고 강을 따라 절에 들어와서 아름다운 자연 경관을 감상하였다.[『고기(古記)』의 기록과 조금 다르다. 무왕은 가난한 어머니가 연못의 용과 사통하여 태어났다. 어릴 때 이름은 서동(薯童)인데 왕에 오른 후에 무왕이라 했다. 이 절은 처음에 왕비와 함께 이룩한 것이다]

이를 기려 노래한다.

새와 짐승에게 너그러이 베푼 은혜 온 나라에 미치고

은택이 무정한 돼지와 고기까지 적시니 인자함이 온 세상에 넘쳤네.

성군(聖君)이 갑자기 세상 버렸다 말하지 말라

천상의 도솔천(兜率天)엔 바야흐로 향기로운 봄이라네.

보장왕이 도교를 신봉하니 보덕이 암자를 옮기다

『고구려본기(高句麗本紀)』에 이렇게 말했다.

"고구려 말엽인 무덕(武德)·정관(貞觀)¹⁾ 연간에 나라 사람들이 다투어 오두미교(五斗米教)²⁾를 신봉했다. 당나라 고종(高宗)이 이 사실을 듣고는 도사(道士)를 보내 천존상(天尊像)을 가지고 가서 『도덕경(道德經)』을 강론케 하니 왕과 나라 사람들이 강론에 참여했다. 그때는 바로 제27대 영류왕(榮留王)이 왕위에 오른 지 7년이 되는 무덕 7년 갑신년(甲申年, 624)이었다. 이듬해 고구려에서 당나라에 사신을 보내 불교와 도교를 배우기를 청하니 당나라 황제가(고조(高祖)를 말한다) 허락했다.

보장왕(寶藏王)이 왕위에 올라(정관 16년 임인년(壬寅年, 642)이다) 또한 유·불·도 3교를 모두 크게 일으키려 했다. 그때 왕의 신임을 받던 재상 개소문(蓋蘇文)³⁾이 왕에게 '유교와 불교는 다 번성한데 도교가 그렇지 못하니 특별히 당에 사신을 보내 도교를 구하시옵소서'라고 했다. 이때 반룡사(盤龍寺)에 머물고 있던 보덕화상(普德和尙)이 이단[左道, 도교]이 정도(正道, 불교)에 맞서게 되면 나라가 위태로워질 것을 근심하여, 여러 차례 왕에게 그 부당성을 간했으나 듣지 않았다. 그 래서 신통력으로 방장(方丈)⁴⁾을 날려 남쪽의 완산주(完山州){지금의 전주이다} 고대산(孤大山)으로 옮겨가 살았다. 이때가 영휘(永徽) 원년 경술년(庚戌年, 650) 6월이었다. {또 「본전(本傳)」에는 건봉(乾封) 2년 정묘년(丁卯年, 667) 3월 3일이라 했다} 얼마 안 되어 나라가 망했다. {총장(摠章) 원년 무진년(戊辰年, 668)에 나라가 멸망하였으니 곧 헤아려 보면 경술년(650)에서 19년 뒤가 된다} 지금 경복사(景福寺)⁵⁾에 비래방장(飛來方丈)이 있으니 바로 그것이다." {이상은 「국사(國史)」에 있는 말이다}

진락공(眞樂公)⁶⁾이 그를 위해 시를 써서 당(堂)에 남겨 두었고, 문열공(文烈公)⁷⁾이 그의 전기를 지어 세상에 전했다.

또 『당서(唐書)』에 이렇게 말했다.

"이보다 앞서 수양제(隋煬帝)가 요동을 정벌하는데 양명(羊皿)이라는 비장(裨將)이 싸움이 불리하여 죽게 되자 맹세하여 말했다.

'내 반드시 고구려의 총애 받는 신하로 환생하여 그 나라를 멸망시킬 것이다.'

개(蓋)씨가 정권을 장악하여 마음대로 하게 되었으니 곧 개(蓋)라는 성씨는 양명(羊皿)이 합쳐져 생긴 것으로 그의 말대로 된 것이다."

또 『고구려본기(高句麗本紀)』를 살펴보면 이렇게 말했다.

"수양제가 대업(大業) 8년 임신년(壬申年, 612)에 30만의 군사를 거느리고 바다를 건너 고구려에 쳐들어왔다. 대업 10년 갑술년(甲戌年, 614) 10월에 고구려 왕이{이때는 제36대 영양왕(嬰陽王)이 왕위에 오른 지 25년 되는 해다} 표(表)를 올려 항복을 청했다. 그때 어떤 한 사람이 몰래 작은 강궁(强弓)을 품속에 감추고 표를 올리러 가는 사신을 따라 양제가 타고 있는 배 안으로 갔다. 양제가 표문을 받아 읽는 사이에 그 사람이 활을 쏘아 황제의 가슴에 적중시켰다. 양제가 군사를 되돌리려 하면서 좌우 신하들에게 말했다.

'짐이 천하의 군주가 되어 작은 나라를 치러 왔다가 불리하게 끝났으니 만대(萬代)의 웃음거리가 되었구나.'

이때 우상(右相) 양명(羊皿)이 아뢰었다.

'신이 죽으면 고구려의 대신이 되어 반드시 그 나라를 멸망시켜 폐하의 원수를 갚겠사옵니다.'

그는 양제가 죽은 뒤 말한 대로 고구려에 태어났다. 나이 열다섯이 되어 총명하고 남다른 무용(武勇)을 발휘하니 무양왕(武陽王)이(『국사』에는 영류왕(榮留王)의 이름을 건무(建武), 혹은 달성(達成)이라 했는데, 여기서 무양이라 한 까닭을 알 수 없다） 그가 어질다는 소문을 듣고 불러들여 신하로 삼았다. 그는 스스로 성을 개(蓋), 이름을 금(金)이라 했다. 지위가 소문(蘇文)에까지 이르렀으니 이는 바로 시중(侍中) 벼슬에 해당된다.(『당서』에 "개소문은 스스로 막리지(莫離支)라 했는데 이는 당나라의 중서령(中書令) 벼슬과 같다"고 했다. 또 「신지비사(神誌秘詞)」의 서문에 "소문(蘇文) 대영홍(大英弘)이 서를 쓰고 주를 달았다"라고 했으니 곧 소문은 관직 이름으로 문헌에 의해서 증명되었으나 전(傳)에는 "문인(文人) 소영홍(蘇英弘)이 서문을 썼다"라고 했으니, 어느 것이 옳은지 자세히 알 수 없다）

개금(蓋金)이 왕에게 아뢰었다.

'솥[鼎]에는 발이 세 개가 있듯이 나라에는 세 가지 종교가 있는 법이온대 신이 나라 안을 살펴보니 유교와 불교만 있고 도교가 없어 나라가 위태롭게 되었사옵니다.'

왕이 그 말이 옳다고 여겨 당나라에 도교를 전해주기를 청하니 당 태종이 서달(敍達) 등 도사 8명을 보내 주었다.(『국사』에 "무덕(武德) 8년 을유년(乙酉年, 625)에 사신을 당나라에 보내어 불교와 도교를 청하자 당나라 황제가 허락했다"고 한다. 이 기록에 의하면 양명이 갑술년(甲戌年, 614)에 죽어 고구려에 태어났다고 하는데 그렇다면 겨우 나이 열 살에 총애 받는 재상이 되어 왕을 설득하여 사신을 보내 도교를 청한 것이 된다. 그 연월(年月)에 있어 반드시 한쪽에 오류가 있을 것이다. 지금 두 기록을 다 싣는다) 왕이 기뻐하여 불교의 절을 도관(道館)으로 만들고, 도사를 높여 유교 선비의 윗자리에 앉게 했다. 도사들이 국내의 유명한 산천을 돌아다니며 산천의 기운을 진압하였는데 옛 평양성의 지세가 신월성(新月城, 초생달 모양의 성)이라고 하여 도사들이 주문을 외워 남하(南河)의 용에게 성을 더 쌓아 만월성(滿月城, 보름달 모양의 성)으로 만들게 하고 그 성 이름을 용언성(龍堰城, 용이 쌓은 성)이라 했다. 참언(讖言)을 만들어 용언도(龍堰堵) 혹은 천년보장도(千年寶藏堵)라 했다. 그리고 영석(靈石)을[속언에는 도제암(都帝嵒) 혹은 조천석(朝天石)이라고 한다. 옛날에 성제(聖帝) 동명성왕이 이 돌을 타고 하늘로 올라가 상제(上帝)를 뵈었기 때문에 붙여진 이름이다] 파서 깨뜨리기도 했다.

개금(盖金)이 또 왕에게 동북쪽과 서남쪽 사이에 장성(長城)을 쌓도록 아뢰니 이로부터 남자들은 부역에 나가고 여자들이 농사를 지었는데, 성 쌓는 일이 16년이나 걸렸다.

보장왕 때에 당 태종이 직접 6군을 거느리고 고구려를 치러 왔다가 전세가 불리하자 돌아갔다. 당나라 고종의 총장(總章) 원년 무진년(戊辰年, 668)에 우상(右相) 유인궤(劉仁軌), 대장군 이적(李勣)이 신라 김인문(金仁問)과 함께 고구려를 공격하여 멸하고 왕을 사로잡아 당으로 돌아가니 보장왕의 서자(庶子)[8]가 4천여 호(戶)를 거느리고 신라에 항복했다."[『국사(國史)』의 내용과 조금 다르기 때문에 함께 기록한다]

대안(大安) 8년 신미년(辛未年, 1091)에 우세승통(祐世僧統)[9]이 고대산(孤大山) 경복사(景福寺)의 비래방장(飛來方丈)에 가서 보덕성사(普德聖師)의 진영을 뵙고 시를 지었다.

열반경의 바르고 평등한 가르침은
우리 스승에게서 전해 받았네.
애석하도다, 방장을 날려 온 뒤로
동명왕의 옛 나라 위태로워졌네.

그 발문에 이렇게 말했다.

"고구려의 보장왕이 도교에 미혹되어 불법을 신봉하지 않으므로 보덕법사가 방장을 날려 남쪽의 이 산으로 옮겨 왔다. 후에 신인(神人)이 고구려 마령(馬嶺)에 나타나 사람들에게 '너희 나라가 패망할 날이 머지않았도다' 라고 했다."

이 사실은 모두 『국사(國史)』의 기록과 같고, 나머지는 「본전(本傳)」과 『승전(僧傳)』에 기록되어 있다. 보덕법사에게는 열한 명의 훌륭한 제자가 있었다. 무상화상(無上和尙)과 그의 제자 김취(金趣) 등이 금동사(金洞寺)[10]를 세웠고, 적멸(寂滅)·의융(義融) 두 법사는 진구사(珍丘寺)[11]를 세웠다. 지수(智藪)는 대승사(大乘寺)[12]를 세웠으며, 일엽(一葉)은 심정(心正)·대원(大原) 등과 함께 대원사(大原寺)[13]를 세웠다. 수정(水淨)은 유마사(維摩寺)[14]를 세웠고, 사대(四大)는 계육(契育) 등과 함께 중대사(重臺寺)[15]를 세웠다. 개원화상(開原和尙)은 개원사(開原寺)[16]를 세웠고, 명덕(明德)은 연구사(燕口寺)를 세웠다. 개심(開心)과 보명(普明)도 전기가 있으니 모두 「본전(本傳)」과 같다.

이를 기려 노래한다.

불교는 끝없이 펼쳐진 바다와 같아
유교와 도교 다 받아들였네.

우습다. 고구려 왕은 웅덩이를 파서 막아

와룡이 바다로 옮겨가는 것 알지 못했네.

1) 무덕은 당나라 고조(高祖)의 연호(618~626)이고, 정관은 당나라 태종의 연호(627~649)이다.
2) 중국 후한 말엽에 장도릉(張道陵)이 사천성에서 세운 도교로 이때 교인들이 다섯 말의 쌀을 바쳤으므로 오두미교라고 불렀다.
3) 성은 연(淵)이고, 개소문은 이름이다.
4) 스님이 거처하는 사방 10자의 작은 방을 가리키는 것으로 작은 암자를 뜻하기도 한다.
5) 전북 완주군 고달산에 있던 절이다.
6) 고려 이자현(李資玄, 1061~1125)의 시호이다.
7) 고려 김부식(金富軾, 1071~1151)의 시호이다.
8) 안승(女勝)을 말한다.
9) 고려 대각국사 의천(義天, 1055~1101)을 가리킨다. 우세승통은 그의 승호(僧號)이다.
10) 평안남도 안주군에 있던 절이다.
11) 전북 임실군에 있던 절이다.
12) 경북 문경시 사불산에 있던 절이다.
13) 전북 전주 무악산에 있던 절이다.
14) 전북 정읍군 칠보산에 있던 절이다.
15) 전북 진안군 청수산에 있던 절이다.
16) 충북 단양군 금수산에 있던 절이다.

경주 흥륜사 법당에 모신 열 명의 성인

동쪽 벽을 뒤로 하여 서쪽으로 향해 앉은 소상은 아도(我道), 염촉(厭觸), 혜숙(惠宿), 안함(安含), 의상(義湘)이다.

서쪽 벽을 등지고 동쪽으로 향하여 앉은 소상은 표훈(表訓), 사파(蛇巴), 원효(元曉), 혜공(惠空), 자장(慈藏)이다.

제4 탑상편(塔像篇)

가섭불이 좌선하던 돌

『옥룡집(玉龍集)』과 「자장전(慈藏傳)」 그리고 다른 여러 사람의 전기에 모두 이렇게 말했다.

"신라 월성(月城) 동쪽 용궁(龍宮) 남쪽에 가섭불[1]이 좌선하던 돌이 있다. 그곳은 석가가 세상에 나오기 이전에 있었던 절터이니 지금 황룡사(皇龍寺, 黃龍寺)가 위치한 곳으로 이는 바로 석가 이전시대에 있었던 일곱 곳의 절터 가운데 하나이다."

『국사(國史)』에 의하면 진흥왕이 즉위한 지 14년이 되는 개국(開國)[2]

3년 계유년(癸酉年, 553) 2월에 월성의 동쪽에 새 궁을 짓는데 그곳에 황룡(皇龍, 黃龍)이 나타났으므로 왕이 이상하게 여겨 그 궁을 고쳐 황룡사라 했다고 한다. 좌선하던 돌[宴坐石]은 불전(佛殿) 뒤에 있는데 내가 일찍이 한 번 본 적이 있다. 돌의 높이는 5, 6자가 될 듯하고 둘레는 겨우 3주(三肘)³⁾ 정도였는데 우뚝 서 있는 돌의 위쪽은 평평했다. 진흥왕이 절을 세운 뒤로 화재가 두 번이나 나 돌이 터지고 갈라져 절의 스님들이 쇠를 대어 보호하였다.

이를 기리는 시가 있다.

불법이 빛을 잃은 지 그 언제이던가.
오직 연좌석만 의연히 남아 있네.
상전(桑田)이 몇 번이나 벽해(碧海)가 되었던가.
애틋하게도 우뚝하니 아직도 그 자리에 있네.

후에 몽고와의 큰 병란을 치른 이후 불전과 탑이 모두 불타고 이 돌 역시 보이지 않을 정도로 땅속 깊이 묻혀버렸다.

『아함경(阿含經)』을 살펴보면, 가섭불(伽葉佛)은 현겁(賢劫)⁴⁾의 세 번째 부처이다. 사람의 나이로 치면 2만 세일 때 세상에 나타났다고 한다. 이것에 의거하여 증감법(增減法)으로 계산하면, 매 성겁(成劫)⁵⁾ 초에 무량수(無量壽)를 누리다가 점점 감소하여 수명이 8만 세에 이를 때 주겁(住劫)의 시초가 된다. 이로부터 또 100년마다 한 해씩 줄어 수명이 10세일 때 일감(一減)이 된다. 또 증가하여 수명이 8만 세에 이르게 되면 일증(一增)이 된다. 이와 같이 해서 스무 번 감하고 스무 번 늘었다 하면 한 주겁(住劫)이 된다. 이 한 주겁 중에 일천불(一千佛)이 세상에 출현하니, 지금 본사(本師)이신 석가모니불은 바로 네 번째 부처이다. 이 네 부처는 모두 제9감(減) 중에 나타난다. 석가세존이 100세인 때부터 가섭불이 2만 세가 될 때까지는 이미 200만여 세가 된다. 만일 현겁(賢劫) 시초의 첫 번째 부처인 구류손불(拘留孫佛) 때까지면 또 몇 만 세가 된다. 구류손불 때부터 위로 올라가 세상이 생긴 겁초(劫初)의 무량수(無量壽)까지는 또 얼마나 되는가? 석가세존부터 아래로 지금 지원(至元) 18년 신사년(辛巳年, 1281)까지 이미 2천 230이 되었으니 구 류손불 때부터 가섭불 때를 지나 지금에 이르기까지는 거의 몇만 년이 될 것이다.

본조(本朝, 고려)의 명사(名士)인 오세문(吳世文)이 지은 「역대가(歷 代歌)」에 의하면 대금(大金) 정우(貞祐) 7년 기묘년(己卯年, 1219)부터 거꾸로 계산하여 4만 9천 600세가 되는 때가 반고씨(盤古氏)[6]가 천지 를 개벽한 무인년(戊寅年)이 된다고 한다. 또 연희궁록사(延禧宮錄事) 김희녕(金希寧)이 지은 『대일력법(大一歷法)』에서는 개벽한 상원갑자 (上元甲子)[7]에서부터 원풍(元豊) 갑자년(甲子年, 1084)까지가 193만 7천 641세라고 했다.

또 『찬고도(纂古圖)』에서는 천지개벽에서 획린(獲麟, B.C. 477)[8]까 지 276만 세라고 했다. 이상의 여러 경전을 살펴보면 또한 가섭불 때에 서부터 지금에 이르기까지가 이 연좌석의 나이가 된다고 했으니, 겁 초(劫初)에 천지개벽할 때의 시간에 비교하면 오히려 어린애의 나이에 지나지 않는다. 이들 세 사람의 설이 오히려 이 어린 돌의 나이에도 미 치지 못하니, 그들의 천지 개벽설은 허술하기 이를 데 없다고 하겠다.

1) 석가가 나오기 이전에 있었던 7불 가운데 여섯째 부처이다. 과거 7불은 비바시불(毘婆尸 佛), 시기불(尸棄佛), 비사부불(毘舍浮佛), 구류손불(拘留孫佛), 구나함불(拘那含佛), 가 섭불, 석가모니불이다.
2) 신라 진흥왕의 연호로 진흥왕 11년(551)부터 사용했다.

3) 주(肘)는 손목 시작 지점부터 팔꿈치까지로 한 한 뼘 정도의 길이다. 돌의 넓이가 3주라면 좌선하기에는 너무 작다.
4) 세 주겁(住劫)의 하나로 과거 · 현재 · 미래 주겁 가운데 현재 주겁에 해당된다. 많은 부처가 나타났다고 해서 현겁이라 한다.
5) 불교에서 말하는 가장 긴 시간의 하나. 세상의 생명체가 생성되는 시기로 4겁이 있다. 이는 성겁, 주겁(住劫), 괴겁(壞劫), 공겁(空劫)으로 이 4겁이 반복되면서 우주만상이 변한다고 한다.
6) 중국의 전설에 나오는 제왕으로 천지개벽 때에 처음으로 세상에 나왔다고 한다.
7) 음양가들이 주장하는 천지 개벽 후 첫번째 갑자년이다. 점술가들은 180년마다 도수(度數)가 다한다고 하여 제1갑자를 상원, 제2갑자를 중원(中元), 제3갑자를 하원(下元)으로 친다.
8) 중국 춘추시대 노(魯)나라 애공(哀公) 14년(B.C. 477) 봄에 서쪽에서 기린을 잡았다고 한다.

요동성의 육왕탑(育王塔)

『삼보감통록(三寶感通錄)』1)에 이런 내용이 실려 있다.

"고구려 요동성 옆에 있는 탑에 대하여 옛날 노인들이 전하는 말은 이러하다.

'옛날에 고구려 성왕(聖王)이 국경을 살피며 순행하다가 이 성에 이르러 오색구름이 땅을 덮고 있는 것을 보았다. 그곳에 가서 구름 속을 살펴보니 어떤 스님이 지팡이를 짚고 서 있었는데 왕이 다가가면 홀연히 사라지고, 멀리서 보면 다시 나타났다. 그 옆에 있는 3층으로 된 흙탑은 윗부분이 가마솥을 엎어놓은 것 같았으나 그것이 무엇인지 알 수 없었다. 다시 가서 스님을 찾으니 풀만 무성하였다. 그곳의 땅을 한 길쯤 파 들어가니 지팡이와 신발이 나왔고, 다시 파 들어가니 글을 새겨놓은 명(銘)이 나왔는데 그 위에는 범어(梵語, 산스크리스트어)가 씌어 있었다. 옆에서 시중하던 신하가 그 글을 알아보고는 불탑(佛塔)이라 했다. 왕이 자세히 묻자 신하가 대답했다.

'한(漢)나라 때 있었던 것이온데 그 이름은 포도왕(蒲圖王)(본래는 휴도왕(休屠王)이라 했는데 하늘에 제사 지내는 부처이다)이옵니다.'

이 일로 하여 성왕은 불교에 대한 믿음이 생겨나 7층의 목탑(木塔)을 세웠는데 그 후 불법이 처음 들어오자 그 시말(始末)을 자세히 알게 되었다. 근래에 다시 탑의 높이가 줄여들더니 결국 이 탑이 썩어 무너져버렸다. 아육왕(阿育王)[2]이 통일한 염부제주(閻浮提洲)[3] 곳곳에 탑을 세운 것을 이상하게 생각할 것이 없다.

또 당나라 용삭(龍朔, 661~662년) 연간에 요동에 전쟁이 벌어졌다. 이때 행군(行軍) 설인귀(薛仁貴)[4]가 수(隋)나라 양제(煬帝)가 쳐들어왔던 요동의 옛 땅에 왔다가 산에 놓여 있는 불상을 보았는데 그 불상이 서 있는 터는 휑덩그레하고 찾아오는 사람조차 없었다. 옛 일을 잘 아는 노인에게 물었더니, '이 불상은 선대에 나타났던 모습 그대로입니다'라 하였다. 그래서 그 불상을 그림으로 그려 당나라 서울로 돌아왔다."(모두 약함(若函)[5]에 있다)

중국의 역사서인 『한서(漢書)』와 『삼국지(三國志)』의 지리지(地理志)를 살펴보면 요동성은 압록강의 건너에 있고 한나라의 유주(幽州)에 속한다고 하였다. 고구려 성왕(聖王)은 어느 임금을 가리키는지 알 수 없다. 혹은 동명성제(東明聖帝)라고 하나 그렇지 않은 것 같다. 동명왕은 전한(前漢) 원제(元帝) 건소(建昭) 2년(B.C. 37)에 왕위에 올라 성제(成帝) 홍가(鴻嘉) 임인년(壬寅年, B.C. 19)에 세상을 떠났다. 그때는 한나라에서도 불경을 보지 못했는데 하물며 바다 밖 작은 나라의 신하가 어떻게 범어로 된 불경을 알 수 있었겠는가? 그러나 부처를 포도왕이라고 한 것을 보면 서한 때 혹 서역(西域)의 문자를 아는 사람이 있어서 범서(梵書)라고 했을 수도 있을 것이다.

『고전(古傳)』을 살펴보면, 아육왕은 귀신의 무리에게 명령하여 9억 명이 사는 곳마다 탑 하나씩을 세우게 했는데, 이렇게 하여 염부계(閻浮界)⁶⁾ 안에 8만 4천 개의 탑을 세워서 큰 돌 속에 감추었다고 한다. 지금 곳곳에서 나타나는 상서로운 조짐이 한둘이 아니니, 대개 진신사리(眞身舍利)의 감응이 얼마나 큰지 헤아리기 어려울 것이다.

이를 기려 노래한다.

　　아육왕의 보탑(寶塔)이 세상 곳곳에 세워져

　　비에 젖고 구름에 묻혀 이끼까지 아롱졌네.

　　상상해 보노니 그때 길 가던 사람들 중에

　　몇 사람이나 신에 제사지내는 무덤 가리켰던고.

1) 당나라 도선(道宣, 596~667)이 편찬한 『집신주삼보감통록(集神州三寶感通錄)』으로 불(佛)·법(法)·승(僧)을 기록한 책이다.
2) B.C. 2세기경에 인도를 통일한 왕이다. 그는 부왕이 죽자 형을 죽이고 왕위에 올랐으며 잔인하고 포악하였다. 전쟁에서 대살륙을 목격한 뒤에 승려의 설법을 듣고 선한 왕이 되었다.
3) 수미산 남쪽에 있다는 인도(印度)를 가리킨다.
4) 당나라 장수. 태종을 도와 고구려를 치는 데 공을 세웠다.
5) 약자함(若字函). 불교대장경을 함에 넣고, 그 함의 순서를 천자문의 글자 배열대로 표시한 것이다.
6) 수미사주(須彌四洲)의 하나로 인도를 가리키기도 한다.

금관성의 파사석탑

 금관(金官)에 있는 호계사(虎溪寺)[1]의 파사석탑(婆娑石塔)은 옛날 이 고을이 금관국(金官國)이던 때 시조인 수로왕의 왕비 허황옥이 동한(東漢) 건무(建武) 24년 무신년(戊申年, 48)에 인도의 아유타국(阿踰陀國)에서부터 싣고 온 것이다. 처음에 공주가 부모의 명을 받고 바다에 떠서 동쪽을 향할 때 수신(水神)의 노여움을 사 배가 앞으로 나아가지 않자 되돌아갔다. 부왕(父王)에게 사정을 아뢰니 이 탑을 싣고 가라고 했다. 이리하여 순조롭게 바다를 건너와 남쪽 해안에 도착하여 배를 댔다. 이때 붉은 비단 돛과 붉은 깃발이 구슬로 장식한 것처럼 아름다웠으므로 배가 정박한 곳을 주포(主浦)라 한다. 공주가 처음 비단 바지를 벗었던 언덕을 능현(綾峴)이라 하며, 붉은 깃발이 처음 들어온 해변을 기출변(旗出邊)이라 한다. 수로왕이 황후를 맞이하여 함께 나라를 다스린 것이 150년이었다. 그러나 이때 우리나라에는 아직 절을 지어 불법을 받들 줄 몰랐다. 불법이 아직 전해지지 않아 이 지방 사람들이 불교를 믿지 않았으므로 「가락국본기」에도 절을 세웠다는 기록이 없다. 제8대 질지왕(銍至王) 2년 임신년(壬申年, 452)이 되어서야 그곳에 절을 세웠다. 또 왕후사(王后寺)를〔아도(阿道)와 눌지왕(訥祇王) 때의 일이니 법흥왕(法興王) 전(前)의 일이다〕세워 지금까지도 이 절에서 복을 빌며 남쪽 왜(倭)를 진압할 수 있기를 빌기도 한다. 이러한 사실은 「가락국본기」에 자세히 실려 있다.
 탑은 네모진 4면에 5층으로 되어 있으며 그 조각한 것이 매우 기이하다. 돌에는 붉은 반점이 희미하게 박혀 있고 그 성질이 좀 무른데, 우리나라에서는 나지 않는 돌이다. 『본초(本草)』에서 '닭벼슬의 피를 찍어 실험했다²⁾라는 것이 이것이다. 금관국(金官國)은 또한 가락국(駕洛國)이라고도 하는데 「가락국본기」에 자세하게 기록되어 있다.

이를 기려 노래한다.

> 석탑을 실은 붉은 돛배 깃발이 가벼운데
> 신령에게 빌어 물결 쉽게 헤쳐 왔네.
> 어찌 황옥만 도와 해안에 닿았으리요.
> 천년 동안 남쪽의 성난 왜적 막았네.

1) 경상남도 김해시 북쪽의 호계천변에 있던 절이다.
2) 본초는 중국 후한 때 365종의 약을 분류해서 편찬한 『신농본초(神農本草)』를 가리킨다. 이 책 안에 파사석의 진위여부를 알고자 할 때 돌을 갈아놓은 물에 닭벼슬의 피를 찍어서 섞으면 빨간 물이 될 경우 진짜라는 구절이 있다.

고구려의 영탑사

『고승전(高僧傳)』에 '스님 보덕(普德)의 자는 지법(智法)이니 고구려 용강현(龍岡縣) 사람이다' 라 하였는데 이 아래에 실려 있는 「본전(本傳)」에서 자세히 볼 수 있다. 보덕스님은 항상 평양성에 살았다. 언젠가 산방(山房)의 한 노승(老僧)이 와서 불경을 강의해 주기를 청했는데 보덕스님이 굳이 사양하다가 마지못하여 『열반경(涅槃經)』 40여 권을 강론하였다. 강론을 마치고 성 서쪽 대보산(大寶山) 바위굴 아래로 와서 선정(禪定)에 들어갔다. 이때 어떤 신인(神人)이 와서 "이곳에 머물도록 하십시오" 라고 하고는 지팡이를 앞에 놓고 땅을 가리키며 "이 땅 속에 8면의 7층 석탑이 있을 것입니다" 라고 하였다. 그곳을 파니 과연 그러했다. 그로 인해 절을 세워 영탑사(靈塔寺)라 하고는 거기에서 살았다.

황룡사의 장륙존상

신라 제24대 진흥왕이 왕위에 오른 지 14년이 되는 계유년(癸酉年, 553) 2월에 용궁(龍宮) 남쪽에 대궐을 지으려 하였는데 황룡(黃龍)이 그곳에 나타났으므로 계획을 바꿔 그곳에 절을 짓고 황룡사라 하였다. 기축년(己丑年, 569)에 이르러 주위에 담장을 쌓았으므로 17년 만에야 겨우 공사를 마칠 수 있었다.

그 뒤 얼마 안 되어서 남쪽 바다로부터 큰 배 한 척이 나타나 하곡현(河曲縣)의 사포(絲浦)에(지금의 울주(蔚州) 곡포(谷浦)이다) 정박하였다. 그 배를 조사해 보니 배 안에 공문(公文)이 있었는데 그 내용은 이러했다.

"인도의 아육왕이 황철(黃鐵) 5만 7천 근(斤)과 황금 3만 푼(分)을(『별전(別傳)』에는 철 40만 7천 근과 금 1천 냥이라 했는데 아마 잘못된 기록인 것 같다. 혹은 3만 7천 근이라고도 한다) 모아 석가여래상(釋迦如來像) 삼위(三位)[1]를 주조하려 하였는데 뜻을 이루지 못하고 배에 실어 바다에 띄워 보내면서 축원하기를 '부디 인연이 있는 나라에서 장륙존상(丈六尊像)[2]이 이루어지기를 원하옵니다' 라 하였다."

한 부처상과 두 보살상의 모형도 함께 실려 있었다.

금동여래입상(황룡사지)

금동봉황장식(황룡사지 서면 폐사지)

고을의 관리가 그 사실을 문서로 작성하여 왕께 보고하니 왕이 명을 내려 고을의 성곽 동쪽의 깨끗하고 좋은 땅을 찾아 동축사(東竺寺)를 세우고 그 삼존상을 모시게 하였다. 그 금과 철을 서울로 실어 보내 대건(大建) 6년 갑오년(甲午年, 574) 3월에 [『사중기(寺中記)』에는 계사년(癸巳年, 573) 10월 17일이라 했다] 장륙존상을 주조하였는데 공사가 단번에 이루어졌다. 그 무게는 3만 5천 근으로 여기에 황금 1만 198푼이 들어갔으며, 두 보살상은 철 1만 2천 근과 황금 1만 136푼이 들어갔다.

이 장륙존상을 황룡사에 안치하였다. 다음해(575년) 불상에서 눈물이 발뒤꿈치까지 흘러내려 땅이 한 자나 젖었으니 이는 대왕이 세상을 떠날 조짐이었다. 혹 불상이 진평왕대에 완성되었다고 하나 이것은 잘못된 말이다.

다른 책에는 이렇게 말했다.

"아육왕은 인도 대향화국(大香華國)에서 부처가 세상을 떠난 100년 뒤에 태어났으므로 부처님께 공양할 수 없었다. 이것을 한스러워하여 금과 철 몇 근씩을 모아서 3차례나 불상 주조를 시도했으나 성공하지 못했다. 이때 태자가 홀로 그 일에 참여하지 않아 왕이 그 이유를 묻자, 태자가 '그 일은 한 사람의 공력으로 이루어내지 못할 것으로 벌써 안 될 줄 알고 있었사옵니다' 라고 아뢰었다. 왕도 태자의 말이 옳다고 생각하여 곧바로 그것을 배에 실어 바다로 띄워 보냈다. 그 배는 남염부제(南閻浮提)의 16대국(大國)과 5백의 중간 크기의 나라와 중국(中國), 1만의 작은 나라와 8만 마을을 두루 돌아다녔으나 모두 불상을 주조하는 데 실패했다. 마지막으로 신라국에 도달하여 진흥왕이 문잉림(文仍林)에서 주조하여 불상을 완성하니 상호(相好, 모습)가 모두 갖추어졌다. 아육왕은 비로소 근심을 덜게 되었다.[阿育此 翻無憂]3)"

후에 대덕(大德) 자장(慈藏)이 중국에 유학 갔다가 오대산(五臺山)에 이르니 문수보살이 감응하여 몸을 나타내어 비결(秘訣)을 주며 말했다.

"너희 나라의 황룡사는 바로 석가와 가섭불이 강연하시던 곳으로 연좌석(宴坐石)이 아직도 남아 있다. 그러므로 아육왕이 황철 몇 근을 모아서 바다에 띄워보냈는데 1천 300여 년이 지난 후에야 너희 나라에 그 배가 도착하여 불상을 만드는 일이 제대로 이루어져 그 절에 모셨으니 그것은 아마도 부처님의 위엄과 인연으로 그렇게 될 수 있었을 것이다."{『별기(別記)』에 기록된 것과 일치된다}

불상이 완성된 후에 동축사의 삼존불상도 또한 황룡사에 옮겨 안치하였다.

절의 기록에 이렇게 말했다.

"진평왕 5년 갑진년(甲辰年, 584)에 금당(金堂)

금동신장상(구황동원지)

금은입사단지(통일신라)

금제 금관 장식(경주 금관총, 비상 중인 새날개 형상)

이 조성됐다. 선덕여왕(善德女王) 때 이 절의 첫 번째 주지는 진골(眞骨)인 환희사(歡喜師)였고, 두 번째 주지는 자장국통(慈藏國統), 다음은 혜훈국통(惠訓國統), 그 다음은 상율사(廂律師)였다."

지금은 몽고와 전쟁을 치르며 큰 불상과 두 보살상이 모두 녹아 없어졌으나 작은 석가상은 아직 남아 있다.

이를 기려 노래한다.

이 세상 어디인들 부처 땅[眞鄕] 아니랴만
향불(香火)의 인연은 우리나라가 으뜸이네
아육왕이 착수하기 어려워서가 아니라
월성(月城)에서 옛 자취 찾으려는 것이었네.

1) 가운데 석가모니불을 모시고 좌측의 협시보살로 문수보살과 우측의 협시보살로 보현보살을 모신 것을 말한다.
2) 1장(丈) 6자(尺) 높이의 불상으로 16자의 입상(立像)을 가리킨다. 불상의 높이는 대략 4m 8cm가 된다.
3) 아육왕이라는 이름은 산스크리스트 Asoka를 한자로 음역한 것으로 그 원래의 의미는 '근심이 없다'[無憂]라는 것이다.

황룡사의 구층탑

신라 제27대 선덕왕이 왕위에 오른 지 5년이 되는 정관(貞觀) 10년 병신년(丙申年, 636)에 자장법사가 중국에 유학 갔다가 오대산에서 감응하여 문수보살에게서 비법(秘法)을 받았다[「본전(本傳)」에 자세히 보인다].

문수보살이 또 말했다.

"너희 나라 왕은 인도의 찰리종(剎利種)[1]의 왕이다. 부처의 수기(授記)[2]를 미리 받은 특별한 인연이 있으므로 동이(東夷)의 공공(共工)[3] 족과는 다르다. 그러나 산천이 험한 까닭에 사람들의 성품이 거칠고 사나워 그릇된 견해[邪見]를 믿으므로 때때로 천신(天神)이 재앙을 내리기도 하지만 나라 안에 다문비구(多聞比丘)[4]가 많은 까닭에 왕과 신하가 편안하며 백성이 화평하다."

말을 마치자 마자 사라져 버렸다. 자장은 이것이 대성(大聖)의 현신인 줄 알고는 감격하여 눈물을 흘리며 물러났다.

어느 날 자장이 중국의 태화지(太和池) 가를 지나가는데 갑자기 신인(神人)이 나타나 물었다.

"어떻게 해서 이곳에 오시게 됐소?"

"보리(菩提)[5]를 구하려고 왔습니다."

신인이 자장에게 절하고 또 물었다.

"대사의 나라에는 무슨 어려움이 있습니까?"

"우리나라는 북으로 말갈(靺鞨)에 이어 있고, 남쪽으로 왜국(倭國)과 접해 있으며, 고구려와 백제 두 나라가 번갈아가며 국토를 침범하고 있습니다. 이같이 이웃의 도적들이 횡행하고 있어 백성들의 큰 걱정거리가 되고 있습니다."

"지금 대사의 나라는 여자를 왕으로 삼고 있어 덕은 있으나 위엄이 없소. 그래서 이웃 나라들이 가볍게 보고 있으니 빨리 본국으로 돌아가야 할 것 같구려."

"고향에 돌아가 어떻게 해야 도움이 되겠습니까?

"황룡사에서 불법을 수호하는 용이 내 맏아들로 부처의 명을 받아 그 절을 지키고 있소. 대사께서 본국에 돌아가 그 절 안에 9층탑을 세우면 이웃 나라가 항복해 오고, 구한(九韓)⁶⁾이 조공을 바쳐 나라가 길이 편안함을 누리게 될 것이요. 탑을 세운 뒤에는 팔관회(八關會)⁷⁾를 열고 죄인을 사면하면 외적들이 침범하지 않을 것이요. 또 나를 위하여 서울 지방의 남쪽 언덕에 절을 세워 나의 복을 빌어 주면, 나 또한 그 은혜에 보답하겠소."

말을 마치자 그 신인이 자장에게 옥을 받들어 바치고는 홀연히 사라져 보이지 않았다.[절에 있는 기록을 보면 '종남산(終南山) 원향선사(圓香禪師)의 처소에서 탑을 세운 이유를 들었다'라고 하였다]

정관(貞觀) 17년 계묘년(癸卯年, 643) 16일에 자장이 당나라 황제가 하사한 불경과 불상, 가사(袈裟), 폐백 등을 가지고 돌아와 탑을 세우는 일을 임금에게 아뢰었다. 선덕여왕이 이 일을 두고 여러 신하들과 의논하였는데 모두들 백제에서 기술자를 데리고 와야만 그 일을 이룰 수 있을 것이라고 하였다.

이에 보물과 비단을 백제에 보내어 기술자를 찾으니 아비지(阿非知)라는 사람이 명을 받고 와서 나무와 돌을 다듬고 이간(伊干) 용춘(龍春)이[용수(龍樹)라고도 한다] 그 일을 주관하였는데 아래로 하급 기술자 200명이 딸려 있었다. 처음 목탑의 중앙 기둥[刹柱]을 세우는 날 아비지가 꿈에 본국인 백제가 멸망하는 모습을 목격했다. 아비지가 의심이 나서 일하던 손을 멈췄는데 그때 갑자기 대지가 진동하더니 캄캄한 속에서 한 늙은 스님과 장사 한 사람이 금전문(金殿門)에서 나와 그 기둥을 세우고는 자취도 없이 사라졌다. 이에 아비지는 마음을 고쳐먹고 그 탑을 완성하였다.

「찰주기(刹柱記)」에 탑은 철반(鐵盤) 위의 높이가 42자이고 그 아래의 높이가 183자라고 하였다.

자장이 오대산에서 받은 불사리 100알을 9층탑의 기둥 속과 통도사

(通度寺) 계단(戒壇), 그리고 대화사(大和寺) 탑에 각각 나누어 모셨으니 이로써 태화지에서 나타났던 용의 요청에 부응하게 됐다.{대화사는 아곡현(阿曲縣) 남쪽에 있는데 지금의 울주(蔚州)이다. 또한 이 절은 자장법사가 세웠다} 탑을 세운 후에 세상이 태평하고 삼한(三韓)이 하나로 통일되었으니, 이는 어찌 탑이 보인 영험 탓이 아니겠는가?

뒤에 고구려 왕이 신라를 칠 것을 모의하면서 말했다.

"신라에는 세 가지 보물이 있어 침범할 수 없다는데 무엇을 말하는가?"

"황룡사의 장륙존상과 9층탑, 그리고 진평왕이 하늘로부터 받은 옥대(玉帶)입니다."

이 사실을 알고는 드디어 그 모의를 그만두었다. 주(周)나라에 구정(九鼎)이 있기 때문에 초(楚)나라가 감히 주나라를 넘보지 못했던 것도 바로 이와 같은 경우이다.

이를 기려 노래한다.

신령이 도와주어 서울에 우뚝 서니
날 듯한 처마에 금빛 단청 빛나네.
올라 보니 어찌 구한(九韓)만이 항복하리오
천지가 평안한 뜻 여기에서 알 수 있네.

또 우리나라의 명현(名賢)인 안홍(安弘)이 편찬한 「동도성립기(東都成立記)」에 말했다.

"신라 제27대 왕으로 여왕이 즉위하니 도(道)는 있으나 위엄이 없어 여러 오랑캐들이 침범하였다. 만약 용궁 남쪽의 황룡사에 9층탑을 세우면 이웃 나라의 침략을 잠재울 수 있다고 하였다. 제1층은 일본, 제2

층은 중화(中華), 제3층은 오월(吳越), 제4층은 탁라(托羅)[8], 제5층은 응유(鷹遊)[9], 제6층은 말갈, 제7층은 거란(契丹), 제8층은 여진(女眞), 제9층은 예맥(穢貊)에 해당된다."

또 『국사(國史)』와 황룡사의 옛 기록을 살펴보면 이렇다.

"진흥왕 계유년(癸酉年, 553)에 절을 세우고 그 뒤 선덕왕 대인 정관(貞觀) 19년 을사년(乙巳年, 645)에 탑이 비로소 완공되었다. 제32대 효소왕이 왕위에 오른 지 7년이 되는 성력(聖曆) 원년 무술년(戊戌年, 698) 6월에 벼락을 맞았고{절의 옛 기록에서 선덕왕 때라고 한 것은 잘못이다. 선덕왕 재위기간에는 무술년이 없었기 때문이다} 제33대 성덕왕 대인 경신년(庚申年, 720)에 탑을 중수했다.제48대 경문왕 대인 무자년(戊子年, 868) 6월에 두 번째로 벼락을 맞아서 같은 왕 때에 세 번째 중수하였다. 본조(本朝, 고려)에 이르러 광종이 왕위에 오른 지 5년이 되는 계축년(癸丑年, 953) 10월에 세 번째 벼락을 맞았는데 현종 13년 신유년(辛酉年, 1021)에 가서야 네 번째 중수하였다. 또 정종 2년 을해년(乙亥年, 1035)에 네 번째 벼락을 맞아 문종 갑진년(甲辰年, 1064)에 다섯 번째로 중수했다. 또 헌종 말년인 을해년(乙亥年, 1095)에 다섯 번째 벼락을 맞아 숙종 병자년(丙子年, 1096)에 여섯 번째로 중수하였다. 또 고종 25년 무술년(戊戌年, 1238) 겨울에 몽고와의 전쟁에서 탑과 절에 안치했던 장륙존상과 사찰 건물들이 모두 불탔다.

1) 고대 인도의 4계급 가운데 두 번째인 크사트리아로 곧 무사계급이다.
2) 부처가 불제자들에게 장차 성불(成佛)하리라는 것을 일러주는 것이다.
3) 중국 고대에 강회(江淮) 지방에 살았다고 하는 종족으로 이는 동이족(東夷族)에 속한다.
4) 불교의 깊은 이치를 아는 불자를 가리킨다.
5) 불교 최고의 이상인 불타 정각(正覺)의 지혜와 그리고 그 정각의 지혜를 얻기 위하여 닦는 도를 가리킨다.
6) 세상의 모든 오랑캐의 뜻으로 구이(九夷)를 가리킨다.

7) 신라시대에 불교에서 행하던 팔관재계(八關齋戒)를 말한다. 고려시대 국가에서 행하던
   국태민안의 팔관회와는 다르다. 재가신도(在家信徒)들이 24시간 동안 지켜야 하는 계율
   이 8가지인데, 중생을 죽이지 말라, 남의 것을 훔치지 말라, 음란한 마음을 품지 말라,
   거짓말하지 말라, 술 먹지 말라, 사치스럽게 놀지 말라, 화려한 평상에 앉지 말라, 때 아
   닌 때에 먹지 말라 등이다.
8) 제주도의 옛 이름인 탐라의 또다른 이름이다.
9) 중국 동북쪽 바다 가운데에 있는 섬 이름이다.

황룡사종 · 분황사 약사여래상 · 봉덕사종

신라 제25대 경덕대왕이 천보(天寶) 13년 갑오년 (甲午年, 754)에 황룡사 종을 만들었다. 길이는 1장 (丈) 3치[寸], 두께는 9치이고, 무게는 49만 7천 581 근이다. 시주(施主)는 효정이왕(孝貞伊王) 삼모부 인(三毛夫人)이고, 장인(匠人)은 이상택(里上宅)의 하인이었다. 당나라 숙종조(736~761)에 새 종을 만 들었으니 길이가 6자 8치였다.

석사자(분황사, 통일신라
추정 , 경주 분황사)

또 이듬해 을미년(乙未年, 755)에 분황사 약사여 래상(藥師如來像)을 만들었다. 무게가 30만 6천 700 근이고, 장인은 본피부(本彼部)의 강고내말(强古乃 末)이었다. 또 경덕대왕은 황동(黃銅) 12만 근을 들 여서 돌아가신 부왕(父王) 성덕왕(聖德王)을 위하 여 큰 종 하나를 만들려고 하였는데 채 완성되기도 전에 세상을 떠났다. 그 아들 혜공대왕(惠恭大王)

동물모양 토우(경주 분황사)

조문 수막새(통일신라,
분황사지)

비천문 암막새(통일신라)

귀면와(첨성대부근)

연화보상화문 수막새(통
일신라, 백률사지)

용문양 암막새(통일신라)

건운(乾運)이 대력(大曆) 경술년(庚戌年, 770) 12월에
유사(有司)에게 장인들을 모아 그 일을 완성케 하고
종을 봉덕사(奉德寺)에 안치했다. 봉덕사는 효성왕
(孝成王)이 개원(개원) 28년 무인년(戊寅年, 738)에 돌
아가신 아버지 성덕대왕의 명복을 빌기 위해 세운
절이다. 그러므로 종명(鍾銘)을 성덕대왕신종지명
(聖德大王神鍾之銘)이라 했다.{성덕대왕은 경덕왕의 돌아
가신 아버지 흥광대왕(興光大王)이다. 종은 본래 경덕왕이 돌아가
신 아버지를 위해 시주한 쇠로 만든 것이므로 성덕왕의 종이라고
했다} 조산대부 전태자사의랑 한림랑(朝散大夫 前太
子司議郎 翰林郎) 김필해(金弼奚)가 왕명을 받고 명
문(銘文)을 지었는데 글이 너무 번쇄해서 싣지 않는
다.

영묘사의 장륙존상

선덕여왕이 절을 세우고 불상을 만든 인연(因緣)
은 「양지전(良志法師傳)」에 자세히 실려 있다. 경덕
왕이 왕위에 오른 지 23년이 되는 해에 장륙존상에
개금(改金)하였는데 그 비용은 벼 2만 3천 700섬에 해
당되었다.{「양지전」에는 불상을 처음 만들 때의 비용이라고 했
다. 이 두 설을 다 기록해 둔다}

사불산 · 굴불산 · 만불산

죽령(竹嶺) 동쪽 100여 리 되는 곳에 높이 솟은 산이 있다. 진평왕(眞平王) 9년 갑신년(甲申年, 624)에 갑자기 사면이 한 길이나 되는 큰 돌하나가 하늘로부터 그 산꼭대기에 떨어졌는데 그 돌의 사면에 사방여래(四方如來)[1]가 조각되어 있고 돌 전체가 붉은 비단 보자기로 싸여있었다. 왕이 그 얘기를 듣고 행차하여 돌을 향하여 절을 올리고는 드디어 떨어진 돌 옆에 절을 세워 대승사(大乘寺)[2]라 이름하였다. 지금이름을 알 수 없는, 법화경을 외우는 스님을 초청하여 절을 맡기고 그돌을 깨끗이 쓸며 향불이 끊어지지 않게 했다. 그 산을 역덕산(亦德山)이라 하고 혹은 사불산(四佛山)이라 하였다. 그 스님이 죽어 장사지내자 무덤 위에서 연꽃이 났다.

또 경덕왕이 백률사(栢栗寺)에 행차할 때 절 아래에 도착하니 땅속에서 염불하는 소리가 들렸다. 그 곳을 파게 하니 큰 돌이 나왔는데, 그 돌 사면에 사방불(四方佛)이 조각되어 있었다. 그 일로 인해 그곳에 절을 짓고 굴불사(掘佛寺)라 이름하였다. 지금은 와전되어 굴석사(掘石寺)라 한다.

왕이 또 당나라 대종황제(代宗皇帝)가 불교를 매우 숭상한다는 말을 듣고 장인에게 명하여 오색의 양탄자를 만들고 침단목(沈檀木)을 새겨 구슬과 옥으로 꾸민 한 길 높이의 가산(假山)을 만들게 했다. 가산을 양탄자 위에 놓으니 산에는 뾰족한 바위와 괴이한 돌 그리고 개울과 동굴이 나뉘어 배치되어 있었는데, 한 구역마다 춤추고 노래하는 사람 모습과 모든 나라들의 산천의 형상이 묘사되어 있었다. 살랑대는 바람이 그 문 안으로 불어오면 벌과 나비가 날며 제비와 참새가 춤추니 얼핏 보면 진짜인지 가짜인지 구별할 수 없을 정도였다. 그 속에 일만불(一萬佛)을 안치했는데 큰 것은 사방 한 치가 넘고, 작은 것은 8, 9푼쯤 되어 보였다. 부처의 머리는 큰 기장만 하거나 콩 반쪽 만했는데, 머리털과 백모(白毛)[3], 눈썹과 눈이 또렷해서 얼굴 모습이 다 갖추어져 있지만, 그 형상을 비슷하게 말할 수는 있어도 자세히 형용할 수는 없다. 이로 인하여 만불산(萬佛山)이라고 하였다.

또 금과 옥을 새겨 유소번개(流蘇幡蓋)[4]와 엄라(奄羅)[5], 치자, 꽃과 과일 등을 형용했는데 장엄한 모습과 길이가 100보가 되는 누각, 대전(臺殿), 당사(堂榭) 등을 모두 작게 만들어 놓았지만 마치 살아서 움직이는 듯 완연했다. 앞에는 왔다갔다 하는 1천여 명 스님의 형상이 묘사되어 있고, 아래에는 자금종(紫金鍾) 3좌(三座)가 있었는데 모두 종각을 지어 보호했다. 종각 안에는 포뢰(蒲牢)[6]가 있으며 고래 모양의 종 치는 방망이를 만들어 두었다. 바람이 불어 종이 울리면 돌아다니는 스님들이 모두 엎드려 머리가 땅에 닿도록 절을 했다. 이때 은은히 염불 소리가 들리니 이렇게 보면 동작의 주체는 종에 있었다. 비록 만불산이라고 이름 했지만 그 실제를 낱낱이 기록할 수 없다.

만불산이 완성되자 사신을 보내 당나라에 바치니 대종이 보고는 감탄하며 "신라 사람의 재주는 하늘이 낸 것이지 사람의 재주가 아니다"라고 말했다. 이에 구광선(九光扇)이라는 부채를 바위 사이에 두고 그 가산의 이름을 불광(佛光)이라 했다.

4월 초파일에는 양쪽 거리의 승려들에게 대궐의 절에 안치해 놓은 만불산에 예배하게 하고 삼장불공(三藏不空)[7]에게 명하여 밀부(密部)[8]의 진언[眞詮]을 1천 번을 외워서 경축하게 했다. 만불산을 구경하는 사람들마다 모두 그 정교한 솜씨에 탄복했다.

이를 기려 노래한다.

하늘이 만월[9]을 단장시켜 사방불을 마련했고

땅에 솟구쳐 오른 명호(明豪) 하룻밤에 열렸네.

교묘한 솜씨로 다시 만불(萬佛)을 새겼으니

불교를 천(天)·지(地)·인(人)에 두루 퍼지게 하리.

1) 사방여래는 마하비로자나불을 중심으로 사방에 모셔진 여래로 밀교에서 나온 것이다.
2) 경북 문경시 산북면 사불산에 있는 절이다.
3) 백호(白豪)와 같은 말로 부처의 눈썹 사이에 있는 터럭. 그 광명이 무량세계를 밝게 비춘
다고 한다.
4) 수실이 달린 깃발과 불상을 덮는 천을 가리킨다.
5) 과일나무의 이름으로 망과(芒果)이다.
6) 바닷가에 사는 짐승. 포뢰는 고래를 두려워하므로 고래가 포뢰를 치면 포뢰가 크게 운
다. 그러므로 포뢰의 모양을 종 위에 만들어 놓고 고래 모양의 방망이를 친다.
7) 삼장법사를 가리킨다. 불공은 그의 호. 삼장법사는 인도 사람으로 당나라 현종 때 중국
에 들어왔다가 대종 대에 죽었다.
8) 밀교를 가리킨다. 진언종으로 7세기 후반에 생긴 불교 종파의 하나이다.
9) 부처의 둥글고 풍만한 얼굴을 달에 비유한 말로. 사방불이다.

생의사의 돌미륵

선덕여왕 때 스님인 생의(生義)는 늘 도중사(道中寺)에 머물렀다. 꿈
에 한 스님이 자기를 이끌고 남산으로 올라가 풀을 묶어 표하게 하고
는 산의 남쪽 골짜기에 와서 "내가 이곳에 묻혀 있으니, 스님께서 내
시신을 파내어 고개 위에 안장해 주시오"라고 말했다. 꿈에서 깨어

표시해 둔 곳을 찾기 위해 친구들과 함께 그 골짜기로 갔다. 땅을 파보니 돌로 만든 미륵이 나와 그것을 삼화령(三花嶺) 위로 옮겨 놓았다.

선덕여왕 12년 갑진년(甲辰年, 644)에 그곳에 절을 짓고 기거하였다. 뒤에 절 이름을 생의사(生義寺)라 했다.{지금은 잘못 전해져 성의사(性義寺)라고 한다. 충담사(忠談師)가 매년 3월 3일과 9월 9일에 차를 달여 공양하는 부처가 바로 이 부처이다}

흥륜사의 보현보살 벽화

제54대 경명왕(景明王) 때 흥륜사(興輪寺) 남문(南門)과 좌우 회랑이 불에 탔으나 미처 수리하지 못하고 있었는데 정화(靖和)와 홍계(弘繼) 두 스님이 시주를 받아 수리하려 했다. 정명(貞明) 7년 신사년(辛巳年, 921) 5월 15일에 제석신(帝釋神)이 흥륜사의 왼쪽 경루(經樓)에 내려와 열흘 동안 머물렀는데 건물과 탑, 풀과 나무, 흙과 돌이 모두 이상한 향기를 내뿜고 오색구름이 절을 덮었으며, 남쪽 못에선 고기와 용들이 기뻐서 날뛰었다. 나라 사람들이 모여들어 이 광경을 보고는 일찍이 없던 일이라고 감탄하며 시주한 옥과 비단과 곡식이 산더미처럼 쌓이고, 장인(匠人)들이 스스로 모여들어 수리공사가 빨리 완성되었다.

공사가 끝나자 천제(天帝)가 돌아가려 하니 두 스님이 아뢰었다.

"천제께서 만일 궁으로 돌아가려 하신다면, 저희가 천제의 얼굴을 그려 두고 지성으로 공양하여 은혜에 보답할 수 있게 하시옵고 또한 이로 인해서 이곳에 천제의 모습을 모셔 두게 하여 길이 인간세상을 지킬 수 있게 해주시옵소서."

"나의 원력(願力)은 저 보현보살(普賢菩薩)이 현묘한 조화를 두루
펴는 것만 못하니, 이 보살상을 그려서 경건히 공양하기를 끊이지 않
게 하는 것이 좋겠소."

두 스님은 천제의 가르침을 받들어 벽에 보현보살을 정성껏 그렸는
데 지금도 그 화상이 남아 있다.

세 곳에 나타난 관음보살과 중생사

신라의 고전(古傳)에 이렇게 말했다.

"중국 천자에게 총애하는 여인이 있었는데 아름답기가 세상에 짝할
사람이 없을 정도였다. 천자가 '고금의 그림에도 이같이 아름다운 사
람은 적을 것이다'라고 하고는 화공에게 그녀의 실제 모습을 그리게
하였다.[화공의 이름은 전하지 않으나 혹은 장승요(張僧繇)라고 하는데, 그는 오(吳)나라
사람으로 양(梁)나라 천감(天監, 502~519) 연간에 무릉왕국(武陵王國)의 시랑으로 직비각
지화사(直秘閣知畫事)가 되고 우장군(右將軍)과 오흥태수(吳興太守)를 역임하였으니, 여기
서 말하는 천자는 중국 양나라와 진(陳)나라 사이에 치세했던 천자일 것이다. 그리고 전
(傳)에 당나라 황제라고 한 것은 우리나라 사람들은 모두 중국을 당이라고 했기 때문이다.
어느 대의 제왕인지 자세히 알 수 없으므로 모두 기록해 둔다.] 그 화공이 천자의 명
을 받들어 그림을 완성하였는데 실수로 붓을 떨어뜨려 배꼽 아래에 붉
은 점이 하나 찍혔다. 그림을 고치려고 했으나 어쩔 수 없어서, 마음
속으로 스스로 다짐하기를 붉은 점은 반드시 날 때부터 있던 것이라

하며 일을 끝내고 그림을 바쳤다. 황제가 자세히 살펴보고 난 뒤에 말했다.

"모습은 실물과 매우 비슷하나 배꼽 아래의 점은 비밀스런 것인데 어찌 알고 그것까지 그렸는가?"

황제가 진노하여 그를 감옥에 가두고 형벌을 내리려 하였다. 이때 승상(丞相)이 아뢰었다.

"저 사람은 이른바 마음이 정직한 사람이라고 할 수 있사오니 용서해 주시옵소서."

"저 사람이 어질고 정직하다면, 내가 지난밤에 꿈속에서 만난 사람을 그려서 바치도록 하라. 그린 것이 꿈속에서 본 사람과 다르지 않다면 용서하겠다."

그 화공이 곧바로 십일면관음상(十一面觀音像)을 그려서 바쳤는데 왕이 꿈에 본 사람의 모습과 일치하였다. 황제가 그제서야 노여움을 풀고 용서하였다. 화공은 석방되자 곧바로 박사(博士) 분절(芬節)과 약속했다.

"내가 듣기로는 신라가 불교를 신봉한다고 합니다. 그대와 함께 배를 타고 그 나라에 가서 같이 불사(佛事)를 닦아 동방의 어진 나라[仁邦]를 널리 이롭게 할 수 있다면 또한 좋은 일이 아니겠소?"

드디어 함께 신라에 이르러 이 중생사(衆生寺)의 관음보살상을 완성하였다. 나라 사람들이 우러러 존경하며 열심히 기도하여 복을 얻었으니 이 일을 다 기록할 수는 없었다.

신라 말 천성(天成, 926-929) 연간에 정보(正甫)[1] 벼슬을 하던 최은함(崔殷誠)이 늦도록 아들을 두지 못했는데 이 절의 관음보살 앞에 나아가 기도하였더니 그 부인이 임신하여 아들을 낳았다. 아이가 태어난 지 석 달이 채 못 되어 후백제의 견훤이 서울을 쳐들어와 성안이 몹시 혼란스러워졌다. 최은함이 아이를 안고 관음보살상 앞에 와서 말했다.

"이웃 나라 병사가 갑자기 들이닥쳐 사태가 급박하게 되었습니다. 이 아이가 변을 당한다면 우리 모두가 살아남을 수 없습니다. 만일 진실로 관음보살께서 이 아이를 주셨다면 위대한 자비의 힘으로 보호하고 길러 주셔서 우리 부자가 다시 만날 수 있게 해주십시오."

눈물을 흘리며 슬퍼하다 세 번 울고 세 번 고하고는 아이를 포대기에 싸서 관음보살의 사자좌(獅子座)[2] 아래에 숨겨두고 못미더워하는 마음으로 그곳을 떠났다. 그 후 반 달이 지나 적군이 물러가자 아이를 찾으려 오니 피부는 금방 목욕한 듯하고 포동포동 살쪄 있었으며 젖내가 아직도 입에 남아 있었다. 아이를 안고 집으로 돌아와 길렀는데 장성하면서 총명하고 지혜롭기가 남달랐다. 이 아이가 바로 승로(承魯)[3]로 벼슬은 정광(正匡)에 이르렀다. 승로는 낭중(郎中) 최숙(崔肅)을 낳고, 숙은 낭중 제안(齊顏)을 낳았다. 이로부터 후사가 끊이지 않고 이어졌다. 은함은 경순왕을 따라 본조(本朝, 고려)에 들어와 가문을 크게 이루었다.

또 통화(統和) 10년(992년) 3월에 이 절의 주지 성태(性泰)가 관음보살상 앞에 꿇어앉아 말했다.

"저는 이 절에 오랫동안 살면서 향불 살피기를 밤낮으로 게을리 하지 않았습니다. 그러나 절의 밭에서 생산되는 것이 없어서 향과 제사의 비용을 댈 수가 없어 다른 절로 옮겨가려고 하직하러 왔습니다."

이 날 성태가 잠깐 잠든 사이에 꿈을 꾸었는데 관음보살이 나타나 말했다.

"대사는 여기를 떠나지 말라. 내가 시주를 받아 제사 비용을 마련해 주겠도다."

성태가 기뻐하며 깨친 바가 있어 떠나지 않기로 하였다. 그런 지 열사흘 뒤에 갑자기 어떤 두 사람이 말과 소에 짐을 싣고 절문 앞에 이르렀다. 스님이 나가서 어디서 왔느냐고 물으니 그들이 대답했다.

"우리들은 금주(金州, 김해) 고을에서 온 사람입니다. 저번에 한 스님이 우리를 찾아와 '나는 서울의 중생사에 머문 지 오래 되었는데 공양에 쓸 네 가지[4] 물자를 마련하기 어려워 시주를 받으러 이곳까지 왔습니다' 라고 하였습니다. 그래서 이웃들이 시주한 것이 쌀 6섬과 소금 4섬이 되기에 싣고 왔습니다."

"이 절에는 시주를 받으러 다닌 사람이 없는데 그대들이 잘못 들은 것 같구려."

"저번의 스님이 지금 우리들을 데리고 신현정(神見井) 가에까지 와서 말하기를 '절이 얼마 멀지 않으니 먼저 가서 기다리겠다' 라고 해서 조금 있다가 우리들이 뒤를 따라온 것입니다."

절의 스님이 그들을 데리고 법당 앞으로 가자 그들이 관음보살을 우러러보며 예를 표하고는 서로 '이 보살상이 시주받으러 왔던 스님의 형상이다' 라고 하며 크게 놀라고 탄복해 마지않았다. 그 이후로 그들이 쌀과 소금을 해마다 바쳤다.

또 어느 날 저녁에 절 문간에 불이 나서 마을 사람들이 달려와 껐다. 법당에 올라가 보니 관음보살상이 보이지 않아 찾아다녔는데 마당 한가운데 서 있었다. 절간 사람들에게 누가 관음상을 밖에 내놓았느냐고 물었지만 모두 모른다고 했다. 그제서야 사람들이 관음대성의 영험이 대단함을 알았다.

대정(大定) 13년 계사(癸巳, 1173) 연간에 점숭(占崇)이라는 스님이 이 절에 와서 살고 있었다. 그는 글자를 알지 못했으나 성품이 순수하여 향화(香火)를 부지런히 받들었다. 어떤 스님이 이 절을 차지하려고 친의천사(襯衣天使)에게 호소하기를 "이 절은 국가에서 은혜와 복을 비는 곳이므로, 마땅히 글을 읽을 줄 아는 사람을 뽑아 그에게 절을 주관하게 해야 합니다" 라고 했다. 천사가 옳다고 여겨 점승을 시험해보기 위해 경문을 거꾸로 해서 주니 그가 받자마자 펴들고 물 흐르듯 줄줄 읽어 나갔다. 천사가 감복하여 물러나와 방 가운데 앉아서 그것을 다시 읽게 하니 점승은 입에 재갈을 물린 듯이 말이 없었다. 천사가 "스님은 참으로 관음대성의 보호를 받고 계십니다." 하고는 끝내 그 절을 빼앗지 않았다. 당시에 점승과 같이 살던 처사(處士) 김인부(金仁夫)가 이 이야기를 마을 노인들에게 전해 주고, 전기(傳記)로 기록했다.

1) 고려 초기 5품의 관직 이름이다.
2) 부처가 앉을 자리를 말한다.
3) 고려 초의 정치가인 최승로(崔承老, 927~989)를 가리킨다. 그는 최은함의 아들로 고려 초기의 문무제도 확립에 큰 공을 세웠다.
4) 공양에 필요한 음식, 의복, 와구(臥具), 탕약 등을 말한다.

백률사

계림(鷄林)의 북쪽 산을 금강령(金剛嶺)이라고 하는데 그 산의 남쪽에 백률사(栢栗寺)가 있다. 그 절에는 언제 만들어졌는지 그 연대를 알 수는 없으나 영험과 이적(異蹟)이 뛰어난 관세음보살상이 하나 있었다. 어떤 사람은 이 불상이 중국의 신통한 장인(匠人)이 중생사의 관음소상(觀音塑像)을 빚을 때 같이 만든 것이라고 했다. 또 세상에 전하기로는, 이 관세음보살이 전에 도리천(忉利天)에 올라갔다 돌아와 법당에 들어갈 때 밟은 돌 위에 남긴 발자취가 지금까지 남아 있다고 한다. 또 어떤 사람은 이 발자취가 관세음보살이 부례랑(夫禮郎)을 구해서 돌아올 때 보였던 자취라고도 한다.

천수(天授) 3년 임진년(壬辰年, 692) 9월 7일에 효소왕(孝昭王)이 살찬(薩湌) 대현(大玄)의 아들 부례랑(夫禮郎)을 국선(國仙)으로 삼았다. 그를 따르던 무리가 1천 명이나 되었는데 부례랑은 안상(安常)과 매우 가까웠다. 천수 4년 계사년(癸巳年) 늦봄 3월에 무리를 거느리고 금란(金蘭, 통천)에서 놀다가 북명(北溟, 원산만)의 경계에까지 왔는데 말갈족에게 납치되어 갔다. 그를 따르던 무리들은 모두 어찌할 바를 몰라 하다가 그냥 돌아왔으나 안상만이 그의 뒤를 따라갔으니 그때가 바로 3월 11일이었다. 대왕이 그 사실을 듣고는 놀라움을 금치 못하며 말했다.

"선대 임금께서 얻었던 신이한 피리를 나에게 물려 주셔서 지금 현금(玄琴)과 함께 대궐 안 창고에 간직해 두고 있는데 무엇 때문에 국선이 갑자기 적의 포로가 되었단 말인가? 이 일을 어찌하면 좋겠는가?"
{현금(玄琴)과 피리의 일은 별전(別傳)에 자세히 실려 있다}

이때 상서로운 구름이 천존고(天尊庫)를 덮었다. 왕이 놀라고 두려움에 떨며 살펴보게 하였더니 현금과 피리 두 보물이 없어졌다. 이에 왕이 말했다.

"내가 복이 없어 저번에는 국선을 잃어버리더니 또 현금과 피리를 잃어버렸단 말인가?"

즉시 창고지기 김정고(金貞高) 등 다섯 사람을 가두었다. 4월에 사람들을 불러 모아놓고 말했다.

"현금과 피리를 찾아오는 사람에게는 한해 동안 거두어들이는 조세를 상으로 주겠노라."

5월 15일에 부례랑의 부모가 백률사 관세음보살상 앞에 나아가 여러 날 저녁 기도를 올렸더니 갑자기 향 탁자 위에 현금과 피리 두 보물이 놓여져 있고 부례랑과 안상 두 사람도 불상 뒤에 와 있었다. 부모가 매우 기뻐하며 돌아오게 된 연유를 묻자 부례랑이 말했다.

"제가 납치되어 적국의 대도구라(大都仇羅)의 집 목동이 되어서 대오(大烏)의 나니(羅尼) 들에서{다른 책에는 '도구(都仇)'의 집 노비가 되어서 대마(大磨)의 들판에서 짐승을 먹였다' 라고 했다} 짐승을 먹이고 있었습니다. 그때 갑자기 외모가 단정한 스님 한 분이 손에 현금과 피리를 들고 와서 저를 위로하며 말했습니다.

'고향이 생각나느냐?'

저는 저도 모르는 새 스님 앞에 무릎을 꿇고 말했습니다.

'임금과 부모를 생각하며 그리워하는 마음을 어찌 다 말할 수 있겠습니까?'

'그렇다면 나를 따라오도록 해라.'

드디어 그를 따라서 바닷가에 이르렀는데 거기에서 안상도 만났습니다. 스님은 피리를 둘로 나누어 우리 둘에게 주며 각기 그것에 올라타게 하고, 스님은 현금을 타고 바다에 떠서 돌아왔는데 잠깐 사이에 이곳에 이르렀습니다."

이에 그 일을 사실대로 급히 왕에게 알리자, 왕이 매우 놀라며 사람을 보내 부례랑을 맞게 하니 부례랑은 현금과 피리를 가지고 대궐로 들어왔다. 왕이 무게가 50냥이 나가는 금·은 그릇 5개씩 두 벌과 비단으로 만든 가사장삼 다섯 벌, 좋은 비단 3천 필(疋), 밭 1만 경(頃)을 백률사에 시주하여 부처님의 은혜에 보답했다. 나라 안에 사면령을 내리고, 관리들에게는 관직 세 등급을 올려주었으며, 백성들에게는 3년 동안 조세를 면제해 주었다. 백률사의 주지를 봉성사(奉聖寺)로 옮겨 살게 하고, 부례랑에게 대각간(大角干)의[신라 재상(宰相)의 관직 이름이다] 벼슬을 내렸다. 그의 아버지 아찬(阿飡) 대현(大玄)을 태대각간(太大角干)으로 삼았고, 어머니 용보부인(龍寶夫人)을 사량부(沙梁部)의 경정 궁주(鏡井宮主)로 삼았다. 안상을 대통(大統)으로 삼았으며, 창고지기 다섯 명의 죄를 모두 면해 주고, 각자에게 벼슬 5급을 올려 주었다.

6월 12일 혜성이 동쪽에서 나타나더니, 17일에 또 서쪽에 나타나자 일관(日官)이 아뢰었다.

"이것은 상서로움을 보여준 현금과 피리에게 관직을 주지 않아서 생긴 것입니다."

이에 신령한 피리를 '만만파파식적(萬萬波波息笛)'이라고 책봉(册封)하자 혜성이 사라졌다. 그 후에서도 신령하고 이상한 일이 많았지만, 글이 길어져 싣지 않는다.

세상에서는 안상을 준영랑(俊永郎)을 따르던 사람이라고도 하지만 자세히 알 수 없다. 영랑(永郎)의 무리 가운데 오직 진재(眞才), 번완(繁完) 등의 이름만 알려졌으나 이들에 대해서도 알 수 없다.[자세한 것은 별전(別傳)에 보인다]

민장사

우금리(愚金里)에 보개(寶開)라는 가난한 여인이 살고 있었는데 그에게 장춘(長春)이라는 아들이 있었다. 아들이 장사꾼을 따라 바닷길을 떠났으나 오래도록 소식이 없자 그 어머니가 민장사(敏藏寺)(이 절은 각간인 민장(敏藏)이 집을 내놓아 절로 만든 것이다) 관세음보살 앞에 나아가 7일 동안 기도하였더니 갑자기 장춘이 돌아왔다. 어머니가 그에게 늦게 돌아오게 된 까닭을 묻자 대답했다.

"바다 가운데서 회오리바람을 만나 배가 부서져 같이 갔던 동료들이 다 죽었으나 저만 널빤지에 의지하여 떠다니다가 오(吳)나라 해변가에 이르렀습니다. 오나라 사람들이 저를 거두어 들에서 농사를 짓게 했습니다. 그렇게 지내고 있던 어느 날 낯모르는 스님이 찾아와 마치 우리 고향에서 온 사람처럼 은근히 위로해 주더니 저를 데리고 같이 길을 떠났는데, 앞에 깊은 도랑이 길을 막자 스님이 저를 겨드랑이에 끼고 건너뛰었습니다. 정신이 혼몽한 가운데 고향의 말소리와 흐느끼는 소리가 들리기에 쳐다보니 벌써 이곳에 도착해 있었습니다. 신시(申時, 오후 3~5시 사이)에 오 지방을 떠났는데 이곳에 이르니 겨우 술시(戌時) 초(오후 7시경)였습니다."

이때가 천보(天寶) 4년 을유년(乙酉年, 745) 4월 8일이었다. 경덕왕이 그 일을 듣고는 민장사에 밭을 시주하고 또 재물과 폐백을 바쳤다.

앞(신라) 뒤(고례)로 가지고 온 사리

『국사(國史)』에 이렇게 말했다.

"진흥왕 때인 대청(大淸) 3년 기사년(己巳年, 549)에 양(梁)나라에서 심호(沈湖)를 시켜 부처의 사리 몇 알을 보내왔다. 선덕여왕 때인 정관(貞觀) 17년 계묘년(癸卯年, 643)에 자장법사가 당나라에서 부처의 머리뼈, 어금니, 부처의 사리 100과(顆)와 부처가 입었던 붉은 비단에 금빛 점이 찍혀 있는 가사(袈裟) 한 벌을 가지고 왔다. 그 사리를 셋으로 나누어 한 부분은 황룡사(皇龍寺) 탑 안에 넣었고, 또 한 부분은 대화사(大和寺)¹⁾ 탑 안에 넣었으며, 나머지 한 부분은 가사와 함께 통도사 계단(戒壇)에 안치했다. 자장이 가지고 온 이 밖의 나머지는 어디에 두었는지 알지 못한다. 통도사 계단은 두 층으로 되어 있는데, 위층 가운데의 돌 뚜껑은 마치 가마솥을 엎어놓은 듯하다.”

속설에 이런 말이 있다.

“옛날에 고려의 두 안렴사(安廉使)가 이어서 통도사에 와 계단에 예를 표하고 돌뚜껑을 들어 경배했는데 처음에 보았을 때는 긴 구렁이가 돌 함 속에 사리고 있었고, 뒤에 보았을 때는 큰 두꺼비가 그 속에 쪼그리고 앉아 있었다. 그 뒤로는 감히 돌을 들어 들여다보지 못했다. 요즈음 상장군(上將軍) 김리생(金利生)²⁾과 시랑(侍郎) 유석(庾碩)³⁾이 고종(高宗)의 명을 받아 강동(江東)⁴⁾을 지휘하게 되어 부절(符節)⁵⁾을 가지고 이 절에 도착했다. 그들이 돌뚜껑을 들어 예를 표하고자 하니 절의 스님이 예전의 일 때문에 어렵다고 했으나 두 사람이 군사를 시켜 굳이 돌뚜껑을 들게 하자 안에는 작은 돌함이 있고, 함 속에는 유리통이 들어 있는데, 그 속에는 불사리 4알만이 남아 있었다. 그것을 돌려가며 보고 예를 표하는데 유리통이 조금 상해 금이 간 곳이 있었다. 이에 유석이 마침 가지고 있던 수정함(水精函) 하나를 시주하여 거기에 사리를 넣어 같이 묻게 하고는 사실을 기록했다. 그때는 고려 정부가 강화도로 옮겨 간 지 4년이 되는 을미년(乙未年, 1235)이었다.”

『고기(古記)』에 이렇게 말했다.

"사리 100과를 세 곳에 나누어 보관했는데 지금은 오직 4과만 남아 있다. 그것은 보는 사람에 따라 사라지기도 하고 나타나기도 하니 그 수가 많거나 적은 것은 괴이한 일이 아니다."

속설에 이런 말이 있다.

"황룡사 탑이 불타던 날에 돌함의 동쪽 면에 처음으로 큰 얼룩이 생겼는데 지금도 남아 있다."

그때는 바로 대요(大遼) 응력(應歷)[6] 3년 계축년(癸丑年, 953)이며 고려 광종 5년이니 탑이 세 번째로 불탔던 때이다. 조계산(曹溪山) 무의자(無衣子)[7]가 남긴 시에 '듣기로는 황룡사 탑이 불타던 날, 연달아 불탄 한쪽에 무간지옥의 뜨거운 얼룩 나타났네'라고 하였으니 바로 그 사실을 말한 것이다.

지원(至元) 갑자년(甲子年, 1264) 이래로 중국 사신과 우리나라 사신들이 다투어 와서 돌함에 예를 표하고 사방의 운수승(雲水僧)들이 몰려와 참례했는데 이들 중에는 혹 돌함을 들어보기도 하고 그렇지 못한 이도 있었다. 그때마다 진신(眞身) 사리(舍利) 4과 위에 변신(變身) 사리(舍利)가 모래알처럼 부서져서 돌함 밖으로 나와 이상한 향기를 진하게 풍겼다. 종종 그 향기가 며칠 동안 사라지지 않는 적도 있었으니 이것은 말세에 나타나는 기이한 현상 중의 하나였다.

당나라 대중(大中) 5년 신미년(辛未年, 851)에 당나라에 사신으로 갔던 원홍(元弘)이 가져온 부처 어금니와(지금은 있는 곳을 알 수 없다. 신라 문성왕(文聖王) 때 일이다) 후당(後唐) 동광(同光) 원년 계미년(癸未年, 923) 즉 본조 태조 즉위 6년에 중국에 갔던 윤질(尹質)이 가져온 5백 나한상(羅漢像)이 지금 북숭산(北崇山) 신광사(神光寺)에 있다. 송나라 선화(宣和) 원년 기묘년[8](己卯年, 1119)에(예종(睿宗) 14년이다) 조공을 바치러 중국에 갔던 사신 정극영(鄭克永), 이지미(李之美) 등이 가지고 온 부처 어금니는 지금 대궐 안에 모셔져 있는 바로 그것이다.

사람들 사이에 전해 오는 말이 있다.

"옛날에 의상법사(義湘法師)가 당나라에 들어가 종남산(終南山)의 지상사(至相寺) 지엄존자(智儼尊者)[9]를 찾아갔다. 가까운 곳에 도선율사(道宣律師)[10]가 있었는데 항상 하늘에서 음식을 공양받았고, 재(齋)를 지낼 때마다 하늘의 주방[天廚]에서 음식을 보내왔다. 하루는 도선율사가 의상법사를 재에 청했다. 의상이 와서 기다리고 있는데 하늘에서 공양 음식이 내려올 시간이 지나도 내려오지 않았다. 의상이 빈 바리때를 들고 돌아가자 천사가 그제야 내려왔다.

도선율사가 천사에게 오늘은 왜 그렇게 늦었느냐고 물으니 천사가 대답하기를, 골짜기마다 신병(神兵)이 길을 막고 있어 들어오지 못했다고 했다. 이 말을 듣고 율사는 의상법사가 신의 호위를 받고 있어 도력(道力)이 자신보다 높다는 것을 알고 하늘에서 보내온 공양을 그대로 남겨두었다. 다음날 율사가 지엄과 의상을 재에 초청하여 어제의 일을 자세히 설명했다. 의상법사가 조용히 말했다.

'율사께서는 이미 천제(天帝)의 존경을 받고 계십니다. 일찍이 듣건대 제석궁(帝釋宮)에 부처의 40개 치아 가운데 어금니 하나가 있다고 합니다. 율사께서 천제께 청하여 그것을 인간 세상에 내려보내 사람들로 하여금 복을 누리게 하는 것이 어떻겠습니까?'

후에 율사가 천사와 함께 그 뜻을 상제에게 전하니 상제가 7일을 기한으로 정하고 보내주었다. 의상법사가 예를 올리고는 이것을 맞이하여 대궐에 모셨다."

그 후에 송나라 휘종조(徽宗朝)에 이르러 도교(道敎)를 신봉하게 되니, 나라 사람들이 '금인(金人)[11]이 나라를 망칠 것이다'라는 참언을 퍼뜨렸다. 도사들의 꼬임을 받은 일관(日官)이 천자에게 아뢰었다.

"금인(金人)은 불교를 말하는 것이오니 장차 나라에 이롭지 못할 것입니다."

이 말을 듣고 조정에서는 불교를 없애기 위해 스님들을 땅에 묻어 죽이고 불경을 불태우려 했다. 그리고 작은 배를 마련하여 거기에 부처 어금니를 실어 넓은 바다에 띄워 인연따라 흘러가게 하려고 했다. 그때 마침 송나라에 와 있던 고려 사신이 그 소문을 듣고는 어금니를 실은 배를 호송하는 내사(內史)에게 천화용(天花茸) 50벌[領]과 모시 300필을 뇌물로 주고 비밀리에 부처의 어금니를 빼돌린 뒤에 빈 배만 흘러 보내게 했다. 부처의 어금니를 얻어 가지고 돌아와 왕에게 아뢰니 예종(睿宗)이 매우 기뻐하여 십원전(十員殿) 왼쪽 옆의 작은 건물에 모셨다. 출입문에는 항상 자물쇠를 채워놓아 밖에서 향과 등(燈)을 공양했으나, 왕이 친히 행차하는 날이면 문을 열고 예를 올렸다.

임진년(壬辰年, 1232)에 강화로 서울을 옮길 때 내관(內官)들이 황망한 가운데 부처의 어금니를 잊어버리고 챙기지 못했다. 병신년(丙申年, 1236) 4월에 왕의 원당(願堂)인 신효사(神孝寺)의 온광(蘊光)스님이 부처의 어금니에 예를 올리기를 청하니 왕이 대궐의 신하들에게 그것을 찾아보게 하였으나 찾을 수가 없었다. 이때 어사대(御史臺)의 시어사(侍御史) 최충(崔冲)이 설신(薛伸)을 시켜 급히 여러 알자(謁者)[12]들의 방을 찾아다니며 그 행방을 물어보았으나 아는 사람이 없었다.

내신(內臣) 김승로(金承老)가 아뢰었다.

"임진년에 강화로 서울을 옮길 때의 자문일기(紫門日記)[13]를 조사해 보십시오."

그 말에 따라 자문일기를 보니 '입내시부대경(入內侍大府卿) 이백전(李白全)이 부처님의 어금니가 들어 있는 함(函)을 받았다'라고 쓰여 있었다. 이백전을 불러서 그 일을 따져 물었더니 대답했다.

"집에 돌아가 그때 쓴 저의 일기를 살펴볼 수 있게 해 주시옵소서."

집에 와서 살펴보니 좌심알자(左審謁者) 김서룡(金瑞龍)이 그 함을 받았다는 기록을 확인하고는 그것을 가지고 와 바쳤다. 김서룡을 불러 물어보았으나 대답을 못했다. 김승로가 아뢴대로 임진년에서 지금의 병신년까지 5년 동안 대궐에 있는 불당과 경령전(景靈殿)에 근무한 사람들을 붙잡아 감옥에 가두고 심문했으나 좋은 결과를 얻지 못했다. 그런 일이 있은 지 3일 뒤 밤중에 김서룡의 집 담 안으로 물건을 던지는 소리가 나 불을 켜고 살펴보았더니 바로 부처님의 어금니를 담은 함이었다. 본래 함의 제일 안쪽 한 겹은 침향합(沈香合)이고, 다음 겹은 순금합(純金合)이며, 다음 바깥 겹은 백은함(白銀函)이고, 그 다음 바깥 겹은 유리함(瑠璃函)이며, 그 다음 바깥 겹은 나전함(螺鈿函)으로 각 함의 폭(幅)이 서로 꼭 들어맞게 되어 있었다. 그런데 찾은 것은 유리함 뿐이었다. 김서룡이 그 함을 찾은 것을 기뻐하여 대궐에 들어가 알렸다. 유사(有司)가 죄를 논하여 김서룡과 두 건물에 근무한 사람을 모두 죽이려 하였다. 그때 진양부(晉陽府)[14]에서 왕에게 불사(佛事)로 많은 사람을 해치는 것은 옳지 않다고 아뢰어서 모두 죽임을 면했다. 다시 명을 내려 십원전(十員殿) 안뜰에 특별히 부처님의 어금니를 모시는 불전을 지어 안치하고는 장사들을 배치하여 지키게 했다. 길일(吉日)을 택해 신효사(神孝寺) 주지 온광스님에게 청하여 스님 30명을 데리고 대궐 안에 들어와 재를 지내고 치성을 올리게 했다. 그날 근무한 승선(承宣) 최홍(崔弘), 상장군(上將軍) 최공연(崔公衍), 이영장(李令長)과 내시(內侍) 다방(茶房) 등의 관원들이 불아전 뜰에 왕을 모시고 늘어서 있다가 차례로 불아함을 머리에 이고 경의를 표하였다. 불아함의 구멍 사이로 수많은 사리가 나타나서 진양부에서 사리를 백은합(白銀合)에 담아 모셨다.

이때 임금이 신하들에게 말했다.

"짐이 부처님의 어금니를 잃어버리자 스스로 네 가지 의문을 가지게 되었소. 첫째는 천제가 정한 7일의 기한이 다 차서 부처님의 어금니가 하늘로 되돌아갔는가, 둘째는 부처님의 어금니는 신물(神物)이니 이처럼 어지러운 나라를 떠나 인연이 있는 태평한 나라에 옮겨간 것인가, 셋째는 재물을 탐하는 소인이 여러 겹으로 된 함을 도적질하고 부처님의 어금니를 구렁에 버렸는가, 넷째는 도적이 보물을 훔쳐갔으나 밖으로 드러낼 수 없어서 집안에 감추어 두었는가 하는 것이었소. 지금 보니 넷째 의문이 들어맞았구려."

이에 왕이 목놓아 크게 우니 뜰을 가득 메운 사람들이 모두 눈물을 흘리며 왕의 장수를 축원하였고, 이마와 팔뚝을 불로 지지며 수계(受戒)하는 사람도 있었는데 그 수를 헤아릴 수 없이 많았다. 이 실록(實錄)은 당시 내전(內殿)에서 예불을 올리던 전 기림사(祇林寺)의 대선사(大禪師) 각유(覺猷)스님에게서 얻은 것인데, 그때 친히 목격한 것이라고 하며 나로 하여금 기록하게 했다.

또 경오년(庚午年, 1270)에 강화도에서 나와 개성으로 환도할 때의 난리는 임진년(1232)에 강화로 서울을 옮길 때보다 더 극심했다. 십원전의 감주(監主) 심감선사(心鑑禪師)가 자기 몸을 돌보지 않고 불아함을 가지고 나왔으므로 적의 난리[15]에도 무사할 수 있었다. 이 사실이 대궐에 알려져 그에게 크게 상을 내리고 이름난 절을 맡게 하였는데 지금 심감선사는 빙산사(氷山寺)의 주지를 맡고 있다. 이 얘기도 각유스님에게서 직접 들은 것이다.

진흥왕 때인 천가(天嘉) 6년 을유년(乙酉年, 565)에 진(陳)나라가 유사(劉思)와 명관(明觀)스님을 시켜 불경과 논(論) 1천 700여 권을 보내왔다. 정관(貞觀) 17년(643년)에는 자장법사가 삼장(三藏)[16] 400여 상자를 가지고 와 통도사에 안치했다.

홍덕왕대인 태화(太和) 원년 정미년(丁未年, 827)에 중국에 유학한 고구려 구덕(丘德)스님이 불경 몇 상자를 가지고 오자 왕이 여러 절의 스님들과 함께 흥륜사 앞길에 나아가 그를 맞이했다. 대중(大中) 5년 (851년)에 당나라에 사신으로 갔던 원홍(元弘)이 불경 몇 축(軸)을 가지고 왔다. 신라 말엽에 보요선사(普耀禪師)가 두 번이나 오월국(吳越國)에 가서 대장경을 싣고 왔는데, 이 사람이 바로 해룡왕사(海龍王寺)의 개산조(開山祖)[17]이다. 대송(大宋) 원우(元祐) 갑술년(甲戌年, 1094)에 어떤 사람이 보요선사들의 진영을 기려 다음과 같이 읊었다.

위대하도다 개산조여,
빼어났도다 저 참 모습이여.
두 번이나 오월국에 가서
대장경을 실어 오셨네.
보요(普耀)라는 이름 하사하시고
조서를 네 번이나 내리셨도다.
만약 그 덕을 묻는다면
밝은 달, 맑은 바람이라 하리.

또 금나라 대정(大定, 1161~1189) 연간에 한남관기(漢南管記)였던 팽 조적(彭祖逖)이 시를 남겼다.

아름답고 고요한 이 절은 부처님 계시는 곳
하물며 이 신룡(神龍)이 이 곳을 지켜 편안함에랴.
이 좋은 절 누가 이어받을까

불교는 원래 남방에서 온 것이네.

그 발문(跋文)에 이렇게 말했다.

"옛날에 보요선사(普耀禪師)가 처음 남월(南越)에서 대장경을 구해서 돌아오는데, 바다에 바람이 갑자기 일어나 조각배가 파도에 휩싸여 보일락말락 할 정도였다. 선사가 곧바로 말하기를 '신룡(神龍)이 대장경을 여기에 두고 가기를 바라는구나' 하고는 드디어 주문을 외며 신룡과 함께 대장경을 받들고 가기를 축원하니 그제야 바람이 자고 파도가 잠잠해졌다. 본국에 돌아와 산천을 두루 돌아다니며 대장경을 안치할 곳을 찾아다니다 이 산에 이르렀는데 갑자기 산 위에서 상서로운 구름이 일어나는 것을 보았다. 이에 수제자인 홍경(弘慶)과 함께 이 산에 절을 세웠다. 불교가 우리나라에 전해진 것은 실로 이때부터이다."

한남 관기 팽조적이 썼다

이 절에는 용왕당(龍王堂)이 있는데 자못 영험과 이적이 많이 일어났다. 용왕은 당시에 대장경을 따라와 여기에 머물렀는데 지금의 용왕당이 바로 그 용왕당이다.

또 천성(天成) 3년 무자년(戊子年, 928)에 묵화상(墨和尙)이 당나라에 들어가서 대장경을 가지고 왔다. 고려 예종(睿宗) 때 혜조국사(慧照國師)가 왕명을 받들어 중국으로 유학 갔다가 요(遼)나라 판본(板本) 대장경 3부(部)를 가지고 돌아왔다. 지금 그 중 한 부가 정혜사(定惠寺)에 있다.{해인사에 한 본이 있고, 허참정(許參政)댁에 한 본이 있다}

대안(大安) 2년(1086년) 고려 선종(宣宗) 때 우세승통(祐世僧統) 의천(義天)이 송나라에 들어가 천태교관(天台敎觀)[18]을 많이 가지고 왔다.

이 외에 문헌에 기록되지 않은 고승(高僧)과 불제자들이 중국을 왕래하며 가지고 온 것들은 상세하게 기록할 수 없다. 위대한 불교가 동쪽으로 전해져 크게 번창하였으니 경사스런 일이라 하겠다.

이를 기려 노래한다.

중국과 우리나라가 안개로 막혔는데
부처님 열반하신 지 2천 년이 되었네.
동방으로 전해진 것 진실로 축하할 만하니
동방과 인도가 한세상이 되었도다.

여기에 기록된 「의상전(義湘傳)」을 살펴보면 '의상은 영휘(永徽) 초년(650)에 당나라에 들어가서 지엄(智儼)을 뵈었다' 라고 하였으나, 「부석사본비(浮石寺本碑)」의 기록된 내용은 이렇다.

"의상은 무덕(武德) 8년(625)에 태어나 어린 나이에 출가(出家)하였다. 영휘 원년 경술년(庚戌年, 650)에 원효(元曉)와 함께 당나라에 들어가려고 고구려 땅까지 갔으나 도중에 어려움이 있어 돌아왔다. 용삭(龍朔) 원년 신유년(辛酉年, 661)에 당나라에 가서 지엄에게 배웠는데 총장(總章) 원년(668년)에 지엄이 열반하자 함형(咸亨) 2년(671)에 신라로 돌아왔다. 장안(長安) 2년 임인년(壬寅年, 702)에 세상을 떠나니 나이 일흔여덟이었다."

그렇다면 의상이 지엄과 함께 선율사가 거처하는 곳에서 재를 지내고 천궁(天宮)에 불아(佛牙)를 청한 것은 신유년(辛酉年, 661)에서 무진년(戊辰年, 668)까지 7, 8년 사이의 일이다. 고려 고종(高宗)이 강화로 서울을 옮긴 임진년(壬辰年, 1232)에 천궁에서 정한 7일 기한이 다 찼다고 의심한 것은 잘못이다. 도리천(忉利天)의 하루 밤낮은 인간 세상의 100년에 해당되는데 의상이 처음 당나라에 들어간 신유년부터 고종 임진년까지를 계산해 보면 693년으로 경자년(庚子年, 1240)이 되어야 비로소 700년이 되어 7일 기한이 차게 된다. 강화에서 나와 개경으로 환도하던 지원(至元) 7년 경오년(庚午年, 1270)까지는 730년이니, 만일 천제(天帝)가 말한 대로 불아가 7일 후에 천궁으로 돌아갔다면, 심감선사(心鑑禪師)가 개경으로 환도할 때 강화에서 가지고 나와 왕에게 바친 부처님의 어금니는 아마도 진짜가 아닌 듯하다. 그 해 봄 강화에서 나오기 전에 왕이 대궐에서 고승(高僧)들을 모아 부처님의 어금니와 사리를 얻기 위해 정성을 다해 빌었지만 한 알도 얻지 못했다고 했으니 이는 7일 기한이 차서 이미 부처님의 어금니가 천궁으로 올라갔기 때문일 것이다.

지원 21년 갑신년(甲申年, 1284)에 국청사(國淸寺)19)의 금탑(金塔)을 보수하니 충렬왕이 장목왕후(莊穆王后)20)와 함께 묘각사(妙覺寺)21)에 행차하여 대중들이 모인 자리에서 이 일을 경하하고 찬양했다. 법회를 마치고 나서 왕은 부처님의 어금니와 낙산사(洛山寺)의 수정염주(水精念珠)와 여의주(如意珠)를 사부 대중들과 함께 친견하고 예를 표한 뒤에 모두 금탑(金塔) 속에 안치하였다. 나도 또한 이 모임에 참여하여 이른바 부처님의 어금니라고 하는 것을 보았는데 길이가 3치 정도 되었으며 불사리는 없었다.

무극(無極)22)이 기록한다

---

1) 경남 울산시 태화강 가에 있던 절이다.
2) 고려 고종 때의 상장군으로 고종 22년에 안동에서 반란을 일으킨 사람들이 몽고병을 유혹하여 경주를 치려할 때 동남도지휘사(東南都指揮使)가 되어 공을 세웠다.
3) 고려 고종 때의 청백리. 충청 · 전라 두 도의 안찰사가 되었다.
4) 낙동강 동쪽을 가리킨다.
5) 전장에 나가는 장군이나 외국에 파견되는 사신에게 왕이 신표로 주던 깃발이다.

6) 응력은 중국 요나라 목종의 연호(951~968)이다.
7) 진각국사(眞覺國師) 혜심(1178~1234)의 호로 조계종의 2대 조사이다.
8) 선화 원년은 기묘년이 아니라 기해년(己亥年)으로 고려 예종 14년이다.
9) 중국 당나라의 고승. 화엄종(華嚴宗)의 2대조이다.
10) 중국 당나라의 고승으로 남산율종(南山律宗)을 열었다.
11) 금신(金神)이라고도 하며, 부처님의 몸이 금빛인 데서 유래한 말로 부처 또는 불상을 가리킨다.
12) 고려시대 내시부(內侍府)에 속해 있던 종7품 벼슬이다.
13) 궁중 내의 일을 일기 형식으로 기록해 놓은 것이다.
14) 고려 고종 때 권력을 장악했던 최우(崔瑀)의 관부(官府). 최우는 최충헌의 아들이다.
15) 몽고의 압력에 의하여 고려 정부가 강화에서 개성으로 환도할 때 몽고와 끝까지 항쟁을 주장하며 난을 일으킨 삼별초(三別抄)의 난을 말한다.
16) 불교의 전적(典籍)인 경장(經藏), 율장(律藏), 논장(論藏)을 통틀어 일컫는 말이다.
17) 불교에서 절이나 종파를 새로 개창한 사람을 이르는 말이다.
18) 천태종의 교상(教相), 관심(觀心) 두 부분의 책을 가리킨다.
19) 경기도 개풍군에 있던 절로 몽고군의 침입으로 불탔다.
20) 충렬왕의 왕후이며 원나라 세조의 딸인 제국대장공주(齊國大長公主)를 가리킨다.
21) 경기도 개성의 영평문 밖에 있던 절이다.
22) 고려의 스님으로 일연선사(一然禪師)의 제자이다.

미륵선화 · 미시랑 · 진자사

　　제24대 진흥왕의 성은 김씨이고 이름은 삼맥종(彡麥宗)인데 심맥종(深麥宗)이라고도 한다. 양(梁)나라 대동(大同) 6년 경신년(庚申年, 540)에 왕위에 올랐다. 백부(伯父)인 법흥왕의 뜻을 좇아 정성을 기울여 불법을 믿어 널리 절을 세우고 많은 사람들을 제도하여 스님이 되게 했다. 왕은 천성적으로 풍미(風味)가 있어 신선을 매우 숭상하여 민가의 처녀들 가운데 행실이 아름다운 사람을 뽑아서 원화(原花)로 삼았다. 이는 많은 사람들 가운데서 인재를 선발하여 효제(孝悌)와 충신(忠信)

을 가르치기 위한 것으로 이 또한 나라를 다스리는 큰 요체로 삼았다. 이에 남모랑(南毛娘)과 교정랑(峧貞娘) 두 원화를 뽑았으니 이때 응모한 사람이 3천 400명이나 되었다. 교정랑은 남모랑을 시기 질투하였다. 어느날 교정랑이 자신이 마련한 술자리에서 남모랑에게 술을 먹여 취하게 되자 몰래 북천(北川) 가운데로 데리고 가서 돌더미에 묻어버렸다. 남모랑을 따르던 무리들은 그가 간 곳을 몰라 슬피 울다가 흩어졌다. 그 살인 음모를 알고 있는 어떤 사람이 노래를 지어 거리의 아이들을 꾀어 부르게 했다. 남모랑의 무리가 그 노래를 듣고 시신을 북천 가운데서 찾아내고는 바로 교정랑을 죽였다. 이 일로 인하여 대왕이 명령을 내려 원화의 제도를 폐지시켰다.

그런 지 여러 해가 지나 왕은 나라를 흥성하게 하려면 반드시 풍월도(風月道)[1]를 일으켜야 한다고 생각했다. 왕이 다시 명을 내려 양가(良家)의 남자로 덕행이 있는 사람을 선발하여 이름을 고쳐서 화랑(花郎)이라고 했다. 맨 처음 설원랑(薛原郎)을 국선(國仙)으로 삼으니 이것이 화랑 국선의 시작이다. 그것을 기념하여 명주(溟州)에 화랑의 기념비를 세웠다. 이로부터 사람들이 악한 마음을 고쳐 다시 선해지고, 윗사람을 존경하고 아랫사람을 너그럽게 대하니 왕의 시대에 오상(五常)[2]과 육예(六藝)[3]와 삼사(三師)[4]와 육정(六正)[5]이 널리 행해졌다.[『국사(國史)』에 '진지왕(眞智王) 대건(大建) 8년 병신년(丙申年, 576)에 처음 화랑을 받들었다'라고 했는데, 이는 아마도 사전(史傳)의 잘못일 것이다.]

진지왕 대에 이르러 흥륜사(興輪寺)의 진자(眞慈)스님이[정자(貞慈)라고도 한다] 늘 법당의 주불(主佛)인 미륵상 앞에 나아가 발원하여 맹세했다.

"우리 미륵께서 화랑으로 화신(化身)하여 세상에 나타나시어 제가 항상 거룩하고 맑은 그 모습을 가까이에서 뵙고 시중들 수 있게 해 주소서."

정성을 다하여 기도하는 그의 마음은 날이 갈수록 더욱 간절했다. 어느 날 밤 꿈에 어떤 스님이 나타나 말했다.

"네가 웅천(熊川)의[지금의 공주(公州)이다] 수원사(水源寺)에 가면 미륵선화(彌勒仙花)를 볼 수 있을 것이다."

진자스님이 꿈에서 깨어 놀라고 기쁜 마음에 그 절을 찾아갔다. 열흘에 걸쳐 한 걸음마다 한 번씩 절하면서 그 절에 이르렀다. 절 문 밖에서 풍만하면서도 곱게 생긴 한 소년이 기다리고 있다가 상냥하고도 정다운 표정을 지으며 그를 맞이하여 작은 문으로 들어가 객실로 안내했다. 진자스님이 마루에 올라가 읍(揖)하면서 말했다.

"그대는 본래 나를 모르는데 어찌 이리 은근하게 대하는가?"

"저도 또한 서울 사람입니다. 스님께서 먼 곳에서 오신 것을 위로했을 뿐입니다."

소년이 갑자기 문을 나갔는데 간 곳을 알 수 없었다. 진자스님은 우연한 일일 뿐이라고 생각하여 특별히 이상하게 여기지는 않았다. 다만 절의 스님들에게 지난번 꾸었던 꿈과 자신이 여기에 오게 된 뜻을 이야기하였다. 또 진자가 스님들에게 말했다.

"잠시 저 말석에서 미륵선화를 기다렸으면 하는데 어떻겠습니까?"

스님들이 그의 마음 상태가 정상이 아닌 것을 업신여기면서도 그의 은근하고 진실된 태도를 보고는 말했다.

"여기서 남쪽으로 가면 천산(千山)이 있소. 옛날부터 거기에 현자(賢者)와 철인(哲人)들이 살고 있어 명감(冥感)이 많다고 하오. 그곳에 가서 사는 것이 어떻겠소?"

진자가 그 말을 좇아 산 아래에 이르니 산신령이 노인으로 변신하고 나와 그를 맞이하며 말했다.

"무엇 하러 여기에 오게 되었소?"

"미륵선화를 만나려고 왔습니다."

"저번에 수원사 절문 밖에서 이미 미륵선화를 만났는데 다시 누구를 더 찾겠단 말이오?"

진자는 그 말에 놀라서 급히 수원사로 돌아왔다. 한 달이 지난 뒤에 진지왕이 그 사실을 듣고 진자를 불러 연유를 물어보고는 말했다.

"그 소년이 스스로 서울 사람이라고 했으니 성인은 본래 헛된 말을 하지 않는 법이다. 어찌 성 안에서 찾아보지 않는가?"

진자가 왕의 뜻을 받들어 무리를 모아 민간 집을 두루 돌아다니며 그를 찾았다. 그때 단장을 곱게 하고 용모가 수려한 한 어린 소년이 영묘사(靈妙寺) 동북쪽 길가 나무 아래를 거닐며 놀고 있었다. 진자가 그를 목격하고는 놀라 말했다.

"이분이 미륵선화이시다."

이에 그에게 다가가서 물었다.

"그대의 집은 어디 있으며 성씨가 무엇인지 듣고 싶소."

"제 이름은 미시(未尸)입니다. 어릴 때 부모님이 돌아가셔서 성이 무엇인지 알지 못합니다."

이에 소년을 가마에 태우고 대궐로 들어와 왕을 뵈니, 왕이 그를 존경하고 사랑으로 받들어 국선을 삼았다. 그는 자신을 따르는 무리들과 화목하게 지냈고 예의(禮儀)를 지키며 세상 사람을 가르치는 것이 보통 사람과 달랐다. 그의 풍류가 세상에 빛을 발한 지 7년쯤 되어서 갑자기 자취를 감추었다. 진자는 몹시 슬퍼하고 그를 그리워했다. 그는 미륵의 자비로운 은혜를 한껏 입고 훌륭한 가르침을 받아 자신의 잘못을 뉘우치고 평생 도를 닦는 일에 힘썼는데 만년에 그가 어디에서 세상을 마쳤는지 알 수 없다.

해설하는 사람이 말했다.

"미(未)는 미(彌)와 소리가 서로 비슷하고, 시(尸)는 력(力)과 모양이 비슷하여 소리와 모양을 서로 바꾸어 미륵을 '미시'라고 부른 것이다. 미륵이 다만 진자의 정성에 감동해서 뿐만 아니라 이 땅에 인연이 있어서 가끔 나타났던 것이다."

지금까지 나라 사람들이 신선을 미륵선화라고 하고, 중매하는 사람을 미시라고 부르는 것은 모두 진자 때문에 생긴 말이다.

길가의 나무를 지금까지도 견랑수(見郞樹)[6]라고 하고, 또 우리말로 사여수(似如樹)라 한다.[인여수(印如樹)라고도 한다]

이를 기려 노래한다.

미륵선화를 찾아 걸음마다 우러러보았으니.

이르는 곳마다 심고 북돋우기 한결같았네

문득 사라진 봄 찾을 곳 없었더니

누가 알리, 잠깐 사이 상림(上林)[7]의 붉은 꽃이 된 것을.

1) 화랑도를 가리킨다.
2) 인(仁)・의(義)・예(禮)・지(智)・신(信)을 가리킨다.
3) 예(禮)・악(樂)・사(射)・어(御)・서(書)・수(數)를 가리킨다
4) 왕의 정치를 돕는 최고의 관직으로 태사(太師)・태부(太傅)・태보(太保) 등이다.
5) 육정신(六正臣)으로 성신(聖臣)・양신(良臣)・충신(忠臣)・지신(智臣)・정신(貞臣)・직신(直臣)을 가리킨다.
6) 견랑은 미륵을 향찰식으로 표기한 것이다.
7) 대궐의 뒷동산을 가리킨다.

남백월산의 두 성인인 노힐부득과 달달박박

백월산의 두 성인의 『성도기(成道記)』에 이렇게 말했다.

"백월산(白月山)은 신라 구사군(仇史郡)2)(옛날의 굴자군(屈自郡)으로, 지금의 의안군(義安郡)이다) 북쪽에 있다. 봉우리가 기이하고 수려하며 수백 리에 뻗쳐 있어 참으로 그곳의 큰 진산(鎭山)이다."

옛 노인들 사이에 서로 전해 오는 말이 있다.

"옛날에 당나라 황제가 일찍이 연못 하나를 팠다. 매월 보름 전날에 달이 휘영청 밝으면 연못 가운데 산 하나가 나타나는데 거기에 사자처럼 생긴 바위가 꽃 사이로 은은하게 비쳐 못 가운데 그림자를 드러냈다. 황제가 화공을 시켜 그 모습을 그리게 하고는, 온 세상에 사신을 보내 그 산을 찾게 했다. 당나라 사신이 우리나라에 이르러 이 백월산을 보니 큰 사자(獅子) 바위가 있고, 산의 서남쪽 두 보(步)쯤 되는 거리에 세 산이(그 산은 한 몸뚱어리에 봉우리가 셋이었으므로 세 산이라 했다) 있는데 이름이 화산(花山)으로 화공이 그려준 산의 모습과 비슷했다. 그러나 그 사신이 그 진위를 가늠할 수 없어서 신발 한 짝을 사자암의 꼭대기에 걸어 두고 당나라에 돌아가 본 대로 아뢰었다.

신발의 그림자가 또한 연못에 나타나자 황제가 이상하게 여겨 산 이름을 백월산이라 하였다.(보름 전날에 백월산의 그림자가 나타나므로 그렇게 이름 지었다) 그러나 그 이후로 못 가운데 그림자가 나타나지 않았다.

이 산의 동남쪽 3천 보쯤 되는 곳에 선천(仙川)이라는 마을이 있었다. 그 마을에는 두 사람이 살고 있었는데 한 사람의 이름은 노힐부득(努肹不得)으로(득(得)을 등(等)이라고도 한다) 아버지 이름은 월장(月藏)이고 어머니의 이름은 미승(味勝)이었다. 다른 한 사람은 달달박박(怛怛朴朴)

이니 아버지 이름이 수범(修梵)이고 어머니 이름은 범마(梵摩)였다.{우리나라에 전해오는 말에 치산촌(雉山村)이라 한 것은 잘못이다. 두 선비의 이름은 우리말로 지은 것인데, 두 집안에서 두 선비의 마음 수행이 각각 더없이 뛰어나고 굳세다는 두 가지 뜻을 나타내기 위해 그렇게 이름지었다} 두 사람은 모두 풍골(風骨)이 범상치 않고 세속을 초월한 생각을 지니고 있어 서로의 우애가 두터웠다.

나이 스물이 되었을 때 마을 북동쪽 고개 너머 법적방(法積房)에 가서 머리를 깎고 중이 되었다. 얼마 뒤에 마을 서남쪽 치산촌(雉山村) 법송곡(法宋谷)의 승도촌(僧道村)에 심신을 수련할 만한 옛 절이 있다는 소식을 듣고 두 사람이 같이 가서 대불전(大佛田), 소불전(小佛田) 두 마을에 각기 나뉘어 살았다. 부득은 회진암(懷眞庵)에 살았는데 혹은 양사(壤寺)라고 했다.{지금 회진동에 옛 절터가 있으니 바로 그것이다} 박박은 유리광사(瑠璃光寺)에 살았다.{지금 이산(梨山) 위에 절터가 있는데 바로 그곳이다} 두 사람 다 처자를 거느리고 사느라고 생업을 경영하였다. 그들은 서로 교유하여 왕래하면서 정신을 수양하고 마음을 닦아 방외(方外)의 뜻을 잠시도 버린 적이 없었다. 이에 그들은 육신과 세상살이의 덧없음을 관찰하고는 서로 말했다.

"기름진 땅과 풍성함은 참으로 좋은 것이나 의식(衣食)을 마음대로 얻을 수 있어 절로 배부르고 따뜻함을 얻는 것만은 못하다. 아내와 가정이 참으로 좋은 것이지만, 연지화장(蓮池華藏)[3]에서 온갖 부처들과 함께 놀고 앵무새나 공작새와 함께 즐기는 것만 못하다. 더욱이 불법을 배우면 마땅히 부처가 되고, 참된 마음을 얻기 위해 수양하면 진심을 얻을 수 있으니 그 즐거움을 어찌 다 말할 수 있겠는가. 우리들은 이미 머리를 깎고 중이 되었으니 마음의 속박을 벗어버리고 무상(無上)의 불도를 이루어야 하는데 어찌 세상 일에 골몰하는 세속의 무리들과 같을 수 있겠는가?"

드디어 두 사람은 인간 세상을 버리고 깊은 골짜기에 들어가 숨으
려 했다. 어느 날 밤 꿈에 백호광명⁴⁾이 서쪽으로부터 오더니 빛 가운
데서 금색 팔이 내려와 두 사람의 이마를 어루만져 주었다. 깨어나 서
로 꿈 얘기를 하니 두 사람의 꿈이 똑같았으므로 한참 동안 감탄했다.
드디어 두 사람은 백월산(白月山) 무등곡(無等谷)으로[지금의 남수동(南藪
洞)이다] 들어갔다. 박박(朴朴)스님은 북쪽 고개 사자암(獅子巖)에 터를
잡아 팔척방(八尺房)의 판잣집을 짓고 살았으므로 그 집을 널방[板房]
이라 불렀다. 부득(夫得)스님은 동쪽 고개 돌무더기 아래 물이 있는 곳
을 차지하여 역시 방을 만들어 살았으므로 돌무더기 방[磊房]이라 했
다.[우리나라에 전해오는 말에 부득이 산 북쪽 유리동(瑠璃洞)에 살았다고 하니 그것은
곧 지금의 판방(板房)이고, 박박은 산 남쪽 법정동(法精洞)의 뇌방(磊房)에 살았다고 하니
이 기록과는 반대다. 지금 살펴보면 전해오는 말이 틀렸다] 이들은 각각 다른 암자
에 살면서, 부득은 부지런히 미륵(彌勒)을 구했고, 박박은 미타(彌陀,
아미타불)를 섬기고 염송했다.

그러한 지 3년이 못 되는 경룡(景龍) 3년 기유년(己酉年, 709) 4월 초
파일은 성덕왕(聖德王)이 왕위에 오른 지 8년이 되는 해였다. 날이 저
물려고 하는데 스무살 남짓한 자태가 고운 한 낭자가 난초 향기와 사
향 냄새를 풍기며 갑자기 북암(北庵)에[우리나라에 전하는 말에는 남암(南庵)이
라고 했다] 이르러 재워주기를 청하며 시를 지어 바쳤다.

날 저물어 온 산이 어둑한데
길 끊기고 성도 멀어 아득하기만 하네.
오늘은 이 암자에서 하룻밤 신세지려 하니
자비하신 스님이여 성내지 마시구려.

박박이 말했다.

"절은 청청한 곳이니 낭자 같은 여인이 가까이 할 곳이 아니오. 빨리 이곳에서 떠나시오."

그리고는 문을 닫고 들어가 버렸다.{『성도기』에는 '나는 온갖 망상을 끊었으니 색욕[血囊]으로 시험하지 마시오' 라고 했다}

낭자는 남암(南庵)으로{세상에 전하는 말로는 북암이라고 했다} 가서 또 앞서처럼 묵어 가기를 청하자 부득이 말했다.

"그대는 이 밤에 어디에서 오시오?"

"고요하고 맑아서 태허(太虛)와 같은데 어찌 오고 감이 있겠습니까. 다만 현사(賢士)의 뜻하는 것과 원력이 매우 깊고 덕행이 고결하다는 소문을 듣고 장차 깨달음을 이루시는데 도움을 드리려는 마음 뿐입니다."

그리고는 게송(偈頌) 한 편을 지어 바쳤다.

온 산에 해 저무니
가고 가도 천지가 아득하네.
대나무와 소나무 그늘 더욱 깊어가고
계곡의 물소리 새롭기만 하네.
하룻밤 자자는 것은 길을 잃어서가 아니라
스님에게 바른 길을 가르쳐 주려 해서네.
내 청을 들어만 주시옵고
이몸이 누구인지 묻지 마시구려.

부득이 이 시를 보고는 몹시 놀라면서 말했다.

"이곳은 여자와 함께 있을 수 있는 곳이 아니오. 그러나 중생의 뜻을 따르는 것도 보살행(菩薩行)5)의 하나인데, 하물며 외진 골짜기에 밤이 어두우니 어찌 소홀히 대접할 수 있겠소?"

정중하게 그녀를 암자 안으로 맞아들였다. 밤이 깊어지자 부득은 마음을 맑게 하고 지조를 가다듬으며 등불을 희미하게 밝힌 방에서 조용히 염불을 하고 있었다. 밤이 새려는데 낭자가 불러 말했다.

"불행하게도 저에게 산기(産氣)가 있는 듯하니, 스님께서 짚자리를 좀 준비해 주시겠습니까?"

부득은 그 처지를 불쌍히 여겨 거절하지 못하고 촛불을 은은하게 밝혔다. 그러는 사이에 낭자가 벌써 아이를 낳고는 목욕을 했으면 했다. 노힐부득은 부끄럽기도 하고 두렵기도 했지만 먼저 불쌍한 마음이 들어 목욕물을 준비하여 목욕시켰다. 조금 있다 보니 통 속의 물에서 향기가 물씬 풍기더니 금빛의 물로 변했다. 노힐부득이 크게 놀라자 낭자가 말했다.

"스님께서도 이 물에 목욕하셔야 합니다."

노힐부득이 어쩔 수 없어 그 말을 따랐더니 갑자기 정신이 상쾌해지고 살결이 금빛으로 변했다. 그 옆을 보니 갑자기 연화대좌(蓮花臺坐) 하나가 놓여 있었다. 낭자가 그에게 앉기를 권하며 말했다.

"나는 관세음보살이오. 대사를 도와 큰 깨달음을 이루게 하려고 왔소."

말을 마치자 사라졌다.

박박은 지난밤 노힐부득이 필경 계율을 어겼을 것이라고 생각하고는 그에게 농을 걸려고 찾아왔다. 막상 와서 보니 노힐부득이 연화대좌에 앉아 미륵존상이 되어 광명을 발하고 몸은 온통 금빛으로 빛났다.

자기도 모르게 머리를 숙여 예를 올리며 말했다.

"어떻게 해서 이렇게 되었는가?"

노힐부득이 그간의 사정을 자세히 말하자, 박박이 탄식하며 말했다.

"나는 마음이 겹겹으로 막혀서 관세음보살을 대하고도 알아보지 못했구려. 덕이 높고 인자한 그대가 나보다 먼저 깨달음을 이루었으니 나와의 오랜 교분(交分)을 잊지 말고 나와 같이할 수 있기를 바라네."

"통에 아직 금물이 남아 있으니 그 물에 목욕할 수 있을 것이네."

박박이 목욕하자 또 노힐부득처럼 무량수불(無量壽佛)6)이 되었으므로 두 분이 서로 엄숙하게 서로 마주 보고 있었다.

산 아래 마을 사람들이 그 일을 듣고는 다투어 와서 우러러보며 "드문 일이다. 드문 일이다" 라고 감탄했다. 두 아미타불이 대중들에게 불법의 요체를 펼쳐 말하고는 구름을 타고 가벼렸다.

천보(天寶) 14년 을미년(乙未年, 755)에 신라 경덕왕이 왕위에 올라7)『고기(古記)』에 '천간(天鑑) 24년 을미년(乙未年, 515)에 법흥왕이 왕위에 올랐다' 라고 했는데 선후가 뒤바꿈이 어찌 이리 심한지』 이 일을 들었다. 정유년(丁酉年, 757)에 사신을 보내 큰 절을 세우고 절 이름을 백월산남사(白月山南寺)라고 했다. 광덕(廣德) 2년『고기』에 대력(大曆) 원년(766)이라 한 것은 잘못이다』 갑진년(甲辰年, 764) 7월 15일에 절이 완공되니 미륵상을 만들어 금당에 모시고 금당의 이름을 현신성도미륵지전(現身成道彌勒之殿)이라 했다. 또 아미타불상도 만들어 강당에 안치했는데, 쓰고 남은 금물이 모자라서 다 도금하지 못했으므로 미타상에는 얼룩진 흔적이 있었다. 그 강당의 이름을 '현신성도무량수전(現身成道無量壽殿)' 이라 했다.

이 사실을 논하여 말해 본다.

"낭자는 부녀자의 몸으로 감응하여 중생을 교화했다고 할 수 있다.

이는 『화엄경(華嚴經)』에 마야부인(摩耶夫人)[8]이 선지식(善知識)[9]으로 십일지(十一地)[10]에 살면서 부처를 낳아 해탈문(解脫門)을 보인 것과 같다. 지금 낭자가 아이를 낳은 오묘한 뜻이 여기에 있다. 낭자가 준 글을 살펴보면 애처로우면서도 아름다워 은근히 하늘 신선의 정취를 느낄만하다. 아아, 낭자가 중생을 좇아 따르며 다라니(陀羅尼)를 풀이 할 줄 몰랐다면 이와 같은 일을 할 수 있었겠는가? 그러므로 시의 마지막 연에 마땅히 '맑은 바람이 함께 자리한다고 성내지 마시구려' 라고 말해야 하는데, 그렇게 하지 않은 것은 아마도 세속의 말을 닮지 않으려고 했기 때문일 것이다.

이를 기려 노래한다.

> 푸른 빛 돋는 바위 앞에 문 두드리는 소리
> 해 저무는데 누가 구름 사립문 두드리는가?
> 남암이 가까우니 그곳으로 찾아갈 일이지
> 내 뜰의 푸른 이끼 밟아 더럽히지 마시구려.
>
> 이상은 「북암(北庵)」을 찬미한 것이다

> 산골에 날 저무는데 어디로 갈꺼나.
> 남쪽 창에 자리 있어 머물기 좋다오.
> 밤을 도와 백팔염주 헤아리고 헤아리니
> 길손이 시끄러워 잠 깰까 두렵네.
>
> 이상은 「남암(南庵)」을 찬미한 것이다

> 십리 솔 그늘에 길을 잃어
> 밤에 절에 들어 스님 시험했네.

세 차례 목욕 끝나 날 밝아오는데

두 아이 낳아 놓고 서쪽으로 갔네.

이상은 관음보살인 낭자를 찬미한 것이다

1) 경남 창원시 북면에 있는 산으로 봉우리에 커다란 바위 3개가 있어 삼산(三山)이라 불려지고, 동쪽 산봉우리에 사자바위가 있다.
2) 경남 창원시의 옛 이름이다.
3) 화장세계(華藏世界)라고도 한다. 비로자나불이 있는 공덕무량(功德無量), 광대장엄(廣大莊嚴)의 세계다. 이 세계는 한떨기의 연화(蓮華)로 되어 있고, 그 가운데 모든 나라[一切國], 세상의 만물들[一切物]이 들어 있다.
4) 백호(白毫)는 부처 32상 중의 하나로 두 눈썹 사이에 나는 빛나는 가는 털을 가리킨다. 여기에서 나오는 광명으로 무량세계를 비춘다고 한다.
5) 부처가 될 목적으로 수행하는 큰 덕행이다.
6) 아미타불을 높여 부르는 말이다.
7) 당나라 현종 때의 연호인 천보 14년은 경덕왕이 즉위한 지 14년이 되는 해로 여기서는 14년이 빠진 것이다.
8) 석가모니의 어머니이다.
9) 부처님의 가르침을 전하여 사람들로 하여금 고통의 세계에서 벗어나 이상향에 이르게 하는 사람을 가리킨다.
10) 십지(十地)와 등각(等覺)을 말한다. 십지는 보살이 수행하는 최고의 경지이며, 등각은 보살의 지혜가 부처님과 같다는 뜻이다. 여기서는 보살을 마야부인에 비하고 있다.

분황사의 천수대비에게 빌어 눈먼 아이가 세상을 보다

경덕왕 때에 한기리(漢岐里)에 사는 희명(希明)이 아이를 낳았는데 그 아이가 다섯 살이 되어 갑자기 눈이 멀었다. 하루는 어머니가 아이를 안고 분황사(芬皇寺) 왼쪽 건물 북쪽 벽에 그려진 천수대비(千手大悲)[1] 앞에 나아가 아이를 시켜 노래하여 빌게 하였더니 드디어 눈을 떴다.

그 노래는 다음과 같다.

무릎 곧추세우며

두 손 모아

천수관음 앞에

비옵나이다

일천 손 일천 눈에

손 하나 놓고 눈 하나 더하길

두 눈 다 없는 이 몸이오니

하나만이라도 몰래 고쳐 주소서

아, 나에게 눈을 주시오면

그 베푼 자비로 큰 부처되오리다.

청동거울(분황사)

이를 기려 노래한다.

죽마(竹馬) 타고 파피리2) 불며 거리에서

놀던 친구

하루아침에 두 눈 잃은 사람 되었네

관음보살께서 자비 베풀어 눈 돌려주지

않았다면

몇 춘사(春社)3)나 버들꽃 못 보고 지냈을

까?

귀면 봉황무늬 이형 장삭(월성해자)

1) 천수천안관세음(千手千眼觀世音)으로 6관음 가운데 하나이다.

낙산사의 관음 · 정취 두 보살과 조신

옛날에 의상법사가 처음 당나라에서 돌아와 관음보살의 진신(眞身)이 이 바닷가 굴 속에 산다는 말을 듣고는 이곳을 낙산(洛山)이라 했다. 이것은 서역에 보타락가산(寶陀洛伽山)¹⁾이 있었기 때문이다. 여기서는 소백화(小白華)라 하니 바로 백의관음(白衣觀音)의 진신이 거주하는 곳이라서 이를 빌려 지은 이름이다.

의상이 여기에서 7일 동안 재계하고 난 뒤에 깔고 앉았던 자리를 새벽녘에 물 위에 띄웠더니 용천팔부중(龍天八部衆)²⁾의 시종(侍從)들의 인도를 받아 굴 속으로 들어갔다. 공중을 향하여 예를 올리자 수정염주(水精念珠) 한 꾸러미를 내려주므로 의상이 받아서 물러나왔다. 동해의 용이 또한 여의주 한 과(顆)를 바치므로 받아 나왔다. 다시 7일 동안 굴 속에서 재계하였는데 관음보살의 진신이 나타나 말했다.

"내가 앉은 자리 위 산꼭대기에 대나무 한 쌍이 솟아날 것이오. 그곳에 법당을 세우도록 하시오."

의상법사가 그 말을 듣고 굴을 나와 보니 과연 대나무가 땅에서 솟아 나왔다. 그곳에 금당을 짓고 관음상을 만들어 안치했는데, 원만한 상호와 고운 모습이 엄연하여 마치 하늘이 낸 듯했다. 그 대나무가 자취를 감추고 나서야 이곳이 바로 관음 진신이 거주하는 곳임을 알고 그 절을 낙산사(洛山寺)라 했다. 법사는 자기가 받은 염주와 여의주를 불전(佛殿)에 받들어 모셔놓고 떠났다.

그 후에 원효법사(元曉法師)가 뒤를 이어 와서 관음보살께 예를 드리려고 남쪽 교외에 이르렀는데 논 가운데서 흰 옷 입은 한 여인이 벼를 베고 있었다. 법사가 장난삼아 그 볏단을 달라고 하자 여인도 벼가 잘 여물지 않아 줄 수 없다고 장난삼아 대답했다. 또 가다가 어느 다리 아래 이르렀을 때 한 여인이 생리대를 빨고 있었다. 법사가 물을 청하자 그녀는 그 더러운 물을 떠서 주었다. 법사가 그 물바가지를 엎질러 버리고 다시 냇물을 떠서 마셨다. 이때 들 가운데 서 있는 소나무 위에 앉아 있던 파랑새 한 마리가 그를 향하여 "깨우치지 못한 스님이구려"라고 말하고는 홀연히 사라져 보이지 않았다. 그 소나무 아래에 신발 한 짝이 있었다. 법사가 얼마 뒤 절에 와 보니 관음보살 좌대 아래에 또 앞서 보았던 신발 한 짝이 놓여 있었다. 그때서야 얼마 전에 만났던 여인이 관음의 진신임을 알았다. 그래서 당시 사람들이 그 소나무를 관음송(觀音松)이라 했다. 법사가 관음굴에 들어가 다시 관음의 진신을 친견하려 했는데 풍랑이 크게 일어 들어가지 못하고 떠났다.

그 후 굴산조사(崛山祖師) 범일(梵日)이 태화(太和) 연간(827~835)에 당나라에 들어가 명주(明州)[3] 개국사(開國寺)를 찾았더니 왼쪽 귀가 잘린 한 사미승이 스님들의 맨 끝에 앉아 있다가 조사에게 말했다.

"저도 신라 사람으로 집이 명주(溟州) 지역인 익령현(翼嶺縣)[4] 덕기방(德耆坊)에 있습니다. 조사께서 뒷날에 고국으로 돌아가시면 제 집을 마련해 주셨으면 합니다."

그 후 조사는 여러 총림(叢林)[5]을 두루 돌아다니다가, 염관(鹽官)[6]에게서 법을 얻고,{이 일은 본전(本傳)에 자세히 기록되어 있다} 회창(會昌) 7년 정묘년(丁卯年, 847)에 신라로 돌아와 먼저 굴산사(崛山寺)[7]를 세우고 불법을 전하였다.

대중(大中) 12년 무인년(戊寅年, 858) 2월 15일 밤 꿈에 전에 만났던 사미승이 창 아래에 와서 말했다.

"전에 명주 개국사에 있을 때 조사와 약속을 하고 이미 허락을 받았는데 어찌 이리 늦는 것입니까?"

조사(祖師)는 놀라 꿈에서 깨어 수십 명의 스님을 데리고 익령 지역에 이르러 그 집을 찾았다. 한 여자가 낙산 아래 마을에 살고 있어 이름을 물어보니 '덕기(德耆)'라고 했다. 그녀에게는 아들 하나가 있는데 나이 겨우 8살로 늘 집을 나가 마을 남쪽 돌다리 가에서 놀았다. 그 아이가 어머니에게 말했다.

"나와 함께 노는 아이들 중에 금빛이 나는 아이가 있어요."

아이의 어머니가 조사에게 이 사실을 얘기하니 조사가 놀라고 기뻐하며 그 아이를 데리고 늘 놀러 다니던 다리 아래로 가 물 속을 뒤져 돌부처 하나를 건져내었다. 왼쪽 귀가 없는 것이 전에 본 사미승과 같았다. 그것은 바로 정취보살(正趣菩薩)[8]의 상이었다. 점치는 댓가지를 만들어 절 지을 곳을 점쳤더니 낙산의 위쪽이 좋다는 점괘가 나와 거기에 세 칸짜리 불전(佛殿)을 지어 그 불상을 모셨다.[고본(古本)에는 범일의 일이 앞에 수록되어 있고, 의상과 원효 두 법사의 일은 뒤에 수록되어 있다. 그러나 살펴보면 의상과 원효 두 법사의 일은 당나라 고종 때에 해당되고, 범일의 일은 회창(會昌) 연간 후에 생겼으니, 연대가 서로 170여 년이나 차이가 있다. 그러므로 지금 앞뒤를 바꾸어서 차례에 맞게 서술하였다. 혹 범일이 의상의 문인(門人)이라고 하나 이는 잘못된 것이다]

그 후 100여 년 뒤에 들에 불이 나서 이 산에까지 번졌으나, 관음과 정취 두 성인을 모신 불전(佛殿)만 화재를 면하고 나머지는 모두 탔다. 그리고 몽고의 군대가 침입해 들어온 이후 계축년(癸丑年, 1253), 갑인년(甲寅年, 1254) 연간에 두 성인의 진용(眞容)과 염주와 여의주 두 보주(寶珠)를 양주성(襄州城)으로 옮겼다. 몽고 군대가 갑자기 쳐들어와 함락되려는 위급한 상황에 처하였을 때 주지 아행(阿行){옛 이름은 희현 (希玄)이다} 선사가 은합(銀盒)에 두 보주를 넣어서 도망치려고 하자 절의 노비인 걸승(乞升)이 그것을 빼앗아서 땅에 깊이 묻고는 맹세하여 말하였다.

"제가 만일 난리에 죽음을 면치 못하면 두 보물은 끝내 인간 세상에 드러낼 수 없어 그 존재를 아는 사람이 없을 것이지만 제가 만일 죽지 않으면 반드시 이 두 보물을 받들어 나라에 바치겠습니다."

갑인년(甲寅年, 1254) 10월 22일에 성이 함락되어 아행은 죽음을 면치 못했으나 걸승은 살아남았다. 적병이 물러간 후 두 보물을 땅 속에서 파내어 명주도(溟州道) 감창사(監倉使)에게 바쳤다. 이때 낭중(郎中) 김록수(金祿綏)가 감창사였는데, 그것을 받아서 감창고(監倉庫) 안에 넣어 두었으므로 감창사가 바뀔 때마다 인수인계하였다. 무오년(戊午年, 1258) 11월에 이르러 불교의 고승인 기림사(祇林寺) 주지 각유(覺猷)대선사(大禪師)가 왕에게 아뢰었다.

"낙산의 두 보물은 국가의 신령한 보물이온데 양주성(襄州城)이 함락될 때 절의 노비인 걸승이 성 안에 묻어 두었다가 적병이 물러간 후 파내어 감창사에게 바쳐 지금까지 명주영(溟州營) 창고 안에 보관되어 왔사옵니다. 지금 명주성(溟州城)이 위태로워져 지키기 어려운 현실이오니 대궐 안 창고로 옮겨두는 것이 마땅할 듯하옵니다."

왕의 허락을 받아 야별초(夜別抄) 10명을 보내 걸승을 데리고 명주성에서 그것을 찾아다가 대궐 안 창고에 안치하였다. 그때 심부름을 갔던 10명에게 각기 은 1근과 쌀 5섬을 하사했다.

옛날에 경주가 서울이었던 때 세규사(世達寺)의{지금의 흥교사(興敎寺)이다} 장원(莊園)이 명주(溟州) 내리군(捺李郡)에{『지리지(地理志)』를 살펴보면 명주에는 내리군이 없다. 다만 내성군(捺城郡)이 있는데 원래 내생군(捺生郡)으로 지금의 영월(寧越)이다. 또 우수주(牛首州) 영현(嶺縣)에 내령군(捺靈郡)이 있는데 본래 내기군(捺己郡)으로 지금의 강주(剛州)다. 우수주는 지금의 춘주(春州)이다. 지금 말하는 내리군은 어느 곳인지 알 수 없다 있었는데 본사(本寺)에서 조신(調信)스님을 보내 장원을 맡아 관리하게 했다. 조신이 장원에 와 살면서 태수 김흔(金昕) 공의 딸을 좋아하게 되어 혼자 깊이 사랑에 빠졌다. 그래서 자주 낙산사의 관세음보살 앞에 나아가 그녀를 아내로 맞이할 수 있게 해달라고 남몰래 빌었다. 그러다 여러 해가 지나 그녀에게는 이미 다른 배필이 생겼다. 이 사실을 알게 된 조신은 법당에 가서 관세음보살이 자신의 기도를 들어주지 않은 것을 원망하며 날이 저물도록 슬피 울다가 지쳐서 깜빡 잠이 들었다.

꿈에 문득 김씨 낭자가 기쁜 얼굴을 하고 문으로 들어와 환히 웃으며 말했다.

"제가 일찍 스님을 잠깐 뵙고 마음속으로 사랑하여 잠시도 잊은 적이 없었습니다. 부모님의 명을 어길 수 없어 억지로 다른 사람을 좇게 되었습니다만 지금 스님과 부부가 되기로 하고 이렇게 왔습니다."

조신이 이에 미친 듯이 기뻐하며 그녀와 함께 고향으로 가서 40여 년을 부부로 살며 자식 다섯을 두었다. 그러나 집은 겨우 네 벽만 둘렀을 뿐이고 살림살이가 가난하여 명아주 죽이나 콩잎조차도 제대로 먹을 수 없었다. 고향에서 살 수 없어 식구들을 이끌고 사방으로 다니며 겨우 목숨을 연명했다. 그렇게 10년 동안 초야로 두루 돌아다니다 보니 옷은 닳고 해어져 몸뚱아리를 가릴 수조차 없었다. 어느 날 명주 해현령(蟹峴嶺)을 지나게 되었는데, 그때 열다섯 살 된 큰 아이가 굶어 죽으니 통곡하며 길가에 묻었다. 나머지 네 식구를 거느리고 우곡현

(羽曲縣)에{지금의 우현(羽縣)이다} 이르러 길가에 띠집을 짓고 살았다. 부부는 늙고 병든 데다가 굶주려 일어날 기력조차 없었다. 열 살 난 딸이 밥을 얻으러 다니다가 마을의 개에게 물려 아프다고 울면서 집에 와 부모 앞에 쓰러지니 부모도 목이 메여 눈물만 흘릴 따름이었다. 부인이 눈물을 씻고는 갑자기 말했다.

"내가 처음 당신을 만났을 때는 외모도 아름답고 나이도 젊었으며 옷차림도 말쑥했습니다. 한 가지 맛있는 음식이라도 그대와 함께 나누어 먹고, 몇 자 안 되는 짧은 천으로도 옷을 만들어 그대와 함께 나누어 입으면서 집을 나와 같이 살아온 50년 동안 정이 깊어져 끊을 수 없었고, 사랑도 더욱 깊어 갔으니 예사로운 인연이 아니라고 할 수 있습니다. 그러나 근래에는 쇠약해져 몸에 병이 깊어지고 굶주림과 추위가 날로 더욱 우리를 짓누르는데 거처할 방 한칸도 얻을 수 없고 장(漿) 한 그릇도 주는 사람이 없습니다. 천문(千門) 만호(萬戶)를 돌아다니며 걸식하는 부끄러움은 산더미를 진 것보다 더 무겁고 아이들이 추위에 떨며 굶주려도 미처 돌볼 여유가 없으니 어느 겨를에 부부의 사랑을 나눌 수 있겠습니까? 젊은날의 고운 웃음은 풀 위의 이슬같이 사라지고, 지초와 난초같이 향기롭던 약속은 바람에 휘날리는 버들개지같이 사라졌습니다. 당신은 내가 있어 괴롭고, 나는 당신 때문에 걱정하게 됩니다. 찬찬히 생각해 보니 지난날의 즐거움이 바로 근심과 걱정의 씨앗이 되었습니다. 당신과 내가 어찌 이 지경에 이르렀습니까? 여러 마리 새가 같이 굶어 죽는 것보다는 차라리 짝 잃은 난(鸞)새가 거울을 마주보며 짝을 그리워하는 것이 낫겠습니다. 달면 삼키고 쓰면 뱉는 것은 인정상 차마 할 수 없는 노릇이지만, 가고 멈추는 것은 사람의 힘으로 어찌 할 수 없는 것이며, 헤어지고 만나는 것은 운수소관입니다. 그러니 우리 헤어지기로 합시다."

조신이 그 말을 듣고 매우 기뻐하며 각기 아이 둘씩 나누어 맡고 헤어지려 할 때 그녀가 말했다.

"저는 고향 땅으로 갈까 합니다. 당신은 남쪽으로 가십시오."

막 헤어져 길을 나서려는 차에 꿈에서 깼다. 이때 등불은 가물가물 꺼져가고, 동이 터 오르려고 했다. 아침이 밝아 자신을 살펴보니 수염과 머리가 모두 하얗게 세어 있었다. 망연자실하여 세상에 뜻이 없어지고 사는 것이 싫어져 마치 한평생의 괴로움을 다 겪고 난 것 같았다. 탐욕스런 마음도 얼음 녹듯 사라져버렸다. 이에 부끄러운 마음으로 해현령을 찾아가 아이를 묻었던 무덤을 파보니 돌미륵이 나왔다. 미륵을 물로 깨끗이 씻어서 가까운 절에 모셨다. 서울로 돌아가 장원의 관리직을 그만두고 사재(私財)를 털어 정토사(淨土寺)를 세우고 선한 업(業)을 부지런히 닦았다. 그 뒤에 그가 어디에서 죽었는지는 알 수 없다.

이 일을 논하여 말해 본다.

이 전(傳)을 읽고 나서 책을 덮고 지난 일을 회상해 보니. 어찌 반드시 조신의 꿈만이 그렇겠는가? 지금도 모두가 인간 세상의 즐거움만 알고, 기뻐하기도 하고 힘겨워하기도 하니 이것은 오직 깨닫지 못했기 때문이다.

이에 시를 지어 경계한다.

즐거울 땐 잠시 마음 한가롭더니
근심으로 지새우느라 늙어버렸네.
누런 조밥이 익기[9]를 기다리지 말라
인생이란 한바탕 꿈인 것을 깨달아야 하리.

수신(修身)의 잘잘못은 성실함에 달려 있으니

홀아비는 미인을 꿈꾸고 도둑은 재물을 꿈꾸네.

어찌해야 가을밤 청야몽을 꾸듯이

때때로 눈을 감고 청량(淸凉)10)에 이르겠는가.

1) 산스크리스트어 potalaka를 음역한 것으로 광명(光明)의 뜻이다.
2) 불법을 지키는 8명의 신장(神將), 용신과 천신을 우두머리로 삼는다고 하여 천룡팔부
(天龍八部)라고도 한다.
3) 지금의 중국 절강성 영파시(寧波市) 일대를 가리킨다.
4) 강원도 양양군의 옛 이름이다.
5) 많은 스님들이 모여 있는 곳을 가리킨다.
6) 중국 항주 염관현의 진국해창원(鎭國海昌院)에 주석하던 제안대사(齊安大師)를 가리킨다.
7) 강원도 강릉시 구정면 학산리에 있던 절로 강릉 김씨의 후손인 범일스님이 창건하였다.
8) 대세지 보살이라고도 한다. 동자를 설법으로 인도하던 보살로 관세음보살의 화신이라
고도 한다.
9) 『침중기(枕中記)』에 나오는 말로, 노생(盧生)이 꿈속에서 여든 살까지 부귀영화를 누렸
는데 깨어보니 잠들기 전에 앉혀놓았던 좁쌀 밥이 아직 익지 않았다는 얘기다. 부귀공
명이 꿈처럼 덧없다는 것이다.
10) 『화엄경』에 보면, 동북방에 보살들이 모여 사는 곳을 청량산이라고 한다.

만어산의 부처 그림자

『고기(古記)』에 이렇게 말했다.

"만어사(萬魚寺)1)는 옛날의 자성산(慈成山)인데. 또 아야사산(阿耶
斯山){마야사(摩耶斯)라고 해야 타당하다. 이것은 우리말로 물고기[魚]이다}이라고도
했다. 그 옆에 가락국(駕洛國)이 있었다.

옛날에 하늘로부터 바닷가에 내려온 알에서 사람이 나와 나라를 다
스렸으니, 이 사람이 바로 수로왕이다. 이때 나라 안에 옥지(玉池)가

있었고 그 못 속에는 독룡(毒龍)이 살고 있었다. 만어산에는 다섯 나찰녀(羅刹女)²⁾가 독룡과 왕래하며 사귀고 있었기 때문에 때때로 번개가 치고 폭우가 내려, 4년 동안 오곡이 제대로 여물지 못했다. 왕이 주술로 그들의 장난을 금지하려 해도 뜻대로 되지 않자 머리 숙여 부처에게 설법을 청했다. 그 후에 나찰녀들이 오계(五戒)³⁾를 받게 되어 피해가 사라졌다. 이 때문에 동해의 어룡(魚龍)들이 돌로 변해 골짜기를 가득 메웠는데, 각기 종과 경쇠 소리를 냈다."〔이상은 『고기』에 있는 기록이다〕

또 살펴보면 대정(大定) 20년 경자년(庚子年, 1180)은 바로 고려 명종(明宗) 11년으로, 이때 만어사(萬魚寺)를 세웠다. 동량(棟梁)⁴⁾ 보림(寶林)이 글을 올려 아뢰었다.

"이 산 속의 기이한 자취가 북천축(北天竺) 가라국(訶羅國)⁵⁾의 부처 그림자의 일과 부합되는 것이 셋이 있습니다. 첫째는 산 가까운 곳의 양주(梁州) 땅의 옥지(玉池)에도 독룡이 숨어 있다는 것입니다. 둘째는 때때로 강가로부터 구름이 피어나 산꼭대기에 다다르면 그 구름 속에서 음악 소리가 들리는 것입니다. 셋째는 부처 그림자의 서북쪽에 너럭바위가 있어 항상 물이 고여 마르지 않는데, 이곳은 부처가 가사를 빨던 곳이라는 것입니다."

이상은 모두 보림의 말이다. 지금 직접 가서 우러러 예를 드리고 보니 분명히 공경하고 믿을 만한 것은 두 가지가 있었다. 골짜기 속의 돌 가운데 거의 3분의 2가 모두 금옥(金玉)의 악기 소리를 내는 것이 그 하나이고, 멀리서 바라보면 나타났다가 가까이서 보면 보이지 않으니 혹은 보이기도 하고 보이지 않기도 하는 것이 또 하나이다. 북천축의 글은 갖추어 뒤에 실었다.

가자함(可字函)⁶⁾의 『관불삼매경(觀佛三昧經)』 제7권에 이렇게 말했다.

"부처가 야건가라국(耶乾伽羅國)에 있는 고선산(古仙山)에 이르렀는데, 그곳은 독룡이 사는 담복화림(薝蔔花林)의 옆이고, 청련화천(靑蓮花泉) 북쪽이며, 나찰혈(羅刹穴) 가운데에 있는 아나사산(阿那斯山)의 남쪽이다. 이때 그 굴에는 다섯 나찰(羅刹)이 여룡(女龍)으로 변하여 독룡과 교접하고 있었다. 독룡이 때때로 우박을 내리고 나찰이 난폭한 행동을 하니 4년 동안이나 기근이 들고 질병이 돌았다. 왕이 놀라고 두려워서 천신(天神)에 기도하고 사직(社稷)에 제사지냈으나 아무런 도움이 되지 못했다. 그때 총명하고 지혜가 많은 한 바라문이 대왕에게 말했다.

'가비라국(伽毗羅國)⁷⁾ 정반왕(淨飯王)의 왕자가 지금 도를 이루었으므로 석가문(釋迦文)이라 합니다.'

왕이 이 말을 듣고는 마음으로 매우 기뻐하여 부처가 있는 곳을 향해 예를 올리고는 말했다.

'오늘날 불교가 이미 일어났다고 하는데 어찌하여 이 나라에는 오시지 않으십니까?'

이에 부처가 여러 비구에게 명하여 육신통(六神通)⁸⁾을 얻은 자를 따르게 하여 야건가라국의 왕인 불파부제(弗婆浮提)의 청을 들어주었다. 이때 세존의 이마에서 광명이 나와 1만의 대화불(大化佛)을 만들어 그 나라로 갔다. 이에 용왕과 나찰녀는 온몸을 땅에 던져 절하며[五體投地] 부처에게 계(戒)를 받고자 하니 즉시 그들을 위해 삼보(三寶)와 오계(五戒)를 설법하였다. 용왕이 설법을 다 듣고 나서도 오랫동안 무릎을 꿇고 합장한 채 세존이 이곳에 늘 머물러 주기를 청했다.

'부처께서 이곳에 계시지 않으시면 제가 악한 마음이 생겨 아뇩보리(阿耨菩提)⁹⁾를 성취할 수 없습니다.'

이때 범천왕(梵天王)¹⁰⁾이 다시 와서 부처께 예를 드리고는 청했다.

'바가바(婆伽婆)[11])께서는 미래 세상의 여러 중생을 구제해야 할 것이니 유독 이 작은 용 하나를 위해서 힘쓰지 마십시오.'

수많은 범왕(梵王)들이 모두 이 같은 청을 올렸다. 이때 용왕이 칠보대(七寶臺)를 내어서 부처에게 바치니 부처가 용왕에게 말했다.

'이 대는 나에게 필요 없소. 그대는 이제 다만 나찰이 있는 석굴을 가져와 내게 시주하시오.'

용왕이 이 말을 듣고 기뻐했다고 한다. 이에 부처가 용왕을 위로했다.

부처가 '내가 그대의 청을 받아들여 그대의 굴 속에 앉아 1천 500년을 지내겠다' 라 하고는 몸을 솟구쳐 돌 속으로 들어가니 돌이 밝은 거울처럼 환해져 사람들이 그 얼굴과 모습을 볼 수 있었고 여러 용들이 모습을 나타냈다. 부처가 돌 안에 있으면서 밖으로 그 모습을 드러내니, 여러 용들은 합장하고 기뻐하며 그곳을 떠나지 않고 항상 부처를 볼 수 있었다. 이때 석가세존은 결가부좌(結跏趺坐)를 하고 석벽(石壁) 안에 앉아 있었는데, 중생들이 멀리서 바라보면 나타났다가 가까이서 보면 보이지 않았다. 여러 범천(梵天)이 부처의 그림자에 공양하면 그림자도 또한 설법하였다."

또 이렇게 말했다.

"부처가 바위 위를 밟으니 문득 금과 옥의 소리가 났다"

「고승전(高僧傳)」에 이렇게 말했다.

"혜원(惠遠)[12])이 천축에 부처 그림자가 있다는 말을 들었다. 그것은 옛날에 용을 위하여 남겨둔 그림자로 북천축 월지국(月支國)[13]) 나갈가성(那竭呵城) 남쪽 옛 선인(古仙人)의 석실(石室) 안에 있었다."

또 법현(法現)[14])의 「서역전(西域傳)」에는 이렇게 말했다.

"나갈국(那竭國)[15]의 나갈성 남쪽으로 반유순(由旬)[16] 되는 곳에 석실이 있다. 그것은 박산(博山) 서남쪽에 있는데 그 속에 부처가 그림자를 남겨 두었다. 열 걸음쯤 떨어져 보면 부처의 참모습처럼 광명 속에 그림자가 완연히 보이는데, 거리가 멀어질수록 희미해져 보인다. 여러 나라의 왕들이 화공을 보내서 본떠 그렸지만 비슷하게도 그릴 수 없었다. 나라 사람들은 '현겁(賢劫)[17]의 천불(千佛)이 모두 이곳에 그림자를 남겼다고 했다. 그림자로부터 서쪽 백 걸음쯤 되는 곳에 부처가 세상에 있을 때 머리와 손발톱을 깎았다는 곳이 있었다."

부처바위(경주)

성자함(星字函)의 「서역기(西域記)」 제2권에 이렇게 말했다.

"옛날에 석가여래께서 세상에 계실 때 이 용(龍)이 소를 치는 사람으로 변신하여 왕에게 우유와 치즈를 공급하였다. 음식을 바치다가 잘못을 저질러 꾸지람을 받았으므로 용이 부처에게 분하고 원망하는 마음을 가져 돈으로 꽃을 사서 부처에게 공양했다. 그리고는 솔도파(窣堵婆)[18]에 수기(授記)[19]하기를 '부디 악룡(惡龍)이 되어 나라를 파멸시키고 왕을 해칠 수 있게 해 주십시오' 라하고는 바로 석벽으로 달려가 몸을 던져 죽

부처바위(보리사)

었다. 드디어 이 굴에 사는 큰 용왕이 되어 악한 마음을 일으키니 부처가 이 사실을 알고 신통력을 부려 이곳에 이르렀다. 용이 부처를 만나니 저절로 독한 마음이 사그러들어 살생을 하지 않겠다는 계율을 받았다. 이 일로 인해서 용이 '여래께서 항상 이 굴에 머무르시면서 늘 저의 공양을 받아 주십시오'라고 청하니, 부처가 말하기를 '나는 장차 죽게 될 몸이라 너를 위해서 그림자를 남기겠다. 네가 독하고 분한 마음이 생길 때마다 항상 내 그림자를 보면 그런 마음이 사라지게 될 것이다'라고 했다. 그리고는 부처가 정신을 가다듬고 홀로 석실로 들어갔는데 멀리서 보면 나타나고 가까이 가면 나타나지 않았다. 또 돌 위의 발자취를 칠보로 만들었다."

이상은 모두 경전의 글로 대략 그러하다.

우리나라 사람들이 이 산의 이름을 아나사산(阿那斯山)이라 했으나, 마나사산(摩那斯山)이라고 해야 마땅하다. 이것은 번역하면 물고기[魚]가 되니 대개 북천축의 일을 취하여 이름을 지었기 때문이다.

---

1) 만어산(萬魚山)을 가리킨다. 절을 산이라고 부르는 데서 연유한 것이다. 이 절은 경남 밀양시 삼랑진읍에 있던 절이다.
2) 산스크리트어로 사람을 잡아먹는 악귀녀(惡鬼女)인데 야차와 함께 지옥의 악신이다.
3) 불교를 신봉하는 재가불자(在家佛者)가 받는 다섯 가지의 계율로 살생하지 말라, 도적질 하지 말라, 음행(淫行)하지 말라, 거짓말 하지 말라, 음주하지 말라 등이다.
4) 고려시대의 승려직 가운데 하나이다.
5) 야건가라국(耶乾訶羅國)으로 고대 인도에 있던 나라들 가운데 하나이다.
6) 해인사의 고려대장경판이 천자문의 글자 순서대로 보관되어 있는데 여기에 소개된 내용은 가(可)자 187번째에 해당된다.
7) 가비라국은 석가모니가 태어난 나라 이름이고, 정반왕은 그의 아버지이다.
8) 천안통(天眼通), 천이통(天耳通), 타심통(他心通), 숙명통(宿命通), 신족통(神足通), 누진통(漏盡通) 등 여섯 가지 지혜에 통한 것을 말한다.
9) 산스크리트의 음역으로 최상의 깨달음을 뜻한다.
10) 정법을 옹호하는 신으로 항상 부처를 오른편에 모시면서 손에는 흰 불자(佛子)를 들고 있다고 한다.

11) 산스크리트어의 음역으로 세존, 중우(衆祐)라 번역된다.

12) 중국 동진(東晉) 시대의 고승이다.

13) 지금의 중앙아시아에 있던 나라이다.

14) 법현(法顯)으로 동진시대의 고승이다.

15) 옛날 북인도에 속했던 나라로 지금의 파키스탄 지역에 해당된다.

16) 산스크리스트어로 고대 인도의 거리를 재는 단위. 대유순·중유순·소유순 등 세 가지가 있는데, 각각 80리, 60리, 40리였다.

17) 삼겁(三劫)의 하나. 현재의 대겁(大劫). 1천 부처님이 출현하여 중생을 구제하는 시기이다.

18) 범어로 부처의 사리나 절의 장엄함을 나타내기 위하여 세우는 건축물. 탑 또는 탑하로 일컬어진다.

19) 부처가 제자들에게 미래의 증과(證果)에 대하여 예언하는 것을 말한다.

오대산의 5만 진신

산중의 고전(古傳)을 살펴보면, 이 산을 문수보살의 진신이 살던 곳이라고 처음 이름 지은 사람이 자장법사임을 알 수 있다. 처음에 자장법사가 중국 오대산의 문수보살 진신을 친견하려고 선덕대왕 정관(貞觀) 10년 병신년(丙申年, 636)에〔『당승전(唐僧傳)』[1]에 12년이라 했는데, 여기서는 『삼국본사(三國本史)』에 따랐다〕당나라로 갔다. 먼저 중국 대화지(大和池)가의 문수보살 석상이 있는 곳에 도착해서 7일 동안 경건하게 기도했더니 갑자기 꿈에 문수보살이 네 구절의 게송(偈頌)을 주었다. 깨어서도 그 게송을 기억했지만 범어(梵語)로 되어 있어서 그 뜻을 전혀 이해할 수 없었다.

그 다음날 아침 갑자기 어떤 스님이 붉은 비단에 금빛 무늬가 든 가사(袈裟) 한 벌과 부처의 바리때 한 벌, 부처의 머리뼈 한 조각을 가지고 법사에게 가까이 다가와서, 왜 그렇게 수심에 가득 차 있느냐고 물었다. 법사가 꿈에 받은 네 구절의 게송이 범어여서 해독할 수 없기 때문이라고 말하니, 스님이 그것을 풀이했다.

"가라파좌낭(呵囉婆佐曩)은 바로 일체의 법을 깨달았다는 것이고, 달예치구야(達隷哆佉野)는 자성(自性)은 무소유(無所有)라는 것입니다. 낭가사가낭(曩伽呬伽曩)은 이와 같은 법성(法性)을 알았다는 것이고, 달예노사나(達隷盧舍那)는 노사나불(盧舍那佛)을 본다는 말입니다."

그리고는 자기가 가지고 온 가사 등을 주며 부탁의 말을 했다.

"이것들은 본사(本師)이신 석가세존의 도구(道具)이니, 스님께서 잘 지켜주시기 바랍니다."

또 말했다.

"스님 나라의 간방(艮方, 동북쪽) 명주(溟州) 땅에 오대산이 있는데, 1만 문수보살이 항상 거기에 거주하고 계십니다. 스님께서 그곳에 가셔서 문수보살을 뵈십시오."

말을 마치자마자 사라져 버렸다. 법사가 중국의 영험 있는 유적들을 두루 찾아보고 신라로 돌아오려는데, 대화지(大和池)의 용이 몸을 드러내어 재(齋)를 청하므로 이레 동안 공양하였다. 그러자 용이 말했다.

"전에 게송의 내용을 풀이해 준 노승은 바로 문수보살의 진신입니다."

또 절을 짓고 탑을 세울 것을 간절히 부탁한 일은 모두 별전(別傳)에 수록되어 있다.

법사가 정관(貞觀) 17년(643)에 오대산에 와서 문수보살의 진신을 뵈려고 했으나 사흘 동안 날이 어두워 뜻을 이루지 못하고 돌아왔다. 다시 원녕사(元寧寺)에 머물면서 문수보살을 친견했다고 했다. 그리고는 칡넝쿨이 엉킨 곳으로 갔다고 하니 지금의 정암사(淨巖寺)2) 있는 곳이

바로 거기이다.(이것도 별전에 실려 있다)

　그 뒤에 범일(梵日)스님의 제자인 투타승(頭陀僧) 신의(信義)가 이 산을 찾아와서 자장법사가 쉬던 곳에다 암자를 짓고 살았다. 신의가 죽고 난 뒤 암자도 세월이 오래되어 허물어졌는데, 수다사(水多寺)[3]의 장로(長老)[4] 유연(有緣)이 암자를 다시 짓고 살았다. 지금의 월정사(月精寺)가 바로 그곳이다.(역시 별전에 실려 있다)

　자장법사가 신라에 돌아왔을 때 정신대왕(淨神大王)의 태자 보천(寶川)과 효명(孝明) 두 형제가((「국사(國史)」를 살펴보면 신라에 정신(淨神), 보천(寶川), 효명(孝明) 세 부자가 있었다고 분명하게 말한 글은 없다. 그러나 이 기록 다음 글에 '신룡(神龍) 원년에 터를 닦고 절을 세웠다' 라고 하였으니 신룡 원년은 바로 성덕왕(聖德王)이 왕위에 오른 지 4년이 되는 을사년(乙巳年, 705)이다. 왕의 이름은 흥광(興光), 본명은 융기(隆基)로 신문왕의 둘째 아들이다. 성덕왕의 형 효조왕(孝照王)의 이름은 이공(理恭)으로 혹 이홍(理洪)이라고도 하니 신문왕의 아들이다. 신문왕 정명(政明)의 자(字)가 일조(日照)이니, 정신(淨神)은 아마도 정명ㆍ신문왕의 와전인 듯하다. 효명은 효조 또는 효소(孝昭)의 와전인 것 같다. 이 기록에서 효명이 즉위한 것만 말하고 신룡 연간에 터를 닦고 절을 세웠다고 한 사실에 대하여 자세히 말하지 않았으나, 그때에 절을 세운 사람은 바로

각연사 비로자나불(통일신라 9세기, 괴산 각연사)

축석사 비로자나불 (통일신라 867년경, 봉화 축석사)

성덕왕이다』 하서부(河西府)에〔지금의 명주(溟州)에도 하서군이 있으니 바로 이곳이다. 또는 하곡현(河曲縣)이라고도 한다. 지금의 울주(蔚州)는 이곳이 아니다〕 이르러 각간 세헌(世獻)의 집에서 하루를 묵었다. 다음날 대령(大嶺)을 지나 각각 무리 1천 명을 거느리고 성오평(省烏坪)에 이르러 여러 날을 유람하였다. 어느 날 저녁 갑자기 두 형제가 비밀리에 세속을 떠나기로 하고 몰래 도망나와 오대산에 숨어들었다.〔『고기(古記)』에 '태화(太和) 원년 무신년(戊申年, 648) 8월 초에 왕이 산중에 은거했다'라고 되어 있으나, 이 글은 크게 잘못 된 듯하다. 살펴보면 효조왕(孝照王)은 효소왕(孝昭王)이라고도 했는데, 천수(天授) 3년 임진년(壬辰年, 692)에 즉위할 때가 나이 16세였고, 장안(長安) 2년 임인년(壬寅年, 702)에 죽었으니 그때 나이가 26세였다. 성덕왕이 이 해에 즉위하니 나이 22세였다. 만약 이 해가 태화 원년 무신년이라면 효조왕이 즉위한 임진년보다 45년이나 앞서니 이는 태종무열왕과 문무왕 때에 해당된다. 이로써 이 글이 잘못된 것을 알 수 있으므로 취하지 않았다〕

두 태자가 산속에 이르자 갑자기 푸른 연꽃이 땅 위에서 피어났다. 형이 거기에 암자를 지어 살았는데 그 암자를 보천암(寶川庵)이라 했다. 거기서 동북쪽으로 600여 보 거리인 북쪽 대(臺)의 남쪽 산기슭에 또 푸른 연꽃이 피어나 그곳에 아우 효명이 암자를 지어 살며 형제가 부지런히 불법을 닦았다.

하루는 형제가 함께 다섯 봉우리에 올라가 예불을 올리려 하는데, 동쪽 대(臺) 만월산(滿月山)에는 1만 관세음보살의 진신(眞身)이 나타나 있고, 남쪽 대(臺)인 기린산(麒麟山)에는 팔대보살(八大菩薩)을 수위(首位)로 한 1만의 지장보살(地藏菩薩)이 나타나 있고, 서쪽 대(臺)인 장령산(長嶺山)에는 무량수여래(無量壽如來)를 수위로 한 오백 대아라한(大阿羅漢)이 나타나 있고, 중앙의 대(臺)인 풍로산(風盧山)은 지로산(地盧山)이라고도 하는데 비로자나불(毗盧遮那佛)을 수위로 한 1만 문수보살이 나타나 있었다. 이 오만 보살의 진신(眞身)에게 일일이 예

송광사 목조 삼존불감(문수보살, 국보 제42호)

를 올렸다.

매일 이른 새벽에 문수보살이 지금의 상원(上院)인 진여원(眞如院)[5]에 이르러 서른여섯 가지 모습으로 변하여 나타났다. 어떤 때는 부처 얼굴 모습으로, 혹은 보주(寶珠)의 모습으로, 혹은 부처의 눈 모습으로, 혹은 부처의 손 모습으로, 보탑(寶塔)의 모습으로, 혹은 만불(萬佛)의 머리 모습으로, 혹은 만등(萬燈)의 모습으로, 혹은 금교(金橋)의 모습으로, 혹은 쇠북[金鼓]의 모습으로, 혹은 쇠종[金鐘]의 모습으로, 신통(神通)의 모습으로, 금루(金樓)의 모습으로, 혹은 금륜(金輪)[6]의 모습으로, 혹은 금강저(金剛杵)[7]의 모습으로, 금으로 된 항아리 모습으로 혹은 금비녀의 모습으로, 오색 광명[8]의 모습으로, 오색원광(五色圓光)의 모습으로, 길상초(吉祥草)의 모습으로, 푸른 연꽃의 모습으로, 금전(金田)[9]의 모습으로, 은전(銀田)[10]의 모습으로, 부처 발의 모습으로, 우레와 번개의 모습으로, 혹은 부처가 솟아나는 모습으로, 혹은 지신(地神)이 솟아나는 모습으로, 혹은 금으로 된 봉황의 모습으로, 혹은 금으로 된 까마귀의 모습으로, 혹은 말이 사자를 낳는 모습으로, 혹은 닭이 봉황을 낳는 모습으로, 혹은 청룡의 모습으로, 혹은 흰 코끼리의 모습으로, 혹은 까치의 모습으로, 혹은 소가 사자를 낳는 모습으로, 혹은 뛰노는 돼지의 모습으로, 혹은 푸른 뱀의 모습 등 다양하게 나타났다.

두 사람은 늘 골짜기의 물을 길어다 차를 달여 공양을 하고, 밤이 되면 각기 암자에서 도를 닦았다.

그때 정신왕의 아우가 왕과 왕위를 다투자 나라 사람들이 그를 폐하고는, 장군 4명을 산으로 보내어 두 태자를 맞아오게 하였다. 그들이 먼저 효명의 암자 앞에 도착하여 만세를 불렀다. 그때 오색구름이 이레 동안 그곳을 뒤덮고 있었으므로 나라 사람들이 구름 덮인 데를 찾아가 왕의 의장(儀章)을 늘어놓고 두 태자를 맞이해 돌아가려 했으나 보천이 크게 울면서 사양하므로 이에 효명을 받들어 돌아갔다. 효명은 즉위하여 여러 해 동안 나라를 다스렸다.[이 기(記)에서 재위 20여 년이라고 기록되어 있으나 이는 아마 서거한 때의 나이가 스물여섯인 것의 와전인 듯하다. 왕위에 있었던 것은 10년 뿐이다. 또 신문왕의 아우와 왕위를 다툰 사실은 『국사(國史)』에 기록이 없으므로 자세히 알 수 없다]

신룡(神龍) 원년[곧 당나라 중종(中宗)이 복위(復位)한 해로, 성덕왕 즉위 4년이다] 을사년(乙巳年, 705) 3월 초나흘에 비로소 진여원(眞如院)을 다시 짓게 되었다. 대왕이 몸소 여러 신하들을 거느리고 산에 이르러 불전과 불당을 짓고, 문수보살의 소상을 만들어 불당에 모셨다. 선지식(善知識) 영변(靈卞) 등 다섯 사람으로 하여금 화엄경을 오랫동안 읽어나가도록 했다. 이로 인하여 화엄결사(華嚴結社)를 맺고 공양 비용으로 매년 봄가을 절 근처의 주현(州縣)으로부터 벼 100섬과 정유(精油) 1섬을 공급받는 것을 상규(常規)로 정했다. 진여원 서쪽으로 6천 보 거리에 있는 모니점(牟尼岾)과 고이현(古伊縣) 밖에 이르기까지 땔나무 하는 산판 15결(結), 밤나무 밭 6결, 전답 2결로 장원(莊園)을 설치하였다.

보천은 항상 그 신령한 골짜기의 물을 길어다 마셨으므로 만년에는 몸이 공중으로 날아올라 유사강(流沙江)[11] 밖 울진국(蔚珍國) 장천굴(掌天窟)에 와 머물며 수구다라니경(隨求陀羅尼經)[12]을 암송하는 것으로 하루의 일과를 삼았다. 장천굴의 신령이 몸을 드러내고 말하기를 "나는 굴의 신이 된 지 이미 2천년인데, 오늘 처음으로 수구다라니경의 진언(眞言)을 들었습니다" 라 하고 보살계(菩薩戒) 받기를 청했다. 보살계를 받고 난 다음날 굴 또한 흔적 없이 사라졌다. 보천이 놀라고 이상히 여겨 그곳에서 스무날을 머물다가 오대산 신성굴(神聖窟)로 돌아왔다. 그리고는 50년 동안 불도를 닦았는데, 도리천(忉利天)의 신(神)

이 날마다 세 번씩 법문을 들었고, 정거천(淨居天)[13]의 무리가 차를 달여 공양하였으며, 40명의 성인들이 열 자 높이로 허공에 떠서 항상 호위하였다. 가지고 있던 지팡이는 하루에 세 번 소리를 내며 방을 세 바퀴씩 도니, 이것으로 종과 경쇠 소리를 삼아 때에 맞춰 불법을 닦았다. 문수보살이 간혹 보천의 이마에 물을 붓고 성도기별(成道記莂)을 주었다.

보천이 세상을 떠나려고 할 때, 뒷날 산중에서 국가를 위해 도울 수 있는 일을 기록해 두었는데, 그 내용은 다음과 같다.

"이 산은 바로 백두산(白頭山)의 큰 줄기로 각 대(臺)에는 보살의 진신(眞身)이 항상 머문다. 청색(靑色) 방위인 동쪽 대(臺)의 북쪽 모퉁이 아래와 북쪽 대의 남쪽 기슭의 끝에 관음방(觀音房)을 설치하여 둥근 모양의 관음보살상과 푸른 바탕에 1만 관음상을 그려 모셔라. 복전승(福田僧) 다섯 분에게 낮에는 8권의 『금경(金經)』[14] · 『인왕반야경(仁王般若經)』[15] · 천수주(千手呪)[16]를 읽고, 밤에는 『관음예참(觀音禮懺)』을 염송(念誦)하게 하고 그 결사(結社)의 이름을 원통사(圓通社)라 하라. 적색(赤色) 방위인 남쪽 대의 남방에는 지장방(地藏房)을 설치하여, 둥근 모양의 지장보살과 붉은 바탕에 그린 팔대보살(八大菩薩)을 수위(首位)로 한 1만 지장보살을 모시고, 복전승 다섯 분에게 낮에는 『지장경(地藏經)』 · 『금강반야경(金剛般若經)』을 읽고, 밤에는 『점찰경(占察經)』[17] 예참(禮懺)을 염송하게 하고 그 결사를 금강사(金剛社)라 하라. 백색(白色) 방위인 서쪽 대의 남쪽에는 미타방(彌陀房)을 설치하여, 둥근 모양의 무량수불과 흰 바탕에 그린 무량수여래를 수위로 한 1만 대세지보살(大勢至菩薩)을 모시고, 복전승 다섯 분에게 낮에는 『법화경(法華經)』을 읽고 밤에는 『아미타경(阿彌陀經)』 예참을 염송하게 하고 그 결사를 수정사(水精社)라 하라. 흑색(黑色) 방위인 북쪽 대의 남방에는 나한당(羅漢堂)을 설치하여 둥근 모양의 석가불과 검은 바탕에 그린 석가여래를 수위로 한 오백나한을 모시고, 복전승 다섯 분에게 낮에는 『불보은경(佛報恩經)』[18]·『열반경(涅槃經)』을 읽고 밤에는 『열반경(涅槃經)』 예참을 염송하게 하여 그 결사를 백련사(白蓮社)라 하라. 황색(黃色) 방위인 중앙 대의 진여원 안에 진흙으로 빚은 문수보살 부동상(不動像)을 모시고, 뒷벽에는 누런 바탕에 그린 비로자나불(毗盧遮那佛)을 수위로 한 36화형(化形)[19] 문수보살을 안치하라, 복전승 다섯 분에게 낮에는 『화엄경』·『6백반야경(六百般若經)』[20]을 읽고 밤에는 문수보살 예참을 염송하게 하고 그 결사를 화엄사(華嚴社)라 하라. 보천암(寶川庵)을 고쳐서 화장사(華藏寺)라 하고 원만하신 비로자나불 삼존상(三尊像)과 대장경(大藏經)을 안치하라. 복전승 다섯 분에게 낮에는 대장경을 읽고 밤에는 화엄신중(華嚴神衆)[21]을 염송하게 하며, 매년 화엄회(華嚴會)를 100일 간 베풀고 그 결사를 법륜사(法輪社)라 하라. 이 화장사(華藏寺)를 오대사(社)의 본사(本寺)로 삼아 굳게 지키고, 청정하게 수행하는 복전승에게 길이 향화(香火)를 받들게 하면, 국왕이 천수(千壽)를 누리고 백성이 편안하며 문무(文武)가 모두 화평하고 온갖 곡식이 풍성하게 열릴 것이다. 또 하원(下院)에는 문수갑사(文殊岬寺)를 배치하여 오대사의 도회(都會)[22]로 삼고, 복전승 일곱 분에게 밤낮으로 항상 화엄신중 예참을 행하게 하라. 위에 말한 37분 스님의 재(齋) 비용과 의복의 비용 등 네 가지 일에 드는 비용은 하서부(河西府) 도내 여덟 주(州)의 조세로 충당하도록 하라. 대대로 군왕이 잊지 말고 받들어 행하면 다행한 일일 것이다."

1) 당나라 도선(道宣)이 법력이 높은 스님 5백 분의 행적을 기록한 『속고승전(續高僧傳)』을 가리킨다.

2) 강원도 태백산에 있던 절로 속칭 갈래사(葛來寺)이다. 자장법사가 세웠다.
3) 강원도 평창군 오대산에 있던 절이다.
4) 지혜와 불법에 통한 나이가 많은 비구이다.
5) 강원도 평창군 오대산에 있는 절이다.
6) 금륜보(金輪寶)로 전륜왕(轉輪王)의 7보(七寶) 가운데 하나이다.
7) 스님들이 절에서 불법을 닦을 때 사용하는 도구의 하나이다.
8) 부처나 보살의 몸에서 빛나는 파랑, 노랑, 빨강, 하양, 검정 등의 5색이다.
9) 절을 가리키는 다른 말이다.
10) 절을 가리키는 다른 말이다.
11) 경북 영해에 있는 강으로 추측된다.
12) 파계한 비구가 신주(神呪)의 공덕으로 지옥에 떨어지지 않고 도리천에 태어난다는 내용의 경전이다.
13) 욕계에서 벗어난 성자(聖者)가 산다는 다섯 종류의 하늘을 가리킨다.
14) 『금광명경(金光明經)』의 준말. 경을 읽고 그대로 실천하면 부처나 보살의 비호를 받는다는 내용의 경. 4권짜리와 8권짜리가 있다.
15) 인덕을 쌓은 제왕이 도를 행하면 태평성대가 온다는 뜻을 지닌 경으로 중국 당나라 불공(不空)이 번역했다. 인왕경(仁王經)이라고도 한다.
16) 천수다라니(千手陀羅尼)를 가리킨다. 천수관음의 공덕을 말한 것이다.
17) 지장보살이 나무로 만든 간자(簡子)를 던져 길흉화복을 점치는 법과 참회하는 법을 말한 것이다.
18) 부처가 부모의 은혜를 갚은 사실을 기록한 경으로 모두 일곱 권이다.
19) 36가지의 형상으로 나타나는 문수보살이다.
20) 반야를 설명한 여러 경전을 집성한 것으로 전부 600권이다.
21) 『화엄경』에 나오는 여러 신중을 말한다.
22) 여기서는 본산(本山)을 가리킨다.

명주(옛날의 하서부(河西府)이다) 오대산에서 불법을 닦은 보질도태자의 전기

신라 정신(淨神)태자 보질도(寶叱徒)가 아우인 효명(孝明) 태자와 함께 하서부(河西府)[1] 세헌각간(世獻角干)의 집에 도착하여 하룻밤을 묵었다. 다음날 무리 1천 명을 거느리고 대령(大嶺, 대관령)을 넘어 성오평(省烏坪)에 도착하여 여러 날을 노닐다가 태화(太和) 원년(648) 8월 5일에 형제가 같이 오대산에 숨어버렸다. 무리들 중 두 형제를 옆에서 호위하던 자들이 찾아다녔으나 결국 찾지 못하고 모두 서울로 돌아갔다. 형 태자는 중앙 대의 남쪽 밑의 진여원(眞如院) 아래 산 끝에 푸른 연꽃이 핀 것을 보고 그곳에 풀로 암자를 지어 살았다. 아우 효명은 북쪽 대의 남쪽 산 아래에 푸른 연꽃이 피어나는 것을 보고 또한 암자를 짓고 살았다.

두 형제가 예불과 염불로 수행하다가 오대(五臺)에 나아가 엎드려 예배했다. 청색(靑色) 방위인 동쪽 대의 보름달 모양의 산에는 관음보살의 진신 1만이 늘 계시고, 남쪽 대의 기린산(麒麟山)에는 팔대보살을 수위로 한 1만 지장보살이 늘 계시며, 흰빛 방위인 서쪽 대의 장령산(長嶺山)에는 무량수여래를 수위로 한 1만 대세지보살이 늘 계시고, 흑색(黑色) 방위인 북쪽 대(臺)의 상왕산(相王山)에는 석가여래를 수위로 한 5백 대아라한이 늘 계시고, 황색(黃色) 방위인 중대(中臺) 풍로산(風爐山)은 지로산(地爐山)이라고도 부르는데, 비로자나불을 수위

석굴암 건달바(통일신라)

집모양 뼈용기(통일신라)

로 한 1만 문수보살[2]이 늘 계셨다. 진여원 터에는 문수보살이 매일 이른 새벽에 서른여섯 가지 형상으로(서른여섯 가지 형상은 「대산오만진신(臺山五萬眞身)」에 보인다) 변신하여 나타나니 두 태자가 함께 예배했다. 매일 이른아침 골짜기의 물을 길어다 차를 달여 1만 문수보살 진신에게 공양했다. 정신태자의 아우인 부군(副君)[3]이 왕위를 다투다가 죽임을 당하자, 신라 사람들이 장군 4명을 오대산으로 보냈다. 그들이 오대산에 이르러 효명태자 앞에서 만세를 불렀더니 이때 오색구름이 오대산으로부터 신라 서울에까지 뻗쳐 이레 동안 사라지지 않고 광채를 발했다. 그러자 나라 사람들이 빛을 찾아 오대산에 이르러 두 태자를 모시고 서울로 돌아가려 했다. 그러나 보질도태자는 울면서 돌아가려 하지 않으므로 효명태자를 모시고 돌아가 왕위에 오르게 했다. 즉위한 지 20년이 되는 해[4]인 신룡(神龍) 원년(705) 3월 8일에 처음으로 진여원을 세웠다고 한다. 보질도태자는 항상 골짜기의 신령한 물을 마셨다. 그러므로 육신이 하늘로 올라가 유사강(流沙江)에 도착해 울진대국(蔚珍大國) 장천굴(掌天窟)로 들어가 수도하다가 다시 오대산 신성굴(神聖窟)로 돌아와 50년 간 수도했다고 한다. 오대산은 바로 백두산의 큰 줄기로서 각 대(臺)에는 진신이 항상 머물렀다고 한다.

1) 지금 강릉의 옛 지명이다.
2) 보현보살과 짝하여 부처의 왼쪽에 있으면서 지혜를 맡은 보살이다.
3) 왕위를 계승한 태자의 명칭으로 추정된다.
4) 효소왕(孝昭王)의 재위 기간이 10년이므로 10년의 오기(誤記)다.

오대산 월정사의 다섯 성중

절에서 전하는 옛 기록을 살펴보면 이러하다.

자장법사는 처음 오대산에 이르러 문수보살의 진신(眞身)을 친견하려고 산기슭에 띠집을 짓고 이레 동안이나 머물렀지만 문수보살의 진신이 나타나지 않으므로 묘범산(妙梵山)으로 가서 정암사(淨岩寺)를 세웠다. 그 후에 신효거사(信孝居士)라는 사람이 있으니 그를 혹 유동보살(幼童菩薩)의 화신(化身)이라고도 했다. 그의 집은 공주(公州)에 있었는데 효성을 다하여 어머니를 봉양하였다. 어머니는 고기가 아니면 밥을 먹지 않으므로 하루는 거사가 고기를 구하러 집을 나와 산과 들로 돌아다니다가 길에서 학 다섯 마리가 날아가는 것을 보고 활로 쏘았다. 그러나 그 중 한마리가 깃털을 떨어뜨리고 갔을 뿐이었다. 거사가 그 깃을 주워 한쪽 눈을 가리고 사람을 보았더니 모두 짐승으로 보였다. 고기를 얻지 못했으므로 자기 다리 살을 베내어 어머니께 올렸다.

그 뒤에 출가하여 자기 집을 희사해 절을 지었는데 지금의 효가원(孝家院)이 그곳이다. 거사가 경주(慶州)를 떠나 하솔(下率)[1] 땅에 이르러 한쪽 눈에 깃을 대고 사람을 보니 모두 사람의 모습으로 보였다. 그래서 그곳에 살고 싶은 마음이 생겨 길에서 만난 한 노파에게 머물만한 곳을 물었다. 그 노파가 말했다.

"서쪽 고개를 넘어 가면 북쪽으로 향한 골짜기가 있는데 그곳이 살만 할 것이오."

말을 마치자 사라져 버렸다. 거사는 관세음보살의 가르침인 줄 알고 곧장 성오평(省烏坪)을 지나 자장법사가 처음 띠집을 지었던 곳으로 들어가서 살았다. 조금 후에 다섯 명의 스님이 와서 말했다.

"거사께서 가지고 온 가사(袈裟) 한폭은 지금 어디에 있소?"

거사가 영문을 몰라 하자 스님들이 말했다.

"그대가 눈을 가렸던 학의 깃털이 바로 그것이오."

거사가 꺼내어 스님들에게 내주자, 스님이 가사의 떨어진 폭에 깃털을 놓으니 꼭 들어맞았다. 그것은 학의 깃털이 아니라 천조각이었다. 거사는 그 스님들과 헤어진 후에야 그들이 다섯 성중(聖衆)의 화신임을 알았다.

월정사(月精寺)는 자장법사가 처음 초가를 엮어 지었던 절집이었다. 다음에 신효거사(信孝居士)가 와서 머물렀고, 그 다음에는 범일(梵日)의 문인(門人)인 신의두타(信義頭陀)가 와서 암자를 짓고 머물렀다. 후에 수다사(水多寺)의 장로(長老)인 유연(有緣)이 와서 머물렀다. 이리하여 점차 큰 절이 되었다. 이 절의 다섯 성중(聖衆)과 구층 석탑²⁾은 모두 성스러운 자취이다. 땅을 보는 지관(地官)이 말하기를 "나라 안의 명산 중에서 이곳 이상 좋은 곳이 없으니, 불교가 길이 흥성할 곳이다"라고 했다.

1) 강원도 강르의 옛이름이다.
2) 지금 월정사에 남아 있는 탑으로 국보 제48호이다.

남월산{감산사(甘山寺)라고도 한다}

이 절은 서울 동남쪽 20리 되는 곳에 있다. 금당의 주불(主佛)인 미륵존상의 불꽃 광배 뒷면의 기(記)에 이렇게 기록되어 있다.

"개원(開元) 7년 기미년(己未年, 719) 2월 15일에 중아찬(重阿湌)[1] 김지성(金志誠)이 돌아가신 아버지 일길찬(一吉湌)[2] 인장(仁章)과 돌아가신 어머니 관초리부인(觀肖里夫人)을 위하여 삼가 감산사를 세우고 돌미륵 한 구를 만들었다. 겸하여 개원(愷元) 이찬(伊湌)과 아우 양성(梁誠) 소사(小舍)와 현도법사(玄度法師), 누이 고파리(古巴里), 전처(前妻) 고로리(古老里), 후처(後妻) 아호리(阿好里), 그리고 서형(庶兄) 일길찬 급한(及漢)과 살찬(薩湌)[3] 일당(一幢), 대사(大舍)[4]인 총민(聰敏), 누이동생 수힐매리(首肹買里) 등을 위해 이 같은 선행을 베풀었다. 판초리부인이 세상을 떠나자 동해 흔지(欣支)가에 골분을 뿌렸다."{고인성지(古人成之) 이하의 글은 뜻을 알 수 없다. 다만 옛글 그대로 적어둔다. 아래도 같다}

아미타불 광배 뒷면에 이렇게 기록되어 있다.

"중아찬 김지전(金志全)은 일찍이 상사(尙舍)로 왕을 받들어 모셨고 또 집사성(執事省)[5]의 시랑(侍郎)으로 있다가 나이 67세로 관직에서 물러나 한가하게 지냈다. 국주(國主)대왕과 이찬 개원(愷元), 돌아가신 아버지 일길찬 인장(仁章), 돌아가신 어머니, 죽은 아우 소사 양성(梁誠), 사문(沙門) 현도(玄度), 죽은 아내 고로리(古老里), 죽은 누이동생 고보리(古寶里), 또 아내 아호리(阿好里) 등을 위하여 그의 감산(甘山)의 농장을 희사하여 이 절을 세웠고 돌로 미타상 한 구를 만들어 돌아가신 아버지 일길찬 인장을 위해 봉안했다. 그가 세상을 떠나자 동해 흔지변에 골분을 뿌렸다.{임금의 계보를 살펴보면 김개원(金愷元)은 태종 김춘추의 여섯째 아들인 가간 개원으로 바로 문희(文熙)의 소생이다. 김지성은 바로 일길찬 인장의 아들이다. 동해 흔지(欣支)는 아마도 문무왕(文武王)을 동해에 장사지낸 말인 것 같다}

1) 신라 제17관등 가운데 제6위를 말한다.

천룡사

경주 남산의 남쪽에 우뚝 솟아 있는 한 봉우리를 세상에서는 고위산(高位山)이라 부른다. 산의 남쪽에 절이 있는데 우리말로 고사(高寺)라고 부르기도 하고 혹은 천룡사(天龍寺)라고도 부른다.

『토론삼한집(討論三韓集)』에 이렇게 말했다.

"계림(鷄林) 안에 딴 곳에서 흘러온 두 줄기 강물[客水]과 거슬러 흐르는 한 줄기 강물[逆水]이 있다. 양쪽 강물의 두 근원이 하늘이 내리는 재앙을 억누르지 못한다면 천재지변이 나서 천룡사가 뒤집혀 무너져버리는 화를 면할 수 없게 된다."

민간에 전해오는 말은 이렇다.

"거슬러 흐르는 강물이란 고을의 남쪽 마등오촌(馬等烏村) 남쪽으로 흐르는 냇물을 말한다. 이 물의 근원은 천룡사(天龍寺)에까지 뻗쳐 있는데, 중국 사신 악붕귀(樂鵬龜)가 와서 보고 '이 절을 파괴하면 곧 나라가 망할 것이다'라고 했다."

또 세상에 다음과 같이 전하는 말이 있다.

"옛날 절에 시주를 잘하는 어떤 사람에게 천녀(天女)와 용녀(龍女)라는 두 딸이 있었다. 부모가 두 딸을 위해 절을 지었으므로 천룡사라 이름하였다."

그 절의 지세가 범상치 않고 불도의 성취를 돕는 도량이었는데, 신라 말에 스러지고 파괴되어 오랫동안 잊혀졌다.

중생사(衆生寺)의 관음보살이 젖을 먹여 기른 아이는 바로 최은함(崔殷諴)의 아들 최승로(崔承老)인데, 승로는 숙(肅)을 낳고, 숙이 시중(侍中) 제안(齊顔)을 낳았다. 제안이 이 허무러진 절을 다시 중창하여 세웠다. 조정의 명을 받아 석가만일도량(釋迦萬日道場)을 두었으며 아울러 신서(信書)와 발원문(發願文)을 절에 남겨 두었다. 제안은 죽은 후에 절을 보호하는 신(神)이 되었는데 자못 신령스런 이적(異蹟)을 많이 보였다. 그 신서에 쓰인 내용은 대강 이러하다.

"시주자(施主者) 내사시랑(內史侍郞) 동내사 문하평장사 주국(同內史門下平章事柱國) 최제안은 쓴다. 경주 고위산의 청룡사가 폐사된 지 오래되었다. 이에 불제자(佛弟子)로서 특별히 임금의 장수와 나라의 무사태평함을 빌기 위해서 불전·법당·회랑·요사채·공량간·창고 등을 지었다. 돌을 다듬거나 흙으로 빚은 부처님 몇 구(軀)를 모시어 석가만일도량을 새로 열었다. 이미 나라를 위해 절을 중창하여 세웠으니 관가에서 주지(住持)를 정하는 것이 옳겠으나 주지가 바뀌어 교대할 때마다 절간의 스님들이 불안해 할 수 있으니 유의해야 할 것이다. 옆에서 시주한 전답으로 절집 살림을 꾸려 나가는 것을 볼 수 있는데, 공산(公山) 지장사(地藏寺)[1]는 밭 200결(結)을 시주받았고, 비슬산(毗瑟山) 도선사(道仙寺)[2]는 전답 20결을 시주받았으며, 서경(西京)의 사방에 있는 절들은 각기 전답 20결씩을 시주받았다. 이들 절에서는 주지를 세울 때 직책이 있고 없고를 논하지 않고 반드시 계(戒)를 갖추고 재주가 훌륭한 사람을 선택하되 사내(寺內) 대중들의 여망에 따라 여러 번 중임하도록 하여 부지런히 예불을 올리고 불법을 닦는 일을 불변의 법칙으로 삼는다고 한다. 내가 사찰의 이러한 풍습을 듣고 기뻐하여 이 천룡사 또한 절의 여러 스님들 중에서 재주와 덕이 높은 분을 선발하여 동량(棟梁)으로 삼아 주지로 임명하여 길이 예불을 올리고 불도를 닦는 일에 힘쓰게 하고자 한다. 이러한 일들을 자세히 기록하여 강사(剛司)³⁾에게 맡겨 두니, 이번에 뽑은 주지부터 이러한 규칙이 적용될 것이다. 유수관(留守官)이 이 공문[官文]을 받아 절간 대중들에게 두루 열람케 할 것이니 모든 대중들이 그 내용을 자세히 알아야 할 것이다. 중희(重熙) 9년(1040년) 6월 일 관직을 갖추어 앞에 서와 같이 서명한다."

중희는 바로 거란 흥종(興宗)의 연호이니, 우리나라 정종(靖宗) 7년 경진년(1040)에 해당된다.

1) 대구시 팔공산에 있던 절이다.
2) 경북 달성군 비슬산에 있던 절이다.
3) 절에서 법회와 그 식사(式事)를 맡은 스님의 직명. 강장(綱掌)이라고 한다.

무장사 미타전

서울의 동북쪽 20리쯤 되는 거리의 암곡촌(暗谷村) 북쪽에 무장사(鍪藏寺)가 있다. 이 절은 제38대 원성대왕의 아버지이며 명덕대왕(明德大王)으로 추봉(追封)된 대아간(大阿干) 효양(孝讓)이 파진찬(波珍湌)이었던 숙부를 추모하기 위해 세운 것이다. 깊은 골짜기가 너무 가파라서 마치 깎아 세운 듯하다. 절이 있던 곳은 침침하고 깊어서 절로 허백(虛白)[1]이 생길 만하니 마음을 쉬고 도를 즐길 수 있는 신비스러운 곳이었다. 절의 위쪽에 오래된 미타전(彌陀殿)이 있다. 이는 바로 소성(昭成)[혹은 소성(昭聖)이라고도 한다] 대왕의 왕비인 계화(桂花)황후가 대왕이 먼저 세상을 떠나자 근심에 차 어쩔 줄 몰라하며 피눈물을 흘리고 가슴 아파했다. 그러다가 그녀는 마음속으로 좋은 일에 앞장서고 혼령의 명복을 비는 일에 힘쓰고자 했다. 서방에 아미타불이라는 큰 성인이 있어 지성으로 받들어 귀의하면 구원하여 준다는 말을 듣고는 이 말이 참말이라면 어찌 나를 속이겠는가? 하고 이에 육의(六衣)[2]의 화려한 옷을 희사하고, 9부(九府)[3]의 창고에 저장했던 재물을 다 기울여서 이름난 장인(匠人)을 불러 아미타불상 한 구를 조각하였으며 아울러 신중상(神衆像)[4]도 만들어 봉안했다.

이보다 앞서서 이 절에 한 노승(老僧)이 있었는데, 꿈에 문득 부처가 석탑의 동남쪽 언덕 위에 앉아서 서쪽을 향해 대중(大衆)에게 설법하는 것을 보았다. 그는 이 땅에 반드시 불법(佛法)이 머물 것이라고 생각하고는, 그 사실을 남에게 말하지 않았다.

그곳에는 높고 험한 바위가 있고 계곡 물이 격렬하게 빨리 흘러서 장인(匠人)들조차 돌아보지도 않아 모두들 절 지을만한 좋은 터가 아니라고 했다. 그러나 터를 닦으니 불전이 들어설 만했는데 평평한 땅이 마치 신령스러운 터 같아서 보는 사람들마다 감탄하며 좋아했다. 근년에 미타전은 무너지고 절만 남아 있다.

세상에 전하기는 태종무열왕이 삼국을 통일한 후 무기와 투구를 이 골짜기 안에 숨겼으므로 무장사로 이름지었다고도 한다.

---

1) 마음이 텅 비면 정토를 깨닫는다는 뜻으로 허실생백(虛室生白)의 준말이다.
2) 중국 주(周)나라 때 왕후가 입었던 여섯 가지의 옷으로 여기서는 왕후가 입던 갖가지 화

려한 옷을 가리킨다.

3) 주나라 때 재물을 맡아 관장하던 아홉 곳의 관청이다.

4) 신의 무리로 곧 용신(龍神) · 아수라신(阿修羅神) · 귀자모신(鬼子母神) 등을 말한다.

백엄사의 석탑사리

개운(開運) 3년 병오년(丙午年, 946) 10월 29일에 강주(康州) 땅의 임도대감(任道大監)이 내린 공문에 말했다.

"선종(禪宗)의 백암사(伯巖寺)는 초팔현(草八縣)에[지금의 초계(草溪)이대] 있다. 절의 스님 간유상좌(侃遊上座)1)는 나이 39세이고 절이 언제 세워졌는지는 알 수 없다."

다만 「고전(古傳)」에는 다음과 같이 전하고 있다.

전 시대인 신라 때 북택청(北宅廳)2)의 터를 바쳐서 이 절을 지었더니 중간에 낡아 폐지되었다. 지난 병인년(丙寅年, 1028)에 사목곡(沙木谷)의 양부(陽孚)스님이 이 절을 고쳐 짓고 주지로 있다가, 정축년(丁丑年, 1037)에 열반했다. 을유년(乙酉年, 1055)에 희양산(曦陽山)3) 긍양(兢讓)4)스님이 이곳에 와서 10년을 지내다가 다시 희양으로 돌아갔다. 그때 신탁(神卓)스님이 남원(南原) 백암수(白巖藪)5)로부터 와 이 절의 규칙에 따라 주지가 되었다. 또 함옹(咸雍) 원년(1067년) 11월에 이 절의 주지 득오미정대사(得奧微定大師)와 수립(秀立)스님이 절에서 지켜야 할 규칙 10조(條)를 정하였다. 그리고 새로 오층석탑을 세워 부처의 진신사리 42과(顆)를 모셨다. 사재(私財)로 보(寶)6)를 세우고 매년 공양하는 조항을 정하되 무엇보다도 먼저 이 절의 법을 수호하던 존경받는 엄흔(嚴欣)·백흔(伯欣)스님 두 명신(明神)과 근악(近岳) 등 세 분 앞에 보(寶)를 세울 것과(세상에 전하기를 엄흔과 백흔 두 사람이 집을 바쳐서 절을 만들었으므로 백엄사(伯嚴寺)라 이름 했고, 이절의 호법 신이 되었다고 한다) 금당 약사여래 앞에 놓여 있는 나무 발우에 매달 초하룻날 공양미를 바꾸어 놓을 것 등이다. 그 이하의 조목은 기록하지 않는다.

1) 절 안에서 스님들을 통솔하고 사무를 관장하는 스님으로 대체로 덕이 높고 나이 많은 스님이 임명된다.
2) 신라시대 권귀(權貴)들이 살던 35금입택(金入宅) 가운데 하나이다.
3) 경북 문경시 가은면 원북리의 봉암사가 자리하고 있는 산이다.
4) 신라 말엽의 스님인 정진대사(靜眞大師)의 법휘(法諱)이다.
5) 남원에 있던 절 이름으로 수(藪)는 절을 뜻한다.
6) 계(契)와 같은 뜻이다.

영취사

절의 옛 기록에 이렇게 말하고 있다.

"신라의 진골(眞骨) 출신인 제21대 신문왕 대인 영순(永淳) 2년(본문에 원년이라고 했으나 잘못이다) 계미년(癸未年, 683)에 재상 충원공(忠元公)이 장산국(萇山國)(바로 동래현(東萊縣)으로, 내산국(萊山國)이라고도 한다) 온정(溫井)에서 목욕하고 성으로 돌아오다가 굴정역(屈井驛)[1] 동지야(桐旨野)에 이르러 잠시 쉬었다. 갑자기 한 사람이 매를 날려 꿩을 쫓는 광경을 목격했는데, 쫓기는 꿩이 금악(金岳)을 넘어가 종적이 묘연했다. 꿩을 찾느라고 매의 방울 소리를 따라 굴정현(屈井縣) 관청 북쪽 우물가에 이르렀더니 매는 나무 위에 앉아 있고 꿩은 우물 속에 있는데 우물이 핏빛처럼 붉었다. 꿩은 두 날개를 펼쳐 새끼 두 마리를 안고 있었고, 매도 불쌍한지 감히 움켜잡지 못하고 있었다. 충원공이 그것을 보고 측은히 여기면서도 감동하여 그 땅을 점쳐 물어보니 '절을 세울 만하다'라고 했다. 서울로 돌아와 왕에게 아뢰어, 그 현의 관청을 다른 곳으로 옮기고 그곳에 절을 세우고 영취사(靈鷲寺)[2]라 이름했다.

1) 지금의 울산시에 있던 역 이름이다.
2) 울산시 부근에 있던 절로 추정된다.

유덕사

신라의 태대각간(太大角干) 최유덕(崔有德)이 자기 집을 바쳐서 절을 만들고, 그 이름을 유덕사(有德寺)라 했다. 먼 후손인 삼한공신(三韓功臣) 최언위(崔彦撝)[1]가 유덕의 사진을 걸어 봉안하고 비석도 세웠다고 한다.

1) 신라말 고려 초기의 학자(868~944)로 당나라에 유학하여 빈공과에 급제하였다.

오대산 문수사의 석탑기(石塔記)

마당가의 석탑은 신라 사람이 세운 것 같다. 그 석탑의 모양이 비록 순박하여 기교가 없어 보이지만 영험이 많아서 다 기록할 수 없을 정도이다. 그 중 한 가지 일에 대해서 옛 노인들에게 들었는데 그 내용은 이러하다.

"전에 연곡현(連谷縣)¹⁾ 사람이 배를 타고 바다로 나가 고기를 잡고 있었는데 갑자기 탑 하나가 배를 따라오고 있었다. 탑의 그림자를 본 물고기들은 모두 사방으로 흩어져 도망갔다. 그 때문에 어부는 전혀 고기를 잡지 못했으므로 분함을 참을 수 없어 탑 그림자를 찾아가 보니 바로 이 탑이었다. 이에 도끼를 내리쳐 탑을 찍고는 그곳을 떠났다. 지금 이 탑의 네 귀퉁이가 모두 떨어진 것이 이 때문이다."

내가 이 말을 듣고 놀라 탄복해 마지않았으나 그 탑을 동쪽으로 다소 치우치게 세워 중앙에 두지 않은 것이 이상하여 거기에 걸려 있는 한 현판을 보았다. 그 현판에 쓰인 내용은 이러했다.

"비구 처현(處玄)이 전에 이 절에 있으면서 갑자기 탑을 마당 가운데로 옮겼더니 20여 년간 아무런 영험을 나타내지 않았다. 뒤에 한 일관(日官)이 풍수가 좋은 터를 구하려고 이곳까지 왔다가 탄식하며 말하기를 '이 마당 한가운데는 탑을 둘 곳이 못 되는데 어째서 동쪽으로 옮기지 않습니까?' 했다. 이에 여러 스님들이 깨닫고는 다시 전에 있던 곳으로 옮기니, 지금 탑이 서 있는 자리가 바로 그곳이다."

나는 괴이한 일을 좋아하지는 않지만, 부처의 위엄과 신령함이 취를 드러내어 만물을 이롭게 함이 이같이 빠르다는 것을 알았으니, 어찌 불자(佛子)가 되어 잠자코 있을 수 있겠는가? 정풍(正豊) 원년 병자년(丙子年, 1156) 10월 일 백운자(白雲子)[2]는 기록한다.

1) 옛날 강릉에 속해 있던 현이다.
2) 일연스님의 제자인 듯하다.

제4권

제5 의해편(義解篇)

원광법사가 당나라에 유학하다

당의 『속고승전(續高僧傳)』 제13권에 이렇게 기록되어 있다.

"신라 황룡사(黃隆寺, 黃龍寺) 원광(圓光)스님의 속성(俗姓)은 박씨다. 본래 삼한(三韓)은 변한, 진한, 마한인데 원광은 바로 진한 사람이다. 대대로 해동에 살면서 멀리 조상의 풍습을 이어받았다. 그의 비범한 기국(器局)은 더없이 넓고 컸으며 글 읽기를 매우 좋아하여 노장학(老莊學)과 유학(儒學)을 섭렵하였고 제자백가와 역사서까지도 깊이 연구하였으므로 글을 잘한다는 이름이 삼한 땅에 떨쳤다. 그가 해박하고 풍부한 지식을 가졌다고는 했지만 오히려 중국 사람에게 미치지 못함을 부끄럽게 여겨 드디어 가까운 사람들과 이별하고 중국으로 건너가 공부하기로 했다. 나이 25세에 배에 올라 신라를 떠나 중국 금릉(金陵)에 도착하였는데, 이때가 바로 문명의 나라라고 하는 진(陳)나라 시대였다. 그래서 일찍부터 의심스러웠던 것을 질문하여 논하고, 도를 물어 그 깊은 의미를 터득하였다.

처음에는 장엄사(藏嚴寺)[1] 민공(旻公)의 제자가 하는 강론을 들었다. 원광은 본래 세상에 전하는 여러 책들을 두루 읽었으므로 신비스러움을 추구하는 것을 옳다고 여겼는데 불교의 종지(宗旨)를 듣자 도리어 지금까지 읽었던 것들이 썩은 지푸라기처럼 하찮게 여겨졌다. 헛되이 명교(名敎)[2]를 찾은 것이 실제로 자신을 병들게 한 것을 깨닫고, 진나라 왕에게 글을 올려 불교에 귀의하기를 청하자 칙명을 내려 허락하였다. 이에 처음으로 머리를 깎고 구족계(具足戒)[3]를 받았다. 강론하는 곳을 두루 찾아다니며 좋은 방도를 다 배워 미묘한 말을 해득하느라 값진 시간을 보냈다. 그리하여 「성실론(成實論)」[4]의 열반(涅槃)을 마음속에 쌓아 간직하고, 삼장(三藏)[5]과 석론(釋論)[6]을 두루 섭렵했다. 나중에는 또 오(吳) 지방의 호구산(虎丘山)에 들어가 정념(正念)과 정정(正定)[7]으로 연마하며 각(覺)과 관(觀)[8]을 잊지 않았으므로 배우는 스님들이 그가 머무는 곳에 구름처럼 모여들었다. 아울러 사아함경(四阿含經)을 널리 섭렵하여 그 공효(功效)는 팔정(八定)[9]에 통하여 착한 것을 밝히는 데 쉽게 익숙했고 간직(簡直)[10]에 있어서도 흠잡을 데 없었다. 이 같은 공부가 본래 자신이 지니고 있던 이상과 잘 들어맞아 그곳에서 일생을 마치려고 했다. 이에 세상의 속된 일과 관계를 끊고 성스러운 자취를 두루 찾아다니며, 생각을 세상 밖에 두어 길이 속세를 멀리 하려고 했다.

그때 어떤 거사가 산 아래 살고 있었는데 원광에게 나와서 불경을 강론해 줄 것을 청했다. 굳이 사양하였으나 너무나 간절하게 부탁하였으므로 어쩔 수 없이 그의 뜻을 따랐다. 처음에는 「성실론」을 말하고 끝에는 『반야경(般若經)』을 강론했다. 그가 가지고 있는 모든 생각과 해석이 훌륭하고 명백하여 좋은 질문들이 오고갔으며 또한 아름다운 말로 글의 뜻을 끌어내니 참석한 사람들이 매우 기뻐하며 흡족해했다. 이로부터 그는 옛 법도에 따라 중생을 교화하는 것을 소임으로 삼게 되었다. 법륜(法輪)을 한 번 움직일 때마다 강물을 기울여 쏟듯 세상의 모든 사람들이 불법으로 쏠렸다. 그가 비록 다른 나라에서 불교를 전파하고 있었지만 불도에 감화받으면 외국 사람이라고 하여 꺼려하거나 낯설다는 생각을 버리기 마련이었으므로 그의 명망이 널리 알려져 중국의 남쪽에까지 전파되었다. 그러하니 가시밭길을 헤치며 바랑을 지고 멀리서 오는 사람들이 고기비늘처럼 이어졌다.

마침 수(隋)나라 문제가 천하를 다스리게 되어 그 위엄이 남쪽의 진(陳)나라까지 가해지니 진나라의 운명이 막다른 지경에 이르렀다. 수나라 군대가 양주(楊州)에 진격해 들어오니 원광은 마침내 반란군들에게 붙잡혀 죽게 될 위급한 처지에 놓여 있었다. 이때 수나라 대장이 멀리서 절과 탑이 불타는 것을 보고 구하려고 달려왔으나 막상 와보니 불이 난 사실은 없고 다만 원광이 탑 앞에서 묶인 채 죽게 될 위기에 처해 있었다. 대장이 그 일을 괴이하게 여겨 즉시 원광을 풀어 놓아 주었으니 원광이 위태로운 지경을 당했을 때 나타나는 감응이 이와 같았다.

원광은 남쪽 오월(吳越) 땅의 학문에 통달하였으므로 문득 북쪽 주(周)와 진(秦)의 문화를 살펴보고자 개황(開皇) 9년(589년)에 수나라 서

울로 와서 유학했다. 마침 법회가 처음 열린 때라 섭론종(攝論宗)[11]이
처음으로 일어나 원광이 경전의 훌륭한 말을 마음에 간직하여 그 미묘
한 실마리를 풀어냈다. 또 경전의 뜻을 정확하게 해석해 내니 그 명성
이 장안에 널리 퍼졌다. 불법 닦는 일을 성취하자 신라에 돌아가 그 일
을 계속해야겠다고 생각했다. 멀리 본국 신라에서 이 소식을 듣고 글
을 올려 원광을 돌려보내 줄 것을 여러 번 청하자 수나라 황제가 그를
따뜻하게 위로하여 고향으로 돌려보냈다.

원광이 수십 년 만에 신라로 돌아오자 노소를 불문하고 다 기뻐했
다. 신라왕 김씨가 그를 직접 만나보고는 공경하는 마음이 생겨 성인
(聖人)처럼 우러러보았다. 원광의 성품은 욕심 부리지 않고 담백했으
며 널리 대중을 사랑하였고, 말할 때는 항상 미소를 머금어 노여운 기
색을 드러내지 않았다. 왕이 보내는 외교문서나 국가의 정책에 관계
되는 중요한 글은 모두 그의 마음속에서 우러나왔다. 온 나라 사람들
이 그에게 기울어져 떠받들어졌으며 나라 다스리는 일을 모두 그에게
맡겼고, 불도로써 대중을 교화하는 도리도 그에게 물었다. 사실은 그
가 높은 관직에 올라 권력을 행사하지는 않았지만 실제로는 나라 일을
다 보는 것이나 마찬가지였다. 원광은 기회 있을 때마다 대중들에게
널리 교훈을 펼쳤기 때문에 지금까지도 그 가르침이 모범이 되고 있
다. 노경에 이르러서는 특별히 우대하여 가마를 타고 궁궐에 들어갔
다. 원광에게 필요한 의복과 약품과 음식은 모두 왕이 손수 마련하여
다른 사람들이 옆에서 그를 돕지 못하게 하고는 자기 혼자만 복을 받
고자 했으니, 원광의 가르침에 감복하고 공경함이 이와 같았다. 세상
을 떠나기 전에 왕이 친히 손을 잡고 위문하며 백성을 구제할 것을 거
듭 청하자 이에 상서로운 말을 남겼는데 그 말이 방방곡곡에 퍼졌다.

건복(建福) 58년(640)에 몸이 조금 불편한 것을 느꼈다. 그로부터 이

레가 지난 후 맑고 간절한 가르침을 남기고 주석(住錫)하던 황룡사에서 단정히 앉아 세상을 마쳤다. 그때 나이 99세이니 바로 당나라 정관(貞觀) 4년이다.〔14년이라고 해야 맞다〕임종하던 때에 절 동북쪽 하늘에 음악 소리가 퍼지고 절에 이상한 향기가 가득 차 스님과 대중들이 슬퍼하면서도 경사로 여겼으니 이것이 그가 나타낸 영감임을 알았기 때문이었다. 마침 교외에다 장사지내는데 나라에서 의식에 쓰는 기물을 내려 임금의 장례의식과 같이 성대하게 했다.

그 후에 죽은 태아를 낳은 사람이 있었다. 그 곳의 속설에 '복 있는 사람의 묘에 묻으면 후손이 끊이지 않는다' 라는 말이 있었으므로 몰래 원광의 무덤 곁에 묻었더니 바로 그날로 무덤에 벼락이 쳐 시신이 무덤 밖으로 내팽개쳐졌다. 이 일로 말미암아 전에 공경하지 않던 사람들까지도 모두 그를 우러러보게 되었다.

그의 제자 가운데 원안(圓安)은 지혜롭고 총명하며 두루 유람하기를 좋아하였으며 그윽한 곳에 은거하여 도 닦는 것을 좋아했다. 그래서 북쪽으로 환도(丸都)[12]를 둘러보고 동쪽으로는 불내(不耐)[13]를 살펴보았으며, 서쪽으로 중국의 연(燕)과 위(魏)에 갔다가 후에 장안을 둘러보았다. 그는 여러 지방의 풍속에 두루 통하고 여러 경론(經論)을 탐구하여 그 큰 줄거리를 파악하였으며 세세한 내용까지도 환히 꿰뚫었다. 늦게야 불교에 귀의하여 세속의 도를 한층 높였다. 처음에 서울에 있는 절에 머물렀는데 도력(道力)이 높다는 소문이 나자 특진(特進) 소우(蕭瑀)[14]가 특별히 왕에게 천거하여 남전(藍田)에 지은 진량사(津梁寺)에 머무르게 하고, 사사(四事)[15]를 때에 맞춰 보냈다.

원안이 일찍이 원광의 일을 기록했다.

'우리나라 왕이 병이 들었는데 치료해도 낫지 않자, 원광을 궁궐에 들어오게 하여 따로 거처를 마련해 머물게 했다. 밤마다 두 시간씩 심오한 법문을 설하고 계(戒)를 주며 참회하게 했으니 왕이 매우 믿고 따랐다. 어느 날 초저녁에 왕이 원광의 머리를 보니 금빛이 찬란한 태양과 같은 모양의 물체가 그의 몸을 따라다녔는데 왕후와 궁녀도 모두 그것을 목격했다. 이로 말미암아 더욱 승심(勝心)16)을 내어 원광을 병실에 머물러 있게 하더니 머지않아 병이 나았다.'

원광은 진한과 마한에서 부처님의 가르침을 널리 펼치며 매년 두 번씩 강론의 자리를 마련하여 후학을 양성하였다. 시주받은 재물은 모두 절을 짓는 데 충당하였으므로 자신이 가진 것은 가사와 바리때기 뿐이었다." {이것은 『팔만대장경』 달(達)자 함(函)에 실려 있다}

또 동경(東京, 경주) 안일호장(安逸戶長)17)인 정효(貞孝)의 집에 있는 고본(古本) 『수이전(殊異傳)』에 「원광법사전(圓光法師傳)」이 실려 있는데 거기에는 이렇게 전하고 있다.

"법사의 속성(俗姓)은 설(薛)씨이고 왕경(王京, 경주) 사람이다. 처음에 스님이 되어 불법을 배우다가 나이 30세에 이르러 속세를 떠나 한가롭게 도를 닦고자 하여 홀로 삼기산(三岐山)18)에 살았다. 거기에서 지낸 지 4년이 되는 해에 한 스님이 와서 그가 사는 곳에서 멀지 않은 곳에 따로 절을 짓고 2년을 살았다. 그 스님은 사람됨이 강하고 용맹스러우며 주술(呪術) 배우기를 좋아했다. 법사가 밤에 혼자 앉아 불경을 외우고 있는데 누가 홀연히 신(神)의 목소리로 그의 이름을 부르고는 말했다.

'훌륭하기도 하다, 그대의 수행이여! 수도하는 사람이 비록 많으나 법대로 하는 사람은 드물다오. 지금 이웃에 살고 있는 중은 빨리 주술을 배우려고 하나 얻는 것은 없을 것이오. 그가 내는 시끄러운 소리가 조용히 생각하는 사람을 괴롭히고, 그가 사는 곳이 내가 다니는 길을 막고 있어 그곳을 지나다닐 때마다 자주 미운 생각이 든다오. 법사가 나를 위해 그에게 말해서 다른 곳으로 옮기도록 하시오. 만일 오래 그곳에 머물면 내가 갑자기 죄업을 지을지도 모르겠소.'

다음날 법사가 가서 말했다.

'내가 어제 밤에 신이 찾아와서 하는 말을 들었는데, 스님께서 다른 곳으로 옮겨가는 것이 좋겠소. 그렇지 않으면 반드시 신이 재앙을 내릴 것 같소.'

'수행이 지극한 사람도 마귀에게 현혹된답니까? 법사는 어찌 여우귀신[狐鬼]의 말을 걱정하시오?'

그날 밤 신이 또 와서 말했다.

'저번에 내가 말한 것에 대해 그 중이 무엇이라 대답했소?'

법사는 신이 진노할까 두려워 대답했다.

'아직 말하지 못했습니다. 만일 굳이 말한다면 어찌 감히 듣지 않겠습니까?'

'내가 이미 다 들었는데, 어찌 말을 보탠단 말이오? 법사는 잠자코 내가 하는 것만 보시오!'

말을 마치자 신은 작별하고 갔다. 밤중에 벼락 치는 소리가 나서 다음날 가 보니 산이 무너져 그 스님이 살던 절이 묻혀버렸다. 신이 또 와서 말했다.

'법사가 보니 어떠했소?'

'그 광경을 보고서 매우 놀라고 두려웠습니다.'

'내 나이가 거의 3천 세가 되어 신술(神術)도 가장 왕성하다오. 이것은 대수롭잖은 일인데 어찌 놀라오? 나는 장래의 일을 다 꿰뚫고 있을 뿐 아니라 천하의 일에도 통달하지 못한 것이 없소. 내 생각으로는 지금 법사가 혼자 이곳에 사는 것이 비록 자기 몸을 이롭게 할 수는 있으나 남을 이롭게 하는 공덕은 없을 것이오. 지금에 높은 이름을 떨치지 못하면 미래에 승과(勝果)[19]를 얻지 못할 것이오. 그러니 어찌 중국에서 불법을 배워 와서 이 나라의 혼미한 중생을 계도하려고 생각하지 않는단 말이오?'

'중국에서 도를 배우는 것이 본래 저의 소원입니다. 바다와 육지가 멀리 막혀 있어 가지 못하고 있을 뿐입니다.'

신이 중국에 가는 방법을 자세히 가르쳐 주었으므로 법사가 그 말에 따라 중국으로 갔다. 그는 거기에서 11년을 머물며, 삼장(三藏)에 널리 통달하고 아울러 유학(儒學)도 배웠다.

진평왕 22년 경신년(庚申年, 600)에(『삼국사(三國史)』에는 다음해인 신유년(辛酉年, 601)에 왔다고 했다〕 법사가 행장을 꾸려 본국으로 돌아오려고 했는데, 마침 그때 중국에 왔다 귀국하던 조빙사(朝聘使) 일행이 있어 그들을 따라 돌아왔다. 법사가 신에게 감사하려고 전에 살던 삼기산 절에 갔더니 신이 또 한밤중에 찾아와서 그의 이름을 부르며 말했다.

'바다와 육지의 길을 다녀옴이 어떠했소?'

'신의 큰 은혜를 입어 무사히 다녀왔습니다.'

'나도 그대에게 계(戒)를 주겠소.'

이에 서로 생생상제(生生相濟)[20]하겠다는 약속을 맺었다. 그리고 법사가 또 청했다.

'신의 참 모습을 볼 수 있겠습니까?'

'법사가 만일 나의 모습을 보고 싶다면 내일 아침에 동쪽 하늘가를 바라보시구려.'

법사가 다음날 아침에 하늘가를 바라보니 큰 팔뚝이 구름을 꿰뚫고 하늘가에 닿아 있었다. 그날 밤 신이 또 와서 말했다.

'법사는 내 팔을 보았소?'

'보았더니 매우 기이했습니다.'

이 일로 인해 민간에서는 삼기산을 팔이 뻗쳐나온 산이라는 뜻으로 비장산(臂長山)이라고도 부른다.

신이 말했다.

'비록 이 같은 신의 몸이라도 죽음에서는 벗어날 수 없소. 내가 머지않아 그 고개에다 이 몸을 던져 죽을 것이니, 법사께서 와서 영원히 떠나는 내 영혼을 배웅해 주시구려.'

약속한 날을 기다려 그곳에 가 보니 옻을 칠한 것처럼 검고 늙은 여우 한 마리가 헐떡거리며 숨도 제대로 쉬지 못하고 괴로워하더니 곧 죽었다.

법사가 처음 중국에서 돌아오자 신라의 왕과 신하들이 존경하여 그를 스승으로 삼았으니 그들에게 항상 『대승경전(大乘經典)』[21]을 강론하였다. 이때 고구려와 백제가 자주 변방을 침략하자 왕이 매우 근심하여 수나라에(마땅히 당이라고 써야 맞다)[22] 파병을 요청하려고, 법사에게 군대를 청하는 표(表)를 짓게 했다. 중국 황제가 그 글을 보고 30만 대군을 내어 고구려를 정벌했다. 이 일로 법사가 유교까지도 아울러 통달했음이 알려졌다. 나이 84세에 열반에 드니 명활성(明活城) 서쪽에 장사지냈다."

또 『삼국사기(三國史記)』 「열전(列傳)」에 이렇게 말했다.

"귀산(貴山)은 어진 선비로 사량부(沙梁府) 사람인데 같은 마을의 추항(箒項)과 친구 사이였다. 두 사람이 서로 말했다.

'우리들이 어진 사람들과 사귀려고 한다면 먼저 마음을 바르게 갖고 몸가짐을 다스려야 할 것이다. 만약 그렇게 하지 않으면 욕을 당하게 될 것이 뻔하니 어찌 어진 이에게 찾아가서 도를 묻지 않겠는가?'

그때 원광법사가 수나라에서 돌아와 가슬갑(嘉瑟岬)에[혹은 가서(加西) 또는 가서(嘉栖)라고도 하니 아것은 모두 우리말이다. 갑(岬)은 우리말로 고시(古尸) 혹은 고시사(古尸寺)라 하니 갑사(岬寺)라고 하는 것과 같다. 지금의 운문사(雲門寺) 동쪽 9천 보쯤되는 거리에 가서현(加西峴)이 있는데 혹은 가슬현(嘉瑟峴)이라고 한다. 고개 북쪽 골짜기에 있는 절터가 바로 이곳이다] 머물고 있다는 말을 듣고는 두 사람이 찾아가 말했다.

　'속된 선비라 어리석고 몽매하여 아는 것이 없습니다. 원컨대 한말씀을 주셔서 평생의 교훈으로 삼게 해 주십시오.'

　'불교에서는 보살계(菩薩戒)가 있는데 그 조항이 열 가지오. 그대들은 남의 신하와 자식이 된 몸이니 아마 다 지키지 못할 것이오. 지금 세속에서 지켜야 할 세속오계(世俗五戒)가 있소. 첫째는 충성으로써 군주를 섬김이요[事君以忠], 둘째는 효성으로 부모를 섬김이요[事親以孝], 셋째는 신의로 벗을 사귐이요[交友有信], 넷째는 전쟁에 나가서는 물러서지 않는 것이요[臨戰無退], 다섯째는 생명을 죽이더라도 가려서 죽이는 것이니[殺生有擇] 그대들은 이 다섯 가지를 실천하는 데 소홀함이 없도록 하시오.'

　'다른 가르침은 다 이해하고 받아들이겠으나 생명을 죽이는 데 가려서 죽이라는 것은 잘 이해가 되지 않습니다.'

　'육재일(六齋日)[23]과 봄여름에는 살생을 하지 않는 것이니 시기를 가려야 한다는 것이오. 집에서 부리는 가축을 죽이지 말아야 한다는 것은 곧 말·소와 닭·돼지를 말하는 것이요. 작은 동물을 죽이지 않는다는 것은 곧 고기가 한 점도 되지 않는 것을 죽이지 말라는 말이오. 이것은 대상을 가리라는 것이니. 이것도 또한 필요한 정도만 잡고 많이 죽이지 말라는 것이오. 이것이 바로 세속에서 경계해야 할 일이라고 하겠소.'

'지금부터 이 말씀을 받들어 두루 감히 어기는 일이 없도록 하겠습니다.'

그 뒤 두 사람은 전쟁에 참여하여 다 국가에 특별한 공을 남겼다.

또 건복(建福) 30년 계유년(癸酉年, 613)[진평왕이 왕위에 오른 지 35년이 되는 해이다] 가을 수나라 사신 왕세의(王世儀)가 오자 황룡사(皇龍寺)에서 백좌도량(百座道場)²⁴⁾을 베풀고 여러 고승(高僧)들을 청하여 불경을 설법했는데 이때 원광이 제일 윗자리에 앉았다.

사실을 논하여 말해 본다.

"법흥왕이 불법을 처음 일으킨 이후 비로소 진량(津梁)²⁵⁾이 설치되었지만 깊은 경지에 도달할 겨를이 없었다. 그러므로 마땅히 귀계멸참(歸戒滅懺)²⁶⁾의 법으로 우매한 중생을 깨우쳐 주어야 했다. 따라서 원광이 머물던 가서갑(嘉栖岬)에 점찰보(占察寶)²⁷⁾를 두는 것을 변하지 않는 규칙으로 삼았다. 그때 시주하던 한 여승이 점찰보(占察寶)에 밭을 바쳤으니 지금의 동평군(東平郡)의 밭 100결(結)이 바로 그것으로 옛날 문서가 아직도 있다.

원광은 성질이 고요함[虛靜]을 좋아하고 말을 할 때는 항상 웃음을 머금었으며 얼굴에는 노하는 기색이 없었다. 나이가 이미 많이 들었으므로 가마를 타고 궁궐에 들어갔고, 당시 덕의(德義)가 있는 선비들 가운데서 감히 원광을 뛰어넘을 만한 사람은 없었다. 또한 그는 문장에 뛰어나 온 나라를 기우릴 만했다. 나이 80여 세로 정관(貞觀) 연간에 세상을 떠났으니 부도(浮圖)는 삼기산 금곡사(金谷寺)에[지금의 안강(安康) 서남쪽 골짜기이니, 명활성(明活城)의 서쪽이기도 하다] 있다.

『당전(唐傳)』에는 황륭사(皇隆寺)에서 세상을 떠났다고 했는데 그 장소가 자세하지 않다. 아마 황룡사(皇龍寺)의 잘못인 듯하니 분황사

(芬皇寺)를 왕분사(王芬寺)라고 한 경우와 같다. 앞에 소개된 당전(唐傳)과 우리나라의 전기에는 성씨가 박과 설이고 출가한 곳도 신라와 당으로 되어 있어 마치 두 사람인 듯하나, 자세히 살펴봐도 감히 단정해서 말할 수가 없어 두 가지 설을 다 기록해 둔다. 그러나 여러 전기에는 작갑(鵲岬)·이목(璃目)·운문사(雲門寺)에 관한 일은 없다. 우리나라 사람 김척명(金陟明)이 항간의 떠도는 이야기를 글로 꾸며 「원광법사전」을 지으면서 거기에다 운문사 개조(開祖)인 보양법사(寶壤法師)의 사적을 끌어다 섞어서 썼으므로 그런 오류가 생겼다. 뒤에 『해동고승전(海東高僧傳)』을 지은 사람이 『원광법사전』의 잘못 쓰여진 것을 그대로 이어받아서 기록하였기 때문에 당시 사람들이 잘못 알게 된 것이다. 그래서 읽는 사람들이 이러한 잘못을 분별할 수 있도록 한 글자도 더하거나 빼지 않고 두 전기를 자세히 기록해 둔다. 진나라와 수나라 시대에 우리나라 사람으로 바다를 건너 불도를 배운 사람이 드물었는데 가령 있었다고 해도 크게 떨치지 못했다. 원광이 다녀온 뒤로 중국으로 유학하는 사람의 발자취가 끊이지 않았으니 원광이 처음으로 길을 열었다고 하겠다."

이를 기려 노래한다.

> 바다 건너 처음으로 중국땅의 구름 뚫었으니
> 몇 사람이나 오가며 맑은 향기 품었던가.
> 옛날의 자취 오직 푸른 산에만 남아 있으니
> 금곡과 가서갑의 일 들을 수 있네.

---

1) 중국 강소성 남경(옛날의 금릉)에 있던 절. 348년에 세워진 고찰로 양(梁)·진(陳)나라 시대 성실론(誠實論)의 본거지였다.
2) 명분(名分)과 교화(敎化)의 뜻으로 성현의 가르침을 의미하는 말이다.

3) 비구나 비구니가 지켜야 할 모든 계율을 가리킨다.

4) 경전의 하나로 『성실종(誠實宗)』의 기본 경전이다. 모든 현상은 결국 공(空)으로 돌아
감을 강조하는 내용인데 모두 16권이다.

5) 불교 전적을 통틀어 일컫는 것으로 경(經) · 율(律) · 논(論)을 가리킨다.

6) 불경 문장의 뜻을 하나하나 해석하는 것을 가리킨다.

7) 정념은 정도(定道)를 생각할 뿐 사악함이 없는 것이고, 정정은 심란한 마음을 잠재우고
심신을 고요하게 하여 공(空)의 이치를 살피는 것이다.

8) 총체적으로 넓게 사고하는 것이 '각'이고, 분석적으로 세세하게 관찰하는 것이 '관'이다.

9) 팔선정(八禪定)으로 색계(色界)와 무색계(無色界)의 사선(四禪) · 사정(四定)을 말한다.

10) 군더더기 없고 솔직한 것을 말한다.

11) 중국 불교 13종파 가운데 하나로 『섭대승론』을 기본경전으로 삼는다.

12) 고구려의 옛 수도로 지금 중국 길림성 집안에 있었다.

13) 함경남도 안변군의 옛 이름이다. 불이(不而)라고도 했다.

14) 당나라 정치가로 태종 때에 동중서문하삼품(同中書門下三品)에 올랐고, 특진(特進)의
벼슬을 더 받았다.

15) 공양하는 물건을 말하는 것으로 의복 · 음식 · 침구 · 탕약 등이다.

16) 수승(殊勝)의 행실을 닦는 마음을 말한다.

17) 고려 태조 때 신라의 호족들을 포섭하기 위해 한 지방을 다스리는 우두머리에게 호장
의 직위를 주었다. 호장이 70세가 지나면 안일호장이라 했다.

18) 경북 경주 안강의 서남쪽에 있는 산이다.

19) 훌륭한 과보(果報)로 불과(佛果)를 말한다.

20) '생생'은 윤회하는 모든 세계의 뜻으로, 모든 세상에서 서로를 구제한다는 것이다.

21) 불교의 도법을 밝힌 경전을 말한 것으로 『화엄경』, 『법화경』, 『반야경』, 『무량수경』 등
을 가리킨다.

22) 『삼국사기』 「신라본기」 진평왕 30년 조에 보면 '수나라 군사를 청하여 고구려를 쳐야
한다'라고 되어 있다.

23) 불교에서 매월 재계하여 심신을 맑게 가지는 여섯 날로 8, 14, 15, 25, 29, 30일이다. 이날
에 사천왕이 사찰의 선 · 악을 살피며, 악귀가 사람을 엿본다고 한다.

24) 백고좌회(百高座會)라고도 한다. 신라 진흥왕 때 처음 시작한 호국법회로 천룡팔부신
중에게 국가와 왕실의 무사함을 기원했다.

25) 다리와 뗏목을 가리키는 것으로 매개역할의 교량을 뜻한다.

26) 귀계는 불(佛) · 법(法) · 승(僧) 3보(三寶)에 귀의하는 것이고, 멸참은 번뇌를 멸하고 참
회한다는 것이다.

27) 점찰경(占察經)에 의한 법회이다.

보양법사와 배나무

보양(寶壤)스님의 전기에는 그가 태어난 마을과 씨족에 관한 내용이 실려 있지 않다. 청도군(淸道郡)의 문서를 살펴보면 이러하다.

"천복(天福) 8년 계묘년(癸卯年, 943){태조 즉위 26년이다} 정월 어느날 청도군의 계리심사(界里審使)[1] 순영(順英)과 대나말(大乃末)[2] 수문(水文) 등이 작성한 공문에 보면 "운문산(雲門山)의 선원(禪院)의 소재를 나타내는 장생(長生)[3]의 남쪽은 아니점(阿尼岾)이고, 동쪽은 가서현(嘉西峴)이다. 이 절의 전삼강(典三剛, 三綱) 주인(主人)[4]은 보양화상(寶壤和尙)이고, 원주(院主)는 현회장로(玄會長老)이며, 정좌(貞座)[5]는 현량상좌(玄兩上座)이고, 직세(直歲)[6]는 신원선사(信元禪師)이다'{이 공문은 청도군의 토지대장에 의한 것이다} 라고 했다.

또 개운(開運) 3년 병오년(丙午年, 946)의 운문산 선원의 장생표탑(長生標塔) 공문(公文)에 "장승이 11개이니, 아니점·가서현·무현(畝峴)·서북매현(西北買峴){면지촌(面知村)이라고도 쓴다}·북저족문(北猪足門) 등 이다" 라고 했다.

또 경인년(庚寅年, 1230) 진양부(晉陽府)의 공문에는 "오도(五道)의 안찰사(安察使)가 각 도(道)의 선종과 교종의 사원이 창건된 시기와 그 현황을 조사하여 문서를 만들 때 차사원(差使員) 동경장서기(東京掌書記) 이선(李善)이 자세히 기록했다"고 한다.

정풍(正豊)[7] 6년 신사년(辛巳年, 1161){금(金)의 연호로 고려 의종(毅宗) 즉위 16년이다} 9월의 군중고적(郡中古籍) 비보기(裨補記)에 보면, 청도군 전 부호장(副戶長) 어모부위(禦侮副尉)인 이칙정(李則禎) 집에 있던 옛 사람들에 대한 소식과 우리말로 전해오는 기록에는 치사(致仕)한 상호장

(上戶長) 김량신(金亮辛), 치사한 호장 민육(旻育), 호장 동정(同正)인 윤응(尹應), 전(前) 기인(其人)인 진기(珍奇) 등과 당시 상호장이던 용성(用成) 등의 말이 실려 있다. 이때 태수(太守) 이사로(李思老)와 호장 김량신은 나이가 여든아홉 살이었고, 나머지 사람들도 모두 일흔 살이상이었으며, 용성만이 60세 이상이었다.{운운(云云)은 다음부터는 쓰지 않는다}

신라 이래로 청도군에 있던 절 가운데 작갑사(鵲岬寺) 이하 중소 규모의 절들이 후삼국의 전쟁으로 없어졌다. 대작갑(大鵲岬)·소작갑(小鵲岬)·소보갑(所寶岬)·천문갑(天門岬)·가서갑(嘉西岬) 등 다섯 갑사(岬寺)도 모두 무너져 없어졌으니 다섯 갑사의 기둥들만 대작갑사에 모아두었다.

이 절을 처음 지은 스님인 지식(知識)이{윗글에서 보양(寶壤)이라 했다} 중국에서 불법을 전해 받고 돌아오는 도중에 서해(西海) 가운데 이르자 용이 그를 용궁으로 맞아들여 불경을 외우게 하였다. 그에게 금라가사(金羅袈裟) 한 벌을 시주하고, 아울러 아들 이목(璃目)[8]으로 하여금 그를 모시고 따라가게 하고는 부탁의 말을 했다.

"지금 삼국이 어지러워 불법에 귀의한 군주가 아직 없지만, 만일 내 아들과 함께 본국에 돌아가 작갑(鵲岬)에 절을 짓고 거주하면 적병을 피할 수 있을 것입니다. 또 몇 년 안에 반드시 불법을 수호하는 어진 군주가 나와서 삼국을 평정하게 될 것입니다."

얘기가 끝나고 서로 헤어져 돌아와 이 골짜기에 이르렀을 때 홀연히 도장이 들어 있는 궤를 안은 한 노승(老僧)이 나타나 자신이 원광(圓光)이라고 하면서 그 궤를 그에게 주고 사라졌다.{살펴보면 원광이 진(陳)나라 말에 중국에 들어가 개황(開皇) 연간(581-600)에 신라로 돌아와, 가서갑에 머물다가 황룡사에서 세상을 떠났다. 청태(淸泰) 초년(934)까지의 햇수를 헤아려 보면 무려 300년이다. 지금 여러 갑사가 모두 무너진 것을 슬퍼하였는데 보양이 와서 다시 일으켜세우려고 하는 것을 보고 기뻐하여 이렇게 알린 것이다〕

이에 보양법사는 허물어진 절을 세우려고 북쪽 고개에 올라가서 바라보니 뜰에 오층의 황색 탑이 보였는데 고개에서 내려와 찾아보니 아무런 자취도 없었다. 다시 올라가 바라보니 까치 떼가 날아와 땅을 쪼아대고 있었다. 그제야 바다용이 작갑(鵲岬)이라 한 말이 생각나서 그곳을 찾아가 팠더니 과연 옛날의 벽돌들이 무수히 나왔다. 그것을 모아서 높이 탑을 쌓아 올리고 나니 남는 벽돌이 없었으므로 이곳이 전대의 절터였음을 알았다. 절을 다 세우고 그곳에 머무르며 그로 인해 절 이름을 작갑사(鵲岬寺)라 했다.

얼마 안 되어 태조가 삼국을 통일하였다. 보양법사가 이곳에 이르러 절을 짓고 거주한다는 말을 듣고는 오갑(五岬)의 전답을 모은 500결(結)을 이 절에 바쳤다. 청태(淸泰) 4년 정유년(丁酉年, 937)에 운문선사(雲門禪寺)라는 현판을 하사하며 금란가사의 영험한 음덕(蔭德)을 받들게 했다. 보양을 따라왔던 이목은 항상 절 곁의 작은 연못에 살면서 불법으로 대중을 교화하는 일을 남 모르게 도왔다. 어느 해 크게 가뭄이 들어 밭의 채소가 타들어갔다. 보양법사가 이목에게 말하여 비를 내리게 했더니 온 고을이 흡족해 했다. 천제(天帝)가 이목이 분수에 맞지 않은 일을 했다고 죽이려 하자, 이목이 생명의 위급함을 법사에게 알렸다. 법사가 그를 침상 아래에 숨겼는데 즉시 하늘의 사자가 절의 뜰에 이르러 이목을 내놓으라고 했다. 법사가 마당 앞의 배나무를 가리키자, 하늘의 사자는 바로 나무에 벼락을 치고 하늘로 올라갔다. 배나무가 부러지고 시들자 용이 어루만져 주니 곧 소생했다.〔일설에는 법사가 주문을 외우자 살아났다고도 한다〕 그 나무가 근년(近年)에 쓰러지자 어떤 사람이 그것으로 빗장 뭉치를 만들어 선법당(善法堂)과 식당(食堂)에 안치했는데, 그 뭉치 자루에 글이 새겨져 있었다.

처음에 법사가 당나라에 들어갔다가 돌아와 먼저 추화군(推火郡)[9]의 봉성사(奉聖寺)에 머물렀다. 마침 태조가 동쪽을 정벌하는 길에 청도 땅에 이르자 산적들이 견성(犬城)에(산봉우리가 물을 굽어보며 가파르게 높이 서 있으므로 지금 사람들이 그것을 보기 싫어하여 그 이름을 고쳐 견성이라고 했다) 모여서 교만을 부리며 항복하지 않았다. 태조가 절에 이르러 법사에게 그들을 쉽게 제압할 수 있는 방법을 물으니, 법사가 대답했다.

"대개 개란 짐승은 밤에 지키고 낮에는 지키지 않으며, 앞쪽만 지키고 뒤쪽은 잊어버립니다. 그러니 낮에 그 북쪽을 공격하는 것이 좋겠습니다."

태조가 그대로 따랐더니 과연 적이 패하여 항복했다. 태조가 그의 신이한 계책을 가상히 여겨 해마다 근처 고을에 세금으로 거두어들이는 곡식 가운데 50섬을 주어 예불을 올리는 데 사용하도록 했다. 이로써 이 절에 태조와 보양 두 분 성인을 그려 모셨으므로 봉성사라 이름하였다. 법사는 후에 작갑사에 옮겨가 크게 절을 세우고 그곳에서 일생을 마쳤다.

법사의 행장(行狀)은 『고전(古傳)』에는 실려 있지 않다. 민간에 전해오는 얘기에 "석굴사(石崛寺)의 비허사(備虛師)와(비허(毗虛)라고도 쓴다) 형제의 의를 맺어 봉성사 · 석굴사 · 운문사의 세 절이 이어진 봉우리에 늘어서 있으므로 서로 왕래했다" 라고 했다.

후세 사람이 신라 『신라이전(新羅異傳)』[10]을 고쳐 지으면서 작갑사의 탑과 이목의 일을 함부로 원광법사전에 넣어 기록하고, 견성의 일을 비허(毗虛) 스님의 전기에 끼워 넣은 것은 잘못된 것이다. 더욱이나 『해동고승전』을 지은 사람이 『신라수이전』의 기록을 맹목적으로 좇아 윤색하여 보양법사의 전(傳)을 없애버려 후인들이 의심하거나 잘못 알게 했으니 이 얼마나 허망한 일인가?

1) 고을이나 장원의 경계를 산정하고 변경하는 관리를 말한다.
2) 신라의 관직으로 17위 중 10위에 해당되는 대나마(大奈麻)를 가리키는 듯하다.
3) 장승을 뜻하는 것으로 거리를 표시하기 위하여 사람의 얼굴을 새겨서 5리나 10리마다 세우던 말뚝이다.
4) 절에서 절의 일과 사무를 관장하던 좌주(座主)를 가리킨다.
5) 전좌(典座)의 잘못 표기다. 절에서 스님들의 침상, 침구, 음식 등을 관리하는 일이다.
6) 한해 동안 절간의 일을 맡아 보는 소임을 말한다.
7) 금나라 해릉왕(海陵王)의 연호인 정륭(正隆)이다. 고려 태조의 아버지 이름이 왕륭(王隆)이므로 '륭'을 '풍'으로 고쳐 불렀다.
8) 이목(梨木)이 되므로 이목(璃目)과 발음이 같아서 배나무를 가리킨 것이다.
9) 지금의 경남 밀양시다.
10) 신라수이전『新羅殊異傳』을 말하는 것으로 최치원이 지은 것이라고도 하나 고려 박인량(朴寅亮)이 지었다는 설이 유력하다. 기이한 이야기를 모은 한문단편으로 된 설화집이다.

양지가 지팡이를 부리다

양지(良志)스님의 조상과 고향을 알 수 없으니 다만 선덕왕(善德王, 632-647) 대에 보인 행적만이 전하고 있을 뿐이다. 지팡이[錫杖] 머리에 포대 하나를 걸어두면 지팡이가 저절로 날아가 시주(施主)의 집에 이르러 흔들면서 소리를 냈다. 그 집에서 알고는 재(齋) 지낼 비용을 자루 속에 넣어 주는데 자루가 차면 날아 돌아왔다. 그러므로 그가 머물고 있던 절을 석장사(錫杖寺)라 했다.

그가 보여준 신기하고 기이한 행동은 이루 다 헤아릴 수 없이 많았다. 그는 여러 가지 재주에 두루 통달하였는데 그 신묘(神妙)함이란 비

할 데가 없었다. 또 그는 글씨와 그림에도 능하여
영묘사(靈廟寺)의 장륙삼존상(丈六三尊像)과 천왕
상(天王像), 전각(殿閣)과 탑의 기와는 물론이고 천
왕사(天王寺)의 탑 아래 팔부신장(八部神將), 법림
사(法林寺)의 주불(主佛) 삼존(三尊)과 그 좌우의 금
강신(金剛神)[1]까지도 모두 그가 만든 것들이다. 영
묘사와 범림사 두 절의 편액(扁額)을 쓰기도 했다.
또 일찍이 벽돌을 다듬어 작은 탑 하나를 만들고,
탑 안에 자신이 빚은 삼천불(三千佛)을 봉안하였
다. 그 탑을 절 안에 모셔두고 지극히 받들었다.

인물토우(남성, 왕경유적)

그가 영묘사의 장륙삼존을 빚을 때, 선정(禪定)
에 들어 정수(正受)[2]의 상태에서 뵌 부처의 모습을
만들었으므로 이에 감동한 온 성안의 남녀들이 다
투어 진흙을 나르면서 풍요(風謠)를 불렀는데, 그
노래는 다음과 같다.

　　　오다 오다 오다
　　　오다 인생은 서러워라
　　　서러워라 우리 인생
　　　공덕 닦으러 왔네.

토용문관상(경주 용강동
돌방무덤)

지금까지도 시골 사람들이 방아를 찧거나 일할
때에 모두 이 노래를 부르는데 아마 이로부터 시작
된 것이다. 영묘사 장륙존상불을 처음 만들었을 때
비용은 곡식으로 2만 3천 700섬어치였다.[혹은 금칠을

오리모양잔(구황동원지)

다시 할 때 든 비용이라고도 한다〕

사실을 논하여 말해 본다.

양지법사는 재주를 온전히 갖추고 덕이 충만했으나 대가(大家)로서 작은 재주를 드러내지 않으려고 했던 사람이라 할 수 있다.

이를 기려 노래한다.

재(齋)가 파하자 당 앞의 지팡이 한가한데
고요히 오리 모양의 향로 손질하고 단향(檀香) 피우네.
남은 불경 다 읽고 나니 더 할일 없어
불상을 빚어 합장하고 보네.

---

1) 금강역사(金剛力士)로 인왕(仁王)이라고도 한다. 불법을 수호하는 밀적금강(密迹金剛)
   과 나라금강(邢羅金剛)을 가리킨다.
2) 삼매의 경지를 말한다. 마음을 한곳에 모아 망념(妄念)에서 벗어난다는 뜻이다.

인도로 간 여러 법사들

광자함(廣字函)의 『대당서역구법고승전(大唐西域求法高僧傳)』에 이런 내용이 있다.

"스님 아리나(阿離那)〔나(那)를 야(耶)라고도 한다〕발마(跋摩)는〔마(摩)를 혹 마라고도 한다〕신라 사람이다. 처음 불법을 구하려 일찍 중국에 들어왔다가 부처의 자취를 찾아보려는 용기가 생겨, 정관(貞觀) 연간(627~649

년)에 장안(長安)을 떠나 오천축(五天竺)[1]에 도착했다. 나란타사(那蘭陀寺)에 머물면서 율장(律藏)과 논장(論藏)을 두루 열람하고 패협(貝莢)[2]을 베껴 썼다. 고국에 돌아오려는 마음이 간절했으나 뜻을 이루지 못하고 갑자기 그 절에서 세상을 떠나니 그때 스님의 나이가 일흔이 넘었다.

그 뒤를 이어서 혜업(惠業)·현태(玄泰)·구본(求本)·현각(玄恪)·혜륜(惠輪)·현유(玄遊)와 이름을 알 수 없는 두 법사 등이 모두 자기 몸을 돌보지 않고 불법을 따라 부처의 가르침을 확인하고자 중천축(中天竺)에 갔다. 그들 가운데 도중에 요절한 사람도 있고, 혹 살아남아 그곳 절에 머물렀던 사람들도 대부분 신라와 당나라에 돌아오지 못했다. 그 중 오직 현태법사만이 당나라에 돌아왔다고 하나 그가 죽은 곳을 알지 못한다."

인도 사람들이 우리나라를 불러 '구구타(矩矩吒) 예설라(醫說羅)'라고 했는데, 구구타는 닭을 뜻하고 예설라는 귀하다는 말이다. 그곳에서 전하기를 '그 나라는 닭의 신을 받들어 귀하게 여기므로 깃털을 꽂아서 장식한다'라고 했다.

이를 기려 노래한다.

> 천축국은 하늘 먼 곳 산 첩첩인데,
> 가련하게도 구도자들 힘을 다해 올랐네.
> 몇 번이나 저 달은 외로운 배 보냈건만,
> 한 사람도 그곳에서 돌아오지 못했네.

1) 인도 국토를 동·서·남·북·중앙의 다섯 지역으로 나눈 것을 말한다.
2) 패엽(貝葉)과 같은 말로, 인도에서 종이를 대신하여 글자를 쓰는 데 사용했던 나뭇잎을 가리킨다.

혜숙과 혜공이 갖가지 모습으로 나타나다

혜숙(惠宿)스님이 호세랑(好世郞)의 무리에 들어 있다가 자취를 감추니. 호세랑이 화랑의 문서에서 그의 이름을 지워버렸으므로 적선촌(赤善村)에서[지금의 안강현(安康縣)에 적곡촌(赤谷村)이 있다] 20여 년을 숨어 살았다. 그때 국선(國仙) 구참공(瞿旵公)이 일찍이 적선촌에 들어와서 사냥을 했는데 혜숙이 길가에 나와 구참공의 말고삐를 잡고 청했다.

"용렬한 소승이오나 공을 따라가고 싶은데 좋겠습니까?"

공이 허락하였다. 이에 이리저리 마구 달리며 옷을 벗어 제치고 남보다 앞장서 가니 공이 기뻐하였다. 일행들이 자리에 앉아 피로한 몸을 달래며 고기를 굽고 삶아서 서로 먹기를 권하니 혜숙도 같이 먹으며 꺼리는 기색이 조금도 없었다. 얼마 후 구참공 앞에 나아가 말했다.

"여기 맛있고 신선한 고기가 있는데 좀 더 드시겠습니까?"

"좋네."

혜숙이 사람들을 물리치고 자신의 다리 살을 베어 쟁반에 담아 바치니, 옷에 붉은 피가 흥건히 배어 흘러내렸다. 공이 깜짝 놀라며 물었다.

"어째서 이런 짓을 하는가?"

"처음에 제가 공이 어지신 분이라 자신을 미루어 만물에까지 그 영향이 미치게 하시리라 생각하여 따라왔던 것입니다. 지금 공이 좋아하는 것을 살펴보니 오직 죽이는 것만을 즐기며 남을 해쳐서 자신의 몸만 돌볼 따름이니 이는 어찌 인자한 군자가 할 수 있는 일이겠습니까? 공은 우리와 같은 무리가 아닙니다."

그리고는 옷자락을 떨치며 떠나가 버렸다. 공이 매우 부끄러워하면서 혜숙이 먹던 쟁반의 고기를 보니 그대로 남아 있었다. 공이 매우 이상하게 여겨 서울로 돌아와 조정에 이 사실을 아뢰었다. 진평왕이 듣고는 사자를 보내 맞아오게 하니 혜숙이 여자의 침상에 누워 자고 있었다. 사자가 그 모습을 더럽게 여겨서 발걸음을 돌려 7, 8리쯤 왔는데 길에서 혜숙을 만났다. 사자가 어디서 오는가를 물었다.

"성안의 시주한 집의 7일 재(齋)에 갔다가 끝나서 돌아오는 길이오."

사자가 그 사실을 왕에게 아뢰었다. 왕이 또 사람을 보내 시주한 집을 조사하게 했더니 그 일이 사실이었다.

얼마 안 되어 혜숙이 갑자기 세상을 떠나자 마을 사람들이 이현(耳峴)〔또는 형현(硎峴)이라고도 한다〕 동쪽에 장사지냈다. 이현 서쪽에서 오던 이 마을 사람이 길에서 혜숙을 만나 어디를 가느냐고 물었다.

"이곳에서 오랫동안 살았으니 다른 곳으로 가 보려고 하오."

서로 인사하고 헤어졌는데 혜숙이 반 리(里)쯤 길을 가다가 구름을 타고 가버렸다. 그 사람이 서현 동쪽에 이르러 장사지내던 사람들이 아직 흩어지지 않은 것을 보고 혜숙을 만났던 일을 자세하게 말했다. 사람들이 무덤을 파헤쳐 살펴보았더니 짚신 한짝만 남아 있을 뿐이었다. 지금도 안강현의 북쪽에 혜숙사(惠宿寺)라는 절이 있는데 바로 그가 살던 곳이라 하며, 부도도 거기에 있다.

혜공(惠空)스님은 천진공(天眞公)의 집에서 품팔이 하던 아낙의 아들로 어려서 이름은 우조(憂助)였다.〔아마 우리말일 것이다〕 천진공이 일찍이 몸에 종기가 나서 거의 죽게 되자 문병 오는 사람들이 많아서 길을 메울 정도였다. 그때 우조의 나이가 일곱 살이었는데 그 어머니에게 물었다.

"이 집에 무슨 일이 있기에 손님이 이리 많습니까?"

"공께서 몹쓸 병으로 머잖아 돌아가시게 되었는데 너는 어찌 그것도 모르고 있느냐?"

"제가 병을 낫게 할 수 있습니다."

어머니가 그 말을 이상히 여겨 공에게 사실대로 알리니 공이 아이를 불러오게 했다. 우조가 와서는 침상 아래에 묵묵히 앉아 있었으나, 잠시 후 종기가 터져버렸다. 공은 우연일 뿐이라고 생각하고 그다지 이상하게 여기지 않았다.

우조가 장성하여 공을 위해 매를 길렀는데, 공의 마음에 썩 들었다. 처음 관직을 얻어 지방으로 부임하는 공의 아우가 공에게 매 한 마리를 골라 주라고 하여 그것을 가지고 임지로 갔다. 어느날 저녁 공이 갑자기 그 매가 생각나 다음날 새벽에 우조를 보내 가져오게 하려고 마음먹었다. 우조가 먼저 그것을 알고 잠깐 사이에 매를 가져다 새벽에 공에게 바쳤다. 공이 매우 놀라며 그때서야 전에 종기를 낫게 한 일들이 모두 사람으로서 하기 어려운 일이라는 것을 알고는 말했다.

"제가 지극히 훌륭하신 성인이 저의 집에 의탁하고 있는 것을 모르고, 허튼말과 예에 맞지 않는 행동으로 욕되게 했으니 그 죄를 어찌 씻을 수 있겠습니까? 오늘 이후로 저를 가르치는 스승이 되셔서 이끌어 주십시오."

그리고는 아래로 내려와 절하였다.

우조의 신령하고 이상한 능력이 이미 드러났으므로 드디어 출가하여 스님이 되었는데 이름을 혜공(惠空)으로 바꾸었다. 그는 어느 절에 살면서 늘 미친 듯이 만취하여 삼태기를 지고 길거리에서 노래하고 춤추었으므로 사람들이 그를 부궤화상(負簣和尙)이라 불렀고 인하여 그가 머무는 절을 부개사(夫蓋寺)라 하니 부개는 바로 삼태기의 우리 말이다.

혜공이 매번 절의 우물 속에 들어가서 몇 달 동안 나오지 않았으므로 스님의 이름을 따서 그 우물 이름을 지었다. 우물에서 나올 때마다 푸른 옷을 입은 동자가 먼저 솟아 나오므로 절의 스님들이 그 광경을 보게 되면 혜공이 곧 우물에서 나오리라고 짐작했다. 우물에서 나와도 혜공의 옷은 전혀 젖어 있지 않았다.

만년에는 항사사(恒沙寺)로(지금의 영일현에 있는 오어사(吾魚寺)이다. 세속에서는 항하(恒河)¹⁾의 모래알처럼 많은 사람이 이곳에서 나왔으므로 항사동(恒沙洞)이라 한다) 옮겨 살았다. 이때 원효(元曉)가 여러 불경에 주를 달고 해설을 덧붙이는 작업을 하고 있었으므로 매번 혜공스님에게 가서 모르는 것을 묻기도 하고 서로 우스갯소리도 나누었다. 하루는 두 사람이 시냇가에서 물고기와 새우를 잡아먹고는 돌 위에 대변을 보고 있는데, 혜공이 이 모습을 가리키며 희롱해 말했다.

"그대가 싼 똥은 내가 잡은 물고기이다."

그로 인해 절 이름을 오어사(吾魚寺)라 했다. 어떤 사람은 이것을 원효법사가 한 말이라고 하나 그것은 옳지 않다. 민간에서는 그 시내를 잘못 불러 모의천(毛矣川)이라고 한다.

구참공이 전에 산에 놀러 갔다가 혜숙의 죽은 시신을 산길에서 보았다. 그 시신의 살이 부어터지고 썩어 문드러져 구더기가 생긴 것을 보고 한참 동안 슬퍼했다. 그러나 말고삐를 돌려 성으로 들어와 보니 혜숙이 크게 취해 시장 바닥에서 노래하며 춤추고 있었다.

또 하루는 짚으로 새끼줄을 꼬아 영묘사(靈廟寺)에 가서 금당(金堂)과 좌우의 경루(經樓)와 남문의 회랑을 둘러 묶고는, 절간의 일을 맡고 있는 스님에게 "이 새끼는 반드시 사흘 뒤에 풀어야 할 것이야"라고 말했다. 그 스님이 이상하게 생각하면서도 그의 말을 따랐다. 과연 3

일째 되던 날 선덕왕의 수레가 이 절로 왔는데 지귀(志鬼)[2]의 심화(心火)가 나와 그 탑을 태웠으나 오직 새끼로 묶은 곳만은 불길을 면할 수 있었다.

또 신인종(神印宗)의 조사(祖師)인 명랑(明朗)이 금강사(金剛寺)를 새로 창건하고 낙성회를 열었을 때에 고승들이 모두 모였으나 혜공만 오지 않았다. 명랑이 향을 태우고 정성스럽게 기도하자 조금 후에 혜공이 왔다. 그때 막 큰비가 내리고 있었으나 옷이 젖지 않았고 신발에도 진흙이 묻어 있지 않았다. 혜공이 명랑에게 말했다.

"간곡하게 부르기에 왔습니다."

이같이 그가 기이한 행적을 많이 보였으며 세상을 떠날 때는 공중에 떠서 죽었는데 다비 후에 헤아릴 수 없을 정도로 많은 사리가 나왔다.

일찍이 『조론(肇論)』[3]을 보고 말했다.

"이것은 내가 예전에 지은 것이다."

이로써 혜공이 승조(僧肇)[4]의 후신(後身)임을 알겠다.

이를 기려 노래한다.

> 들판에서 사냥하고 침상에 누웠으며
> 술집에서 노래하고 우물 바닥에서 잤네.
> 척리(隻履)[5]와 부공(浮空)[6] 어디로 가는가
> 한 쌍의 보배로운 화중련(火中蓮)[7]이로다.

1) 인도의 갠지스강으로 힌두교들에게는 성스러운 강으로 숭배되고 있다.
2) 신라 선덕왕 때의 사람. 지귀가 선덕여왕을 사모한다는 사실을 왕이 알게 되었다. 어느 날 선덕여왕이 절에 행차하여 향을 피워놓고 지귀를 불렀다. 지귀가 탑 아래에 와서 왕을 모시고 있다가 얼핏 잠이 들었다. 이때 왕이 자신의 가락지를 빼어 잠이 든 지귀의

가슴 위에 올려놓고 대궐로 돌아가 버렸다. 지귀가 잠에서 깨어 왕이 돌아간 사실을 알
고 가슴이 답답해져 기절했는데 이때 마음속에서 불이 나와 탑을 태웠다.
3) 불경에서의 논(論)의 하나. 중국 후진(後秦)의 승조(僧肇)가 지었으므로 붙인 이름이다.
　공(空) 사상에 대한 심오한 견해를 밝혀 놓은 것으로 불교계에 큰 영향을 끼쳤다.
4) 중국 후진의 스님. 구마라즙(仇摩羅什)의 네 제자 가운데 한 사람이다.
5) 혜숙스님을 장사지낸 무덤 속에 짚신 한 짝만이 남아 있었다는 것을 가리킨다.
6) 혜공스님이 공중에 떠서 죽었다는 것을 가리킨다.
7) 불 속에서 연꽃이 났다는 것을 가리킨다.

자장이 계율을 정하다

　대덕(大德) 자장(慈藏)은 성이 김씨로 본래 진한의 진골인 소판(蘇
判)[삼급(三級)의 벼슬 이름이다] 무림(武林)의 아들이다. 그의 아버지는 명예
로운 직책을 두루 거쳤으나 아들이 없어서 불교에 귀의하여 천수관음
(千壽觀音)에게 나아가 자식 낳게 해주기를 빌었다.

　"만일 아들을 낳게 되면 출가시켜 법해(法海)의 교량적인 인물을 만
들도록 하겠습니다."

　갑자기 어머니가 별이 떨어져 품속으로 들어오는 꿈을 꾸더니 이로
부터 태기가 있었다. 아이를 낳으니 석가모니와 생일이 같았으며 이
름을 선종랑(善宗郎)이라 했다. 정신과 뜻이 맑고 지혜로웠으며 자라
면서 문장력이 일취월장했으나 세상의 취미에 물들지 않았다. 일찍
부모를 잃어 속세의 시끄러움을 싫어하더니 처자를 버리고 밭과 장원
을 희사해서 원녕사(元寧寺)를 세웠다.

　홀로 외지고 험난한 곳에 거처하며 이리나 호랑이도 피하려 하지
않았다. 고골관(枯骨觀)[1]을 수행하면서 조금이라도 나태해지면 작은

방을 만들어 사방을 가시덤불로 둘러막고는 그 속에 벌거벗은 몸으로 들어앉아 수행했는데 움직이면 바로 가시에 찔리도록 했다. 머리는 끈으로 대들보에 매달아서 혼미함을 떨쳐버렸다.

마침 조정에 재상 자리가 비어 있었다. 자장이 진골인 문벌(門閥) 출신으로서 후보자에 해당되었으므로 여러 차례 부름을 받았으나 나아가지 않았다. 왕이 명을 내려 말했다.

"관직에 나아가지 않으면 목을 베겠다."

자장이 그 말을 듣고 말했다.

"내 차라리 하루라도 계율을 지키다가 죽을지언정 계율을 어기며 백년을 살기를 원치 않는다."

이 말이 왕에게 알려지자 왕은 그의 출가를 허락했다. 이에 바위가 많은 곳에 들어가 깊숙이 숨어 사니 식량거리를 가져다 주는 사람이 없었다. 이때 어떤 이상한 새가 과일을 물고 와서 바쳤으므로 손으로 받아먹었다. 갑자기 천인(天人)이 와서 오계(五戒)를 주는 꿈을 꾸었으므로 그제야 골짜기에서 나오니 마을의 남녀들이 다투어 와서 계율를 받았다.

자장은 변방의 나라에 태어난 것을 한탄하여 서쪽의 중국으로 가서 부처의 가르침을 구하기를 원했다. 그래서 인평(仁平)[2] 3년 병신년(丙申年, 636)에[정관(貞觀) 10년이다] 왕명을 받아 제자인 실(實)스님 등 10여 명과 함께 서쪽의 당나라에 들어가 청량산[3]을 찾았다. 이 산에는 문수보살의 소상이 있었는데, 그 나라 사람들 사이에 '제석천(帝釋天)[4]이 장인들을 데리고 와서 조각해서 만든 것이다'라는 말이 전해 오고 있었다. 자장이 그 보살상 앞에서 기도하자 그에 감응하여 꿈에 보살상이 자장의 이마를 문지르고 범어(梵語)로 된 게송(偈頌)을 주었다. 깨어나서 아무리 생각해봐도 해독할 수 없었다. 다음날 아침에 어떤 이상한 스님이 와서 그 게송의 뜻을 풀이해 주고는[황룡사 9층탑 편에서 이미 나왔다] 말하기를 "비록 온갖 가르침을 배우더라도 이 글보다 나은 것은 없을 것이오"라 하고는 가사(袈裟)와 사리 등을 주고 사라졌다.[자장이 처음에 이 사실을 숨겼기 때문에 당나라 『고승전(高僧傳)』에는 수록되지 않았다] 자장은 자신이 이미 문수보살의 예언을 받았다는 것을 알고 이에 북대(北臺)[5]에서 내려와 태화지(太和池)를 거쳐 당나라 서울인 장안에 들어가니 태종이 사람을 보내 위무하고 승광별원(勝光別院)에 머물게 했으며 총애하여 많은 물품을 하사했다. 자장은 그 번거로움을 싫어하여 태종에게 글을 올리고는 종남산(終南山)에 들어가 운제사(雲際寺) 동쪽 절벽의 바위에 의지하여 나뭇가지로 집을 짓고 3년을 살았는데 그 사이에 사람과 신들이 계를 받아 영험이 날로 많이 일어났다. 그러나 그것을 다 싣기에는 말이 번거로워 여기에 기록하지 않는다.

얼마 후 다시 장안으로 돌아오자 또 황제가 그를 위로하였고 아울러 비단 200필을 하사하여 의복의 비용으로 쓰게 했다.

정관(貞觀) 17년 계묘년(癸卯年, 643)에 신라 선덕여왕이 글을 올려 자장을 보내 줄 것을 청했다. 당나라 황제가 귀국을 허락하고 그를 궁중으로 불러들여 비단 가사 한 벌과 여러 가지 채색 비단 5백 단을 하사했고, 태자도 비단 2백 필을 내려주었으며, 그 외에도 예물로 받은 것이 많았다. 자장이 신라에 아직 불경과 불상이 제대로 갖추어지지 않았다고 생각하여 『대장경(大藏經)』 한 부(部)와 여러 가지 번당(幡幢)과 화개(花蓋)[6]에 이르기까지 백성들에게 복되고 이익이 될 만한 것을 청하여 모두 싣고 왔다. 그가 신라에 돌아오자 온 나라가 기뻐하며 맞이했다. 왕은 그를 분황사(芬皇寺)에[『당전(唐傳)』에는 왕분사(王芬寺)라고 했다] 머물도록 했는데 쓸 물건을 넉넉하게 내리고 시중드는 사람들로 하여금 극진하게 모시도록 했다. 어느 해 여름에 그를 궁중에 초청하여 『대승론(大乘論)』[7]을 강설하게 하고 또 황룡사에서 이레 동안을 밤낮으로 쉼없이 『보살계본경(菩薩戒本經)』[8]을 강연하게 했다. 그때 하늘에서 단비가 내리고 구름과 안개가 자욱하게 끼어 강당을 뒤덮었으므로 사부중(四部衆)[9]이 모두 그 신이한 법력에 탄복하였다.

조정에서 의논해서 말했다.

"불교가 동쪽으로 전해진 것이 오래되었지만, 그 불법을 지켜 나가고 받들어 수행하는 법도가 아직 없으니 통괄해서 다스리지 않으면 바로잡을 수가 없다."

왕이 명을 내려 자장을 대국통(大國統)으로 삼고, 모든 비구와 비구니의 일체 규범을 승통(僧統)에게 위임하여 주관하게 하였다.(살펴보면 북제(北齊)의 천보(天保, 550~559) 연간에 전국에 십통(十統)을 두었는데, 담당 관리가 "마땅히 직위를 다르게 해야 할 것입니다"라고 아뢰었다. 이에 문선제(文宣帝)[10]가 법상법사(法上法師)를 대통(大統)으로 삼고 그 나머지는 통통(通統)으로 삼았다. 또 양(梁)나라와 진(陳)나라 때는 국통(國統)·주통(州統)·국도(國都)·주도(州都)·승도(僧都)·승정(僧正)·도유내(都維乃) 등의 명칭이 있었는데 모두 소현조(昭玄曹)에 속했었다. 소현조는 비구와 비구니를 거느리는 관직 이름이다. 당나라 초에는 또 10대덕(大德)이 나올 만큼 불교가 성대해졌다. 신라 진흥왕 11년 경오년(庚午年, 550)에 안장법사(安藏法師)를 대서성(大書省)으로 삼았는데 오직 한 사람으로 한정하였고, 소서성(小書省)으로 두 사람이 있었다. 다음해 신미년(辛未年, 551)에 고구려 혜량법사로 국통(國統)을 삼았는데 사주(寺主)라고도 했다. 보양법사(寶良法師)를 대도유나(大都維那)로 삼으니 한 사람뿐이었고, 주통(州統) 9인, 군통(郡統) 18인 등을 두었다. 자장 때에 이르러 다시 대국통 1인을 두니 일상적으로 늘 두는 직위는 아니다. 이는 마치 임시로 부례랑(夫禮郞)이 대각간(大角干)이 되고, 김유신(金庾信)이 태대각간(太大角干)이 된 것과 같다. 후에 원성대왕 원년(785년)에 이르러 또 승관(僧官)을 두어 정법전(政法典)이라 이름하고, 대사(大舍) 1인, 사(史) 2인으로 담당 관리[司]로 삼았으니, 스님들 가운데 재주와 덕행이 있는 사람을 가려 뽑아 승관에게 사고가 생기면 교체하였는데 정해진 연한(年限)은 없었다. 그러므로 지금 자줏빛 옷을 입은 무리들은 또한 율종(律宗)과 구별된다. 우리나라에 전해오는 이야기에 '자장이 당나라에 들어가자, 당 태종이 그를 식건전(式乾殿)에 영접하여 『화엄경』을 강론하게 했더니, 하늘이 감로(甘露)를 내렸으므로 비로소 국사(國師)로 삼았다'라고 한 것은 잘못된 말이다. 『당전』과 『국사』에는 모두 그런 내용의 글이 없다. 자장이 이 좋은 기회를 만나 용감하게 나아가서 불교를 널리 퍼뜨렸다. 비구와 비구니의 오부(五部)에 각기 구학(舊學)을 더하여 보름마다 계율을 강설하고, 겨울과 봄에 이들을 모아 시험 보여 계율을 지키는 것과 계율을 침범하는 것에 대해서 알게 했는데 관원을 두어 이 제도를 유지하게 했다. 또 순사(巡使)를 보내 지방의 사찰을 차례로 검사하여 승려들의 과실을 징계하게 했으며, 불경과 불상을 엄격하게 정비하는 것을 일정한 법식으로 삼았으므로 이때에 불교가 가장 잘 보호되었다고 하겠다. 마치 공자가 위(魏)나라에서 노(魯)나라로 돌아와 음악을 바로잡아 아송(雅頌)[11]이 각기 제자리를 찾은 것과 같다.

이때에 나라 안의 사람들이 계를 받고 부처를 받드는 것이 열 집에 여덟 아홉 집이었으며, 머리를 깎고 스님이 되기를 청하는 사람이 시간이 갈수록 늘어났다. 이에 통도사(通度寺)를 세우고 계를 주는 단을 쌓아 사방에서 오는 사람들을 제도(濟度)했다.{계를 주는 단의 일은 이미 앞에 나왔다} 또 자장이 태어난 집을 원녕사(元寧寺)로 고치고 낙성회를 열어 『화엄경』 1만 게송(偈頌)을 강론하자 52명의 여자[12]들이 감동하여 몸을 드러내 강론을 들었다. 문인(門人)들에게 그들의 숫자대로 나무를 심게 하여 그 이상스런 자취를 표시하게 하고 그 나무를 지식수(知識樹)라 불렀다.

자장이 일찍이 우리나라의 복장(服章)이 중국의 그것과 같지 않다고 하여 복식을 고칠 것을 조정에 건의했더니 왕이 허락했다. 이에 진덕왕 3년 기유년(己酉年, 649)에 처음으로 중국의 의관을 입게 되었고, 다음해 경술년(庚戌年, 650)에 또 정삭(正朔)[13]을 받들어 비로소 영휘(永徽)[14] 연호를 쓰기 시작했다. 그 후로 신라의 사신이 중국에 가게 되면 반열이 여러 제후국의 윗자리를 차지하게 되었으니 이것은 자장이 세운 공로였다.

만년에는 서울을 떠나 강릉군(江陵郡)에[지금의 명주(溟州)다] 수다사(水多寺)를 세우고 거기서 살았다. 다시 북대(北臺)에서 보았던 이상한 스님이 꿈에 나타나서 말했다.

"내일 그대를 대송정(大松汀)에서 만났으면 하오."

놀라서 깨어 일찍 송정에 가 보니 과연 문수보살이 감응하여 왔으므로 그에게 불법의 요체를 물으니 대답했다.

"태백산 갈반지(葛蟠地)에서 다시 만나자."

갑자기 사라져 자취를 감추었다.[송정에는 지금까지도 가시나무가 나지 않으며 매와 새매 같은 조류도 서식하지 않는다고 한다] 자장이 태백산에 가서 그를 찾다가 거대한 구렁이가 나무 아래에 사리어 있는 것을 보고, 시자(侍者)에게 말했다.

"이곳이 그가 말한 갈반지이다."

이에 석남원(石南院)[15]을[지금의 정암사(淨岩寺)이다] 세우고 문수보살이 내려오기를 기다렸다. 이때 어떤 늙은 거사(居士)가 남루한 옷을 입고 칡넝쿨로 만든 삼태기에 죽은 강아지를 담아 가지고 와서 시자에게 말했다.

"자장을 만나러 왔다."

문인이 말했다.

"내가 스승을 받들어 모신 이후로 아직 우리 스승의 이름을 함부로 부르는 사람을 본 적이 없소. 그대는 어떤 사람이기에 이렇게 정신 나간 짓을 하시오?"

"너의 스승에게 아뢰기만 해라."

사자가 들어가서 아뢰니 자장도 미처 깨닫지 못하고 말했다.

"아마도 미친 사람인가 보다."

제자가 나와 꾸짖어 내쫓으니 거사가 말했다.

"돌아가리라, 돌아가리라. 아상(我相)16)을 가진 사람이 어찌 나를 볼 수 있겠는가?"

그리고 삼태기를 거꾸로 털자 죽은 강아지가 사자보좌(師子寶座)로 변하니 그 위에 올라앉아 광채를 발하며 떠나버렸다. 자장이 그 말을 듣고는 위의(威儀)를 갖추고 빛을 찾아 급히 남쪽 고개에 올랐으나 이미 까마득하여 쫓을 수가 없어 드디어 그 자리에 쓰러져 죽었다. 화장하여 유골을 바위 구멍 안에 안장했다.

자장이 인연을 맺어 세운 절과 탑이 10여 곳인데, 하나씩 만들 때마다 반드시 신이한 상서(祥瑞)가 나타나고 신도들이 거리를 메울 정도로 많이 모여들어 공사를 도왔으므로 며칠 안 되어 완성됐다. 자장이 쓰던 도구(道具), 헝겊 버선, 태화지의 용이 바친 오리 모양의 나무 베개와 석가여래의 가사 등이 모두 통도사에 있다. 또 헌양현(巘陽縣)에 {지금의 언양(彦陽)이다} 압유사(鴨遊寺)가 있는데, 나무오리 베개가 일찍이 이곳에서 신이한 일을 나타냈기 때문에 그렇게 이름 지었다.

또 원승(圓勝)스님이 자장보다 먼저 중국에 유학하였다가 자장과 함께 고향으로 돌아와 자장을 도와 율부(律部)를 널리 폈다고 한다.

이를 기려 노래한다.

일찍이 청량산에서 꿈 깨어 돌아오니
칠편삼취(七扁三聚)17)가 일시에 열렸네.

승려와 속인의 옷을 부끄럽게 여겨

동방의 의관을 중국과 같이 만들었네.

1) 백골관이라고도 한다. 육신의 집착에서 벗어나 백골만 앙상하게 남은 자신의 몸을 보면서 일체무상을 깨닫는 고된 수행과정을 말한다.
2) 신라 선덕여왕의 연호(634~646)이다.
3) 중국 산서성에 있는 오대산의 다른 이름으로 당나라 시대 불교의 중심지였다.
4) 수미산 꼭대기에 있는 도리천(忉利天)의 임금이 있는 곳인데 여기서는 그 임금을 가리키고 있다.
5) 오대산에는 동·서·남·북·중대(臺)라고 하는 다섯 봉우리가 있는데, 여기에 여래가 머문다고 한다. 북대에는 불공성취여래(不空成就如來)가 머문다.
6) 번당은 불전을 장엄하게 꾸미는 데 쓰이는 당과 번으로 둘 다 깃발이다. 화개는 꽃으로 장식한 일산의 뚜껑을 말한다.
7) 성불이라는 큰 이상에 이르는 도법을 밝힌 경전을 말한다. 여기에는 「화엄경」·「반야경」·「무량수전」 등이 있다.
8) 불가에서 출가자들의 생활을 규제하는 금계(禁戒)를 모아 놓은 책이다.
9) 사부대중(四部大衆)을 가리키는 말로 비구(比丘)·비구니(比丘尼)·우바새(優婆塞, 남자신도)·우바니(優婆尼, 여자신도)를 말한다.
10) 중국 남북조시대에 속했던 북제(北齊)의 재상 고양(高洋)이 왕위에 올라 문선제(文宣帝)라 했는데 양나라 무제와 경쟁적으로 불교를 크게 일으켰다.
11) 『시경』을 구성하고 있는 풍·아·송 가운데 두 부분을 가리킨다. '아'는 궁중의 음악이고, '송'은 조상의 공덕을 찬양하는 노래이다.
12) 석가가 열반에 들려고 하자 사방에서 몰려든 여러 종류의 중생을 가리킨다.
13) 정월 초하루의 뜻이나 여기서는 중국의 월력(月曆)을 가리킨다.
14) 당나라 고종의 연호(650~655)이다.
15) 강원도 정선군에 있는 정암사를 가리킨다.
16) 자기의 지위나 재주를 뽐내어 다른 사람을 업신여기는 마음이다.
17) '칠편'은 칠중(七衆)으로 일곱으로 나눈 부처의 제자를 가리키고, '삼취'는 삼취정계(三聚淨戒)로 대승불교의 계법(戒法)이다.

원효는 법도에 매이지 않다

원효성사(元曉聖師)의 속성(俗姓)은 설씨(薛氏)이고, 할아버지는 잉피공(仍皮公)인데 적대공(赤大公)이라고도 한다. 지금 적대연(赤大淵) 옆에 잉피공의 사당이 있다. 아버지는 내말(乃末)[1]인 담날(談捺)이다. 원효는 처음에 압량군(押梁郡) 남쪽(지금은 장산군(章山郡)이다) 불지촌(佛地村) 북쪽 율곡(栗谷)의 사라수(裟羅樹) 아래에서 태어났다. 마을 이름은 불지 혹은 발지촌(發智村)이라고(세상에서는 불등을촌(弗等乙村)이라고 한다) 한다. 사라수에 대해서 세상에 이런 얘기가 있다.

"성사의 집이 본래 이 골짜기 서남쪽에 있었다. 어머니가 임신하여 만삭이 되었을 때 마침 이 골짜기를 지나다가 밤나무 아래에서 갑자기 산기를 느껴 집에까지 돌아갈 여유가 없었다. 남편의 옷을 나무에 걸어 놓고 그 가운데 누워 해산했으므로 그 나무를 사라수라 불렀다. 그 나무의 열매도 보통 것과는 달랐으므로 지금도 사라율(裟羅栗)이라 부른다."

옛날부터 이런 말이 전해오고 있다.

"전에 절의 주지가 절에 딸려 있던 한 종에게 저녁 끼니로 밤 두 개씩을 주었더니 종이 그 부당함을 들어 관가에 고소했다. 관리가 이상하게 여겨 밤을 가져다 살펴보니 밤 한 개가 바리때에 가득 차므로 도리어 한 개씩만 주라고 판결하였다. 그 일로 인해 그곳을 율곡(栗谷)이라 했다."

성사가 출가하게 되자 그 집을 희사하여 절로 만들고 초개사(初開寺)라 했다. 또 사라수 나무 옆에 절을 세우고 사라사(裟羅寺)라 했다.

성사의 생애를 기록해 놓은 행장(行狀)에는 '서울 사람이다' 라고 했으나 이는 조부의 본거지를 따른 것이며, 『당승전(唐僧傳)』에는 '본래 하상주(下湘州) 사람이다'라고 하였다.

살펴보건대, 인덕(麟德) 2년(665)에 문무왕이 상주(上州)와 하주(下州)의 땅을 분할해서 삽량주(歃良州)를 설치하였으니, 하주는 바로 지금의 창녕군(昌寧郡)이다. 압량군(押梁郡)은 본래 하주에 속한 현이었다. 상주는 지금의 상주(尙州)이니 상주(湘州)라고도 한다. 불지촌은 지금 자인현(慈仁縣)에 속하는데 이는 바로 압량군에서 나뉘어 설치된 곳이다.

성사의 어릴 적 이름은 서당(誓幢)이고 또다른 이름은 신당(新幢)이었다.[당(幢)을 우리 말로는 털이라 한다] 처음에 어머니가 유성이 품속으로 들어오는 꿈을 꾸고 임신하였다. 아이를 낳으려 할 때 오색구름이 땅을 뒤덮었으니 이때가 진평왕 39년으로 대업(大業) 13년 정축년(丁丑年, 617)이었다. 그는 태어나면서부터 남달랐으며, 일정하게 스승에게 나아가 배우지 않았다. 그가 사방으로 다니며 수행(修行)한 시말과 불교를 널리 전파한 업적은 모두 당나라 『승전(僧傳)』과 성사의 「행장(行狀)」에 실려 있으므로 여기에 다 수록하지 않는다. 다만 『향전(鄕傳)』에 기록된 한두 가지 특이한 사적만 기록하기로 한다.

성사가 일찍이 하루는 상례에 벗어난 행동을 하며 길거리에서 노래 불렀다.

누가 자루 빠진 도끼를 주겠는가?
내가 하늘을 지탱할 기둥을 찍어내리라.

사람들이 모두 그 뜻을 알지 못했다. 그때 태종(太宗)이 듣고는 말했다.

"이 성사가 귀한 아내를 얻어 현명한 아들을 낳고 싶다고 하는군. 나라에 위대한 현인이 있다면 그보다 더 좋은 일은 없을 것이다."

그때 요석궁(瑤石宮)에{지금의 학원(學院)이 바로 그곳이다} 과부가 된 공주가 있었다. 궁중 관리에게 명하여 원효를 찾아 데리고 들어오게 했다. 관리가 명을 받들어 그를 찾으려 하는데 원효는 이미 남산에서 내려와 문천교(蚊川橋)를{사천(沙川)이다. 세상에서 연천(年川) 또는 문천(蚊川)이라 한다. 또 다리 이름은 유교(楡橋)이다} 지나가고 있었다. 그 관리를 만나자 일부러 물속에 빠져 위아래 옷[衣袴]을 물에 흠뻑 적셨다. 관리가 성사를 요석궁으로 안내하여 옷을 벗어 말리게 하고 거기서 묵게 하였더니 공주가 과연 임신하여 설총(薛聰)[2]을 낳았다. 설총은 나면서부터 지혜롭고 민첩하여 경전과 역사서에 널리 통달하였으니 신라의 십현(十賢)[3] 중 한 사람이 되었다. 우리나라 말로 중국과 우리나라의 풍속과 사물의 이름을 표기하여 통달하였고, 『육경(六經)』[4]과 문학을 풀이해 놓았으므로 지금까지 우리나라에서 경서를 공부하는 사람들이 끊어지지 않고 나오게 된 바탕을 마련하였다.

원효가 계율을 어기고 설총을 낳은 이후에는 세속의 옷으로 바꾸어 입고 스스로 소성거사(小姓居士)라고 불렀다. 우연히 광대들이 춤추며 놀 때 사용하는 큰 박을 얻었는데 그 모양이 크고 기이했다. 그래서 그 박의 생김새 때문에 들고 다니는 바가지로 만들고 『화엄경(華嚴經)』의 "일체에 걸림이 없는 사람만이 오로지 생사에서 벗어날 수 있다" 라는 말에 따라 무애(無碍)라고 그 바가지에 이름을 붙였으며 그에 맞추어 노래를 지어 세상에 퍼뜨렸다. 일찍이 이 바가지를 지니고 온 마을을 돌아다니며 노래하고 춤을 춰 부처님의 가르침을 베풀었다. 그러므로 못나고 가난한 사람들과 원숭이처럼 몽매한 사람들이 모두 부처의 이름을 알고 나무아미타불을 읊조리게 되었으니 원효의 가르침이 얼마나 위대한가를 알 수 있다.

그가 태어난 마을을 불지촌(佛地村)으로, 그곳에 지은 절을 초개사(初開寺)라 이름하고, 자신을 스스로 원효(元曉)라고 일컫은 것들이 모두 불교를 처음으로 빛나게 했다는 뜻이다. 원효라는 말 또한 우리나라 말이니, 당시 사람들은 원효를 우리말로 새벽이라고 불렀다.

일찍이 분황사에 머물면서 「화엄경소」를 편찬하던 도중에 제40회향품(第四十廻向品)[5])에 이르자 붓을 놓았다. 또 일찍이 송사(訟事)로 인해 몸을 100그루의 소나무에 나눌 정도로 매우 바빴으므로 모든 사람들이 이를 두고 그가 보살 수행 과정에 있어 환희지(歡喜地)를 밟았다고 했다.[6]) 또 바다용의 권유로 길가에서 조서(詔書)를 받들어 『금강삼매경소(金剛三昧經疏)』를 지었는데, 이때에 붓과 벼루를 소의 두 뿔 사이에 놓고 글을 썼다고 해서 각승(角乘)이라 불렀다. 그러나 이것은 본각(本覺)과 시각(始覺)이라는 두 각(覺)의 미묘한 뜻을 나타낸 말이었다.[7]) 대안법사(大安法師)[8])가 종이를 순서대로 배열하여 붙였는데 이것도 원효의 속뜻을 헤아려 서로 화답한 것이었다.[9]

원효가 입적(入寂)하자 아들인 설총이 그 유해를 가루 내어 그것으로 원효의 소상을 빚어서 분황사에 모시고는 공경하고 사모하는 마음으로 영결종천(詠訣終天)의 슬픔을 표했다. 설총이 그때 곁에서 예를 올릴 때 소상(塑像)이 갑자기 돌아다보았는데 지금까지도 그 소상은 여전히 돌아다보는 모습 그대로이다. 원효가 전에 살았던 혈사(穴寺) 옆에 설총의 집터가 있다.

이를 기려 노래한다.

각승은 처음으로 『삼매경(三昧經)』의 뜻을 펼쳐 보였고
춤추는 호로병은 마침내 온 마을에 교화를 폈도다.

달 밝은 요석궁에서 봄잠을 자고 났더니

문 닫힌 분황사에 돌아다보는 모습 횅하네.

1) 신라 제17등급의 관직 가운데 제11위에 해당하는 관직 이름이다.
2) 신라 경덕왕 대의 대학자로 이두를 집대성하여 한문을 우리말로 옮기는 데 크게 기여했다.
3) 『삼국사기』 열전 설총전에 나도는 설총, 최승우, 김언위, 김대문, 박인범, 원질, 거인, 김운경, 김수훈, 최치원을 가리킨다.
4) 『시경』, 『서경』, 『역경』, 『예기』, 『춘추』, 『악경』을 가리킨다.
5) 보살이 수행하는 52단계 중에서 31단계에서 40단계까지 닦은 모든 행실을 중생에게 돌려준다는 뜻이다.
6) 보살이 수행하는 41단계에서 50단계까지를 10지(十地)라고 하며 10지 중 첫번째인 환희지를 초지(初志)라고 한다. 초지에 이른 환희지 보살은 그 몸을 100개의 몸으로 변화시킬 수 있다. 그러므로 원효가 보살의 경지에 올랐음을 말하고 있다.
7) 본각은 우주법계의 근본 본체인 진여(眞如)의 이체(理體)이고, 시각은 그 본각이 수행의 공을 빌려 진여를 찾아내는 것이다.
8) 신라시대 원효와 같은 시기의 괴승(怪僧)으로 언제나 저잣거리에서 구리로 만든 바라를 치면서 대안, 대안이라 소리치며 다녔으므로 얻은 이름이다.
9) 원효가 『금강삼매경』을 짓고, 대안법사가 그의 일을 도운 것에 대해서는 『송고승전(宋高僧傳)』의 「원효전(元曉傳)」에 자세하게 소개되어 있다.

의상이 불교를 전파하다

의상법사의 아버지 이름은 한신(韓信)이고 성은 김씨이다. 나이 스물아홉에 서울의 황복사(皇福寺)¹)에서 머리를 깎았다. 얼마 안 되어 중국에 가서 부처의 교화를 살펴보고자 하더니 드디어 원효와 함께 요동(遼東)의 변방에까지 갔다가 변방을 지키는 고구려 군사에게 첩자로 오인되어 수십 일을 갇혀 있다가 겨우 풀려나 돌아왔다.(이 일은 최치원이

지은 「의상본전(義湘本傳)」과 원효의 행장에 실려 있다〕

영휘(永徽) 초(650년경)에 당나라로 돌아가는 사신의 배를 얻어 타고 중국에 들어갔다. 처음에 양주(揚州)에 머물었는데 양주의 장수인 유지인(劉至仁)이 관청 안에 머물도록 하고 바치는 공양도 융숭하였다. 그 후 장안에 있던 종남산(終南山) 지상사(至相寺)를 찾아가서 지엄(智儼)을 만났다. 지엄이 전날 밤에 꿈을 꾸었는데 커다란 나무 하나가 해동에서 생겨나 가지와 잎이 널리 퍼지더니 온 신주(神州, 중국)에까지 그늘을 덮었다. 가지 위에는 봉황의 둥지가 있어 올라가 보니 마니보주(摩尼寶珠)[2] 하나가 멀리까지 빛을 비추고 있었다. 꿈에서 깨어 놀랍기도 하고 이상스러워 주위를 깨끗이 청소하고 기다렸더니 마침 의상이 찾아왔다. 극진한 예로 맞이하며 조용히 말했다.

"나의 어제 꿈이 그대가 와서 내게 투탁(投託)할 조짐이었나보구려."

이에 그의 문하에 들어오는 것을 허락하였다. 의상이 『화엄경』의 오묘한 뜻을 깊고 미묘한 데까지 분석하고 풀이하니, 지엄은 훌륭한 인물을 만난 것을 기뻐했으며 이로 인해 새로운 이치를 터득했다. 의상이 심오하고 깊은 이치를 찾아내니 이는 제자가 스승보다 낫다는 경우와 같다고 하겠다.

이때 이미 신라의 승상(丞相) 김흠순(金欽純)과〔인문(仁問)이라고도 한다〕 양도(良圖) 등이 당나라에 왔다가 감옥에 갇혀 있었다. 이즈음에 당 고종이 대대적으로 군대를 일으켜 신라를 정벌하려 하자 김흠순 등이 비밀리에 의상에게 사람을 보내 먼저 신라로 돌아가도록 권유했다. 의상이 함형(咸亨) 원년 경오년(庚午年, 670)에 본국으로 돌아와 조정에 이 사실을 알렸다. 조정에서는 신인종(神印宗)의 큰 스님인 명랑(明朗)으로 하여금 임시로 밀교의식을 행할 단을 설치하고 술법으로 그들을

불국사 문수보살 사자좌(통일신라, 경주 불국사)

돌에 새긴 화엄경(통일신라)

불상문전돌(통일신라)

물리치게 하니 나라가 전쟁에서 벗어났다.

의봉(儀鳳) 원년(676년)에 의상이 조정의 뜻을 받들어 태백산(太白山)에 가서 부석사(浮石寺)를 창건하고 대승(大乘)의 불법을 폈는데 영험한 감응이 두드러지게 나타났다.

종남산 지엄 문하의 동문(同門)인 현수(賢首)[3]가 「화엄경탐현기(華嚴經探玄記)」를 짓고 그 부본(副本)을 의상에게 보내면서 함께 간절한 내용의 편지도 부쳤다.

"당(唐) 서경(西京) 숭복사(崇福寺)의 법장(法藏)은 해동 신라 대화엄법사(大華嚴法師)의 시자(侍者)[4]께 편지를 올립니다. 한 번 헤어진 후 20여 년이 되었으나 법사를 향하는 그리움이야 어찌 마음에서 떠나겠습니까? 구름이 만 리를 가리고 바다와 땅이 천 겹이나 쌓여 있어 이 몸이 살아서 다시 만날 수 없음을 한스럽게 여기오니 그리운 마음을 어찌 말로 다 하겠습니까?

아마도 전생에 인연을 같이했고 금생에도 학업을 같이하였기 때문에, 이러한 과보를 얻어 함께 대경(大經, 화엄경)에 목욕하고 특별히 돌아가신 스승에게 이 오묘한 경전을 전수받을 수 있었을 것입니다. 우러러 받잡기로는 스님께서 고향으로 돌아가신 후 『화엄경』을 강연하기 시작하여 법계(法界)의 무애(無碍)한 연기(緣起)를 선양하고 계신다지요. 또한 겹겹의 제망(帝網)으로 불국토(佛國土)를 새롭게 하고 중생을 널리 이롭게 하신다니 기쁘기 한량없습니다. 이러하니 여래께서 돌아가신 후 불일(佛日)을 빛나게 하고 다시 법륜(法輪)을 굴려 불법이 오래 머물게 할 분은 오직 법사뿐임을 알겠습니다.

저 법장은 불법을 공부하는 데 나아가기는 했으나 이룬 것이 없으며 활동하는 일도 적어 우러러 이 경전을 생각하면 돌아가신 스승께 부끄러울 따름입니다. 제 분수에 따라 전수받은 것을 내버릴 수 없으니 이 업(業)에 의지하여 내세의 인연을 맺을 수 있기를 바랍니다. 다만 지엄스님께서 달아 놓으신 주해가 뜻은 풍부하나 글이 너무 간략해서 후세 사람들이 이해하기 너무 어려울 듯하여 스님께서 생전에 들려주셨던 미묘한 말씀과 오묘한 뜻을 기록하여 어렵게 「의기(義記)」[5]를 완성했습니다. 근래에 승전법사(勝詮法師)가 이것을 베껴 고향으로 돌아가 신라에 전할 것이오니 스님께서 좋고 나쁜 점을 자세히 검토하시어 가르침을 주시면 다행이겠습니다. 엎드려 바라옵건대 내세(來世)에서는 이 몸을 버리고 새 몸을 받아 함께 비노사나불(毘盧舍那佛)께 이와 같은 무진장한 묘법(妙法)을 듣고, 무진장한 보현보살의 원행(願行)을 닦는다면 저에게 남은 악업이 하루아침에 사라질 것이옵니다. 스님께서 일찍이 맺은 인연을 잊지 마시고 제가 제취(諸趣)[6]에 있더라도 바른 길을 가르쳐 주시기를 바랍니다. 인편이 있거나 서신을 보낼 수 있을 때마다 안부를 물어 주시기 바랍니다. 이만 줄입니다."(이 글은 「대문류(大文類)」에 실려 있다)

의상이 이에 열 곳의 사찰에 영(令)을 내려 교(敎)를 전하니, 태백산의 부석사, 원주(原州)의 비마라사(毗摩羅寺), 가야산(伽耶山)의 해인사(海印寺), 비슬산(毗瑟山)의 옥천사(玉泉寺), 금정산(金井山)의 범어사(梵魚寺), 남악(南嶽)의 화엄사(華嚴寺) 등이다. 그리고 『법계도서인(法界圖書印)』과 『약소(略疏)』를 지어 불법(佛法)의 요점을 총괄하여 영원한 귀감이 되게 했으니 사람들이 다투어 받들었다. 그 외에 다른 저술은 없으나 마치 솥의 국을 맛보려면 고기 한 점이면 족한 것과 같다고 하겠다. 『법계도(法界圖)』는 총장 원년 무진년(戊辰年, 668년)에 완성되었는데 그 해에 지엄도 입적하니 공자가 『춘추(春秋)』를 편찬하다가 "기린을 잡았다" 라는 구절을 끝으로 절필한 것과 같다고 하겠다. 세상에 전하기로는 의상이 금산보개(金山寶蓋)[7]의 화신(化身)이라

한다.

오진(悟眞), 지통(智通), 표훈(表訓), 진정(眞定), 진장(眞藏), 도융(道融), 양원(良圓), 상원(相源), 능인(能仁), 의적(義寂) 등 열 명의 대덕(大德)이 그의 수제자였다. 이들은 모두 부처의 버금가는 인물로 각자 전기를 남겼다.

오진은 일찍이 하가산(下柯山)의 골암사(鶻嵓寺)에 거처하며 매일 밤 팔을 뻗쳐 부석사 석등에 불을 켰다.[8] 지통이 『추동기(錐洞記)』를 저술했는데 의상에게서 직접 가르침을 받았으므로 오묘한 말을 많이 남겼다.

표훈은 일찍이 불국사(佛國寺)에 거주하면서 항상 천궁(天宮)을 왕래했다. 의상이 황복사(皇福寺)에 머물 때 제자들과 탑을 돌았는데, 그때마다 허공을 밟고 올랐으므로 계단을 밟고 올라갈 일이 없어 그 탑에 사다리를 설치하지 않았다. 제자들도 계단에서 세 자나 떠서 허공을 밟고 탑을 돌았다. 의상이 그들을 돌아보며 말했다.

"속세 사람들이 이것을 보면 반드시 괴이하게 여길 것이니, 세상에 알릴 일은 못 된다."

나머지 일들은 최치원이 지은 「의상본전(義湘本傳)」의 내용과 같다. 이를 기려 노래한다.

> 가시덤불 헤치고 바다 건너 연기와 먼지를 무릅쓰니
> 지상사(至相寺) 문이 열려 귀한 손님 맞이하였네.
> 화엄경 공부하여 고국에서 꽃피우니
> 종남산과 태백산이 한가지로 봄이네.

1) 경주시 구황동에 있던 절이다.

2) 마니는 구슬 · 보석의 뜻을 지닌 범어이다.

3) 중국 당나라 때의 스님으로 화엄종의 제3조(祖)이다.

4) 상대를 존경한다는 뜻으로 쓰는 의례적인 표현이다. 폐하(陛下), 전하(殿下), 각하(閣下)
   등과 같은 맥락이다.

5) 현수가 의상에게 보냈던 『기신론소(起信論疏)』를 말한다.

6) 중생이 선악의 업보에 따라 죽은 뒤에 떨어지는 6곳을 가리킨다.

7) 금산은 부처의 몸을 뜻하고 보개는 부처를 가리는 일산을 가리킨다. 그러므로 여기서
   금산보개는 부처를 말한다.

8) 오진스님이 부석사에서 주석하고 있던 스승 의상대사를 극진히 모신 것을 뜻한다.

사복이 말을 하지 않다

서울 만선북리(萬善北里)에 어떤 과부가 남편도 없이 임신하여 아이를 낳았다. 그 아이가 열두 살이 되어도 말을 못하고 일어나지도 못했으므로 사동(蛇童)이라(아래에서는 혹 사복(蛇卜) 또는 사파(蛇巴), 사복(蛇伏) 등으로 했으나 모두 사동(蛇童)을 말한다) 불렀다. 어느 날 그 어머니가 죽었는데, 그때 고선사(高仙寺)에 머물고 있던 원효가 사복을 찾아보고 예를 표했으나 사복은 답례도 하지 않고 말했다.

"그대와 내가 옛날에 불경(經)을 실어 나르던 암소가 이제 죽었으니, 나와 함께 장사 지내주는 것이 어떻겠는가?"

"좋소."

같이 집에 도착해서 원효로 하여금 포살(布薩)[1] 의식을 행하고 계(戒)를 주게 하였다. 원효가 시신을 앞에 두고 빌었다.

"태어나지 말지니라, 죽음이 괴로우니. 죽지 말지니라, 태어남이 괴로우니."

사복이 말했다.

"말이 너무 번거로우니 다시 하라."

원효가 다시 빌었다.

"태어나고 죽음이 괴로움이다."

두 사람은 시신을 메고 활리산(活里山) 동쪽 기슭으로 갔다. 원효가
말했다.

"지혜를 가진 호랑이는 지혜의 숲에 장사지내는 것이 마땅하지 않
겠습니까?"

사복이 이에 게(偈)를 지어 읊었다.

　　옛날 석가모니 부처는
　　사라수 사이에서 열반에 드셨도다.
　　지금 그 같은 사람이 있어
　　연화장 세계에²⁾ 들어가려 하네.

게송을 마치고 띠풀의 줄기를 뽑자 그 아래에 밝고 청허(淸虛)한 세
계가 나타났는데, 거기에 칠보로 장식한 난간의 누각이 장엄하게 펼
쳐져 있어 마치 인간 세상의 그것이 아닌 듯했다. 사복이 시신을 지고
들어가자 그 땅이 갑자기 합쳐지니 원효는 그만 돌아왔다.

후세 사람이 사복을 위하여 금강산(金剛山) 동남쪽에 절을 짓고 도
량사(道場寺)라고 이름했다. 매년 3월 14일이면 그 절에서 『점찰경(占
察經)』을 읽는 법회를 정기적으로 가졌다. 사복이 세상에 감응을 나타
낸 것은 오직 이것뿐인데 세상에서 황당한 이야기를 많이 덧붙여 전하
였으니 가소로운 일이다.

이를 기려 노래한다.

못 속에 묵묵히 잠자는 용이라고 어찌 대수롭지 않으리.

떠나면서 읊은 한 곡조 번잡하지 않네.

생사의 고통은 본래 고통이 아니니

연화장과 생사(生死)의 세계 넓기도 하네.

---

1) 승려가 보름마다 계율에 관한 경을 듣고 자신의 잘못을 참회한다는 불교의식이다.
2) 비로자나불이 있는 공덕무량·광대장엄의 세계로 여기는 큰 연꽃으로 이루어져 있고,
   그 가운데 일체국(一切國)·일체물(一切物)을 모두 간직하고 있다.

진표가 간자를 전해받다

진표(眞表)스님은 완산주(完山州){지금의 전주목(全州牧)이다] 만경현(萬
傾縣){또는 두내산현(豆乃山縣), 도나산현(都那山縣)이라고 하는데, 지금의 만경으로 옛
이름이 두내산현이다. 「관녕전(寬寧傳)」에 진표스님의 고향으로 금산현(金山縣) 사람이라
고 한 것은 절 이름(금산사)과 고을 이름을 혼동한 것이다] 사람이다. 아버지는 진
내말(眞乃末)이고 어머니는 길보랑(吉寶娘)이며 성은 정(井)씨이다. 나
이 열두 살이 되어 금산사(金山寺) 숭제법사(崇濟法師, 順濟法師)의 문
하에 들어가 머리를 깎고 배우기를 청했다. 스승이 일찍이 말했다.

"내가 전에 당나라에 들어가서 선도삼장(善導三藏)[1]에게 공부를 한
후 오대산에 들어갔었는데, 사람의 몸으로 나타난 문수보살에게 감응
되어 오계(五戒)를 받았다."

"얼마 동안 열심히 수행하게 되면 계를 받을 수 있습니까?"

"정성이 지극하다면 1년을 넘기지 않을 것이다."

진표는 스승의 말을 듣고 유명한 산을 두루 다니다 선계산(仙溪山) 불사의암(不思議庵)에 머물며 삼업(三業)[2]을 단련하여 몸을 버려서 이루는 참회법으로 계를 얻고자 했다. 처음에는 7일 밤을 기약하고 오체(五體)를 돌에 부딪치니 무릎과 팔꿈치가 모두 부서져서 피가 바위 절벽으로 빗물처럼 흘렀으나 부처의 감응이 없었다. 죽음을 각오하고 다시 7일을 기약하였더니 그 마지막 날이 되자 마침내 모습을 드러낸 지장보살에게 정계(淨戒)를 받았다. 이때가 바로 개원(開元) 28년 경진년(庚辰年, 740) 3월 15일 진시(辰時)로 그의 나이 23세였다. 그러나 그의 뜻은 미륵보살에 있었으므로 수행을 중지하지 않을 마음으로 영산사(靈山寺)로(또는 변산(邊山), 능가산(楞伽山)이라고도 한다) 옮겨가 처음처럼 부지런하게 용맹 정진하자, 과연 미륵불이 감응하여 나타나서 『점찰경(占察經)』[3](이 경은 진(陳)나라, 수(隋)나라 연간에 중국에서 번역되었다. 지금 처음 나왔다는 것이 아니고 미륵보살이 이 경을 주었을 뿐이다) 두 권과 과(果)를 증득(證得)한 간자(簡子)[4] 189개를 주며 말했다.

"이 중에 여덟째 간자는 새로 묘계(妙戒)를 얻었음을 비유한 것이고, 아홉째 간자는 구계(具戒)를 증득(證得)했음을 비유한 것으로, 이 두 간자는 바로 내 손가락뼈이다. 나머지는 모두 침단목(沈檀木)으로 만들었는데 이것들은 여러 가지 번뇌를 비유한 것이다. 너는 이것으로 세상에 불법을 전하여 세상 사람을 구제하는 방편으로 삼도록하라."

진표는 미륵보살의 예언을 받은 후 금산사(金山寺)에 머물면서 매년 단석(壇席)을 열어 법 보시를 널리 폈는데, 이러한 단석의 정밀하고 엄격함은 말세에는 볼 수 없는 것이었다. 가르침을 두루 펼치며 여러 곳을 다니다가 아슬라주(阿瑟羅州)에 이르렀는데 섬들 사이로 물고기와 자라들이 다리를 만들어 그를 맞이하여 물속으로 들어가 불법을 강설하게 하고 계를 받았다. 그때가 바로 천보(天寶) 11년 임진년(壬辰年, 752) 보름날이었다. 혹 다른 책에서 원화(元和) 6년(811)이라고 하는데 잘못이다. 원화는 헌덕왕 대에(성덕왕 때와 거의 70년 뒤이다) 해당된다. 경덕왕이 그 일을 듣고 궁궐로 맞이하여 보살계를 받고는 곡식 7만 7천 섬을 바쳤다. 왕후와 왕의 외척들이 모두 계품(戒品)을 받고 비단 500단(端), 황금 50냥을 시주하였다. 시주 받은 물건을 여러 산의 절에 나눠주고 널리 불사(佛事)를 일으켰다. 그의 사리는 지금 발연사(鉢淵寺)에 있으니 바로 물고기들을 위해 강의하고 계를 주던 곳이다.

그의 법을 이어받은 수제자들은 영심(永深), 보종(寶宗), 신방(信芳), 체진(體珍), 진해(珍海), 진선(眞善), 석충(釋忠) 등으로 이들은 각기 큰 절을 새로 세웠다. 영심은 진표에게 간자(簡子)를 전해받아 속리산(俗離山)에 머물며 스승의 법통을 계승했으나 단(壇)을 만드는 방법은 『점찰경』 육륜(六輪)과는 약간 달랐다. 그러나 수행(修行)하는 법은 산중에서 전하는 본래의 법도와 같았다.

『당승전(唐僧傳)』에 이렇게 말했다.

"개황(開皇) 13년(593년) 광주(廣州)5)의 어떤 스님이 참법(懺法)을 행했는데 가죽으로 첩자(帖子) 두 장을 만들고 거기에 선(善)과 악(惡) 두 글자를 써서 법을 구하러 온 사람들에게 던지게 하여서는 선(善)자를 얻으면 길하다고 했다. 또 스스로 박참법(撲懺法, 고행하는 참회법)을 행하여 지은 죄를 없애 준다고 하여 남녀들이 한데 어울려 비밀리에 요망한 짓을 했는데 이것이 청주(靑州)6)에까지 영향을 미쳤다. 관리가 이들의 행위를 살펴 검사해 보고는 요망한 짓이라고 하자 그들이 말했다.

'이 탑참법(搭懺法)은 『점찰경』에 근거한 것이고, 박참법은 여러 경전 속의 내용에 따른 것으로, 오체(五體)를 땅에 대는데 마치 큰 산이

무너지는 것과 같이 한답니다.'

그 말을 황제에게 아뢰자 황제가 명을 내려 내사시랑(內史侍郎)인 이원찬(李元撰)을 시켜 대흥사(大興寺)에 가서 여러 대덕(大德)들에게 자문을 구하게 했는데 큰스님인 법경(法經)과 언종(彦琮)[7] 등이 대답했다.

『점찰경』은 두 권이 있는데, 첫머리에 보리등(菩提燈)[8]이 외국에서 번역한 글이라 하였으나 근래에 나온 듯합니다. 또 베껴 써서 전하고 있는 것을 자세히 살펴보니, 점찰경의 바른 이름과 번역한 사람, 시일과 장소가 제대로 기록되어 있지 않습니다. 박참법은 여러 경전과 크게 다르니, 이것에 따라 수행할 것은 못 됩니다.'

그래서 나라에서 명을 내려 금지하였다."

지금 시험 삼아 의논해 본다.

"청주의 거사들이 행한 박참법은 마치 훌륭한 선비가 시서(詩書)를 빙자하여 무덤을 파는 것[9]과 같으며, 호랑이를 그리려다 잘 되지 않아 개와 비슷해진 경우[10]라고 할 수 있다. 부처가 미리 예방한 것도 바로 이런 이유에서일 것이다. 만일 『점찰경』이 번역한 사람, 시일과 장소가 불분명하다고 하여 의심스러워한다면, 이것은 또한 삼베를 얻기 위해 금(金)을 버리는 것[11]과 같다. 왜 그런가 하면, 저 경문을 자세히 살펴보면 중생을 교화하는 방법이 깊고 치밀하여 더러움과 허물을 씻어내고 게으른 사람을 분발시키는 데는 이 경전만한 것이 없다. 그러므로 대승참(大乘懺)이라 이름 하고 또 육근(六根)[12]이 모인 가운데서 나온 것이라고 말한다. 개원(開元)과 정원(貞元) 연간에 나온 두 『석교록(釋敎錄)』 가운데는 『점찰경』이 정장(正藏)에 편입되어 있으니, 비록 법성종(法性宗)은 경전은 아니지만 법상종(法相宗)의 『대승경전(大乘

經典)』으로는 자못 우수하다. 그러니 이것을 어찌 탑참법과 박참법 두 참과 같은 것으로 간주할 수 있겠는가?

『사리불문경(舍利弗問經)』에 부처가 장자(長者)의 아들인 빈야다라 (邠若多羅)에게 말했다.

"너는 7일 낮 7일 밤 동안 네가 예전에 지은 죄를 참회하여 몸을 청정하게 하라."

빈야다라가 가르침을 받들어 밤낮으로 정성껏 수행하자, 닷새째 되던 날 저녁 그의 방안에 각종의 물건이 비오듯이 쏟아졌는데, 수건·모자·총채·칼·송곳·도끼 같은 것들이 그의 눈앞에 떨어졌다. 빈야다라가 기뻐하며 부처에게 물으니 부처가 말했다.

"이것은 네가 번뇌에서 벗어나는 것을 뜻하는 것으로 모두 베어내고 털어낼 물건들이다."

이 말을 따른다면 『점찰경』에서 바퀴[輪]를 던져 상(相)을 얻는 것과 무엇이 다르겠는가? 그러므로 진표가 애써 참회하여 간자(簡子)를 얻고 법을 듣고 부처를 만난 것이 거짓이 아니라 말할 수 있다. 하물며 『점찰경』이 거짓되고 망령된 것이라면 미륵보살이 어찌 몸소 진표에게 주었겠는가? 또 『점찰경』이 만일 금지해야 마땅하다면 『사리불문경(舍利弗問經)』도 금지할 것인가? 언종의 무리들의 말은 금을 훔칠 때 금만 보이고 사람은 보이지 못했다는 것과 같다고 할 수 있으니 읽는 사람은 이 사실을 자세히 살펴야 할 것이다.

이를 기려 노래한다.

말세에 나타나 게으르고 귀먹은 사람들 깨우치니
신령한 산과 신선의 계곡에 감응이 통했네.
은밀하게 탑참만 전했다고 말하지 말라

동해에 다리 놓은 물고기와 용 감화시켰네

1) 당나라 때 고승으로 경·률·논·의 삼장에 능통했다는 말이다.
2) 신업(身業), 구업(口業), 의업(意業)을 말한다.
3) 『점찰선악업보경』의 준말로 지장보살이 점치는 대쪽인 간자(簡子)를 던져서 길흉화복을 점치는 법을 설한 내용이다. 이리하여 참회의 법을 보이게 된다.
4) 대나무를 작은 손가락 크기로 만든 모두 189개이다. 이것은 곧 198 중의 선악과보차별상(善惡果報差別相)을 가리킨다.
5) 중국 광동성의 성도(省都)를 가리킨다.
6) 중국 산동성 유박시(淄博市)의 옛 이름이다.
7) 중국 수나라 때의 고승. 저서로 『서역지(西域志)』 등을 남겼다.
8) 중국 수나라 때의 고승으로 『점찰선악업보경』을 번역했다.
9) 『장자』에 나오는 말로 유학을 공부한 선비가 학문을 빙자하여 탐욕스런 짓을 저지르는 것을 풍자한 것이다.
10) 『후한서』「마원열전」에 나오는 말로 서툰 사람이 우수한 사람의 일을 흉내내다 도리어 어렵게 된다는 것을 풍자한 말이다.
11) 불경인 『중아함경』에 나오는 말로 삼[麻]을 고집하다가 은과 금을 놓쳤다는 어리석은 사람을 풍자한 것이다
12) 사람이 가지고 있는 6개의 감각기관으로 눈·귀·코·혀·몸·마음 등이다.

관동 풍악의 발연수1) 돌에 새긴 기록[이 기록은 절의 주지인 형잠(瑩岑)이 지은 것으로, 승안(承安) 4년 기미년(己未年, 1199)에 비석을 세웠다]

진표율사(眞表律師)는 전주(全州) 벽골군(碧骨郡)2) 도나산촌(都那山村) 대정리(大井里) 사람이다. 열두 살이 되자 아버지에게 출가할 뜻을 말하니 허락했다. 그 길로 율사가 금산수(金山藪)의 순제법사(順濟法師)에게 나아가서 머리를 깎고 스님이 되었다. 순제는 사미계법(沙彌戒法)3)을 주고 『전교공양차제비법(傳敎供養次第秘法)』1권과 『점찰선

악업보경(占察善惡業報經)』 2권을 주며 말했다.

"너는 이 계법을 지니고 미륵과 지장 두 부처 앞으로 나아가 간절히 참회하고 직접 계법을 받아 세상에 널리 전하도록 하라."

율사가 가르침을 받들고 물러나와 유명한 산을 두루 돌아다니다 보니 나이 스물일곱이 되었다. 상원(上元) 원년 경자년(庚子年, 760)에 쌀 스무 말을 쪄 말려 마른 식량을 만들어 보안현(保安縣)[4] 변산(邊山)에 있는 불사의방(不思議房)으로 들어갔다. 쌀 다섯 홉을 하루치 식량으로 하였으나 그 가운데 한 홉을 퍼서 쥐들을 먹였다. 율사가 미륵상 앞에서 부지런히 계법을 구했지만 3년이 되어도 수기(授記)[5]를 얻지 못했으므로 분발하여 몸을 바위 아래로 던졌는데 홀연히 어떤 푸른 옷을 입은 동자가 손으로 몸을 받아서 돌 위에 올려놓았다. 율사가 다시 발원하여 21일간을 기약하고 밤낮으로 부지런히 수행하였다. 돌로 몸을 치면서 참회하였더니 3일째가 되자 손과 팔뚝이 부러져 떨어져 나갔다. 7일째 밤이 되자 지장보살이 손으로 쇠 지팡이를 흔들며 와서 가호를 내리자 손과 팔뚝이 예전처럼 온전해졌다. 지장보살이 드디어 가사(袈裟)와 발우(鉢盂)를 주니 율사는 그 영험한 감응에 감동하여 더욱 정진하였다. 21일째가 되는 날에 천안(天眼)을 얻어 도솔천중(兜率天衆)이 장엄한 의식을 갖추어 오는 것을 볼 수 있었다. 이에 지장보살과 미륵불이 율사 앞에 몸을 나타냈는데 미륵불이 율사의 정수리를 문지르며 말했다.

"착하도다, 대장부여! 계법을 구하기 위해 목숨을 아끼지 않고 간절히 참회하는구나."

지장보살은 그에게 『계본(戒本)[6]을 주었다. 미륵불이 또 두 개의 나무 간자(簡子)를 주었는데, 하나는 간자 189개 가운데 아홉째 것이고, 다른 하나는 여덟째 것이라고 적혀 있었다. 미륵불이 율사에게 말했다.

"이 두 간자는 내 손가락뼈이다. 이것은 시각(始覺)과 본각(本覺) 두 가지를 비유하는 것이다. 아홉째 것은 법(法)이고, 여덟째 것은 신훈성불종자(新熏成佛種子)[7]이니, 이것으로서 인과응보를 알 수 있을 것이다. 너는 후생에 지금의 몸을 버리고 대국왕(大國王)의 몸을 받아 도솔천에 태어날 것이다."

말을 마치자 두 보살이 곧바로 사라졌다. 이때는 임인년(壬寅年, 762) 4월 27일이었다.

율사가 교법을 받고 나서 금산사(金山寺)를 창건하려고 산을 내려와 대연진(大淵津)에 이르자, 갑자기 용왕이 나타나 옥가사(玉袈裟)를 바쳤다. 용왕이 8만의 무리를 거느리고 율사를 호위하여 금산수(金山藪)[8]로 가니 사방에서 사람들이 모여들어 며칠 되지 않아 절이 완성되었다. 또 미륵보살이 감동하여 구름을 타고 도솔천에서 내려와 율사에게 계법을 주었다. 율사는 사람들에게 시주를 권하여 미륵장륙상을 주조하고, 또 미륵보살이 내려와 계법을 주는 장엄한 모습을 금당(金堂) 남쪽 벽에 그렸다. 갑진년(甲辰年, 764) 6월 9일에 불상이 완성되어, 병오년(丙午年, 766) 5월 1일에 금당에 모셨으니, 이 해가 대력(大曆) 원년(766)이었다.

율사가 금산을 나와서 속리산(俗離山)으로 향하는 길에 소가 끄는 수레를 타고 가는 사람을 만났다. 그 소들이 율사 앞에 와서 무릎을 꿇고 눈물을 흘리자, 소달구지를 타고 가던 사람이 내려서 물었다.

"무슨 까닭으로 이 소들이 스님 앞에 와서 우는 것입니까? 스님께서는 어디에서 오시는 길인지요?"

"나는 금산사의 중 진표라고 하오. 내가 전에 변산 불사의방(不思議房)에 들어가 미륵불과 지장보살 두 부처 앞에서 직접 계법과 간자를 받았으므로, 절을 창건하여 길이 수도할 곳을 찾으려고 왔을 뿐이요. 이 소들은 겉은 우둔하지만 마음은 현명해서, 내가 계법을 받은 것을 알고 그 법을 소중하게 여기기 때문에 무릎을 꿇고 우는 것이지요."

그 사람이 다 듣고는 말했다.

"짐승도 이와 같은 신심(信心)이 있는데 하물며 사람이 되어서 어찌 그런 마음이 없겠습니까?"

그리고 즉시 손에 낫을 쥐고 스스로 머리카락을 잘랐다. 율사가 자비심으로 다시 그의 머리를 깎고 계를 주었다. 속리산 골짜기 안에 이르러 길상초(吉祥草)가 나 있는 곳을 보고 그곳에 표를 해두었다. 명주 바닷가로 돌아와 천천히 가는데 마침 고기와 자라 등이 물에서 나와 율사 앞에서 서로의 몸을 잇대어 육로같이 길을 만드니, 율사가 밟고 바다로 들어가 계법을 외워주고 나왔다. 그가 고성군(高城郡)으로 와서는 금강산에 들어가 발연수(鉢淵藪)를 창건하고 점찰법회(占察法會)를 열었다. 그곳에 머문 지 7년째가 되는 해에 명주 지방에 흉년이 들어 백성들이 굶주렸다. 율사가 그들을 위해 계법을 설하고 사람들마다 그 계법을 받들어 지키며 삼보(三寶)를 지극히 공경하니 갑자기 고성 바닷가에 무수한 고기들이 저절로 죽어 나왔다. 백성들이 이것을 팔아서 양식을 마련하여 죽음을 면할 수 있었다.

율사는 발연사를 나와 다시 불사의방으로 갔다. 뒤에 고향 마을에 가서 아버지를 뵙기도 하고, 진문대덕(眞門大德)이 거처하는 곳에 가서 머물기도 했다. 이때 속리산의 대덕(大德) 영심(永深)이 대덕 융종(融宗), 불타(佛陀) 등과 같이 율사에게 와서 말했다.

"저희들이 천리를 마다하지 않고 와서 계법을 구하고자 하오니, 법문(法門)을 주시기 바랍니다."

율사가 묵묵히 대답이 없자 세 사람이 복숭아나무 위에 올라가 거꾸로 땅에 떨어지며 맹렬하게 참회하였다. 율사가 이에 교법을 전하여 관정(灌頂)을 해주며 드디어 가사와 발우, 『공양차제비법』 1권과 『점찰선악업보경』 2권, 간자 189개를 주었다. 그리고 또 미륵불의 진생(眞牲) 아홉째 간자와 여덟째 간자를 주며 경계하여 말했다.

"아홉째 간자는 불법이고, 여덟째 간자는 신훈성불종자(新熏成佛種子)이다. 내가 이미 너희들에게 맡겼으니, 이것을 가지고 속리산으로 돌아가라. 그 산에 길상초가 난 곳이 있을 것이니, 거기에 절를 짓고 이 교법에 의하여 널리 인간계(人間界)와 천상계(天上界)의 중생을 구제하고 후세에까지 전해지도록 해라."

영심 등이 가르침을 받들어 곧바로 속리산에 가 길상초가 난 곳을 찾아 절을 짓고 길상사(吉祥寺)라 이름하였다. 영심은 이곳에서 처음으로 점찰법회를 개설하였다.

율사는 아버지와 함께 다시 발연수로 돌아와 같이 불도를 닦으며 종신토록 효도하였다. 율사가 세상을 떠날 때에는 절 동쪽 큰 바위 위에 올라가 입적했다. 제자들이 그 시신을 옮기지 않고 살아 있는 사람에게 하듯이 극진히 공양하였는데 육신이 해골이 되어 무너지며 흩어지자 이에 흙을 덮어 무덤을 만들었더니 무덤 위에 푸른 소나무가 즉시 자라났다. 그 소나무가 세월이 오래되어 말라 죽으니 소나무 한 그루가 다시 자라났고, 그 후에 또 한 그루가 자라났는데 두 그루의 뿌리는 하나였다. 지금까지도 두 그루의 소나무가 쌍을 지어 자라고 있다. 율사를 공경하고 사모하는 사람들이 소나무 아래에서 유골을 찾았는데 어떤 사람은 얻기도 했으나 얻지 못한 사람도 있었다. 나는 율사의 유골이 다 없어질까 걱정해서 정사년(丁巳年, 1197) 9월에 소나무 아래에 가서 유골을 주워 통에 담으니 그 양이 3홉 가량 되었다. 큰 바위 위 쌍으로 서 있는 두 나무 아래에 돌을 세우고 수습한 유골을 안치하였다.

이 기록9)에 실린 진표의 사적(事跡)은 『발연석기(鉢淵石記)』와 서로 같지 않은 곳이 있으므로, 영잠(瑩岑)이 기록한 것을 취사선택하여 싣는다. 후세의 현명한 사람들이 마땅히 이 사실을 고찰해야 할 것이다.

무극(無極)10)이 쓰다

1) 발연사의 본사와 말사를 통틀어서 부르는 이름이다.
2) 전라북도 김제시의 옛 이름이다.
3) 사미가 지켜야 할 10가지의 계율이다. 사미는 출가하여 불도를 닦는 7세부터 20세 미만의 어린 스님을 말한다.
4) 전북 부안군의 옛 이름이다.
5) 성불하리라는 예언을 말한다.
6) 승려들이 지켜야 할 계율만을 뽑아서 만든 책이다.
7) 신훈은 향기가 의복에 스며들 듯이 온갖 수행이 축적되는 것을 뜻하고, 그 축적된 것을 종자라고 한다. 경험에서 생긴 것을 신훈종자로, 선천적으로 생긴 것을 본유종자(本有種子)라고 한다.
8) 금산수의 수(藪)는 사(寺)와 같은 뜻으로 쓰이는 글자로 이미 전에 금산사가 있었다는 것이다. 그러나 앞에서 진표율사가 금산사를 처음 세우려고 했다고 한 것은 앞뒤가 맞지 않는 말이다. 여기에서 보면 진표율사가 전에 있던 금산사를 크게 중창했을 수도 있고, 아니면 금산사의 본사와 말사를 총괄하는 금산수가 있었으리라고 추측된다.
9) 앞에 실렸던 「진표전간(眞表傳簡)」을 가리킨다.
10) 인연의 제자(1251-1322)로 보감국사(寶鑑國師) 혼구(混丘)의 호다.

승전의 돌 해골

승전(勝詮)스님의 내력을 상세히는 알 수 없다. 일찍이 배를 타고 중국에 가서 현수국사(賢首國師)의 강석(講席)에 나아가 불법을 전수받았다. 정미한 뜻을 연구하고 깊이 사색하여 통찰력이 뛰어났고, 깊고 은미한 뜻을 세세하게 탐색하여 심오한 경지에 이르렀다. 인연이 있는 곳으로 가 감응을 받고자 고국으로 돌아오려 하였다.

그전에 현수는 의상과 같이 공부하여 지엄화상(智儼和尙)의 자비로운 가르침을 받았다. 현수는 스승이 강의한 내용을 나누고 주를 달았는데 승전법사가 고향에 돌아가는 편에 의상에게 그것을 보내 주었다. 의상도 글을 보냈다고 한다.

별지로 보낸 편지에 이렇게 말했다.

"『화엄탐현기(華嚴探玄記)』 20권 중 두 권은 아직 완성하지 못했습니다. 『교분기(敎分記)』 3권, 『현의장등잡의(玄義章等雜義)』 1권, 『화엄범어(華嚴梵語)』 1권, 『기신소(起信疏)』 2권, 『십이문소(十二門疏)』 1권, 『법계무차별론소(法界無差別論疏)』 1권을 베껴서 고향으로 돌아가는 승전법사 편에 부칩니다. 전에 신라 스님 효충사(孝忠師)가 금(金) 9푼을 주면서 스님께서 보내신 것이라 말하였으니, 그때 비록 스님의 편지는 받지 못했지만 베푸신 은혜에 깊이 감사드립니다. 지금 인도에서 들여온 물병과 대야 하나를 보내어 작은 정성을 표하오니 받아주시기 바랍니다. 삼가 올립니다."

승전이 돌아와 의상에게 편지를 전하였다. 의상이 법장의 글을 받아보니 마치 지엄의 가르침을 귀로 듣는 듯하였다. 수십 일을 탐구하고 검토한 뒤에 제자들에게 주어서 이 글을 널리 펴게 했다. 이 이야기는 의상의 전기에 있다.

생각해 보면 이 원융(圓融)한 가르침[華嚴經]이 우리나라에 두루 퍼진 것은 승전의 공이라고 하겠다. 그 후에 범수(梵修)스님이 멀리 중국에 가서 새로 번역된 『후분화엄경(後分華嚴經)』과 『관해의소(觀解義

疏)』를 구해서 돌아와 풀이하여 유포시키니 이때가 정원(貞元) 기묘년 (己卯年, 799)이다. 이 또한 법을 구하여 널리 유포시킨 것이라 하겠다.

승전은 상주(尙州) 영내 개령군(開寧郡)[1] 지역에 절을 짓고 돌 해골 을 제자로 삼아 화엄경을 강설했다.

신라의 스님 가귀(可歸)가 매우 총명하고 도리에 통했으므로 승전 의 법통을 이어받아 『심원장(心源章)』을 지었다. 그 내용은 대략 이렇 다.

"승전법사가 돌 대중을 거느리고 불경을 논의하고 강연하였는데 강 연한 곳은 지금의 갈항사(葛項寺)[2]이다. 그 돌 해골 80여 개는 그때부 터 지금까지도 그 절의 주지들에게 전해지고 있는데 자못 신령스럽고 기이했다."

그밖의 사적들은 모두 비문에 실려 있으니 『대각국사실록(大覺國師 實錄)』 속에 있는 것과 같다.

1) 지금의 경북 김천시의 옛 이름이다.
2) 김천시 남면 오봉리에 있던 절이다.

심지가 진표율사의 계법을 이어받다

심지(心地)스님은 신라 제41대 왕인 헌덕대왕 김씨의 아들이다. 나 면서부터 효성스럽고 우애가 있었으며 천성이 맑고 지혜로웠다. 공자 가 학문에 뜻을 둔 나이인 열다섯 살[1]에 스님이 되어 스승을 따라 부지런히 불교 공부에 정진하며 중악(中岳)에(지금의 공주(公州)이다) 머물고 있었다. 마침 속리산 영심스님이 진표율사의 불골(佛骨) 간자를 전해 받아 과증법회(果證法會)²를 개설했다는 소식을 들었다. 단단히 마음을 먹고 찾아갔으나 이미 기한이 지난 후라서 법회에 참여할 수 없었다. 그래서 땅에 자리를 깔고 앉아 마당을 치면서 사람들을 따라 예를 올리고 참회했다. 7일이 지나자 하늘에서 비와 눈이 크게 내렸는데, 그가 서 있던 자리 주위 사방 열 자 넓이 땅에는 눈이 내리지 않았다. 사람들이 그 신이함을 보고 불당에 들어가는 것을 허락했으나 심지는 아프다고 핑계하며 방안에 물러나 있으면서 당을 향해 조용히 예배를 올리니 그의 팔뚝과 이마에서 피가 흘러내려 진표공이 선계산(仙溪山)에서 피흘리며 고행하던 일과 같았다. 지장보살이 날마다 와서 위문했다. 법회가 파하여 산으로 돌아가는 도중에 옷깃 사이에 간자 두 개가 붙어 있는 것을 보았다. 그것을 가지고 돌아와 영심에게 말하자, 영심이 말했다.

"간자는 함 속에 있는데 어찌 여기에 있을까?"

살펴보니 봉해진 함은 그대로였으나 뚜껑을 열어보니 간자가 없었다. 영심스님이 매우 이상하게 여겨 간자를 여러 겹으로 싸서 간직했다. 심지가 또 길을 가는데 또 처음과 같은 일이 일어나 다시 돌아와 사실대로 말하니 영심이 말했다.

"부처의 뜻이 그대에게 있다. 그대는 그뜻을 받들어 가르침대로 행하라."

그리고 간자를 주었다. 심지가 간자를 머리에 이고 산으로 돌아가니 산신이 두 선인(仙人)을 거느리고 와 그를 산꼭대기에서 맞이했다. 심지를 바위 위에 앉히고 자신들은 그 아래 엎드려 공손히 정계(正戒)를 받았다. 심지가 말했다.

"이제 땅을 가려서 부처의 간자를 봉안하려는데, 우리들이 지정할 것이 아닌 것 같소. 세 분과 함께 높은 곳에서 간자를 던져 점을 쳐 봅시다."

신들과 봉우리 꼭대기에 올라가 서쪽을 향해 던지자 간자가 바람에 실려 날아갔다.

이때 신이 노래를 지어 불렀다.

막아섰던 바위 멀리 물러가니 숫돌처럼 평탄해지고
낙엽이 날아 흩어지니 절터를 밝혀줌이여
부처님 뼈로 된 간자를 찾아내어
깨끗한 곳에 맞이하여 정성을 다하려네.

노래가 끝난 뒤에 간자를 숲속 샘에서 찾아 바로 그곳에 불당을 짓고 간자를 봉안하였다. 지금의 동화사(桐華寺) 첨당(籤堂) 북쪽에 있는 작은 우물이 바로 그곳이다.

고려조의 예종(睿宗)이 부처 간자를 가져다 궁궐 안에 두고 매우 공경하였는데, 홀연히 아홉째 것 하나를 잃어버려서 상아로 대신 만들어 원래 있던 절로 돌려보냈다. 지금은 점점 같은 색으로 변하여 새것과 옛것을 구별하기 어려울 정도가 되었으며 간자의 재질은 상아도 아니고 옥도 아니다.

『점찰경』 상권(上卷)을 살펴보면 189개 간자의 이름이 적혀 있다. 첫째는 '상승(上乘)³⁾을 구하여 불퇴위(不退位)⁴⁾를 얻음'이고, 둘째는 '구하는 과(果)가 마땅한 증(證)⁵⁾을 나타냄'이고, 셋째와 넷째는 '중승(中乘)과 하승(下乘)을 구하여 불퇴위를 얻음'이고, 다섯째는 '신통을 구하여 성취함'이다. 여섯째는 '사범행(四梵行)⁶⁾을 구하여 성취함'이고, 일곱째는 '세간선(世間禪)[7]을 닦아 성취함'이며, 여덟째는 '원하는 보살계를 얻음'이고, 아홉째는 전에 받은 계를 다시 얻음이다.[이것을 보면 미륵보살이 말한 '새로 계(戒)를 얻는다는 것'은 금생에 처음 계를 얻은 것을 말한다. '옛날에 계를 얻었다는 것'은 전생에서 이미 받았다가 금생에도 더 받은 것을 말한다. 그러므로 수생(修生)과 본유(本有)의 신구(新舊)를 말하는 것이 아님을 알 수 있다.] 열째는 '하승(下乘)을 구하여 아직 신(信)에 머물지 않음'이고, 다음은 '중승(中乘)을 구하여 아직 신심에 머물지 않음'이다. 이와 같이하여 172번째까지는 모두 과거나 현세(現世)에 있어 혹 선하기도 하고, 혹 악하기도 하여, 얻기도 하고, 잃기도 하는 일들이다. 173번째는 '몸을 버려 지옥에 들어감'이고[이상은 모두 미래의 과보(果報)이다.] 174번째는 '죽어서 축생이 됨'이다. 이렇게 해서 아귀(餓鬼), 수라(修羅), 인(人), 인왕(人王), 천(天), 천왕(天王)에까지 이르고, 불법을 들음, 출가(出家)를 함, 성승(聖僧)을 만남, 도솔천에 태어남, 정토에 태어남, 부처를 찾아 만남, 하승(下乘)에 머무름, 중승(中乘)에 머무름, 상승(上乘)에 머무름, 해탈(解脫)을 얻음 등이 189번째까지의 내용이다.[위에서 '하승에 머무름'에서 '상승을 구하여 불퇴위를 얻음'까지 말했고, 여기서는 상승에서 해탈을 얻음 등을 말하였으니 이것으로 차례의 내용이 구별될 뿐이다.] 모두 삼세의 선악과보(善惡果報)를 차별하는 모습이다.

　이것을 가지고 점을 쳐보아 마음이 행하는 일과 간자가 서로 맞아 떨어지는 것을 얻으면 감응이 되고, 그렇지 않으면 마음이 지극하지 못하므로 이것을 허류(虛謬)라고 한다. 그런데 이 여덟째, 아홉째 두 간자는 다만 189개 가운데서 온 것이다. 『송고승전(宋高僧傳)』에 '다만 108개 첨자(籤子)뿐이라고 한 것'은 무엇 때문일까? 아마도 108번뇌라는 말에 익숙하여 그렇게 말한 듯하니, 이는 아마 경전의 글을 자세히 살피지 않았기 때문일 것이다. 또 본조의 문사(文士) 김관의(金寬毅)[8]

가 지은 『왕대종록(王代宗錄)』 2권에 '신라 말 대덕 석충(釋冲)이 태조에게 진표율사의 가사 한 벌과 계간(戒簡) 189개를 바쳤다'고 했는데 지금 동화사(桐華寺)에 전해오는 간자와 동일한 것인지 알 수 없다.

이를 기려 노래한다.

대궐에서 자랐으나 일찍 속박에서 벗어났으니
부지런하고 총명함은 하늘이 주신 것이네.
눈 가득 쌓인 뜰에서 신이한 간자를 가져다
동화사 가장 높은 봉우리에 놓아 두었네.

1) 『논어』 「학이(學而)」편에 나오는 말로 공자가 열다섯 살에 학문에 뜻을 둔다[十有五而志于學]는 뜻이다.
2) '과증'은 부처가 되기 위한 수행과정에서 진리를 깨닫는 것을 말하는 것으로 이를 간구하는 법회가 과증법회이다.
3) 대승(大乘)의 뜻으로 불교의 최고 경지를 가리킨다.
4) 한번 다다른 높은 경지에서 물러나지 않는 지위를 가리킨다.
5) 자신이 이룬 수행이 보편적 진리와 일치하는 것이다.
6) 자(慈), 비(悲), 희(喜), 사(捨)를 가리킨다.
7) 일반인들이 닦는 선이다.
8) 고려 예종 때의 학자로 『편년통록(編年通錄)』을 저술했다.

유가종의 대현과 화엄종의 법해

유가종(瑜珈宗)의 개조(開祖)인 대덕 대현(大賢)은 남산 용장사(茸長寺)[1]에 머물렀다. 절에는 돌로 만든 미륵 장륙불(丈六佛)이 있었는데,

대현이 미륵상 주위를 돌면 그를 따라서 미륵불이 고개를 돌렸다.

대현은 슬기롭고 민첩하며 판단력이 분명하였다. 대개 법상종(法相宗)의 원리는 뜻과 이치가 심오하여 풀어내기가 매우 어렵다. 그래서 중국의 명사(名士)인 백거이(白居易)도 일찍이 이를 연구해보고자 했으나 제대로 이루지 못하고 말했다.

"『유식(唯識)』[2]은 심오해서 해득하기가 어렵다. 인명(因明)[3]은 분석해도 열리지 않는다."

그래서 학자들이 오랫동안 배우기 어렵다고 여겨왔으나 대현이 홀로 잘못된 것을 바로잡고 잠깐 사이에 심오하고 그윽한 뜻을 파악하여 자유자재로 풀어냈다. 우리나라의 후학들이 모두 그의 가르침을 따랐고, 중국의 학자들도 가끔 그가 풀이한 것을 요점으로 삼았다.

경덕왕 천보(天寶) 12년 계사년(癸巳年, 753) 여름에 크게 가뭄이 들자 왕이 대현을 궁궐에 들어오게 하여 『금광경(金光經)』을 강설하여 단비를 재촉하는 기도를 올리게 했다. 하루는 재를 올리는데 발우를 펼쳐 놓고 한참을 기다렸으나 정수(淨水)를 올리지 않아 담당 관리가 꾸짖자 정수를 바치는 사람이 말했다.

"궁궐의 우물이 말라서 멀리서 떠 오느라 늦었습니다."

대현이 듣고 말했다.

"왜 진즉에 말하지 않았는가?"

그리고는 낮에 강설할 때 향로를 묵묵히 받들고 있으니 잠시 후 우물물이 솟구쳐 올랐는데 그 높이가 일곱 길이나 되어 절의 당간(幢竿) 높이와 가지런했다. 온 궁중이 모두 놀라 그 일로 그 우물을 금광정(金光井)이라 불렀다. 대현은 일찍이 스스로 청구사문(靑丘沙門)이라 하였다.

이를 기려 노래한다.

남산의 불상을 도니 불상도 따라 돌아
우리나라 불교가 다시 환하게 밝았네.
불경을 강설해 궁중 우물물 솟구치게 한 것이
쇠 향로의 한 줄기 연기임을 뉘 알리.

다음 해 갑오년(甲午年, 754) 여름에 왕이 또 대덕 법해(法海)를 청하여 황룡사에서 『화엄경』을 강설하게 하고는 몸소 거동하여 향을 바치고 조용히 말했다.

"작년 여름 대현법사가 『금광경』을 강설하여 우물물이 일곱 길이나 솟구쳤소. 법사의 법도(法道)는 어떠한지요?"

"다만 사소한 일이니 어찌 칭찬할 만하겠습니까? 넓은 바다를 기울여 물이 동쪽 산을 잠기게 하고 서울을 물에 떠내려가게 하는 것도 어려운 일이 아닙니다."

왕이 믿지 않고 농담으로 여겼을 뿐이었다. 낮에 강설하는데 향로를 잡고 침묵하더니 잠시 후 궁중에서 홀연히 우는 소리가 났다. 궁궐의 관리가 달려와 알렸다.

"동쪽 못이 이미 넘쳐서 내전(內殿) 50여 칸이 물에 떠내려갔습니다."

왕이 이 말을 듣고 망연자실하자 법해가 웃으며 말했다.

"동해를 기울이려고 수맥을 먼저 불렀을 뿐입니다."

왕이 자신도 모르게 일어나 절했다. 다음날 감은사(感恩寺)에서 왕에게 아뢰기를 '어제 오시(午時)에 바닷물이 불어나 법당 계단 앞까지 밀려 왔다가 오후에 물이 빠졌습니다' 라고 아뢰었다. 왕이 더욱 법해를 믿고 공경했다.

이를 기려 노래한다.

법해(法海)의 물결 보니 법계(法界) 넓기도 하여라.

사해(四海)를 차게 하고 줄이는 것 어렵지 않네.

높은 수미산을 크다고 말하지 말라

모두 우리 법사의 한 손가락 끝에 있다네.(석해(石海)가 말했다)

1) 경주시 남산의 서쪽 계곡에 있는 절로 김시습이 그곳에 머물며 『금오신화』를 짓기도 했다.
2) 유식종(唯識宗)으로 유가종(瑜珈宗), 또는 법상종(法相宗)이라고 부른다.
3) 인도의 형이상학적 논리학을 가리킨다.

제5권

제6 신주편(神呪篇)

밀본이 사악함을 꺾다

선덕왕 덕만(德曼)이 병에 걸려 오래 고생하였으나 낫지 않았다. 흥
륜사(興輪寺)의 법척(法惕)스님이 왕명을 받고 병을 오랫동안 치료했는
데도 아무런 효과가 없었다. 이때 밀본법사(密本法師)의 덕행이 온 나
라에 알려져 있었으므로, 여러 신하들이 어의를 밀본으로 바꾸기를
청했다. 왕이 조서(詔書)를 내려 그를 불러 궁중으로 맞아들였다. 밀본

이 왕의 거실 밖에서 『약사여래본원경(藥師如來本願經)』을 읽었다. 책을 겨우 한 번 읽고나자 그가 가지고 있던, 고리가 여섯 개 달린 지팡이가 왕의 침소 안으로 날아들어가 한 늙은 여우와 법척을 찔러 마당 아래로 내던져 거꾸러뜨리니 그 순간 왕의 병이 나았다. 이때 밀본의 머리 위로 오색의 신비한 광채가 발하여 보는 사람들이 모두 놀랐다.

또 승상(丞相) 김양도(金良圖)가 아이였을 적에 갑자기 입이 다물어지고 몸이 굳어져 말을 못하고 몸을 움직일 수 없었다. 매번 키가 큰 귀신이 여러 작은 귀신을 거느리고 집 안으로 들어와 상 위에 차려놓은 음식이 있으면 모두 맛보는 것을 보았다. 무당과 박수를 불러와 제사를 지내면 여러 귀신들이 모여들어 그들을 조롱했다. 김양도가 비록 그들을 물러가라고 말하고 싶으나 입이 열리지 않아 말을 할 수 없었다. 그의 아버지가 법류사(法流寺)의 지금은 이름을 알 수 없는 스님을 청해 와서 불경을 읽게 하였는데 큰 귀신이 작은 귀신에게 명하여 쇠망치로 스님의 머리를 쳐 땅에 꺼꾸러뜨리니 피를 토하고 죽었다. 며칠 후 밀본을 부르고자 사람을 보냈더니 그 사람이 돌아와 말했다.

"밀본법사가 우리 청을 받아들여 머지않아 찾아오겠다고 하십니다".

여러 귀신들이 그 말을 듣더니 모두 얼굴빛이 변했다. 그 중 작은 귀신이 말했다.

"밀본법사가 오면 불리한데 피하는 것이 좋잖겠습니까?"

큰 귀신이 건방을 떨며 태연스럽게 말했다.

"무슨 해를 당하겠느냐?"

그때 갑자기 사방에서 쇠 갑옷을 입고 긴 창을 든 대력신(大力神)들이 모여들어 여러 귀신을 잡아 묶어가지고 갔다. 그런 다음에 무수한 천신(天神)들이 빙 둘러서서 기다리고 있는데, 잠시 후 밀본이 도착했다. 그가 경전을 열지도 않았는데 양도의 병이 나아서 말을 하게 되고 몸을 움직일 수 있게 되자 그동안의 지난 일들을 모두 자세하게 설명했다. 양도는 이 일로 인해서 평생 불교를 부지런히 믿었다. 그는 흥륜사 법당의 주불(主佛)인 미타상(彌陀像)과 좌우의 보살상을 주조하였고, 아울러 그 법당 안에 금빛 불화(佛畵)를 가득 그렸다. 밀본은 일찍이 금곡사(金谷寺)에 머물렀다.

또 김유신(金庾信)이 한 늙은 거사(居士)와 두터운 교분을 나누었는데, 세상 사람들은 그가 어떤 사람인지 알지 못했다. 그때 공의 외척인 수천(秀天)이 오랫동안 나쁜 병으로 고생하고 있어 공이 거사를 보내서 진찰해 보게 했다. 마침 수천의 친구 중에 이름이 인혜(因惠)라고 하는 스님이 중악(中岳)에 들렀다가 그를 방문하였다. 그가 거사를 보고 조롱하듯 말했다.

"그대의 형상과 거동을 보니 간사하고 아첨하는 사람인가 본데 어찌 다른 사람의 병을 다스릴 수 있겠소?"

"나는 김공의 명을 받아 어쩌지 못해 왔을 뿐이오."

"그대는 나의 신통력(神通力)을 보시오."

그리고는 향로를 들고 주문을 외우자 금

가릉빈가문 곱새기와 (통일신라 흥륜사지)

사자모양 향로뚜껑(통일신라, 경주)

서수형 토기(용관련, 신라 6세기)

세 오색구름이 그의 머리 위를 빙빙 돌고, 하늘의 꽃이 흩어져 떨어졌다. 거사가 말했다.

"스님의 신통력은 불가사의합니다. 저에게도 형편없는 재주가 있어 시험해 보고자 합니다. 스님은 잠시 앞에 서 계십시오."

인혜가 그의 말을 따랐다. 거사가 손가락을 튕겨서 소리를 내자 인혜가 공중 한 길 높이에 거꾸로 매달렸다. 한참 있다가 서서히 거꾸로 내려오더니 갑자기 머리가 땅에 박혀버려 마치 말뚝을 박아놓은 것처럼 꿈쩍도 안 했다. 옆의 사람들이 밀고 당겼지만 움직이지 않았다. 거사가 자리를 뜨니, 인혜는 여전히 거꾸로 높이 선 채로 밤을 새웠다. 다음 날 수천이 사람을 보내 김공에게 이 사실을 알리니 공이 거사로 하여금 가서 구해주게 했다. 인혜는 다시는 자기의 재주를 자랑하지 않았다.

이를 기려 노래한다.

붉은 빛과 자주색이 뒤섞여 몇 번이나 붉은 색[朱] 어지럽혔나,
슬프다! 물고기 눈을 구슬이라고 어리석은 사람들을 속였네.
거사가 손가락 가볍게 튕기지 않았다면
상자 속에 옥처럼 생긴 돌덩이를 얼마나 담았을까?

혜통이 용을 항복시키다

혜통(惠通)스님의 집안 내력은 자세히 알 수 없다. 속인으로 있을

때 집이 남산 서쪽 기슭 은천동(銀川洞) 어귀에(지금의 남간사(南澗寺)[1] 동쪽 마을이다) 있었다. 하루는 집 동쪽 시냇가에서 놀다가 수달 한 마리를 잡아 죽이고 그 뼈를 동산에 버렸다. 다음날 아침 그 뼈가 없어져서 핏자국을 따라 찾아가 보니 그 뼈가 살던 동굴로 돌아가서 다섯 마리 새끼를 안은 채 웅크리고 있었다. 그것을 보고는 한참 동안 놀라고 이상하게 여기며 감탄하고 머뭇거리다가 드디어 속세를 버리고 출가하여 이름을 혜통으로 바꾸었다.

당나라에 가서 무외삼장(無畏三藏)[2]을 뵙고 배우기를 청하자 삼장이 말했다.

"신라 사람이 어찌 감히 법을 닦을 만한 그릇이 되겠는가?"

그리고는 불법을 전수하지 않았다. 혜통은 쉽게 떠나지 않고 3년 동안 부지런히 섬겼으나 그래도 허락하지 않았다. 혜통이 분하기도 하고 슬픈 마음에 화로를 이고 뜰에 서 있었다. 금세 이마가 갈라 터지며 벼락 같은 소리가 났다. 삼장이 그 소리를 듣고 와서 보고는 화로를 치우고 손가락으로 갈라진 곳을 어루만지며 신비한 주문을 외우니 상처가 아물었다. 흉터가 왕(王)자 무늬와 같았으므로 그를 왕화상(王和尙)이라 불렀다. 삼장이 그의 능력을 높이 평가하여 심법(心法)의 비결을 전했다.

그때 당나라 왕실의 공주가 병이 났는데 고종(高宗)[3]이 삼장에게 치료해 줄 것을 요청하니 삼장은 자기 대신 혜통을 천거했다. 혜통은 명을 받고와 다른 곳에 거처하면서 흰 콩 한 말을 은그릇 속에 넣고 주문을 외웠다. 그러자 흰 콩이 흰 갑옷을 입은 신병(神兵)으로 변하여 병마를 내쫓으려 했으나 이기지 못했다. 다시 검은 콩을 금 그릇에 넣고 주문을 외니 검은 갑옷을 입은 신병으로 변했다. 두 색깔의 병사들이 힘을 합쳐 병마를 쫓았는데 갑자기 어떤 교룡(蛟龍)이 달아나자 마침내 병이 나았다. 용이 혜통이 자신을 쫓아낸 것을 원망해서 신라 문잉림(文仍林)으로 가서 인명을 심하게 해쳤다. 이때 정공(鄭恭)이 사신으로 왔다가 혜통을 만나서 말했다.

"스님께서 쫓으신 독룡이 우리나라로 와서 심각하게 피해를 끼치니 빨리 가서 쫓아내 주십시오."

이에 혜통은 정공과 함께 인덕(麟德) 2년 을축년(乙丑年, 665)에 신라로 돌아와 독룡을 내쫓았다. 용은 또 정공을 원망하여 버드나무에 의탁하여 정씨 집 문밖의 버드나무에 기생하여 살고 있었다. 정공은 그것을 알지 못하고 그 나무가 울창하게 자란 모습을 아꼈다. 신문왕이 세상을 떠나자, 효소왕이 즉위하여 왕릉을 조성하기 위해 길을 내는데, 정씨의 버드나무가 마침 그 길이 날 자리에 서 있었다. 담당 관리가 그 나무를 베려하자 정공이 화를 내며 말했다.

"차라리 내 머리를 벨지언정 이 나무를 벨 수는 없을 것이다."

관리가 사실대로 아뢰자, 왕이 몹시 화가 나서 법관에게 명령했다.

"정공이 왕화상의 신통한 술법을 믿고 불손하게 왕명을 업신여겨, '내 머리를 베라'고 말한다니 바라는 대로 해 주어라."

그래서 그를 죽이고 그의 집은 땅을 파서 묻어 버렸다. 그리고 조정에서 '왕화상이 정공과 매우 가까우므로 응당 혐의가 있을 것이니, 먼저 그를 처치하는 것이 마땅하다'라 하고는 병사를 모아서 혜통을 찾아 잡아오도록 했다. 혜통은 왕망사(王望寺)에 있다가 갑옷 입은 병사들이 도착하는 것을 보고는 사기 병과 붉은 먹을 찍은 붓을 가지고 지붕에 올라가 소리치며 "내가 하는 것을 보아라"라고 했다.

그리고는 즉시 병의 목에 한 획을 긋고 말했다.

"너희들은 각자의 목을 보아라."

병사들이 살펴보니 모두 목에 붉은 줄이 그어져 있자, 서로를 보면서 경악했다. 혜통이 또 소리쳤다.

"만일 병의 목을 자르면 너희들 목도 응당 잘리기 마련이다. 어떻게 하겠느냐?"

그 병사들이 놀라 달아나 목에 붉은 줄이 그어진 채로 왕에게 사실대로 아뢰었다. 왕이 말했다.

"스님의 신통력을 어찌 사람의 힘으로 도모할 수 있겠는가?"

그를 내버려 두었다.

왕녀(王女)가 갑자기 병이 나 혜통을 불러 치료하게 하니 병이 나았으므로 왕이 매우 기뻐했다. 혜통이 그 자리에서 정공이 독룡의 해를 입어 지나친 형벌을 당했다고 말하니 왕이 마음속으로 후회하여 곧바로 정공의 처자에게 죄를 면해 주고, 혜통을 국사(國師)로 삼았다.

용은 정공에게 원한을 갚고 나서 기장산(機張山)에 가서 곰신[熊神]이 되어 해독을 더욱 심하게 끼치니 백성들이 몹시 괴로워했다. 혜통이 산속에 도착해서 용을 깨우쳐 살생하지 말라는 계율을 주자 곰신의 피해가 그제서야 그쳤다.

처음에 신문왕의 등에 종기가 나 혜통에게 치료해 주기를 요청했는데 혜통이 와서 주문을 외우자 즉시 완쾌되었다. 이에 혜통이 말했다.

"폐하께서는 전생에 재상의 몸이셨는데 선량한 백성인 신충(信忠)의 일을 잘못 판결하여 노예가 되게 하셨습니다. 신충이 원망하여 환생할 때마다 보복을 하는 것입니다. 지금 이 나쁜 종기도 신충이 빌미가 된 것입니다. 신충을 위하여 절을 창건하고 명복을 빌어 원한을 풀어주는 것이 좋을 듯합니다."

왕이 그 말에 공감하여 절을 짓고 신충봉성사(信忠奉聖寺)라고 이름했다. 절이 완성되자 공중에서 외치는 소리가 들렸다.

"대왕께서 저를 위해 절을 지어 주셔서 이제 고통에서 벗어나 하늘에 태어났으므로 원망하는 마음은 이미 사라졌습니다."{어떤 책에는 이 사실을 진표전(眞表傳) 속에 싣고 있는데 잘못이다}

그 소리가 난 곳에 절원당(折怨堂)을 설치하였으니, 그 당과 절집이 지금도 남아 있다.

이보다 앞서 밀본(密本)법사의 뒤를 이어 고승 명랑(明朗)이 나왔다. 그가 용궁에 들어가서 신인(神印)을{범어(梵語)로 문두루(文豆婁)라 하는데 여기서는 신인(神印)이라 하였다} 얻어 신유림(神遊林)을{지금의 천왕사(天王寺)이다} 처음 세우고 여러 번에 걸쳐 기도로 이웃나라의 공격을 물리쳤다. 그 때 명랑스님이 무외삼장법사의 참된 가르침을 전하고 속세를 두루 다니면서 사람들을 구제하고 만물을 감화시켰다. 또한 숙명(宿命)의 밝은 지혜[4]로 절을 지어 사람들의 원한을 씻어 주니, 이에 밀교(密敎)[5]의 종풍(宗風)이 크게 떨쳤다. 천마산(天磨山)의 총지암(摠持巖), 무악산(毋岳山)의 주석원(呪錫院)[6] 등이 모두 거기에서 갈라져 나온 것이다.

어떤 사람은 혜통의 속명(俗名)을 각간인 존승(尊勝)이라고 한다. 각간은 바로 신라의 재상 등급으로 높은 자리이나 혜통이 벼슬살이를 했다는 사실은 듣지 못했다. 혹은 그가 승냥이를 활로 쏘아 잡았다고 하는데 이 모두는 자세하지 않다.

이를 기려 노래한다.

산의 복숭아와 냇가 살구꽃이 울타리에 비껴 비치는데
봄이 깊은 길 양쪽 언덕에 꽃이 만발했네.
마침 그대가 한가히 수달을 잡은 인연으로
서울 멀리 쫓겨난 마구니 교화시켰네.

1) 경주시 탑동 가까운 곳에 있던 절로 현재는 당간지주, 8각대좌, 초석 등이 남아 있다.
2) 선무외삼장(善無畏三藏)으로 밀교를 처음으로 일으켰다. 인도 마갈타 왕국의 왕으로 있다가 스님이 되어 당나라에 들어가 불교를 전파했다. 그가 716년에 당나라에 들어왔으므로 665년에 당나라에서 돌아온 혜통과는 교류할 수 없었다.
3) 중국 당나라 제3대 황제(재위, 649~683)이다.
4) 숙명지통(宿命智通)을 가리키는 것으로 전세(前世)의 일을 잘 아는 지혜를 말한다.
5) 진언종(眞言宗)을 말한다. 선무외삼장이 중국에서 처음 시작한 것으로 우리나라에서는 밀본스님이 받아들였고, 혜통스님이 신인(神印)을 얻어와 진언종의 유파인 신인종을 세웠다.
6) 전라북도 완주군 무악산에 있던 절이다.

명랑의 신인종

『금광사본기(金光寺本記)』에 말했다.

"신라에서 태어난 법사는 당나라에 들어가 불도를 배웠다. 돌아오는 길에 바다 용의 요청으로 용궁에 들어가서 비법을 전하고 황금 1천 냥을 시주받아 땅속을 통과하여 자기 집의 우물 바닥에서 솟아 나왔다. 그리고 집을 희사해서 절을 만들고, 용이 시주한 황금으로 탑과 불상을 장식하니 특이한 광채가 발했다. 그래서 그 절을 금광사(金光寺)라 이름 했다."(『승전(僧傳)』에 금우사(金羽寺)라 한 것은 잘못이다)

법사의 이름은 명랑(明朗)이고, 자(字)는 국육(國育)으로 신라의 사간(沙干) 벼슬을 지낸 재량(才良)의 아들이다. 어머니는 남간부인(南澗夫人)인데 혹 법승랑(法乘娘)이라고도 한다. 그녀는 소판(蘇判)인 무림(茂林)의 딸로 김씨이니 바로 자장의 누이동생이다. 아들 셋을 두었는데 맏이는 국교대덕(國敎大德)이고, 다음은 의안대덕(義安大德)이며,

명랑법사가 막내이다. 어머니가 푸른 색 구슬을 삼키는 꿈을 꾸고 법사를 임신하였다.

선덕왕 원년(631년)에 당나라에 들어갔다가, 정관(貞觀) 9년 을미년(乙未年, 635)에 돌아왔다. 총장(總章) 원년 무진년(戊辰年, 668)에 당나라 장수 이적(李勣)이 대군을 이끌고 와 신라군과 합세하여 고구려를 멸망시킨 후, 남은 군대를 백제에 주둔시키고 장차 신라를 공격하여 멸망시키려 하자 신라가 그 사실을 알아채고 군사를 내어 막아냈다. 당나라 고종이 이 사실을 듣고는 크게 노하여 설방(薛邦)에게 명하여 군대를 일으켜 신라를 치려 했다. 문무왕이 그 소문을 듣고는 두려워하며 법사를 청하여 비법을 써서 그들을 물리치게 했다.[이 사실은 문무왕전(文武王傳)에 있다] 이 일로 인해서 법사는 신인종(神印宗)의 시조가 되었다.

우리 태조가 나라를 세우던 해 해적(海賊)이 침범하여 소란스럽자 이에 안혜(安惠)·낭융(朗融)의 후예인 광학(廣學)·대연(大緣) 두 대덕을 청하여 비법을 써서 물리쳐 진압하였는데, 그들은 모두 명랑의 법을 전해받은 후진이었다. 그러므로 법사를 합하여 위로 용수(龍樹)[1]에 이르기까지 아홉 대[九祖]가 된다.[『본사기(本寺記)』에 세 법사가 율조(律祖)가 되었다고 하나 자세하지 않다] 또 태조가 그들을 위하여 현성사(現聖寺)를 창건하여 신인종의 근거로 삼게 했다.

신라 서울 동남쪽 20리쯤 되는 곳에 원원사(遠源寺)가 있는데 세상에 이런 말이 전한다.

"이 절은 안혜 등 네 명의 대덕이 김유신(金庾信), 김의원(金義元), 김술종(金述宗) 등과 함께 발원하여 창건한 것이다. 네 대덕의 유골은 모두 절의 동쪽 봉우리에 묻혔다. 그로 인해 사령산(四靈山) 조사암(祖師岩)이라고 한다."

그렇다면 네 대덕은 모두 신라의 훌륭한 스님이었을 것이다. 돌백사(突白寺)에 소장되어 있는 문서에 달아놓은 주(注)에 이런 말이 있다.

"경주 호장(戶長) 거천(巨川)의 어머니가 아지녀(阿之女)이고, 그녀의 어머니는 명주녀(明珠女)이다. 명주녀의 어머니인 적리녀(積利女)의 아들이 광학대덕(廣學大德)과 대연삼중(大緣三重)〔옛날의 이름은 선회(善會)이다〕인데 형제 두 사람이 모두 신인종에 귀의했다. 이들은 장흥(長興) 2년 신묘년(辛卯年, 931)에 태조를 따라 서울로 올라와 왕의 수레를 따라다니며 분향하고 수행하였다. 태조가 그들의 노고에 대한 보답으로 두 사람의 부모 제사 비용으로 돌백사에 밭 몇 결(結)을 주었다."

여기에서 보면 광학과 대연 두 사람은 태조를 따라 서울에 들어왔고, 안혜 등은 김유신 등과 원원사를 창건한 사람들이다. 광학 등 두 사람의 뼈를 가져다 이곳에 안치했을 뿐이지 네 대덕이 모두 원원사를 세웠거나 모두 태조를 따랐다는 것은 아니다. 이 사실에 대해서 자세히 살펴보아야 할 것이다.

---

1) 인도의 대승불교를 크게 드날린 스님으로 대승불교가 이로부터 발흥하였다.

제7 감통편(感通篇)

선도산의 신모가 불사를 좋아하다

진평왕대에 이름이 지혜(智惠)인 비구니가 있어 어진 행실을 많이 남겼다. 안흥사(安興寺)에 머물면서 불전(佛殿)을 새로 수리하려고 했으나 힘이 모자랐다. 꿈에 아름다운 모습에 비취 구슬로 머리를 장식한 한 아름다운 선녀가 와서 위로하며 말했다.

"나는 선도산(仙桃山)의 신모(神母)이다. 네가 불전을 수리하려는 것이 대견하여 금 10근을 시주해서 그 일을 돕고 싶다. 금을 내 자리 아래에서 가져다가 삼존불상(三尊佛像)을 장식하고, 벽에는 53위의 부처[1]와 육류성중(六類聖衆) 그리고 여러 천신(天神)과 오악신군(五岳神君)을{신라 때 오악(五岳)은 동쪽은 토함산, 남쪽은 지리산, 서쪽은 계룡산, 북쪽은 태백산, 중앙은 부악(父岳) 또는 공산(公山)이다} 그려라. 그리고 매년 봄 가을 두 계절에는 각각 열흘씩 선남선녀를 모아 일체 중생을 위한 점찰법회를 여는 것을 규칙으로 정하라."{본조(고려)에 굴불지(屈弗池)의 용이 황제의 꿈에 나타나, 영취산(靈鷲山)에 약사도량(藥師道場)을 늘 개설하여 바닷길을 평안하게 하기를 청했는데, 그 일도 또한 같다}

지혜 비구니가 놀라 깨어서 사람들과 함께 신을 모셔 놓은 사당으로 가서 자리 아래를 파 황금 160냥을 얻어 불사(佛事)를 완성하였다. 그 일을 이룰 수 있었던 것은 모두 신모가 가르쳐 준대로 따랐기 때문이었다. 그 사적은 아직 남아 있으나 법회는 폐지되었다.

신모는 본래 중국 황제의 딸로 이름이 사소(娑蘇)인데, 일찍부터 신선의 술법을 터득하여 신라에 와서는 오래도록 돌아가지 않았다. 그녀의 아버지인 황제가 솔개의 발에 매어 보낸 편지에 말했다.

"솔개를 따라가다가 멈추는 곳에 집을 지어라."

사소가 편지를 받고 솔개를 놓아 보냈더니 선도산으로 날아와 멈추었으므로 드디어 그곳으로 옮겨와 집을 짓고 그 땅의 신선이 되었다. 그래서 그 산 이름을 서연산(西鳶山)이라고 했다. 이 산에 오랫동안 머무르며 나라의 안녕을 지켜주는 등 신령스럽고 기이한 행적을 아주 많이 남겼다. 나라가 생긴 이래로 항상 삼사(三祀) 중의 하나였고, 제사의 차례도 산천에 지내는 많은 제사 가운데 가장 윗자리에 있었다.

제54대 경명왕이 매를 부리는 것을 좋아해서 전에 이곳에 올라와 매를 날려 보냈으나 돌아오지 않았다. 신모에게 기도하며 말했다.

"만일 매를 찾게 해주시면 반드시 작위에 봉하겠습니다."

조금 있다가 매가 날아와 궤 위에 앉았으므로, 이 일로 신모를 대왕 (大王)의 작위에 봉했다. 그녀가 처음 진한에 와 낳은 신성한 아들[聖子]이 우리나라의 첫 군주가 되었으니, 이것은 아마도 혁거세와 알영 두 성인이 태어난 유래를 말하는 것일 것이다. 그러므로 계룡(雞龍), 계림(雞林), 백마(白馬) 등으로 부르니 이는 닭이 가리키는 방위가 서쪽이기 때문이다. 일찍이 신모가 하늘의 여러 선녀(仙女)들에게 비단을 짜게 해서는 붉은 물을 들여 관복을 만들어 자신의 남편에게 주었다. 나라 사람들이 이 일로 인해 처음으로 성모의 신비한 영험을 알게 되었다.

또 『삼국사기』에서 사신이(史臣)이 이렇게 말했다.

"김부식이 정화(政和) 연간에 일찍이 왕명을 받들고 송나라에 사신으로 갔었다. 우신관(佑神館)에 갔더니 한 사당(堂)에 선녀 상(像)이 모셔져 있었다. 나를 대접하던 학사인 왕보(王黼)가 말했다.

'이분은 바로 귀국(貴國)의 신이온대 공은 알고 계신지요?'

그리고 말했다.

'옛날에 중국 황실의 딸이 바다를 건너 진한에 가서 지내다가 아들을 낳았으나 바로 그가 해동의 시조가 되었습니다. 그녀는 그곳 땅의 신선이 되어 오랫동안 선도산에 있었는데 이것이 바로 그 신선의 상입니다.'"

또 송나라 사신 왕양(王襄)이 우리나라에 와서 동신성모(東神聖母)에게 제사를 올렸다. 그 제문에 '그녀는 임신하여 어진 아들을 낳으니 아들이 처음으로 나라를 세웠다' 는 구절이 있다.

지금 신모가 황금을 시주하여 부처를 받들게 하고 중생을 위하여 불법을 열어 성불하는 길을 열었으니, 어찌 장생술(長生術)만을 배워서 아득하고 몽롱한 것에 매달릴 수 있겠는가?

선도산 마애삼존불(통일신라)

이를 기려 노래한다.

서연산에 와서 몇 십년이나 지냈나
천제의 딸 불러와 신선의 옷 짜게 했네.
장생술이 영이함이 없지 않으나
부처님을 뵈옵고 옥황상제 되었네.

1) 『관약왕약상이보살경(觀藥王藥上二菩薩經)』에 나오는 과거세의 53불을 가리킨다.

노비 욱면이 염불하여 극락에 가다

경덕왕 대 강주(康州)의(지금의 진주(晉州)이다. 또는 강주(剛州)라고도 하는데 이것은 지금의 순안(順安)이다) 남자 신도[善士] 수십 명이 극락으로 가려는 뜻을 세워 강주의 경계에 미타사(彌陀寺)를 창건하고 1만 일을 기약하여 계(契)1)를 만들었다. 그때 아간(阿干) 벼슬을 하고 있던 귀진(貴珍)의 집에 이름이 욱면(郁面)인 여종이 있었다. 그녀가 주인을 따라 절에 갔다가 마당 가운데 서서 스님을 따라 염불을 하였다. 주인은 그녀의 분수에 맞지 않는 행동을 미워해서 매번 곡식 2섬을 주고 하룻 사이에 다 찧으라고 하였다. 그녀는 초저녁에 방아를 다 찧어 놓고 절에 가서 염불하기를 밤낮으로 게을리 하지 않았다. 그녀는 절간 마당 좌우에 긴 말뚝을 세워 끈으로 자신의 두 손바닥을 꿰뚫어 꿰어서 양쪽 말뚝에 매어 놓고는 합장한 채 몸을 좌우로 흔들어 자신을 격려했다. 이때 공중에서 외치는 소리가 들렸는데 '욱면 낭자는 법당에 들어가서 염불하라'고 했다. 절간에 있던 여러 사람이 그 소리를 듣고 욱면에게 권하여 법당에 들어가 예에 따라 염불에 정진하게 했다. 잠시 후 하늘에서 소리가 들려오더니 욱면의 몸이 솟구쳐 지붕 대들보를 뚫고 나가 서쪽 교외에 이르러 자신의 육신을 버리고 부처의 진신(眞身)으로 변하였다. 연화대(蓮花臺)에 앉아 거대한 광명을 발산하며 서서히 사라졌는데 음악 소리가 하늘에서 그치지 않고 들려왔다. 그 법당에는 지금도 욱면이 뚫고 나간 자리가 그대로 보존되어 있다.

『승전(僧傳)』을 살펴보면 이러하다.

"동량(棟梁) 팔진(八珍)은 관음보살의 현신으로, 1천 명의 무리를 모아 둘로 나누었는데 한쪽은 힘을 쓰는 일을 했고, 다른 한쪽은 정성을 기울여 수행하였다. 저 힘을 쓰는 무리 중에서 일을 맡아보던 사람이 계(戒)를 얻지 못해 축생도(畜生道)[2]에 떨어져 부석사(浮石寺)의 소가 되었다. 그 소가 불경을 실어 나르다가 불경의 힘을 입어, 윤회하여 아간 귀진 집의 여종으로 태어났는데 이름을 욱면이라 하였다. 욱면이 무슨 일로 하가산(下柯山)[3]에 갔다가 꿈에 감응되어 드디어 불도에 마음이 끌렸다. 아간의 집은 혜숙법사(惠宿法師)가 창건한 미타사에서 멀지 않아 아간이 매번 그 절에 가서 염불하니 그 여종 욱면도 주인을 따라가서 절마당에서 염불하였다.

이와 같이하기를 9년이 되던 을미년(乙未年) 정월 21일에 여종이 부처에게 예불을 올리다가 지붕 대들보를 뚫고 날아가 소백산에 이르러 신발 한짝을 떨어뜨리니 바로 그 자리에 보리사(菩提寺)를 세웠다. 산 밑에 이르러 그 몸을 버리니 바로 그 땅에 제2 보리사를 짓고는 그 불전에 '욱면등천지전(郁面登天之殿)'이란 현판을 달았다. 지붕 용마루에 나 있는 구멍은 둘레가 10여 아름 되는데 폭우나 함박눈이 내려도 젖지 않았다. 후에 일 만들기를 좋아하는 사람이 금탑(金塔) 한 기를 만들어 바로 그 구멍에 맞추어 난간 위에다 안치하고 그 이적을 기록하였는데, 지금도 그 현판과 금탑이 남아 있다.

욱면이 떠난 후에 귀진도 그 집이 이인(異人)이 삶을 의탁했던 땅이라고 생각하여 희사해서 절을 만들어 법왕사(法王寺)라 하고 절에 필요한 전답과 일할 사람을 바쳤다. 그 절은 오래 되어서 무너지고 빈터만 남았다. 대사 회경(懷鏡)이 승선(承宣)인 유석(劉碩), 소경(小卿) 이원장(李元長)과 함께 발원하여 다시 그 절을 중창하였는데 회경이 몸소 토목 일을 하였다. 처음 재목을 실어 나를 때 꿈에 어떤 노인이 나타나 삼베와 칡으로 만든 신발을 각각 한 켤레씩 주고는 옛 신사(神社)에 가서 불교의 이치를 깨우쳐 주었다. 신사 주위의 목재를 베어내어 5년 만에 공사를 완성하고 노비를 더해 주니 절이 더욱 융성해져 동남지방에서 이름난 절이 되었다. 사람들은 회경을 귀진의 후신(後身)이라 했다.

사실을 논하여 말해 본다.

마을에 전하는 이야기를 살펴보면 욱면이 보인 이적은 경덕왕 대의 일이다. 징(徵)[징(徵)자는 아마 (珍)인 듯하다. 아래에서도 마찬가지이다]의 「본전(本傳)」에 의하면 원화(元和) 3년 무자년(戊子年, 808)은 애장왕 때의 일이라고 하였다. 경덕왕 이후로 혜공왕, 선덕왕, 원성왕, 소성왕, 애장왕 등 5대 동안의 햇수는 모두 60여 년이다. 귀진이 앞서고 욱면이 뒤에 있으니 선후 문제에 있어 마을에 전하는 이야기와는 어긋난다. 그러므로 두 가지 기록을 다 남겨 의심을 없애려 한다.

이를 기려 노래한다.

　　서쪽 이웃 오래된 절에 부처의 등불이 밝아

보리사

방아 찧고 절에 가니 밤 2경이라.

한마디 염불소리마다 한 부처 이루려

손바닥 뚫어 끈을 꿰어 육신을 잊었도다.

1) 염불을 결사(結社)하는 모임이다.
2) 불교의 윤회에서 나누어지는 6도(道) 가운데 하나로 죽은 뒤에 짐승으로 태어날 원인이
   될 행위를 말한다.
3) 지금의 경북 안동시에 있는 학가산(鶴駕山)의 옛 이름이다.

광덕과 엄장

문무왕대 스님인 광덕(廣德)과 엄장(嚴莊) 두 사람은 서로 우애가 두
터웠는데 아침저녁으로 약속하였다.

"먼저 극락으로 가는 사람은 반드시 알리기로 하자."

광덕은 분황사 서쪽 마을에(혹은 황룡사에 서거방(西去房)이 있었다고 하는데
어느 것이 옳은지 알 수 없다) 은거하여 짚신 만드는 것을 생업으로 하면서
처자를 거느리고 살았다. 엄장의 암자는 남악(南岳)에 있었는데 불을
질러 만든 화전에 씨 뿌리며 농사에 힘썼다. 하루는 노을이 붉게 물들
고 소나무 그림자가 고즈넉히 저문녘에 창밖에서 소리가 들렸다.

"나는 이제 극락으로 가네. 그대는 잘 있다가 속히 나를 따라오시게."

엄장이 문을 밀치고 나가 살펴보았더니 구름 너머로 하늘의 음악
소리가 들리고 밝은 빛줄기가 땅에까지 뻗쳐 있었다. 다음날 엄장이
광덕이 살던 곳에 가 봤더니 광덕은 과연 죽어 있었다. 이에 그 부인과

함께 시신을 거두어 장례를 치렀다. 장례를 다 치르고 엄장이 광덕의
부인에게 말했다.

"남편이 떠났으니 나와 함께 지내는 것이 어떻겠소?"

"좋습니다."

드디어 밤이 되어 자는데 엄장이 정을 통하려 하자 부인이 안타까
워하며 말했다.

"스님께서 극락정토를 구하는 것은 나무에 올라가 물고기를 구하는
것과 같다고 하겠습니다."

엄장이 놀라고 괴이하게 생각되어 물었다.

"광덕이 이미 부인과 동거했는데 내가 그런다고 무슨 해될 게 있겠
소?"

"남편과 저는 10여 년을 같이 살았지만 하룻밤도 잠자리를 같이한
적이 없었으니, 하물며 몸을 더럽혔겠습니까? 다만 매일 밤 몸을 단정
히 하고 바르게 앉아 한결같이 아미타불을 염송(念誦)하며 16관(觀)[1]을
지었는데 관에 익숙해지고 밝은 달빛이 문으로 들어오면 그 빛 위에
올라가 가부좌를 하였습니다. 이같이 정진하였으니 비록 서방극락으
로 가지 않으려 해도 어디로 가겠습니까? 천리 길을 가고자 하는 사람
은 첫 걸음에서 알 수 있다는데, 지금 스님의 관을 보니 동쪽으로 간다
고 할 수는 있지만 서방극락으로 갈지는 알 수 없습니다."

엄장이 부끄러워 얼굴을 붉히며 물러나와 바로 원효법사가 있는 곳
에 나아가 수행의 요점을 간절하게 구했다. 원효가 정관법(淨觀法)을
만들어 그를 인도했다. 엄장이 이에 자신을 깨끗이 하고 참회하며 전
심전력으로 정관법을 수행하니 역시 서방극락으로 올라갈 수 있게 되
었다. 정관법은 원효의 본전(本傳)과 『해동고승전(海東高僧傳)』에 실
려 있다. 광덕의 처는 분황사(芬皇寺)의 노비였는데, 아마 관음보살의

19응신(應身) 중 한 분이었던 듯하다.

광덕이 일찍이 지은 노래가 있었다.

> 달님이시여 어찌하여
> 서방까지 가시온지요
> 아미타불 부처님께
> 드릴 말씀 빠짐없이 아뢰어 주소서
> 다짐 깊으신 세존께 우러러 바라보며
> 극락세계로 가기를 원하는 사람이 있다고 아뢰소서
> 두 손 합장하여 그리워하는 사람 있다고 아뢰어 주소서
> 아아! 이 몸 이승에 남겨두고
> 사십팔대원(四十八大願)²⁾을 이루시리까?

1) 사람이 죽어서 왕생극락하기 위해서 닦는 법을 말한다.
2) 아미타불이 비구로 있을 때 세웠던 48가지의 소원을 말한다.

경흥이 성인을 만나다

신문왕대 큰스님인 경흥(憬興)의 성은 수씨(水氏)이고 웅천주(熊川州) 사람이다. 나이 열여덟에 출가하여 모든 불경에 통달하였으므로 명망이 한때에 드높았다. 개요(開耀) 원년(681년)에 문무왕이 세상을 떠나게 되었을 때 신문왕에게 말했다.

"경흥법사는 국사(國師)가 될 만하니 내 명을 잊지 말라."

신문왕이 즉위하여 경흥에게 간곡히 부탁하여 국로(國老)[1]로 책봉하여 삼랑사(三郎寺)[2]에 머물게 하였다. 경흥이 갑자기 병이 들어 한 달이 되었다. 그때 어떤 비구니가 와서 문안하고는 『화엄경』에 나오는 '좋은 친구가 병을 고쳐준다' 는 이야기를 전하며 말했다.

"지금 법사님의 병은 근심 때문에 생긴 것이니 기뻐서 웃으면 치료될 수 있습니다."

그리고는 열한 가지 웃는 얼굴 모양을 지으며 각각 그 얼굴에 맞는 해학적인 춤사위를 만들어 보였다. 그 춤의 폼새가 뾰족뾰족한 듯도 하고 깎은 듯하기도 하여 변화무쌍한 모습은 말로 다할 수 없었으므로 모두 턱이 빠지도록 웃었다. 그러는 사이에 법사의 병이 자신도 모르게 씻은 듯이 나았다. 비구니는 문을 나서 남항사(南巷寺)[3](이 절은 삼랑사 남쪽에 있다)로 들어가 사라지고 그가 가지고 있던 지팡이는 족자 그림의 십일면관음보살상을 그린 탱화 앞에 놓여 있었다.

하루는 경흥이 왕궁에 들어가려고 시종하는 사람이 먼저 동쪽 문밖에서 떠날 채비를 차렸다. 경흥이 탄 말과 안장이 매우 아름답고 신발과 갓도 제대로 갖추었으므로 길 가는 사람들이 자연스럽게 길을 비켰다. 그때 행색이 초라한 거사(居士)(또는 승려라고도 한다)가 손에 지팡이를 짚고 등에 광주리를 메고 와서는 말에 오르내릴 때 사용하는 디딤돌 위에 앉아 쉬고 있었는데 광주리 안에는 말린 생선이 들어 있는 것이 보였다. 시종하는 사람이 그를 꾸짖으며 말했다.

"스님의 옷을 입고 어찌 불법에 저촉되는 물건을 지고 다니시오?"

"두 다리 사이에 산 고기를 끼고 다니면서, 시장의 마른 고기를 지고 있는 것이 어찌 혐오스럽단 말이시오?"

말을 마치고 일어서서 가버렸다. 경흥이 막 문을 나오다가 그 말을 듣고는 사람을 시켜 그 사람을 쫓게 하였는데 거사는 남산 문수사(文殊寺) 문밖에 이르러 광주리를 던져두고 사라졌다. 지팡이는 문수보살 상 앞에 있었고, 말린 고기는 소나무 껍질이었다. 그를 따라갔던 사람이 와서 사실대로 알리자 경흥이 듣고는 탄식하며 말했다.

"문수보살께서 오셔서 내가 가축을 타고 다니는 것을 경계하셨구나."

그리고는 세상을 떠날 때까지 다시는 말을 타지 않았다. 경흥의 아름다운 덕행과 남겨 놓은 뜻은 현본(玄本)스님이 지은 「삼랑사비문」에 자세히 수록되어 있다.

전에 『보현장경(普賢章經)』을 보니 미륵보살이 한 말이 있었다.

"나는 내세에 염부제(閻浮提)[4]에 태어나 석가의 말법(末法) 시대[5] 제자들을 먼저 제도(濟度)하겠다. 오직 말을 탄 승려는 제외시켜 부처를 보지 못하게 할 것이다."

이러니 어찌 경계하지 않을 수 있겠는가?

이를 기려 노래한다.

옛 성현이 남기신 교훈은 뜻하는 바가 많은데
어찌하여 후손들은 갈고 닦지 않는가.
말린 생선 등에 진 것 오히려 좋은 일이거늘
어찌 다른 날에 미륵부처 저버린 일 감당하랴.

1) 불교계의 최고 원로인 국사(國師)를 가리킨다.
2) 경주시 성건동에 있던 절로 지금은 당간지주 등이 남아 있다.
3) 경주시 노서동에 있었던 절이다.
4) 수미산 남쪽에 있는 곳으로 원래는 남인도를 가리켰으나 뒤에는 전세계를 지칭하는 말로 쓰였다.
5) 부처님의 가르침이 사라져 구제할 수 없게 된 혼란한 시대를 가리키는 것으로 부처님 입멸 후 2천년 뒤부터 1만 년까지를 말한다.

부처 진신(眞身)이 공양을 받다

장수(長壽) 원년 임진년(壬辰年, 692)에 효소왕이 즉위한 뒤 제일 먼저 망덕사(望德寺)를 지어 당나라 황실(皇室)의 복을 빌고자 했다. 그 후 경덕왕 14년(755년)에 망덕사의 탑이 진동하더니, 그 해 안록산(安祿山)의 난과 사사명(史思明)의 난이 일어나자 신라인들이 말했다.

"당나라 황실을 위해 이 절을 세웠으니 감응이 있는 것은 마땅하다."

효소왕 6년 정유년(丁酉年, 697)에 낙성회가 열려 왕이 몸소 행차하여 공양을 바쳤는데 그때 차림새가 누추한 어떤 비구가 뜰에 웅크리고 서 있다가 청했다.

"빈도(貧道)도 이 재(齋)에 참여하고 싶습니다."

왕이 자리 끝에 참여하는 것을 허락하였다. 재가 파하려 할 때 왕이 그에게 농담투로 말했다.

"스님은 어느 곳에 머무시오?"

"비파암(琵琶巖)입니다."

"여기서 떠나거든 사람들에게 국왕이 친히 공양하는 재에 참석했다고 말하지 마오."

스님이 웃으며 대답했다.

"폐하께서도 다른 사람에게 석가 진신에게 공양했다고 말하지 마십시오."

말을 마치자 몸을 솟구쳐 허공에 떠서 남쪽으로 가버렸다. 왕이 놀라고 부끄러워하며 급히 말을 달려 동쪽 언덕에 올라가 그가 사라진 방향을 향해 멀리서 절하고 사람을 시켜 가서 찾아보게 했다. 그가 남산 참성곡(參星谷) 혹은 대적천원(大蹟川源)이라고 하는 곳에 이르러 바위 위에 지팡이와 바리때를 놓아두고 사라졌다고 찾으러 갔던 사람이 알려 왔다. 그래서 왕은 비파암 아래에 석가사(釋迦寺)를 세우고 그의 자취가 사라진 곳에 불무사(佛無寺)를 창건하고는 지팡이와 바리때를 나누어 안치했다. 두 절은 지금까지 남아 있지만 지팡이와 바리때는 없어졌다.

『지론(智論)』[1] 제4에 이런 말이 있다.

"옛날에 계빈국(罽賓國)[2]의 스님이 불법을 행하러 일왕사(一王寺)에 도착했다. 마침 절에서 큰 모임이 열리고 있었는데 문을 지키는 사람이 스님의 옷이 낡고 추한 것을 보고 문을 막은 채 들어가지 못하게 했다. 스님이 여러 번 들어가려고 시도했으나 그때마다 옷이 누추하다고 들여보내지 않았다. 문득 방편을 써서 좋은 옷을 빌려 입고 갔더니 문지기가 들어가는 것을 막지 않았다. 그 모임에 참석하게 되자 여러 가지 좋은 음식을 얻어 먼저 옷에게 주니 여러 사람들이 물었다.

'왜 그렇게 합니까?'

'내가 이 모임에 참석하려고 여러 번 시도했으나 그때마다 들어올 수 없었는데 지금은 이 옷 때문에 이 자리에 들어와 여러 가지 좋은 음식을 얻었으니, 옷에게 음식을 주는 것이 옳지 않겠소.'"

이 일도 위의 이야기와 같은 사례가 될 것이다.

이를 기려 노래한다.

향 사르고 부처 기려 새 불화 보았고,
공양하고 재 지내는 스님은 옛 친구 불렀네.
이로부터 비파암 위의 달은
때때로 구름에 가려 연못에 더디 비치네.

1) 대지도론(大智度論)을 가리키는 것으로 용수보살(龍樹菩薩)이 짓고 구마라즙(仇摩羅什)이 번역한 책이다.
2) 북인도의 나라로 지금의 케시미르 지방에 해당된다.

월명사의 도솔가

경덕왕 19년 경자년(庚子年, 760) 4월 초하룻날에 두 개의 해가 나타나 열흘 동안이나 사라지지 않았다. 일관(日官)이 아뢰었다.

"인연이 있는 스님을 청하여 산화공덕(散花功德)을 드리면 물리칠 수 있을 것이옵니다."

이에 조원전(朝元殿)에 정결하게 단(壇)을 만들고 왕이 청양루(靑陽樓)에 행차하여 인연 있는 스님을 기다렸다. 이때 월명사(月明師)가 밭둑에 나 있는 남쪽 길로 가고 있었는데 왕이 사람을 시켜 그를 불러 단을 열고 글을 짓게 하자, 월명이 아뢰었다.

"이 납자는 다만 국선(國仙)의 무리에 속해 있기 때문에 향가(鄕歌)만 알 뿐이고, 범성(梵聲)¹⁾에는 익숙하지 못하옵니다."

왕이 말했다.

"이미 인연 있는 스님으로 점지됐으니 향가를 지어도 괜찮소."

월명이 이에 도솔가(兜率歌)를 지었는데

그 가사에는 이렇다.

오늘 여기에 산화가(山花歌) 불러
뿌린 꽃아 너는

곧은 마음의 명령을 부림이니,

멀리 미륵좌주(彌勒座主)를 모셔라

풀이하면 다음과 같다.

대궐에서 오늘 산화가(散花歌) 불러

청운(青雲)에 한 송이 꽃 뿌려 보낸다.

지극하고 곧은 마음이 시키는 일이니

멀리 도솔천의 미륵보살 맞이하리라.

지금 세상에서는 이것을 산화가(散花歌)라고 하나 잘못이다. 마땅
히 도솔가(兜率歌)라고 해야 한다. 산화가는 따로 있으니 글이 번거로
워 여기에 싣지 않는다. 조금 있다가 해의 변괴가 바로 사라졌다. 왕이
가상히 여겨서 좋은 차 한 봉지와 수정 염주 108개를 하사했더니 갑자
기 외모와 차림새가 깨끗한 동자가 꿇어앉아 차와 염주를 받아 궁전
서쪽의 작은 문으로 나가버렸다. 월명은 그를 대궐 안에서 심부름하
는 아이라고 했고, 왕은 월명의 시종이라고 했으나 서로 알아보니 그
렇지 않았다. 왕이 매우 이상하게 여겨 사람을 보내 그 뒤를 쫓게 했더
니 동자는 내원(內院)²⁾의 탑 안으로 들어가 사라졌고, 차와 염주는 내
원의 남쪽 벽에 그려져 있는 미륵보살상 앞에 놓여 있었다. 이를 보면
월명의 지극한 덕과 정성이 미륵불을 크게 감동시킬 수 있었음을 알
수 있다.

조정이나 민간에서 이 일을 모르는 사람이 없었다. 이 일로 왕이 더
욱 그를 공경하여 다시 비단 1백 필을 주어 큰 정성을 표했다.

월명이 또 일찍이 죽은 누이동생을 위해 재(齋)를 지내면서 향가를

지어 추모했다. 그때 갑자기 회오리바람이 일어 종이돈이 날려 올라
가 서쪽으로 사라져 버렸다.

죽고 사는 길이

여기에 있으니 머뭇거려지고

나는 간다는 말도

못하고 갔는가

어느 가을 이른 바람에

여기저기에 떨어지는 잎처럼

한 가지에 나고서도

가는 곳을 모르누나

아아, 미타찰(彌陀刹)[3]에서 너를 만나볼 나는

도 닦으며 기다리련다.

경북 경주시 사천왕사 터에서 발굴된 녹
유전 사천왕상. 발굴된 파편들을 이어붙
여 강우방 전국립경주박물관장이 그린
복원도이다.

월명은 항상 사천왕사(四天王寺)에서 머물렀는데 피리를 잘 불었
다. 일찍이 달밤에 피리를 불며 문앞에 나 있는 큰 길을 지나가니 달이
그를 위해 멈춰 섰다. 그리하여 그 길을 월명리(月明里)라 부르게 되었
고 월명도 이 일로 더욱 이름이 알려졌다. 월명은 곧 능준대사(能俊大
師)의 제자였다.

신라 사람들은 향가를 오랫동안 숭상하였는데, 이는 아마 시송(詩
頌)과 같은 유라서 그런 것이 아닐까? 그래서 종종 천지와 귀신을 감
동시킨 것이 한두 가지가 아니었다.

이를 기려 노래한다.

바람은 지전(紙錢)을 날려 죽은 누이동생의 노자로 쓰게 했고

피리 소리는 밝은 달을 흔들어 항아[4]의 발걸음 멈추게 했네.

도솔이 멀다고 말라

만덕화(萬德花)[5] 한 곡조로 즐겨 맞았네.

1) 경 읽는 소리나 불교의 노래인 범패(梵唄)를 뜻한다.
2) 대궐 안에 두었던 법당이다.
3) 극락세계를 뜻한다.
4) 『회남자(淮南子)』에 나오는 말로 예(羿)가 서왕모에게 얻은 불사약을 그의 아내인 항아
　가 훔쳐먹고 달로 달아나 달의 초점이 되었다고 한다.
5) 부처님의 그지없는 공덕을 꽃에 비유하여 칭송한 것이다.

선율이 환생하다

　망덕사(望德寺)의 선율(善律)스님은 시주받은 돈으로 『육백반야(六
百般若)』[1]를 간행하려다 그 일이 채 끝나기도 전에 갑자기 저승으로
잡혀갔다. 저승 관리가 물었다.

　"너는 인간 세상에 있으면서 무슨 일을 했는가?"

　"빈도(貧道)는 늘그막에 『대품경(大品經)』을 간행하려 했으나 일을
다 마치지 못하고 왔습니다."

　"너의 수명을 적어 놓은 명부를 살펴보니 비록 수명이 다했지만 그
같이 가치 있는 발원을 이루지 못했으니, 다시 인간 세상으로 돌아가
서 소중한 경전간행을 완성하여라."

　그리고는 놓아 보내주었다. 돌아오는 도중에 한 여자가 울면서 그
의 앞으로 와 절하며 말했다.

"저도 남염주(南閻州)[2]의 신라 사람이온데 저의 부모님께서 금강사 (金剛寺)의 논 한 묘(畝)[3]를 몰래 뺏은 일에 연루되어 제가 저승에 잡혀와 조사를 받으며 몹시 고통을 받고 있습니다. 이제 스님께서 고향으로 돌아가시면 제 부모에게 그 밭을 속히 돌려주라고 말씀해 주십시오. 그리고 제가 세상에 있을 때 마루 아래에 참기름을 묻어 두었고, 또 이부자리 속에 곱게 짠 베도 감춰 두었습니다. 부디 스님께서는 제 기름을 가져다 절의 등불을 밝히시고, 베를 팔아 불경을 베끼는 비용으로 써 주십시오. 그러면 제가 스님의 은혜로 황천에서도 괴로움에서 벗어날 수 있을 것이옵니다."

"그대의 집은 어디에 있소?"

"사량부(沙梁部)에 있는 구원사(久遠寺) 서남쪽 마을에 있습니다."

선율이 그 말을 듣고 막 떠나려 하는데 깨어났다. 그때 선율이 죽은 지 10일이 지났으므로 이미 남산 동쪽 기슭에 장사를 지낸 뒤였다. 무덤 안에서 사흘 동안이나 외쳐댔는데 목동이 이 소리를 듣고 절에 가서 알리니, 절의 스님들이 와서 무덤을 파헤쳐 꺼내주었다. 선율은 절간의 스님들에게 그간의 일을 자세히 설명했다.

또 여자의 집을 찾아가니 그 여자는 죽은 지 이미 15년이 지났지만 감추어 놓은 기름과 베가 그대로 있었다. 선율은 그녀의 말대로 하고 명복을 빌어주었다. 그러자 여자의 혼이 찾아와 말했다.

"스님의 은혜를 입어 저는 이미 고통에서 벗어났습니다."

당시 사람들이 이 일을 듣고 놀라고 감동하지 않는 사람이 없더니 『대반야경』을 간행하는 일을 서로 도와 완성했다. 그가 완간했던 『대반야경』 전질이 지금 경주의 불경 보관창고 안에 있다. 매년 봄 가을로 그것을 펴놓고 돌아가며 읽어 재앙이 물러가기를 빈다.

이를 기려 노래한다.

우리 스님의 좋은 인연 부러워라

저승에 갔던 혼백 옛 절로 돌아왔네.

부모님이 저의 안부 물으시거든,

날 위해 빨리 일묘(一畝)의 밭 돌려주라 하소서.

1) 모두 6백 권인 「대반야바라밀다경(大般若波羅密多經)」을 가리킨다.
2) 수미산 남쪽에 있다는 나라로 곧 신라를 가리킨다.
3) 사방 6자를 일보(一步)라 하고, 백 보를 일 묘라고 한다.

김현이 호랑이와 감통하다

신라 풍속에 매년 2월이 되면 초여드렛날부터 보름날에 이르기까지 서울의 남녀들이 흥륜사의 전탑(殿塔)을 다투어 돌며 복을 빌었다. 원성왕대(785-798)에 김현(金現)이라는 젊은이가 밤이 깊도록 홀로 쉬지 않고 전탑을 돌고 있었다. 그때 어떤 처녀가 염불을 하면서 따라 돌았는데, 서로 통하여 눈길을 주고받았다. 탑 돌기를 마치자 사람들이 보지 못하는 으슥한 곳으로 처녀를 데리고 들어가 정을 통했다. 처녀가 집으로 돌아가려 하니 김현이 여자가 거절함에도 불구하고 억지로 따라갔다. 서산 기슭에 이르러 한 초가집으로 들어가자 늙은 할미가 그녀에게 물었다.

"따라온 사람은 누구냐?"

그녀가 그간의 사정을 다 이야기하니 할미가 말했다.

"좋은 일이기는 하지만 없는 것만 못하구나. 그렇지만 이미 저지른 일이라 어쩔 수 없으니 보이지 않는 곳에 숨어 있도록 해라. 네 형제들이 나쁜 짓을 할까 두렵다."

처녀가 김현을 데려다 구석진 곳에 숨겼다. 얼마 후 호랑이 세 마리가 우렁차게 으르렁거리며 오더니 사람의 목소리로 말을 했다.

"집안에 비린내가 나는구나. 주린 배를 채울 수 있으니 얼마나 다행이냐."

할미와 처녀가 꾸짖었다.

"너희 코가 썩었느냐? 무슨 미친 소리냐?"

이때 하늘에서 외쳤다.

"너희들이 너무 많이 살아 있는 목숨을 즐겨 해쳤으니 마땅히 너희 가운데 한 놈을 죽여서 악한 짓을 징계하겠다."

세 마리 짐승이 그 말을 듣고는 모두 근심하는 기색을 띠었다. 그때 처녀가 말했다.

"세 오빠가 만일 멀리 피해 가서 자숙하시겠다면 제가 그 벌을 대신 받겠습니다."

모두 기뻐하며 머리를 숙이고 꼬리를 늘어뜨리고 달아났다. 처녀가 김현에게 말했다.

"처음에 저는 낭군께서 집에 오셔서 하찮은 저희 족속을 보게 되는 것이 부끄러워서 오시는 것을 사양했으나 이제는 숨길 것이 없으니 제 마음속의 생각을 다 말씀드리겠습니다. 저는 비록 낭군과 하룻밤의 즐거움을 나누었으나 부부의 의리를 끊을 수는 없습니다. 세 오빠의 악행을 하늘이 이미 싫어하니 우리 집안의 재앙을 저 혼자 감당하려 합니다만 남모르는 사람 손에 죽는 것이 어찌 낭군의 칼날에 죽어 은덕에 보답하는 것만 하겠습니까. 제가 내일 시내 안에 들어가 사람들을 심하게 해치더라도 나라 사람들이 저를 어찌 할 수 없으므로 대왕께서 반드시 높은 벼슬을 내걸고 저를 잡을 사람을 불러모을 것입니다. 그때 낭군께서 겁내지 마시고 저를 따라 성 북쪽의 숲속으로 오시면 제가 거기서 기다리겠습니다."

"사람과 사람이 사귀는 것은 인륜의 도리인데, 사람 아닌 짐승과 사귐은 떳떳한 일이 아니라고 하겠소. 그러나 일이 이미 이렇게 된 것은 진실로 하늘이 내린 행운인데, 어찌 차마 배필의 죽음을 팔아서 분에 넘치는 벼슬을 바랄 수 있겠소?"

"낭군께서는 그런 말씀 하지 마십시오. 지금 제가 일찍 죽는 것은 무엇보다도 하늘의 명령이고, 또 제 소원입니다. 낭군께는 경사이며, 제 족속의 복이며, 나라 사람들의 기쁨입니다. 한 번 죽어 다섯 가지 이로움을 얻게 되는데 어찌 그만둘 수 있겠습니까? 다만 저를 위하여 절을 짓고 불경을 강(講)하여 좋은 과보(果報)를 얻도록 도와주시면 낭군의 은혜는 이보다 더 큰 것이 없을 것이옵니다."

마침내 서로 울면서 헤어졌다. 다음날 과연 사나운 호랑이가 성안에 들어와 심하게 날뛰니 아무도 감당할 수가 없었다. 원성왕이 그 사실을 듣고 명을 내려 호랑이를 죽이는 사람에게는 이급(二級)의 작위를 주겠다고 했다.

김현이 대궐에 나아가 아뢰었다.

"소신(小臣)이 그 일을 할 수 있겠사옵니다."

이에 왕이 그에게 먼저 벼슬을 내리고 격려하였다. 김현이 칼을 들고 숲속으로 들어가자 호랑이가 낭자로 변하여 기뻐하며 반갑게 말했다.

"어젯밤에 낭군과 함께 깊게 나누었던 정을 소홀하게 여기지 마십시오. 오늘 저의 발톱에 상처를 입은 사람은 모두 흥륜사의 장(醬)을 바르고 절의 나발(螺鉢) 소리를 들으면 나을 것입니다.”

처녀는 김현이 차고 있던 칼을 가져다 스스로 목을 찔러 엎어지니 즉시 호랑이의 모습으로 변했다. 김현이 숲속에서 나와 거짓으로 꾸미며 말했다.

“지금 내가 이 호랑이를 손쉽게 잡았다.”

그러나 그 자세한 내용은 숨기고 말하지 않았다. 다만 그녀의 말대로 상처 입은 사람을 치료했더니 모두 나았다. 그래서 지금도 민간에서 호랑이에게 물린 상처에는 그 치료법을 쓴다.

김현은 벼슬에 오르자 서천(西川) 가에다 절을 지어 호원사(虎願寺)라 하고 항상 『범망경(梵網經)』[1]을 강설하여 호랑이의 저승길을 인도함으로써 몸을 바쳐 자신을 출세케 한 호랑이의 은혜에 보답하였다. 김현이 늙어 죽게 되자 옛날의 기이했던 일에 깊이 감동하여 그것을 기록하여 전(傳)을 만들었으므로 세상 사람들이 비로소 그 일을 알게 되었다. 그래서 그 글을 논호림(論虎林)이라고 하였는데 지금까지도 그렇게 부른다.

정원(貞元) 9년(793년)에 중국 당나라 사람 신도징(申屠澄)은 평민으로 있다가 한주(漢州) 십방현위(什方縣尉)[2]에 임명되어 길을 떠났는데 진부현(眞符縣) 동쪽 10리쯤 되는 곳에 이르렀을 때 눈보라와 혹한의 추위를 만나 말이 앞으로 나아갈 수 없었다. 마침 길 옆 초가집의 방안에 불을 지펴놓아 몹시 따뜻해 보였으므로 등불이 켜져 있는 곳으로 내려가 보니 늙은 부모와 처녀가 화롯가에 둘러앉아 있었다. 그 처녀는 나이 14, 15세 정도 되어 보였는데 비록 머리는 빗지 않아 헝클어지고 때묻은 옷을 입고 있었지만 눈같이 흰 피부에 꽃처럼 발그레한 얼굴에다 행동거지도 곱고 아름다웠다. 늙은 부부는 신도징이 오는 것을 보고 급히 일어나며 말했다.

"손님께서 심한 추위와 눈보라를 만나 힘들었겠습니다. 불 앞에 와서 몸을 녹이시지요."

신도징이 오래 앉아 있으니 날은 이미 어두워지고, 눈보라도 그치지 않았다.

신도징이 말했다.

"서쪽의 현으로 가려면 아직도 길이 머니, 이곳에서 하룻밤 묵고 갔으면 합니다."

그 부부가 말했다.

"오두막집이라고 누추하다고 여기지 않으신다면 명을 받들겠습니다."

신도징이 드디어 말안장을 풀고 잠자리를 폈다. 그 처녀는 손님이 머물게 된 것을 알고는 얼굴을 다듬고 예쁘게 단장해서 장막 사이에서 나왔는데 그 우아한 자태가 처음보다 훨씬 아름다워 보였다.

신도징이 말했다.

"어린 낭자의 총명함과 슬기로움이 여느 사람보다 뛰어납니다. 다행히 정혼하지 않았다면 감히 저와 백년가약을 맺으면 어떻겠습니까?"

아버지가 말했다.

"기대하지도 않았는데 귀한 손님이 거두어 주신다 하니 어찌 정해진 연분을 마다하겠습니까?"

마침내 신도징은 사위의 예를 치르고 타고 왔던 말에 그녀를 태우고 떠났다. 임지에 와보니 녹봉이 너무 적었으나 아내가 집안살림을 잘 꾸려 나갔기 때문에 모든 일이 즐거웠다. 후에 임기가 다해서 돌아오려 할 때 이미 1남 1녀를 두었는데 아이들이 모두 매우 총명했으므로 신도징은 부인을 더욱 공경하고 사랑했다.

그가 일찍 아내에게 주는 시를 지었다.

한번 벼슬하니 매복(梅福)[3]에게 부끄럽고,
삼 년이 지나니 맹광(孟光)[4]에게 부끄럽도다.
이 마음 어디에다 비할까
냇물 위에 원앙새 떠 있다네.

그의 처가 종일 그 시를 읊조리며 조용히 화답할 듯하였으나 입밖에 내지 않았다. 신도징이 벼슬을 그만두고 가족을 데리고 본가(本家)로 돌아가게 되자 아내가 갑자기 슬픈 표정을 지으면서 신도징에게 말했다.

"전번에 주신 시 한 편에 화답한 시가 있습니다."
이에 시를 읊었다.

부부의 정이 비록 중하나
산림에 뜻이 더욱 깊어라
시절이 변함을 늘 근심했으니
백년해로 저버릴까 해서네.

드디어 함께 그녀의 옛집을 찾아갔으나 아무도 없었다. 아내는 부모님을 그리워하여 종일 흐느껴 울더니 갑자기 벽 모퉁이에 호피 한 장이 있는 것을 보고는 크게 웃으면서 말했다.

"이 물건이 아직도 여기 있는 것을 몰랐구나."
그리고는 가죽을 집어서 덮어 쓰자 즉시 호랑이로 변해서 으르렁거리며 할퀴더니 문을 박차고 나가 버렸다. 신도징이 놀라 피하였다가 두 아이를 데리고 그녀가 달아난 곳을 찾아보았으나 행방을 알 수가 없었다. 산 속을 향하여 며칠을 통곡하며 기다렸지만 끝내 간 곳을 알 수 없었다.

　슬프다, 신도징과 김현 두 사람이 사람 아닌 짐승과 관계를 맺었을 때 호랑이가 사람으로 변하여 아내가 되었던 점은 같지만 신도징의 호랑이가 사람을 배반하는 시를 주고 나서 으르렁거리며 할퀴다가 도망간 것은 김현의 호랑이와 다르다. 김현의 호랑이는 마지못해 사람을 상하게 했으나 좋은 약방문(藥方文)을 알려주어서 사람을 구했다. 짐승도 어질기가 그와 같은데, 지금 세상에 사람이면서도 짐승만도 못한 자가 있는 것은 어찌된 일인가?

　이 일의 시작과 끝을 자세히 살펴보면, 절 안에서 탑을 돌 때 사람을 감동시켰고, 하늘에서 악을 징계하겠다고 소리치자 자신이 스스로 그 벌을 대신하여 받겠다고 했다. 신비한 약방문을 가르쳐주어 사람을 구하고, 절을 지어 불경을 강설하게 했다. 이는 다만 짐승의 본성이 어질어서 그런 것만이 아니라 대개 부처가 만물에 감응함이 여러 가지 방편으로 나타나기 때문일 것이다. 이는 김현이 지극한 정성으로 탑을 돌자 이에 감응하여 보이지 않게 보답하고자 해서 일 것이다. 그때 복을 받은 것은 당연하다고 할 것이다.

　이를 기려 노래한다.

　　산골 집의 세 오라비 지은 악행 참지 못해,
　　고운 입에 한번 맺은 인연 어떻게 하리.
　　의리가 중하여 죽음을 가벼이 여겼으니,

숲 속에 맡긴 몸 낙화처럼 떨어졌네.

1) 보살 대승의 대계를 밝힌 경전으로 구마라즙이 한어로 번역했다고 하나 실제는 중국에
   서 만든 위경(僞經)이다.
2) 십방현은 중국 사천성 성도 주위에 있는 지역 이름이고, 현위는 고을의 감옥을 담당하
   던 관리이다.
3) 한나라 때 사람으로 어지러운 속세를 버리고 신선이 되었다고 한다.
4) 후한시대 양홍(梁鴻)의 아내로 현모양처의 표본으로 일컬어져 왔다.

융천사가 혜성가를 짓다. 진평왕대 일이다

제5 거열랑(居烈郎)1) 제6 실처랑(實處郎){또는 돌처랑(突處郎)이라고도 한
다}, 제7 보동랑(寶同郎) 등 세 화랑의 무리가 금강산에 유람하려 하였
는데, 혜성이 심대성(心大星)2)을 범하자 낭도들이 이를 의아하게 여겨
그 여행을 그만두려 하였다. 이때 융천사(融天師)가 노래를 지어 부르
니 혜성의 괴변이 즉시 사라지고 일본 군사들도 제 나라로 돌아가니
도리어 경사를 맞이하였다. 대왕이 기뻐하여 화랑을 금강산에 보내어
유람하게 했다.

그 노래는 이러하다.

옛 동쪽 물가

건달바(乾達婆)3)가 놀던 성을 바라보고

왜군이 왔다!

봉화 올렸던 변방이 있어라.

세 화랑이 산에 올라 구경한다는 말 듣고

달도 부지런히 빛을 켜려 할 때

길 쓸 별 바라보고

혜성이여!라고 말한 사람 있네.

아아! 달은 저 아래로 떠갔거니

이에 어울릴 무슨 혜성이 있을고.

1) 제5, 6, 7은 화랑제도가 정착됨으로써 그들 사이의 서열을 표시한 것으로 추측된다.
2) 이십팔수(二十八宿) 중의 하나이다.
3) 범어를 음역한 것으로 부처님이 설법하는 자리에 나타나 정법(正法)을 찬양하고 불교를
   수호한다는 8부중(八部衆)의 하나이다.

정수스님이 얼어 죽게 된 여인을 구하다

제40대 애장왕(800~809) 대에 정수스님이 황룡사에 잠시 머물고 있었다. 어느 겨울날 눈이 깊이 쌓이고 날이 이미 저문 시간에 삼랑사(三郎寺)에서 돌아오고 있었다. 천암사(天巖寺) 문 앞을 지나는데 어떤 여자 거지가 아이를 낳고는 몸이 꽁꽁 언 채로 쓰러져 거의 죽어가고 있었다. 정수스님이 그 광경을 보고는 불쌍히 여겨 껴안았더니 한참 뒤에야 소생했다. 이에 스님이 자기 옷을 벗어 거지에게 덮어주고 자신은 벌거벗은 채 절로 달려와서 짚덤불을 덮고 밤을 지새웠다.

밤중에 하늘에서 대궐의 뜰에 대고 외쳤다.

"황룡사의 정수스님을 왕사(王師)로 봉해야 한다."

급히 사람을 보내 조사하게 하니, 살피러 간 사람이 돌아와 모든 사실을 왕에게 알렸다. 왕이 위의(威儀)를 갖추고 정수스님을 대궐로 맞아들여 국사(國師)로 봉했다.

제8 피은편(避隱篇)

구름을 탄 낭지와 보현수

삽량주(歃良州) 아곡현(阿曲縣)의 영취산(靈鷲山)[1]에[삽량주는 지금의 양주(梁州)이다. 아곡은 아서(阿西)라고도 하고, 또 구불(求佛)·굴불(屈佛)이라고도 한다. 지금 울주(蔚州)에 굴불역(屈佛驛)을 두었으므로 지금도 그 이름이 남아 있다] 괴이한 스님이 있었다. 암자에 수십 년을 살았지만 고을 사람들이 모두 그를 몰랐고, 스님도 자기 성명을 말하지 않았다. 늘 『법화경(法華經)』을 강론하였는데 신통력이 있었다.

용삭(龍朔) 초(661년경)에 지통(智通)이라는 어린 스님이 있었는데 원래 그는 이량공(伊亮公) 집의 종이었다. 그가 일곱 살에 출가하니 그때 까마귀가 날아와 울면서 말했다.

"영취산에 가서 낭지(朗智)의 제자가 되라."

지통이 그 말을 듣고는 이 산을 찾아가서 골짜기 안의 나무 밑에서 쉬고 있는데, 갑자기 이상한 사람이 나오는 것을 보았다.

그가 말했다.

"나는 보현보살(普賢菩薩)이다. 너에게 계품(戒品)[2]을 주려고 왔다."

이에 계(戒)를 베풀어 주고는 사라졌다. 지통은 마음이 훤히 열리고 문득 지증(智證)[3]이 두루 통해졌다. 그는 길을 가다가 한 스님을 만나 낭지스님이 어디에 있는지를 물었다.

그 스님이 어째서 낭지를 찾느냐고 했다. 그러자 지통이 신비한 까마귀가 말한 사실을 자세히 들려주니 스님이 빙그레 웃으며 말했다.

"내가 바로 낭지다. 지금 내 집앞에 어떤 까마귀가 날아와 성스러운 아이가 스님에게로 오고 있으니, 나가서 맞이하는 것이 좋겠다고 하길래 맞이하러 가고 있는 중이었다."

이에 두 사람이 손을 잡고 감탄하며 말했다.

"신령한 까마귀가 너를 깨우쳐서 나에게 오게 했고, 또 나에게 알려서 내가 너를 맞이하게 했으니 이 얼마나 상서로운 일인가? 아마 산신령이 몰래 도우신 듯하다."

전하는 말에 산의 주인은 변재천녀(辯才天女)[4]라고 한다.

지통이 그 말을 듣고 감격하여 울면서 낭지스님에게 예를 올렸다. 조금 뒤에 계를 주려 하는데 지통이 말했다.

"저는 마을 어귀에 있는 나무 밑에서 이미 보현대사에게서 정계(正

戒)를 받았습니다."

낭지가 감탄하며 말했다.

"잘했다. 너는 이미 친히 만분의 계[滿分之戒][5]를 받았구나. 나는 태어난 이래 아침저녁으로 조신하고 정성을 다하여 보현보살 뵙기를 염원했으나 내 정성이 감응은 얻지 못하여 아직 뵐 수 없었는데 지금 너는 이미 보현보살에게서 계를 받았다니 내가 너에게 크게 미치지 못하는구나."

그리고는 도리어 지통에게 예를 올렸다. 그 일로 인해 그 나무 이름을 보현수(普賢樹)라 했다.

지통이 말했다.

"법사께서 여기 머무신 것이 오래 되신 듯합니다."

"법흥왕 정미년(丁未年, 527)에 처음 여기에 와서 살게 되었으니 지금 얼마나 세월이 흘렀는지 모르겠다."

지통이 이 산에 온 것이 바로 문무왕 즉위 원년 신유년(辛酉年, 661)이었으니 헤아려 보면 이미 135년이 된다.

지통은 후에 의상이 머무는 곳에 가서 불법의 오묘한 이치를 깨달아 자못 불교의 교화사업에 크게 이바지하였다. 그는 바로 「추동기(錐洞記)」의 저자이다.

원효가 반고사(磻高寺)에 머물 때 항상 낭지를 찾아가 뵈었는데, 원효에게 『초장관문(初章觀文)』과 『안신사심론(安身事心論)』을 저술하게 하였다. 원효가 저술을 끝내고 은사(隱士)인 문선(文善)을 시켜 책을 받들어 보내면서 그 끝에 자신이 지은 게송(偈頌)을 적었다.

서쪽 골짜기 사미는 머리 숙여 절하노니

동쪽 봉우리의 높은 스님 앞에 예를 올리나이다.(반고사는 영취산의 서북쪽

가는 티끌 불어 영취산에 보태고

가는 물방울 날려 용연(龍淵)에 던집니다.

영취산 동쪽에 태화강(太和江)이 있으니 이는 중국 태화지(太和池) 용을 위하여 복을 빌고자 만든 것이므로 용연이라고 했다.

지통과 원효는 모두 위대한 성인인데도 이 두 성인이 스승으로 삼 았으니 낭지법사의 도가 얼마나 고매했는가를 알 수 있다.

스님이 일찍이 구름을 타고 중국의 청량산(淸凉山)⁶에 가서 여러 불 자들을 따라 강의를 듣고 즉시 돌아왔으므로 그곳 스님들은 그를 이웃 에 사는 이로만 알았지 정확하게 사는 곳을 몰랐다.

하루는 그 절에서 대중들에게 지시했다.

"이 절에 상주하는 사람을 제외하고 다른 절에서 오신 스님들께서 는 각기 사는 곳의 이름난 꽃이나 진귀한 식물을 가져다가 도량(道場) 에 바치시오."

낭지가 그 이튿날 산 속의 이상한 나무 한가지를 꺾어서 바쳤더니 그곳의 스님들이 그 나뭇가지를 보고 말했다.

"이 나무는 범어(梵語)로 달제가(怛提伽)라 부르고 여기서는 혁(赫)이 라 하는데 서천축(西天竺)과 신라의 두 영취산에만 있다. 그 두 산은 모두 제10 법운지(法雲地)⁷로 보살이 사는 곳이니, 이 사람은 반드시 성자(聖者)일 것이다."

마침내 그의 행색을 살펴보고는 그제야 신라 영취산에 사는 스님인 줄 알았다. 이 일로 인해 그를 다시 보게 되었고 이로써 그의 이름이 안팎에 널리 알려졌다. 나라 사람들이 그래서 그가 주석하던 암자를 혁목암(赫木庵)이라 불렀으니, 지금의 혁목사 북쪽 언덕에 옛터가 있는데 바로 그 암자가 있던 자리다.

「영취사기(靈鷲寺記)」에 이렇게 말했다.

"낭지가 일찍이 말하기를, '이 암자 터는 바로 가섭불(迦葉佛) 당시의 절터이다'라 하고는 땅을 파서 등잔 기름병 두 개를 얻었다. 원성왕 대에 연회(緣會) 큰스님이 이 산 속에 살면서 낭지스님의 전(傳)을 지었는데 이것이 세상에 돌아다녔다."

『화엄경』을 살펴보면 '제10은 법운지(法雲地)라' 했으니, 지금 스님이 구름을 탄 것은 대개 부처가 세 손가락을 구부리고, 원효가 몸을 100개로 나눈 것과 같은 경우인가 보다.

이를 기려 노래한다.

바위 속에서 수도한 지 백 년인데

높은 명성은 일찍이 세상에 알려지지 않았네.

산새가 혀를 놀리는 것 금할 수 없어

구름 타고 오가는 일 누설되었네.

---

1) 울산시 청량면 망해사가 있는 산이 영취산이다. 또한 양산 통도사가 의지하고 있는 산도 영취산인데 여기서는 앞의 경우를 말한다.
2) 불제자들이 지켜야 할 여러 종류의 계(戒)를 말한다. 5계·사미 10계·보살 십중대계·비구 250계·비구니 348계 등이 있다.
3) 지혜와 증득. 진실한 지혜로써 열반을 증득함을 말한다.
4) 불교에서 음악·지혜·말재주·재복을 주제하는 신을 말한다.
5) 구족계(具足戒)의 다른 말이다.
6) 중국 산서성 오대현에 있는 오대산(五臺山)을 가리킨다. 문수보살이 설법하던 곳으로 알려졌다.
7) 보살이 수행하는 52단계 가운데 41단계부터 50단계까지를 십지라고 하고 십지의 마지막을 법운지라 한다. 대법(大法)의 지운(智雲)으로 감로의 비에 젖을 수 있는 자리이다.

연회가 명예를 피해 숨었다가 문수점에서 도를 얻다

고승(高僧) 연회(緣會)는 일찍이 영취산에 숨어 살면서 늘 『법화경』을 읽고 보현보살의 관행법(觀行法)을 닦았다. 뜨락의 연못에는 항상 연꽃 몇 송이가 피어 있었는데 사시사철 시들지 않았다.{지금의 영취사 용장전(龍藏殿)이 연회가 거처하던 곳이다}

원성왕이 그의 상서롭고 신이한 행적을 듣고는 그를 불러 국사(國師)로 삼으려 하니 스님은 그 말을 듣자 암자를 버리고 달아났다. 서쪽 고개의 바위 사이로 난 길을 넘어가는데 한 노인이 마침 밭을 갈고 있다가 법사에게 말했다.

"어디로 가십니까?"

"제가 들으니 나라에서 잘못 알고 저를 벼슬자리로 묶어두려 한다기에 피해 가는 길입니다."

"여기서도 이름을 팔 수 있는데 어찌 수고롭게 멀리 가서 팔려 하십니까? 그러니 스님이야말로 이름 팔기를 싫어하지 않는구려?"

연회는 그 노인이 자기를 업신여긴다고 생각해서 귀담아 듣지 않았다. 그리고 몇 리쯤 더 가서 시냇가에서 한 노파를 만났는데, 그 노파가 어디로 가느냐고 묻기에 연회가 앞에서 한 것처럼 대답하자 노파가 말했다.

"이 앞에서 사람을 만났지요?"

"어떤 노인을 만났는데, 나를 너무 무시하기에 화가 나서 그냥 오는 길이오."

"그분이 문수보살이시온데 왜 그 말씀을 듣지 않았습니까?"

연회가 이 말을 듣자 놀라고 송구스러워 급히 노인이 있는 곳으로 되돌아가 머리를 숙이고 깊이 뉘우치며 말했다.

"어찌 성인의 말씀을 듣지 않겠습니까? 이제 다시 돌아왔습니다. 시냇가의 그 노파는 누구십니까?"

"변재천녀(辨才天女)이오."

그 노인이 말을 마치고 휑하니 사라졌다.

이에 암자로 돌아오자 조금 후에 왕이 보낸 사람이 왕의 명령을 받들고 와서 그를 불렀다. 연회는 자기가 마땅히 받아야 할 일인 줄 알고는 명령을 따라 대궐에 들어가니 왕이 국사로 봉했다.〔『승전(僧傳)』에 '헌안왕이 봉하여, 두 왕 대(二朝)에 걸쳐 왕사로 삼고 호를 조(照)라고 했으니 함통(咸通) 4년(864년)에 세상을 떠났다'라고 했다. 이는 원성왕 대와는 서로 어긋나는데 어느 것이 옳은지 알 수 없다〕

연회스님이 노인과 감통한 곳을 문수점(文殊帖)이라 하고, 노파를 만난 곳은 아니점(阿尼帖)이라 했다.

이를 기려 노래한다.

> 시중에서는 어진 이가 오래 숨기 어려우니
> 주머니 속 송곳은 끝을 감추기 어렵다네.
> 뜰 아래 푸른 연꽃으로 세상에 나간 것이지
> 운산(雲山)이 깊지 않아 그런 것은 아니라네.

혜현이 고요함을 구하다

혜현(惠現)스님은 백제 사람이다. 어려서 출가하여 마음을 모아 『법화경』을 외우는 것으로 일삼았다. 재앙을 물리치는 기도를 올리고 복을 청하면 영험스런 감응이 많이 나타났다. 또 삼론(三論)[1]의 경전을 다 배우고서 도 닦기를 시작하더니 신과 통했다.

처음에 북부(北部)의 수덕사(修德寺)에 머물면서 대중이 있으면 강연하고 없으면 불경을 암송하였는데, 사방의 먼 곳에서까지 그의 풍모를 흠모해서 찾아오는 사람이 많아 문밖에 신발이 가득했다. 점차 번잡하고 시끄러운 것을 싫어하게 되어 강남(江南)의 달나산(達拏山)으로 가서 살았다. 그 산은 지세가 매우 험하여 왕래하기가 어려웠으므로 찾는 사람이 드물었다. 혜현은 그곳에서 고요히 앉아 속세의 일을 잊고 살다가 산중에서 죽었다. 같이 공부하던 사람들이 시신을 석실(石室)에 모셨는데, 호랑이가 유해를 다 먹어치우고 오직 해골과 혀만 남겨 두었다. 3년이 지나도 혀는 여전히 붉고 부드럽더니 그 후로 점차 자줏빛으로 변하여 돌처럼 딱딱해졌다. 스님과 속인들이 모두 그것을 공경해서 석탑에 넣었다.

그가 죽은 때가 세속의 나이로 58세이니 정관(貞觀) 초년(627년경)이었다.

혜현은 중국에 유학하지 않고 조용히 은거하면서 세상을 마쳤으나 그 이름이 중국에까지 알려지고 전기(傳記)도 지어져 당나라에서도 명성이 높았다.

또 고구려의 스님 파약(波若)[2]은 중국 천태산(天台山)에 들어가 지자(智者)[3]의 교관(敎觀)[4]을 받아 신이한 능력을 가진 스님으로 산중에 알려졌더니 그만 일찍 세상을 떠났다. 스님의 전기가 『당승전』에도 실려 있는데 자못 영험한 가르침이 매우 많았다.

이를 기려 노래한다.

불경을 전하는 일도 권태로워
지난날 경 외던 소리 구름 속에 숨었네.
세상의 역사에 이름 널리 알려졌고
죽은 뒤엔 붉은 연꽃 같은 혀 향기로웠네.

1) 용수(龍樹)가 지은 『중론』, 『십이문론』과 그의 제자 제파(提波)가 지은 『백론』 등 세 론을 합친 것으로 이를 근거로 하여 삼론종이 생겼다.
2) 파약(561~613)은 고구려 스님으로 우리나라에서 처음으로 천태교관을 익혔으며 천태종의 시조인 천태지자의 법제이다. 52세의 나이로 세상을 떠났다.
3) 중국 수나라의 이름난 스님(538~597)인 천태대사 지의(智顗)를 말한다.
4) 교상(教相)과 관심(觀心)의 두 문(門)으로 교상은 부처의 가르침을 조직해 놓은 것이고, 관심은 종파가 내세운 진리를 살피는 것이다.

신충이 벼슬을 버리다

효성왕(737-742)이 왕위에 오르기 전에 어진 선비 신충(信忠)과 대궐 안의 잣나무 아래에서 바둑을 두며 놀았는데 언젠가 신충에게 말했다.

"뒷날에 내가 만일 경을 잊는다면 이 잣나무가 증거가 될 것이다."

신충이 일어나 절하였다. 그 몇 달 후에 왕위에 올라 공신들에게 상을 주면서 신충을 빠뜨렸다. 신충이 원망하여 노래를 지어 잣나무에 붙였더니 나무가 갑자기 누렇게 시들었다. 왕이 이상하게 여겨 사람을 시켜 조사하게 했더니 신충이 지은 노래를 찾아 바쳤다. 왕이 크게 놀라며 말했다.

"나랏일이 너무 바빠 훌륭한 신하를 잊을 뻔했구나."

신충을 불러 벼슬을 내리자 잣나무가 바로 소생하였다.

그 노래는 이러하다.

질 좋은 잣이
가을에도 말라 시들지 않는데
너를 중히 여기겠다고 말하시던
우러러보던 얼굴빛 변하였도다.
달 그림자 내린 연못가에
일렁이는 물결 속의 모래처럼
모습이야 바라볼 수 있지만
세상 모든 것 잃어버린 처지여.

이로부터 신충에 대한 총애가 효성왕과 경덕왕의 두 왕조(王朝)에 걸쳐 크게 이어졌다.

경덕왕[왕은 곧 효성왕의 아우이다] 22년 계묘년(癸卯年, 763)에 신충은 두 친구와 서로 약속하고서 벼슬을 내놓고 남악(南岳)[1]으로 들어갔다. 왕이 그를 두 번이나 불렀으나 나오지 않고 머리를 깎고 스님이 되었다. 그는 그곳에 왕을 위해 단속사(斷俗寺)[2]를 짓고 살았다. 이후로 평생 동안 깊은 골짜기에 숨어 지내면서 대왕의 복을 빌기를 원했으므로 왕이 허락하였다. 단속사 금당(金堂)의 후벽(後壁)에 왕의 진영(眞影)을 모셔둔 것은 이 때문이다.

단속사 남쪽에 속휴(俗休)라는 마을이 있었는데, 지금은 잘못 전해져 소화리(小花里)라 부른다.『삼화상전(三和尙傳)』을 살펴보면 신충봉성사(信忠奉聖寺)가 있는데 이 절과 서로 혼동된다. 신문왕 대와 경덕왕 대를 계산해 보니 100여 년의 차이가 있다. 하물며 신문왕과 신충의 관계는 전생[宿世]에나 있을 수 있는 일이니 여기에서 말하는 신충이 아닌 것이 분명하다. 자세히 살펴보아야 할 일이다.

또 『별기(別記)』에 이런 내용이 있다.

"경덕왕 대에 직장(直長) 이준(李俊)이『고승전(高僧傳)』에서는 이순(李純)이라고 했다 일찍이 발원하기를 나이 50이 되면 반드시 출가해서 절을 세우겠다고 하였다. 천보(天寶) 7년 무자년(戊子年, 748)에 50세가 되자 조연(槽淵)에 있던 작은절을 큰절로 고쳐 지어 단속사(斷俗寺)라 이름하였다. 자신도 머리를 깎고 법명을 공굉장로(孔宏長老)라 하였는데 20년 간 그 절에서 살다가 죽었다."

이는 앞의 『삼국사』에 실린 기록과 다르므로 두 가지를 다 실어 의심을 없애고자 한다.

이를 기려 노래한다.

공명 다 이루지 못했는데 귀밑머리 먼저 희어지니
왕의 총애 비록 많으나 인생사가 바쁘기만 하네.
언덕 너머 푸른 산이 자주 꿈에 나타나니
내 가서 향불 피워 왕의 복을 비오리다.

1) 지금의 지리산을 말한다.
2) 경남 산청군에 있던 절로 지금은 그 빈터만 남아 있다.

포산의 두 성사

신라 때 관기(觀機)와 도성(道成)이라는 두 성사(聖師)가 있었다. 그들이 어떤 사람인지 알지 못하나 함께 포산(包山)에〔우리나라에서는 소슬산(所瑟山)이라 하는데 범어(梵語)의 음차로 포(包)를 말한다〕 은거했다. 관기는 남쪽 고개에 암자를 짓고 살았고, 도성은 북쪽 동굴에 살았다. 서로 10리쯤 떨어진 거리였는데 그들은 구름을 헤치고 달을 노래하며 서로 오갔다. 도성이 관기를 부르려고 하면 산 속의 나무들이 모두 남쪽을 향해 구부러져 마치 서로 영접하는 것 같았으므로 관기가 그것을 보고 도성에게로 갔다. 또한 관기가 도성을 맞이하려고 하면 나무들이 그와 같이 모두 북쪽으로 쓰러지므로 도성이 관기에게로 갔다. 이와 같이하기를 여러 해가 지났다. 도성은 자신이 살고 있는 뒷산 높은 바위 위에서 늘 좌선(坐禪)을 했다. 하루는 바위 사이로 몸을 빼내어 온몸이 허공으로 사라져버렸는데 간 곳을 알 수 없었다. 어떤 사람은 그가 수창군(壽昌郡)에〔지금의 수성군(壽城郡)이다〕 가서 죽었다고 한다. 관기도 그의 뒤를 따라 세상을 떠났다.

지금 두 성사의 이름으로 그들이 살던 터에 이름을 붙였는데, 두 사람이 남긴 터가 그대로 남아 있다. 도성암(道成庵)은 높이가 여러 길[丈]이 되는데, 뒷사람이 그 굴 아래에 절을 지었다.

태평흥국(太平興國) 7년 임오년(壬午年, 982)에 성범(成梵)스님이 처음으로 이 절에 머물면서 만일미타도량(萬日彌陀道場)을 열어 50여 년 동안 부지런히 정진하였는데 여러 번 기이한 상서(祥瑞)가 나타났다. 그때 불법을 믿는 거사 20여 명이 매년 모임을 만들어 향나무를 주워 절에 바쳐왔다. 그때마다 산에 들어가 향나무를 채취하여 쪼개고 씻어서 발 위에 펼쳐두면, 밤중에 그 나무가 촛불같이 빛을 발했다. 이 때문에 마을 사람들이 그 향나무를 크게 시주한 사람들이 빛을 얻은 해라고 하여 축하하였다. 이것은 두 성사의 영험스러운 감응이라 할 수 있고, 혹은 산신의 도움이라고도 할 수 있다. 산신의 이름은 정성천 왕(靜聖天王)으로 일찍이 가섭불(迦葉佛) 때에 부처의 부탁을 받고는 맹서하기를 "산중에서 1천 명의 출가를 기다렸다가 그 남은 과보(果報)를 돌려받겠습니다" 라고 했다.

지금 산중에 일찍이 아홉 성사(聖師)가 남긴 자취를 기록한 것이 있는데, 그 아홉 성사에 대해 자세히는 알 수 없지만 관기(觀機), 도성(道成), 반사(㮚師), 첩사(㮜師), 도의(道義),[백암사(栢岩寺)에 그가 남긴 터가 있다] 자양(子陽), 성범(成梵), 금물녀(今勿女), 백우사(白牛師) 등이다.

이를 기려 노래한다.

달빛을 밟고 서로 오가며 운천(雲泉)을 희롱하던
두 노인의 풍류 몇백 년이 지났는가?
연하(煙霞) 낀 골짜기엔 고목만 남았는데
눕거나 일어서는 차가운 나무 그림자 서로 맞이하는 듯하네.

반(㮚)은 소리가 반(般)이니, 우리말로는 피나무[雨木]라 하며, 첩(㮜)은 소리가 첩(牒)으로 우리말로는 갈나무[加乙木]라 한다. 이 반사와 첩사 두 성사는 오랫동안 산골짜기에 숨어 살면서 인간세상과는 교류하지 않았다. 나뭇잎을 엮어 옷을 만들어 추위와 더위를 이겼으며, 습기를 막고 부끄러운 부분을 가렸을 뿐이다. 그래서 반사와 첩사로 부르게 된 것이다. 일찍이 금강산에도 이런 이름을 가진 사람이 있다고 들었다. 여기에서 보면 옛날에 숨어 사는 사람들도 이와 같이 운치가 많았음을 알 수 있으나 그대로 따르기는 어려운 일이다.

내가 일찍이 포산에 잠시 살았을 때에 반사와 첩사 두 스님이 남긴 미덕을 기록한 것이 있어 이제 이것을 함께 기록해 둔다.

붉은 띠풀과 죽대의 뿌리로 배를 채우고
몸을 가린 옷은 나뭇잎이지 비단옷 아니었네.
싸늘한 솔바람 쇄쇄 불고 돌산은 험한데
저물녘 숲 아래로 땔나무 해서 돌아오네.
깊은 밤 가슴 헤치고 밝은 달빛 향해 앉으니
몸은 시원하여 바람 따라 나는 듯.
낡은 부들자리에 가로누워 단잠 들면
꿈속의 혼도 속세에 얽매이지 않았네.
구름처럼 노닐다 간 두 암자의 빈터엔
산 사슴만 뛰놀 뿐 인적은 고요하네.

영재가 도적을 만나다

영재(永才)스님은 천성이 익살스럽고 재물에 얽매이지 않았으며 향가를 잘했다. 늘그막에 남악(南岳)에 숨어살려고 대현령(大峴嶺)에 이르렀다가 60여 명의 도적 떼를 만났다. 도적들이 해치려 했으나 영재 스님은 칼날 앞에서도 두려워하는 기색이 없이 화평한 얼굴로 그들을 대했다. 도적들이 이상하게 여겨 그의 이름을 묻자 영재라고 대답했더니, 도적들이 평소에 그 명성을 들었으므로 그에게 향가를 지어 보도록 했다. 우적가(遇賊歌)는 이렇다.

제 마음의
모습을 보지 못하고
새들이 멀리 달아나듯 지나서 알고
이제 숲으로 가고 있노라
다만 잘못된 너희 파계주들이여
두려운 세상으로 다시 돌아가랴
이 칼이사 지나고 나면
좋은 날이 밝아오겠습니까
아! 오직 이내 소리의 좋음은
평안한 새 집 얻게 될 것이로다.

도적들이 그 뜻에 감동하여 비단 두 끝을 주니, 영재가 웃으며 앞으로 나아가 사양했다.

"재물이 지옥으로 가는 근본인 줄 알고 깊은 산 속으로 피해가 일생을 보내려는데 어찌 이것을 받겠는가?"

그리고는 땅에 던져버렸다. 도적들이 그 말에 감동하여 모두 그들이 가졌던 칼과 창을 풀어 던지고 머리를 깎고 제자가 되어 같이 지리산에 숨어살며 다시는 속세를 밟지 않았다. 그때 영재의 나이 아흔이 다 되었으니 원성대왕 대의 일이다.

이를 기려 노래한다.

지팡이 짚고 산으로 가는 뜻 깊기만 한데

비단과 구슬로 어찌 마음을 다스리랴?
숲속의 도적들아 재물일랑 주지 마라
지옥은 다름 아닌 재물이 근원이라네.

물계자

제10대 내해왕(奈解王)이 왕위에 오른 지 17년째가 되는 임진년(壬辰年, 212)에 보라국(保羅國), 고자국(古自國){지금의 고성(固城)이다}, 사물국(史勿國){지금의 사주(泗州)이다} 등 여덟 나라가 합세해서 변경을 침입해왔다. 왕이 태자 내음(㮈音)과 장군 일벌(一伐) 등에게 명하여 군사를 이끌고 가서 그들을 막게 했더니 여덟 나라가 모두 항복했다. 그때 물계자(勿稽子)의 공로가 가장 컸으나 태자가 그를 싫어해서 그의 전공에 대해서 포상하지 않았다. 어떤 사람이 물계자에게 말했다.

"이번 전쟁에서의 공은 오직 그대만이 세웠다고 할 수 있을 것인데 오히려 그대에게 상이 주어지지 않았다. 이는 태자가 그대를 미워하기 때문이니 그대는 태자가 원망스럽지 않은가?"

"나라의 임금님이 위에 계시는데 어찌 신하인 태자를 원망하겠소?"

"그렇다면 이 사실을 왕에게 아뢰는 것이 좋지 않겠소?"

"공로를 자랑하고 명예를 다투며 자신을 추켜세우고 남을 무시하는 것은 뜻 있는 선비가 할 행동이 아니오. 힘써 노력하며 때를 기다릴 뿐이오."

내해왕 20년 을미년(乙未年, 215)에 골포국(骨浦國)[1]{지금의 함포(含浦)이

대 등 세 나라 왕이 각기 군사를 거느리고 와서 갈화(竭火)를(굴불(屈弗)
인 듯하니 지금의 울주(蔚州)이다) 쳤다. 왕이 친히 군사를 거느리고 와서 그
들을 막으니 세 나라가 모두 패했다. 물계자가 수십 명의 적병을 죽였
으나 사람들은 물계자의 공로를 말하지 않았다. 물계자는 아내에게 말
했다.

"내가 듣건대 임금을 섬기는 도리는 임금이 위태로운 일을 당하면
목숨을 바치고, 임금님이 어려움에 처해 있으면 내 몸을 잊어버리고,
절의를 지켜 생사를 돌아보지 않는 것이오. 보라국과(발라(發羅)인 듯하니
지금의 나주(羅州)이다) 갈화에서의 전쟁은 실로 나라의 어려움이었고 임금
께는 위태로운 일이었는데도 나는 내 몸을 돌보지 않고 목숨을 바칠
용기가 없었으니, 이것은 바로 큰 불충이었소. 이미 불충으로써 임금
을 섬겨 그 허물이 돌아가신 아버님께 미쳤으니 어를 효라고 할 수 있
겠소? 이미 충·효를 다 잃었으니 어찌 얼굴을 들고 다시 조정과 저잣
거리에 설 수 있겠소?"

그리고는 머리를 풀어헤친 채 거문고를 등에 지고 사체산(師彘山)으
로(어디에 있는 산인지 알 수 없다) 들어갔다. 대나무의 곧은 성벽(性癖)을 슬
퍼하여 그것에 기탁해서 노래를 짓고, 졸졸 흐르는 시냇물 소리에 비
겨서 거문고 곡조를 짓기도 했다. 그는 그곳에 숨어 살며 다시는 세상
에 나오지 않았다.

1) 지금의 경남 마산시에 있었던 나라이다.

영여스님

실제사(實際寺)[1]의 영여(迎如)스님은 그 집안과 성씨를 알 수 없는데, 덕과 행실이 다 높았다. 경덕왕이 그를 맞아 공양을 드리려고 사람을 보내 불렀다. 영여가 대궐 안에 나아가 재를 마치고 돌아가려 하자 왕이 사람을 시켜 절까지 정중히 모시게 했는데, 그가 절문을 들어서자마자 곧 숨어버려 간 곳을 알 수 없었다. 모시고 갔던 사람이 와서 왕에게 아뢰자 왕이 이상하게 여겨 영여를 국사(國師)로 추봉(追封)했다. 그는 그 후로 다시는 세상에 나타나지 않았는데, 지금도 그 절을 국사방(國師房)이라 부른다.

1) 경주에 있던 신라시대의 절이다.

포천산의 다섯 비구. 경덕왕 대의 일이다

삽량주(歃良州) 동북쪽 20리쯤 되는 곳에 포천산(布川山)이 있다. 그곳의 석굴이 기이하고 수려해서 마치 사람이 깎아 놓은 듯했다. 이곳에 이름을 알 수 없는 다섯 비구가 와서 살며 아미타불을 염하면서 서방정토를 구하였다. 그렇게 한 지 몇십 년 만에 갑자기 서쪽으로부터 성자들이 와서 그들을 맞이했다. 이에 다섯 비구는 각기 연화대(蓮華臺)에 앉은 채 하늘로 날아가다가 통도사(通度寺) 문밖에 이르러 머물렀는데 하늘에서 음악소리가 간간히 들려왔다. 절의 스님들이 나와서 보니 다섯 비구가 그들을 위해 무상고공(無常苦空)[1]의 이치를 설하고 는 육신을 벗어버리고 밝은 빛을 발하며 서쪽으로 사라졌다. 그들이 몸을 버린 곳에 스님들이 도량을 짓고 치루(置樓)라 이름 하였는데 지금도 남아 있다.

[1] 비상고공비아(非常苦空非我) 또는 고공무상무아(苦空無常無我)라고 한다. 중생의 과보 (果報)가 모두 고(苦)라는 고제(苦諦)의 경지를 보고 일어나는 네 가지의 관(觀)으로 곧 비상(非常) 또는 무상(無常)·괴로움[苦]·공(空)·상주(常住)가 그것이다.

염불스님

남산 동쪽 기슭에 피리촌(避里村)이라는 마을이 있었다. 그 마을에 절이 있었는데 마을 이름을 따라 피리사(避里寺)라고 했다. 이 절에 이름을 말하지 않는 이상한 스님이 있었다. 늘 아미타불을 외워 그 소리가 성 안 360방(坊) 17만 호(戶)에 다 들렸다. 그 소리는 높낮이가 없어 한결같이 낭랑하였다. 이것을 신이하게 여겨 그 스님을 공경하지 않는 사람이 없었으며, 모두 그를 염불스님[念佛師]이라고 불렀다. 그가 죽은 후에 진흙으로 그의 모습을 빚어서 민장사(敏藏寺)에 모시고 그가 본래 살았던 피리사를 염불사(念佛寺)[1]로 그 이름을 바꾸었다. 그 절 옆에는 양피사(讓避寺)라는 다른 절이 있었는데 이 또한 마을 이름에서 얻은 것이었다.

[1] 경주시 남산리에 있었던 절이다.

제9 효선편(孝善篇)

진정법사의 효성과 불법이 다 아름답다

　진정법사(眞定法師)는 신라 사람으로 속세에 있을 때 군대에 적을 두고 있었는데 집이 가난해서 장가도 들지 못했다. 군대 복무 중에 여가 시간에 품을 팔아서 식량을 마련해 홀어머니를 봉양하였다. 집안에 재산이라고는 오직 다리 부러진 솥 하나뿐이었다.

　하루는 스님이 문간에 와서 절 지을 쇠붙이를 시주하라고 하므로 어머니가 그 솥을 내주었다. 얼마 뒤에 진정이 밖에서 돌아오자 어머니가 솥을 시주한 일을 말하고 난 뒤에, 짐짓 아들의 뜻이 어떠한지를 살펴보았다. 진정이 얼굴에 기쁜 빛을 나타내며 말했다.

"불사(佛事)에 시주하셨으니 얼마나 다행입니까? 솥이 없다고 해서 무엇이 걱정되겠습니까?"

그리고는 질그릇 물동이로 솥을 삼아 음식을 익혀 어머니를 봉양하였다. 그가 일찍이 군대에 가 있을 때에 의상법사가 태백산에서 불법을 강설하여 사람들을 이롭게 한다는 소문을 들었다. 그 자리에서 사모하는 마음이 생겨 어머니에게 말했다.

"효도를 다 마친 후에 의상법사에게 의지하여 머리를 깎고 불법을 배울까 합니다."

"불법은 만나기가 어렵고 인생은 너무 빠르게 지나간다. 너는 효도를 마친 뒤에 불법을 배우겠다고 말하지만 그러면 너무 늦지 않겠느냐? 어찌 내 생전에 네가 불도를 들었다는 말을 듣는 것만큼 즐거운 일이 있겠느냐? 머뭇거리지 말고 빨리 떠나는 것이 좋겠다."

"연로하신 어머님을 오직 제가 모시고 있을 뿐이온데, 제가 어머니를 두고 차마 출가할 수 있겠습니까?"

"아, 나 때문에 출가하지 못한다면 이는 나를 지옥에 떨어뜨리는 것과 같다. 비록 살아 있을 때 온갖 풍성한 음식으로 나를 봉양한다고 해서 어찌 효도했다 할 수 있겠느냐? 나는 남의 문전에서 옷과 밥을 구걸한다고 해도 내 명대로 살 수 있으니, 정말 내게 효도하려거든 그런 말일랑 하지 말아라."

진정이 오랫동안 생각에 깊이 잠겨 있는데 어머니가 바로 일어나 집에 있는 쌀자루를 털어보니 쌀이 7되가 나왔으므로 어머니는 그 날로 쌀을 다 털어 밥을 짓고는 말했다.

"네가 길을 가면서 밥을 지어 먹으면 가는 길이 더딜까 염려되어서 그러니 내가 보는 앞에서 한 되 분량의 밥은 먹고 나머지 여섯 되 분량의 밥은 싸 가지고 빨리 떠나거라."

진정이 눈물을 삼키고 굳이 사양하며 말했다.

"어머니를 버리고 출가하는 일은 자식으로서 차마 하기 어려운 일이온데 하물며 며칠 동안의 미음거리까지 모두 싸 가지고 떠난다면 세상 사람들이 제게 무어라 하겠습니까?"

진정이 세 번 사양하자 어머니도 세 번을 권했다. 진정은 어머니의 뜻을 더는 거역하기가 어려워 길을 떠났다. 밤낮으로 길을 가서 3일 만에 태백산에 도착했다. 그 길로 의상법사에게 귀의하여 그의 문하에 들어가, 머리를 깎고 제자가 되어 이름을 진정(眞定)이라 했다. 그곳에 머문 지 3년 만에 어머니의 부음을 받았다. 진정은 가부좌를 하고 선정(禪定)에 들더니 이레 만에 일어났다. 이를 설명하는 사람이 말하기를 '어머니에 대한 추모의 정과 슬픔을 견딜 수가 없었으므로 맑고 고요한 마음으로 자신을 달랜 것이다' 라고 하고, 어떤 사람은 '선정에 들어 그 어머니가 환생하신 곳을 보았다' 라고 했다. 또 어떤 사람은 '이와 같이 선정에 들어 어머니의 명복을 빌었다' 라고도 했다.

선정을 끝내고 진정이 그 일을 의상에게 말하자, 의상이 제자들을 거느리고 소백산의 추동(錐洞)으로 갔다. 그곳에 풀을 엮어 오두막을 짓고 3천 명의 제자들을 모아서 90일 동안 『화엄경』을 강연하였다. 의상의 제자인 지통(智通)이 강석(講席)에 참여하여 그 주요한 내용을 뽑아 모아 두 권으로 묶고 『추동기(錐洞記)』라 이름하여 세상에 널리 폈다. 강연이 끝나자 어머니가 꿈에 나타나 말했다.

"나는 이미 하늘에 환생했다."

김대성이 전생과 이생의 부모에게 효도하다. 신문왕 대의 일이다

모량리(牟梁里)의[혹은 부운촌(浮雲村)이라 쓴다] 가난한 여인 경조(慶祖)
에게 아이가 있었는데, 머리가 크고 이마는 평평하여 마치 성(城)의 모
양과 같아서 이름을 대성(大城)이라 했다. 집이 가난하여 살아갈 수가
없어서 부자인 복안(福安)의 집에 품을 팔아 얻은 약간의 농토로 옷과
먹을 것을 해결할 수 있었다. 그때 고승 점개(漸開)가 흥륜사에서 육륜
회(六輪會)[1]를 열고자 복안의 집에 와서 시주를 권하니 복안이 베 50
필을 내놓았다. 점개가 축원해서 말했다.

"시주하시는 분이 보시를 좋아하니 천신(天神)이 항상 지켜주실 것
이며, 하나를 보시하면 만 배를 얻게 되니 삶이 안락하고 장수를 누릴
수 있을 것입니다."

대성이 그 말을 듣고는 뛰어 들어가서 어머니에게 말했다.

"제가 문간에 온 스님이 하는 말을 들으니, '하나를 시주하면 만 배
를 얻는다'라고 하였습니다. 우리가 전생의 선업이 없어서 지금 이렇
게 곤궁한 것이 틀림없습니다. 지금 또 보시하지 않으면 내세에 더욱
어려울 것이니, 제가 머슴살이로 얻은 밭을 법회에 시주하여 후생(後
生)의 과보(果報)를 도모하는 것이 어떻겠습니까?"

어머니가 좋다고 하자, 점개에게 밭을 시주하였다.

얼마 안 되어 대성이 죽었는데 이날 밤 재상 김문량(金文亮)의 집에
하늘에서 외치는 소리가 들렸다.

"모량리의 대성이란 아이를 지금 너의 집에 맡긴다."

그 집안사람들이 놀라 사람을 시켜 모량리에 가 알아보게 했더니,
대성이 과연 죽었는데 그가 죽은 날이 바로 하늘의 외침이 들리던 날

불국사

이었다.

임신하여 아들을 낳으니 왼손을 쥐고 펴지 않다가 이레 만에야 폈다. 그 손 안에 대성(大城)이란 두 글자가 새겨진 금으로 만든 패쪽이 들어 있었으므로 다시 대성이라고 이름 짓고 그의 어머니를 집에 모셔와 함께 봉양했다.

그는 장성하여 사냥을 좋아했다. 하루는 토함산에 올라가 곰 한 마리를 잡고는 산 아래 마을에서 묵었다. 꿈에 곰이 귀신으로 변해 시비를 걸며 말했다.

"네가 어째서 나를 죽였느냐? 내가 너를 잡아먹겠다."

대성이 두려워하면서 용서해 주기를 청하자 귀신이 말했다.

"나를 위해서 절을 세워 줄 수 있느냐?"

대성이 그렇게 하기로 맹서했다.

꿈에서 깨어나자 땀이 흘러 이부자리를 흥건히 적셨다. 그 후로 사냥을 그만두고 곰을 위해서 곰을 잡았던 곳에 장수사(長壽寺)를 지었다. 이 일로 인해서 마음에 감동되는 바가 있어 자비로운 발원이 더욱 깊어졌다. 이에 현생의 부모를 위해서 불국사를 짓고, 전생의 부모를 위해서 석불사(石佛寺)[2]를 세워 신림(神琳)과 표훈(表訓) 두 성사(聖師)를 청하여 각기 머물게 했다. 아름답고 큰 불상을 세워 길러주신 노고에 보답하였으니, 한몸으로 두 생의 부모에게 효도한 일은 옛날에도 드문 일이었다. 그러니 보시를 잘한 사람에게 돌아오는 영험을 믿지 않을 수 있겠는가?

돌부처를 조각하려고 큰 돌 하나를 다듬어서 감개(龕蓋)[3]를 만드는데 돌이 갑자기 셋으로 갈라졌다. 대성이 분통스럽게 여기다가 잠깐 잠이 들었는데 밤중에 천신(天神)이 내려와 다 만들어 놓고 돌아갔다. 대성이 잠자리에서 일어나 남쪽 고개로 달려가 향목(香木)을 태워서 천신에게 공양했다. 그래서 그 고개를 향고개라고 불렀다. 불국사의 구름다리[雲梯]와 석탑은 물론이고 돌과 나무에 새긴 솜씨까지 경주의 다른 여러 절들의 그것과 비교되지 않을 정도로 훌륭하다.

옛 『향전(鄕傳)』에 실린 글은 위와 같으나 절에 남아 전하는 기록은 이러하다.

"경덕왕 대에 대상(大相)인 대성이 천보(天寶) 10년 신묘년(辛卯年, 751)에 처음 불국사를 짓기 시작했다. 혜공왕 대에 이르러 대력(大曆) 9년 갑인년(甲寅年, 774) 12월 2일에 대성이 세상을 떠나자 나라에서 공사를 완성했다. 처음에 밀교(密敎)인 유가교(瑜伽敎)의 큰스님인 항마(降魔)를 초청하여 이 절에 머물게 했는데 그것은 지금까지 계승되고 있다."

이 기록은 옛날의 전(傳)과 같지 않으니 어느 것이 옳은지 모르겠다.

이를 기려 노래한다.

모량리에 봄 지나 좁은 밭 시주했더니

향고개에 가을 들어 만금을 얻었네.

어머니는 백 년 사이에 가난과 부귀 다 겪고,

재상 김대성은 한바탕의 꿈에 전생과 이승을 오갔네.

1) 『보살영락본업경(菩薩瓔珞本業經)』의 뜻에 따라 여는 법회를 말한다.
2) 경주 석굴암의 옛 이름이다.
3) 감(龕)은 불상을 모시는 궤(櫃), 또는 탑하실(塔下室)을 가리키고, 개(蓋)는 감을 덮는 뚜껑을 가리킨다.

상득이 다리살을 베어 부모를 공양하다. 경덕왕 대의 일이다

웅천주(熊川州)에 사지(舍知) 벼슬을 했던 상득(尙得)이 살았는데 흉년이 들어 그의 아버지가 거의 굶게 되었으므로 상득이 자신의 넙적다리 살을 베어 봉양했다. 그 고을 사람들이 그 사실을 알리니, 경덕왕이 상으로 곡식 500섬을 내렸다.

손순이 아이를 묻다. 흥덕왕 대의 일이다

손순(孫順)은〔고본(古本)에는 손순(孫舜)이라 했다〕 모량리 사람으로 아버지의 이름은 학산(鶴山)이었다. 아버지가 세상을 떠나자 아내와 함께 남의 집에 품을 팔아서 식량을 마련하여 늙은 어머니를 봉양했는데, 어머니 이름은 운오(雲烏)였다. 손순의 어린아이가 매번 어머니가 잡숫는 음식을 빼앗아 먹으니 손순이 그 일을 민망하게 여겨 아내에게 말했다.

"아이는 다시 얻을 수 있지만 어머니는 다시 얻기 어렵소. 아이가 어머니의 음식을 빼앗아 먹어 어머니께서 너무 굶주리시니 이 아이를 땅에 묻어버리고 어머니를 배부르게 해 드려야겠소?"

그리고는 아이를 업고 취산(醉山)〔산은 모량리 서북쪽에 있다〕 북쪽 들로 가서 아이를 묻기 위해 땅을 파니 거기에서 생각지도 않던 돌로 된 종[石鐘]이 나왔는데 그 모양이 매우 특이했다. 부부가 놀라고 이상히 여겨 잠깐 나무 위에 걸어놓고 그것을 쳐보았더니 소리가 은은하고 아름다웠다.

아내가 말했다.

"이상한 물건을 얻은 것은 이 아이의 복인 듯합니다. 그러니 아이를 묻을 수 없습니다."

남편도 그 말이 옳다고 여겨 아이를 업고 그 종을 가지고 집으로 돌아왔다. 종을 대들보에 매달고 쳤더니 종소리가 대궐까지 들렸다. 흥덕왕이 그 종소리를 듣고 좌우 신하들에게 말했다.

"서쪽 들에서 이상한 종소리가 들리는데 그 소리가 맑고 은은하여 보통 종소리가 아닌 것 같소. 빨리 가서 알아보도록 하시오."

왕이 보낸 사람이 그 집에 가서 살펴보고 사실대로 왕에게 아뢰니 왕이 말했다.

"옛날에 곽거(郭巨)[1]가 아들을 파묻으려 하니 하늘이 황금솥을 내려주었고, 이제 손순이 아이를 파묻으려 하자 땅에서 석종이 솟아났다. 앞뒤의 사람이 보여 준 효성이 세상의 거울이 되겠구나."

이에 손순에게 집 한 채를 하사하고 매년 벼 50섬을 주어서 그의 효성을 높이 샀다. 손순은 전에 살던 집을 희사해서 절로 만들어 홍효사(弘孝寺)라 이름하고 그 석종을 모셨다.

진성왕 대에 후백제의 무도한 도적들이 그 마을에 쳐들어와 종은 없어지고 절만 남았다. 그가 종을 얻은 곳을 완호평(完乎坪)이라 불렀는데, 지금은 잘못 전해져 지량평(枝良坪)이라고 한다.

---

1) 중국 한나라 사람. 늙은 어머니가 손자에게 음식을 나누어 주어 배고파하므로 자식을 땅에 묻으려고 땅을 팠더니 황금솥 하나가 나왔는데 그 솥에 '하늘이 곽거에게 주는 것이다'는 명문이 기록되어 있었다고 한다.

가난한 딸이 어머니를 봉양하다

효종랑(孝宗郎)이 남산 포석정(鮑石亭)에서[또는 삼화술(三花述)이라고도 한다] 놀 때 문객(門客)들이 급히 달려왔는데 그 중 오직 두 사람만이 늦게 왔다.

효종랑이 그 까닭을 물었다.

"분황사의 동쪽 마을에 나이 스물쯤 되는 여자가 눈먼 어머니를 껴안은 채 서로 목놓아 울고 있는 것을 보았습니다. 동네 사람에게 그 까닭을 물었더니 그들이 말하기를 '이 여자는 집이 가난해 음식을 빌어서 어머니를 봉양한 지 여러 해가 되었는데 마침 흉년이 들어 문전걸식으로 살아가기가 어려워 남의 집에 품을 팔아 품삯으로 얻은 곡식 30섬을 그 주인집에 맡겨두고 일해 왔습니다. 해가 저물면 곡식 자루를 가지고 집에 와서 밥을 지어 어머니께 드리고 함께 잔 뒤 새벽이면 주인집에 가서 일을 했습니다. 이렇게 한 지 며칠 만에 어머니가 전에는 거친 음식을 먹어도 마음이 편안했는데, 요즈음은 좋은 쌀밥을 먹어도 가슴 속을 찌르는 것같이 마음이 편하지 않으니 어찌 된 일이냐고 했습니다. 딸이 사실대로 말하자 그 말을 듣고 어머니가 통곡하니 딸은 자기가 다만 어머니의 구복(口腹)만 채워드렸을 뿐 마음을 편하게 해드리지 못했음을 한탄하여 그래서 서로 붙잡고 울고 있는 것입니다' 라고 했습니다. 그래서 그 광경을 구경하느라고 늦었습니다."

효종랑이 이 말을 듣고는 눈물을 흘리며 곡식 100곡(斛)을 보냈다. 효종랑의 부모도 옷 한 벌을 보냈으며, 낭의 무리들도 곡식 1천 섬을 모아서 보냈다. 이 일이 왕에게 알려지자 당시 진성왕도 곡식 5백 섬과 집 한 채를 하사하고 병사를 보내 그 집을 호위하여 도둑이 들지 못하도록 지키게 했다. 또 그 동네를 표창하여 효양리(孝養里)라 했다. 후에 그 집을 희사하여 절로 만들고 양존사(兩尊寺)라 이름했다.

발문(跋文)

우리나라의 삼국시대의 역사서로는 『삼국사기』와 『삼국유사』 두 종류의 책이 있는데 다른 곳에서는 간행된 것이 없고 다만 경주부(慶州府)에서만 간행되었다. 그러나 세월이 오래 되어 글자 획이 닳아 없어져 한 줄에서 읽을 수 있는 글자는 겨우 네댓 글자였다.

내가 생각하건대, 선비가 이 세상에 태어나 여러 역사 서적들을 두루 보아 천하의 치란(治亂)·흥망(興亡)과 여러 이적(異蹟)까지도 널리 알고자 하는데 하물며 이 나라에 살면서 우리의 사적(事蹟)을 알지 못해서야 되겠는가? 그래서 다시 간행하고자 완전한 대본을 널리 구했으나 몇 년이 지나도록 얻지 못했다. 이는 그 책이 일찍이 세상에 널리 유포되지 않아 사람들이 쉽게 얻어 볼 수 없었기 때문임을 알았다. 만약 지금 다시 간행하지 않는다면 앞으로 실전(失傳)되어 우리나라의 역사를 후학들이 알 수 없게 될 것이니 이는 정말 한탄스런 일이다.

다행히 우리의 유학자(儒學者)인 성주목사(星主牧使) 권주(權輳)[1] 공께서 내가 이 책을 구한다는 말을 듣고 완본을 구해서 보내주었으므로 나는 기쁜 마음으로 받아 감찰사 상국(相國) 안당(安瑭)과 도사(都事) 박전(朴佺) 공에게 이 소식을 자세히 알렸더니 모두가 좋다고 했다. 이에 여러 고을에 나누어 간행하도록 해서는 그 간행된 것을 모두 모아 경주부에서 간직하게 한 것이다.

아아! 사물이란 오래되면 반드시 없어지고 없어지면 반드시 생겨나게 된다. 생겨났다 없어지고, 없어졌다 생겨나는 것은 변하지 않는 이치다. 이 같은 불변의 이치를 알아서 시기에 맞게 다시 간행하여 길이 전해지도록 하며, 또한 뒷날의 학자들에게 도움이 되기를 바란다.

황명(皇明) 정덕(正德) 임신년(壬申年, 1512) 12월 부윤(府尹) 추성정란공신(推誠定難功臣) 가선대부(嘉善大夫) 경주진병마절제사(慶州鎭兵馬節制使) 전평군(全平君) 이계복(李繼福)은 삼가 쓰다.

1) 조선조 성종 대에 공주목사를 지냈던 관료였다.
2) 명나라 무종(武宗)의 연호(1506–1521)이다. 이계복이 간행한 『삼국유사』를 정덕본(正德本)이라 하는 것은 여기에서 나온 말이다.

생원(生員) 이산보(李山甫)

교정생원(校正生員) 최기동(崔起潼)

중훈대부(中訓大夫) 행경주부판관(行慶州府判官) 경주진병마절제도위(慶州鎭兵馬節制都尉) 이류(李瑠)

봉직랑(奉直郎) 수경상도(守慶尙道) 도사(都事) 박전(朴佺)

추성정란공신(推誠定難功臣) 가정대부(嘉靖大夫) 경상도관찰사(慶尙道觀察使) 겸병마수군절도사(兼兵馬水軍節度使) 안당(安瑭)

부 록

왕력편(王曆篇)

중 국	신 라	고구려	백 제	가락국
〈전한(前漢)〉 **선제(宣帝)** 　오봉(五鳳)은 갑자년(B.C. 57)에서 4년간 이다. 　감로(甘露)는 무진년(B.C. 53)에서 4년간 이다. 　황룡(黃龍)은 임신년(B.C. 49)부터 1년간 이다. **원제(元帝)** 　초원(初元)은 계유년(B.C. 48)에서 5년간 이다. 　영광(永光)은 무인년(B.C. 43)에서 5년간 이다. 　건소(建昭)는 계미년(B.C.	**제1대 혁거세** 　성은 박(朴)이고 알에서 났다. 나이 열 세 살이 되던 갑자년(B.C. 57)에 즉위하여 60년간 다스렸다. 　왕비는 아이영(娥伊英) 또는 알영(閼英)이다. 　국호를 서라벌(徐羅伐) 또는 서벌(徐伐), 사로(斯盧), 계림(雞林)이라 했다. 일설에는 탈해왕(脫解王) 때 이르러 처음으로 계림이란 국호를 두었다고도 한다.			

중 국	신 라	고구려	백 제	가락국
38)에서 6년간이다. **성제(成帝)** 건시建始)는 기축년(B.C. 32)에서 4년간이다. 하평(河平)은 계사년(B.C. 28)에서 4년간이다. 양삭(陽朔)은 정유년(B.C. 24)에서 4년간이다. 홍가(鴻嘉)는 신축년(B.C. 20)에서 4년간이다. 영시(永始)는 을사년(B.C. 16)에서 4년간이다. 원연(元延)은 기유년(B.C. 12)에서 4년간이다. **애제(哀帝) 2**	갑신년(B.C. 37)에 금성(金城)을 쌓았다.	**제1대 동명왕** (東明王) 갑신년(B.C. 37)에 즉위하여 18년간 다스렸다. 성은 고(高), 이름은 주몽(朱蒙)으로 추몽(鄒蒙)이라고도 했다. 단군의 아들이다.		
		제2대 유리왕 (瑠璃王) 누리(累利) 또는 유류(孺留)라고도 했다. 동명왕의 아들이다. 임인년(B.C. 19)에 즉위하였으며 36년간 다스렸다. 성은 해씨(解氏)이다.	**제1대 온조왕** (溫祚王) 동명왕의 셋째 아들이다. 둘째 아들이라고도 한다. 계묘년(B.C. 18)에 즉위하였으며 45년간 재위에 있었다. 위례성(慰禮城)에 도읍하였는데 사천(蛇川)이라고도 하며 지금의 직산(稷山)이다.	
애제(哀帝) 건평(建平)은 을묘년(B.C. 6)에서 4년간이다. 원수(元壽)는 기미년(B.C.		계해년(A.D. 3)에 도읍을	병진년(B.C. 5)에 한산(漢山)으로 도읍을 옮겼다. 지금의 광주(廣州)다.	

중 국	신 라	고구려	백 제	가락국
2)에서 2년간 이다. **평제(平帝)** 원시(元始) 신유년(A.D. 1)에서 7년간 이다. 유자영(孺子嬰) 초시(初始)는 무진년(8)부터 1년간이다. **신실(新室)** 건국(建國)은 기사년(9)에서 5년간이다. 천봉(天鳳)은 갑술년(14)에서 6년간이다. 지황(地鳳)은 경진년(20)에서 3년간이다. 경시(更始)는 계미년(23)에서 2년간이다. **〈후한(後漢)〉** **광무제(光武帝)** 건무(建武)는 을유년(25)에서 31년간이다.	제2대 남해 차차웅(南海次次雄) 아버지는 혁거세, 어머니는 알영. 성은 박씨이다. 왕비는 운제부인(雲帝夫人), 갑자년(4)에 즉위하여 20년간 다스렸다. 호를 거서간(居西干)이라고 했다. **제3대 노례잇금[[(弩禮) 또는 노(弩)](尼叱今)** 아버지는 남해왕, 어머니는 운제(雲帝). 왕비는 사요왕(辭要王)의 딸 김씨이다. 갑신(2)에 왕위에 올라 33년간 다스렸다. 니질금 또는 니사금(尼師今)이라고도 한다.	국내성(國內城)으로 옮겼다. 불이성(不而城)이라고도 한다. **제3대 대무신왕(大武神王)** 이름은 무휼(無恤) 혹은 미류(味留)이며 성은 해씨이다. 유리왕 셋째 아들이다. 무인년(18)에 즉위하여 26년간 다스렸다. **제4대 민중왕(閔中王)** 이름은 색주(色朱), 성은 해씨로 대무신왕의 아들이다. 갑진년(44)에	**제2대 다루왕(多婁王)** 온조왕의 둘째아들이다. 무자년(28)에 즉위하였으며 49년간 다스렸다.	**가락국(駕洛國)** 가야(伽耶)라고도 하는데 지금은 금주(金州)다. **수로왕(首露王)** 임인년(42) 3월에 알에서

중 국	신 라	고구려	백 제	가락국
	제4대 탈해닛금((脫解) 또는 토해(吐解))尼叱今) 성은 석(昔)이다. 아버지는 완하국(琓夏國) 함달파왕(含達婆王)이니 혹은 화하(花夏)국왕이라고도 한다. 어머니는 적녀(積女)국왕의 딸이요 왕비는 남해왕의 딸 아로(阿老)부인이다. 정사년(57)에 즉위하여 23년간 다스렸다. 왕이 죽으니 미소(未召)의 소정구(疏井丘) 중에 수장(水葬)하였다. 분골(粉骨)로써 소상을 빚어 동악(東岳)에 모셨으니 지금의 동악대왕이다.	즉위하여 4년간 다스렸다.		태어나서 그 달에 즉위하였으며, 158년간 다스렸다. 금알에서 나왔으므로 성이 김씨다. 『개황력(開皇曆)』에 실려 있다.
중원(中元)은 병진년(56)에서 2년간이다.		제5대 모본왕(慕本王) 민중왕의 형이니 이름은 애류(愛留) 또는 애우(愛憂)라고도 한다. 무신년(48)에 즉위하여 5년간 다스렸다.		
명제(明帝) 영평(永平)은 무오년(58)에서 18년간이다.		제6대 국조왕(國祖王) 이름은 궁(宮) 또는 태조왕(太祖王)이라고도 한다. 계축년(53)에 즉위하여 93년간 다스렸다. 『후한서』의 전(傳)에 이르기를 처음 태어났을 때 눈을 뜨고 볼 수 있었다고 한다. 뒤에 동복 아우 차대왕(次大王)에게 왕위를 넘겼다.	제3대 기루왕(己婁王) 다루왕의 아들이다. 정축년(77)에 즉위하였으며 55년간 다스렸다.	
장제(章帝) 건초(建初)는 병자년(76)에서 8년간이	제5대 파사잇금(婆娑尼叱今) 성은 박(朴)씨다. 아버지는 노			

중 국	신 라	고구려	백 제	가락국
다. 원화(元和)는 갑신년(84)에 서 3년간이 다. 장화(章和)는 정해년(87)에 서 2년간이 다. **화제(和帝)** 영원(永元)은 기축년(89)에 서 17년간이 다. 원흥(元興)은 을사년(105)부 터다. **상제(殤帝)** 연평(延平)은 병오년(106)부 터다. **안제(安帝)** 영초(永初)는 정미년(107)에 서 7년 동안 이다. 원초(元初)는 갑인년(114)에 서 6년간이 다. 영녕(永寧)은 경신년(120)부 터 1년간이 다. 건광(建光)은	례왕, 어머니 는 사요왕의 딸이다. 왕비 는 사초(史肖) 부인이다. 경진년(80)에 즉위하였으 며 32년간 다 스렸다. **제6대 지마잇 금(祗磨尼叱 今)** 지미(祗味)라 고도 한다. 성 은 박씨이다. 아버지는 파 사왕, 어머니 는 사초부인 이다. 왕비는 마제(磨帝) 국 왕의 딸 ㅁ례 (ㅁ禮)부인으 로 애례(愛禮) 라고도 하며 성은 김씨이 다. 임자년(112) 에 즉위하여 23년간 다스 렸다. 이 왕대 에 지금의 안 강(安康)인 음 질국(音質國) 과 지금의 장 산(章山)인 압 랑국(押梁國) 을 멸망시켰 다.		 **제4대 개루왕** **(蓋婁王)**	

중국	신 라	고구려	백 제	가락국
신유년(121)부터 1년간이다. 연광(延光)은 임술년(122)에서 4년간이다.	**제7대 일성잇금(逸聖尼叱今)** 아버지는 노례왕의 형으로 지마왕이라고도 했으며 왕비는 □례(□禮)부인이다. 일지갈문왕(日知葛文王)의 딸이다. □□례(□禮)부인은 지마왕의 딸이다. 어머니는 이간생(伊刊生)부인이니 □□왕부인이라고도 하는데 박씨다. 갑술년(134)에 즉위하여 20년간 다스렸다.		기루왕의 아들이다. 무진년(128)에 즉위하였으며 38년간 다스렸다.	
순제(順帝) 영건(永建)은 병인년(126)에서 6년간이다. 양가(陽嘉)는 임신년(132)에서 4년간이다. 영화(永和)는 병자년(136)에서 6년간이다. 한안(漢安)은 임오년(142)에서 2년간이다. 건강(建康)은 갑신년(144)부터 1년간이다.		**제7대 차대왕(次大王)** 이름은 수(遂)이고, 국조왕의 동복아우다. 병술년(146)에 즉위하여 19년간 다스렸다.		
충제(沖帝) 영가(永嘉)는 을유년(145)부터 1년간이다. **질제(質帝)**	**제8대 아달라잇금(阿達羅尼叱今)**	을사년(165)에 국조왕의 나이가 1백19세가 되었다. 형제 두 임금이 모두 새로 즉위한 대왕에		

중 국	신 라	고구려	백 제	가락국
본초(本初)는 병술년(146)부터 1년간이다.		게 시해당했다.		
환제(桓帝) 건화(建和)는 정해년(147)에서 3년간이다. 화평(和平)은 경인년(150)부터 1년간이다. 원가(元嘉)는 신묘년(151)에서 2년간이다. 영흥(永興)은 계사년(153)에서 2년간이다. 영수(永壽)는 을미년(155)에서 3년간이다. 연희(延熹)는 무술년(158)에서 9년간이다. 영강(永康)은 정미년(167)부터 1년이다.	또 왜국상□ □□□령(倭 國相□□□ □嶺_ 입현(立峴)은 지금 미륵대 원(彌勒大院) 동쪽 고개가 이곳이다. 제9대 벌휴잇 금(伐休尼叱 今)	제8대 신대왕 (新大王) 이름은 백고 (伯固)로 백구 (伯句)라고도 했다. 을사년(165) 에 즉위하여 14년간 다스렸다. 제9대 고국천 왕(故國川王) 이름은 남호 (男虎)로 이모 (夷謨)라고도 한다. 기미년(179) 에 즉위하여 20년간 다스렸다. 국천(國川)은 또 국양(國壤) 이라고도 하니 장지(葬地) 이름이다.	제5대 초고왕 (肖古王) 소고(素古)라 고도 하는데 개루왕의 아들이다. 병오년(166) 에 즉위하여 50년간 다스렸다.	
	제10대 내해 잇금(奈解尼 叱今)			제2대 거등왕 (居登王) 수로왕의 아들이니 어머니는 허황후 (許皇后)다.
영제(靈帝) 건녕(建寧)은 무신년(168)에서 4년간이다.				

중 국	신 라	고구려	백 제	가락국
희평(熹平)은 임자년(172)에서 6년간이다. 광화(光和)는 무오년(178)에서 6년간이다. 중평(中平)은 갑자년(184)에서 5년간이다.	제11대 조분 잇금(助賁尼叱今)	제10대 산상왕(山上王)	제6대 구수왕(仇首王) 귀수(貴須)라고도 하니 초고왕의 아들이다. 갑오년(214)에 즉위하여 21년간 다스렸다.	기묘년(199)에 즉위하였으며 55년간 다스렸다. 성은 김씨이다.
홍농왕(弘農王) 영한(永漢)은 기사년(189)부터 1년간이다. 헌제(獻帝) 초평(初平)은 경오년(190)에서 4년간이다. 흥평(興平)은 갑술년(194)에서 2년간이다. 건안(建安)은 병자년(196)에서 24년간이다. 〈조위(曹魏)〉 문제(文帝) 황초(黃初)는 경자년(220)에	제12대 이해 잇금(理解尼叱今) 점해왕(沾解王)이라고도 한다. 성씨는 석씨며 조분왕의 동복 아우다. 정묘년(247)에 즉위하여 15년간 다스렸다. 처음으로 고구려와 국교를 맺었다. 제13대 미추 잇금(未鄒尼叱今) 미소(味炤),	제11대 동천왕(東川王) 제12대 중천왕(中川王)	제7대 사반왕(沙泮王) 사마(沙沕)이라고도 하는데 구수왕의 아들이다. 즉위하자 곧 폐위되었다. 제8대 고이왕(古爾王) 초고왕의 동복 아우이다. 갑인년(234)에 즉위하여 52년간 다스렸다.	제3대 마품왕(麻品王)

중 국	신 라	고구려	백 제	가락국
서 7년간이다.	미조(未祖), 미소(未召)라고도 한다. 성은 김씨인데 김씨가 처음으로 왕위에 올랐다. 아버지는 구도(仇道)갈문왕, 어머니는 생호(生乎)부인으로 술례(述禮)부인이라고도 했는데 이비(伊非)갈문왕의 딸로 박씨다. 왕비는 제분왕(諸賁王)의 딸 광명랑(光明娘)이다.			아버지는 거등왕, 어머니는 천부경신보(泉府卿申輔)의 딸 모정(慕貞)부인이다. 기묘년(259)에 즉위하여 32년간 다스렸다.
명제(明帝) 태화(太和)는 정미년(227)에서 6년간이다. 청룡(靑龍)은 계축년(233)에서 4년간이다. 경초(景初)는 정사년(237)에서 3년간이다.				
제왕(齊王) 정시(正始)는 경신년(240)에서 9년간이다. 가평(嘉平)은 기사년(249)에서 5년간이다.	임오년(262)에 즉위하여 22년간 다스렸다. **제14대 유례잇금(儒禮尼叱今)** 세리지왕(世里智王)이라고도 하는데 성은 석씨다. 아버지는 제분왕, 어머니	**제13대 서천왕(西川王)** 이름은 약로(藥盧)로 약우(若友)라고도 했다. 경인년(270)에 즉위하여 20년간 다스렸다.	**9대 책계왕(責稽王)** 고이왕의 아들로 청체(靑替)라고도 하나 잘못이다. 병오년(286)에 즉위하여 12년간 다스	**제4대 거질미왕(居叱彌王)** 금물(今勿)이라고도 하며, 아버지는 마품, 어머니는 호구(好仇)이다. 신해년(291)에 즉위하여 55년간 다스렸다.
고귀향(高貴鄕(公)) 정원(正元)은 갑술년(254)에서 5년간이다. 감로(甘露)는 병자년(256)에	는 ㅁ소(ㅁ召)부인이니 박씨다. 갑진년(284)에 즉위하여 15년간 다스	**제14대 봉상왕(烽上王)** 혹은 치갈왕(雉葛王)이라고도 하며 이	렸다.	

중 국	신 라	고구려	백 제	가락국
서 4년간이다.	렸다. 월성(月城)을 보수하여 쌓았다.	름은 상부(相夫)다. 임자년(292)에 즉위하여 8년간 다스렸다.		
진류왕(陳留王) 경원(景元은 경진년(260)에서 4년간이다. 함희(咸熙)는 갑신년(264)부터 1년간이다.	**제15대 기립잇금(基臨尼叱今)** 기립왕(基立王)이라고도 하며 성은석씨이고, 제분왕의 둘째아들로 어머니는 아이혜(阿爾兮)부인이다. 무오년(298)에 즉위하여 12년간 다스렸다.	**제15대 미천왕(美川王)** 호양(好攘)이라고도 하는데 이름은 울불(乙弗), 또는 우불(憂弗)이다.		
〈서진(西晉)〉 **무제(武帝)** 태시(泰始)는 을유년(265)에서 10년간이다. 함녕(咸寧)은 을미년(275)에서 5년간이다. 태강(大康)은 경자년(280)에서 11년간이다.	정묘년(307)에 국호를 신라(新羅로 정하니, '신(新)'은 덕업일신(德業日新)으로 덕이 날로 새로워진다는 뜻이고, '라(羅)'는 망라사방지민(綱羅四方之民)으로 사방의 백성을 망라한다는 뜻이다. 혹 지증(智證)·법흥왕(法興王) 시대에 정했다고도 한다.	경신년(300)에 즉위하여 31년간 다스렸다.	**제10대 분서왕(汾西王)** 책계왕의 아들이다. 무오년(298)에 즉위하여 6년간 다스렸다. **제11대 비류왕(比流王)** 구수왕의 둘째 아들이고 사반왕의 아우다. 갑자년(304)에 즉위하여 40년간 다스렸다.	

중 국	신 라	고구려	백 제	가락국
혜제(惠帝) 원강(元康)은 신해년(291)에 서 9년간이 다. 영녕(永寧)은 경신년(300)에 서 2년간이 다. 태안(太安)은 임술년(302)에 서 2년간이 다.	**제16대 걸해 잇금(乞解尼 叱今)** 성은 석씨다. 아버지는 우 로음(于老音) 각간으로 곧 내해왕의 둘 째 아들이다. 경오년(310) 에 즉위하여 46년간 다스 렸다. 이 왕 때 처음으로 백제 군사가 침범했다.			
영흥(永興)은 갑자년(304)에 서 2년간이 다. 광희(光熙)는 병인년(306)부 터 1년간이 다.	기축년(329)에 처음으로 벽 골제(碧骨堤) 를 쌓았다. 둘 레가 ▢만 7 천 26보요, ▢ ▢가 1백 66보 요, 논이 1만 4천 70▢이다.	**제16대 국원 왕(國原王)** 이름은 쇠 (釗) 또는 사 유(斯由)라고 하였다. 강상 왕(岡上王)이 라고도 한다. 신묘년(331) 에 즉위하여 40년간 다스 렸다.		
회제(懷帝) 영가(永嘉)는 정묘년(307)에	**제17대 내물 마립간(奈勿 麻立干)** ▢▢왕(▢▢ 王)이라고도	갑오년(334) 에 평양성을 증축하고 임 인년(342) 8월	**제12대 계왕 (契王)** 분서왕의 맏	**제5대 이시품 왕(伊品王)** 아버지는 거

중국	신라	고구려	백제	가락국
서 6년간이 다.	하는데 성은 김씨다. 아버 지는 구도(仇道)갈문왕이 니 혹은 미소 왕(未召王)의 아우 미구(未仇)각간이라 고도 한다. 어 머니는 휴례 (休禮)부인 김 씨다.	에는 도읍을 안시성(安市城)으로 옮겼 으니, 곧 환도 성(丸都城)이 다.	아들이다. 갑진년(344)에 즉위하여 2년간 다스렸 다.	질미왕, 어머 니는 아지(阿志)이다. 병오년(346)에 즉위하여 60년간 다스렸다.
민제(愍帝) 건흥(建興)은 계유년(313)에 서 4년간이 다.	병진년(356)에 즉위하여 46년간 다스 렸다. 능은 점성대 (占星臺)의 서 남쪽에 있다.		**제13대 근초 고왕**(近肖古 王) 비류왕의 둘 째 아들이다. 병오년(346)에 즉위하여 29년간 다스 렸다.	
〈동진(東晋)〉				
중종(中宗) 건무(建武)는 정축년(317)부 터 1년간이 다. 태흥(太興)은 무인년(318)에 서 4년간이 다. 영창(永昌)은 임오년(322)부 터 1년간이 다. **명제(明帝)** 태녕(太寧)은 계미년(323)에		**제17대 소수 림왕**(小獸林 王) 이름은 구부 (丘夫)이다. 신미년(371)에 즉위하여 13년간 다스 렸다.	신미년(371)에도읍을 북 한산으로 옮 겼다. **제14대 근구 수왕**(近仇首 王) 근초고왕의 아들이다. 을해년(375)에 즉위하여 9년간 다스렸	

중 국	신 라	고구려	백 제	가락국
서 3년간이다.		**제18대 국양왕(國壤王)**	다.	
현종(顯宗) 함화(咸和)는 병술년(326)에서 9년간이다. 함강(咸康)은 을미년(335)에서 8년간이다.		이름은 이속(伊速) 또는 어지지(於只支)다. 갑신년(384)에 즉위하여 8년간 다스렸다.	**제15대 침류왕(枕流王)** 근구수왕의 아들이다. 갑신년(384)에 즉위하였다.	
강제(康帝) 건원(建元)은 계묘년(343)에서 2년간이다.	**제18대 실성마립간(實聖麻立干)** 또는 실주왕(實主王), 보금(寶金)이라고도 한다. 아버지는 미추왕의 아우 대서지(大西知)각간, 어머니는 예생(禮生)부인으로 성이 석씨니 등야(登也)아간의 딸이다. 왕비는 아류(阿留)부인이다. 임인년(402)에 즉위하여 15년간 다스렸다. 왕은 곧 치술(鵄述)의 아버지다.	**제19대 광개토대왕(廣開土大王)** 이름은 담덕(談德)이다. 임진년(392)에 즉위하여 21년간 다스렸다.	**제16대 진사왕(辰斯王)** 침류왕의 아우이다. 을유년(385)에 즉위하여 7년간 다스렸다.	
효종(孝宗) 영화(永和)는 을사년(345)에서 12년간이다. 승평(昇平)은 정사년(357)에서 5년간이다.			**제17대 아신왕(阿莘王)** 아방(阿芳)이라고도 하며 진사왕의 아들이다. 임진년(392)에 즉위하여 13년간 다스렸다.	
애제(哀帝) 융화(隆和)는 임술년(362)부터 1년간이다. 흥녕(興寧)은 계해년(363)에서 3년간이다.	**제19대 눌지마립간(訥祗麻立干)** 내지왕(內只		**제18대 전지왕(腆支王)** 진지왕(眞支	**제6대 좌지왕(坐知王)** 금토왕(金吐王)이라고도 하니 아버지는 이시품왕, 어머니는 정신(貞信)이다.

중 국	신 라	고구려	백 제	가락국
폐제(廢帝) 태화(太和)는 병인년(366)에서 5년간이다. **간문제(簡文帝)** 함안(咸安)은 신미년(371)에서 2년간이다. **열종(烈宗)** 영강(寧康)은 계유년(373)에서 3년간이다. 태원(大元)은 병자년(376)에서 21년간이다. **안제(安帝)** 융안(隆安)은 정유년(397)에서 5년간이다.	王)이라고도 하며 성은 김씨다. 아버지는 내물왕, 어머니는 내례희(內禮希)부인 김씨니 미추왕의 딸이다. 정사년(417)에 즉위하여 41년간 다스렸다. **제20대 자비마립간**(慈悲麻立干) 김씨다. 아버지는 눌지왕, 어머니는 아로부인인데 혹은 차로(次老)부인이라고도 하며 실성왕의 딸이	**제20대 장수왕**(長壽王) 이름은 거련(臣連)이다. 계축년(413)에 즉위하여 79년간 다스렸다. 정묘년(427)에 도읍을 평양성으로 옮겼다.	王)이라고도 하니 이름은 영(映)으로 아신왕의 아들이다. 을사년(405)에 즉위하여 15년간 다스렸다. **제19대 구이신왕**(久爾辛王) 전지왕의 아들이다. 경신년(420)에 즉위하여 7년간 다스렸다. **제20대 비유왕**(毗有王) 구이신왕의 아들이다. 정묘년(427)에 즉위하여 28년간 다스렸다.	정미년(407)에 즉위하여 14년간 다스렸다. **제7대 취희왕**(吹希王) 김희(金喜)라고도 하니 아버지는 좌지왕, 어머니는 복수(福壽)이다. 신유년(421)에 즉위하여 30년간 다스렸다. **제8대 질지왕**(銍知王) 김질(金銍)이라고도 하니 아버지는 취희왕, 어머니는 인덕(仁德)이다. 신묘년(451)에 즉위하여 36년간 다스렸다.

중 국	신 라	고구려	백 제	가락국
원흥(元興)은 임인년(402)에서 3년간이다.	다. 무술년(458)에 즉위하여 21년간 다스렸다. 왕비는 파호(巴胡)갈문왕의 딸이니 혹은 미질희(未叱希)각간, 미흔(未欣)각간의 딸이라고도 한다.		제21대 개로왕(盖鹵王) 근개로왕(近盖鹵王)이라고도 하며 이름은 경사(慶司)이다. 을미년(455)에 즉위하여 20년간 다스렸다.	
의희(義熙)는 을사년(405)에서 14년간이다.	처음으로 오나라와 통교했다. 기미년(479)에 왜군이 침범해 왔다. 비로소 명활성(明活城)에 들어가 피하였는데 왜군이 양주(梁州)의 두 성까지 와서 포위하였으나 이기지 못하고 돌아갔다.		제22대 문주왕(文周王) 문주(文州)라고도 하는데 개로왕의 아들이다. 을묘년(475)에 즉위하였다. 도읍을 웅천(熊川)으로 옮겼으며 2년간 다스렸다.	
공제(恭帝) 원희元(熙)는 기미년(419)부터 1년간이다.	**제21대 비처마립간(毗處麻立干)** 소지왕(炤知王)이라고도 하니 성은 김씨다. 자비왕의 셋째아들이며 어머니는 미흔각간의 딸이다. 기미년(479)		제23대 삼근왕(三斤王) 삼걸왕(三乞王)이라고도 하는데 문주왕의 아들이다.	

중 국	신 라	고구려	백 제	가락국
〈송(宋)〉	에 즉위하여 21년간 다스렸다. 왕비는 기보(期寶)갈문왕의 딸이다.	.	정사년(477)에 즉위하여 2년간 다스렸다. **제24대 동성왕(東城王)** 이름은 모대(牟大)니, 마제(麻帝), 또는 여대(餘大)라고도 하였다. 삼근왕(三斤王)의 종제이다. 기미년(479)에 즉위하여 22년간 다스렸다.	**제9대 겸지왕(鉗知王)** 아버지는 질지왕, 어머니는 방원(邦媛)이다. 임신년(492)에 즉위하여 29년간 다스렸다.
무제(武帝) 영초(永初)는 경신년(420)에서 3년간이다. **소제(小帝)** 경평(景平)은 계해년(423)부터 1년간이다. **문제(文帝)** 원가(元嘉)는 갑자년(424)에서 29년간이다. 세조(世祖)태초(太初)는 계사년(453)부터 1년간이다. **효무제(孝武帝)** 효건(孝建)은 갑오년(454)에서 3년간이다. 대명(大明)은 정유년(457)에서 8년간이	**제22대 지정마립간(智訂麻立干)** 지철로(智哲老) 또는 지도로왕(智度路王)이라고도 하는데 성은 김씨다. 아버지는 눌지왕의 아우 기보갈문왕이고, 어머니는 오생(烏生)부인이니 눌지왕의 딸이다. 왕비는 영제(迎帝)부인이니 검람대한지등허(儉攬代漢只登許) 혹은 (ㅁㅁ)각간의 딸이다. 경진년(500)에 즉위하여 14년간 다스렸다. 이상은 신라 상대이고 이하는 신라 중	**제21대 문자명왕(文咨明王)** 이름은 명리호(明理好), 또는 개운(个雲)·고운(高雲)이라고도 한다. 임신년(492)에 즉위하여 27년간 다스렸다.		

488 삼국유사

중 국	신 라	고구려	백 제	가락국
다.	고이다.			
태종(太宗) 태시(泰始)는 을사년(465)에서 8년간이다.	제23대 법흥왕(法興王) 이름은 원종(原宗)으로 성은 김씨다. 『책부원구(册府元龜)』에는 성은 모(募), 이름을 진(秦)이라 했다. 아버지는 지증왕, 어머니는 영제부인이다. 법흥은 시호이니 시호는 이로부터 시작된다. 갑오년(514년)에 즉위하여 26년간 다스렸다. 능은 애공사(哀公寺) 북쪽에 있다. 왕비는 파도(巴刀)부인으로 법명은 법류(法流)이고 영흥사(永興寺)에서 살았다. 처음으로 율령을 행하였으며 비로소 십재일에 살생을 금하였다. 속인이 출가하여 비구·비구니가 됨을 허락	제22대 안장왕(安藏王) 이름은 흥안(興安)이다. 기해년(519)에 즉위하여 12년간 다스렸다. 제23대 안원왕(安原王) 이름은 보영(寶迎)이다.신해년(531)에 즉위하여 14년간 다스렸다.	제25대 무령왕(武寧王) 이름은 사마(斯摩)이니 동성왕의 둘째 아들이다. 신사년(501)에 즉위하여 22년간 다스렸다. 『남사(南史)』에는 이름을 부여융(扶餘隆)이라고 했으나 잘못이다. 융은 의자왕(義慈王)의 태자로 『당사(唐史)』에 자세히 기록되어 있다. 제26대 성왕(聖王) 이름은 명농(明襛)으로 무령왕의 아들이다. 계묘년(523)에 즉위하여 31년간 다스렸다.	제10대 구형왕(仇衡王) 겸지왕의 아들이니 어머니는 ㅁ녀이다. 신축년(521)에 즉위하여 43년간 다스렸다. 중대통(中大統) 4년 임자(532)에 영토를 바치고 신라에 귀순하였다. 수로왕 임인년(42)에서 임자년(532)에 이르기까지 합계 490년이다.
후폐제(後廢帝) 원휘(元徽)는 계축년(473)에서 4년간이다.				
순제(順帝) 승명(昇明)은 정사년(477)에서 2년간이다. 〈제(齊)〉				

중국	신 라	고구려	백 제	가락국
	했다.			
태조(太祖) 건원(建元)은 기미년(479)에 서 4년간이 다.	건원(建元)이 라는 연호를 병진년(536)에 처음으로 설 치하여 이때 부터 연호가 쓰이기 시작 했다.			나라가 없어 졌다.
무제(武帝) 영명(永明)은 계해년(483)에 서 11년간이 다.	**제24대 진흥 왕(眞興王)** 이름은 삼맥 종(三麥宗) 혹 은 심ㅁ(深ㅁ) 으로 성은 김 씨다. 아버지 는 법흥의 아 우 입종(立宗) 갈문왕이며 어머니는 지 소(只召)부인 혹은 식도(息 道)부인으로 성은 박씨이 니 모량리(牟 梁里) 영실(英 失)각간의 딸 이다. 임종시 에는 중이 되 어 죽었다.	**제24대 양원 왕(陽原王)** 양강왕(陽崗 王)이라고도 하며 이름은 평성(平城)이 다. 을축년(545) 에 즉위하였 으며 치세는 14년이다.	무오년(538)에 도읍을 사비 (泗沘)로 옮기 고 남부여(南 扶餘)라 일컬 었다.	
폐제(廢帝) 제(齊)나라 소 업(昭業)·소 문(昭文) 두 폐제를 가리 킨다.				
고종(高宗) 건무(建武)는 갑술년(494)에	경신년(540) 에 즉위하여			

중 국	신 라	고구려	백 제	가락국
서 4년 동안 이다. 영태(永泰)는 무인년(498)부 터 1년간이 다. 영원(永元)은 기묘년(499)에 서 2년간이 다. **화제(和帝)** 중흥(中興)은 신사년(501)부 터 1년간이 다. **〈양(梁)〉** 고조(高祖) 천감(天監)은 임오년(502)에 서 18년간이 다. 보통(普通)은 경자년(520)에 서 7년간이 다. 대통(大通)은 정미년(527)에 서 2년간이 다.	37년간 다스 렸다. 개국(開國)은 신미년(551)에 서 17년간이 다.			
			제27대 위덕 왕(威德王) 이름은 창 (昌) 또는 명 (明)이다. 갑술년(554) 에 즉위하여 44년간 다스 렸다.	

중 국	신 라	고구려	백 제	가락국
중대통(中大通)은 기유년(529)에서 6년간이다.				
대동(大同)은 을묘년(535)에서 11년간이다.				
중대동(中大同)은 병인년(546)부터 1년간이다.				
태청(太淸)은 정묘년(547)에서 3년간이다.				
간문제(簡汶帝) 대보(大寶)는 경오년(550)부터 1년간이다.				

중 국	신 라	고구려	백 제	가락국
후경(侯景) 대시(大始)는 신미년(551)부터 1년간이다.				
원제(元帝) 승성(承聖)은 임신년(552)에서 3년간이다.				

중 국	신 라	고구려	백 제
경제(敬帝) 　소태(紹泰)는 을 해년(555)부터 1년 간이다. 　태평(太平)은 병 자년(556)부터 1년 간다. 　　〈진(陳)〉 **고조(高祖)** 　영정永定은 정축 년(557)에서 3년간 이다 **문제(文帝)** 　천가(天嘉)는 경 진년(560)에서 6년 간이다. 　천강(天康)은 병 술년(566)부터 1년 간이다. 　광대(光大)는 정 해년(567)에서 2년 간이다. **선제(宣帝)** 　태건(太建)은 기 축년(569)에서 4년 간이다.			
	대창(大昌)은 무 자년(568)에서 4년 간이다. 홍제(鴻濟)는 임 진년(572)에서 12 년간이다. **제25대 진지왕(眞 智王)** 　이름은 사륜(舍 輪) 혹은 금륜(金 輪)으로 성은 김 씨다. 아버지는 진흥왕, 어머니는	**제25대 평원왕(平 原王)** 　평강왕(平岡王) 이라고도 한다. 이름은 양성(陽 城)이며 『남사(南 史)』에는 고양(高 陽)이라 하였다. 　기묘년(559)에 즉 위하여 31년간 다 스렸다.	

중 국	신 라	고구려	백 제
후주(後主) 지덕(至德)은 계묘년(573)에서 4년간이다. 정명(禎明)은 정미년(577)에서 3년간이다.	박영실(朴英失)각간의 딸이니 식도(息途) 혹은 색도(色刀)부인이라 했으며 성은 박씨다. 왕비는 지도(知刀)부인이니 기오공(起烏公)의 딸 박씨다. 병신년(576)에 즉위하여 4년간 다스렸다. 묘는 애공사(哀公寺)의 북쪽에있다.		
	제26대 진평왕(眞平王) 이름은 백정(白淨)이다. 아버지는 동륜(銅輪)으로 동륜(東輪)태자라고도 한다. 어머니는 입종(立宗) 갈문왕의 딸 만호(萬呼) 혹은 만령(萬寧)부인이며 이름은 행의(行義)이다. 첫왕비는 마야부인 김씨니 이름은 복힐구(福肹口)이고 다음 왕비는 승만(僧滿)부인으로 성은 손씨다. 기해년(579)에 즉위하였다.		제28대 혜왕(惠王) 이름은 계(季)로 혹은 헌왕(獻王)이라고도 한다. 위덕왕의 아들이다. 무오년(598)에 즉위했다. 제29대 법왕(法王) 이름은 효순(孝順) 또는 선(宣)으로 혜왕의 아들이다. 기미년(599)에 즉위했다.
〈수(隋)〉 문제(文帝) 개황(開皇)은 신축년(581)에서 20년간이다.	건복(建福)은 갑진년(584)에서 50년간이다.	제26대 영양왕(嬰陽王) 평양왕(平陽王)이라고도 한다. 이름은 원(元)으로 혹은 대원(大	

중 국	신 라	고구려	백 제
인수(仁壽)는 신유년(601)에서 4년간이다.		元)이라고도 한다. 경술년(590)에 즉위하여 28년간 다스렸다.	
양제(煬帝) 대업(大業)은 을축년(605)에서 12년간이다. 공제(恭帝) 의령(義寧)은 정축년(617)부터 1년간이다.			제30대 무왕(武王) 무강(武康) 또는 헌병(獻丙)이라 하며, 또는 어릴 때의 이름을 일기사덕(一耆節德)이라고 한다. 경신년(600)에 즉위하여 41년간 다스렸다.
〈당(唐)〉 고조(高祖) 무덕(武德)은 무인년(618)에서 9년간이다. 태종(太宗) 정관(貞觀)은 정해년(627)에서 23년간이다.	제27대 선덕여왕(善德女王) 이름은 덕만(德曼)이다. 아버지는 진평왕, 어머니는 마야부인 김씨다. 성골의 남자가 없었으므로 여왕이 즉위했다. 왕의 배필은 음(飲)갈문왕이다. 인평(仁平) 갑오년(634)에 즉위하여 14년간 다스렸다. 제28대 진덕여왕(眞德女王) 이름은 승만(勝曼)이며 김씨다. 아버지는 진평왕의 아우 국기안	제27대 영류왕(榮留王) 이름은 ㅁㅁ 또는 건무(建武)이다. 무인년(618)에 즉위하여 24년간 다스렸다. 제28대 보장왕(寶藏王) 임인년(642)에 즉위하여 27년간 다스렸다.	 제31대 의자왕(義慈王) 무왕의 아들이

중 국	신 라	고구려	백 제
	(國其安)갈문왕, 어머니는 아니(阿尼)부인 박씨로 노추□□□(奴追□□□) 갈문왕의 딸이다. 월명(月明)이라고도 하나 잘못이다. 정미년(647)에 즉위하여 7년간 다스렸다.		다. 신축년(641)에 즉위하여 20년간 다스렸다.
	태화(太和)는 무신년(648)에서 6년간이다.		
	이상은 신라 중고(中古)로 성골의 왕이고, 이하는 하고(下古)이니 진골의 왕이다.		
고종(高宗) 영휘(永徽)는 경술년(650)에서 6년간이다. 현경(顯慶)은 병진년(656)에서 5년간이다.	**제29대 태종무열왕(太宗武烈王)** 이름은 춘추(春秋)이고 성은 김씨다. 진지왕의 아들 용춘(龍春) 탁문흥(卓文興)갈문왕의 아들이다. 용춘은 용수(龍樹)라고도 한다. 어머니는 천명(天明)부인이니 시호는 문정(文貞) 태후이고 진평왕의 딸이다. 왕비는 유신의 누이동생		

중 국	신 라	고구려	백 제
용삭(龍朔)은 신유년(661)에서 3년간이다. 인덕(麟德)은 갑자년(664)에서 2년간이다. 건봉(乾封)은 병인년(666)에서 2년간이다. 총장(總章)은 무진년(668)에서 2년간이다.	으로 어릴 때 이름은 문희이다. 갑인년(654)에 즉위하여 7년간 다스렸다. **제30대 문무왕**(文武王) 이름은 법민(法敏)이니 태종의 아들이다. 어머니는 훈제부인이다. 왕비는 자의(慈義)로 혹은 자눌(慈訥)왕후라고도 하며 선품(善品) 해간의 딸이다. 신유년(661)에 즉위하여 20년간 다스렸다. 능은 감은사(感恩寺) 동쪽 바다 가운데 있다.	무진년(668)에 나라가 없어졌다. 동명왕 갑신년(기원전 37)으로부터 무진년(668)에 이르기까지 합계 7백5년간이다.	경신년(660)에 나라가 없어졌다. 온조왕 계묘년(기원전 18)으로부터 경신년(660)에 이르기까지 678년간이다.

중 국	신 라
함형(咸亨)은 경오년(670)에서 4년간이다. 상원(上元)은 갑술년(674)에서 2년간이다. 봉병(鳳丙)은 병자년(676)에서 3년간이다. 조로(調露)는 기묘년(679)부터 1년간이다. 영륭(永隆)은 경진년(689)부터 1년간이다.	
개요(開耀)는 신사년(682)부터 1년간이다. 영순(永淳)은 임오년(682)부터 1년간이다. **측천무후(則天武后)** 홍도(洪道)는 계미년(683)부터 1년간이다. 문명(文明)은 갑신년(684)부터 1년간이다. 수공(垂拱)은 을유년(685)에서 4년간이다. 영창(永昌)은 기축년(689)부터 1년간이다.	**제31대 신문왕(神文王)** 김씨이며 이름은 정명(政明), 자는 소일(日炤)이다. 아버지는 문무왕(文武王) 어머니는 지눌왕후이다. 왕비는 신목(神穆)왕후이니 김운공(金運公)의 딸이다. 신사년(681)에 즉위하여 11년간 다스렸다.
〈주(周)〉(측천무후가 바꾼 나라 이름) 천수(天授)는 경인년(690)에서 2년간이다.	
장수(長壽)는 임진년(692)에서 2년간이다. 연재(延載)는 갑오년(694)부터 1년간이다. 천책(天册)은 을미년(695)부	**제32대 효소왕(孝昭王)** 이름은 이공(理恭), 혹은 홍(洪)이고 김씨다. 아버지는 신문왕(神文王), 어머니는 신목왕후이다. 임진년(692)에 즉위하여 10년간 다스렸다. 능은 망덕사(望德寺) 동쪽에 있다.

중 국	신 라
터 1년간이다. 통천(通天)은 병신년(696)부 터 1년간이다. 신공(神功)은 정유년(697)부 터 1년간이다. 성력(聖曆)은 무술년(698)부 터 1년간이다. 구시(久視)는 경자년(700)부 터 1년간이다. 장안(長安)은 신축년(701)에 서 4년간이다. 〈당(唐)〉 **중종(中宗)** 신룡(神龍)은 을사년(705)에 서 2년간이다. 경룡(景龍)은 정미년(707)에 서 3년간이다. **예종(睿宗)** 경운(景雲)은 경술년(710)에 서 2년간이다. **현종(玄宗)** 선천(先天)은 임자년(712)부 터 1년간이다. 개원(開元)은 계축년(713)에 서 29년간이다. 천보(天寶)는 임오년(742)에 서 14년간이다.	**제33대 성덕왕(聖德王)** 이름은 흥광(興光)이다. 본래 이름은 융기(隆基) 였고, 효소왕(孝昭王)의 동복 아우다. 첫 왕비는 배소(陪昭)왕후이니 시호는 엄정(嚴貞)이며 원대 (元大)아간의 딸이다. 다음 왕비는 점물(占勿)왕 후니 시호는 소덕(炤德)이고 순원(順元) 각간의 딸이다. 임인년(702)에 즉위하여 35년간 다스렸다. 능은 동촌 남쪽에 있는데 혹은 양장곡(楊長谷) 이라고도 한다. **제34대 효성왕(孝成王)** 성은 김씨이며 이름은 승경(承慶)이다. 아버지 는 성덕왕, 어머니는 소덕(炤德)태후다. 왕비는. 혜명(惠明)왕후로 진종(眞宗)각간의 딸이다. 정축년(737)에 즉위하여 5년간 다스렸다. 법류사(法流寺)에서 화장하여 뼈를 동해에 뿌렸 다. **제35대 경덕왕(景德王)** 성은 김씨이며 이름은 헌영(憲英)이다. 아버지 는 성덕왕, 어머니는 소덕태후다. 첫왕비는 삼모 三毛부인인데 궁중에서 폐출되어 후사가 없다. 다음 왕비는 만월(滿月)부인으로 시호는 경수(景 垂)왕후[수(垂)를 목(穆)이라고도 함]이고 의충(依

중 국	신 라
	忠)각간의 딸이다. 임오년(742)에 즉위하여 23년간 다스렸다. 처음에 경지사(頃只寺) 서쪽 산에 장사지내고 돌을 다듬어 능을 만들었으나 뒤에 양장곡으로 옮겨 장사지냈다.
숙종(肅宗) 지덕(至德)은 병신년756)에서 2년간이다. 건원(乾元)은 무술년(758)에서 2년간이다. 상원(上元)은 경자년(760)에서 2년간이다. 보응(寶應)은 임인년(762)부터 1년간이다.	
대종(代宗) 광덕(廣德)은 계묘년(763)에서 2년간이다. 영태(永泰)는 을사년(765)부터 1년간이다.	**제36대 혜공왕(惠恭王)** 성은 김씨이며 이름은 건운(乾運)이다. 아버지는 경덕왕, 어머니는 만월(滿月)왕후이다. 첫 왕비는 신파(神巴)부인이니 위정각(魏正角)각간의 딸이고, 두 번째 왕비는 창창(昌昌)부인이니 금장(金將)각간의 딸이다. 을사년(765)에 즉위하여 15년간 다스렸다.
	제37대 선덕왕(宣德王) 성은 김씨며 이름은 양상(亮相)이다. 아버지는 효방(孝方)해간이니 개성(開聖)대왕으로 추봉되었으며, 곧 원훈(元訓)각간의 아들이다. 어머니는 사소(四召)부인으로 시호는 정의(貞懿)태후이며 성덕왕의 딸이다. 왕비는 구족(具足)왕후로 낭품(狼品)각간의 딸이다. 경신년(780)에 즉위하여 5년간 다스렸다.
대력(大曆)은 병오년(766)에서 14년간이다.	
덕종(德宗) 건충(建充)은 경신년(780)에서 4년간이다. 흥원(興元)은 갑자년(784)부터 1년간이다. 정원(貞元)은 을축년(785)에서 20년간이다.	**제38대 원성왕(元聖王)** 성은 김씨며 이름은 경신(敬愼)으로 경신(敬信)이라고도 했다.『당서(唐書)』에는 경칙(敬則)이라 하였다. 아버지는 효양(孝讓)대간이니 명덕(明德)대왕으로 추봉되었다. 어머니는 인ㅁ(仁ㅁ)이니 혹은 지오(知烏)부인이라고도 하며 시호는 소문(昭文)왕후이고 창근이기(昌近伊己)의 딸이다. 왕비는 숙정(淑貞)부인으로 신술(神述)각간의 딸

중 국	신 라
	이다. 을축년(785)에 즉위하여 14년간 다스렸다. 능은 곡사(鵠寺)에 있는데 지금의 숭복사(崇福寺)며 최치원이 세운 ㅁ비가 있다.
	### 제39대 소성왕(昭聖王) 소성왕(昭成王)이라고도 한다. 성은 김씨이며 이름은 준옹(俊邕)이다. 아버지는 혜충(惠忠)태자, 어머니는 성목(聖穆)태후다. 왕비는 계화(桂花)왕후이니 숙명공(夙明公)의 딸이다. 기묘년(799)에 즉위하였으나 바로 죽었다.
순종(順宗) 영정(永貞)은 을유년(805)부터 1년간이다.	### 제40대 애장왕(哀莊王) 성은 김씨며 이름은 중희(重熙), 혹은 청명(清明)이라 한다. 아버지는 소성왕, 어머니는 계화황후이다. 경진년(800)에 즉위하여 10년간 다스렸다. 원화(元和) 4년 기축년(809) 7월 19일에 왕의 숙부인 헌덕(憲德)·흥덕(興德) 두 아간에게 시해되었다.
헌종(憲宗) 원화(元和)는 병술년(806)에서 15년간이다.	### 제41대 헌덕왕(憲德王) 성은 김씨이며 이름은 언승(彦升)으로 소성왕의 동복 아우다. 왕비는 귀승낭(貴勝娘)이니 시호는 황아(皇娥)왕후이며 충공(忠恭)각간의 딸이다. 기축년(809)에 즉위하여 19년간 다스렸다. 능은 천림촌(泉林村) 북쪽에 있다.
목종(穆宗) 장경(長慶)은 신축년((821)에서 4년간이다. **경종(敬宗)** 보력(寶曆)은 을사년(825)에서 2년간이다.	### 제42대 흥덕왕(興德王) 성은 김씨며 이름은 경휘(景暉)이고 헌덕왕의 동복 아우다. 왕비는 창화(昌花)부인이고 시호는 정목(定穆) 왕후이며 소성왕의 딸이다. 병오년(826)에 즉위하여 10년간 다스렸다. 능은 안강(安康) 북쪽 비화양(比火壤)에 있는데 왕비 창화부인과 함께 합장되었다.
문종(文宗)	### 제43대 희강왕(僖康王) 성은 김씨며 이름은 개륭(愷隆)인데 제옹(悌顒)

중 국	신 라
태화(太和)는 정미년(827)에서 9년간이다. 개성(開成)은 병진년(836)에서 5년간이다.	이라고도 한다. 아버지는 헌정(憲貞)각간이니 시호는 흥성(興聖)대왕이며 혹은 익성(翌成)이라고도 하는데 예영(禮英)잡간의 아들이다. 어머니는 미도(美道)부인으로 심내(深乃)부인 또는 파리(巴利)부인이라고도 한다. 시호는 순성(順成)태후이며 충연(忠衍)대아간의 딸이다. 왕비는 문목(文穆)왕후로 충효각간의 딸인데 혹은 중공(重恭)각간이라고도 한다. 병진년(836)에 즉위하여 2년간 다스렸다.

제44대 민애왕(閔哀王) 혹은 민애왕(敏哀王)

성은 김씨며 이름은 명(明)이다. 아버지는 충공(忠恭)각간이니 추봉하여 선강(宣康)대왕이라 하고 어머니는 추봉된 혜충왕(惠忠王)의 딸 귀파(貴巴)부인이며 시호는 선의(宣懿)왕후. 왕비는 무용(无容)왕후이니 영공(永公)각간의 딸이다.

무오년(838)에 즉위하여 기미년(839) 정월 22일에 죽었다.

제45대 신무왕(神武王)

성은 김씨며 이름은 우징(佑徵)이다. 아버지는 균정(均貞)각간이니 추봉하여 성덕(成德)대왕이라 하고 어머니는 정교(貞矯)부인이다. 할아버지 예영(禮英)을 혜강(惠康)대왕이라 추봉하였다. 왕비는 정종(貞從)으로 계대후(繼大后)라고도 하였으며 명해□(明海□)의 딸이다.

기미년(839) 4월에 즉위하여 그 해 11월 23일에 죽었다.

46대 문성왕(文聖王)

성은 김씨이며 이름은 경응(慶膺)이다. 아버지는 신무왕, 어머니는 정종태후이다. 왕비는 소명(炤明)왕후이다.

기미년(839) 11월에 즉위하여 19년간 다스렸다.

무종(武宗) 회창(會昌)은 신유년(841)에서 6년간이다.	

제47대 헌안왕(憲安王)

성은 김씨며 이름은 의정(誼靖)으로 신무왕의 아우이다. 어머니는 흔명(昕明)부인이다.

정축년(857)에 즉위하여 3년간 다스렸다.

선종(宣宗)

중 국	신 라
대중(大中)은 정묘년(847)에서 13년간이다.	
	제48대 경문왕(景文王) 성은 김씨며 이름은 응렴(膺廉)이다. 아버지는 계명(啓明)각간으로 추봉되어 의공(義恭) 혹은 의공(懿恭)대왕이라 하였으니 곧 희강왕의 아들이다. 어머니는 신무왕의 딸 광화(光和)부인이다. 왕비는 문자(文資)황후니 헌안왕의 딸이다. 신사년(861)에 즉위하여 14년간 다스렸다.
의종(懿宗) 함통(咸通)은 경진년(860)에서 14년간이다.	
	제49대 헌강왕(憲康王) 성은 김씨며 이름은 정(晸)이다. 아버지는 경문왕, 어머니는 문자황후다. 왕비는 의명(懿明)부인으로 의명(義明)왕후라고도 한다. 을미년(875)에 즉위하여 11년간 다스렸다.
희종(僖宗) 건부(乾符)는 갑오년(874)에서 6년간이다. 광명(廣明)은 경자년(880)부터 1년간이다. 중화(中和)는 신축년(881)에서 4년간이다. 광계(光啓)는 을사년(885)에서 3년간이다.	**제50대 정강왕(定康王)** 성은 김씨이며 이름은 황(晃)이다. 민애왕의 동복 아우다 병오년(886)에 즉위하였으나 그 해 죽었다.
	제51대 진성여왕(眞聖女王) 성은 김씨이며 이름은 만헌(曼憲)이니 곧 정강왕의 동복 아우다. 왕의 배필은 위홍(魏弘)대각간이니 추봉되어 혜성(惠成)대왕이라 불렀다. 정미년(887)에 즉위하여 10년간 다스렸다. 정사년(897)에 소자 효공왕(孝恭王)에게 양위하고 12월에 죽었다. 주검을 화장하고 뼈를 모량(牟梁)의 서악(西岳)에 뿌렸는데 혹은 미황산(未黃山)에 뿌렸다고도 한다.

중 국	신 라	후고구려	후백제
문덕(文德)은 무신년(888)부터 1년간이다.			
소종(昭宗) 용기(龍紀)는 기유년(889)부터 1년간이다. 대순(大順)은 경술년(890)에서 2년간이다. 경복(景福)은 임자년(892)에서 2년간이다. 건녕(乾寧)은 갑인년(894)에서 4년간이다. 광화(光化)는 무오년(898)에서 3년간이다. 천복(天復)은 신유년(901)에서 3년간이다.	제52대 효공왕(孝恭王) 성은 김씨이며 이름은 요(嶢)이다. 아버지는 헌강왕, 어머니는 문자왕후이다 정사년(897)에 즉위하여 15년간 다스렸다. 사자사(師子寺) 북쪽에서 화장하고 뼈는 구지제(仇知堤) 동쪽 산허리에 뿌렸다.	궁예(弓裔) 대순(大順) 경술년(890)에 비로소 북원(北原)의 도적 양길(良吉)에게 투항했다. 병진년(896)에 철원성(鐵圓城, 지금의 동주(東州))에 도읍하다. 정사년(897)에 송악군(松岳郡)으로 도읍을 옮겼다. 신유년(901)에 고려라 일컬었다. 갑자년(904)에 국호를 마진(摩震)이라 하고 연호를 무태(武泰)라 하였다.	견훤(甄萱) 임자년(892)에 비로소 광주(光州)에 도읍하다.
경종(景宗) 천우(天祐)는 갑자년(904)에서 3년간이다. 〈주량(朱梁)〉 태조(太祖) 개평(開平)은 정묘년(907)에서 4년간이다.	제53대 신덕왕(神德王) 성은 박씨이며 이름은 경휘(景徽)인데 본래 이		

중 국	신 라	후고구려	후백제
건화(乾化)는 신미년(911)에서 4년간이다.	름은 수종(秀宗)이다. 어머니는 정화(貞花)부인이요 부인의 아버지는 순홍(順弘)각간이니 뒤에 시호를 성무(成武)대왕이라 하였다. 조부는 원린(元隣)각간이니 아달라왕(阿達羅王)의 먼 후손이다. 아버지는 문원(文元)이간이니 뒤에 흥렴(興廉)대왕으로 추봉되었고, 조부는 문관해간(文官海干)이며 의부(義父)는 예겸(銳謙)각간이니 선성(宣成)대왕으로 추봉되었다. 왕비는 자성(資成)왕후로 의성(懿成) 또는 효자(孝資)라고도 불렀다.	갑술년(914)에 철원으로 환도했다.	
말제(末帝) 정명(貞明)은 을해년(915)에서 6년간이다. 용덕(龍德)은 신사년(921)에서 2년간이다.	임신년(912)에 즉위하여 5년간 다스렸다. 화장하여 뼈를 잠현(箴峴) 남쪽에 뿌렸다. **제54대 경명왕(景明王)** 성은 박씨이며 이름은 승영(昇英)이다. 아버지는 신덕왕, 어머니는 자성왕후이다. 왕비는 장사	**태조太祖** 무인년(918) 6월에 궁예가 죽으니 태조가 철원경(鐵原京)에서 즉위하고 기묘년(919)에 송악군으로 도읍을 옮겼다. 이 해에 법왕(法王)·자운(慈雲)·왕륜(王輪)·내제석	

중 국	신 라	후고구려	후백제
	택(長沙宅)이다. 성희(聖僖)대왕으로 추봉된 대존(大尊)각간의 아들이며 대존은 곧 수종(水宗)이간의 아들이다. 정축년(917)에 즉위하여 7년간 다스렸다. 황복사(皇福寺)에서 화장하여 뼈를 성등잉산(省等仍山) 서쪽에 뿌렸다.	(內帝釋)·사나사(舍那寺)를 짓고 또 대선원(大禪院)인 보제(普濟)·신흥(新興)·문수(文殊)·원통(圓通)·지장사(地藏寺)를 세웠다. 앞의 10대 절은 모두 이 해에 창건된 것이다. 경진년(920)에는 유암(乳岩) 밑에 유시(油市)를 설치하였다. 그러므로 지금 민간에서는 이시(利市)를 유하(乳下)라 부른	
〈후당(後唐)〉		다. 10월에 대흥사(大興寺)를 세	
장종(莊宗) 동광(同光)은 계미년(932)에서 3년간이다.	**제55대 경애왕(景哀王)** 성은 박씨이며 이름은 위응(魏膺)이니 경명왕의 동복 아우다. 어머니는 자성왕후이다. 갑신년(924)에 즉위하여 2년간 다스렸다.	웠는데 임오년(922)의 일이라 한다. 또 그 해에 일월사(日月寺)를 세웠는데 그 1년 전인 신사년(921)의 일이라고도 한다. 갑신년(924)에 외제석(外帝釋)·	
명종(明宗) 천성(天成)은 병술년(926)에서 4년간이다.	**제56대 경순왕(敬順王)** 성은 김씨이며 이름은 부(傅)이다. 아버지는 효종(孝宗)이간이니 신흥(神興)대왕으	신중원(神衆院)·흥국사(興國寺)를 세우고 정해년(927)에는 묘ㅁ사(妙ㅁ寺), 기축년(929)에는 구산사(龜山寺)를 세웠	
장흥(長興)은 경인년(930)에서 4년간이다.	로 추봉되었고 조부는 관ㅁ(官ㅁ)각간이니 의흥(懿興)대왕으로 추봉	으며 경인년(930)에는 안(이 아래의 글이 보이지	
민제(閔帝) 청태(淸泰)는 갑	되었다. 어머니는	않는다.)	

중 국	신 라	후고구려	후백제
오년(934)에서 2년 간이다.	계아(桂娥)태후이 니 헌강왕의 딸이 다.		
	정해년(927)에 즉 위하여 8년간 다 스렸다. 을미년 (935)에 고려 태조 에게 신라의 영토 를 바치고 귀순하 였다. 태평흥국 (太平興國) 3년 무 인(978)에 죽었다. ㅁㅁ동향(ㅁㅁ東 向)의 골짜기에 있다.		
〈석진(石晋)〉		병신년(936)에 삼 국을 통일했다.	을미년(935)에 견 훤의 아들 신검 (神劍)이 아버지 의 왕위를 빼앗고 즉위했다.
고조(高祖) 천복(天福)은 병 신년(936)에서 8년 간이다.	오봉(五鳳) 갑자 년(B.C. 57)으로 부터 을미년(935) 에 이르기까지 합 계 992년간이다.		이 해에 나라가 망하니, 임자년 (892)으로부터 이 에 이르기까지 44 년간이다.

중국 역대 왕조와 계보

전한(前漢)

고조(高祖)─혜제(惠帝)─소제(小帝)─문제(文帝)─경제(景帝)─무제(武帝)─소제(昭帝)─선제(宣帝)─원제(元帝)─성제(成帝)─애제(哀帝)─평제(平帝)─유자영(孺子嬰)

후한(後漢)

광무제(光武帝)─명제(明帝)─장제(章帝)─화제(和帝)─상제(殤帝)─안제(安帝)─순제(順帝)─충제(沖帝)─질제(質帝)─환제(桓帝)─영제(靈帝)─홍농왕(弘農王)─헌제(獻帝)

위(魏), 진(晋), 송(宋), 제(齊), 양(梁), 진(陳), 수(隋).

이당(李唐)

고조(高祖)─태종(太宗)─고종(高宗)─측천무후(則天武后)─중종(中

宗)—예종(睿宗)—현종(玄宗)—숙종(肅宗)—대종(代宗)—덕종(德宗)—순종(順宗)—헌종(憲宗)—목종(穆宗)—경종(敬宗)—문종(文宗)—무종(武宗)—선종(宣宗)—의종(懿宗)—희종(僖宗)—소종(昭宗)—경종(景宗)

주량(朱梁), 후당(後唐), 석진(石晉), 유한(劉漢), 곽주(郭周), 대송(大宋).

찾아보기

인명

ㄱ

ㅁ

ㅂ

ㅅ

ㅌ

ㅊ

ㅍ

ㅎ

서 · 편명

ㄱ

마라난타摩羅難陀 213

ㅂ